이상
읽기

이상 읽기

초판 제1쇄 인쇄 2010. 12. 27.
초판 제1쇄 발행 2010. 12. 30.

지은이   조 수 호
펴낸이   김 경 희

경 영   강 숙 자
편 집   장 수 영
디자인   이 영 규
영 업   문 영 준
경 리   김 양 헌

펴낸곳   (주)지식산업사
         본사 ● 413-832, 경기도 파주시 교하읍 문발리 520-12
             전화 (031) 955-4226~7 팩스 (031)955-4228
         서울사무소 ● 110-040, 서울시 종로구 통의동 35-18
             전화 (02)734-1978 팩스 (02)720-7900
         한글문패 지식산업사
         영문문패 www.jisik.co.kr
         전자우편 jsp@jisik.co.kr
         등록번호 1-363
         등록날짜 1969. 5. 8.

책값은 뒤표지에 있습니다.

이 책을 읽고 저자에게 문의하고자 하는 이는
지식산업사 전자우편으로 연락바랍니다.

경성공고 화실에서 이상

이상이 디자인한 《조선과 건축》 현상도안 당선작. 1930년 1월호 표지

1

전시 '木3氏의出發', 아르코미술관 제공

2

전시 '木3氏의出發', 아르코미술관 제공

1_《조선과 건축》 1931년 10월호에 실린 「삼차각설계도」

2_《조선과 건축》 1932년 7월호에 실린 「건축무한육면각체」

영인문학관 제공

1

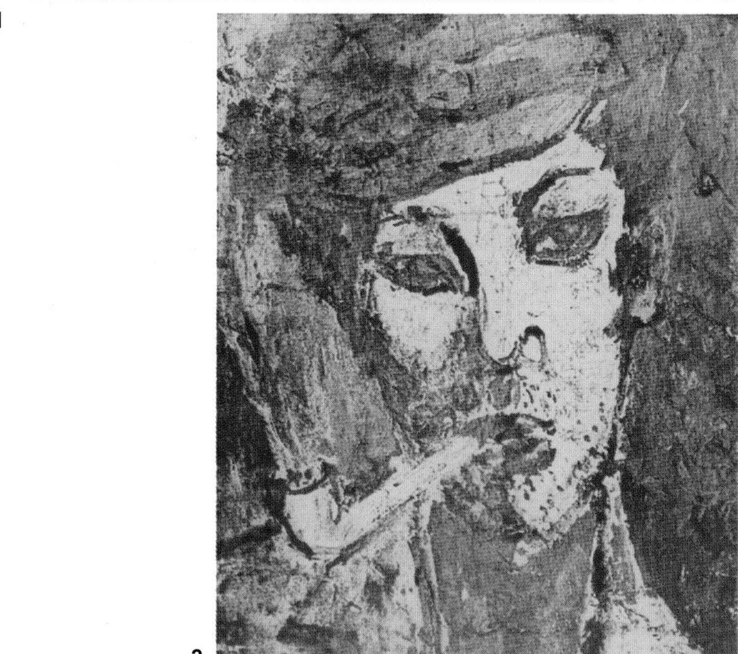

2

1_ 이상이 1931년 조선미전에 출품한 〈자상〉

2_ 1935년 구본웅이 그린 이상의 초상화

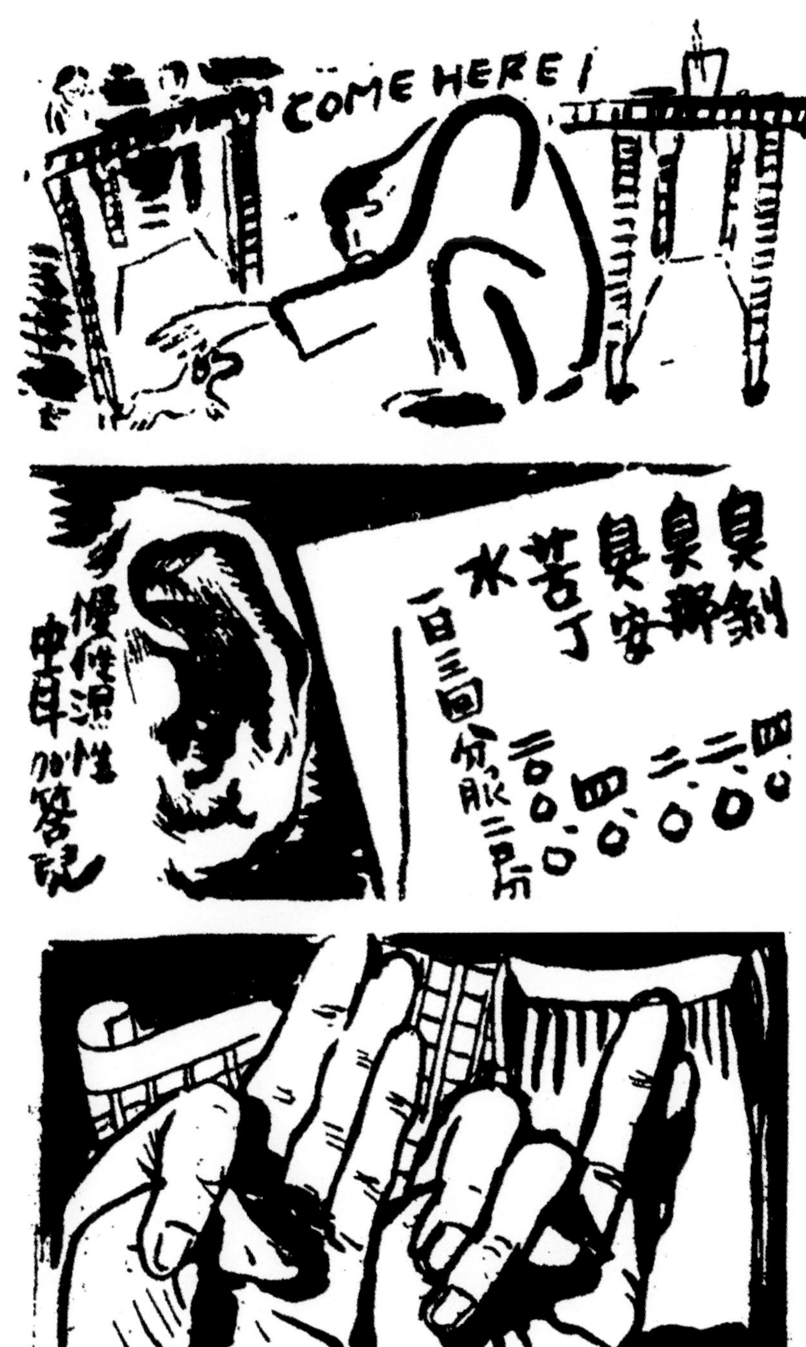

《조선중앙일보》에 연재되던 박태원의 〈소설가 구보씨의 일일〉에 이상이 '하융(河戎)'이라는 필명으로 그린 삽화(1934. 8. 1～9. 19)

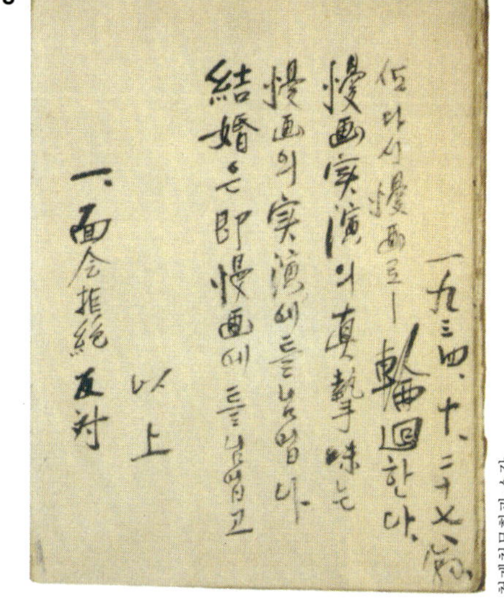

1_ 왼쪽부터 이상, 박태원, 김소운

2_ 이상이 그린 박태원의 초상(그림의 왼쪽에는 이상이 "그는 표찰이 붙은 요감시 원숭이 때때로 인생의 우리를 탈출하기 때문에 원장님이 걱정하는 것이다"라고 박태원을 평가한 글을 일본어로 써 넣었다)

3_ 1934년 친구 박태원의 결혼식 방명록에 쓴 축하글

이상 읽기

조 수 호

지식산업사

이상!

그는 누구인가?

봉황을 보겠다고 오동나무를 심어 성심을 다해 열심히 키운 사람이다.

그러나 생전 봉황은 구경도 못하고 그 나무를 베고 켜서 자신의 관을 짠 이다.

그러면서 그는 죽을 때까지 외쳤다.

자신의 무덤에서 봉황을 보리라고…….

희극인가? 비극인가?

도무지 알 수가 없다.

이상은 그런 자신의 현실에 대해 '유쾌하다'고 소설 〈날개〉에서 말했다.

> "「박제가 되어버린 천재」를 아시오? 나는 유쾌하오."

이러한 그의 말 과 글들은 독자의 가슴에 잘 와 닿지 않는다.

이렇듯 이상은 수많은 이야기와 의문을 지면에 담아 미래로 보냈다.

따라서 이제는 그것에 답해야 한다.

타고 남은 재가 다시 기름이 되듯이

불 속으로 뛰어들어 소진한 재에서 다시 태어나 비상(飛翔)하는 불사조를 이상 문학에서 본다.

이상 문학은 한국문학의 가슴을 밝히는 등불이 되어 세계문학 속에서 제 소리를 내며 웅비할 것이다.[1]

이 책을 독자들에게 내어놓기까지 고마움을 전할 분들이 너무도 많다.

이상 문학의 원전 발굴과 번역에 열정을 아끼지 않으신 많은 분들과 지속되어 발간된 여러 《이상문학전집》의 편집자들 그리고 선학들에게 진심으로 고개 숙여 감사를 드린다.

흔쾌히 출판을 결정해주신 지식산업사 김경희 대표님과, 거칠고 산발스러운 미비한 글들을 여러 차례 교정하고 조율해주신 장수영 씨와 편집부의 노고에도 감사를 드린다.

그리고 이상 연구 초기에 많은 도움을 준 친구 김용식에게 고마움을 전하며 15년 전의 약속을 지킨다.

이 한 권의 책으로 지치고 어지러운 지난(至難·持難)한 시간들을 다 이야기할 수는 없다. 많이 아쉽고 부족하지만 짧게나마 매듭지어본다.

2010년 10월 27일

조 수 호

---

1 오동·봉황·관·무덤·불(등불·전등)·불사조는 이상의 글에 드러난 핵심 기호를 사용했으며, 한용운의 시 〈알 수 없어요〉의 구절을 일부 인용하고 차용했음을 밝힌다.

1. 이 책에 실린 이상의 작품은 김윤식 교수(소설, 수필)와 이
   승훈 교수(시)가 엮어 문학사상사에서 펴낸 《원본·주석
   이상문학전집》과, 김주현 교수(시, 소설, 수필)가 소명출판
   에서 펴낸 《정본 이상문학전집》을 인용하였다. 이 두 책
   의 구분을 위해 문학사상사의 책은 《원본전집》으로, 소명
   출판의 책은 《정본전집》으로 일컬었다.

2. 이상의 작품은 한자어가 많고 현재의 표기법에 낯선 부분
   이 많다. 따라서 독자들이 읽기 쉽도록 한자어와 띄어쓰기
   는 원문의 내용을 손상하지 않는 범위 안에서 위 전집들
   의 표기 방법을 인용자가 변형한 부분이 있음을 밝힌다.

3. 이상의 시는 하나의 표제어 아래에 여러 개의 작품이 포
   함되어 있는 경우가 많다. 표제어에는 「」로 표시하였고,
   작품 하나하나의 제목에는 〈〉로 표시하여 두 경우를 구분
   하였다.

4. 이상의 작품을 분석하고 설명하고자 각 작품의 중요 시어
   에 어깨글자로 [1], [2] 등과 같이 붙여, 시어의 뜻을 풀이
   하고 작품이해에 도움이 되도록 했다. 이 숫자를 각주번호
   와 구분하도록 유의해야 한다.

들어가며

李箱 문학은
재미있다

이상 문학은 움직이는 성

한 명의 작가에 대한 이해와 해석은 시간이 지나면서 어느 정도 하나의 흐름으로 정리된다. 그리고 그 안에서 다소간의 다양성을 발견할 수 있다. 그러나 이상은 그러한 경향에서 완전히 벗어난 작가이다. 그가 죽은 지 70여 년이 지난 지금에도 그의 문학에 대한 해석은 극과 극으로 나누어지며 매우 다양하게 이야기되고 있다. 그래서 일반 독자들은 이상과 그의 문학에 대해 전체적으로 이해하기도 힘든 지경이다. 이것은 이상의 글에 대한 일차적인 해독이 안 되고 있기 때문이다. 글을 읽을 수 있을 때 그것에 대한 이해와 감상이 뒤따른다. 그러나 이상의 문학은 독자들이 그것을 읽지만 읽히지 않는 글이다. 이상은 이것을 알고 있었다. 자신의 문학을 독자들이 이해하지 못하고 있으며, 해석하지 못하리라는 것을 미리 알고 있었다. 그러나 그는 그것을 방관하며 숨기고 거짓으로 일관했다.

그렇지만 나는 임종할 때 유언까지도 거짓말을 해 줄 결심입니다.[1]

이상은 가장 가까운 이들에게조차도 결코 말하지 않고 스스로 침묵했다. 자신의 문학에 대하여 그는 끝까지 말하지 않은 것이다. 그러나 그의 의도와 모순되게도 그는 또 글로써 자신의 이야기를 반복했다. 이상의 글은 단편으로는 이해할 수가 없다. 이는 그 스스로가 자신의 글을 철저하게 숨겨 놓았기 때문이다. 하지만 그는 끊임없이 자신의 글에 대하여 스스로 설명하고 있다. 그것은 다른 글들과의 연결에서 상징과

---

1 〈실화〉, 《원본전집 2》, 367쪽.

사고가 진행되는 흐름을 발견할 수 있기 때문이다. 기존의 연구에서 언급되었듯이, 그의 시와 수필 그리고 소설은 긴밀하게 서로 연결되어 있다. 그러나 그러한 경향은 그의 시 내부에서부터 시작되고 있다. 시들이 서로 긴밀하게 연결되며 진행된다. 그 흐름과 조직망을 파악할 때 이상을 이해할 수 있을 것이다. 따라서 이상을 설명하는 것 자체도 단순하지는 않다. 그 연결된 조각은 서로 얽혀 있어서 하나의 흐름으로 풀어내기가 쉽지 않다. 변형과 연결의 운동성이 심하기 때문이다.

그러나 이상 문학은 재미있다. 사고의 변형과 표현 기법에서 드러나는 특이성은 그 어느 작가에게서도 찾아볼 수 없다. 하지만 그의 글을 그저 재미로만 읽기에는 사상과 감정이 그리 단순하지 않다. 그는 이상(理想)을 꿈꾼 초현실주의자이지만 한편으로는 현실주의자이다. 또한 어느 곳에도 속하지 않은 중간적 경계인이기도 하며, 그 셋을 다 아우른 이상(李箱)이기도 하다. 그것을 이해할 때 이상의 문학을 제대로 감상할 수 있을 것이다.

이상 문학은 움직이는 성

이상의 글은 난해하다. 도무지 무엇을 이야기하고 있는지 알 수가 없다. 그러나 어떠한 사상·사고·감정·지식을 이해하고 감상하는 데서 '모르면' 난해하고 모호할 수밖에 없다. 그래서 일반적으로 흥미를 잃고 포기해 버리거나, 너무나 자의적인 다양성으로 난해함을 가중시켜 더욱 혼란에 빠지게 된다. 이상 문학이 독자에게 주는 자유는 독자에게 헤어날 수 없는 늪이 되기도 한다. 때로는 생각의 바다에서 수많은 사공들로 말미암아 배가 산으로 가는 장면을 연출하기도 한다. 어렵고 복잡하다.

그러나 '알면' 쉽고 간단하다. 그 이중적 모순에서 재미를 찾아낼 수 있다. 이상 문학의 난해성은 '아는 것'과 '모르는 것', 이 두 지점 사이에 놓인 단순한 문제라고 할 수 있다. 이상 문학은 지금도 여전히 그 모호함과 다양성에서 벗어나지 못하고 있는 것이 현실이다. 그러나 문제가 있으면 답이 있듯이, 그것에 가까이 다가가며 답을 찾아내야만 한다. 이상 문학은 그 형태와 조직 구성이 획기적이고 낯설지만 상당한 재미와 의미·가치를 내포하고 있다. 따라서 그의 문학은 그저 한때 특이했던 과거의 유물이 아니라 지금도 가치를 지니고 있는 현재성을 가진다. 한 번 읽고 지나가버리거나 가끔 어쩌다 한 번 들춰 보는 것으로 충분한 일시성의 문학이 아니라는 것이다. 이상 문학은 항구성을 지니고 있다. 그리고 현대성·세계성을 지닌다고 말하기에 충분하고도 남는다.

이상 문학은 지금까지도 파악되지 않을 정도로 그 난해성이 매우 견고하다. 또한 그는 자신의 난해한 글들에 대하여 철저하게 침묵했다. 이상은 난해함만으로 만족했을까? 결코 그렇지 않을 것이다. 이상 문학의 답은 이상 문학 자체에 있다.

이상 문학은 하나의 견고한 성이다. 이상 스스로가 그 성 내부로 진입할 수 없게 축조해 놓은 건축물인 것이다. 많은 독자와 연구자들이 그 성 내부로 진입을 시도했지만 아직도 성은 난공불락으로 굳건히 버티고 있다. 심지어 그 성의 위치(좌표)마저도 의견이 분분하다. 그것은 그 성의 구조가 다양한 미로와 방어막으로 위장되고 너무나도 견고하게 축조되었기 때문이지만, 또 하나의 이유는 성 자체가 움직이고 있기 때문이다. 그래서 이상의 성을 파악한 위치가 다양하고 폭과 깊이의 차이가 심하게 드러난다. 이것은 이상이 이야기한 '동력학'·'활동적 리듬'이라고 할 수 있는데, 그 전방위적인 움직임을 파악하지 않고서는 성의 성격과 외형을 확인·규정할 수 없다. 그리고 전체적인 움직임으로 성의 대략적 위치를 파악했다고 해도 마지막에 마주치는 또 하나의 관문이 있다. 바로 이상이 설정해 놓은 성의 통로에 부합되는 기호언어를 사용해야만 성의 내부로 진입할 수 있다는 것이다. 이상은 자신의 성에 대하여, 그리고 그 형태와 성격에 대하여 규정해 놓았기 때문이다.

이상의 움직이는 성, 그 기호 체계는 다음의 조건에 부합·일치되어야 한다.

1) '재미있어야 한다.' 그리고 기존의 일반적인 논리와 다른 '역설'·'모순'이 드러나야 한다.

연애보다도 한구 윗티즘을 더 좋아하는 그였다.
……
이튿날 소녀는 그가 하자는 대로 교외 조용한 방에 그와 대좌하여 보았다. 그는 또 그의 그 「윗티즘」과 「아이러니」를 아무렇게나 휘두르며 산비할 연막을 펴는 것이었다.[2]

그는 소녀를 한 마리 「카나리아」를 놓아주듯이 그의 「윗티즘」의 지옥에서 석방
—아니 제풀에 나가나? 어쨌든 소녀는 길게 그의 길에 같이 있을 것은 아니니까

---

2 〈단발〉, 《원본전집 2》, 248쪽. (강조 인용자)

다. 답장이 왔다.[3]

니코틴이 내 회ㅅ배 앓는 뱃속으로 스미면 머리 속에 으례히 백지가 준비되는 법
이오. 그 위에다 나는 <u>위트</u>와 <u>파라독스</u>를 바둑 포석처럼 늘어놓소. 가증할 상식
의 병이오

……

꾿 빠이. 그대는 이따금 그대가 제일 싫어하는 음식을 탐식하는 아이러니를 실천
해 보는 것도 좋을 것 같소. <u>위트</u>와 <u>파라독스</u>와……[4]

이상의 글은 재미와 모순이 드러나야 한다. 이상은 '위트와 파라독
스 아이러니'를 그의 글 전편에 얄미울 정도로 분산·조직·구성했기
때문이다. 위트(장난?)와 역설이 반복된다. 한마디로 재미있어야 하
며 황당해야 한다. 이것은 이상 문학에서 절대적 조건이다.

2) '숫자는 소멸되어야 한다.'

<u>(사람은숫자를버리라)</u>[5]

(숫자의일체의성태 숫자의일체의성질 이런것들에의한숫자의어미의활용에의한<u>숫
자의소멸</u>)[6]

---

3 〈단발〉, 《원본전집 2》, 252쪽. (강조 인용자)
4 〈날개〉, 《원본전집 2》, 318쪽. (강조 인용자)
5 〈선에관한각서 1〉, 《원본전집 1》, 147쪽. (강조 인용자)
6 〈선에관한각서 6〉, 《원본전집 1》, 161쪽. (강조 인용자)

그리고 그것은 한순간 후에는 무리한 수학차압이 되어 벗의 속도를 방해하지는 않는다.[7]

이상 문학에 드러나는 숫자를 이해하지 못하면서 결코 이상을 이야기할 수는 없다. 이상은 자신의 글에 숫자를 지속적으로 반복하여 사용했다. 이상만큼 자신의 글에 숫자를 지속적으로 반복한 작가는 없다. 그리고 그것은 단순한 일회성의 파격이나 우연, 무의미한 행동이 결코 아니다. 철저하게 조직·구성된 형태이며, 그 숫자에 연관된 자신만의 사고를 지속적으로 노출하고 있다. 그것에 대하여 이상은 위와 같이 거듭 강조했다. '숫자를 버리라', '숫자의 소멸', '수학차압'은 이상 사고의 핵심이다. 이상의 숫자를 통해 그의 사고와 형태를 파악해야 한다.

3) '단순해야 한다.'

나의 식욕은 일차방정식같이 간단하였다.[8]

생사의 초월―존재한다는 것은 생사 어느 편에 속하는 것인가.
그것은 푸로톤의 일차방정식보다도 더 유치한 운산이었다.
(상수가 붙은 함수방정식)[9]

이상의 '식욕'은 그의 사고 형태를 말한다. 그리고 이상의 '요리',

---

7 〈얼마 안되는 변해〉, 《원본전집 3》, 290쪽. (강조 인용자)
8 〈황의기〉, 《원본전집 3》, 319쪽.
9 〈무제(2)〉, 《원본전집 3》, 300~301쪽.

'음식', '맛'에 이어지는 상징적 언어이다. 그런데 이상은 그것이 간단하다고 말하고 있다. 사람들은 이상을 난해하다고 하지만, 이상은 고차원적인 수학적 원리나 난해한 이론들을 사용하지 않았다. 그 자체는 결코 난해하지 않다. 수학적인 부분의 경우, 단순한 산수가 드러날 정도다. 이상 문학이 독자들에게 당황과 혼란을 주는 까닭은 기호언어의 상징이 난해하기 때문일 것이다. 그리고 그 난해성은 기호언어의 상징이 갖는 다양성과 무질서에 바탕을 두는데, 이는 기호언어의 운동성이 그 안에 있기 때문이다. 그것은 언뜻 보기에 무질서하며 흐름을 추적하기 어려운 다양한 산발성을 보이지만, 규칙성과 조직성에 의한 단순한(?) 원리에 따라 진행되고 있다.

이상의 글 자체는 이상 스스로 숨기면서 변형을 반복했기 때문에 쉽사리 그 속을 파악하기가 쉽지 않다. 그러나 이상의 사고의 기본 형태는 단순하다. 이것 또한 이상의 모순이기도 하다. 드러나는 형태는 다양하며 서로 얽혀 운동하지만, 기본 원리는 단순함에 의지한다. 한마디로 이상을 이해하려면 고정관념에서 벗어나는 것과, 산수 정도의 실력만 있으면 된다. 사고의 파격이 필요할 뿐이지 결코 난해하지는 않다고 말할 수 있다.

4) '세상을 놀려먹을 정도의 실력'[10]이 드러나야 한다. 그것은 창조성·독창성이며 현재성이다. 한국 문학을 벗어난 이상 문학의 세계성이다.

왜 미쳤다고들 그러는지 대체 우리는 남보다 수십년씩 떨어져도 마음 놓고 지낼

---

10 "나는 천하를 놀려 먹을 수 있는 실력을 가진 큰 부자일 수 있다."(《원본전집 3》, 〈비밀〉, 182쪽 참조)

작정이냐. 모르는 것은 내 재주도 모자랐겠지만 게을러빠지게 놀고만 지내던 일
도 좀 뉘우쳐 보아야 아니하느냐.[11]

「박제가 되어버린 천재」를 아시오? 나는 유쾌하오. 이런 때 연애까지가 유쾌하오.[12]

죽는 한이 있더라도 이 산호 채찍을랑 꽉 쥐고 죽으리라 네 페포파립위에 퇴색한
망해위에 봉황이 와 앉으리라.[13]

*높은 하늘, 높은 지위

세상에서땅바닥에달라붙어뜯어먹고사는 천한인간들의쓰는시와는운소*로차가나
는훌륭한시를 보산은몇편이나몇편이나써놓은것이건만 그대신세상사람들은 그의
시를이해하여줄리가없는과대망상으로밖에는볼수없는것이었다.[14]

　

이상은 「오감도」가 프랑스 시인 보들레르의 《악의 꽃》에 필적할 만
한 역작이라 말했다고 한다. 그는 자신의 글에 대단한 자부심을 지니
고 있었다. 스스로 천재라 일컬었고, 스스로 봉황이라 일컬었다. '땅
바닥에 달라붙어 뜯어먹고 사는 천한 인간들이 쓰는 시와는 천지차이
가 나는 훌륭한 시를 써놓았다'고 지나칠 정도의 자신감을 보이고 있
다. 그것은 이상이 자신의 문학적 토양을 한국 문학과 그 시대에 국한
하지 않았기 때문이다. 과연 이상의 글에서 그만한 요소를 찾아낼 수
있는가? 이 부분에 대한 명확한 답이 있어야 한다.

　이상 문학의 실체와 그에 대한 평가가 제대로 이루어지려면 이상이

---

11 〈오감도작자의 말〉, 《원본전집 3》, 353쪽. (강조 인용자)
12 〈날개〉, 《원본전집 2》, 318쪽. (강조 인용자)
13 〈종생기〉, 《원본전집 2》, 375쪽. (강조 인용자)
14 〈휴업과 사정〉, 《원본전집 2》, 155쪽. (강조 인용자)

반복적으로 강조하며 설정해 놓은 위의 네 가지 조건에 합당한 해석과 이해가 필요하다. 이것이 이상 문학을 해독하는 데 기본적인 절대 조건이라 말할 수 있다.

이상 문학의 성, 그 건축적 구조는 설계에 의해 완성되었으며 쉽게 파악할 수 없도록 수많은 함정과 변형으로 이루어져 있다. 그러나 이상은 또한 그 성 내부로 들어갈 수 있는 통로를 만들어 놓고 그것을 지속적으로 되풀이하여 설명하고 있다. 이상의 성에 들어가는 답은 이상 문학 자체에 있는 모순적 형상이다. 외형적으로는 성으로 접근을 차단하고 있지만, 내면적으로는 성 내부로 진입을 유도하고 있다. 이 또한 이상의 모순이다. 그러나 그것이 이상 문학의 실체이며 진실이다. 수수께끼(퍼즐·암호)라 할 것이다. 따라서 이상이 제시해 놓은 기호들을 해독해야만 성 내부로 들어갈 수 있다.

이상의 시·소설·수필은 하나의 '이야기'를 이룬다. 따라서 단절된 단편만으로는 이상을 이해할 수 없다. 그 단편들이 서로 연동되기 때문에, 전체적인 연관성을 파악해야만 한다.

李箱의 움직이는 城. 李箱 文學, 그것은 그가 건축으로 펼쳐 놓은 게임의 장이다. 그 성에서 독자들은 기존의 문학이나 다른 어느 작가에게서도 전혀 경험해보지 못했던 새로움과 파격, 재미를 맛볼 수 있을 것이다.

한국 문학은 앞으로 이상만큼 재미있는 작가를 '결코' 가질 수 없을 것이다.

1장

도형으로 바라 본
이상 시의 해독[*]

[*] 이 글은 2001년 《이상문학전집 5》(문학사상사)에 발표되었던 논문으로, 발표 당시 누락했던 부분을 첨가하고 일부 보완·수정한 것임을 밝힌다.

李箱이라는 작가가 있었다. 난해하고(?) 알 수 없는(?) 시를 써놓고 그것이 대단한 작품이라며 호언장담하던 사람. 그러나 자신의 시를 이해하지 못하는 독자들에게, 자신을 비웃는 사람들에게 자신의 시에 대해서 어떠한 이야기도 하지 않은 사람. 스스로 '박제가 되어버린 천재'라 명했던 사람. '죽을 때까지 거짓말을 해 주겠다'던 사람. 젊은 나이 27세에 이국 땅 일본에서 외롭게 죽어갔던 사람이 바로 이상이다.

오늘날 그를 빼놓고 한국 현대문학을 이야기할 수는 없을 것이다. 그것은 이상의 특이성에도 이유가 있겠지만 문학적으로 자의든 타의든 한국 문학에 끼친 영향이 지금까지도 이어지고 있기 때문이다. 그 영향을 따진다면 이상은 어느 작가들보다도 우위에 들 것이며 이를 부정할 사람들은 많지 않을 것이다. 그의 시들이 난해하고 전혀 새로운 형태의 시작(詩作)이었다는 이유도 있겠지만, 사람들에게 그에 대한 많은 이야깃거리 또한 흥미로 다가서기 때문이다. 수많은 이들이 이상을 연구했고, 이야기했으며 앞으로도 계속 이상 연구는 진행될 것이다.

그러나 지금까지 이루어진 이상에 대한 평가는 천재 아니면 바보, 이 두 가지의 극단적 평가에서 크게 벗어나지 못하고 있다. 많은 이들이 그를 천재라고 평가하고 있지만 이상을 천재라 말할 수는 없다. 이상을 바보라고, 그의 시는 한낱 의미 없는 장난에 지나지 않는다고 말하는 소수의 목소리 또한 여전히 유효하다. 왜냐하면 이상을 천재라 이야기하면서도 그에 대해, 아니 그의 시에 대해 어떠한 구체적인 설명도 내놓지 못하고 있기 때문이다. 지금까지 진행된 많은 연구에서 지적되었듯이, 구체성이 결여되어 모호한 이상만이 있을 뿐이다. 그의 시들이 설계도와 같이 치밀하게 구성되었다고 말하면서도 그 치밀함과 구성, 의미는 언급되지 않고 있다. 아마도 이상의 시가 아직까지도 어떠한 규정적 해석이 불가능하며, 누구도 그의 사고의 내부로 진입하지 못했기 때문일 것이다. 이상, 그가 천재라는 증거는 없다. 이상은 존재하지 않고, 천재의 허상(虛像)만 있을 뿐이다.

이상 시들의 난해함 때문에 일반 독자들이 시를 이해하려는 시도조차 못하고 있을 동안, 그의 시는 여러 논리와 이론으로 포장되어, 외부는 견고해졌지만 내부는 여전히 미궁으로 남아 있다고 말할 수 있다. 이 때문에 이상을 바보라고 일컫는 이들의 생각과 느낌은 어쩌면 당연하다. 겉은 화려하고 살아 있는 듯하지만 실체가 없는, 생명력이 없는 박제가 되어버린 李箱이 있을 뿐이다. 그는 살아 있었을 때도 박제였지만 지금도 그 모습에서 벗어나지 못했다. 단지 겉모습이 화려하고 보기 좋게 치장되었다는 것밖에는…….

기존의 수많은 이상 연구의 마지막에 반복되는 이상의 사고, 이상에 대한 감상, 이상 텍스트 생산의 원형에 대한 결론은 지금까지 애매하고 모호한 이야기로 반복되어 이어지고 있다. 이상의 시에 대해 많은 이들이 연구하고 그에 대해 이야기했음에도 왜 이렇게 되어버린 것일까?

가장 큰 이유는 이상 스스로의 의도에 따라 시가 계획적으로 상당히 숨겨졌으며, 그 시들은 서로 긴밀하게 연결되어 있어서 전체적으로 활동적인 움직임을 파악하지 못하면, 해석이 상당히 어렵고 그 의미를 잡아내기 힘들기 때문이다. 또 하나는 이상을 천재로 만드는 흐름 속에서 계속 이상을 화려하게 장식함으로써 그의 작품에 대한 다른 생각의 여지를 암암리에 차단하였다고도 할 수 있다. 즉 이론의 장

벽으로 이상을 가두고 있었다는 것이다.

　이상의 시는 과연 무엇을 표현하고 있는가? 그는 무엇을 이야기한 것인가? 그리고 그의 시작(詩作)에서 나타나는 기법과 특이점은 무엇이며 어떤 의미가 있는가? 시를 근간으로 한 그의 작품에서 보이는 연속된 내용과 형태에 대한 전반적인 이해가 없이 이상에 대해 평가를 내린다는 것은 무리가 있다. 이상이 당시 최고 학부를 졸업한 지식인이었고 그림으로 몇 번 입상한 경력이 있었다고 해서, 남들이 이해하지 못하는 난해한 시를 써 놓고 자신이 천재라고 스스로 말했다고 해서(난해함은 결코 천재성의 증거가 될 수 없다), 그의 일련의 행동들이 거짓된 포즈가 아니라고 해서 이상 그가 천재일 수는 없기 때문이다.

　오늘날에 이르러 이상에 대한 많은 연구가 누적·진전되면서, 이상의 작품이 다른 작가의 글을 패러디했으며 그들의 영향을 받았다는 사실이 발견되고 있다. 시의 난해함과 파격성에 대한 평가도 여러 방향으로 드러나고 있다. 그러나 여전히 이상의 사고와 시에 대한 문제는 아직도 해결되지 못한 채 남아 있다. 이런 상황에서 이상에게 천재라는 점수를 매긴다는 것은 너무 후한 것이 아닌가 싶다. 그렇다면 이상이 천재임을 증명할 만한 단서를 그의 작품과, 작품에서 드러나는 그의 사고를 통해서 찾아내는 일이 우선일 것이다. 이는 이상과 그의 작품에 생명력을 찾아 주는 결과가 될 것이다. 그러나 그의 시들은 난해하고 황당하며 기이하다. 쉽사리 그 속을 알아낼 수 없다. 그렇지만 그렇게 철저히 숨겨 놓은 이면에는 그것에 대한 해결의 실마리도 들어 있다고 봐야 할 것이다. 이것이 이상의 모순이며 그의 치밀함이다.

　이상에게 아직 봄은 오지 않은 듯싶다. 제비가 날아오지 않는 한 그는 여전히 박제가 되어버린 천재일 뿐이다.

꾿 빠이. 그대는 이따금 그대가 제일 싫어하는 음식을 탐식하는 아이러니를 실천해 보는 것도 좋을 것 같소, 위트와 파라독스와…….[1]

이상은 철저하게 자신의 글을 숨기면서도 그 방향성을 스스로 밝혀 놓았다. 앞에서 말한 것처럼 이상의 글들은 일반적인 사고와 방법을 벗어났으며, 이상의 뜻대로 계획된 작품이다. 그리고 그것은 가히 '이상적'(李箱的)이라고 말할 수 있다. 과연 이상의 글에서 위트와 패러독스, 아이러니는 어떻게 나타나는지를 찾아내는 것이 이상으로 가는 길이라 하겠다. 이 책을 통해 지금까지 이상 연구에서 전혀 접근하지 못하고 파악하지 못했던 이상 사고의 실체를 독자들은 어느 정도 맛볼 수 있으리라 장담한다. 이상은 지금까지 사람들이 이해하고 생각한 수준을 뛰어넘는다. 그의 사고와 표현 기법, 그리고 조직적인 구성은 오늘날 독자들에게도 충격을 주기에 충분하고도 넘친다.

1. 이상의 퍼즐

이상의 글은 하나의 퍼즐이다. 퍼즐 조각들을 하나씩 맞추어 나가는 작업이 필요하다. 그렇다면 그 조각들을 어떻게 맞추어야 하는가? 어떤 방식이 최선의 방법인가? 여기에는 의문이 따른다. 그의 퍼즐은 지금까지도 구체적으로 해석된 바가 없는데 그 이유는 이상 스스로 자신의 글들을 상당히 치밀하게 숨겨 놓았기 때문이다. 이상의 '숨기

---

1 〈날개〉, 《원본전집 2》, 318쪽.

기', 그 '거짓'이 무엇을 말하는지 파악하려면 다음의 글들을 살펴보아야 한다.

유정! 유정만 싫다지 않으면 나는 오늘밤으로 치뤄버리고 말 작정이었다. 한 개 요물에게 부상해서 죽는 것이 아니라 이십칠세를 일기로 하는 불우의 천재가 되기 위하여 죽는 것이다.

유정과 이상—이 신성불가침의 찬란한 정사—이 너무나 엄청난 거짓을 어떻게 다 주체를 할 작정인지.

「그렇지만 나는 임종할 때 유언까지도 거짓말을 해 줄 결심입니다.」[2]

몽롱히 떠올라오는 그동안 수개월의 기억이 (더우기) 그를 다시 몽현(夢現) 왕래의 혼수상태로 이끌었다. 그 난의식(亂意識) 가운데에서도 그는 동요가 왔다. — 이것을 나는 근본적인 줄만 알았다. 그때에 나는 과연 한때의 참혹한 걸인이었다. 그러나 오늘까지의 거짓을 버리고 참에서 살아갈 수 있는 '인간'이 되었다— 나는 이렇게만 믿었다. 그러나, 그것도 사실에 있어서는 근본적은 아니었다. 감정으로만 살아나가는 가엾은 한 곤충의 내적 파문에 지나지 않았던 것을 나는 발견하였다. 나는 또한 나로서도 또 나의 주위의—모든 것에 대한 굉장한 무엇을 분명히 창작(?)하였는데 그것이 무슨 모양인지 무엇인지 등은 도무지 기억할 길이 없는 것은 당연한 일이다. —

……

그가 쓰러지던 그날밤 (그전부터 드러누웠었다. 그러나 의식을 잃기 시작하기는 그날밤이 첫밤이었다) 그는 그의 우인(友人)에게서 길고 긴 편지를 받았다. 그것은 글로서 졸렬한 것이었다 하겠으나 한 순한 인간의 비통을 초(招)한 인간기록이

---

2 〈실화〉, 《원본전집 2》, 367쪽.

었다. 그는 그것을 다 읽는 동안에 무서운 원시성(原始性)의 힘을 느끼었다. 그의 가슴 속에는 보는 동안에 캄캄한 구름이 전후를 가릴 수도 없이 가득히 엉키어 들었다. 「참을 가지고 나를 대하여 주는 이 순한 인간에게 대하여 어째 나는 거짓을 가지고만밖에는 대할 수 없는 것은 이 무슨 슬퍼할 만할 일이냐」 그는 그대로 배를 방바닥에 대인 채 엎드리었다. 그는 아픈 몸과 함께 그의 마음도 차츰차츰 아파 들어왔다. 그는 더 참을 수는 없었다. 원고지 틈에 끼기어 있는 3030용지를 꺼내어 한두 자 쓰기를 시작하였다. 「그렇다 나는 확실히 거짓에 살아왔다.—그때에 나에게는 체험을 반려(伴侶)한 무서운 동요가 왔다.—이것을 나는 근본적인 줄만 알았다. 그때에 나는 과연 한때의 참혹한 걸인이었다. 그러나 오늘까지의 거짓을 버리고 참에서 살아갈 수 있는 '인간'이 되었다.—나는 이렇게만 믿었다. 그러나 그것도 사실에 있어서는 근본적은 아니었다. 감정으로만 살아 나가는 가엾은 한 곤충의 내 파문에 지나지 않았던 것을 나는 발견하였다. 나는 또한 나로서도 또 나의 주위의 모—든 것에게 대하여서도, 차라리 여지껏 이상(以上)의 거짓에서 살지 아니하면 안 되었다……운운」 이러한 문구를 늘어놓는 동안에 그는 또한 몇 절의 짧은 시를 쓴 것도 기억할 수도 있었다. 펜이 무련(無聯)히 종이 위를 활주(滑走)하는 동안에 그의 의식은 차츰차츰 몽롱하여 들어갔다. 어느 때 어느 구절에서 무슨 말을 쓰다가 펜을 떨어뜨리었는지 그의 기억에서는 전연 알아내일 길이 없다. 그가 펜을 든 채로 그대로 의식을 잃고 말아 버린 것만은 사실이다.[3]

육신이 흐느적흐느적하도록 피로했을 때만 정신이 은화처럼 맑소 니코틴이 내 회ㅅ배 앓는 뱃속으로 스미면 머리 속에 으례히 백지가 준비되는 법이오. 그 위에다 나는 위트와 파라독스를 바둑포석처럼 늘어 놓소. 가증할 상식의 병이오.[4]

---

3 〈병상이후〉, 《원본전집 3》, 57~59쪽.
4 〈날개〉, 《원본전집 2》, 318쪽.

이렇게 세상을 속이고 일부러 자기를 속임으로 하여 본연의 자기를 얼른 보기에
고귀하게 꾸미자는 것이다.

……

「혼자 죽을 수 있는 수양을 허지」

이렇게 한 번 배를 투겨 보았다. 그러나 이것 역시 빨간 거짓인 것은 물론이다.[5]

사람들은 그 소녀를 내 처라고 해서 비난하였다. 듣기 싫다. 거짓말이다. 정말 이
소녀를 본 놈은 하나도 없다.[6]

이상은 '거짓'에 대하여 위와 같이 여러 번 반복하고 있다. 그리고
자신이 포석처럼 늘어 놓은 '위트와 패러독스'를 '가증할 상식의 병'
이라고 밝히고 있다. 그리고 소설 〈종생기〉에서는 다음과 같이 이야
기한다.

*날카로운 눈매. 사물에 대한 관찰력이 뛰어난 눈

혹 지나치지나 않았나. 천하에 형안(炯眼)*이 없지 않으니까 너무 금칠을 아니했
다가는 서툴리 들킬 염려가 있다. 하나—
그냥 이대로 써보기로 하자.[7]

과연 이상은 왜 죽을 때까지 거짓말을 하려 했으며 스스로 거짓에
살며 자신의 글을 숨겨 놓은 것인가? 위트와 패러독스를 바둑 포석처
럼 늘어놓은 것은 천하의 형안에게 들키지 않기 위한 그의 글쓰기 방
법이다. 그것은 과연 어떻게 진행되었는가? 이에 대해 다음 글이 어

---

5 〈단발〉, 《원본전집 2》, 246~247쪽.
6 〈실락원〉, 《원본전집 3》, 189쪽.
7 〈종생기〉, 《원본전집 2》, 378쪽.

34

느 정도의 근거를 제시한다.

> 창부가 분만한 사아(死兒)의 피부전면에 문신이 들어 있었다. 나는 그 <u>암호</u>를 해제하였다.[8]

> 너는 어찌하여 네 소행을 지도에 없는 지리에 두고 화판 떨어진 줄거리 모양으로 향료와 <u>암호</u>만을 휴대하고 돌아왔음이냐.[9]

> 발을 덮는 여자 구두가 가래를 밟는다　땅에서 빈곤이 묻어온다 받아써서 통념해야 할 <u>암호</u> 쓸쓸한 초롱불과 우체통 사람들이 수명을 거느리고 멀어져 가는 것이 보인다 그리고 나의 뱃속엔 통신이 잠겨있다.[10]

이상은 자신의 글을 다른 사람들이 알아볼 수 없도록 숨겨 놓았다고 말하면서 '암호'(Code)라는 표현을 반복하였다. 천하의 관찰력이 뛰어난 사람들에게 섣불리 들키지 않게 하고자 위트와 패러독스의 포석을 암호화하였고, 이러한 일련의 글쓰기 방법을 '가증할 상식의 병'이라고 표현했다. 암호화된 위트와 패러독스, 아이러니 속에는 놀라움과 넘쳐날 정도의 치밀함이 있다. 이상의 의도로 씌어진 글들은 물론 나름대로 독창적이고 어느 누구도 흉내 낼 수 없는 그만의 표현 형태지만, 보는 이들에게는 놀랄 만큼 충격을 주기에 충분하다. 이상에게 다가가려면 먼저 마음의 준비가 필요하다고 하겠다.

독자들은 이상이 절대로 기존의 사고방식과 표현방식에 적합한 글

---

8 〈1931년(작품 제1번)〉, 《원본전집 1》, 238쪽. (강조 인용자)
9 〈무제〉, 《원본전집 1》, 213쪽. (강조 인용자)
10 〈객혈의아침〉, 《원본전집 3》, 326쪽. (강조 인용자)

쓰기를 하지 않았음을 염두에 두어야 한다. 그만큼 이상의 작품에 대한 이해, 설명 또한 일반적인 글쓰기와는 다르다는 것도 인정해야 한다. 왜냐하면 이상의 글은 전혀 새로운 형태라서 기존의 분석과 해석 방식으로 파악하기에는 역부족이며, 글들이 상당히 복잡하게 얽혀 있고, 그 사고와 지식의 범위가 폭넓기 때문이다.

그렇다면 이상의 위트와 패러독스의 포석과 암호를 푸는 방법은 무엇인가? 이상의 비밀은 과연 무엇인가? 그것은 이상의 글 속에 제시되어 있다. 그러나 쉽사리 찾을 수 없게 산산조각을 내서 글 전반에 뿌려 놓은 것이다. 지금까지 진행된 이상 연구가 이상에 대해 뚜렷한 제시를 하지 못하는 것도 그 조각들을 제대로 맞추지 못했기 때문이라고 생각한다. 그동안 이루어진 연구에서도 밝혀졌지만 전기적 사실, 어떠한 학설이나 이론을 이상과 결부시키려는 시도는 실질적인 이상으로 다가가는 데 많은 한계가 있다.[11] 이상으로 가는 길은 이상의 글 속에 고스란히 놓여 있다. 이상이 뿌려 놓은 퍼즐들을 다 맞추었을 때 이상의 단편에 대한 가치와 의의를 뚜렷하게 알 수 있을 것이다. 조각의 무수한 조합과 시행착오를 겪은 뒤에야 이상에게 다가갈 수 있을 것이다.

그렇다면 이상의 조각들은 어떻게 되어 있으며 어떻게 모을 것인가? 앞서 밝혔듯이 이상의 조각들은 그의 글 전반에 뿌려져 있다. 이것들을 조합하는 일은 상당히 어렵고 복잡한 문제이다. 이상의 조각 가운데 하나를 예로 들어보면 다음과 같다.

사람이

비밀이 없다는 것은 재산 없는 것처럼 가난하고 허전한 일이다.[12]

---

11 김윤식, 〈종생기 주석〉, 《이상연구》, 문학사상사, 1997, 378~380쪽 참조.
12 〈실화〉, 《원본전집 2》, 357쪽. (강조 인용자)

그때에도 연이의 살결에서는 능금과 같은 신선한 생광이 나는 법이다. 그러나 불쌍한 이상선생님에게는 이 복잡한 교통을 향하여 빈정거릴 아무런 비밀의 재료도 없으니 내가 재산 없는 것보다도 더 가난하고 싱겁다.[13]

그를 찾은 것을 몇번이고 후회하면서 나는 유정(俞政)을 하직하였다. 거리는 늦었다. 방에서는 연이가 나 대신 내 밥상을 지키고 앉아서 아직도 수없이 지니고 있는 비밀을 만지작 만지작하고 있었다. 내 손은 임이 뺨을 때리지는 않고 내일 아침을 위하여 짐을 꾸렸다.
「연이! 연이는 야옹의 천재요. 나는 오늘 불우의 천재라는 것이 되려다가 그나마도 못 되고 도루 돌아왔소. 이렇게 이렇게! 응?」[14]

비밀

비밀이 없다는 것은 재산 없는 것처럼 가난할 뿐만 아니라 더 불쌍하다. 치정세계의 비밀—내가 남에게 간음한 비밀, 남을 내게 간음시킨 비밀, 즉 불의의 양면—이것을 나는 만금과 오히려 바꾸리라. 주머니에 푼전이 없을망정 나는 천하를 놀려먹을 수 있는 실력을 가진 큰 부자일 수 있다.[15]

이상은 수필과 소설에서 '비밀'을 반복하고 있다. 이상의 글쓰기가 지닌 특징 가운데 하나로 '반복'을 들 수 있다. 반복은 강조의 효과를 증대시키기 위해 계획된 의도이며 기호의 확정과 그것에 대한 불안함으로 보인다.[16] 그동안 진행된 이상 연구에서도 지적되었듯이 이상의

---

13 〈실화〉, 《원본전집 2》, 363쪽. (강조 인용자)
14 〈실화〉, 《원본전집 2》, 368쪽. (강조 인용자)
15 〈19세기식〉, 《원본전집 3》, 182쪽. (강조 인용자)
16 이상의 첫 소설 〈12월 12일〉에서도 반복을 되풀이하고 있다.

시·소설·수필은 개별적으로 단절되었기보다는 전체를 포함하고 있는 하나로, 수필과 소설은 시에 대한 이상의 설명으로 파악되고 있다. 따라서 작품들의 연관성을 통해서 이상의 시들을 이해할 근거를 찾아낼 수 있다. 위의 글들에서 이상은 '비밀이 없어서 자신은 가난하다'고 말한다. '가난'은 이상의 시와 수필, 소설에서 자주 반복되는 자신의 상징이다.

> 나의 살갗에 발라진 향기 높은 향수   나의 태양욕
> 용수처럼 나는 끈기 있게 지구에 뿌리를 박고 싶다   사나토리움*의 한 그루 팔
> 손이나무보다도 나는 가난하다[17]

*요양소, 격리병원

　　여기서 주목할 대목은 "한 그루 팔손이나무보다도 나는 가난하다"이다. 이상은 왜 나무보다도 가난한가? 나무와 사람의 비교는 가능한가? 여기에서 이상이 표현하는 것, 의도하는 것은 과연 무엇인가? 이것을 풀려면 몇 가지 재료가 더 필요하다.

> 난인간만은식물이라고생각커든요[18]

> 폭풍이 눈앞에 온 경우에도 얼굴빛이 변해지지 않는 그런 얼굴이야말로 인간고의
> 근원이리라. 실로 나는 울창한 삼림 속을 진종일 헤매고 끝끝내 한 나무의 인상
> 을 훔쳐 오지 못한 환각의 인(人)이다.[19]

---

17 〈작품 제3번〉, 《원본전집 3》, 323쪽.
18 〈골편에 관한 무제〉, 《원본전집 1》, 228쪽.
19 〈동해〉, 《원본전집 2》, 271쪽.

이상은 사람을 나무에 자주 빗대었는데, 일단 위의 두 구절로 팔손이나무는 이상(사람)과 비교할 수 있는 대상이 된다. 그런데 이상은 왜 그 수많은 나무들 가운데 팔손이나무보다도 가난한 것인가? 이는 별다른 의미 없이 즉흥적으로 말한 표면적 진술이 아니다. 여기에 대한 답을 찾아내야 한다. 이 대목을 이해할 수 있는 근거는 팔손이나무가 피우는 꽃에 있다. '팔손이 꽃'의 꽃말은 '비밀'이다. 따라서 팔손이나무는 팔손이 꽃, 곧 비밀을 소유하고 있는 존재 또는 사람을 상징한다. 그러나 이상에게는 비밀이 없기 때문에 팔손이나무보다도 가난한 것이다. 비밀이 없는 이상이다.

> 사람이—비밀 하나도 없다는 것이 참 재산 없는 것보다도 더 가난 하외다 그려!
> 나를 좀 보시지요?[20]

이 대목은 소설 〈실화〉의 마지막 부분이다. 여기서 이상은 자신이 가난하다고 말한다. 수필 〈19세기식〉에서는 자신이 비밀이 많아 '천하를 놀려먹을 수 있는 실력을 가진 큰 부자일 수 있다'고 하면서 반대 진술을 거듭한다. 이것이 〈실화〉와 〈19세기식〉에서 반복되는 이상의 비밀이다.

〈실화〉에서 이상은 이 대목을 세 번씩이나 반복하고 있다. 반복은 이상의 지속적 강조이므로 의미가 있다고 하겠다. 이 소설의 제목 '失花'는 '꽃을 잃어버림'을 뜻하는데, 시 〈작품 제3번〉에 나오는 팔손이 꽃의 꽃말 '비밀'과 연결하여 생각하면 흥미롭다. 이상은 자신이 비밀을 많이 가지고 있기에 천하를 놀려먹을 수 있는 부자라고 이야기하

---

20 〈실화〉, 《원본전집 2》, 370쪽.

면서도 팔손이나무보다 가난하다고 말하고 있다. 곧 비밀이 있으면서 없다는 모순을 이야기하는 것이다. 이상의 글에서 반복되는 걸인과 부자는 대립되지만, 둘 다 이상의 동일한 모순적 상징이다. ‘비밀’은 그의 또 다른 수필에서도 찾을 수 있다.

> 그는 악성(樂聖)의 앞에서 창백하게 입술을 떨고 있는 거울 속의 그 자신의 자태를 들여다보고 있었지만, 곧 혼도해서 악성 앞에 쓰러졌다.
> 「나의 <u>비밀</u>을 언감생심히 그대는 누설하였도다. 죄는 무겁다, 내 그대의 우(右)를 빼앗고 종생(終生)의 ‘좌(左)’를 부역하니 그리 알지어라」
> 악성의 충혈된 질타는 빙결한 그의 조그마한 심장에 수없는 균열을 가게 하였다.[21]

이처럼 이상의 시는 수필과 소설에 상당히 얽혀 있다. 그러므로 이것을 찾기란 상당히 힘들뿐더러 지치는 작업이 아닐 수 없다. 이상이 철저히 암호화하여 숨겨둔 의도를 찾아내려면 그의 작품에 나오는 단어 하나하나의 연관성, 의미, 상징을 무시할 수 없기 때문이다. 이런 이유로 이상은 아직까지도 난해함 속에 남아 있고 어떤 식으로든 이해하기 어려운 것이다.

그렇다면 과연 이상은 자신의 글을 숨기는 데 만족했을까? 그의 시는 누구도 알아볼 수 없게 암호화한 것에 지나지 않는가? 그는 이런 방법으로 자신을 표현하는 데 상당히 흡족했을 것인가? 결코 그렇지 않다고 말할 수 있다. 이상은 자신의 글을 이해할 수 있는 방법을 제시하고 있다. 그것이 이상에게 비밀이 없는 이유이며 이상의 모순 가운데 하나이다. 남들이 알아보지 못하게 숨겨 놓고서 그는 어째

---

21 〈무제〉, 《원본전집 3》, 298쪽. (강조 인용자)

서 그것을 풀 수 있는 방법을 지속적으로 제시했을까? 아마도 끝까지 자신이 하고 싶었던 이야기가 있었기 때문일 것이다. 과연 이상의 이야기는 무엇이고, 그는 무엇을 표현하려 했으며, 그의 기교는 무엇인가? 철저하게 숨겨진 이상의 의도를 하나씩 찾아내는 것이 그 해답으로 다가가는 지름길이라 하겠다. 더불어 그 길 안에서 독자들은 전혀 경험해 보지 못했던 놀라움과 새로움, 치밀함과 파격을 맛보게 될 것이다.

이상에게 이어지는 호의적 평가는 그의 시를 통해서는 적절히 설명되지 않았다고 생각한다. 가장 큰 이유는 이상의 시들이 단절되어 있기 때문일 것이다. 이상이 지금도 현대문학에서 계속 논의되고 있는 이유도 그 때문이다. 이상의 글에서 단절·고립의 연결성을 찾아낼 때 이상의 의도를 파악할 수 있다. 이상이 표면적으로 단편화하고 가두어버린 기호언어의 상징성을 읽어내야 할 것이다.

그의사고력을 그는도막도막내어놓고난 다음에는그사고력은 그가도막도막내인것인 아니게되어버린다음에 그는슬그머니없어지고 단편들이춤을한개식만추고 그 가물러가있음직이생각키는데로 차례로차례아니로물러버리니까그의지껄이는것은 점점깊이를잃어버려지게되니 무미건조한그의한가지씩의곡예에경청하는하나도 물론없을것이었지만있었으나 ......[22]

나는 나의 문자들을 가둬버렸다[23]

<hr>

22 〈지도의 암실〉, 《원본전집 2》, 173~174쪽.
23 〈회한의장〉, 《원본전집 1》, 244쪽.

2. 이상의 도형

앞서 설명한 것처럼 이상의 글들은 서로 얽히고 숨겨져 그 흐름과 논리구조를 찾아내기란 쉽지 않다. 또한 그의 퍼즐 조각들을 자칫 잘못 연결하는 경우도 다분히 일어난다. 그리고 연결하는 사람이 지니는 저마다의 특성으로 말미암아 전혀 상반된 결과가 나올 수 있고, 이상의 글들에 대한 이해를 더욱더 복잡하게 만들어버릴 수도 있다. 이렇게 해서 이상을 찾아내기란 무리가 있다. 그렇다면 이상의 글 속에서 어느 정도의 규칙과 질서를 찾아내는 일이 우선 과제가 될 수 있다. 그러나 규칙은 이상의 글에 대한 전반적인 이해를 바탕으로 이루어져야 하므로 이것 또한 모순이다. 단편에 대한 이해 없이 규칙을 찾아낼 수 없는가?

먼저 가정을 세우고 그에 대한 규칙성에 바탕을 두고 해석을 시도한다. 그리고 해석된 자료가 가정에 위배되는지 역으로 결론을 내려서 가정과 비교한다. 이 과정에서 절대로 이상의 조각 하나하나에 압력을 가해 변형시켜서는 안 된다. 이러한 수많은 반복 과정을 거쳐 이상으로 가는 길을 발견할 수 있을 것이다. 그러나 이상의 수많은 퍼즐 조각들을 수많은 가정에 대입시켜 해석하는 일은 무모한 행동일 수 있다. 시간과 노력이 많이 필요하며, 그것이 수포로 돌아갈 수 있는 가능성이 이상의 글 속에는 함정으로 많이 존재한다. 이상의 글은 치밀하게 구성되어 있지만 그 속에서도 상당히 복잡하고 다중적인 의미가 많기 때문이다. 이상으로 가는 길을 찾는 방법은 일단 '시'를 위주로 해야 한다. 이상이 의도적으로 발표했다는 인상이 강하며 난해한 만큼 이상이 직접적으로 드러나 있기 때문이다.

이상에게 가는 가장 확실한 길은 이상의 도형을 분석하는 것이다. 이상의 도형은 그의 글과 이야기에 좌표를 제시해주기 때문이다. 어떤 이들은 기호학, 언어 이전의 즉물성 등 여러 이론으로 그를 이야기한다. 이상의 기호 놀이, 즉 그의 도형을 통해 접근하는 것이 가장 최선의 방법이다. 그리고 이상은 그 길을 터놓았다.

여기에 이상의 도형이 있다.

$$\triangle \quad \triangledown \quad \square \quad \bigcirc$$

이 도형들이 어떻게 결합되며 어떤 의미를 가지고 있는가를 파악한다면 이상에 대해서 반 이상은 이해했다고 해도 지나친 말은 아닐 것이다. 아니 어쩌면 이상의 대부분을 이해했다고도 말할 수 있을 것이다. 그렇다면 이상의 도형들이 어떤 의미를 지니고 있으며 서로 어떤 관계를 갖는지 살펴보아야 한다.

우선 이상 기호에 대한 결론으로 시작한다면 다음과 같다.

$$\triangle + \triangledown = \square = \bigcirc$$

이것은 이상의 시 표면에 나타난 도형의 공식이다. 물론 이 공식 속에도 이상의 치밀한 계획과 숨기기가 있다. 이 도형의 공식에는 이상의 세계관과 글쓰기 규칙이 들어 있다. 이 도형들이 상징하는 의미와 이름, 그리고 그 구성을 통해서 이상에게 다가갈 수 있을 것이다.

3. 〈線에關한覺書 7〉

空氣構造의速度 — 音波에依한 — 速度처럼三百三十메 — 터를模倣한다[1]
(光線에比할때참너무도劣等하구나)[2]

光線을즐기거라, 光線을슬퍼하거라, 光線을웃거라, 光線을울거라,

光線이사람이라면사람은거울이다.

光線을가지라.

———

視覺의이름을가지는것은計劃의嚆矢이다. 視覺의이름을發表하라.[3]

□ 나의이름[4]

△나의안해의이름(이미오래된過去에있어서나의 AMOUREUSE는이와같이도聰
明하니라)[5]

視覺의이름의通路는設置하라,[6] 그리고그것에다最大의速度를附與하라.[7]

———

하늘은視覺의이름에對하여서만存在를明白히한다. (代表인나는代表인一例를
들것)[8]

蒼空, 秋天, 蒼天, 靑天, 長天, 一天, 蒼穹 (大端히갑갑한地方色이나아닐른
지)하늘은視覺의이름을發表했다.[9]

視覺의이름은사람과같이永遠히살아야하는數字的인어떤一點이다.[10] 視覺의이
름은運動하지아니하면서運動의코오스를가질뿐이다.

視覺의이름은光線을가지는光線을아니가진다.　사람은視覺의이름으로하여光線
보다도빠르게달아날必要는없다.

視覺의이름들을健忘하라.

視覺의이름을節約하라.

사람은光線보다도빠르게달아나는速度를調節하고때때로過去를未來에있어서淘
汰하라.

1931. 9. 12[24]

(1) 분석

[1] 공기구조의 속도: 음속 1초에 약 340미터를 이동한다.

[2] 광선에 비할 때 참 너무도 열등하구나: 광속 1초에 30만 킬로미
터를 이동한다.

[3] 시각의 이름: □ 나의 이름, △ 나의 아내의 이름.

계획의 효시: 계획의 맨 처음. 시각의 이름 즉 사각형을 발표하
는 것이 계획의 시작이라고 말하고 있다.

[4] □: 나의 이름, 사각형은 이상을 뜻한다. 즉 삼각형과 역삼각
형의 결합은 사각형이다. (△+▽=□) 〈오감도 시제4호〉에 등
장하는 그림과 동일하다. 삼각형은 이상의 현실 세계, 역삼각
형은 이상의 초현실의 세계인데, 이상은 사각형을 자신의 이름
이라고 강조하고 있다.

---

24 〈선에관한각서 7〉, 《정본전집 01》, 64~65쪽.

[5] △ : 이상의 아내, 현실의 자아. 이상은 자신의 아내가 총명하
　　　다고 이야기하고 있다. 이상의 글 속에서 아내는 '야옹의 천재'
　　　로 표현되고 있다.

[6] 시각의 이름의 통로는 설치하라: 시각의 이름은 □과 △이다.
　　　곧 □과 △에 대한 통로를 말한다. 이것은 시각의 이름의 상징
　　　성과 의미를 파악할 수 있는 통로를 설치하라는 스스로의 설명
　　　이다. 이는 곧 이상의 시를 파악할 수 있는 통로를 만들어 두었
　　　다는 것으로 이해할 수 있다. 이상은 자신의 시를 철저히 숨겨
　　　놓았지만 자신의 의도를 찾을 수 있게 많은 근거의 열쇠를 걸어
　　　놓았다.

[7] 최대한의 속도를 부여하라: 시각의 이름이 속도를 가지고 있음
　　　을 말한다. 운동성이다.

[8] 대표인 나: 이상이 자기 스스로 대표라고 언급하고 있다.

[9] 하늘은 시각의 이름을 발표했다: 이상이 자신의 이름 즉 '□'을
　　　발표함을 뜻한다.

[10] 시각의 이름이 숫자적인 하나의 점이라고 말하고 있다. 시각의
　　　이름인 □은 '나(이상)의 이름'이 숫자로 치환됨을 뜻한다.

(2) 설명

이 시의 제목은 '선에관한각서'이다. '각서'란 무엇인가? 어떠한 일
의 이행을 약속하는 뜻으로 쓰는 글이다. 여기에서 이상의 글에 대한
의지가 엿보인다. 이것은 이상 글의 설계도이며 그 내부에 상징적 의
미를 규정하고 있다. '선'(線)이라는 것은 이상에게 다가갈 수 있는 실
마리를 제공하는데 그것은 선의 변형인 삼각형, 역삼각형, 사각형,
원으로 도형을 말한다. 이 시는 1931년 10월에 《조선과 건축》에 '삼

차각설계도'(三次角設計圖)란 표제로 발표된 〈선에관한각서〉일곱 편 가운데 하나로 이상의 시작(詩作)에서 초기 작품에 해당된다. 이때 이 미 이상의 도형에 대한 의미 설정이 마무리되었다고 볼 수 있다. '이 상의 사고와 시작(詩作)의 설계도'인 것이다. 이것을 바탕으로 이상이 자신의 글과 사고를 형상화했기 때문이다. 따라서 이상이 '설정'해 놓 은 규정을 파악해야 한다.

〈선에관한각서〉에서 가장 특이한 것은 시에 '도형'과 '숫자'가 사용 되었다는 점이다. 물론 이 시 이전에 발표된 〈이상한가역반응〉에서 도 사용되었지만 〈선에관한각서〉에서 이상의 도형과 숫자에 대한 '체 계'가 갖춰졌다고 할 수 있다. 그리고 도형과 숫자는 이상의 시 전반 에서 계속 의미를 만들어 나가고 있다. 물론 당시 전후의 초현실주의 문학에서도 도형과 숫자가 사용되었지만, 이상의 도형과 숫자와는 근 본적으로 다르다고 할 수 있다. 초현실주의 문학에서는 당시 전쟁을 경험한 예술가들의 현실 부정, 새로움에 대한 욕구의 한 분출구로서 표현·시도되었다고 볼 수 있으며, 다다이즘의 형태와 같이 별다른 의 미의 유추와 작가의 지속된 어떤 의도를 찾을 수는 없다. 다다(dada) 의 어원처럼 그저 의미 없는 단속적인 '시도'에 지나지 않는다고 할 수 있다. 그러나 이상의 기호와 숫자는, 단순히 유행 사조의 모방이나 추종이 아닌 이상 스스로 독창적인 도형과 숫자의 사용을 보여주고 있으며, 그것은 초현실주의와 구분되는 이상의 가장 큰 특징 가운데 하나일 것이다.

그렇다면 체계화되고 의도적으로 설계된 이상을 이야기할 때, 절대 로 빼놓을 수 없는 도형과 숫자는, 어떻게 의미를 이루며 이상의 작품 들을 유지하고 있는지 살펴보아야 할 것이다. 일단 이 시에서 가장 주 의 깊게 관심을 기울여야 하는 것은, 이상의 '시각의 이름' 도형(□,

△)이 등장한다는 점이다. 여기서 'ロ'은 **"나의이름"** 이다. 그리고 **"나의안해의이름"** 은 '△'이다. 이상은 이것을 **"시각의이름"** 이라 명명하고 있다. 이 시에서 '이름'이란 형태는 무려 열세 번 반복되고 있으며, '시각의 이름'은 열한 번 반복되고 있다. 이것이 이상이 반복하여 강조하고자 하는 의미인 것이다. 이 시에서 시각의 이름이란 일반적으로 사람들이 사용하는 문자화된 고유명사가 아닌 '시각적 이름'이며 그것은 이상의 상징화된 기호, 즉 도형을 이야기하고 있다. 다시 말해 시각의 이름은 나의 이름 □과 나의 안해의 이름 △을 말하는 것이고, 그것을 발표하는 것이 계획의 효시이며 그것을 발표했다고 이야기하고 있다. 「삼차각설계도」란 표제어를 내세운 〈선에관한각서〉 일곱 편의 연작시에서 마지막 일곱 번째에 다시 한 번 자신의 기호도형을 강조하고 있는 것이다. 과연 그 **"시각의이름"** 이 어떠한 모습으로 〈선에관한각서〉 일곱 편의 시 속에 분산되어 있는가를 알아봄으로써 이상의 사고에 대한 추적을 시작할 수 있다.

시각의 이름 '□' 사각형은 무엇을 의미하고 상징하는가? 우선, 사각형을 입체화해야 한다. 이 시의 표제어 '삼차각설계도'에서도 드러나 있듯이, 설계도란 삼차원의 입체를 평면에 점과 선·기호·숫자로 형상화하는 작업이다. 그리고 이상의 글에서 평면과 입체는 변형을 거듭하며 지속적으로 나타난다. 정사각형이 입체화된 정육면체, 이것이 이상의 이름인 箱(상자 상)이다[그는 이름을 '김해경'에서 '이상'(李箱)으로 바꾸었다]. 그리고 삼각형은 아내이다. 여기서 이상의 다른 시들에서 반복되어 보이는 역삼각형을 등장시켜야 한다. 이것은 '남편'이다. △+▽=□ 이것은 아내와 남편이 결합된 사각형이다. 이상은 이것이 '자신의 이름'이라고 말하고 있다. 이는 이상의 시 전체를 주도하는 대단히 중요한 공식이다. 기존의 연구가 이상의 본질을 찾아내지 못한 이유 가운데 하나는 상징적 의미를 생성하는 이상의 기호에 대한 이해가 없었기 때문이라고 할 수 있다. 형이상학을 형이하학으로 단순하게 처리함으로써, 그저 도형이나 하나의 단어로 규정해서는 절대로 안 된다. 이 기호는 단순하지만 다소 복잡한 양상을 띠기 때문이다.

여기서 주목할 점은 '시각의 이름을 발표하는 것은 계획의 시작'이며 '시각의 이름의 통로를 설치하라'는 것이다. 이상이 치밀하게 설계하고 설치해 놓은 '시각의 이름의 통로'를 찾아냄으로써 이상의 견고한 성 안으로 들어갈 수 있을 것이다. 그리고 '시각의 이름은 사람과 같이 영원히 살아야 하는 숫자적인 어떤 일점이다'라고 서술하고 있다. 이 구절은 이상을 이해하는 가장 핵심이다. 여기서 시각의 이름, 즉 사각형과 □이 숫자적인 어떤 일점이라는 것은 시각의 이름인 도형이 숫자로 치환됨을 암시한다. 이상의 도형과 숫자는 서로 긴밀하게 연결되어 있다.

이상의 도형은 점(Point)을 기본으로 인식한다. 즉 꼭짓점(선) 개수에 따라 도형이 숫자로 변환한다. □은 4가 된다. '시각의 이름은 운동하지 아니하면서 운동의 코오스를 지닌다'는 것은 시각의 이름 '사각형'이 운동함을 암시한다. 그리고 그것은 사각형의 변형이다. 일단 여기에서는 시각의 이름 □을 李箱으로 이해하자. 즉 현실에 존재하는 '실재'이다. 그리고 이 시에서는 이상 곧 나의 이름 사각형과 아내 삼각형이 등장하나 역삼각형은 나오지 않는다. 도형이 등장하는 이상의 시에서 □ △ ▽이 한꺼번에 사용된 적은 없다. 이것은 이상의 의도로 생각된다. 단순한 조합으로 이루어진 자신의 기호에 대한 이해를 숨기려는 것으로 보인다. 그러나 형태로는 드러나지 않지만 이상에 의해 변형된 그의 기호들은 이상의 시 속에서 꾸준히 발견된다. 이것이 이상의 '가증할 만한 상식의 병'이라고 할 수 있다. 현실에 존재하는 모든 것은 운동하지 않는 것이나 운동하는 것이나 모두 운동의 코스를 가진다. 지구 자체가 자전과 공전을 반복하기 때문이다. 다시 말해 '모든 것'들은 '운동하지 아니하면서 운동의 코스를 지닌 것'이다. 그리고 실제로 운동을 하는 것이 된다. 그것은 원(회전) 운동의 궤적을 말한다. 이것이 이상의 길 그 통로로 가는 시작이다. 사각의 운동은 〈선에관한각서 6〉에서 반복하고 있다.

나는 내가 지구 위에 살며 내가 이렇게 살고 있는 지구가 질풍신뢰의 속력으로 광대무변의 공간을 달리고 있다는 것을 생각했을 때 참 허망하였다. 나는 이렇게 부지런한 지구 위에서는 현기증도 날 것 같고 해서 한시 바삐 내려 버리고 싶었다.[25]

4. 〈線에關한覺書 6〉

數字의 方位學[1]

∻ ∻ ∻ ∻[2]

數字의 力學[3]

時間性(通俗思考에依한歷史性)[4]

速度와 座標와 速度[5]

---

25 〈날개〉, 《원본전집 2》, 328쪽.

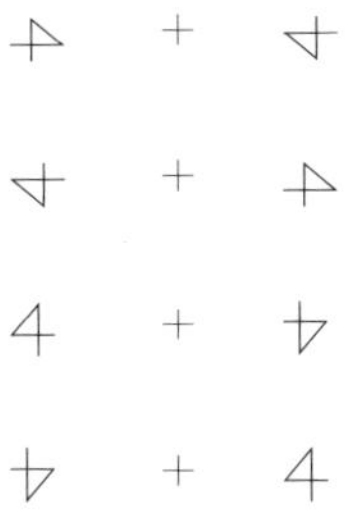

⊿　　＋　　◺

◺　　＋　　◿

◺　　＋　　◹

◹　　＋　　⊿

etc

사람은靜力學의現象하지아니하는것과同一하는것의永遠한假設이다,[6]　사람은
사람의客觀을버리라.[7]

主觀의體系의收歛과收歛에依한凹렌즈.[8]

4 第四世

4 一千九百三十一年九月十二日生.

4 陽子核으로서의陽子와陽子와의聯想과選擇.[9]

　原子構造로서의一切의運算의硏究.[10]

　方位와構造式과質量으로서의數字의性態性質에依한解의分類.

　數字를代數的인것으로하는것에서數字를數字的인것으로하는것에서數字를
數字인것으로하는것에서數字를數字인것으로하는것에(1234567890의疾患의
究明과詩的인情緖의棄却處)[11]

(數字의一切의性態 數字의一切의性質 이런것들에依한數字의語尾의活用에
依한數字의消滅)[12]

數式은光線과光線보다도빠르게달아나는사람과에依하여運算될것.

사람은별 —— 天體 —— 별때문에犧牲을아끼는것은無意味하다, 별과별과의引力

圈과 人力圈과의 相殺에 依한 加速度 函數의 變化의 調査를 于先作成할 것.

1931. 9. 12[26]

(1) 분석

[1] 숫자의 방위학: 숫자로 나타내는 방위학(동서남북).

[2] 4: 동서남북.

[3] 숫자의 역학: 숫자들 사이의 관계성, 숫자의 움직임을 뜻한다.

[4] 시간성(통속사고에 의한 역사성): 시간을 역사에 따른 일반적인 사고로 보고 있다.

[5] 속도와 좌표와 속도: 속도와 좌표와 속도 간의 관계, 즉 숫자 '4'의 방위표시와 회전을 말한다.

[6] 역학: 물체의 운동에 관한 법칙을 연구하는 물리학의 한 분과로, 갈릴레오부터 시작되어 뉴턴 역학에 의하여 운동법칙이 확립되고 힘과 질량의 역학적인 개념이 확립되었다. 물체의 상태에 따라 평형성을 연구하는 정력학(靜力學)과, 운동을 주로 하는 동력학(動力學) 두 가지로 나뉜다. '정력학이 현상하지 아니하는 것'은 동력학을 말한다. 물체의 운동과 그 관계, 움직임, 회전을 말한다. 그리고 이상의 다른 글에서 정력학에 대한 언급은 반복되고 있다. 정력학적 리듬이란 기호의 고정성을 말한다. 이상의 기호는 일반적이고 사전적인 규정에서 해방되어 고정되지 않고 움직이는데 이것이 동력학적 리듬인 것이다.

---

26 〈선에관한각서 6〉, 《정본전집 01》, 62~64쪽.

정력학적 리듬만이, 예술의 요소가 될 수 있다는 에지프트 시대로부터 생겨난 수천년의 오류로부터, 우리들은 해방되지 않으면 안된다.[27]

[7] 사람은 사람의 객관을 버리라: 이것은 사람들이 객관적이라고 말하는 합리적 사고, 곧 기존의 숫자와 기하학의 도형과는 다른 이상(李箱)만의 주관적 사고를 의미한다.

[8] ㄸ렌즈: 분산을 뜻한다.

[9] 4: □이 양자핵의 구조에서 연상되고 선택됨을 말한다.

[10] 원자 구조로서의 일체의 운산의 연구: 원자 구조, 즉 가장 작은 물질의 구조로서 모든 것을 연구함을 이야기하고 있다. 〈선에 관한각서 1〉에서 반복·강조되며 연결된다.

[11] 이상은 과학을 숫자로 상징하고 있다. 그리고 당시 과학의 질환을 상징적으로 이야기하고 있으며 자신의 시적인 정서의 기각처라고 말한다. 다시 말해 1234567890의 합리성이 지배하는 1930년대의 현실을 상징한다. 합리적이며 과학적인 숫자를 버리고 쓰지 아니함을 설명하고 있다.

기각: 버리고 쓰지 아니함을 말한다. 이 단어는 법률 용어인데 이 시의 제목 '각서'와 같이 이상의 사고 의미와 기호(상징)에 대한 규정의 절대성(규칙)을 강조한 표현으로 보인다.

[12] 숫자 어미의 활용에 의한 숫자의 소멸: 숫자, 즉 합리성의 수학으로서 숫자의 의미가 상실됨을 '숫자의 소멸'이라 표현하고 있다. 이것은 이상 자신의 숫자가 수학적 숫자와 다르다는 사실을 뜻한다. 다시 말해 자신만의 숫자이며, 숫자가 도형으로

---

27 〈권두언〉, 《원본전집 3》, 207쪽.

변환됨을 말한다. 이상은 〈선에관한각서 1〉에서도 '사람은 숫자를 버리라'고 하였다. 숫자의 소멸과 숫자의 버림은 이상에게 가장 중요한 시적 모티프이며 그의 상징인 것이다. 이 점을 이해하지 않고서 이상을 이해할 수는 없다.

(2) 설명

이상의 숫자는 도형을 상징한다고 했다. □=4

숫자의 방위학은 숫자의 역학과 같음을 뜻한다. 즉 숫자가 움직인다는 것으로, 숫자 4의 방위와 움직임이 같음을 보여준다. 여기서 숫자 4, 즉 □의 회전(움직임)에 속도를 부여하면 ○이 된다. 그리고 +로 짝을 이룬 이 숫자들은 180도 회전되어 대칭된 모습을 보이고 있다. 이상의 숫자 4는 □을 상징한다.

그 사각형은 두 개의 삼각형으로 나뉘어 있다. ◇ 마름모꼴 사각형을 '4'라고 규정한다. 숫자를 도형으로 변환하면 아래와 같다. 이 도형에서 '▲'을 기준으로 그 위치를 규정하면 오른쪽과 같다.

				우 + 좌
				좌 + 우
				상 + 하
				하 + 상

이것은 이상의 세계관과, 대립과 균형, 변화를 상징적으로 표현한다.

그리고 이 도형, 숫자는 대칭 관계에 있으며 이 도형들을 포개었을 때 서로 보완적 관계를 이룬다. 검정 부분과 흰 부분이 서로 상쇄된다. 정력학이 현상하지 않는 것은 동력학 곧 도형의 회전이다. 그것은 숫자의 움직임(회전)과 같다. 이는 〈선에관한각서 7〉에서 '시각의 이름은 운동하지 않으면서 운동의 코스를 가질 뿐이다'와 동일하다. 모든 것은 운동하고 있다. 이상의 사각형의 움직임 곧 4의 회전에다 〈선에관한각서 7〉에서 말하고 있는 속도를 부여하면 사각형은 원이 된다. 원자 구조에서부터 우주의 천체에 이르기까지 모든 것은 회전하고 있다. 여기에 근거를 둔 표현이다. 물론 이것은 이상의 주관적 발상임을 밝히고 있다.

　4 제사세
　4 일천구백삼십일년구월십이일생

　이 구절은 이상의 도형이 이상 방식에 따라 숫자로 치환된 날, 규정(확정)된 날 정도로 이해된다. 이상에게 도형은 시작(詩作)의 출발이며 그것이 숫자로 치환되어 여러 형태로 변형되어 나타난다. '4 제사세'는 이상의 사각형을 상징한다. 그리고 여기서 도형이 숫자로 변환됨을 이야기한다. 그리고 특이하게 날짜를 명기함으로써 그 의미를 강조하고 있다. 〈선에관한각서〉 일곱 편은 1931년 9월 11일에서 12일에 시작(詩作)되었음을 날짜로 명기하였는데 이는 그만큼 이상이 의미를 부여하고 있다고 할 수 있다. 그리고 이 시들은 즉흥성이나 단순한 우연에 따라 일시적으로 창작된 것이 아니라 그의 사고의 진행에서 누적되어 지어진 것으로 보인다. 왜냐하면 이상의 도형은 이 시 이전에 씌어진 〈신경질적으로 비만한 삼각형〉(1931년 6월 1일)에서 발생되어 진행되기 때문이다. 따라서 도형과 숫자는 이상의 사고에서 핵심적 요소이다. 이 시에서 숫자의 소멸을 다시 한 번 이야기하고 있다.

(1234567890의질환의구명과시적인정서의기각처)

(숫자의일체의성태 숫자의일체의성질 이런것들에의한숫자의어미의활
용에의한숫자의소멸)

일반적인 합리성의 수학과 그 숫자가 쓸모없음을 말하고 있다. 이
것은 이상 스스로 의도하고 규정한 '자신만의 숫자'를 이야기하는 것
이다. 따라서 이상의 도형과 더불어 이상의 숫자를 파악하는 것이 이
상을 이해하는 지름길이라고 말할 수 있다. 이상의 숫자는 다양한 의
미와 상징성을 지니지만 결국 동일성으로 무화(無化)되어 소멸된다.
이 점이 이상의 모순 가운데 하나이다.

5. 〈線에關한覺書 1〉

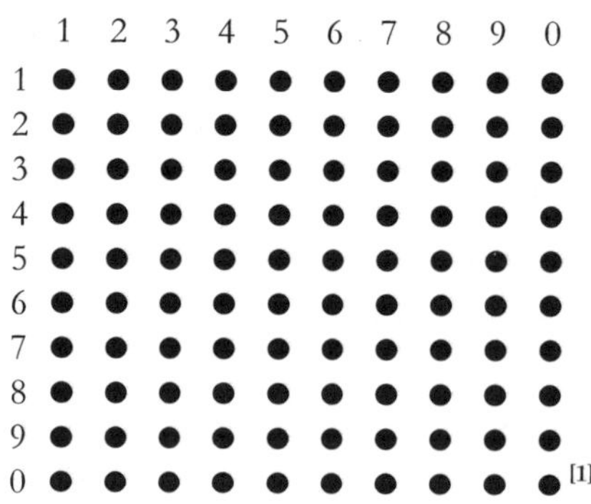

56

(宇宙는冪에依하는冪에依한다)[2]
(사람은數字를버리라)[3]
(고요하게나를電子의陽子로하라)[4]
스펙톨[5]

軸X 軸Y 軸Z[6]

速度etc의統制例컨대光線은每秒當三00000키로메―터달아나는것이確實하
다면사람의發明은 每秒當六00000키로메―터달아날수없다는法은勿論없다.[7]
그것을幾十倍幾百倍幾千倍幾萬倍幾億倍幾兆倍하면사람은數十年數百
年數千年數萬年數億年數兆年의太古의事實이보여질것이아닌가, 그것을또
끊임없이崩壞하는것이라하는가, 原子는原子이고原子이고原子이다. 生理作用
은變移하는것인가, 原子는原子가아니고原子가아니고原子가아니다, 放射는崩
壞인가,[8] 사람은永劫인永劫을살수있는것은生命은生도아니고命도아니고光線
이라는것이다.

臭覺의味覺과味覺의臭覺[9]

(立體에의絕望에의한誕生)
(運動에의絕望에의한誕生)
(地球는빈집일境遇封建時代는눈물이나리만큼그리워진다)

1931. 5. 31, 9. 11[28]

(1) 분석

[1] 이 숫자로 이루어진 그림은 이상의 〈오감도 시제4호〉와 동일
하게 이해할 수 있다.

[2] 우주는 멱에 의하는 멱에 의한다: $((10^n)^m)^1$

멱: 둘 이상의 같은 수(數)나 식(式)을 서로 곱하여 합친 수[a를

---

28 〈선에관한각서 1〉, 《정본전집 01》, 55~56쪽.

n번 곱한 것을 aⁿ으로 표시하여 a의 n승멱(乘冪)이라 함]. '멱에 의하는 멱에 의한다'는 무한대의 큰 수를 나타낸다. 우주가 무한대의 큰 숫자에 의지함을 뜻한다.

[3] 숫자: 이상의 시에서 숫자는 그의 주관적인 숫자이며 수학적 숫자와는 전혀 다르게 사용된다.

사람은 숫자를 버려라: 합리성을 바탕으로 한 수학적 숫자를 버리라고 이야기한다. 이 시에 나오는 숫자판의 그림에서 숫자를 버리면 정사각형이 된다. 그리고 이것을 대각선으로 분리하면 두 개의 삼각형으로 나누어진다. 하나의 삼각형은 현실의 물질문명으로, 그에 반대되는 삼각형은 초현실의 세계로 이해할 수 있다. 이것이 이상의 시에 등장하는 삼각형과 역삼각형의 구성이다. 이상의 다른 시에서도 지속적으로 반복되어 나타난다.

[4] 고요히 나를 전자의 양자로 하라: 이 구절은 〈선에관한각서 7〉에서 '원자구조로서의 일체의 운산의 연구'의 근거를 밝히는 구절이다. 껍데기에서 핵심으로 이동하는 것을 표현하고 있다.

전자: 소립자(素粒子)의 하나. 처음에 음극선 입자(陰極線粒子)로 발견되어 뒤에 물질의 기본적 구성단위로서 개념이 확립되었다. 전자는 원자 안에 그 원자번호와 같은 수가 들어 있으며 질량수는 원자의 질량에 견주어 매우 적다. 음전기를 띠고 있으며 원자핵의 주위를 회전하고 있다.

양자: 중성자와 함께 원자핵의 구성요소가 되는 소립자의 하나이다. 전자와 등량(等量)의 양전기를 지닌다. 원자의 구조에서 핵이 존재하고 그 주위로 전자가 존재한다. 즉 작은 원(핵: 양자와 중성자로 이루어져 있음)이 있고 그 원을 중심으로 전자가 회전한다.

핵은 말 그대로 원자 구조의 핵심이다. 이것은 두 개의 세상을 설명하고 있다. 즉 자신을 전자이지만 핵에 있는 양자로 하라는 것이다. 다시 말해 이상 자신이 고요하게 자신의 핵심인 초현실의 자아로 변환하기를 바라고 있다. 여기서 중요한 사실은 전자는 음전기를 띠며 양자는 양전기를 지닌다는 점이다. 음전기에서 양전기로의 이동·결합이다. 이 부분은 이상을 이해하는 데 상당히 중요하다.

[5] 스펙톨(스펙트럼): 파장에 따라 분해 배열한 복사선(輻射線: 적외선·가시광선·자외선의 총칭)의 계열이다.

[6] 축X 축Y 축Z: 숫자를 뺀 나머지 부분. 가로×세로 10개의 점들이 만들어 낸 입체화를 뜻한다.

[7] 광속도: 빛의 속도. 현재 마이컬슨(Michelson) 등의 측정에 따른 진공 속에서의 속도 $2.993 \times 105km/sec$가 가장 확실한 수치로 되어 있다. 사람의 발명이 빛의 속도보다 더 빨리 발전할 수 있는 가능성을 언급하고 있다.

[8] 방사: 바퀴살 모양으로 중심에서 둘레로 내뻗음. 물체에서 에너지가 방출되는 현상. 방사는 확대로, 붕괴는 응집된 축소로 이해할 수 있다.

[9] 취각: 냄새. 후각의 세계.

미각: 맛의 세계. 이질적인 취각과 미각이 동일시되고 있다.

(2) 설명

이상의 초기 시의 특징은 도식화에 있다. 〈선에관한각서 1·2·3〉은 시 초반부에 점과 숫자로 형태가 제시되고 후반부에 문자로 서술되고 있다. 이러한 형태는 이상의 여러 시에 드러나는데 그 경향성을 염두에 두고 파악해야 한다.

시의 앞부분에 제시된 그림은 무엇을 상징하는가? 이 그림은 가로 10개, 세로 10개의 점들과 그것들에 대한 숫자 매김(Numbering)으로 이루어져 있다. 그런 뒤 바로 무한대의 우주를 언급하고 숫자를 버리라고 말한다. 이것은 무슨 의미인가? 지시하는 대로 숫자를 버리고 x·y·z축을 입체화한다면 이것은 가로·세로·높이 모두 10개의 점들로 이루어진 형태가 된다. 이상의 세계관에서 모든 것은 점(Point)을 기본으로 한다. 일단 이상을 이해하기 위해서는 점·선·면·입체의 진행과정을 설정해 놓고 시작해야 한다. 하나의 **점**과 10개의 점으로 이루어진 **직선**과 가로 세로 10×10인 **사각평면**, 그리고 그것이 입체화된 가로 세로 높이 10×10×10의 **정육면체**를 이상은 지속적으로 자신의 글에서 반복하여 설명하고 있기 때문이다. 이에 대한 이상의 설정을 찾아내야 한다.

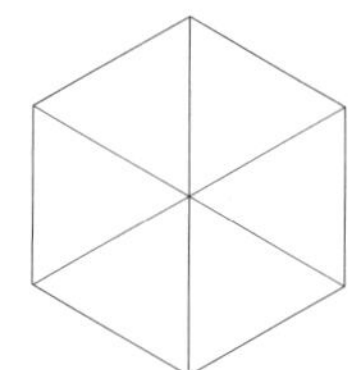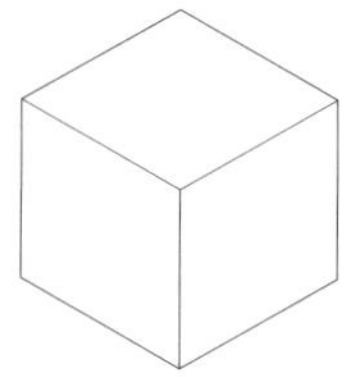

위의 숫자와 점으로 이루어진 형태에서 숫자를 소멸시키고 10개의 점으로 이루어진 점들을 직선으로 연결시키고 입체화하면 1,000개(10×10×10)의 점으로 이루어진 정육면체가 만들어진다. 이것은 이상 시각의 이름, 사각형과 같은 의미를 갖는다. 그리고 사각형은 아내와 남편의 결합이다. 여기서 숫자와 점 10개는 모든 것, 즉 인식의 한계를 뜻한다. 더 이상 확장될 수 없는 현실의 사물과 의식의 한계, 이상이 자의적으로 규정한 모든 것의 한계이다.

고요하게 나를 전자의 양자로 하라

원자란 오직 하나인, 더 잘게 나눌 수 없는 근본 물질이다. 원자핵 내부의 양자는 양전기를 띠고, 외부의 전자는 음전기를 띠며 원자핵 주위를 회전한다. 즉 전자와 양자가 서로 관계를 맺고 있다. 그것은 전기적 성질로 봤을 때 음전기 −와 양전기 +의 관계이다. 전자와 양자의 결합은 이상이 가지고 있는 두 개의 세계관을 상징한다.

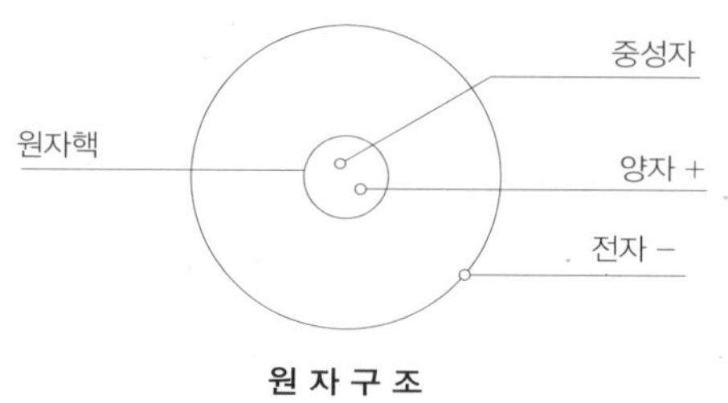

원 자 구 조

전자는 현실적 자아를, 양자는 이상적 자아를 상징한다. 그리고 원자구조는 △+▽=□이며 숫자를 제외한 정육면체의 점들과 동일하다. △은 현실을, ▽은 理想을 상징하고, 그것이 결합된 □이 李箱이며 또한 방사·확대되어 무한한 우주를 포함하는 이상의 세계관이다.

원자[1]는원자[2]이고원자[2]이고원자[2]이다. 생리작용은변이하는것인가, 원자[1]는원자[2]가아니고원자[2]가아니고원자[2]가아니다.

이 대목은 이상이 자주 사용한 모순적 진술이다. 원자는 원자라고 말하면서 또 원자는 원자가 아니라고 반복해 말하고 있다. 명백한 모순이지만 또한 결코 모순이 아니다. 이 구절을 이해하려면 이상의 축소와 확대, 관점(시간)의 상대성에서 보아야 할 것이다. 여기서 반복되는 원자에 대한 규정이 필요하다.

처음에 나타나는 원자[1]는 물질을 구성하는 궁극의 요소로서 물리
적·화학적 방법으로는 더 이상 분할할 수 없다고 생각되는 입자로,
원자핵과 전자로 구성되고 몇 개의 원자가 결합되어 분자를 만든다.
그리고 이 시의 앞에서 언급한 전자와 양자에 연결된 원자를 말한다.
1930년대에 국한된 원자이다.

한편 뒤에 진술되는 원자[2]는 말 그대로 원자의 본질적 규정으로 오직
하나요, 더 잘게 나눌 수 없는 근본 물질을 말한다. 이것은 시간성에 구
애받지 않으며 시대를 초월한 '원자의 절대적 규정'이다. 위의 시 구절
은 모순으로 보이지만 결코 그렇지 않다. 위의 진술에서 첫 번째 진술과
두 번째 진술을 시간의 상대성에서 본다면 당연한 진술이다. 원자구조
의 원자는 원자이지만 그것은 앞으로 원자가 아님을 말하는 것이다.

1930년대 원자구조는 전자와 양자, 중성자로, 더 이상 나뉠 수 없는
상태였다. 그러나 현대과학은 원자구조에서 쿼크와 글루온 등을 분할
해 확인하고 있다. 지금의 시점에서 전자와 양자, 중성자로 이루어진
원자는 원자(최소의 근원 물질: 원자의 절대성)라고 말할 수 없다. 앞으로
과학이 더욱 발달한다면 최소의 근원 물질은 계속 변할 수 있다. 이것
을 이상은 '사람의 발명은 매초 당 6,000,000킬로미터 달아날 수 없다
는 법은 물론 없다'고 표현하고 있다. 사고의 속도가 진화함을 말한다.

  (입체에의절망에의한탄생)
  (운동에의절망에의한탄생)
  (지구는빈집일경우봉건시대는눈물이날만큼그리워진다)

'입체에의 절망에 의한 탄생'은 '평면'화된 '□' 사각형을 말한다. 사
각의 원형은 정육면체를 의미하기 때문이다. 정육면체의 입체를 사각

62

형으로 평면화함을 이야기한다. 〈선에관한각서 7〉에서 '시각의 이름'
은 '□ 나의 이름'이라고 설명하며 '시각의 이름은 운동하지 않으면서
운동의 코스를 가진다'고 했다. 즉 회전(운동)하는 모든 것의 정지된 상
태를 사각형으로 표현한 것이다. 결국 '운동에의 절망에 의한 탄생' 또
한 정지된 '□' 사각형을 뜻한다. 그리고 다음 행에서 '지구'를 언급하
는데 이상의 시에서 □은 지구와 동일시된다.[29] 그 근거가 두 시에서
연결되어 나타나는 것을 알 수 있다. 이때 이미 이상의 도형에 대한 사
고는 결정되었다고 할 수 있다. 공간과 시간의 확장과 축소이다.

　위에서 보이듯이 〈선에관한각서 1〉에서 〈선에관한각서 7〉은 서로
긴밀히 연결되어 있다. 이 연결성과 상호 조직성을 파악해야만 이상
을 이해할 수 있다. 또한 이러한 이상의 글쓰기 방식은 이상의 다른
연작시들을 해석하는 실마리도 제공해준다고 하겠다.

6. 〈線에關한覺書 2〉

1+3
3+1
3+1　1+3
1+3　3+1
1+3　1+3
3+1　3+1
3+1
1+3

29　조수호, 〈이상의 건축무한육면각체 해독〉, 《이상소설작품론》, 역락, 2007, 276쪽 참조.

線上의一點 A
線上의一點 B
線上의一點 C

A+B+C=A
A+B+C=B
A+B+C=C

二線의交點 A
三線의交點 B
數線의交點 C

3+1
1+3
1+3 3+1
3+1 1+3
3+1 3+1
1+3 1+3
1+3
3+1

(太陽光線은, 凸렌즈때문에收斂光線[1]이되어一點에있어서赫赫히빛나고赫赫
히불탔다,[2] 太初의僥倖은무엇보다도大氣의層과層이이루는層으로하여금凸렌즈
되게하지아니하였던것에있었다는것을생각하니樂이된다,[3] 幾何學은凸렌즈와같은
불작란은아닐른지,[4] 유우크리트[5]는死亡해버린오늘유우크리트의焦點[6]은到處에
있어서人文의腦髓를마른풀과같이燒却[7]하는收斂作用을羅列하는것에依하여
最大의收斂作用을재촉하는危險을재촉한다, 사람은絕望하라, 사람은誕生하라,
사람은誕生하라, 사람은絕望하라)

1931. 9. 11[30]

---

30 〈선에관한각서 2〉, 《정본전집 01》, 57~58쪽.

(1) 분석

　[1] 수렴광선: 한 점에 집중되는 광선.

　[2] 혁혁히 빛나고 혁혁히 불탔다: 오목렌즈로 빛을 모음으로써 빛
　　　나고 불타는 것을 표현하고 있다.

　[3] 요행: 행복을 바람, 뜻밖에 얻는 행복.
　　　지구의 대기가 오목렌즈가 되어 지구를 태우지 않음을 말한다.

　[4] 기하학은 오목렌즈와 같은 불장난은 아닐른지: 기하학, 숫자와
　　　도형으로 상징되는 과학의 위험성을 뜻한다.

　[5] 유우크리트의 기하학: 유클리드의 《기하학 원본》에 기초를 두
　　　고 있는 기하학을 뜻한다. 이 책은 고대 그리스 피타고라스, 플
　　　라톤의 학파 가운데 축적되어 있던 막대한 지식을 집대성하여
　　　계통적 이론 체계로 정리한 것이다. 19세기에 접어들어 평행선
　　　의 공준(公準)을 검토하면서 비(非)유클리드 기하학이 탄생되기
　　　전까지 유일한 기하학의 표준 체계로 사용되었다.

　[6] 유우크리트의 초점: 기하학으로 상징되는 서구 이성주의와 합
　　　리주의를 말한다.

　[7] 인문의 뇌수를 마른풀과 같이 소각: 사람을 황폐화시킴, 사람
　　　의 사고를 소멸시키는 것을 의미한다.

(2) 설명

이상의 도형과 숫자에 대한 이해가 없이는 이 시에 대한 어떤 이해
도 거부된다. 이상의 여러 시에서 반복되어 보이는 도형이 자취를 감
추어버리고 숫자로 전부 치환되었기 때문이다. 이 시의 제목이 '선에
관한각서'임을 생각해 보면 '선'을 염두에 두고 해석을 시도해야 한다
는 사실을 쉽게 알게 된다. 이 숫자들은 과연 무엇을 의미하는가? 그동

안 수많은 논의가 있었지만 어느 하나도 뚜렷이 제시하지 못했다.[31] 대체로 단편적인 해석과 시 후반부 글로 서술되어 있는 부분에 대한 해석으로 이 시의 설명을 마무리하는데, 이 숫자들을 이해하려면 이상의 도형에 또 다른 '이름'을 붙여주어야 한다. 그것은 〈선에관한각서 1〉의 전자와 양자, 즉 음전기와 양전기의 연결선 위에 있는 이름이다.

△＝아내＝음＝달
▽＝남편＝양＝태양

이것 또한 이상의 전반을 관통하는 사고이다. 이 시는 유클리드의 기하학, 즉 서구의 합리성과 이성주의의 위험을 이야기하는데, 이는 곧 기존의 일반적 원리를 거부함을 뜻한다. 그리고 이 시는 동양적 사고와 대칭적 위치에 있다. 이 시를 이해하려면 이상의 첫 소설 〈12월 12일〉이 필요하다.

「세상이란 그런 것이야. 네가 생각하는 바와 다른 것, 때로는 정반대되는 것, 그것이 세상이라는 것이야!」
이러한 결정적 해답이 오직 질풍신뢰적으로 나의 아무 청산도 주관도 없는 사랑을 일약 점령하여 버리고 말았다. 그 후에 나는 네가 세상에 그 어떠한 것을 알고자 할 때에는 우선 네가 먼저 「그것에 대하여 생각해 보아라. 그런 다음에 너는 그 첫번 해답의 대칭점을 구한다면 그것은 최후의 그것의 정확한 해답일 것이니」[32]

---

31 이상을 이야기할 때 그의 사고를 유클라드 기하학에 연결시켜 설명하는 견해가 있는데 이상은 유클리드 기하학과는 그다지 연결성이 없다고 말할 수 있다. 표현은 유클리드 기하학에 기반하지만 그의 사고는 비유클리드 기하학에 기반을 두고 있기 때문이다.
32 〈12월 12일〉, 《원본전집 2》, 21～23쪽.

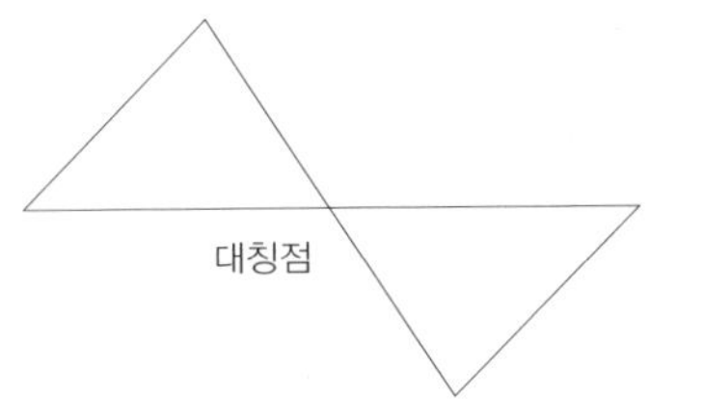

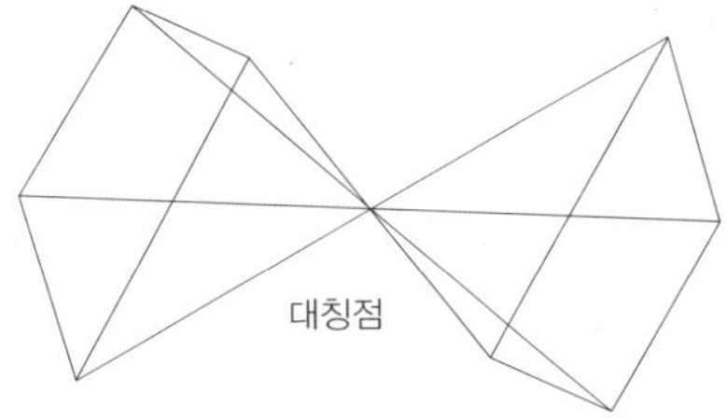

여기서 대칭점이란 무엇인가?

선상의 일점 A

선상의 일점 B

선상의 일점 C

$A+B+C=A$

$A+B+C=B$

$A+B+C=C$

이선의 교점 A

삼선의 교점 B

수선의 교점 C

위의 공식을 만족시키는 A, B, C는 0이다.

이상의 공식은 그의 글에서 말하듯이 단순하다. 그 때문에 이상을 이해하는 데 하나의 함정이 될 수도 있다. 이 수식도 단순하게(?) 처리해야 한다. 그럼으로써 이상의 기호들을 배치할 수 있기 때문이다. 그리고 그것은 이상의 대칭점이다. 대칭점은 무수한 선의 교점이다.

평면에서 하나의 선을 대칭시킬 때 대칭점은 두 선의 교점이 되고, 다양한 도형 등을 대칭시킬 때는 무수한 선의 교점이 된다.

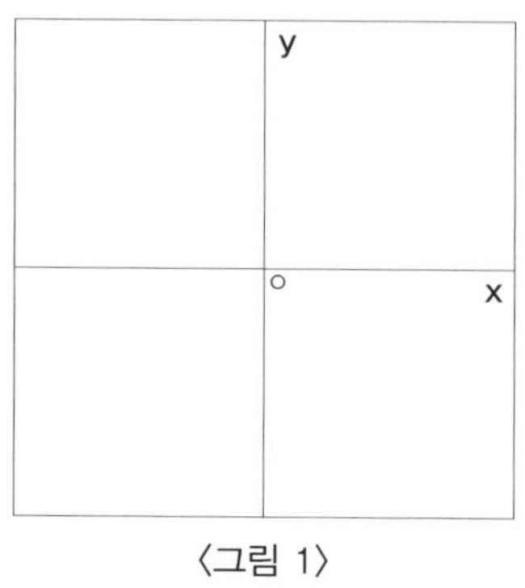

〈그림 1〉

　〈선에관한각서 1〉의 가로, 세로, 높이 10의 공간을 평면화하였다. 그리고 여기에 이상의 글에 반복되는 '좌표' x축과 y축을 두었다. 이것은 □=△+▽이다. 여기에서 수식은 무엇을 의미하는가? '시각의 이름은 사람과 같이 영원히 살아야 하는 숫자적인 어떤 일점'이라고 했다. 그리고 '사람은 숫자를 버리라'고 말했다. 이 둘이 결합할 때 숫자는 숫자가 아닌 도형을 상징하며 점을 뜻한다. 즉 1+3=4 → ·+△= □이다. 하나의 삼각형과 하나의 점(Point), 그 둘이 결합한 사각형[33]을 상징하고 있다. 이 시에서는 도형이 숫자로 치환되었는데 이 숫자들을 도형으로 다시 되돌려놓아야 한다. 위쪽의 숫자들을 3이라는 숫자를 중심으로 도형화하면 다음 그림의 왼쪽과 같다. 그리고 대칭점은 평면 상의 기준점 0이 되며 아래의 숫자들을 도형화하면 오른쪽과 같다.

---

33 이상 사각형의 원형(原形)은 앞에서 살펴본 〈선에관한각서 6〉에 나온 마름모꼴이다. 그리고 마름모가 사각형이라는 동질성에 따라 사각형으로, 다시 원형과는 다른 형태의 □으로 변형·운동된다. 이를 이상 기호 도형의 운동성이며 동력학적 리듬이라 할 수 있다.

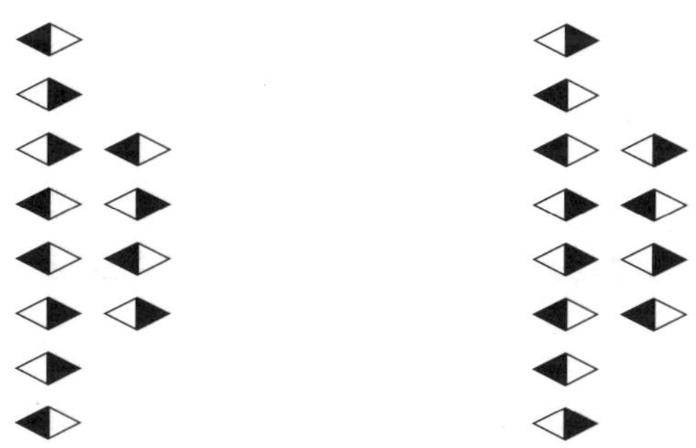

　이 도형들을 〈그림 1〉에 위치시켜야 한다. 이것을 어떻게 두느냐가 이 시의 핵심이라고도 할 수 있다.

　위와 같이 도형으로 치환한 두 개의 그림은 같은 형태, 같은 모양이지만 3(검은 삼각형)을 기준으로 한 그 색은 정반대를 이루고 있다. 그러나 아래 그림과 같이 이것을 펼치면 그 각각의 도형은 같은 형태가 된다. 사각형 8개의 장(長)과 4개의 단(短)이 좌우로 바뀐 형태일 뿐이다. 따라서 위 그림 두 장은 펼쳤을 때와 겹쳤을 때 같으면서 다르며, 다르면서 같은 형태를 이룬다.

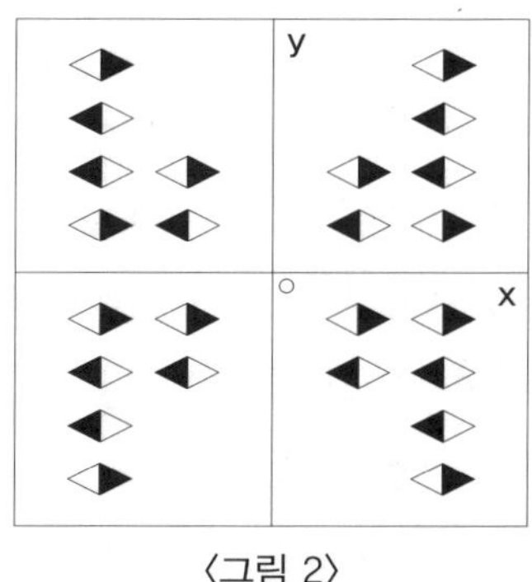

〈그림 2〉

　이 그림은 좌우로 나누어진 곳(더 이상 확장될 수 없는 사물과 정신의 테두리)에 12개의 □의 대칭을 나타냈다. 즉 이 시에 나타난 공식은 겹쳐진 상태를 분리해 놓은 것이다.

좌측의 12개의 □과 우측의 12개의 □.

이상의 △은 음이고 ▽은 양이라고 했다. 3으로 된 검정 삼각형을 음으로 하고 나머지 한 점이 만드는 삼각형을 양이라고 한다면 개개의 사각형은 결국 음양이 된다. 그리고 이것은 좌우의 대칭이다.

'12 대 12' 이것은 소설 〈12월 12일〉의 상징과 같다. 12는 무엇을 상징하는가? 12는 존재하는 모든 것을 상징한다. 즉 〈선에관한각서 1〉과 〈오감도 시제4호〉 등에서 발견되는 10과 동등하다. 인식의 한계이며 그것은 존재하는 모든 것, 실제 하는 사물과 관념의 전체를 상징한다. 이 시는 대칭점 0을 두고 좌우로 분리되어 있다. 여기서 이상의 도형에 또 다른 이름을 붙여 주어야 한다.

△＝左　　▽＝右

좌우는 도형과 같이 이상의 세계관을 상징한다. 결국 이상 도형의 다른 표현 방식일 뿐이다. 이상의 소설 〈12월(月) 12일(日)〉 또한 위의 관점으로 이해할 수 있다. '전체의 음(달)과 전체의 양(해)' 삼각형과 역삼각형의 대결·대립·균형으로 이해할 수 있다. 그리고 〈12월 12일〉에서 12를 전체를 포함하는 12개로 인식하지 않고 순차적인 의미의 열두 번째로 본다면 〈12월 12일〉은 열두 번째 음과 양, 즉 최종적 대결을 상징한다고 이해할 수 있다. 이것은 이상의 글을 이해할 때 놓쳐서는 안 되는 중요한 규칙이다.

이 시는 이상이 자신의 세계관을 도형으로 변환하고, 그 도형을 다시 숫자로 변환하는 것을 보여주고 있다. 그리고 숫자가 도형으로 변환됨으로써 숫자 기존의 가치가 무력화되고 있다. 그리고 그것은 서구의 합리주의적 사고로 대표되는 숫자나 유클리드의 기하학과는 전혀 다른 이상만의 방식으로 만든 도형이다. 이는 하나의 기호언어가 고정된 하나의 의미(일반적 의미)로 사용되는 데서 '해방'된 것으로, 이상의 활동적 리듬이다.

그러나 이상은 여기서 그치지 않았다. 그는 1920년대 브르통(Breton, Audré)을 비롯한 젊은 초현실주의 시인들이 자신들의 표현 방식으로 채택했던 미술의 데칼코마니 기법[34]을 이용하였다. 이상의 기법에서 독특한 점은 지면을 활자가 기록되는 단순한 평면이 아닌 자신의 표현을 위한 입체로써 주체적으로 사용하고 있다는 것이다. 어느 작가에서도 발견할 수 없는 이상만의 기교이다. 이러한 점이 이상의 대단함을 드러낸다. 이상은 도형과 숫자, 시와 미술이 결합한 모습을 보여주고 있다. 그리고 그 내용에서도 그의 무한히 큰 세계관과 동양적인 사고인 음양을 이야기한다. 표현 기법 또한 그 누구도 상상할 수 없을 정도로 치밀하며 독특하다. 세계 문학사에서 유래가 없다. 이것이 이상의 기교의 한 모습이며 그의 의식 세계이다.

이 시에서 미술의 표현 기법인 데칼코마니가 사용되었다는 점을 의아해하는 독자들이 있을지도 모르겠다. 위의 숫자들을 아래 숫자와 포갠다면 다음과 같다. 그리고 그 포개진 숫자들은 4^{35}가 되어 버린다. 그리고 그것들의 구조인 4+4구조는 〈선에관한각서 6〉에서 변형을 거듭하며 반복되는 대칭 4+4와 동일하다. 이 또한 지속되는 반복이다.

---

34 종이를 접어서 한 면에 물감을 뿌린 뒤 종이를 접어 좌우 대칭의 형태를 만들어내는 방식.
35 4는 이상의 글에서 가장 많이 반복되는 핵심적인 기호 숫자이다.

3+3   4+4
3+3   4+4
3+3   →   4+4   4+4
3+3   3+3   4+4   4+4
3+3   3+3   4+4   4+4
3+3   3+3   4+4   4+4
3+3   3+3   4+4
3+3   4+4

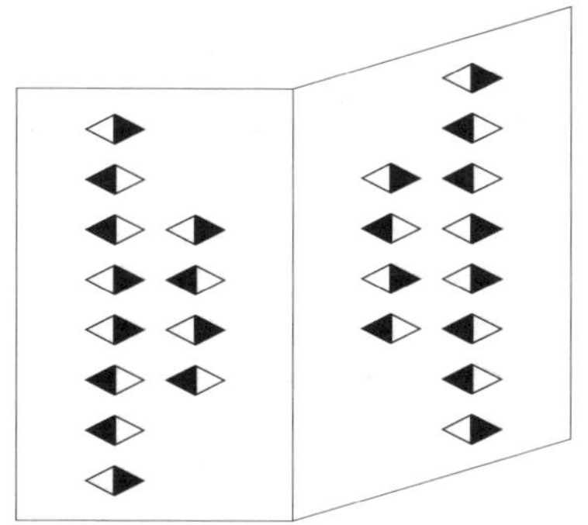

　3과 1이 같이 포개어 있는 사각형 12쌍. 이상은 이것을 겹쳐 표현하였다. 그리고 위의 그림은 접혀 있는 그의 세계관을 펼친 수식이며 도형이다. 평면에서 입체를 구현하고 있다고 말할 수 있다. 발표 당시 시로서 한 쪽에 함께 놓여있던 두 개의 숫자판은 실제로 각각 다른 면이며 겹쳐져 있는 상태를 나타낸 것이다.

　12는 전체로서의 12라고 했다. 이것은 음양을 상징한다. 음 속에 양이 있고 양 속에 음이 존재한다. 이것을 펼치면 〈그림 2〉와 같이 된다. 즉 이상에게 위의 12:12는 △+▽과 동일하며 결국 □인 것이다. 그리고 이것은 **음양**의 **태극**을 상징한다. [위 그림의 지면을 겹칠 때 삼각형의 검은 부분(음)과 흰 부분(양)은 다시 음양이 되어 서로 상쇄된다] 이것은 이

시 후반부에 글로 서술된 서구의 합리주의
와 이성주의에 반하며, 유클리드의 기하학
과는 다른 이상만의 도형과 숫자의 사용을
보여주고 있다.

　　왼쪽 그림을 형태미에 따른 숫자로 변환
을 시도하면 **69**이다. 이는 이상이 경영하
다가 타인에게 양도한 카페의 이름이기도 하다. 카페 '69'의 이름을
두고 사람들이 남녀의 성관계 쪽으로 이야기했을 때 이상은 냉소하고
때로는 크게 웃었다고 한다. 그러나 음양의 태극이 이상의 카페에 대
한 해답이라고 할 것이다. 물론 이것은 이상의 위트이다. 이렇듯 이상
의 단어와 기호는 상징성을 띠고 있다. 이상의 위트와 패러독스의 포
석들인 것이다.

　그리고 여기서 또 다른 이상의 위트를 찾아낼 수 있는데 시 전반부
의 1+3, 3+1로 짝지어 나열된 모든 숫자들과 대칭점, 원점, '0'을 더
하면 '**96**'이 된다. 위에서 이야기한 '69'가 형태미에 의한 '음양'이라
면 '96'은 '양음'이 된다. 이상의 카페 '69'의 역방향이다. 그리고 이것
은 '1 + 3 = · + △ = 양음, 3 + 1 = △ + · =음양'과 같이 이 시의 전
반부에서 도형들이 만들어 내는, 사람들이 일반적으로 말하는 '음양'
과 숫자들의 합이 만들어 내는 '양음'과는 또 다른 대칭과 상보적 관
계를 갖는다. 이상에게 12는 10과 동일하다고 했다. 따라서 위 숫자
로 변형된 도형을 12개라 해도 좋고 10개라 해도 무방하다. 12개를 사
용하여 전체 합이 '96'이 되었는데 이 또한 이상의 의도로 보인다. 그
리고 그것은 '12月 12日'의 상징과도 이어진다. 전체의 음과 전체의
양의 대립·대결·결합이다.

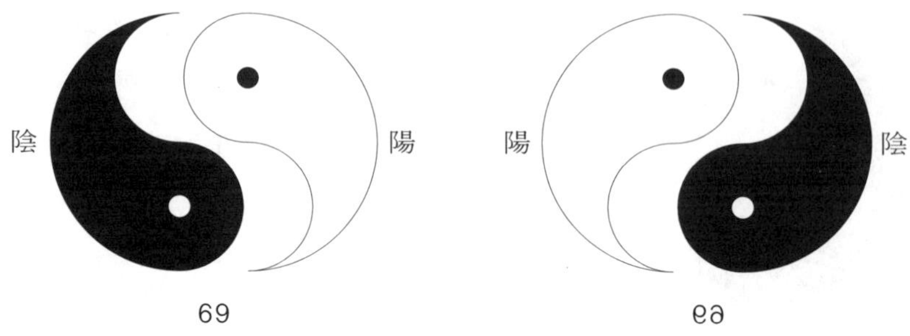

주역에서는 음양을 기호로 표시하는데 이것을 '효'(爻)라고 한다. 음효를 '--'으로, 양효를 '—'으로 표시한다. 효를 숫자로 표시하면 **九**를 **양수**(陽數)라 하고 **六**을 **음수**(陰數)라고 한다. 주역에서 사용하는 이 한자를 아라비아 숫자로 바꾸면 **음양**은 **69**가 된다. 그리고 이것은 태극이다. 이상은 1936년《가톨릭청년》에 '易斷'이라는 표제로 다섯 편의 시를 발표했는데 그 가운데 한 편을 '易斷'이라는 제목으로 발표했다. 주역의 음양, 태극의 상징성과 형태성, 그리고 '효'(— = 9, -- = 6) 숫자의 상징에 대한 이상의 의도적 연결성을 생각해볼 수 있다. 또한 이상은 '음양'에 관해 그의 소설에서 반복하여 제시하는 것을 잊지 않고 있다. 그리고 자신의 시에 대해 대단하다 할 만큼 자부심을 보이고 있다.

보산이얼마나음양에관한이치를잘이해하여정신수양을하고있는것인가를 다른사람들은하나도모르는것이섭섭하기도하였으며 또는통쾌하기도하였다. 보산은보산의 정신상태가 얼마나훌륭히수양되어있는것인가 모른다는것을마음속에굳게 믿어오고있는것이었다. 양의성한때를잠자며 음의성한때를깨어있어 학문하는것이얼마나이치에맞는일인가 세상사람들아왜모르느냐 도탄에묻힌현대도시의시민들이 완전히구조되기에는 그들이빠져있는불행의깊이가너무나깊어버리고만것이로구나 보산은가엾이여긴다. 읽던책을덮으며 그는종이를놓아시를쓴다.

세상에서땅바닥에달라붙어뜯어먹고사는 천한 인간들의쓰는시와는운소로차가나는
훌륭한시를 보산은몇편이나몇편이나써놓은것이건만 그대신세상사람들은 그의시
를이해하여줄리가없는과대망상으로밖에는볼수없는것이었다. 이것을보산혼자만이
설어하고있으니 누가보산이이것을설어하고있다는것조차알아줄이가있을까. ……[36]

이렇듯 이상은 자신의 '시'들을 다양하게 변형하여 그 의도를 사람
들이 알 수 없게 숨겨 놓았다. 이것이 또한 이상을 지금까지 유지하게
한 원동력일 수도 있다. 그러나 숨겨 놓은 것을 푸는 방법도 같이 제
시하였으므로[37] 이른바 난해하다고 말하고 어떤 이해도 구하기 힘든
초현실주의 또는 포스트모던의 시들과는 완전히 구별된다고 할 수 있
다. 그리고 이 시에서 반복되어 드러나는 '1+3'의 '+'기호를 한자의
열십 자[十]로 읽으면 1十3은 13이 된다. 이것 또한 이상의 형태미에
따른 변형의 하나로 보인다.[38] 그리고 이것은 〈오감도 시제1호〉에 나
오는 13인의 아이의 상징과 연결되어 진행·운동된다.

+ 이상의 좌우

이상의 글 속에 등장하는 좌우. 이것은 그냥 지나쳐서는 안 될 만큼
중요한 의미를 지닌다. 좌우는 삼각형, 역삼각형과 같다고 앞에서 이
야기했다. 이상의 글에서 이것이 어떻게 반복되어 강조되는가를 살펴
보면 다음과 같다.

---

36 〈휴업과 사정〉, 《원본전집 2》, 155쪽. (강조 인용자)
37 앞서 '이상의 퍼즐'에서 이야기했듯이 '비밀이 있으면서 비밀이 없다'고 할 수 있다.
38 이상의 동음이의어, 이음동의어의 사용과 같은 형태이다.

불면증과 수면증으로 시달림을 받고 있는 나는 항상 좌우의 기로에 섰다.

나의 내부로 향해서 도덕의 기념비가 무너지면서 쓰러져 버렸다. 중상. 세상은 착오를 전한다.[39]

하나의 수학, 퍽이나 짧은 숫자가 그를 번민케 하는 일은 없을까?

그는 한 장의 거울을 설계하였다. 그리고 물리적 생리수술을 그는 무사히 필요하였다.

기억이 관계하지 않는 그리고 의지가 음향하지 않는 그 무한으로 통하는 방장의 제3축에 그는 그의 안주를 발견하였다.

'좌' 라는 공평이 이미 그로 하여금 '부처'와도 절연시켰다.

이 가장 문명된 군비, 거울을 가지고 그는 과연 믿었던 안주를 다행히 향수할 수 있을 것인가?[40]

「나의 비밀을 언감생심히 그대는 누설하였도다. 죄는 무겁다, 내 그대의 우를 빼앗고 종생의 '좌'를 부역하니 그리 알지어다.」

악성의 충혈된 질타는 빙결한 그의 조그마한 심장에 수없는 균열을 가게 하였다.[41]

왼팔이 오른팔을 오른팔이 왼팔을 자꾸만 가혹하게 구타한다. 날개가 부러져서 흔적이 시퍼렇다.

소량의 구조 깃발은 이미 효력이 없다.[42]

바른팔이 왼팔을, 왼팔이 바른팔을 가혹하게 매질했다. 날개가 부러지고 파랗게

---

39 〈1931년(작품 제1번)〉, 《원본전집 1》, 238쪽. (강조 인용자)
40 〈얼마 안되는 변해〉, 《원본전집 3》, 293쪽. (강조 인용자)
41 〈무제〉, 《원본전집 3》, 298쪽. (강조 인용자)
42 〈공포의 기록(서장)〉, 《원본전집 3》, 333쪽. (강조 인용자)

멍들은 흔적이 남았다.[43]

태초에 좌우를 난변하는 천질 있더니

그 불길한 자손이 백대를 겪으매

이에 가지가지 천형병자를 낳았더라[44]

구토가 자꾸만 치밀어 목은 좌로 향하고 우로 향했다. 무거운 짐짝같은 두통이 눈구멍 속에 있었다. 이것은 분명 불결한 공기 탓이리라. 이 불결한 공기로부터 잠시나마 도망치지 않으면 안되겠다.

승강구에 섰다. 요란한 음향이다. 철과 철이 맞부딪는 대장간 같은 소리는 고통에 넘쳐 있다. 나는 산소로만 만들어졌다고 할 수밖에 없는 시원한 공기를 마시면서, 이 정수리를 때리는 것만 같은 음향에 익숙하려 했던 것이다. 공기는 냉랭한 채 머리털에 엉겨 붙었다. 이마에 제법 차가운 손이 얹혀지는 것만 같았다. 사람을 초조하게 하는 이 음향에 어서 익숙했으면 좋겠다.

승강구에 멈춰 서 보았다. 몸은 좌 혹은 우였다. 아직 머리는 비슬거리고 있나보다.[45]

인쇄소 속은 죄 左다. 직공들 얼굴은 모두 거울 속에 있었다. 밥먹을 때도 일일이 왼손이다. 아마 또 내 눈이 왼손잡이였는지 모르지만 나는 쉽사리 왼손으로 직공과 악수하였다. 나는 교묘하게 左된 지식으로 직공과 회화하였다. 그들 휴게와 대좌(對坐)하여—그런데 웬일인지 그들의 서술은 右다. 나는 이 방대한 좌와 우의 교차에서 속 거북하게 졸도할 것 같길래 그냥 문 밖으로 뛰어나갔더니 과연 한 발자국 지났을 적에 직공은 일제히 우로 돌아갔다. 그들이 한인(閑人)과 대화

---

43 〈공포의 기록〉, 《원본전집 2》, 201쪽. (강조 인용자)
44 〈환시기〉, 《원본전집 2》, 287쪽. (강조 인용자)
45 〈첫 번째 방랑〉, 《원본전집 3》, 163~164쪽. (강조 인용자)

하는 것은 꼭 직장 밖에 있는 조건인 것을 알 수 있었다.[46]

병집이 지식과 중화했다—세상에 교묘하기 짝이 없는 치료법—그후 지식은 급
기야 좌우를 겸비하게끔 되었다[47]

나는 왜 한쪽 장갑을 잃어버렸을까?

나는 나머지 장갑도 마저 잃어버렸으면 하고 생각한다. 하지만 내가 어떻게 내
마음대로 그것을 없앨 수가 있을까?

나는 욕을 먹는다. 한쪽 장갑을 고수하고 있다는 것 때문에[48]

만적 만적하는대로 추심(秋心)이 평행하는
부러 그러는 것 같은 거절
우(右)편으로 옮겨앉은 심장일 망정 고동이
없으란 법 없으니[49]

인간일 것. (의 사이) 이것은 한정된 정수의 수학의 헐어빠진 습관을 0의 정수배
의 역할로 중복하는 일이 아닐까?

나는 자기적으로 내가 발견한 모든 함수상수의 콤마 이하를 잘라 없앴다—
—마침 나의 바른 팔에 면도칼을 얹었다? 잘라낸 것처럼—[50]

箱은 그 한 마디만을 뉘우쳤다. 묘한 데까지 손을 내밀고 싶어하는 놈이라는 소

---

46 〈산책의 가을〉, 《원본전집 3》, 30쪽. (강조 인용자)
47 〈황의기(작품제2번)〉, 《원본전집 3》, 318쪽. (강조 인용자)
48 〈무제(나)〉, 《원본전집 3》, 349~350쪽.
49 〈명경〉, 《원본전집 1》, 72쪽. (강조 인용자)
50 〈무제(2)〉, 《원본전집 3》, 299쪽. (강조 인용자)

리를 듣고 싶지 않기 때문에—

손을 내밀어? 어느 쪽이 손을 내밀었단 말이지? 아니면 손은 양쪽에서 함께 내밀었던 것일까. 우습기 짝이 없다. 사람을 우습게 보는군.

……

그렇지. 箱은 결국 가만히 있을 수는 없었다. 가만히 있는다는 것은—전연 손을 내밀지 않는다는 것. 그래, 그렇게 하려고 한다면, 대체 그는 어떻게 하고 있으면 좋단 말인가. 결국 가만히 있는 것. 그런 일은 있을 수 없거든.

가만히 있기는커녕, 정녕 가만히 있진 못하겠다. 이건 또 불가사의한 처지인 것 같았다. 왜 가만히 있지 못한단 말인가?[51]

처심(處心)은 재떨이를 버리듯이 대문 밖으로 나를 쫓고,
완전한 공허를 시험하듯이 한마디 노크를 내 옷깃에 남기고
그리고 조인이 끝난듯이 빗장을 미끄러뜨리는 소리
여러번 굽은 골목이 담장이 좌우(左右)를 못보는 내 아픈마음에 부딪혀 달은 밝은데
그때부터 가까운 길을 일부러 멀리 걷는 버릇을 배웠더니라.[52]

위의 글에서 보듯이 이상은 좌우, 오른팔 왼팔을 반복하고 있다. 이는 현실적 자아와 초현실적 자아의 혼란과 갈등·변화를 보여주는 것이다. 일단 이상의 기호를 살펴본 잠정적 결론은 오른쪽과 같다.

△	+	▽	= □ = ○
현실	↔	이상	
아내	↔	남편	
음	↔	양	
좌	↔	우	

---

51 〈불행한 계승〉, 《원본전집 2》, 215~217쪽.
52 〈무제〉, 《원본전집 1》, 211쪽. (강조 인용자)

위의 대립된 두 개의 세계는 결합되어 하나가 된다. 이것은 이상이 인식하고 정의한 자기 자신이며, 동시에 존재하는 모든 것을 포함하고 무한히 확대된 그의 의식 세계이다. 그리고 이상의 도형들은 이상의 글 속에서 계속 살아 움직이며 다른 이름들을 선택한다. 이상에게 좌우의 의미는 '우', 바른 쪽(Right, 옳은)의 긍정과, 그의 반대인 '좌', 틀린 쪽(Fault)의 부정으로 대립된다. 이상이 추구하던 세계가 이상적 세계, ▽임은 당연하다. 그러나 그는 △, 현실의 세계에 서 있었으며 ▽, 理想을 꿈꾸었다. 그 혼돈된 이중적 세계를 혼자서 감당하며 버텨나간 것이다. 그의 글 속에 나타나 있듯이 치열하게······.

7. 〈線에關한覺書 3〉

```
      1   2   3
1     ●   ●   ●
2     ●   ●   ●
3     ●   ●   ●

      3   2   1
3     ●   ●   ●
2     ●   ●   ●
1     ●   ●   ●
```

$$\therefore nPn = n(n-1)(n-2)\cdots\cdots(n-n+1)^{[1]}$$

(腦髓는부채와같이圓에까지展開되었다, 그리고完全히廻轉하였다[2]

1931.9.11[53]

---

53 〈선에관한각서 3〉, 《정본전집 01》, 59쪽.

(1) 분석

[1] nPn = n(n−1)(n−2)……(n−n+1): 순열, 몇 개의 물건들을 순서
를 생각하여 일렬로 배열하는 것을 말한다.

[2] 뇌수: 이상의 정신세계, 현실적 자아와 이상적 자아를 상징한다.

(2) 설명

이 시는 이상의 시에서 외형상 가장 간결한 시 가운데 하나다. 숫자
1, 2, 3과 3, 2, 1, 점, 그리고 수학 공식 한 개와 한 줄의 문장이 있다.
과연 이 시는 무엇을 이야기하고 있는 것인가? 이 시에서 무엇을 이해
할 수 있을 것인가? 이 시 또한 이상이 쓴 숫자의 의미와 사용방법을
알기 전에는 그저 암호에 지나지 않을 뿐이며, 그에 대한 어떠한 자의
적인 해석이라도 용인된다. 그러나 이상의 시는 이상이 의도한 목적에
따라 발표된 것이며 그의 설계도이다. 따라서 이 시를 이해하려면 이
상의 방식으로 풀어야 한다. 먼저 이 시는 〈선에관한각서 2〉와 같은 형
식으로 파악된다. 이상의 시각의 이름 '□', 즉 4를 보여주기 위한 반
복되는 구성으로 봐야 한다. 그리고 그것은 두 개의 결합인 것이다.

위의 숫자판과 아래 숫자판을 겹쳐서 더한다면 다음과 같다.

    4 4 4

4 ● ● ●

4 ● ● ●

4 ● ● ●

이상의 시에서 숫자는 점을 상징하며 도형을 상징한다고 했다.

1, 2, 3의 순차적 진행은 △으로,

3, 2, 1의 역행적 진행은 ▽으로 이해할 수 있다.

결국 이것 또한 이상의 두 개의 세계관과 그것이 분리된 모습을 보여준다.

$$\therefore nPn = n(n-1)(n-2)\cdots\cdots(n-n+1)$$

수학적 기호인 순열이다. 이 순열은 무한히 확장된 이상의 세계관을 상징한다. 위의 예에서처럼 a, b, c가 존재하는 모든 것이라고 가정할 때 그것은 세 가지이다. 그러나 그것에 2개를 선택해서 배열하는 방법은 여섯 가지가 된다. $_3P_2 = 6$. 숫자라는 인식의 a, b, c 3개를 뛰어넘는 여섯 가지이다. 이것은 이상이 사람들이 의식하는 테두리 'n'을 뛰어넘는 자신의 무한히 확장된 세계관, 즉 △ + ▽ = □ 을 상징하고 있다고 볼 수 있다. 그리고 사각형 곧 이상의 뇌수, 세계관은 원에까지 전개되며 회전한다.

즉 △ + ▽ = □ = ○

이상의 공식이 만들어진다.

이 시를 〈선에관한각서 2〉에서 사용된 숫자의 합과 데칼코마니 기법의 겹치기를 근거로 해석해 보면 다음과 같다. 일단 이상의 글에서 점(Point)은 숫자로 치환할 수 있다. 이 그림을 숫자판으로 보고 더해서 9개의 점을 숫자로 변환시킨다.

+	1	2	3		+	3	2	1
1	2	3	4		3	6	5	4
2	3	4	5		2	5	4	3
3	4	5	6		1	4	3	2

위의 2개의 숫자판의 점이 변형된 9개 숫자를 각각 겹쳐서 더한다.

$$8 \quad 8 \quad 8$$
$$8 \quad 8 \quad 8$$
$$8 \quad 8 \quad 8$$

이 숫자판의 8은 〈선에관한각서 2·6〉에서 반복되는 4+4 구조를 형성한다. 그리고 이 숫자판을 이 시에서 이야기하고 있듯이 '완전히 회전'시키면 8과 수학 기호 무한대 '∞'가 만들어진다.

두 번째로 이 숫자판을 곱셈하여 9개의 점을 숫자로 변환시킨다.

$$
\begin{array}{cccc}
\times & 1 & 2 & 3 \\
1 & 1 & 2 & 3 \\
2 & 2 & 4 & 6 \\
3 & 3 & 6 & 9
\end{array}
\qquad
\begin{array}{cccc}
\times & 3 & 2 & 1 \\
3 & 9 & 6 & 3 \\
2 & 6 & 4 & 2 \\
1 & 3 & 2 & 1
\end{array}
$$

위의 9개의 숫자들을 겹쳐서 각각 더한다.

$$10 \quad 8 \quad 6$$
$$8 \quad 8 \quad 8$$
$$6 \quad 8 \quad 10$$

이 숫자판에서 생성되는 숫자는 10, 6, 8이다. 10은 전체를 상징한다. 그리고 8은 4+4구조 음양이며, 6은 앞의 〈선에관한각서 2〉에서 등장한 음양의 '음'을 상징한다. (△ 현실이며 그것이 회전할 때 ▽ 이상이 된다) 그리고 이 숫자판을 형태 그대로 회전시키면 10, 1, 8(4+4)과 6, 陰과 9, 陽 그리고 수학 기호 무한대 '∞'가 생성된다. 이것은 앞서 살펴본 이상의 상징화된 그의 도형과 숫자의 의미와 동일하다. 이 시에 등장한 수학 공식 순열은 무한대의 진행을 상징한다. 그리고 그것은 숫자판에서 생성된 8, 음양과 ∞의 내용과 합일치된다. 이는 이상이 음양에 관한 자신의 사고를 다른 형태로 나타낸 것이다. 결국 이상의 '뇌수'를 숫자로 표현했다고 볼 수 있다.

이 시에서 '뇌수는 부채와 같이 원에까지 전개되었다. 그리고 완전히 회전하였다'라고 말하고 있다. 여기서 뇌수는 현실적 자아와 이상적 자아를 말하는데 그것은 회전(운동)하여 삼각형, 역삼각형이 되고 결합하여 사각형, 원이 된다. 이러한 형태와 내용의 시는 이전에도 없었으며 앞으로도 없을 것이다. 이것이 이상의 특징 가운데 한 부분이라고 하겠다. 그리고 李箱이 첨부해 놓은 수학 공식은 무엇을 말하는가?

$$\therefore \ nPn = n(n-1)\,(n-2) \cdots\cdots (n-n+1)$$

위의 공식 nPn은 1에서 n까지의 자연수를 거꾸로 곱한 것과 같다. 이것을 n!(n 팩토리얼, 계승)이라고 한다. 자연수 n이 무한대로 갈 때 이 공식은 무한을 뛰어넘는 무한이 된다. 그리고 이 공식을 풀어쓰면 다음과 같다.

$$\therefore \ nPn = \infty \cdots\cdots 22 \cdot 21 \cdot 20 \cdot 19 \cdot 18 \cdot 17 \cdot 16 \cdot 15 \cdot 14 \cdot 13 \cdot 12 \cdot 11 \cdot 10 \cdot 9 \cdot 8 \cdot 7 \cdot 6 \cdot 5 \cdot 4 \cdot 3 \cdot 2 \cdot 1$$

자연수의 역방향의 나열이다. 이는 곧 이상의 뇌수이다. 그것은 이

상의 기호 △ 현실(자연)의 수학적 사고이며, '△'이 된다. 그리고 △
이 완전히 회전(180도 회전)하면 결국 ▽ '▽' 이상(理想)이 된다. 이것
은 이상의 기호인 삼각형과 역삼각형을 뜻한다. 삼각형과 역삼각형의
내각의 합은 360도이며, 그것은 사각형 내각의 합과 원의 360도와 동
일성을 갖는다. (△ + ▽ = □ = ○)

이 수열은 무한대의 n에서 1까지의 순차적인 곱으로 나열된다. 결
국 위의 숫자판의 1 2 3 순차적 진행과 3 2 1의 역방향은 수학 공식에
나타난 숫자의 연속(나열)과 수학 공식(뇌수)의 회전에 따른 상징적인
대칭의 역방향성을 드러낸다. 여기에서 자연수의 역진행은 △ 삼각
형 현실(現實)이고, 그 역방향은 ▽ 역삼각형 이상(理想)의 상징 기호
가 된다.

nPn= ∞ ······ 12 11 10 9 8 7 6 5 4 3 2 1

1 2 3 4 5 6 7 8 9 10 11 12 ······ ∞ =nPn
(위 수식 줄은 완전히 회전되어 거꾸로 인쇄됨)

위의 전도(완전히 회전)된 수식을 그대로 읽으면 다음과 같다.

∴ △ nPn = ∞ ······ 22 21 20 19 18 17 16 15 14 13 12 11 10 9 8 7 6 5 4 3 2 1

∵ 1 2 3 4 5 6 7 8 9 10 11 12 13 14 15 16 17 18 19 20 21 22 ······ ∞ = ▽ nPn

이처럼 nPn식의 숫자의 진행을 이상의 모티프 가운데 하나인 거울
에 비친 자아의 마주보기와 동일하게 거울에 비추어 읽으면 아래의
숫자의 진행과 식이 된다. 이 또한 이상 사고의 형태와 동일하다. 여
기서 이상의 가장 두드러진 대칭의 특징이 또 나타난다. 결국 이 시는
'처음과 끝'이며 그것은 숫자 1에서 무한대 ∞까지이다. 이상은 존재

하는 모든 숫자를 1·2·3·4·5·6·7·8·9·10으로 수렴했다. (여기서 10은 0을 의미한다) 이것은 이상의 또 다른 시 〈선에관한각서 1〉과 〈오감도 시제4호〉에서 드러나고 있는 숫자판과 동일하다. 그것은 이상의 기호에서 드러나는 삼각형 △, 현실과 역삼각형 ▽, 이상의 합인 □ 전체를 상징한다.

그리고 이 공식에 데칼코마니 기법을 적용시키면 1을 중심점으로 하여 좌우가 포개진다.

$$nPn = n \cdots\cdots 10\ 9\ 8\ 7\ 6\ 5\ 4\ 3\ 2\ 1\ 2\ 3\ 4\ 5\ 6\ 7\ 8\ 9\ 10 \cdots\cdots n = nPn$$

이것은 이상의 시 〈공복〉에서 드러난 펼치기·포개기와 같다. 왼쪽 '−'의 진행은 ◁ 현실이고 오른쪽 '+'로의 진행은 ▷ 이상이다. 그리고 그 합은 이상의 사각형 ◇이며 □이다. 이는 전체가 이원화된 분리이며, 전체를 설명하는 음양 ☯과 같은 형태의 사고로 이해할 수 있다. 그리고 그것은 무한으로 확장·축소한다.

線에關한覺書 1

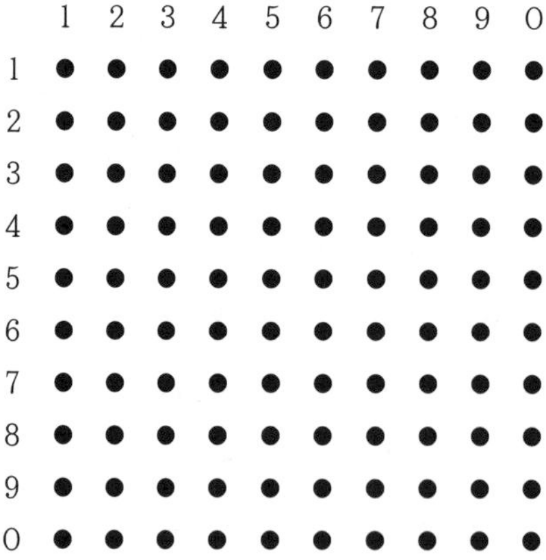

鳥瞰圖 詩第4號

```
1  2  3  4  5  6  7  8  9  0  ●
1  2  3  4  5  6  7  8  9  ●  0
1  2  3  4  5  6  7  8  ●  9  0
1  2  3  4  5  6  7  ●  8  9  0
1  2  3  4  5  6  ●  7  8  9  0
1  2  3  4  5  ●  6  7  8  9  0
1  2  3  4  ●  5  6  7  8  9  0
1  2  3  ●  4  5  6  7  8  9  0
1  2  ●  3  4  5  6  7  8  9  0
1  ●  2  3  4  5  6  7  8  9  0
●  1  2  3  4  5  6  7  8  9  0
```

위의 점이 만들어 낸 도식 또한 '전체'를 상징적으로 형상화하고 있으며, 숫자판의 둘로 나누어진 도식 역시 태극(전체)의 음양(이원화)과 같다. 이렇듯 이상의 시는 서로 긴밀하게 연관되어 있으며 변형을 거듭하며 반복한다. 이 점이 이상의 시가 해독되지 않은 이유 가운데 하나라 할 것이다.

$$\therefore nPn = n(n-1)(n-2)\cdots\cdots(n-n+1)$$

(뇌수는부채와같이원에까지전개되었다, 그리고완전히회전하였다)

이 대목을 이상의 도형으로 이해할 수 있다. 위의 공식은 숫자의 왼쪽을 향해 무한으로 진행되는데 이것은 이상의 삼각형과 동일하다. 왼쪽의 현실이 된다. 그리고 이상 사고의 뇌수가 된다. '부채와 같이 원에까지 전개된다'는 구절은 접힌 부채가 펼쳐지듯 원으로 진행하는 형태를 말한다. 즉 삼각형이 원으로 펼쳐지는 것이다. 이것을 도식화하면 다음과 같다.

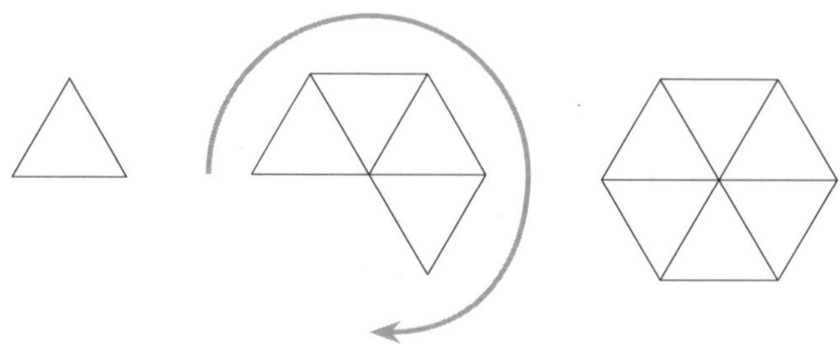

삼각형을 회전하면 정육각형이 된다. 그리고 그 도형 자체는 원의 궤적을 지니고 있다. (정육각형 중심각의 합은 360°로 원의 속성을 지닌다) 그리고 위 도형을 회전시키면 다음과 같이 두 종류가 되는데 정육각형의 평면을 입체로 보면 정육면체가 된다. 이는 곧 원과 정육면체가 동일함을 뜻하며 □ = ○이 된다.

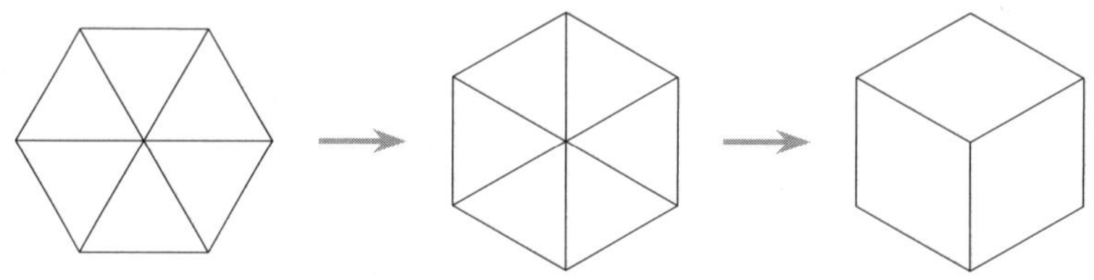

부채가 펼쳐진 모습은 뇌수의 움직임을 상징한다. 이것은 이상의 다른 글에서도 이어진다.

교육문제……

부채꼴의 인간……원시인은 혼자서 엽사(獵師), 공예가, 건축가, 의사를 겸했다. ……현대인은 그중 하나를 선택한다.[54]

---

54 〈권두언〉, 《원본전집 3》, 201쪽.

위의 글 또한 동일한 상징적 표현이다. 접은 부채 — 삼각형 형태의
합죽선 — 는 펼쳤을 때 반원이 된다. 하나의 삼각형은 하나의 영역이
며 펼친 부채는 영역 전체로 확장된다. 따라서 이것을 반원과 180도
회전한 역반원이 결합한 원 전체로 이해할 수도 있다. 부채꼴 역시 합
죽선의 일부인 삼각형 — 이것은 이상의 사고에서 현실이며 하나의
영역을 상징한다 — 의 펼쳐짐을 이야기하고 있다. 이 또한 하나의 부
채 안에 세분화된 영역을 상징한다.[55] 따라서 그 움직임은 다음과 같
이 도식화할 수 있고, 그 반원인 부채의 완전한 회전(180° 전도)에 따라
역반원의 결합은 원이 되며 그것은 △(1 2 3)과 ▽(3 2 1)의 합 '□'과
같다. (△ + ▽ = □ = ○)

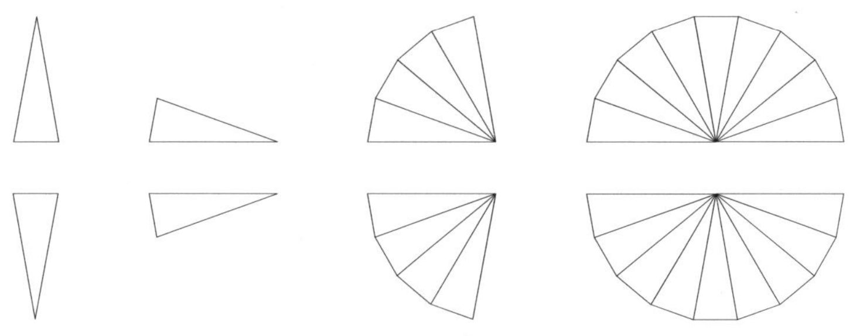

8. 〈二十二年〉

前後左右를除한唯一한痕迹이있어서

---

55 펼침과 겹침, 분리하기, 포개기는 이상이 〈선에관한각서 2〉에서 사용한 데칼코마니 기법의
형태와 동일하다. 이러한 도식적 사고는 이상의 확대와 축소로 이해할 수 있다. 접힌 합죽
선의 삼각형 하나는 무수히 펼쳐져—확대—원에 이른다. 그것은 전체를 상징한다. 그리고
그 확대된 원 또한 겹쳐 포개져 하나의 삼각형으로 축소된다.

翼殷不逝 目大不覩[1]
胖矮小形의神의眼前에내가落傷한故事가있어서[2]

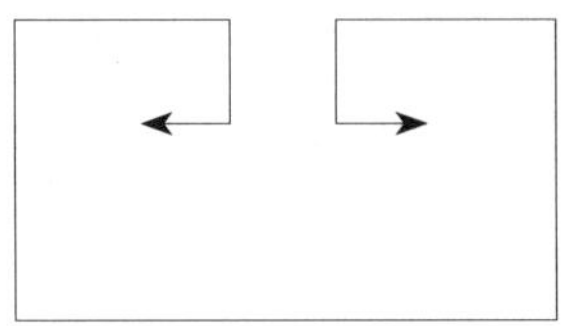

(臟腑 그것은侵水한畜舍와다를것인가[3])**56**

(1) 분석

[1] 《장자》〈산목편〉에는 "翼殷不逝 目大不覩"이라 하여 날개가
   커도 날지 못하고 눈이 커도 보지 못함을 이야기하고 있다.

[2] 반왜소형의 신: 살찌고 왜소한 작은 모습의 신
   내가낙상한 고사: 자신이 신의 눈앞에서 낙상하여 세상에 떨어
   진 고사가 있음을 서술한다.

[3] 장부 – 오장육부(五臟六腑)의 준말: 사람의 내부 기관
   이 대목을 단순히 사람의 내부기관으로 이해해도 되나 「오감
   도」의 다른 시와 연결지어 생각해 볼 때 이 대목을 오대양 육대
   주로 해석해도 무리가 없다. 왜냐하면 이상의 사고는 이원성의
   분리와 결합에 기초하는데, 이 시의 전반부에 '나는 신(하늘, 공
   중)의 앞에서 낙상한 고사가 있다'고 말한다. 그렇다면 시적화
   자가 낙상한 곳은 땅(지구)이며 그것은 현실이다. 따라서 '장부'
   와 '침수한 축사'는 동일한 상징으로 볼 수 있다.
   한의학에서는 사람의 장부를 지구의 오대양 육대주에 비유하

---

56 〈二十二年〉, 《정본전집 01》, 70쪽.

기도 한다. 또한 축소와 확대는 이상 글쓰기의 특징이고 다른 글에서 자신을 지구에 비유하기도 하며 오대양 육대주에 대한 언급이 나타나기 때문이다. 이상의 위트로 생각해도 될 듯하다. 물론 이 또한 숨기기의 하나이다. 즉 현실을 말한다.

침수: 물에 잠김, 파괴, 억압의 부정적 이미지. 이상은 현실을 물로, 사람을 어류로 비유했다.

축사: 혐오·불결·부정의 장소.

침수한 축사: 1930년대의 시대, 현실적 자아를 상징한다고 볼 수 있다.

나 같은 불모지를 지구로 삼은 나의 모발은 나는 측은해한다.

나의 살갗에 발라진 향기 높은 향수　　나의 태양욕

용수처럼 나는 끈기있게 지구에 뿌리를 박고 싶다.[57]

너는 어찌하여 네 소행을 지도에 없는 지리에 두고 화판 떨어진 줄거리 모양으로 향료와 암호만을 휴대하고 돌아왔음이냐.[58]

자신 역(亦) 지상에 살 자격이 그리 없다는 것을 가끔 느끼는 까닭이다.[59]

지구, 지도, 지상은 이상의 현실적 삶을 상징하는 낱말이다. 그곳은 혐오의 장소이자 추구하는 장소이다. 이상의 분리된 자아의 현실과 이상이라는 선택적 진술에 따른 이중적 기호로 봐야 한다.

---

57 〈작품 제3번〉, 《원본전집 3》, 323쪽.
58 〈무제〉, 《원본전집 1》, 213쪽.
59 〈조춘점묘〉, 《원본전집 3》, 42쪽.

생활을 거절하는 의미에서 그는 축음기의 레코오드를 거꾸로 틀었다.

악보가 거꾸로 연주되었다.

……

악성(樂聖)은 한 대의 지구의를 그에게 보이었다 그것은 그가 일상, 완구점의 이
층에서 애상하여 마지 않는 것이었다.

「군의 애드레스를 찾아 보게」하는 말을 듣고 그는 조용히 그 지구의를 조사하기
시작하였다.

<u>오대주의 대륙</u>에서 최소의 산호초에 이르기까지 육지라는 육지는 모두 꺼멓게 칠
해져 있었다. 그리고 다만 문자라고는 물이 된 부분에 「거꾸로 기록된 악보의 세
계」라고 씌어져 있을 뿐이었다.

「저한테 지상에 살 수 있는 장소, 자격이 없다고라도 말하시는 것인가요」

악성은 그저 묵연히 그를 다음의 밀실로 인도하였다.[60]

위의 글에서도 이상의 대칭이 나타난다. 지구는 오대양 육대주다.
그런데 여기서는 "오대주의 대륙"이라고 표현하고 있다. 실제로 지
구는 '오대양 육대주'이지만 이상 스스로가 인식하는 관념적 세계는
실제와 반대되며, 그것은 글자(숫자)로 표현하면 실제와 대칭되어 '오
대주 육대양'이 된다. 위의 글에 '거꾸로 기록된 악보의 세계',[61] '지
도에 없는 지리'가 이에 대해 밝히고 있다. 실제적 육지는 바다로(육
대주→육대양), 실제적 바다를 육지로(오대양→오대주) 인식하고 있
다. 결국 이상이 살고 있는 육지는 물이 되는 것이다. 따라서 이 시의
'침수한 축사'의 의미와 동일하다. 가축(신과 대비되는 현실적 삶의 비

---

60 〈무제(1)〉,《원본전집 3》, 297쪽. (강조 인용자)

61 "리코오드 고랑을 사람이 달린다   거꾸로 달리는 불행한 사람은 나같기도 하다 멀어지는
음악소리를 바쁘게 듣고 있나보다"(〈객혈의 아침〉,《원본전집 3》, 326쪽)

천함과 미천함을 상징)이 사는 축사는 물 속에 존재하고 있다. 그리고 여기서 이상의 글에 지속적으로 반복되는 대칭의 구조가 발견되는데 이는 '5대양 6대주와 6대양 5대주'에서 보이는 대칭의 역방향성이다. 숫자만을 더한다면 5+6, 6+5는 11+11이 되며 그것은 이상 식으로 계산할 때 '2+2=4'이고, 이것은 이 시의 제목 '二十二年'과 연결된다. 현실 세계의 오대양 육대주는 '2'가 되고 그 현실과 반대되는 이상 세계인 육대양 오대주 또한 '2'가 된다. 그리고 그 둘의 합인 '4'는 현실과 이상의 합이자 전체이다. 이것 또한 이상의 삼각형과 역삼각형의 결합인 사각형과 같다. 이 숫자는 아쿠타가와의 글에서도 찾을 수 있다.

5. 2 + 2 = 4

2 + 2 = 4 라고 하는 것은 진실이다. 그러나 사실상 +(플러스) 사이에 무수한 인자가 도사리고 있다는 것을 인정하지 않으면 안 된다. 즉 모든 문제는 이 '플러스(+)' 안에 포함되어 있다.[62]

일본의 천재 작가 아쿠타가와 류노스케와 이상 문학은 서로 교차하고 있다. 그리고 수필 〈무제(1)〉은 한 남자(이상)와 '악성'(樂聲)의 만남과 대화로 진행되고 있는데, 이것은 아쿠타가와의 작품 〈암중문답〉(暗中問答)이 '혹성'(或聲)과 '나'의 대화체로 진행되는 사실과 연관된다. 그리고 위 글의 자아는 '나에게 지상에 살 수 있는 장소, 자격이 없는가?'라고 악성에게 되묻고 있다. 현실과 유리된 이상적 자아의 진술이다.

---

62 고영자, 〈아포리즘〉, 《일본의 지성 아쿠타가와 류노스케》, 전남대출판부, 2000, 371쪽.

(2) 설명

이 시 또한 〈진단 0:1〉과 같이 '건축무한육면각체'라는 표제로
1932년 7월 발표되었다. 그런데 이상은 이 시들을 〈오감도 시제4호〉
와 〈오감도 시제5호〉에 그대로 — 약간의 변형을 하였지만 그다지 큰
의미의 변화는 없다 — 반복했다. 그것은 과연 어떤 의미가 있는가?
여기에 「오감도」가 30편으로 기획되었다가 독자들의 항의로 15편으
로 중단된 직후 이상이 발표한 글이 있다.

> 오감도 작자의 말
>
> 왜 미쳤다고들 그러는지 대체 우리는 남보다 수십년씩 떨어져도 마음 놓고 지낼
> 작정이냐. 모르는 것은 내 재주도 모자랐겠지만 게을러빠지게 놀고만 지내던 일
> 도 좀 뉘우쳐 보아야 아니하느냐. 여남은 개쯤 써보고서 시 만들 줄 안다고 잔
> 뜩 믿고 굴러다니는 패들과는 물건이 다르다. 이천점에서 삼십점을 고르는데 땀
> 을 흘렸다. 삼십일년 삼십이년 일에서 용대가리를 떡 꺼내어 놓고 하도들 야단에
> 배암꼬랑지커녕 쥐꼬랑지도 못 달고 그만두니 서운하다. 깜빡 신문이라는 답답
> 한 조건을 잊어버린 것도 실수지만 이태준 박태원 두형이 끔찍이도 편을 들어 준
> 데는 절한다. 철—이것은 내 새길의 암시요 앞으로 제 아무에게도 굴하지 않겠
> 지만 호령하여도 에코—가 없는 무인지경은 딱하다. 다시는 이런—물론 다시는
> 무슨 다른 방도가 있을 것이고 위선 그만둔다. 한동안 조용하게 공부나 하고 따
> 는 정신병이나 고치겠다.[63]

위에서 밝혔듯이 이상이 2천 점 가운데서 30점을 골랐는지 어쨌
는지는 알 수가 없는 일이다. 허풍일 수도 있고 진실일 수도 있다.

---

63 〈오감도 작자의 말〉, 《원본전집 3》, 353쪽.

그러나 그는 2천 점 가운데 30점을 골랐다는 강경한 어조 속에서도 「건축무한육면각체」에서 이미 발표되었던 〈진단 0:1〉과 〈二十二年〉을 오감도에 그대로 반복해서 발표했다. 〈진단 0:1〉은 숫자판을 뒤집어 놓아 약간의 변화를 주었고 이 시는 내용상 그대로 〈진단 0:1〉과 함께 〈오감도 시제4호〉와 〈오감도 시제5호〉에 나란히 발표하였다. 이 시에 대한 이상의 애정이 남달랐으리라는 짐작이 간다. 이 시에서 주목할 것은 이상의 도형 △, ▽에 또 다른 이름이 발생한다는 사실이다. 지금까지 밝혀지지 않은 이상의 포석이 또 숨죽이고 있는 것이다.

평면에서 '전후좌우를 나누는 유일의 흔적'은 방위표시 4를 의미한다. 그리고 그 숫자는 도형과 같은 상징이다. 그것은 이상의 〈선에관한각서〉 일곱 편에서 여러 번 반복하고 있듯이 '□'이다. 앞서 이야기한 것과 같이 이상의 □(△+▽)의 원형은 ◇이다. 이상이 ◇을 □으로 변형한 것이다. ◇ 역시 사각형이란 성질에서는 벗어나지 않으며 자신의 기호를 숨기려고 □으로 변형한 것으로 보인다. 즉 유일의 흔적 4는 ◇이다. 이상은 이 □ '하나'로 모든 것을 이야기한다. 그리고 이 시의 제목 '二十二年'에서 숫자만을 산수로 계산하면 2+2=4가 된다.[64] 이 글을 썼을 때의 이상의 나이로 추측되고도 있으나 이상이 4를 암시했을 가능성을 무시할 수 없다. 앞서 설명한 아쿠타가와의 '2+2=4'와도 연관성이 있다.

"익안불서 목대불도"(翼殷不逝 目大不覩)는 날개가 커도 날지 못하고 눈은 커도 볼 수 없다는 뜻으로, 절망과 자신의 무능함을 표현한 구절이다. 현실의 제약을 상징한다.

---

64 이것은 이상이 숫자를 사용하는 특징 가운데 하나인데 숫자의 어미를 무시하고 한자로 변형된 숫자에서 한자 '十'을 수학기호 +(plus)로 읽어서 계산한다.

'반왜소형의 신의 안전에 내가 낙상한 고사가 있어서'라고 자신이
예전에 신의 눈앞에서 떨어져 다친 고사가 있다고 말하는데, 이러한
상징적 의미 표현은 자주 반복된다.

그리고 이 시의 그림이 무엇을 상징하는가에 대한 논의가 분분하
다. 중요한 것은 이 그림에서 직선이 진행하고 있다는 점이다. 이상의
표현 기법은 진행(운동)에 있다. 물론 여기에는 그가 건축과 미술을 공
부했다는 사실이 영향을 끼쳤을 것이다.

점→ 선→ 면→ 입체

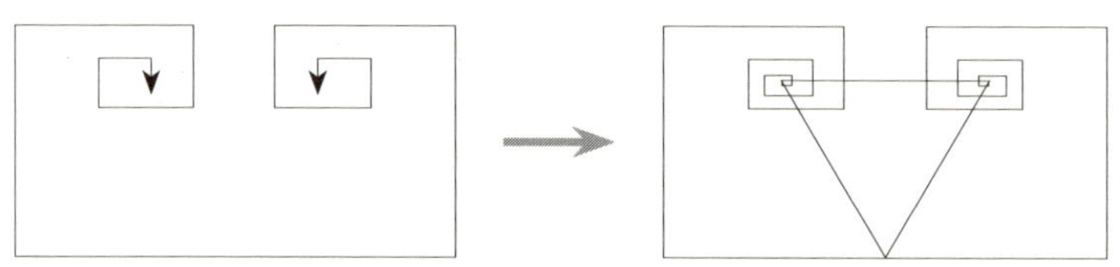

위의 그림은 좌우대칭이다. 한 점에서 출발했음을 보여준다. 한 점
에서 출발한 두 선(이상의 두 개의 자아로 이해해도 무방하다)은 서로 반
대 방향으로 나아가 대립을 이룬다. 그리고 다시 평행, 긴장 그 뒤에
다시 조우(마주보기), 다시 평행, 다시 대립……. 이것은 심리상태의
변화를 상징한다. 곧 李箱, 그의 마음의 도해(圖解)라고 할 것이다. 그
리고 이것이 수학적으로 무한히 계속 진행되었을 때 한 점에서 출발
한 두 직선은 각각 한 점에 수렴된다. 즉 한 점, 하나의 자아에서 출
발한 심리의 분리는 2개의 개별적 자아가 형성됨을 보여준다. 그리고
이 세 점을 연결하면 역삼각형이 된다. 점을 숫자와 동일하게 취급하
며, 점의 개수에 따라 도형으로 변하는 이상의 방식이다.

▽은 반왜소형의 상징이다. 여기서 이상의 기호에 새로운 이름이
붙는데 그것은 바로 '신'(神)이다. 이것은 이 시의 첫 행에서 말하고

있는 4, 즉 정삼각형과 정역삼각형이 결합한[65] 사각형과 비교해 볼 때 역삼각형의 형태를 뜻한다. 마름모꼴의 사각형과 견주어 보면 역삼각형은 작고 뚱뚱하게 보이기 때문이다. 이는 이상의 기호를 도형의 시각적 형태로 빗대어 서술하고 있는 것이다. 여기서 신은 종교적 대상으로서의 신이 아닌 초현실을 상징하는 이상만의 신이다. △은 현실적·부정의 세계이며, ▽은 理想의 세계이자 동경의 세계이다. 이상은 그의 글에서 △ 현실적 세계의 주체이자 대표자로 사람을, ▽ 이상적 세계의 주체이며 대표자로 신을 상정하였다.

이상의 시에 보이는 그의 기호들은 규칙적으로 결합한다. 이상의 시에서 물은 파괴와 부정의 이미지이다. 침수된 축사는 부정하고 꺼리는 자신의 자아 또는 현실적 세계 △을 뜻한다.

간단히 말하면 이 시는 아래의 흐름으로 전개되고 있다.

◇　＝　△　＋　▽

▽　이상적 세계, 동경(순수, 하늘, 신)

△　현실적 세계, 부정(혐오, 땅, 인간)

현실과 이상의 두 존재에서 자신은 신(이상적 세계)의 앞에서 낙상해 현실적 세계로 도달했다고 이야기한다. 그 현실은 부정과 혐오의 자아이며 장소이다. 신의 안전과 낙상한 곳은 이상의 초현실 ▽과 현실 △을 말하며, 확대해 현실에 존재하는 이원성, 꿈과 실재로 이해하는 것도 가능하다. 이 시에서 나타난 △과 ▽의 새로운 이름, 인간과 신은 이상의 다른 시에서도 끊임없이 반복되며 이상에게 큰 의미를

---

65 「건축무한육면각체」에서 나타나는 마름모꼴 평행사변형을 말한다.

지니고 있음을 알려 준다.

이 시에서 '날개는 커도 날지 못하고 눈은 커도 보지 못하는 새'는 이상이 스스로를 일컬은 말이다. 이 대목을 이상의 다른 작품에 반복되는 '날개'의 상징성과 그의 살아생전의 생활에 근거하여 보들레르의 〈알바트로스〉와 비교하여 읽어보면, 이 시에서 드러나는 상징성과 유사한 점을 발견할 수 있다.

알바트로스*

* 거대한 바닷새. 신천옹

흔히 뱃사공들은 장난삼아서

크낙한 바다의 새, 신천옹을 잡으나

깊은 바다에 미끄러져 가는 배를 뒤쫓는

이 새는 나그네의 한가로운 벗이라.

갑판 위에 한번 몸이 놓여지면

이 창공의 왕은 서투르고 수줍어

가엽게도 그 크고 하얀 날개를

마치도 옆구리에 노처럼 질질 끈다.

날개 돋친 이 길손, 얼마나 어색하고 기죽었는가!

멋지던 모습 어디 가고, 이리 우습고 초라한가!

어떤 이는 파이프로 그 부리를 지지고

어떤 이는 절름절름 날지 못하는 병신을 흉내 낸다.

시인 또한 이 구름의 왕자와 비슷한 존재,

폭풍 속을 넘나들고 포수를 비웃지만

땅 위에 추방되면 놀리는 함성 속에

그 크낙한 날개는 오히려 걸음을 막고 만다.[66]

위 시에서 시인에 비유되는 알바트로스는 바다에 산다. 알바트로스에게는 사람들이 살지 않는 '바다'가 자신의 현실인 '땅'이다. 이것은 앞에서 언급한 오대양 육대주가 전도된 세상인 오대주 육대양으로 볼 수 있다. 보들레르의 시에서 '바다'는 현실(땅)에서 벗어남을 상징하며 하늘과 동일하게 이해할 수 있다.

이와 같이 이상은 상징에 따른 진술을 지속하고 있다. 따라서 그 모호성과 다의성 속에 자리 잡고 있는 이상의 기호를 읽으려면 전체적인 흐름을 파악해야 가능할 것이다. 위의 해석에서 이어지는 이상의 상징과 그가 사용한 기호를 독단적이라고 파악하기는 힘들다. 이는 기존 문학에서 연결되는 상징과 기호이기 때문에, 그것을 바탕으로 이해를 시도해 볼 수 있다.

이상의 글은 여러 작가의 사상·기호와 많은 연관성을 갖고 있다. 이 시를 니체의 글을 통해서 이해할 수 있다. 이 시에서 가장 핵심적인 단어는 대칭적·대립적으로 시의 사고(내용)를 양분해 지탱하고 있는 '신'과 '오장육부'다. 여기서 시적화자는 신(하늘, ▽)의 앞에서 떨어져 다친다. 그리고 그곳은 땅(현실, △)이다. 이것은 이상의 기호 ▽에서 △으로 이동이다. 그리고 이 시의 특이성 가운데 하나는 신에 대한 평가와 설명이다. 신을 '반왜소형'(胖矮小形), 즉 '살찌고 왜소한 형태'라고 표현하였다. 신에 대한 이러한 진술은 상당히 낯설

---

66 김희보 편저, 《세계의 명시》, 종로서적, 1995, 114쪽.

다.[67] 이것과 연관하여 니체의 글에 드러난 형태를 살펴보자.

> 나 차라리 하계에서, 그리고 지난날 망령들 틈에서 날품을 파는 자가 되겠다! 하계에 있는 자들조차 아직은 그래도 너희보다 살쪄있고 풍만할 테니 말이다!
> 오늘을 살고 있는 자들이여, 벌거벗고 있든 옷을 입고 있든 나 너희를 차마 눈뜨고 볼 수 없다. 그런 꼴을 보아야 하는 것이 나의 오장육부에게는 쓰라린 고통이 된다![68]

위의 글에서 하계와 상계의 대립이 나타나는데, 이는 다시 현실과 이상, 인간과 신으로 대립된다. 그리고 '너희'는 '살쪄 있고' 풍만한 하계에 있는 자들보다 '왜소'하게 그려지고 있다. 또 오장육부(내장)가 등장한다. 위 글에서 '너희'란 '일찍이 신앙의 대상이 되었던 온갖 것의 그림일 뿐인 너희가!'[69]에서 그 실체를 보여준다. 바로 '신'이다.

> 너희 또한 이 대지와 지상의 것을 사랑하고 있다. 나 너희를 잘 알고 있다! 그러나 너희가 하고 있는 사랑 속에는 수치심이 있고 양심의 가책이란 것이 있다. 달을 닮아 그런 것이다!
> 사람들이 너희의 정신을 설득하여 지상의 것을 경멸하도록 해왔지만 너의 오장육부까지 설득하지는 못한 것이다. 너희에게서 가장 강한 것이 바로 오장육부 아닌가!
> 그리하여 너희의 정신은 너희의 오장육부의 뜻에 따르면서도 그 수치심을 견뎌내지 못하고 뒷길로 거짓 길로 들어서는 것이다.[70]

---

67 이 대목의 '살찌다'는 〈신경질적으로 비만한 삼각형〉의 '비만'과 동일한 상징적 표현이다.
68 니체 지음, 정동호 옮김, 〈교양의 나라에 대하여〉, 《차라투스트라는 이렇게 말했다》, 니체 전집 13, 책세상, 2007, 202쪽.
69 니체, 〈교양의 나라에 대하여〉, 위의 책, 203쪽.
70 니체, 〈때묻지 않은 깨침에 대하여〉, 위의 책, 207쪽.

니체는 위의 글에서 '오장육부'라는 단어를 강조하고 있다. 그 단어가 본질·실체·현실·사상·진실 등을 상징한다고 보면, 지상의 것이 경멸(혐오)되고 있음을 설명하고 있다는 사실을 깨달을 수 있다.

니체는 위의 연속된 두 편의 글에서 집중적으로 '오장육부'(내장, 장부)에 대하여 언급하고 있다. 그리고 현실과 대립적인 理想, 신앙의 대상인 '신'에 대한 사고를 이야기하고 있다. 이것은 이상 기호의 대립인 삼각형과 역삼각형이며, 그 합인 사각형 곧 4이다. 이러한 니체의 관점은 이상과 상당히 연결되어 있음이 이상의 글에서 지속적으로 나타나는데, 특히 초기 시에서 그 영향이 두드러진다. 위 관점에서 현실과 이상의 대립성을 이해해 볼 수 있다. 두 가지가 대립된 사고인 현실과 理想, 신과 인간의 이원성과 그 합인 전체의 구성, 그것에 대한 이상의 사고이다. 지금까지 살펴본 것을 바탕으로 이상의 기호에 대하여 〈그림 3〉과 같은 공식을 만들어볼 수 있다.

이 공식을 기본으로 일단 이상의 난해한 시들은 어느 정도 파악할 수가 있다. 그리고 이상의 두 번째 공식을 찾아내면 이상의 기호에 대한 이해는 마무리된다. 그럼으로써 이상의 세계관과 그가 시를 통해서 하고자 한 말을 찾아낼 수 있다. 제1공식이 지니는 의미는 두 가지의 대립·대결·이원성과 그 합인 전체의 단일성이다. 현실과 이상은 대립하지만, 결국 합쳐져 하나가 되기 때문이다. 그 대립의 이원성이

---

71 니체, 〈때묻지 않은 깨침에 대하여〉, 위의 책, 209쪽.

이상 제1공식

$$\triangle \quad + \quad \triangledown \quad = \quad \diamond \quad = \quad \square \quad = \quad \bigcirc$$

現實　　理想
人間　　神
惡　　善
左　　右
女子　　男子
否定　　憧憬
陰　　陽

〈그림 3〉

다양한 상징으로 변형되어 표현되고 있는 것이다. 이것이 이상의 도형으로 상징화된다. 이는 태극, 음양의 상징성과 동일하다. 존재하는 모든 것의 구성원리이다.

　이상의 제1공식은 그의 작품에 그 구성을 기호, 도형, 그리고 글로써 반복해서 표현하고 있다. 물론 숨겨두기는 했지만 어느 정도의 해답을 제시했다고 할 수 있다. 그러나 이상의 두 번째 공식은 첫 번째 공식에 대한 충분한 이해 없이는 절대로 찾을 수가 없다. 그리고 제2공식은 이상의 첫 번째 공식을 철저히 부숴 버린다. 모순이다. 하나의 기호에서 출발한 제1공식을 바탕으로 만들어진 제2공식이 그 근간이 되는 기본 공식을 부정한다. 이것 또한 이상이 이야기한 위트와 패러독스이며 이상의 뫼비우스의 띠라고 할 수 있을 것이다.

　이상이 신문에 발표한 오감도 15편 이전에 1931년《조선과 건축》에 '조감도'라는 표제로 발표된 시들이 있다. 여기에는 총 8편의 시가 수록되었다. 앞의 세 편을 자세히 살펴본다면 이상의 기호에 또 다른 이해를 가져다 줄 것이다.

9. 〈二人 ……1……〉, 〈二人 ……2……〉와

〈神經質的으로肥滿한三角形〉

〈二人 ……1……〉

基督[1]은襤褸한行色[2]하고說教를시작했다.
아아 르·카아보네[3]는橄欖山[4]을山채로拉撮[5]해갔다.
        ×
一九三0年以後의일—
네온싸인[6]으로裝飾된어느教會입구에서는뚱뚱보카아보네가볼의傷痕[7]을伸縮
[8]시켜가면서入場券을팔고있었다.

1931. 8. 11[72]

(1) 분석

[1] 기독: 기독교.

[2] 남루한 행색: 예수 그리스도, 선.

[3] 아아 르 · 카아보네: 알 카포네, 미국의 마피아, 악.

[4] 감람산: 예루살렘의 동쪽에 있는 산. 지금은 예벨레투르라고
한다. 원래 이 산은 올리브 나무가 무성하였으나 70년 로마인
이 침입하여 남벌을 한 뒤로는 한 그루도 남지 않았다. 예수님
이 이 산에서 자주 기도를 올리셨다고 한다.

[5] 납촬(拉撮): 사진을 찍어 끌고 감. 장면화 · 평면화로 볼 수 있다.

[6] 네온싸인: 물질문명, 타락 · 혼란 · 방종.

[7] 상흔: 얼굴의 상처, 알 카포네의 왼뺨의 흉터를 말한다.

---

72 〈二人 ……1……〉,《정본전집 01》, 43쪽.

[8] 신축: 늘어남과 줄어듦.

(2) 설명

이 시에서는 이상 기호의 ▽·선·신과 △·악·인간이 대립한다. 이
시의 전체를 지배하는 것은 △·악·인간이다.

〈二人 ······2······〉

아아 르·카아보네의貨幣는참으로光이나고메달[1]로하여도좋을만하나基督의貨幣
는보기숭할지경으로貧弱하고해서아무튼돈이라는資格에서는一步도벗어나지못하
고 있다.

카아보네가프렛상[2]이래서보내어준프록·코오트[3]를基督은最後까지拒絶하고말았
다는것은有名한이야기거니와宜當한일이아니겠는가.

1931. 8. 11[73]

(1) 분석

[1] 메달: 기념하고자 납작한 쇠붙이에 여러 가지 모양을 새겨 넣
    은 것(금메달, 은메달).
[2] 프렛상: 프랑스어로 선물.
[3] 프록 코오트: 무릎까지 내려오는 남자의 양복저고리, 남자용
    예복.

(2) 설명

이 시에서는 이상 기호의 △·악·인간과 ▽·선·신의 대립이 나타

---

73 〈二人 ······2······〉, 《정본전집 01》, 44쪽.

난다. 이 시의 전체를 지배하는 것은 ▽·선·신이다.

〈神經質的으로肥滿한三角形〉
　　　　　　　▽은나의AMOUREUSE이다[1]

▽이여 씨름[2]에서이겨본經驗은몇번이나되느냐.

▽이여 보아하니外套속에파묻힌둥덜미[3]밖엔없고나.

▽이여 나는그呼吸에부서진樂器4)로다.

나에게如何한孤獨은찾아올지라도나는××하지아니할것이다. 오직그러함으로써만.
나의 生涯는原色과같하여豊富하도다.

그런데나는캐라반[5]이라고.
그런데나는캐라반이라고.

　　　　　　　　　　　　　　　1931. 6. 1[74]

(1) 분석

[1] ▽: 역삼각형은 현실과 대응하는 이상적 세계를 상징한다. '신
　　경질적으로 비만한 삼각형'은 이상의 정신세계가 비만함을 뜻
　　한다. 니체의 상징과 연결된다. AMOUREUSE: 프랑스어로
　　연인이라는 뜻이며, 초현실의 이상을 의미한다.

[2] 씨름: 이 시에서 가장 중요한 단어이다. 성경을 읽어본 사람이
　　라면 이해하기 쉬울 것인데, 야곱은 하나님의 사자와 씨름을
　　해서 이긴다(성경의 창세기편 참조).

---

74 〈신경질적으로 비만한 삼각형〉, 《정본전집 01》, 44~45쪽.

[3] 외투 속에 파묻힌 등덜미: 초라한 현실의 李箱, 또는 자세히 알
    아볼 수 없는 신의 존재로 이해할 수 있다. 다른 글에서 반복적
    으로 등장하는 외투 속의 남자, 걸인과 동일한 상징이다.

[4] 악기: 자신을 어느 누구에 의하여 연주되는 악기에 빗대고 있
    다. 그런데 '부서진 악기'라고 자신을 일컫는다. 그것은 '소리
    를 낼 수 없는 악기' 또는 부서져서 제대로 된 소리가 아닌 변형
    된 — 이상한 — 소리를 내는 악기로, 이상의 복화술과 변형,
    말하지 못함과 연관된 상징으로 읽을 수 있다. '악기'의 의미를
    니체의 다음의 글에서 유추해 볼 수 있다.

인간이라는 악기가 제 소리를 잃을 수 있는 것처럼 설령 어떤 악기가 제 소리를
잃게 된다 하더라도—그것에게서 귀 기울일 무언가를 찾아내지 못한다면 나는
병들어 있음이 틀림없다. 그리고 나는 '악기들' 스스로가 자기들이 그렇게 좋은
소리를 들은 적이 한 번도 없노라고 말하는 것을 얼마나 자주 들었던지……[75]

[5] 캐라반: 대상(隊商), 사막과 같은 교통이 발달하지 않은 지방에
    서 대오를 짜서 코끼리나 낙타 등을 이용하여 무기와 식량을 준
    비해서 여행하는 상인 단체.

(2) 설명

이상을 해석하는 가장 큰 오류는 형이상학을 형이하학으로 단순하
게 처리해 버리는 것이다. 이상의 기호가 대표적인 예이다. 여기서 도
형의 비만은 눈에 보이는 비만이 아니다. 그리고 실재하는 사람이 아

---

[75] 니체 지음, 정동호 옮김, 《바그너의 경우 외》, 니체전집 15, 책세상, 2007, 338쪽.

니다. 이상 의식의 표현이며 상징이다. 이상의 기호는 다른 시에서 계속 반복되는데, 그것은 李箱이 만들어 낸 그만의 상징인 것이다. 따라서 이 기호를 잘못 해석하면 이상의 시는 각각 단절되며 별 의미 없는 장난으로 치부해버릴 여지가 상당히 많다. 그래서 이상으로 가는 길을 봉쇄하며 밀림 속을 헤매게 한다.

'신경질적으로 비만한 삼각형', 여기에서 삼각형은 생각에 따라 △ 또는 ▽으로 이해할 만한 충분한 가능성이 있다. 일단 이 시에서는 ▽을 나의 연인이라고 말하고 있다. 그렇다면 ▽은 무엇인가? 앞의 시 〈二十二年〉에서 밝혔듯이 ▽의 기호에 신(神)이라는 이름을 붙여주어야 한다. 신과의 대립이다. 여기서 대립은 치열한 대결을 뜻한다. 이 시의 핵심어는 '씨름'이다. 이상은 성경에 나오는 씨름을 상징적으로 차용하였다. 〈창세기〉에서 야곱이 천사와 씨름하여 천사를 이긴 내용인데, 즉 신과 인간의 싸움에서 인간이 이긴 것을 빗대어 신경질적으로 이야기하고 있는 것이다.

'외투 속에 파묻힌 등덜미'는 신이 씨름에 패배한 초라한 모습이나, 이상(理想)을 외면하는 모습의 상징으로 이해해도 무방하다. 그리고 앞의 시 〈이인 ……2……〉에서 알 카포네가 선물로 준 '프록 코오트를 입은 기독'과 연결될 수 있다. 다시 말하면 기독 ▽(神·理想·善)이 알 카포네 △(인간·현실·악)의 선물을 받아들인 것으로, 현실적 세계의 수용을 의미한다. 왜냐하면 이상의 기호 △, ▽은 실재하는 존재가 아닌 이상의 관념적 분리의 상징이며, 그의 세계관을 상징하기 때문이다. 'XX'는 패배 또는 자살 정도로 이해해도 무방할 것이다. 여기서 시적화자는 ▽과 연인 관계이다. 이것은 현실에 구속되어 있는 자아를 상징하며 자신이 동경하는 이상적 세계를 신이라는 대표자와의 대결로 묘사하고 있다. 이러한 표현은 이상의 시에서 자주 반복되는 특징이다. 독특하며 그 규모 또한 대단하다. 여기서 캐라반은 사막을 여행하는 대상 또는 순례자를 말하는데, 이것은 이상의 글 속에서 캐라반과 아내의 결합으로 진행되며 이상의 시에 등장하는 낙타의 정체이다. 사막(척박한 대지)을 여행하는 캐라반에게 떼려야 뗄 수 없는 존재, 이상은 글 속에서 아내를 낙타로 자주 인용했다.

> 안해낙타를닮아서편지를삼킨채로죽어가나보다.[76]

이 시에서 시적화자는 현실에서 신과의 대결을 요구한다. 그리고 그 치열함 속에서도 자신의 의지를 굽히지 않는 모습을 보이고 있다. 이상 스스로 자신의 두 세계인 현실과 이상에 대한 갈등과 절망, 의지를 드러낸다고 볼 수 있다.

〈이인 ……1……〉과 〈이인 ……2……〉, 〈신경질적으로 비만한 삼각형〉은 하나의 연결 형태를 취하고 있다. 이상의 기호공식이 그대로 적용되기 때문이다. 그리고 이상의 시에서 자주 반복되는 '1 → 2 → 3' 숫자의 연결이라는 독특한 특징이 보인다.

이인 ……1……	1↓	△	인간	現實	악
이인 ……2……	2↓	▽	신	理想	선
신경질적으로 비만한 3각형	3↓	◇	인간과 신의 대결		대립, 대결

결국 앞의 시는 〈신경질적으로 비만한 삼각형〉을 끌어내기 위한 일

---

76 〈아침〉, 《원본전집 1》, 232쪽.

종의 예비 작업 또는 이상의 치밀한 시(詩)적 구조의 계산으로 생각된다. 형태적인 면에서도 이상 기호의 진행성을 볼 수 있지만 또 다른 이유는 시작(詩作)과 발표의 시간성에서 찾을 수 있다. 이상의 시는 시작(詩作) 날짜가 부기되어 있는 것이 많은데, 〈신경질적으로 비만한 삼각형〉은 1931년 6월 1일에 씌어졌다. 그런데 이 시보다 먼저 발표된 「이상한가역반응」의 여섯 편의 시들은 1931년 6월 5일 하루에 시작(詩作)되었다. 순서상으로는 앞서지만 발표는 늦었으며, 〈이인 ……1……〉과 〈이인 ……2……〉는 1931년 8월 11일로 되어 있다. 이 시들은 두 달의 간격이 생긴다. 그리고 시간상으로 역방향이다. 이것은 이상이 기호의 진행 1 2 3, △ ▽ ◇에 맞추어 의도적으로 발표한 시라고 볼 수밖에는 없다. 〈신경질적으로 비만한 삼각형〉은 이상이 발표한 시 가운데 시작(詩作)한 시간이 가장 앞선다. 따라서 그 흐름을 살펴봄으로써 이상 기호의 진행과, 그 형태의 상징과 의미 구성을 파악할 수 있다.

이 세 편은 〈二十二年〉(오감도 시제5호)의 도형 구조와 반대를 이룬다. 〈二十二年〉에서는 ◇=▽+△ 즉 결합에서 분리를 이야기하고 있으나, 이 세 편의 연결된 구조는 △+▽=◇ 으로 정반대의 형식을 볼 수 있다. 그리고 개인적으로 이 시를 읽으면서 그림과의 연결을 의식하지 않을 수 없었다. 인상파 화가 고갱의 〈야곱과 천사의 씨름: 설교 후의 환상〉이란 그림이다. 야곱은 천사와 씨름을 하고 있고 다른 사람들은 그 모습을 지켜보고 있다. 이상이 성경에서 인용한 것인지 아니면 그림을 보고 힌트를 얻었는지 알 수 없는 일이나, 이 두 가지의 연관성을 부정할 수는 없을 것 같다. 그리고 앞서 '2+2'와 '악성'(樂聲), '혹성'(或聲)에서 이상과 아쿠타가와의 연관성을 언급했듯이 여기에서도 그 연관성이 발견된다. 그는 〈암중문답〉에서 다음과 같이 말했다.

나 : 기다려! 어쨌든 좋으니까 그 전에 내게 대답해줘. 끊임없이 내게 질문을 해 대는 너는 …… 눈에 보이지도 않는 너는 과연 누구지?

어떤 목소리(或聲) : 나 말이야? 나는 세계의 새벽에 야곱과 힘을 겨뤘던 천사다.[77]

위의 글에서 아쿠타가와는 어떤 목소리와 대화를 하고 있다. '나'는 현실적 자아이며 '혹성'은 야곱과 힘을 겨뤘던 천사이다. 이것은 인간과 천사[神], 현실과 이상의 이원적 사고의 대립성을 바탕으로 한다. 이상의 시에서도 인간(야곱)이 ▽(神, 천사)과 '씨름'(대결, 힘겨룸)하고 있다. 천사는 패배하지만 야곱은 이긴다. 이상과 아쿠타가와의 상징의 동일성이 드러난다. 따라서 그림과 글에서 그 연결이 다분히 복합적이다. 신[理想]에게 싸움(씨름)을 거는 이상 자아의 치열한 대결 의식이 엿보인다. 그것은 내면의 상징화된 대결·대립의 갈등과 그 혼란이며, 현실에 대한 삶의 의지이다. 이것이 이상의 사고이며 그의 비밀이다.

이 시에 드러나는 현실(인간)과 이상(신) 그 혼재된 관념 속에서 나타나는 대결·대립과 '캐라반'(두 번 반복해 강조하고 있다)의 상징을 랭보[78]의 시에서도 유추해 볼 수 있다.

나는 떠나지 않는다. 내 악덕으로 덮인 이곳의 길을 다시 가자. 철들 무렵부터 내 곁에 고통의 뿌리를 내밀었으며, 하늘로 올라가고 나를 때리고 나를 뒤엎고 나를 끌고가는 악덕.

마지막 순진함과 최후의 소심함. 이것은 이미 말했다. 나의 거부감과 배신감을 세계에 가하지 않기.

---

77 아쿠타가와 류노스케 지음, 노재명 옮김, 〈암중문답〉, 《월식》, 하늘연못, 2005, 405쪽.
78 이상과 각별한 사이었던 문우 김기림은 이상을 고갱·랭보와 같이 이야기하기도 했다.

110

<u>가자! 행렬, 짐, 사막, 권태와 분노.</u>

누구에게 나를 세놓을까? 어떤 짐승을 숭배해야 하는가? 어떤 성상(聖像)을 공격할까? 어떤 가슴들을 상하게 할 것인가? 어떤 거짓을 품어야 하는가? 어떤 유혈 속으로 걸어가야 할까![79]

'가자! 행렬, 짐, 사막, 권태와 분노'에서 '사막'을 여행하는 캐라반의 외형과 내면이 드러난다. 그리고 랭보 또한 '캐라반'이라는 단어를 사용해 다시 한 번 사막의 여정을 강조하며 자신의 '건축'을 이야기했다.

카라반은 출발했다. 그리고 장엄 호텔은 극지에, 밤과 얼음의 혼돈속에 세워졌다.[80]

그리고 아쿠타가와는 '사막'에 대하여 다음과 같이 이야기하고 있는데, 이상·랭보의 상징과 동일하다.

－환멸의 예술가－

예술가의 어느 한 부류는 환멸의 세계에서 산다. 그들은 사랑을 믿지 않는다. 양심도 믿지 않는다. 다만 옛날의 고행자처럼 불모의 사막을 집으로 삼는다. 그런 점은 정말 불쌍할지도 모른다. 그러나 아름다운 신기루는 사막의 하늘에만 생긴다. 온갖 세상사에 환멸을 느낀 그들도 거의가 예술엔 환멸을 느끼지 않는다. 아니 예술을 말하기만 하면 보통사람은 알지 못하는 황금빛 꿈이 순식간 공중에 나타난다. 그들도 실은 뜻밖에 행복한 순간을 갖는다.[81]

---

79 랭보 지음, 김현 옮김, 〈나쁜 혈통〉, 《지옥에서 보낸 한철》, 민음사, 2002, 34 및 36쪽. (강조 인용자)

80 랭보 지음, 함유선 옮김, 〈대홍수 후〉, 《나쁜혈통》, 밝은세상, 2005, 92쪽.

81 아쿠타가와 류노스케 지음, 양희진 옮김, 〈난쟁이 어릿광대의 말〉, 《쓸쓸함보다 더 큰 힘이 어디 있으랴》, 문파랑, 2007, 35쪽.

문우 김기림이 표현한 이상에 대한 다음 진술은 위의 설명과 연결
된다.

청춘이 좋다고 하는 것은 그의 꿈과 환상으로써 인생의 유혹을 물리치는 까닭이
다. 그러나 조만간 그도 유토피아라는 무기를 꺾어 버리고, 인생의 군문 앞에 엎
디고 만다. 예외로 내 의지 아닌 것에 끌리지 않고 스스로의 길을 창조해 가려는
무모한 영웅들도 있다. 모든 벗들이 인생의 나래 아래서 가정을 가지고 예금을
가지고 전지(田地)를 가지고 번영할 때, 영웅은 사장(沙場)을 피로써 물들이고 자
빠진다. 랭보, 고갱, 이상(李箱).[82]

김기림은 남들이 가정, 예금과 땅을 가지고 현실에 몰두할 때 '영웅
은 사장을 피로 물들인다'고 말했다. 사장(沙場, 모래벌판)도 마찬가지
로 〈신경질적으로 비만한 삼각형〉에서 현실의 자아 △이 신 ▽과 씨
름을 하는 장소이며, 사막과 동일하게 연상되고 ▽ 금의 노란 색감과
동일하다. 따라서 사막은 척박하고 혹독한 현실이기도 하지만 동시에
신(理想, 예술, 문학, 순수, 선)과 대결하고 대화하는 비가시적 장소이
다. 결국 사막은 고통·시련과 기쁨·영광이 섞인 모순성과 이중성이
있다. 문학예술의 토양인 것이다. 꽃을 피우는 지면(紙面)이며 차라투
스트라가 말하는 '정신의 사막'이다. 그러한 불행에 대해 랭보와 이상
은 다음과 같이 말했다.

나는 재앙을 불러 모아 피와 모래에 질식했다. 불행은 나의 신이었다.[83]

---

82 김윤식, 《이상연구》, 문학사상사, 1997, 163쪽, 재인용.
83 랭보 지음, 함유선 옮김, 〈서시〉, 《나쁜혈통》, 밝은세상, 2005, 49쪽. (강조 인용자)

비러먹을 거―세상이 귀찬쿠려!

불행이 아니면 하루도 살 수 없는 '그런 인간'에게 행복이 오면 큰일나오, 아마 즉사(旣死)할 것이요. 협심증으로―

「일절 맹세하지 마라」「아무것도 믿지 않는다고 맹세하라」의 두 마디 말이 발휘하는 다채(多彩)한 파라독스를 농락(弄絡)하면서 혼자 미고소(微苦笑)를 하여 보오.[84]

---

84 〈사신(3)〉, 《원본전집 3》, 226쪽. (강조 인용자)

2장

이상의 팔다리,
그 상징과 변형

이상은 자신의 상징기호인 음양(△과 ▽, 현실과 이상)을 다양
하게 변형시켰다. 그리고 이것은 좌우와 동일한 상징인데, 그 관념적
사고를 자신의 양팔과 양다리(좌우)에 접목하여 반복적으로 드러내고
있다.

1. 〈오감도 詩第十三號〉

내팔[1]이면도칼을든채로끊어져떨어졌다.   자세히보면무엇에몹시위협당하는것처럼새
파랗다. 이렇게하여잃어버린내두개팔을나는촉대세움[2]으로내방안에장식하여놓았다.
팔은죽어서도오히려나에게겁을내이는것만같다.   나는이런얇다란예의를화초분보다도
사랑스레여긴다.[1]

(1) 분석

[1] 팔: 팔은 이상의 사고에서 왼쪽과 오른쪽으로 나누어진다. 이
   것은 그의 세계관을 상징하며 그 속의 자아를 말한다.

[2] 촉대 세움: 기념, 촛불을 대신하여 밝힌다는 뜻이다.

(2) 설명

이 시는 관념적인 상징시이다. 이상의 기호 △, ▽에 따른 상징적 진

---

1 〈오감도 시제13호〉, 《원본전집 1》, 46쪽.

술이다. 이 시에서 팔은 면도칼을 든 채로 서로 자른 모습을 보여준다. 오른팔과 왼팔이 모두 잘려나간 것이다. 한마디로 오른팔과 왼팔이 골육상쟁을 벌였음을 뜻한다. 이것은 앞서 이상의 기호공식에서 살펴보았듯이 現實(현실적 자아)과 理想(이상적 자아)의 대결이며, 그 극한 대결 속에서 생명력을 상실한 단절을 상징하고 있다. 시적화자는 잘려나간 팔을 촉대 세우며 자신의 방 안을 장식한다. 이는 촛불을 대신하는 상징성을 지닌다. 그러나 팔은 죽어서도 시적화자에게 겁을 내는 것 같다고 말하고 있다. 그것은 자신의 좌우를 제외한 중간적 자아의 심리이다. 즉 자신의 좌우가 존재하는 까닭은 중간적 자아로 말미암은 것임을 강조한다고 볼 수 있다.

여기에서 시적화자의 방관자적 자세가 드러난다. 다시 말해 치열한 현실과 이상의 대결에서 중간적 자아인 시적화자가 양쪽을 방기·포기하는 심리가 엿보인다. 그러나 잘려 나간 팔은 계속 시적화자의 방 안에 오른쪽 왼쪽으로 존재하고 있는 장식으로 설정된다. 여기서 방은 이상의 기호에서 □이며 좌우의 분할과 그 경계로 상징할 수 있다. 떨어져 나간 팔을 버리지 못하고 자신의 방에 장식하는 것은 영원히 그 좌우에서 벗어날 수 없음을 동시에 상징한다.

이 시는 이상의 시들 중에서 간결한 시에 해당되는데, 이상의 시 가운데 수작이라 할 것이다. 다양한 사고를 이끌어내기 때문이다. 이렇듯 팔과 좌우로 분리되는 상징은 이상의 시에서 지속된다.

그는 그런다 이곳에서 흩어진 채 모든 것을 다 끝을 내어버려 버릴까. 이런 충동이 <u>땅 위에 떨어진 팔에 어떤 경향과 방향을 지시하고 그러기 시작하여</u> 버리는 것이다.[2]

---

2 김주현 책임편집, 〈지도의 암실〉, 《이상단편선 날개》, 문학과지성사, 2007, 163쪽. (강조 인용자)

지금은 고인(故人)이 된 그가 얼마나 그 기념장(記念章)을 그의 가슴에 장식하기를 주저하고 있었는가는 그의 장례식 중에 분실된 그의 오른팔—현재 황이 입에 물고 온—을 보면 대충 짐작하고도 남음이 있을 것이다[3]

양팔을 자르고 나의 직무를 회피한다
이제는 나에게 일을 하라는 자는 없다
내가 무서워하는 지배는 어디서도 찾아 볼 수 없다[4]

위의 글에서 시적화자가 무서워하는 지배는 양팔—▽오른손과 △ 왼손—의 '일' 때문이다. 그것으로 말미암아 양팔을 절단한 것이다. 이상의 이러한 '팔'에 대한 사고는 '나는 결코 손을 갖지 않으리라'는 랭보의 글에서 그 연관성을 생각해볼 수 있다.[5]

나는 모든 직업을 무서워한다. 주인과 노동자들, 모두 촌스럽고 상스럽다. 펜을 쥔 손은 쟁기를 잡은 손과 비길 만하다. 굉장한 손들의 세기로다! 나는 결코 손을 갖지 않으리라. 나중에, 하인근성은 너무나 달갑지 않은 결과를 가져온다. 거지의 정직은 나를 난처하게 한다. 죄인들은 거세된 자들처럼 혐오감을 불러일으킨다. 나는 아무런 손때를 입지 않았다. 그건 아무래도 좋다.[6]

고귀한 야망들!

---

3 〈황의기(작품제2번)〉, 《원본전집 3》, 316쪽.
4 〈회한의 장〉, 《원본전집 1》, 244쪽.
5 '펜을 쥔 손'과 '쟁기를 잡은 손'이 동일시되는데 이것은 보들레르의 밭 갈기, 씨뿌리기에 이어진 사고다. "어느 미지의 나라에서 딱딱한 땅 껍질을 벗겨야 하고, 우리 피투성이의 맨발 아래 무거운 가래를 밀어야 한다는 것을?"(보들레르 지음, 윤영애 옮김, 〈밭가는 해골〉, 《악의 꽃》, 문학과지성사, 2004, 233~234쪽 참조)
6 랭보 지음, 김현 옮김, 〈나쁜혈통〉, 《지옥에서 보낸 한철》, 민음사, 2002, 24쪽. (강조 인용자)

그런데 그것 역시 삶이다! 천벌은 얼마나 영원한지! 자신의 팔다리를 자르려는 사람은 정말로 천벌받지 않으랴? 나는 내가 지옥에 있다고 믿는다. 그러므로 나는 지옥에 있다.[7]

나는 第三番째의 발과 第四番째의 발을 설계중, 혁(嚇)으로부터의 「발을 짜르다」라는 비보(悲報)에 접하고 악연(愕然)해지다.[8]

이상은 자신의 팔과 다리를 잘랐다. 이것은 랭보의 상징과 동일한데, 양팔의 상실은 현실과 이상의 혼돈으로 말미암은 포기이자 방관을 상징한다. 양발도 현실을 디디며 지탱하는 현실과 이상을 뜻한다. 다시 말해 팔다리를 자르는 행위는 자신의 무능화로, 현실과 이상의 혼돈이 교차하는 대결·대립의 상태에서 벗어남이며, 도피·회피라는 의미를 지닌다.

이러한 좌우 팔다리는 현실 △과 이상 ▽에 연결되는 랭보의 '천벌'에 대해 소설에서 또 다시 반복된다. '아주 오랜 옛날부터 있어 왔던 좌우를 제대로 구분 못하는 선천적으로 타고난 병'으로 말미암은 그 불길한 자손들의 천형(천벌)과 병을 말하고 있다. 이는 정신과 예술의 근원적 상징성, 그 이원성과 상대성에 대한 사고로 보아야 할 것이다.

태석(太昔)에 좌우를 난변(難辨)하는 천치(天痴) 있더니

그 불길한 자손이 백대(百代)를 겪으매

이에 가지가지 천형병자(天刑病者)를 낳았더라[9]

---

7 랭보 지음, 김현 옮김, 〈지옥의 밤〉, 위의 책, 54쪽. (강조 인용자)
8 〈1931년(작품 제1번)〉, 《원본전집 1》, 238쪽.
9 〈환시기〉, 《원본전집 2》, 287쪽.

나의 살갗에 발라진 향기 높은 향수   나의 태양욕

용수처럼 나는 끈기 있게 지구에 뿌리를 박고 싶다   사나토리움의 한 그루 팔

손이나무보다도 나는 가난하다[10]

위 글에서 시적화자가 팔손이나무보다도 가난한 이유는 팔손이나
무는 '팔'과 '손'을 가지고 있지만 자신은 팔과 손이 없기 때문이다.[11]
그것은 스스로가 절단했기 때문이며 자신이 상실한 왼쪽·오른쪽의
팔과 손은 현실과 이상이 된다. 상징이 연결되고 있다. 그리고 李箱의
'날개'는 팔의 변형이며 그와 같은 가치를 갖는다.

왼팔이 오른팔을 오른팔이 왼팔을 자꾸만 가혹하게 구타한다. 날개가 부러져서

흔적이 시퍼렇다.

소량의 구조 깃발은 이미 효력이 없다.[12]

이때 팔은 날개로, 지면을 벗어나는 움직임은 하늘을 향한 이상적
자아로, 그리고 발은 땅을 디디는 현실적 자아의 상징으로 읽힌다. 결
국 좌우가 대립되지만 상하 또한 대립된다. 이것은 평면화된 전후좌
우의 대립이고 시 〈二十二年〉에서 나타나는 4의 상징적 의미이며 ◇
가 된다.

이상의 팔다리는 그의 사고(머리)를 상징한다. 이상은 나무를 사람
에 빗대었는데, 나무의 가지는 사람의 사지(두 팔과 두 다리)와 동일하

---

10 〈작품 제3번〉, 《원본전집 3》, 323쪽.

11 팔손이나무는 외형(기표) '팔과 손' 그리고 팔손이나무의 꽃말 '비밀'로 다중적 해석이 가능
하다.

12 〈공포의 기록(서장)〉, 《원본전집 3》, 333쪽.

다. 결국 4가 된다. 사지·머리를 제외한 구간—토르소—이 언급되어 노출되고 있다.[13] 이것은 스스로 무능해짐을 말하는데, 이상의 글에 등장하는 절단은 초현실주의적 기법이나 괴이한 장면의 표현이 아니라 철저히 관념적 상징에 따른 진술일 뿐이다.

2. 〈紙碑〉[1]

내키는커서다리는길고[2]왼다리아프고[3]안해키는작아서다리는짧고[4]바른다리가아프니[5]내바른다리와안해왼다리와성한다리끼리한사람처럼걸어가면아아이夫婦는부축할수없는절름발이가되어버린다[6]無事한世上이病院[7]이고꼭治療를기다리는無病[8]이끝끝내있다.[9][14]

(1) 분석

[1] 지비(紙碑): 종이 비석, 생명력 없는 죽은 자의 이름이 적힌 종이. 이것은 죽은 자를 제사 지낼 때 쓰는 신위를 적은 종이 지방(紙榜)으로 볼 수 있다. 지비는 묘지의 비석과 같은 상징성을 띤다. 이상의 현실을 자조하는 단어이다.

[2] 내키는 커서 다리는 길고: 이상의 정신 세계. 이상(理想)의 상징 ▽.

[3] 왼다리: 부정(不正)의 다리.

아픈 왼다리: 부정(不正)의 부정(否定) = 正. 결국 남편의 다리

---

13 "나의 구간은 창백히 수척하였다(여기서 '구간'은 머리와 사지를 제외한 몸통을 말한다. 〈어리석은 석반〉, 《원본전집 3》, 130쪽 참조)."
14 〈지비〉, 《원본전집 1》, 197쪽.

는 정(正)이다. 즉 선(善), 정의(正義), 평화(平和)이다.

[4] 아내는 작아서 다리는 짧고: 이상의 현실 세계. 현실의 상징 △.

[5] 바른다리: 정(正).

아픈 바른다리: 정(正)의 부정(否定) = 부정(不正). 즉 아내의 다리는 부정(不正)이다. 악(惡), 부정(不正), 파괴(破壞), 혼란(混亂), 전쟁(戰爭)을 뜻한다.

[6] 부부는 부축할 수 없는 절름발이: 남편[善]과 안해[惡]. 정(正)과 부정(不正)의 공존의 조화와 부조화를 드러낸다.

부축할 수 없는 절름발이: 절름발이는 이상의 대표적 상징이다. 그것은 현실과 이상의 부조화·대결·대립 등을 상징한다.

[7] 무사한 세상이 병원: 이상은 아무 일 없는 세상(1930년대의 현실)이 병원이라고 말하고 있다. 이것은 이상의 시에 등장하는 의과대학병원이다. 즉 현실을 병든 환자들이 있는 병원으로 축소하여 상징하고 있다. 이 '병원'의 상징성 또한 이상의 글에 꾸준히 반복된다.

[8] 꼭 치료를 기다리는 무병: 치료를 기다리는 병이 아닌 병, 없는 것 같이 느끼는 병.

[8] 끝끝내 있다: 강조의 표현이다.

(2) 설명

이상은 지비(紙碑)라는 제목으로 시를 반복해 발표했는데 그 가운데 한 편이다. 이상의 종이는 평면화이며 가벼움, 하찮음, 무의미함으로 이해할 수 있다. 그리고 그의 글을 상징한다.

종이로만든배암이종이로만든배암이라고하면

▽은배암이다[15]

종이로 만든 푸른솔닢가지에 또한종이로 만든흰학동체한개가 서있다 쓸쓸하다.[16]

위 글의 뱀과 학은 종이(글)로 형상화된 뱀과 학이다. 이것은 이상 사고의 상징체이다. 종이로 만든 비석으로, 곧 죽음에 대한 표시이다. 이상의 시에서 나타나는 '시체'가 되는 자신으로 이해할 수 있으며, 확대하여 지면에 표현된 현실을 상징한다고 볼 수 있다.

〈지비〉를 이해하려면 이 시의 핵심어 '절름발이'의 의미를 파악해야 한다.[17]

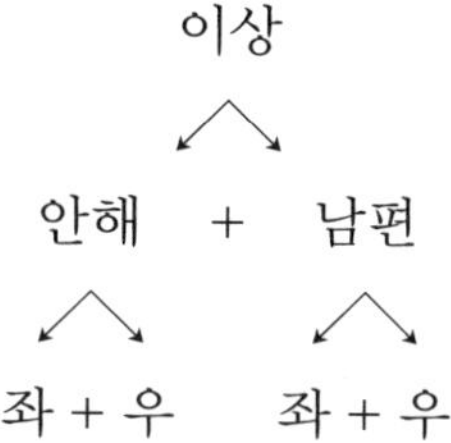

이상은 자신(부부)을 안해와 남편으로 분리하였는데 그것은 각각 이상의 상징적 분리인 좌우를 소유한 이원성의 개체가 된다. 따라서 안해와 남편을 좌우로 나누어 이해해야 한다. 이 시에서 남편은 왼다리[惡]가 아프다. △(현실)의 부정이다. 안해는 오른다리[善]가 아프다. ▽(이상)의 부정이다.

---

15 〈▽의 유희〉, 《원본전집 1》, 103쪽.

16 〈보통기념〉, 《원본전집 1》, 189쪽.

17 절름발이는 앞서 시 〈이십이년〉에서 살펴본 보들레르의 〈알바트로스〉 거대한 바닷새가 지상에서 그 큰 날개 때문에 절름거리는 모습과 사고가 연동된다. 현실과 이상의 부조화를 상징한다.

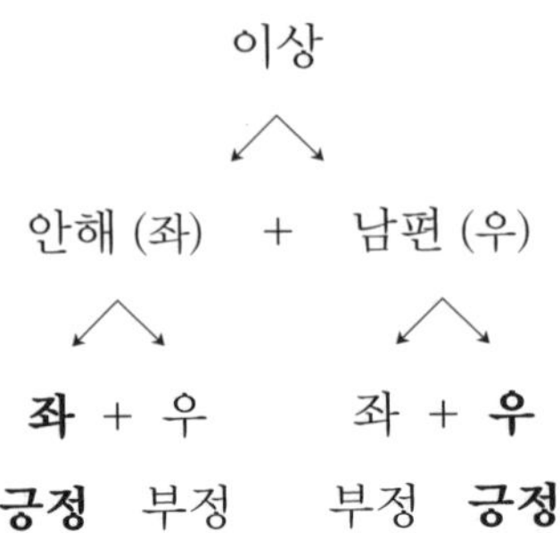

아내와 남편이 극과 극으로 치달음을 상징한다. 첨예한 대립이다.

아내는 순수의 좌, △, 現實, 惡으로

남편은 순수의 우, ▽, 理想, 善으로 진행한다.

이것이 이상의 자의식이며 극한 대결이다. 또한 확대되어 시대 상황을 이야기하고 있다고도 볼 수 있다. 즉 양극단으로 치닫는 이상의 분리된 세계관의 두 자아가 결국은 어느 누구도 부축할 수 없는 절름발이가 되어버리는 것이다. 이상의 글에서 절름발이는 반복되는 이야깃거리이다. 소설 〈12월 12일〉에서 상징적 대립과 대결, 균형과 소설 속 주인공이 다치는 왼다리의 의미와, 소설 〈날개〉에서 숙명적으로 발이 맞지 않는 절름발이 부부 역시 이상의 기호를 바탕으로 이해해야 한다.

'무사한 세상이 병원'이라는 구절은 이상이 바라본 1930년대의 시대 상황을 말하며, '치료를 기다리는 병이 아닌 병' 또한 이상 자신의 병으로, 이상이 인식하고 있는 1930년대의 병을 말한다. 그리고 이 시에서는 이상의 기호에 대한 이름을 하나 더 유추해낼 수 있다. 남편은 키가 크다. 이와 달리 안해의 키는 작다. 그런데 이상은 이전에 발표한 시에서 절름발이와 긴 것과 짧은 것에 대한 표현을 자주 하였다. 이것은 이상의 초기 시작형태에서 결정된 상징이다.

긴것

짧은것

열십자

그러나 CROSS에는기름이묻어있었다.[18]

그러나 기존에 대부분은 남녀의 성적 상징으로 긴 것과 짧은 것을 해석하고 있다. 앞서 이야기했지만 이상으로 가는 길에 있는 가장 큰 장애는 형이상학을 형이하학으로 단정하고 읽어버리는 오류에 있다. 그리고 이 또한 이상이 의도한 함정의 하나임을 부정할 수 없다.[19]

여기서 '키가 크다'는 長, merit, 장점으로 이름을 붙인다.

그리고 '키가 작다'는 短, demerit, 단점으로 이름을 붙일 수 있다.

이 이름은 이상의 시에서 기호의 다른 이름들과 같이 기호를 대표한다고 할 수 있다. 이것은 이상이 바른손(Right) → 옳다 → 긍정 → 지향의 과정에서 '긴 것'과 '짧은 것'의 '시각적 대립을 통한 의미의 연상과 기호의 형상화'라고 봐야 할 것이다. 이것은 이상의 글 속에서 중요한 위치를 차지하고 있다.

'장점 Long' - 호감, 추구 ↔ '단점 Short' - 비호감, 배척

긴 것과 짧은 것 또한 이상의 기호와 동등한 가치로 봐야 하며, 이것으로 이상의 다른 글을 이해할 수 있다.

한데 그 여자와 악마가 걸으니까 거 참 지독한 절름발이였지요. 하지만 어느 쪽

---

18 〈BOITEOX · BOITEUES〉,《원본전집 1》, 110쪽. 이 시는 이상이 최초로 발표한 시 가운데 하나이다. BOITEOX · BOITEUES는 프랑스어로 '절름발이'라는 뜻으로, 'BOITEOX'는 남성형, 'BOITEUES'는 여성형이다.

19 이것도 '비타민 E'를 지닌 내용으로 이해해야 한다(이상의 시 〈금제〉참조).

이 길고 어느 쪽이 짧은지는 전혀 알 수 없었지요.

나기양은 웃었다. 그건 箱의 수다에 언제나 번쩍이는, 더럽게 기독교 냄새만 나는 사고방식을 슬쩍 조소한 것일까. 어떻든 그는 벼란간 아연해지고 말았다.[20]

위의 글에서 이야기하고 있듯이 긴 것과 짧은 것은 남자 ↔ 여자, 악마 ↔ 천사로 하나의 의미에 고착되지 않는다. 이상은 어느 쪽이 길고 어느 쪽이 짧은지 전혀 알 수 없다고 말한다(소설 〈환시기〉 서두에 좌우를 제대로 구별 못하는 천질의 천형병자와 동일한 표현이다). 그리고 그것은 기독교적인 사고방식이라고 하였다. 이는 긴 것과 짧은 것의 결합으로 이루어진 기독교의 십자가(Cross, 결합)의 상징성으로 대변된다. 선과 악, 신과 인간은 이상 기호의 대립에서 상반되는 형태로 나타나기도 하며 균형, 조화를 이루기도 한다.

이상의 글에 반복되는 절름발이는 한쪽 다리가 '짧거나' 한쪽 다리를 '다쳐서' 제대로 걷지 못하는 사람인데 소설 〈12월12일〉에서 주인공은 다리를 절단한다. 그리고 시 〈지비〉에서는 남편과 안해가 한쪽 다리가 아프다. 따라서 이상의 절름발이 남자와 여자는 저마다 '좌우'를 소유하고 있지만 동시에 '긴 것과 짧은 것'(성한 것과 성하지 않은 것)을 소유한 기호의 동시성을 지닌다. 결국 긴 것과 짧은 것은 남녀의 육체적 상징이 아니며 그 결합 또한 남녀의 성관계와는 무관하다. 이상 기호의 상징인 것이다.

내 속에 사는 악마는 고생살이 많이 한 사람 모양으로 키가 작습니다. 또 체중도 몇푼어치 안되나 봅니다. 악마는 어디 가서 횡재를 하고 돌아왔습니다. 장갑을

---

20 〈불행한 계승〉, 《원본전집 2》, 210쪽.

벗으면서 초췌하나 즐거운 얼굴을 잠깐 거울 속으로 엿보나 봅니다. 그리고 나서는 깨끗한 도화지 우에 단색으로 풍경화를 한장 그립니다.[21]

위의 글은 긴 것과 짧은 것의 혼동, 모호함이며 그것은 선과 악, 현실과 이상의 혼란과 변화의 갈등을 드러낸다. 키가 큰(오른쪽, 양) 자신의 내부에 존재하는 이원성의 키 작은(왼쪽, 음)인 악마 또한 자기 자신이기 때문이다. 이상은 자신 내부의 악마(현실)에 대해 다음과 같이 말했다.

사람은적의(適宜)하게기다리라, 그리고파우스트를즐기거라, 메퓌스트*는나에게 있는것도아니고나이다[22]

악마(현실적 삶)와 천사(이상적 삶)로 대립되는 상징적 경향은 문학의 역사에서 지속·반복되는 일반성을 지닌다. 특히 이상이 자주 언급한 일본작가 아쿠타가와의 〈암중문답〉에서는 어떤 목소리[或聲]와 '나'의 대화가 진행되는데 혹성은 천사인 동시에 악마이기도 하다. 상호 교차한다. 그리고 파우스트의 방의 개가 된 악마는 메퓌스트로 위의 이상의 언급과 동일하며 사고의 연관성이 있다.

어떤 목소리: 나 말이냐? 나는 세계의 새벽에 야곱과 힘을 겨뤘던 천사다.[23]

나: 너는 개다. 옛날 파우스트의 방의 개가 된 악마다.[24]

---

21 〈슬픈 이야기〉, 《원본전집 3》, 65~66쪽.
22 〈선에관한각서 5〉, 《원본전집 1》, 157쪽.
23 아쿠타가와 류노스케 지음, 노재명 옮김, 《월식》, 하늘연못, 2005, 405쪽.
24 아쿠타가와 류노스케, 위의 책, 410쪽.

나: 나는 …… 나는 그걸 무엇이라고 불러야 할지 알지 못한다. 그러나 다른 사람의 말을 빌린다면, 너는 그들을 뛰어넘는 힘을 갖고 있지. 그들을 지배하는 Daimon(악마)*이다.[25]

〈지비〉는 표면적으로 나타난 이상의 기호와 관련된 시들이 모두 발표된 뒤인 1935년 9월 15일 《조선중앙일보》에 발표되었다. 이 시는 이상의 세계관과 이상의 의식에 대한 중요한 정보를 제공해준다. 왜냐하면 이 시에서 이상의 기호놀이의 새로운 규칙을 발견할 수 있기 때문이다. 그것은 바로 이상의 제1공식을 파괴하는 이상의 제2공식이다. 아주 중요한 의미가 있다고 하겠다.

이 시에서 남자와 안해는 부부이며 절름발이다. 이 상징은 이상의 시에 자주 반복된다. 이상의 사고에서 분리된 두 자아인 현실적 자아와 이상적 자아는 남자와 여자이며, 그것을 곧 자기 이름 '□' 箱이라고 하였다. 그리고 이상은 자신의 이름 '箱'을 남자와 여자로 분리하여 글을 진행시키고 있다. 이 시에 등장하는 '남편'과 '아내'는 이상의 분리된 자아를 상징한다. 이를 바탕으로 이 시에 나타난 부부, 남자와 여자의 모습을 표시하면 다음과 같다.

이상

안해 + 남편

좌 + 우   좌 + 우

---

25 아쿠타가와 류노스케, 앞의 책, 412쪽.

이것을 이상 제1공식의 기호로 바꾸면

△ + ▽ = □ = ○

현실적 세계　　　이상적 세계　　　　　　　　　　□

여자　　　　　　남자　　　　　　　　　　△ + ▽

악　　　　　　　선　　　　　　　△ + ▽ △ + ▽

좌　　　　　　　우

즉 여자 = 좌 + 우.　△ = △ + ▽

남자 = 좌 + 우.　▽ = △ + ▽

이것은 결국 △ = ▽이라는 것이 성립된다. (△=0, ▽=0)
그렇다면 이상의 제1공식은 아래와 같이 변한다.

∴　**△=▽=□=○**

이것이 이상의 제2공식이다.

△ = ▽　　　　△ + ▽ = △ = □

△ + ▽ = ▽ = □

이상의 제1공식에서 출발한 이상의 제2공식이 제1공식을 부정하는
결과를 낳는다. 이것이 이상의 위트며 패러독스이다.

이상의 제1공식 $\triangle$ + $\triangledown$ = $\square$ = $\bigcirc$

이상의 제2공식 $\triangle$ = $\triangledown$ = $\square$ = $\bigcirc$

이러한 이상의 공식은 명백히 모순이다. 이상 글쓰기의 기본은 제1공식에 따른다. 여기에서부터 글이 진행되었고, 수학적 정확성으로 사고의 결합과 분리가 하나의 틀을 유지하고 있다. 그런데 이상의 제2공식으로 말미암아 제1공식은 완전히 무너진다.

그렇다면 이상의 공식은 의미가 없는 것이며 아무런 가치가 없는 것인가? 또한 지금까지 보아온 이상의 글들은 아무런 가치가 없는 그저 무의미한 기호놀이이며, 그의 허풍에 지나지 않는 것인가? 아니다. 그러기에는 이상 시의 규칙성이 놀라울 만치 치밀하고 정교하다. 이것이 바로 이상의 미로이며, 이상을 말할 때 떠올리는 단어 '뫼비우스의 띠'이다. 또한 이상이 이야기하는 위트와 패러독스의 근원이다. 이상의 공식에 대한 이해 없이는 이상을 이해할 수가 없다. 안과 밖의 경계가 모호한 상태, 즉 안인 것 같으면서 밖이고 밖인 것 같으면서 안이다. 이것을 해결하지 못하고는 절대로 이상의 성 안으로 진입할 수가 없다.

육신이 흐느적흐느적하도록 피로했을 때만 정신이 은화처럼 맑소. 니코틴이 내 회ㅅ배 앓는 뱃속으로 스미면 머리 속에 으례히 백지가 준비되는 법이오. 그 위에다 나는 위트와 파라독스를 바둑포석처럼 늘어 놓소. 가증할 상식의 병이오.

......

꾿 빠이. 그대는 이따금 그대가 제일 싫어하는 음식을 탐식하는 아이러니를 실

천해 보는 것도 좋을 것 같소. 위트와 파라독스와······.[26]

이것이 지금까지 이상이 자신의 글을 통해서 지속적으로 이야기한 '이상의 위트와 패러독스' 그리고 '이상의 가증할 상식의 병'이다. 이상은 이것을 자신의 글 속에 분산(해체)시켜 조직·구성해놓은 것이다. 그러면 이러한 모순은 무엇이며 어떻게 이해해야 하는가? 이 모순은 과연 어떤 의미인가? 그 답을 찾으려면 이상 자신이 가증할 정도로 글 전반에 펼쳐 놓은 자신의 '패러독스'에 대하여 어떻게 생각하는지 알아봐야 할 것이다.

> 모든 것이 모순이다. 그러나 모순된 것이 이 세상에 있는 것만큼 모순이라는 것은 진리이다. 모순은 그것이 모순된 것이 아니다. 다만 모순된 모양으로 되어져 있는 진리의 한 형식이다.[27]

이상은 자신의 위트와 패러독스의 아이러니가 진리라고 말한다. 이 또한 이상의 말하지 않으면서 말하기인 그의 복화술, 숨기기, 암호, 비밀이다. 과연 이것은 무엇을 의미하는가? 그 의미를 파악해야 한다.

해답은 앞의 제1공식에서 설명했듯이 **'음양'(陰陽)**이다. 이것은 동양의 오래된 사상이며 존재하는 '모든 것'을 설명한다. 모든 것은 음과 양으로 되어 있으며, 음 속에는 양이 있고 양 속에는 음이 있다는 원리이다.

---

26 〈날개〉, 《원본전집 2》, 318쪽.
27 〈12월 12일〉, 《원본전집 2》, 88쪽.

<table>
<tr><td>△
현실
인간
악
좌
여자
음</td><td>▽
이상
신
선
우
남자
양</td></tr>
</table>

現實 속에 理想이 있고
理想 속에 現實이 있으며
善 속에 惡이 있고
惡 속에 善이 있는 것이다.
공존하는 두 가지의 양면성이다.
단일성 속에 이원성이 있으며 동일성이 있다.

두 가지의 대립은 존재하는 현상 분리의 기본 형식으로 동서양의 공통된 사고이다. 이 사고는 동양 사상에서 음양으로 설명할 수 있다. 음양은 단순한 두 가지의 분리, 대립으로만 존재하는 것은 아니다. 분리와 대립·대결, 그리고 그 속에 동질성·이질성·조화·균형·공존을 포함하고 있다고 말할 수 있다.

하나의 막대자석이 있다고 하자.

이 막대자석은 좌우가 똑같은 크기로 이등분되어 있다. (이 막대자석에는 두 극 사이의 대립과 균형·긴장·화합·통일이 내포되어 있다) 이것을 음양 이론에 따라 존재하는 모든 것, 즉 실재하는 현상과 사고할 수 있는 모든 것의 합인 전체로 가정한다. 그것은 물질과 정신의 합인 전체이다. 음양의 결합으로 존재하는 모든 것(막대자석)이 만들어진 것이다. 이제 그 전체인 막대자석의 절단을 시도한다. 균등하고 정확하게 절단한다.

132

$$\boxed{\text{음 극}} \qquad \boxed{\text{양 극}}$$

   그렇다면 막대자석은 완벽하게 분리되었는가? 한쪽은 음극, 한쪽은 양극인가? '아니다.' 분리된 순간 각각의 덩어리는 다시 음극과 양극을 갖는다.

   무한히 절단을 시도해도 본질적으로 음극과 양극이 결합된 상태에서 절대 벗어날 수 없다. 처음의 가장 큰 막대자석의 성질과 본질적으로 같다. 이것을 음양이라고 할 수 있다.

$$\text{음극}\ \boxed{\text{음 극}}\ \text{양극} \qquad \text{음극}\ \boxed{\text{양 극}}\ \text{양극}$$

   이상은 이것을 인식하고 있었고 이에 따라 자신의 이야기를 펼쳐나간 것이다. 곧 존재하는 것은 음양의 결합이며, 크기에 상관없이 본질적으로 존재하는 형식은 동일하다는 사실이다. 바로 음양이다. 결국 이상은 태극을 도형으로 변환한 것이며, 그에 따른 세계관 또한 음양의 원리에 근거한 서술이다. 이로써 이상은 무한대와 무한소, 가장 작은 원자에서 무한한 우주까지 구성과 본질의 동질성을 이야기하였으며, '□' 사각형이라는 기호로 자신을, 우주를, 존재하는 모든 것의 한계를 상징화하였다. 그것에 대한 이상의 설계·규정을 살펴보면 다음과 같다.

   4 제사세

   4 일천구백삼십일년구월십이일생.

   4 양자핵으로서의양자와양자와의연상과선택.

   원자구조로서의일체의운산의연구.

4는 사각형이며, '방위'를 뜻한다. 또한 이상의 구조식이다. 양자는 물질의 최소 단위인 원자핵의 요소이다. 즉 가장 근본이 되는 물질의 원자구조에서 연상되고 선택됨을 말한다. 원자구조는 전자와 양자, 중성자로 이루어져 있다. 이것으로 모든 것을 연구한다는 말이 된다. 즉 모든 것을 4로 연상하여 선택한 연구이다. 존재하는 물질의 최소 형태이자 본질인 원자의 구조, 양자(양전기)·중성자·전자(음전기)에서 연상되고 선택된 것들을 4, 즉 □ 사각형으로 규정하고, 존재하는 모든 것을 4로 연구하는 것을 말한다.

특히 원자구조에서 **양자 (+)의 양과 전자 (−)의 양은 같다.** 즉 **양자 = 전자**가 된다. 〈선에관한각서 1〉에서 언급하고 있는 '질량'의 상징적 의미이다. 물질의 존재 형식에서 자아에 이르기까지 세 개의 존재로 나눈 근거가 되는 것이다. 이상은 물질의 최소 단위인 원자구조를 바탕으로 무한대로의 확장에서 시작과 마무리를 한 셈이다. 원자구조에서 추론된 음과 양 그리고 그 경계. 이것이 바로 이상 논리의 핵심이다.

즉 양자 (+)와 전자 (−)의 원자구조는 이상의 기호 ▽, 양과 △, 음이 결합된 사각형을 말한다. 그리고 이상의 제2공식에서 △과 ▽은 같다고 말했다. 이것은 위의 원자구조에서 양자 (+)의 양과 전자 (−)의 양이 같은 것과 통한다. 그리고 이상은 □ 사각형을 '나의 이름'이며 '시각의 이름'이라고 했다. 또 '시각의 이름 □'을 가지는 것이 계획의 효시이며, '시각의 이름을 발표하라'고 〈선에관한각서 7〉에서

---

28 〈선에관한각서 6〉, 《원본전집 1》, 161쪽.

134

밝혔다. 그만큼 □ 사각형은 이상의 시작이자 끝이다. 그리고 그것은 숫자 '4'가 된다.

시각의이름은사람과같이영원히살아야하는숫자적인어떤일점이다.[29]

다시 말해 이상은 자신의 기호로써 그 당시 과학이 발견한 물질의 최소 단위인 원자의 구조(양전기와 음전기)에서, 천평칭[30]의 대립된 좌우 균형의 동질성[31]으로 자신을, 그리고 무한히 확장되어 가는 시간·공간과 인식의 모든 것을 표현한 것이다. 그리고 그 구성은 본질적으로 같음을 이야기하며 동양적 사고인 음양에 귀결하였다.

암흑은 암흑인 以上 이 좁은 방 것이나 우주에 꽉 찬 것이나 분량상 차이가 없으리다 나는 이 大小 없는 암흑 가운데 누워서 숨쉴 것도 어루만질 것도 또 욕심 나는 것도 아무것도 없다. 다만 어디까지 가야 끝이 날지 모르는 내일 그것이 또 창밖에 登待하고 있는 것을 느끼면서 오들 오들 떨고 있을 뿐이다.[32]

이상에게 외형적 크기는 의미가 없었다. 앞에서 살펴본 바와 같이 숫자의 수학적 가치·개념 또한 그에게 의미가 없었다. 그는 합리적·과학적인 수학을 버리고 자신만의 숫자, 도형을 사용하여 자신의 이야기를 하였다. 그것은 존재하는 사물·정신에 대한 이상의 사고이며,

---

29 〈선에관한각서 7〉, 《원본전집 1》, 186쪽.
30 천평칭(天平秤, 천칭): 한가운데 줏대를 세우고 가로장을 걸친 양쪽 끝에 똑같은 저울판이 달린 저울 = 양팔 저울, 한 쪽에는 잴 물건을 달고, 다른 쪽에 추를 놓아 평평하게 하여 물건의 질량을 단다.
31 "천칭위에서 삼십년동안이나 살아온사람(어떤 과학자)" (〈1933. 6. 1〉, 《원본전집 1》, 186쪽 참조)
32 〈권태〉, 《원본전집 3》, 153쪽.

존재의 형식과 내부의 갈등·변화·긴장·대립·조화에 대한 이상의 이 야기이다. 이것을 표현하는 이상의 형식은 그 누구도 흉내 낼 수 없는 기교가 넘치고 있으며, 그 내용의 깊이 또한 형식에 뒤지지 않을 만큼 대단하다고 하겠다. 현실과 이상, 나아가 신과 인간, 선과 악, 진실과 거짓, 전쟁과 평화……. 이상은 하나 속에 공존하는 두 가지의 존재 형 식이 분리되지만 절대로 분리할 수 없는 본질을 표현한 것이다.

존재하는 것의 양면과 그 중간, 인간의 선[理想]과 악[現實]의 양 면성과 그 모호함…….

이상은 자신의 사각형 □(箱, Box, 4)에서 이 모든 것을 표현하고 이 야기했다. 이것이 이상의 비밀이며 그의 사고의 실체이다. 이렇듯 이 상의 시에는 기존 연구에서 밝혀내지 못한 이상의 모습이 숨어있다. 따라서 이처럼 이상이 설계한 시작(詩作)의 방향과 그 내용을 파악하 지 못할 때 해석은 모호하고 난해해질 수밖에 없다.

많은 사람들이 이상을 연구했으며 지금도 진행하고 있다. 그러나 이상을, 이상의 의도를 찾아내지는 못했다. 그의 주위에서 머물렀을 뿐이었다. 이상 내부의 핵심을 향한 진입은 번번이 실패했다고 봐도 지나친 말은 아닐 것이다.

이상은 천재이지만 그 증거는 빈약했으며 무시할 수 있을 정도였 다. 과연 이상은 이 모든 것들을 예측하고 있었는가? 그가 자신의 글 을 어떻게 이야기했는지 알아봐야 하겠다. 그의 자신만만한 태도가 결코 허튼 것이 아니었음을 느낄 수 있을 것이다.

극유산호(郤遺珊瑚)—요 다섯자 동안에 나는 두자 이상의 오자를 범했는가 싶 다. 이것은 나 스스로 하늘을 우러러 부끄러워할 일이겠으나 인지가 발달해 가는 면목이 실로 약여하다.

136

죽는 한이 있더라도 이 산호 채찍을랑 꽉 쥐고 죽으리라 네 폐포파립 위에 퇴색한 망해위에 봉황이 와 앉으리라.

나는 내 〈종생기〉가 천하 눈 있는 선비들의 간담을 서늘하게 해 놓기를 애틋이 바라는 일념 아래 이만큼 인색한 내 맵시의 절약법을 피력하여 보인다.[33]

세상에서땅바닥에달라붙어뜯어먹고사는 천한인간들의쓰는시와는운소로차가나는 훌륭한시를 보산은몇편이나몇편이나써놓은것이건만 그대신세상사람들은 그의시를이해하여줄리가없는과대망상으로밖에는볼수없는것이었다. 이것을보산혼자만이설어하고있으니 누가보산이이것을설어하고있다는것조차알아줄이가있을까.[34]

이상은 천재라 해도 지나침이 없다. 어느 누구의 말처럼 천재를 뛰어넘는 큰 산일 수도 있다. 확실한 것은 앞으로 이상과 같이 치열하게 살면서 자신만의 단순하고 화려한 기교로 만들어 놓은 난공불락의 성을 다시는 볼 수 없으리란 사실뿐이다. 이상의 기호공식 1·2는 단순한 기호 놀이나 일시성·즉흥성의 유희가 절대로 아니다. 그것은 이상의 사상이며 문학이다. 공식 자체는 단순하지만 그것이 상징하고 있는 사고는 표면에 드러난 단순함이 결코 아니다.

어느 시대에도 그 현대인은 절망한다. 절망이 기교를 낳고 기교 때문에 또 절망한다.[35]

'□'은 이상의 시작과 끝이다. 그리고 이상의 말대로 '사람과 같이

---

33 〈종생기〉, 《원본전집 2》, 375쪽.
34 〈휴업과 사정〉, 《원본전집 2》, 155쪽.
35 〈앙케이트 5〉, 《원본전집 3》, 360쪽.

영원히 살아야 하는' **하나의 점**'이다. 또한 그의 기교였으며 그의 절망이기도 했다. 결국 그의 이야기는 이 사각형 □과 숫자 4에 모두 들어있는 것이다.

> 이것은 이런 연유로 해서 城이었다.
>
> 아직도 <u>그것은 굳게 봉쇄된 이름뿐인 성이었다.</u> 그들은 결코 서로 자신의 직분 혈액형을 바꾸지 않는다.
>
> ……
>
> 성은 재채기가 날 만큼 불길하기 짝이 없다. 그리고 창들의 세월은 길고 짧고 깊고 얕고 가지각색이다.
>
> 시계 같은 것도 엉터리다.
>
> <u>성은 움직이고 있다.</u> 못쓰게 된 전차처럼. 아무도 그 몸뚱이에 달라붙은 때자국을 지울 수는 없다.
>
> 스스로 부패에 몸을 맡긴다.
>
> 그는 한난계처럼 이러한 부패의 세월이 집행되는 요소요소를 그러한 문을 통해 들락거리는 것이다.
>
> 들락거리면서 변모해 가는 것이다.   *토하고 설사함
>
> 나와서 토사(吐瀉)* 들어가서 토사. 나날이 그는 아주 작은 활자를 잘못 찍어 놓은 것처럼 걸음새가 비틀거렸다.
>
> 모든 것이 끝날 때까지 모든 것이 시작될 때까지. 그리하여 모든 것이 간단하게 끝나버릴 아리송한 새벽이 올 때까지만이다.[36]

李箱, 그는 현실에 없다.

---

36 〈공포의 성채〉, 《원본전집 3》, 337~338쪽. (강조 인용자)

그러면서 그는 자신의 작품 속에 살아 있다.

그리고 영원히 존재하고 있다.

동심(童心)이여, 동심이여, 충족될수없는영원의동심이여.[37]

〈지비〉는 이상 기호 세계의 마무리를 장식하는 시라고 할 것이다.
그의 기호의 시작에서 마지막을 맺는 이상의 역작이 아니라 할 수 없
다. 단순하고 몇 줄 안 되는 짧은 시 속에서 지금까지 끌어왔던 자신의 기호에 대한 해결의 실마리를 제시하고 있다. 이상의 제2공식이 갖는 의의는 상당히 크다. 이 공식은 $\triangle$ $\triangledown$의 모순되고 혼돈된 이상의 글쓰기에 해답을 제시하며 이상의 좌우를 분별할 수 없는 갈등과 좌절, 고통 등을 설명해 준다. 또한 이상의 제1공식을 부정하면서 동시에 그것을 완벽하게 보충해 준다. 궁극적으로 이상의 결론에 도달하는 길인 것이다. 결국 이상의 이원론적 세계관은 동일성으로 마무리된다. 그것은 존재하는 모든 것의 이원성·상대성이며 또한 단일성·동일성이다.

이상의 제2공식 $\triangle$ = $\triangledown$ 좌우의 동

이상 제1공식
$\triangle + \triangledown = \diamond = \square = \bigcirc$
이상 제2공식
$\triangle = \triangledown = \diamond = \square = \bigcirc$

$\triangle$	$\triangledown$
현 실	이 상
인 간	신
악	선
왼 쪽 (Fault)	바른 쪽 (Right)
짧은 것 (Demerit)	긴 것 (Merit)
여 자	남 자
지 양	지 향
달 (月)	태 양 (日)
음	양

---

37 〈선에관한각서 5〉, 《원본전집 1》, 158쪽.

일성은 이상의 글쓰기 초기에 규정되어 진행된 그의 사고이며 근원이다.[38] 1932년 11월 6일로 날짜가 적힌 글에서 이에 대해 언급하고 있다.

> 기억이 관계하지 않는 그리고 의지가 음향하지 않는 그 무한으로 통하는 방장의 제삼축에 그는 그의 안주를 발견하였다.
>
> '좌'라는 공평이 이미 그로 하여금 '부처'와도 절연시켰다.[39]

무한으로 통하는 방장은 가로 10, 세로 10, 높이 10의 이상의 사각형이고, 축소된 그의 방을 가리키며, 자신 箱을 말한다. 평면화된 □이다. 그것은 이상의 기호 음 △과 양 ▽의 합 전체 태극이며 우주를 포함하는 무한을 상징한다. 그런데 '좌'라는 '공평'(公平)이 '부처'와 절연시켰다고 이야기하고 있다. 그것은 좌우가 같음으로 말미암아 부처(▽)와 절연되었음을 의미한다. 이미 좌(△, 악)라는 현실 속에 우(▽, 선)가 동일하고 공평하게 존재하고 있기 때문이다('좌 = 우'이기 때문이다). 따라서 부처(선, 理想)와 절연되었다. 이것은 앞서 이야기한 음양의 상징성과 같다. 이것이 이상의 제2기호공식이다.

이와 같이 이상의 글은 상당히 조직적으로 노출되며 반복·강조되고 있다. 그리고 그 글에는 논리적인 기계성이 존재하고 있다. 따라서 그 흐름이 연결되지 않는 임의적·자의적인 해석과 이해는 이상에 대한 혼란을 가중시키는 결과를 낳는다.

---

38 이상의 제2공식은 수학 차압(숫자의 소멸)과 동시에 진행된 것으로 그의 글 속에 드러난다 (〈얼마 안되는 변해〉, 《원본전집 3》, 290~294쪽 참조).

39 〈얼마 안되는 변해〉, 《원본전집 3》, 293쪽.

+ 이상의 종이 그림

종이로만든배암이종이로만든배암이라고하면

▽은배암이다[40]

종이로 만든 푸른솔닢가지에 또한종이로만든 흰학동체한개가 서있다 쓸쓸하다.[41]

거울이 책장 같으면 한장 넘겨서

맞섰던 계절을 만나련만

여기 있는 한 페―지

거울은 페―지의 그냥 표지―――[42]

이상의 시에서 종이의 의미는 무엇인가? 위의 시에서 나타난 진술을 그림으로 이해해볼 수 있다. 시 〈명경〉에서 거울 속에 비친 모습을 하나의 페이지로 이야기하고 있다. 이것을 위의 시들과 연결하여 생각할 때 위의 시들을 그림으로 이해할 수 있다. (이상의 글에 드러나는 장면화·그림화로 볼 수 있다) 그렇다면 종이는 그림의 상징으로 이해된다. '지비'(紙碑)는 종이로 만든 비석으로, 비석이란 죽은 자의 표지(標識)며 상징이다. 여기에는 죽은 자의 이름이 표기된다. 그리고 그 이름의 문자는 기호로써 어떤 대상에 대한 상징성을 지닌다.

이상의 글 속에서 음양은 하나의 내부에 반대되는 속성을 공유하고 있다. 글 속에서 표현되는 화자 또는 이상은 여자로, 남자로, 그의 기

---

40 〈▽의유희〉, 《원본전집 1》, 103쪽.
41 〈보통기념〉, 《원본전집 1》, 189쪽.
42 〈명경〉, 《원본전집 1》, 73쪽.

호 속의 상징으로 다양하게 변화되어 나타나는데, 이것은 이상 기호의 분리와 대립, 통합을 이룬다.

이 시에서는 남편과 안해, 키가 크다(길다)와 키가 작다(짧다), 오른쪽과 왼쪽이 대응되는데, 이것을 이상의 글에 드러나는 '69', 태극 음양의 분리에 맞춰서 연속 분할하면 다음과 같다.

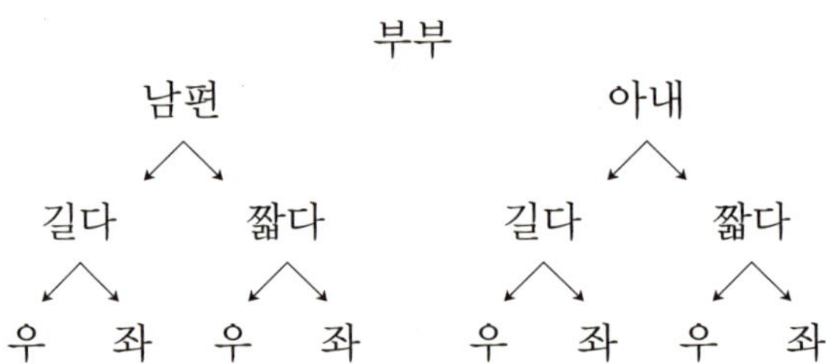

위와 같이 분할된 이상의 기호를 음양의 기호로 치환하면 다음과 같다.

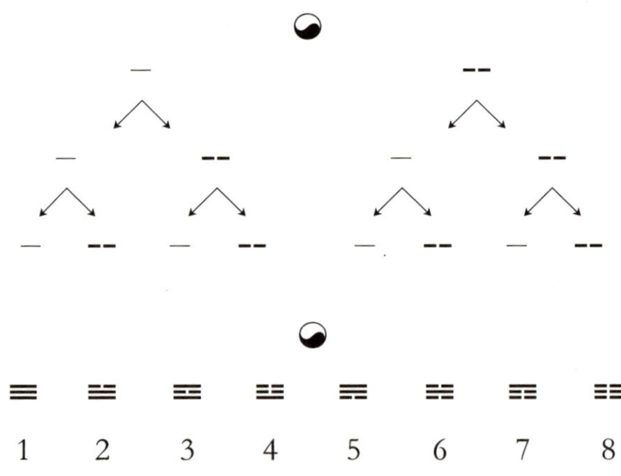

태극과 8괘가 생성된다. 여기서 태극(◐)과 건·곤·감·리(남자의 오른쪽, ☰, ☵과 여자의 왼쪽, ☷, ☲)를 가지고 태극기를 그릴 수 있다.

142

즉 〈지비〉를 태극기로 상징한다면 당
시 우리나라의 모습이라고 봐도 될 것
이다. 세상을 국가로 축소해 이해할 수
있다.

　1930년대 나라를 빼앗겨 버린 시대
적 배경을 고려한다면 이 시의 제목 '지비'(紙碑)를 태극기로 읽어도
무리는 없을 것이다. 이는 이 시의 마지막 진술과 호응한다. '무사한
세상이 병원이고 꼭 치료를 기다리는 무병이 끝끝내 있다.' 그리고 이
상이 소설 속에서 언급한 김유정의 책상 앞에 붙어 있는 '지비'를 '태
극기'로 읽어볼 수도 있다. 왜냐하면 이상의 사고와 글쓰기는 형태와
의미의 유추·변형 속에 존재하기 때문이다. 종이 비석과 절름발이는
현실의 제약, 무병(無病, 병이 아닌 병)을 상징한다. 따라서 그 시대적
연관성으로 이해할 수 있다.

　　밤이나 낮이나 그의 마음은 한없이 어두우리라. 그러나 유정아! 너무 슬퍼 마
라. 너에게는 따로 할 일이 있느니라.
　　이런 지비가 붙어 있는 책상 앞이 유정에게 있어서는 생사의 기로다.[43]

　「절뚝발이」
　여태껏 내 몸 위에 뒤집어씌워져 있던 무수한 대명찰(大名札) 외에 나에게는
또 이러한 새로운 대명찰 하나가 더 뒤집어지는구나—어디까지라도 깜깜한 암흑
에 지질리워(기운이 꺾여 눌린) 있는 나의 앞길을 건너다 보며 영원히 나의 신변
에서 없어진 등불을 원망하는 것일세. 절뚝발이도 살 수 있을까—절뚝발이도 살

---

43 〈실화〉, 《원본전집 2》, 366쪽. (강조 인용자)

게 하는 그렇게 관대한 세계가 지상에 어느 한 귀퉁이에 있을까? 자네는 이 속타는 나의 물음—아니 차라리 부르짖음에 대하여 대답할 재료, 아니 용기라도 있겠는가?[44]

이상 시의 특징 가운데 하나는 도식화이며, 그것은 하나의 그림이 된다. 그리고 글로 서술한 것을 장면화하는 경향이 있다. 이것이 포즈(Pose)이며 스톱모션(Stop motion)화라고 말할 수 있다. 즉 글이 하나의 장면, 그림이 되는 것이다. 이러한 상징적 표현은 그의 글에서 암시적으로 드러나고 있다.[45]

요거 한 대가 다 타는 동안에 마지막 결심을 하면 됩니다. 여보 섧지는 않소? 여인은 머리를 좌우로 흔들었읍니다. 다탔소. 문을 닫아라—배를 벗어 버리는 미끄러운 소리—답답한 야음을 떠미는 힘든 소리—바다가 깨어지는 요란한 소리—꿋빠이. 악마는 이 그림 한구석에 차근차근히 싸인을 하였읍니다.[46]

그를 가장 가까운 곁에서 바라본 이상의 아내 변동림은 이상의 「오감도」가 항일시라고 주장했다. 이에 대하여 '일본어로 씌어진 항일시도 있는가?' 라는 반박도 있었다. 그러나 ⟨AU MAGASIN DE NOUVEAUTES⟩와 여러 시들에서 당시 현실에 대한 이상의 언급은 반복하여 드러나고 있다. 이 시 ⟨지비⟩를 현실의 상징인 태극기로 확대·변형해 읽을 때, 이상은 확실히 일본을 농락했다고 할 수 있다. 그들이 상상하지도 못한 이상만의 방식으로. 그리고 그것은 버젓이 일

---

44 ⟨12월 12일⟩, 《원본전집 2》, 46쪽.
45 이상이 그린 삽화도 이러한 상징적 맥락에서 이해되어야 한다.
46 ⟨슬픈 이야기⟩, 《원본전집 3》, 67쪽.

144

반 대중에 발표되었다. 일본의 용인 아래……. 이러한 이상의 시작 형태와 발표는 그의 냉소(Cynical)적인 표정으로 연상된다.

3. 〈禁制〉

내가치던개(狗)[1]는튼튼하대서모조리實驗動物로供養되고[2]그中에서비타민E를지닌개(狗)[3]는學究의未及과生物다운嫉妬로해서博士에게흠씬얻어맞는다.[4] 하고싶은말을개짖듯배앝아놓던歲月은숨었다.[5]　醫科大學허전한마당에우뚝서서[6]나는必死로禁制를앓는(患)다.[7]　論文에出席한억울한髑髏에는千古에氏名이없는법이다.[8]

(1) 분석

[1] 개: 狗, 이상은 자신의 시에서 언어의 유희와 상징, 비유를 많이 사용했다. 동음이의어의 사용을 자주 보여준다. 이 시에서 개 '구'자는 음차로 해석할 수 있다. 즉 句(글월 구)이다. 그러므로 이 시에서 나오는 개는 이상의 시들을 가리킨다. 또한 이상은 자신의 시에서 띄어쓰기를 무시했다. 결국 이상은 한글뿐만 아니라 한자까지도 띄어쓰기를 무시했다고 볼 수 있다. 그렇다면 狗 = 犬 + 句가 된다. 곧 개 같은 글, 개의 글이 된다.

[2] 실험동물로 공양: 이상의 시는 발표 이후로 수많은 사람들의 연구와 논의와 논쟁으로 실험 대상, 연구 대상이 되었다. 그리고 이러한 작업은 지금도 계속되고 있다. 이상은 자신의 시들을 사람들이 이해하지 못하리라는 것을 알면서 발표했으며, 발

표한 뒤에도 자신의 시를 제대로 이해하는 독자가 없음을 스스로도 시인했다. 하지만 그는 자신의 시에 대하여 어떠한 설명이나 주석을 달지 않았다. 자신의 글이 다양하게 해석되리라는 것에 대한 사고로 보인다.

[3] 비타민 E를 지닌 개: 비타민 E가 결핍되면 불임증, 유산, 정충형 성기능 퇴화, 근육 장애, 중추신경 장애가 일어난다. 이상의 시 가운데 남녀의 성적 상징으로 이해될 수 있는 시들을 상징한다.

[4] 학구의 미급과 생물다운 질투: 자신의 글에 대한 해석에서 연구의 깊이가 아직 부족함을 이야기한다. 그리고 인간적인 질투로 그의 글이 비난과 혹평을 당함을 상징한 것으로 보인다.

[5] 세월은 숨었다: 스스로 자신의 말을 숨겼음을 표현하고 있다.

[6] 의과대학: 과학 문명의 전문 지식인이 있고 환자가 항상 붐비는 장소. 이상은 의과대학을 당시의 현실로 상징하고 있다. 시 〈지비〉에 나오는 "무사한 세상이 병원"과 동일한 상징이다. 보들레르가 현실을 '병원'이라고 말한 것과도 연결된다.

[7] 금제를 앓는(患)다: 스스로 말하지 못하게 말리는 병을 앓는 환자 이상을 말한다. 자신의 이야기를 말하지 못하는 것은 일제 치하의 억압된 현실에서 자신의 이야기를 제대로 할 수 없음을 상징한다.

[8] 논문에 출석한 억울한 촉루에는 천고에 씨명이 없는 법이다: 논문은 실험동물로 공양되어 박사들에게 흠씬 얻어맞은 비타민 E를 지닌 자신의 시(개)들에 대한 이야기가 되며, 그러한 비난과 오역에 대해 '억울하다'고 감정을 토로하고 있다.

촉루: 해골, 이상의 시 또는 현실로 말미암아 생명력을 잃은 초현실적 자아 또는 시간성으로, 미래적 시선으로 볼 수 있다.

(2) 설명

이 시는 이상이 일본에서 '위독'이라는 표제어로 발표한 열두 편의 시 가운데 하나다. 이상이 생존하여 발표한 마지막 시 중 하나로, 사람들이 난해하다고 하는 그의 도형에 관한 시와 「이상한 가역반응」, 〈선에관한각서〉 7편 등이 어느 정도 완료된 뒤의 작품이다.

이상의 작품에서 하나의 제목에 속한 연작시는 앞서 살펴본 바와 같이 하나의 흐름을 갖고 있다. 그러나 이상은 자신의 글에 대해서 다른 사람에게 이야기하지 않았다. 누구에게도 설명하지 않은 그의 비밀이며, 심지어 자신의 아내에게조차도 용납하지 않은 그의 비밀(거짓)이자 복화술이다. 이상은 「오감도」가 사람들에게 지탄을 받을 때도 자신의 시에 대하여 설명을 하지 않았다. 자신의 글에 대하여 그만큼 그는 철저했다.

그러나 「위독」의 시들은 다른 특이한 점을 가지고 있다. 이상이 이 시들에 대하여 이례적으로 '직접' 언급하고 있다는 사실이다.

요새 조선일보 학예란에 근작시 '위독' 연재중이오. 기능어, 조직어, 구성어, 사색어로 된 한글 문자 추구 시험이오 다행히 고평을 비오. 요다음쯤 일맥의 혈로가 보일 듯하오[47]

무슨 이유로 그렇게 말했는가? 그 속에 그의 의도가 숨어있지는 않은가? 분명히 있다. 이 시는 지금까지 해석하지 않고 건너뛰어 온 이상의 다른 시들에 대한 해석에 중요한 방법을 제시하고 있다.

"일맥의 혈로가 보일듯하오." 이상은 자신의 시 「위독」이 '하나의

---

47 〈사신(5)〉, 《원본전집 3》, 231쪽.

흐름'이며 '피의 길'이라고 밝히고 있다. 그것은 이상의 이야기(story)를 뜻한다. 따라서 「위독」에서 제일 앞에 배치시킨 시 〈금제〉를 통해 기능어, 조직어, 구성어, 사색어로 된 한글문자의 추구시험이 어떻게 이루어지는지를 알아봐야 할 것이다.

이 시는 이상이 밝힌 것처럼 독특한 해석의 가능성을 보여 준다. 이 시에서 가장 중요한 것은 개의 실체다. 이것을 제대로 이해하지 못하면 이상 시에서 많은 오류를 발생시킬 수 있다.

개 구(狗)자를 둘로 나누어(해체, 분리, 破字) 보면 犭 + 句 = 犬 + 句 = 견구(犬句), 즉 개글, 개 같은 글이 된다. 이 표현은 '하고 싶은 말을 개 짖듯 뱉아 놓던 세월은 숨었다'와 호응된다. 이상 자신의 글들이 사람들에게 해석됨을 실험 동물로 공양된다고 표현한 것이다. 그리고 '비타민 E를 지닌 개'란 이상의 시 가운데 남녀의 성적 상징으로 읽힐 만한 시들을 말한다. 이상의 표현을 빌리면 '독수(毒垂)하는 개', 즉 독한 잠에 빠져 있는 이상의 글들이다. 그리고 이 비타민 E의 상징을 이상의 모노그램으로 해석하고자 한다면 에로틱(Erotic)으로 읽을 수도 있다. 이 단어에는 '연애시'라는 의미가 담겨 있다. 남녀의 성애시, 성적 상징의 연애시로 읽을 수 있는 시들을 뜻한다. 이 시들의 상징적 의미를 파악하지 못하고 표면적으로만 읽어버리면 그저 단순한 시각적·감상적인 연애시가 된다. 이것을 이상이 의도한 그의 글쓰기 방법 가운데 하나인 상징이자 그의 함정으로 볼 수도 있다.

이상의 시에 대한 이해와 해석에서 많은 부분들이 남녀 성행위의 상징으로 이해되기도 한다. 당황스러울 정도로 전혀 어울리지 않는 시까지도 그런 쪽으로 해석한 연구가 더러 발견되었다. 이상이 자신의 시에 이중적 장치를 해 놓은 것에 지나지 않는 것을 표면만 읽고 이상의 전기적 요소에 초점을 맞춘 해석이라고 할 수 있다. 비타민 E를 지닌 개가 박사에게 흠씬 얻어맞는 까닭은 학문적 연구의 깊이가 못 미침과 생물다운 질투 때문이라고 말한다. 다시 말해 이상은 자신의 시에 대한 사람들의 학문이 모자라기 때문에, 자신의 시를 사람들이 질투하였기 때문에 얻어맞았다고 말하고 있는 것이다. 의과대학은 합리성의 현실을 상징한다. 절박하고 치열하게 스스로를 말하지 못하도록 말리는 자신의 상황을 "必死"라는 단어로 쓰면서 그 심경을 표현하고 있다.

'논문에 출석한 억울한 촉루'란 이상의 시들을 말한다. 이 시는 이상 자신이 자기의 시를 읽는 사람들의 오해와 오역에 대한 자신의 심경과 자신이 자신의 시에 대해 말하지 못하고 있음을 토로하면서, 자신이 쓴 시의 내용을 암시하고 있다. 물론 이 시 자체도 이상의 치밀한 조작과 계획에 따라 씌어지고 발표된 것으로 여겨진다.

한자를 분리[破字]한 이상의 기발한 방법도 새롭다. 이상 기호 놀이의 분리와 결합이 연속된 진행으로 보인다. 이상이 「위독」에 대해 언급한 '기능어, 조직어, 구성어, 사색어로 된 한글 문자 추구 시험'으로 볼 수 있다. 이상의 언어유희이며 위트이다.

이상의 글쓰기 형태를 미루어 봤을 때 분명히 '개'에 대한 이상의 포석들이 있으리라 생각하고 찾아 보니 수필 〈獚의記(작품제2번)〉가 있다. 여기에서 '황'(獚)을 한마디로 정의할 수는 없다. 이상의 기호들이 다양한 이름들을 포함하듯이 이 '황', 개 또한 다양한 이름들을 포함한다. 이상 기호들의 다양한 이름들은 본질적으로 같으나 황은 다양하게 해석될 수 있다. '황'은 글의 순조로운 진행에 맞추는 작업과 이상의 다른 글들에서 그 흔적을 찾는 것이 이상을 파악하는 지름길이라고 하겠다. 〈황의기〉 가운데 일부를 살펴보면 다음과 같다.

記三

복화술이란 결국 언어의 저장창고의 경영일 것이다

한 마리의 축생은 인간이외의 모든 뇌수일 것이다

나의 뇌수가 담임 지배하는 사건의 대부분을 나는 황의 위치에 저장했다―냉각
되고 가열되도록―
나의 규칙을―그러므로―리트머스지에 썼다
배―그 속―의 결정을 가감할 수 있도록 소량의 리트머스액을 나는 나의 식사
에 곁들일 것을 잊지 않았다[48]

한 마리 축생은 황, 즉 개를 말한다. 자신의 뇌수가 담임 지배하는 사건의 대부분을 '황'(개)의 위치에 저장했다는 구절은 이상이 글로써 표현하였음을 뜻하며, 그 규칙을 리트머스지에 썼다고 이야기하고 있다. 리트머스지란 리트머스액이 묻은 종이로서 푸른색의 리트머스지는 산성에 담그면 붉은색으로 변하고, 붉은색의 리트머스지는 알칼리성 용액에 담그면 푸른색으로 변한다. 다시 말해 상온에서는 변하지 않지만 산성이나 알칼리성의 용액에 접할 때만 색깔이 변한다.[49] 이 구절은 자신의 글, 곧 황은 남들이 일반적으로 알 수 없는 방법을 사용했음을 드러낸 것이다. 이것이 앞서 이상의 비밀에서 설명했던 이상의 복화술에 해당된다고 하겠다.

그리고 이상의 또 다른 글에서 다시 한 번 이상의 '개'에 대한 정체

---

48 〈황의기(작품제2번)〉, 《원본전집 3》, 318쪽.

49 산성일 때 푸른색이 붉은색으로, 알칼리성일 때 붉은색이 푸른색으로 변하는 것은 이상의
기호인 음양의 청색과 적색으로 이해할 수 있다.

를 찾아볼 수 있다.

　　이튿날 나를 방문한 역원은 무심한 황망스러움으로 다음과 같이 말하였던 것이다.

　　―귀하는 반드시 고양이를 잃어버린 슬픔에서 드디어 발광하였음에 틀림없다고 생각하였습니다. 나는 제오보를 가지고 가려고 삼경 이후, 귀하의 문을 두들겼읍니다만 나는 정말 놀랐읍니다. 귀하는 수백마리의 개를 귀하의 방에서 물어 죽이고 있는 것을 나는 목도하고 있었읍니다―

　　나는 여지껏 여기에 있었읍니다. 과연 지금 귀하의 안면표정으로 보아서 그것은 나의 환타지였던 것일까요?

　　아뇨 나는 귀하의 거처까지도 의심하였을 정도입니다. 아무쪼록 나쁘게 생각지 마시기를―

　　나는 빙긋이 미소를 지어 보였다. 사실, 나의 구각전면(軀殼全面)*에 개들의 꿈의 방사선의 파장은 직경을 가진 수없는 천공의 흔적을 나는 느끼지 않을 수 없었다.

*몸의 피부 앞부분

　　―하기는 제오보는 개의 시체의 혈액은 아무리 가열을 하여도 마침내 더워 오지 않았다는 것이다. 나는 봉해 온 독수(毒睡)의 분석을 서두를 필요를 느꼈다.[50]

　여기서 '귀하'가 수백 마리의 개를 물어 죽이는 것은 판타지도 아니고 실제로 개를 물어 죽이는 것도 아니다. 초현실적 진술도 아니다. 바로 이상이 자신의 시를 파기하는 광경을 묘사한 것이다. "개들의 꿈의 방사선의 파장은 직경을 가진 수없는 천공"이라고 이야기한다. '천공'은 구멍을 뚫는 작업 또는 구멍을 말한다. 이 구절은 이상이 종이에 송곳으로 구멍을 뚫어 엮어 만든 시작(詩作) 노트(무괘지 노트)에

---

50 〈무제(2)〉, 《원본전집 3》, 300쪽.

서 파기된 시들을 빼낸 뒤 자신이 그 구멍 뚫린 종이(시)를 만지는 모습 또는 방에 널브러져 있는 종이 위에 엎드려서 그것들을 바라보는 상태를 상징적으로 표현한 것이다. 그리고 "봉해 온 독수"는 죽어 잠자고 있는 글을 상징한다. 이것은 이상 스스로 숨겨 놓은 자신의 글을 말하는데 그 이유는 다음의 글에서 유추할 수 있다. 현실의 억압으로 말미암은 변형으로 보인다.

군용장화가내꿈의백지를더럽혀놓았다.[51]

명함을짓밟는군용장화.[52]

이상과 1927년부터 5년 여 동안 같은 집에서 생활했던 그의 친구 문종혁은 다음과 같이 이야기했다.

이상과 18살 동갑내기로서 통동(通洞) 154번지 그의 백부(伯父) 집에서 처음 만났을 때 그는 이미 시작(詩作)에 열을 올리고 있었다. 1인치가 넘는 두꺼운 무괘지(無罫紙) 노우트에는 바늘끝 같은 날카로운 만년필 촉으로 쓰인 시들이 활자 같은 정자로 빼곡 들어차 있었다.

그는 노우트를 서랍 속에 소중히 간직하였다.

당시 상(箱)은 나에게 그림에 관해서는 자주 얘기했지만 시에 대해서는 이야기하지 않았다.[53]

---

51 〈오감도 시제15호〉, 《원본전집 1》, 49쪽.
52 〈AU MAGASIN DE NOUVEAUTES〉, 《정본전집 01》, 68쪽.
53 김유중·김주현 엮음, 《그리운 그 이름, 이상》, 지식산업사, 2004, 131쪽.

그리고 이상의 다른 글에서 연결되는 부분이 발견된다.

> 한달—맹열한 절뚝발이의 세월—그동안에 나는 나의 성격의 서막을 닫아 버렸다.
>
> 두달—발이 맞아 들어 왔다.
>
> 호흡은 깨끼저고리처럼 찰싹 안팎이 달라붙었다. 탄도를 잃지 않은 질풍이 가리키는대로 곧잘 가는 황금과 같은 절정의 세월이었다. 그동안에 나는 나의 성격을 서랍 같은 그릇에다 담아 버렸다. 성격은 간데온데가 없어졌다.
>
> 석달—그러나 겨울이 왔다. 그러나 장판이 카스테라 빛으로 타들어왔다. 얄팍한 요 한 겹을 통해서 올라오는 온기는 가히 비밀을 끄실를 만하다. 나는 마지막으로 나의 특징까지 내어놓았다. 그리고 단 한 가지 재조(才操)를 샀다. <u>송곳</u>과 같은—<u>송곳</u> 노릇밖에 못하는—<u>송곳</u>만도 못한 재조를—과연 나는 녹슬은 <u>송곳</u> 모양으로 멋도 없고 말라 버리기도 하였다.[54]

이상의 글쓰기 특징 가운데 하나인 분산과 그 연결된 연상의 반복이다. 위의 글에서도 송곳이 4번(이상이 가장 많이 반복·강조한 숫자)이나 반복된다. 강조로 봐야 한다. 이상이 자신의 작품을 적어놓은 1인치가 넘는 무괘지 노트는 송곳으로 구멍을 뚫어 끈으로 엮었으므로 펜과 종이, 송곳은 방 안, 자신의 곁에 항상 있었을 것이다. 위의 소설에서 이상이 산 한 가지 재조인 '송곳'은 이상의 글쓰기를 상징한다고 할 수 있다. 결국 소설 〈공포의 기록〉의 주인공이 산 단 한 가지 재주는 글쓰기인 것이다. 그리고 그것은 그에게 '공포의 기록'이었다.

---

54 〈공포의 기록〉, 《원본전집 2》, 203쪽. (강조 인용자)

나에게, 나의 일생에 다시 없는 행운이 돌아올 수만 있다 하면 내가 자살할 수 있을 때도 있을 것이다. 그 순간까지는 나는 죽지 못하는 실망과 살지 못하는 복수(復讐)—이 속에서 호흡을 계속할 것이다.

나는 지금 희망한다. 그것은 살겠다는 희망도 죽겠다는 희망도 아무것도 아니다. 다만 이 무서운 기록을 다써서 마치기 전에는 나의 그 최후에 내가 차지할 행운은 찾아와 주지 말았으면 하는 것이다. 무서운 기록이다.

펜은 나의 최후의 칼이다.[55]

역사는 무거운 짐이다

세상에 대한 사표 쓰기란 더욱 무거운 짐이다

나는 나의 문자들을 가둬버렸다[56]

개의 시체의 혈액이 아무리 가열해도 더워지지 않는다는 것은 이상 자신의 시에 대한 사고이다. 이상이 〈황의기〉에서 냉각되고 가열되도록 비밀스럽게 리트머스지에 쓴 시, 스스로 가두어 버린 자신의 문자들, 즉 숨겨 놓은 시가 자신의 의지대로 되지 않음을 뜻하며, 그래서 스스로 봉해 온 독한 잠의 분석을 서두를 필요가 있다고 말하는 것이다. 그리고 〈황의기〉에서 다음과 같이 진술하고 있다.

불균형한 건축물들로 하여 뒤얽힌 병원구내의 어느 한 귀퉁이에 세워진 그 공양비의 쓸쓸한 모습을 나는 언제던가 공교롭게 지나는 길에 본 것을 기억한다   거기에 나의 목장으로부터 호송돼 가지곤 해부대의 이슬로 사라진 숱한 개들의 한 많은 혼백이 뿜게 하는 살기를 나는 느끼지 않을 수가 없었다   나는 더더구나

55 〈12월 12일〉,《원본전집 2》, 68쪽.
56 〈회한의장〉,《원본전집 1》, 244쪽.

그의 수술실을 찾아가 예의 건(腱)의 절단을 그에게 의뢰해야 했던 것인데―[57]

위의 글에서 '나의 목장으로부터 호송돼 해부대의 이슬로 사라진 숱한 개'들과 앞에서 살펴본 시 〈금제〉에서 '학구의 미급과 생물다운 질투로 해서 박사에게 흠씬 얻어맞는 개'는 모두 이상의 '시'를 상징한다.[58]

이상은 시에 생명력을 부여한다. 그의 시, 현실과 이상에 대한 시, 곧 그의 개들은 이상의 또 다른 자아의 실체로서 그와 대화를 시도한다. 이상은 하나의 자신에서 다양한 상징을 통해 분리된 개체를 만들어내는 특징이 있다. 이상의 사고와 의도를 담아낸 '시' 또한 이상, 그 자신[分身]이기 때문이다. 이렇듯 이상의 개는 한마디로 정의될 수 없는 이상의 실제와 관념을 오가는 상징이다. 따라서 희생 동물은 이상의 시와 글을 말한다. 개의 죽음은 시의 파기이며, 독수에 빠져서 깨어나지 않고 있는 개는 이상의 복화술에 따라 비밀이 되고 변형된 그의 글이다.

　　―희생동물공양비 제막기념식―그런 메달이었음을 안 나의 기억은 새삼스러운 감동을 받지 않을 수가 없었다.

　　……

　　그래 그가 공양비 건립기성회의 회장이었다는 사실은 무릇 무엇을 의미하는가?[59]

---

57 〈황의기(작품제2번)〉, 《원본전집 3》, 316～317쪽.

58 이상의 글에서 자주 반복되는 목장 또한 실재하는 목장이 아닌 이상의 의식적 공간, 글쓰기의 관념적 공간과 시간으로 이해해야 할 것이다.

59 〈황의기(작품제2번)〉, 《원본전집 3》, 316쪽.

내 일과의 중복과 함께 개는 나에게 따랐다. 돌과같은 비가 내려도 나는 개와 만나고 싶었다. …… 개는 나를 기다리고 있을 것이다.……개와 나는 어느새 아주 친한 친구가 되었다.

……죽음을 각오하느냐, 이 삶은 그대로 받아들이지 않을 수 없느니라……이런 값 떨어지는 말까지 하는 일이 있다, 그러나 개의 눈은 마르는 법이 없다, 턱은 나날이 길어져가기만 했다.[60]

+ 이상과 고양이

위의 시 〈금제〉와 수필 〈무제(2)〉에서 등장하는 '개'에 대한 이해는 이로써 어느 정도 마무리되었다고 할 수 있다. 그렇다면 이상의 글에서 등장하는 또 다른 동물인 고양이에 대해 알아보아야 할 것이다.

S도 K교수도 나도 바보요 연이만이 홀로 눈가리고 야웅하는 데 희대의 천재다.[61]

「연이! 연이는 야웅의 천재요. 나는 오늘 불우의 천재라는 것이 되려다가 그나마도 못 되고 도루 돌아왔소. 이렇게 이렇게! 응?」

나는 버티다 못해 조그만 종이 조각에다 이렇게 적어 그놈에게 주었다.
「자네도 야웅의 천재ㄴ가? 암만해도 천재ㄴ가 싶으이. 나는 졌네. 이렇게 내가 먼저 지껄였다는 것부터가 패배를 의미하지」[62]

---

60 〈황〉, 《원본전집 3》, 312쪽.
61 〈실화〉, 《원본전집 2》, 363쪽.
62 〈실화〉, 《원본전집 2》, 368쪽.

「……계집의 얼굴이란 다마네기다. 암만 베껴 보려무나. 마지막에 아주 없어질
지언정 정체는 안 내놓느니」[63]

그는아파오는시간을입은 사람이든지길이든지 걸어버리고걸어차고싸와대이고싶
었다 벗겨도옷 벗겨도옷 벗겨도옷 벗겨도옷 인다음에야 걸어도길 걸어도길인다
음에야 한군데버티고서서 물러나지만않고 싸워대이기만이라도하고싶었다.[64]

'계집의 얼굴이란 다마네기다.' 이상의 말 가운데 이 말처럼 유명한
말도 없을 것이다. 아무리 벗겨도 없어질망정 그 속내를 드러내지 않
는 여자. 그 여자는 과연 누구인가? 위의 글들에서 '야웅의 천재', '다
마네기'는 이상의 아내로 읽을 수도 있다. 그러나 그것은 이상 자신을
말한다.

가볍게 주먹으로 소운의 허리께를 쿡 찌르면서, 箱은 울며 웃는 상판이었다. 이
런 때 그는 가장 많이 가면(假面)을 사용하는 것인데, 그 가면이야 말로 箱 자신
의 본 얼굴에 제일 가까운 것인 줄을, 그 자신의 본얼굴을 한번도 보지 못한 사람
으로선 결코 알아챌 수는 없다. 모르면 몰라도 箱 자신조차 —— 가 그 정교(精巧)
함에는 미처 주의하지 못한다.[65]

「참을 가지고 나를 대하여 주는 이 순한 인간에게 대하여 어째 나는 거짓을 가지
고만밖에는 대할 수 없는 것은 이 무슨 슬퍼할 만한 일이냐」 그는 그대로 배를
방바닥에 대인 채 엎드리었다. 그는 아픈 몸과 함께 그의 마음도 차츰차츰 아파

---

63 〈실화〉, 《원본전집 2》, 369쪽.
64 〈지도의 암실〉, 《원본전집 2》, 165쪽.
65 〈불행한 계승〉, 《원본전집 2》, 213쪽.

들어왔다. 그는 더 참을 수는 없었다. 원고지 틈에 끼기어 있는 3030용지를 꺼내어 한두 자 쓰기를 시작하였다.[66]

이상의 거짓 가면은 자신에서 분리된 현실적 자아이자 아내·소녀이며 자신의 분신인 것이다. 자신의 위조에 대한 이야기이다.

> 사람들은 그 소녀를 내 처라고 해서 비난하였다. 듣기 싫다. 거짓말이다. 정말 이 소녀를 본 놈은 하나도 없다.
>
> 그러나 소녀는 누구든지의 처가 아니면 안된다. 내 자궁가운데 소녀는 무엇인지를 낳아 놓았으니—그러나 나는 아직 그것을 분만하지는 않았다. 이런 소름끼치는 지식을 내어 버리지 않고야—그렇다는 것이—체내에 먹어 들어 오는 연탄처럼 나를 질식시켜 버리고 말 것이다.[67]

이상의 단어는 상징성으로 드러난다. 시 〈대낮〉의 다음 구절을 살펴보면 삼색 고양이와 시인은 동일해진다.

> 삼색 고양이[三毛猫][68]의꼴을하고서태양군의틈사구니를걷는시인.[69]

삼색 고양이 = 李箱, 여기서 삼색 고양이란 세 가지 색으로 분리된 고양이를 말한다. 앞서 설명했듯이 이는 이상의 좌우와 그 중간, 현실

---

66 〈병상이후〉, 《원본전집 3》, 58쪽.
67 〈실락원〉, 《원본전집 3》, 189~190쪽.
68 일어 원문 시에는 '三毛猫'라고 씌어있으나 우리나라에서는 '얼룩 고양이'로 번역하였다. 여기서는 일어 원문에 제시되어 있는 대로 '삼색 고양이'로 하였다. 자세한 사항은 김주현, 〈이상문학의 텍스트 확정을 위한 고찰〉, 《원본전집 5》, 21쪽 참조.
69 〈대낮〉, 《원본전집 1》, 181쪽.

과 이상 그리고 그 중간을 상징한다. 이것을 색으로 표현하면 음양의 검정색과 하얀색 그리고 중간을 뜻하는 회색[70]이다. 그것은 이상 자신이 세 가지 색을 지니고 있는 고양이, 즉 '야옹의 천재'이며 아무리 벗겨도 속내를 드러내지 않는 '다마네기'(양파)라고 말한 것이다. 이것은 앞서 개의 정체를 살펴본 〈무제(2)〉에 등장하는 고양이와 연결된다.

> 나는 심도(深度)의 침사(沈思)로 빠져 들어갔다. 월량(月亮)이 한 장의 카렌다를 공표하고 있다.
>
> 나는 고양이의 대리를 보지 않으면 아니된다. 삼경(三更) 나는 목장으로 나갔다. 그런데 이것은 또한 나를 깜짝 놀라게 하지 않을 수 없었다.
>
> 어느 사이에 돌아온 고양이는 맑은 눈동자를 달빛에 반짝이면서 숙수(熟睡)* 하는 개들을 어머니처럼 지키고 있다. 나는 황홀하게 멈추고 서 있었다.[71]

* 깊이든 잠

위의 글은 1932년 11월 15일로 날짜가 적혀 있다. 이때 이상은 총독부 관방회계과에 근무하고 있었으며, 이상이 자신의 글에 등장시켰던 여인들을 만난 때와는 차이가 있다. 따라서 고양이를 실재하는 여자로 이해하는 것은 무리가 있다. 이상 자신의 변형으로 봐야 한다. 이상은 〈황의기〉에서 '獚은 나의 목장을 수위하는 개의 이름이다. (1931년 11월 3일 命名)'이라고 밝히고 있다. 이러한 정황으로 볼 때 1932년 전후로 이상은 개와 고양이에 대한 상징을 설정했다고 볼 수 있다.

위의 글에서 이상 자신은 '야옹의 천재', '고양이'가 되어 깊은 잠에 빠진 자신의 개, 글들을 어머니처럼 지키고 있다는 것을 알 수 있다.

---

70 파란색과 빨간색 그리고 중간의 황색. 이 삼원색의 조합으로 모든 색을 표현할 수 있다. 이 상의 기호 속 상징 변용의 형태와 동일하다.

71 〈무제(2)〉, 《원본전집 3》, 299~300쪽.

여기서 고양이 또한 이상의 개와 같이 이해해야 한다. 자신의 상징들을 형상화시켜 놓고 자신은 한걸음 물러나 관찰자 시점에서 전혀 연관성 없이 무관하게 진술하고 있다. 이러한 진술은 이상의 글에서 자주 발견되는데, 뭐라고 딱히 규정할 만한 어휘가 없다. 굳이 말한다면 개체 분리에 따른 시점의 혼용이며, 이상의 독특한 동시적 변형 기법이라고 하겠다. 고양이는 현실적 자아(육체·생활)로, 개는 이상적 자아(정신·문학)로 이해할 수 있다. 이 또한 이상 공식의 이원화와 동일하다.

3장

「건축무한육면각체」 해독[*]

1. 「건축무한육면각체」의
   〈AU MAGASIN DE NOUVEAUTES〉
2. 건축무한육면각체의 실체

[*] 이 글은 2007년 《이상소설작품론》 (이상문학회편, 역락)에 발표했던 글로, 다소 첨가·수정되었음을 밝힌다.

작가는 글을 통해서 자의든 타의든 노출이 될 수밖에 없다.
그러나 이상은 이러한 일반적 경향에서 크게 벗어난다. 왜냐하면 이상
은 글과 생활에서 자신의 이야기와 의도를 드러내지 않고 난해하게 숨
겨 놓았기 때문이다. 그러나 또한 이상은 지속적으로 자신의 이야기를
변형해서 반복적으로 노출시켰다. 이것이 이상의 모순이다. 이는 이
상의 숨기면서 드러내기로, 그의 글 속의 표현을 빌리면 '말하지 않으
면서 말하기', '복화술'이라고 하겠다. 따라서 이상의 안으로 진입하지
않고서는 그를 파악할 수 없다. 이상 내부로 진입하려면 이상이 자신
의 글 전반에 분산하여 깨뜨려 놓은 그 조각들의 연결성과 조직성을 근
거로 파악해야 한다.

그렇다면 이상을 이해하는 지름길은 무엇인가? 그것은 '이상의 기
호'라고 말할 수 있다. 이상의 사고와 글은 하나의 원칙에서 출발하고
있다. 바로 그의 기호이며 상징인 도형 '삼각형 △' '역삼각형 ▽' '사
각형 □' '원 ○'이다. 이상을 이야기할 때 언급되는 '기호'와 '상징'들
은 다음과 같은 구조를 갖고 있다.

```
    △    +    ▽    =  ◇  =  □  =  ○
  현실      이상
  인간       신
   악        선
  여자      남자
   좌        우
  부정      긍정
   달       태양
   음       양1
```

1 조수호, 〈도형에서 바라본 이상 시의 해독〉, 《원본전집 5》, 80쪽

　이 구조를 시발점으로 하여 이상의 사고와 글의 형태, 그 의미를 이해할 수 있다. '이상의 기호'는 이상 문학의 시작이자 끝이기 때문이다. 그가 철저히 숨기면서 지속적으로 노출시킨 李箱의 '건축무한육면각체'를 분석함으로써 지금까지 파악되지 않았던 이상의 경로를 엿볼 수 있을 것이다.

1.「건축무한육면각체」
〈AU MAGASIN DE NOUVEAUTES〉

四角形의內部의四角形의內部의四角形의內部의四角形 의內部의 四角形.

四角이난圓運動의四角이난圓運動 의四角 이 난 圓.

비누가通過하는血管의비눗내를透視하는사람.

地球를模型으로만들어진地球儀를模型으로만들어진地球

　去勢된洋襪. (그女人의이름은워어즈였다)

貧血緬袍, 당신의얼굴빛갈도참새다리같습네다.

平行四邊形對角線方向을推進하는莫大한重量.

마루세이유의봄을解纜한코티의香水의마지한동양東洋의가을.

快晴의空中에鵬遊하는Z伯號. 蛔虫良藥이라고쓰여져있다.

屋上庭園. 猿猴를흉내내이고있는마드무아젤.

彎曲된直線을直線으로疾走하는落體公式

時計文字盤에XII에내리워진二個의浸水된黃昏

도아―의內部의도아―의內部의鳥籠의內部의카나리야의內部의　嵌殺門戶의內部의인사.

食堂의門간에方今到達한雌雄과같은朋友가헤여진다.

검은잉크가엎질러진角雪糖이三輪車에績荷된다.

名啣을짓밟는軍用長靴. 街衢를疾驅하 는 造 花 金 蓮.

위에서내려오고밑에서올라가고위에서내려오고밑에서올라간사람은밑에서올라가지아

니한위에서내려오지아니한밑에서올라가지아니한위에서내려오지아니한사람.

저여자의下半은저남자의上半에恰似하다. (나는哀憐한邂逅에哀憐하는나)

四角이난케 — 스가걷기始作이다. (소름끼치는일이다)

라지에 — 타의近傍에서昇天하는꾼빠이.

바같은雨中. 發光魚類의群集移動.[2]

1932년 7월 《조선과 건축》에 「건축무한육면각체」라는 표제로 7편의 시가 발표되었는데, 그중 첫 번째 시에 해당된다. 이 시는 난해한 이상의 여러 시 가운데 하나이며, 또한 난해한 만큼 이상 연구에 의미가 있는 시라고 할 것이다. 지금까지 이 시에 대한 여러 가지 견해와 이해, 설명이 있었으나 그것만으로 이상을 이해하기는 역부족이다. 이 시는 이상의 시 가운데서 그 어떤 시보다도 상당히 복잡하고 치밀한 구조와 형태를 띠고 있다. 이상의 독특한 숨기기가 있으며 그만의 기발한 표현 기법이 나타나 있다. 그리고 당시 현실에 대한 이야기가 있다. 많은 이야깃거리가 있는 작품이다. 또한 지금까지 일반적으로 이해되고 해석된 기존의 연구결과와는 전혀 다른 이상의 모습을 발견할 수 있다. 숨어 있는 이상의 의도와 내용을 추적하려면 이상의 글 속에 드러난 표현에 근거를 두고 해석해야 한다.

이 시의 표제어 '건축무한육면각체'는 이상의 도형을 이해하는 데 필요한 점을 반복하여 강조해주는 중요한 단어이다. 이상의 육면체는

---

2 〈AU MAGASIN DE NOUVEAUTES〉, 《정본전집 01》, 67~68쪽.

평면화했을 때 □과 같다. 그것은 이상의 분리된 두 세계, 즉 현실과 이상의 합인 전체이며 사물과 인식의 한계 공간인 전체이다. 원자구조—"고요하게나를電子의陽子로하라"(〈선에관한각서 1〉)—에서 무한한 우주로의 확장—"擴大하는 宇宙를憂慮하는者여"(〈선에관한각서 5〉)—이다. 이것은 이상을 이해하는 핵심요소이다. 이를 기본으로 인식하면서 이상의 기호를 접목시켜 이 시를 이해해야 할 것이다.

기존의 연구에서 이 시의 제목을 상점, 백화점 등으로 설명하는데 이것은 이 시의 해석에 상당한 제약을 주며, 시 전체와 전혀(?) 어울리지 않는다고 말할 수 있다. 또한 그렇게 이해했을 때 이 시는 시각적 형태를 단순 서술하는 시가 되어버린다. 그리고 그러한 관점에서 파악한 이 시에 국한된 단독적 해석은 이 시를 해석하는 사람의 수만큼 발생하는 자의적 다양성으로 말미암아 전체적인 흐름을 놓치게 한다. 이렇게 해서는 이상의 의도와 그의 경향을 파악하기 힘들다. 이상의 글은 이상 기호의 규칙성과 그 변형, 그리고 전체적인 연결성을 고려하여 해석해야 하기 때문이다. 우선 이 시의 제목을 사전적 의미에서 본다면 다음과 같다.

Magasin: 1. 상점, 가게 2. 창고, 보관소, (집합적)저장품
Nouveautes: 새로움, 현대성, 독창성, 새로운 것, 색다른 것, 신기한 것

백화점은 불어로 'Grand Magasin'이다. 'Magasin'과는 완전히 다르다. 이러한 해석은 이상의 전기적 사실과 소설 〈날개〉에 등장하는 미쓰꼬시 백화점에 접목시킨 오류라고 할 수 있다. 이상의 건축무한육면각체는 어느 구체적 공간으로 확정되지 않는다. 그것은 무한히 확장과 축소가 가능한 이상의 인식 안의 관념적·상징적 규정이기 때문

이다. 따라서 이 시의 제목은 '새로운 창고'(저장품), '독창적 창고' 정도가 적당하다고 할 수 있다. 창고(저장품)란 이상의 건축무한육면각체 '□' 안에 포함된 사물과 의식을 의미한다. 그리고 독창적이란 것은 이 시의 내용과 표현기법이 매우 독특하고 그 속에서 드러나는 구조가 독자들에게 충격을 주고도 남기 때문이다. 새로움이며 색다름이다. 그리고 이상은 이 시의 제목에 **'Magasin'**이란 프랑스어를 사용하고 있는데, 이상의 다른 글들과 시의 형태에 연결되는 작가가 있다. 바로 프랑스 상징주의 시인 '보들레르'인데 그는 다음과 같이 말했다.

모든 가시적인 세계는 이미지와 기호의 한 창고에 불과하다

(Tour l'univers visible n'est qu'un magasin d'imagsin et de signes)

보들레르, 〈Salon de 1859〉, 《미적 호기심》[3]

이상과 보들레르의 관계가 그의 일화를 통해서 사람들에게 널리 알려져 있듯이, 이상의 시는 보들레르의 상징·단어 이미지와 많은 연관이 있으며, 실질적으로는 그를 이해한 것으로 보인다. 이 시 또한 이상이 자신의 기법으로 표현한 1930년대의 가시적 세계, 이상 자신의 '새로운 창고'(magasin)이다. 이상은 자신의 글에서 프랑스어와 영어 등을 사용했으며 또한 그것이 번역된 단어를 반복하여 사용했다. 이것은 사람들의 추적을 따돌리려는 그만의 '숨기기' 기법 가운데 하나로 보인다. 자신이 생각하고 의도한 단어가 원형에서 낯선 형태로 번역됨으로써 그 연결성이 단절되어 독자들이 그것에 주목하지 않기 때문이다. 이럴 때 그의 의도와 사고를 추적하기가 난해하고 모호해진

---

3 김기봉, 《프랑스 상징주의와 시인들》, 소나무, 2000, 33쪽.

다. 다음의 글은 이상이 이러한 자신의 글쓰기 방법에 대한 설명(노출)으로 보아야 할 것이다.

복화술이란 결국 언어의 저장<u>창고</u>의 경영일 것이다[4]

이상의 복화술이란 그의 글에서 여러 번 반복해 언급한 암호화된 글, 사람들이 잘 알아듣지 못하고 그저 우물거리는 말이나 장난 정도로 여기는 글들을 말한다. 그러나 그 속에 자신의 기호가 자신만의 기법으로 변형되어 표현된 작품들을 뜻한다. 그것은 그의 '언어의 저장창고의 경영'이다. 결국 보들레르의 '이미지와 기호의 창고'와 이상의 '언어의 저장창고'는 같다 할 수 있다. '가시적 세계'이며 '현실'인 것이다. 이 시를 이해하려면 이상의 다른 시가 필요하다.

線에關한覺書 1

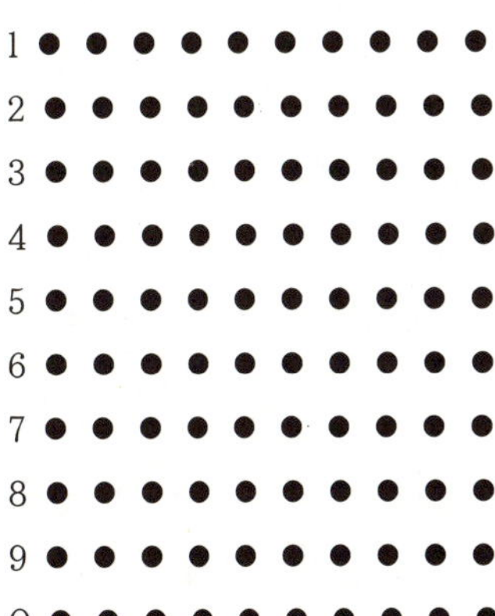

---

4 〈황의기(작품제2번)〉, 《원본전집 3》, 318쪽. (강조 인용자)

(우주는멱에의하는멱에의한다)

(사람은숫자를버리라)

(고요하게나를전자의양자로하라)
∴∴∴
스펙톨

축X 축Y 축Z[5]

　이 시는 이상이 「삼차각설계도」의 첫 번째에 배치했다. 이상 기호
에 대한 규정성의 시작으로 봐야 한다. 이 시에서 숫자와 점으로 이루
어진 그림이 먼저 제시되는데, 그림은 이상의 세계관을 나타낸다. 우
주는 무한히 큰 수에 의한다고 말하면서 그 숫자를 버리라고 서술한
다. 그리고 물질의 최소 단위인 원자의 전자와 양자를 언급하는데 이
것은 가장 큰 것과 가장 작은 것에 대한 진술이다. 존재하는(가시적)
모든 것의 크기는 숫자로 정의된다. 여기에서 숫자를 버리면 그 크기
는 의미가 없어진다. 동일한 하나의 개체인 것이다. 그리고 '스펙톨',
곧 빛의 계층화는 빛·직선이 면으로 되는 것의 표현으로 보인다. 따
라서 '축X 축Y 축Z'는 그림에서 숫자를 버린 점으로 이루어진 평면
의 입체화를 말하는 것이다. 숫자를 버린 점으로 이루어진 사각 형태
의 평면은 입체화했을 때 정육면체이며, 이상의 전자와 양자의 합인
전체를 상징한다. 그리고 그것은 우주로의 무한 확장을 뜻한다. 이상
의 무한한 사고에서 더 이상 확장할 수 없는 전체를 형상화한 것으로
봐야 한다. 여기에서는 점만으로 구성되어 있다. 평면이지만 입체인
정육면체의 형상이다. 그렇다면 점으로 이루어진 하나의 상징적인 덩

---

5 〈선에관한각서 1〉, 《정본전집 01》, 55~56쪽.

어리, 정육면체의 의식과 실제의 공간을 이상의 기호 '사각형'의 테두리로 규정해 보면(숫자를 버리고 점들을 선으로 연결하여 사각형을 그리면) 다음과 같다.

건축무한육면각체

즉 다섯 개의 정육면체가 각각 존재한다. 이를 평면화시키면 아래와 같다.

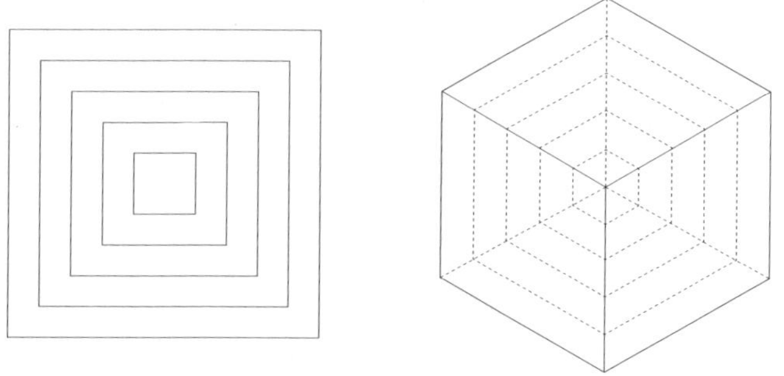

이것이 이 시의 표제어 '건축무한육면각체'의 의미이며 이 시의 첫 행에서 말하고 있는 '건축무한육면각체'의 모습이다.

사각형의 내부의 사각형의 내부의 사각형의 내부의 사각형의 내부의 사각형

가로 10개, 세로 10개의 점들로 이루어진 그림에서 이상의 사각형을 그린 것이다. 이것은 이상이 〈선에관한각서 1〉의 점의 구성에서 실재적인 정육면체의 형태를 반복 강조하는 중요한 구절이다. 이것은 어떤 실재적 공간으로 규정되는 고정된 상징이 결코 아니다. 이 시의

표제어가 말하고 있듯 그것은 무한으로 진행하는 것을 전제하고 있기 때문이다. 무한의 두 방향인 무한대와 무한소로 확대·축소되는 '상징적 공간'이다.

사각이 난 원운동의 사각이 난 원운동의 사각이 난 원

이 대목은 사각이 원운동을 하는 것을 말하며 사각과 원은 동일하다는 뜻이다. 이상의 기호에서 사각형은 원과 동일시되며 그것은 〈선에관한각서〉와 다른 글들에서 반복하고 있다.[6]

그는 조용히 사각진 달의 채광을 줏어서, 그리고는 지식과 법률의 창문을 내렸다. 채광은 그를 싣고 빛나고 있었다.[7]

비누가 통과하는 혈관의 비눗내를 투시하는 사람

이 대목은 시 〈추구〉와 연결된다.

안해는외출에서돌아오면방에들어서기전에세수를한다. 닳아온여러벌표정을벗어버리는추행이다. 나는드디어한조각독한비누를발견하고그것을내허위뒤에다살짝감춰버렸다. 그리고이번꿈자리를예기한다.[8]

이 시에는 두 명의 주인공이 등장한다. 이상의 분리된 자아인 남자

---

6 조수호, 〈도형에서 바라본 이상 시의 해독〉, 《원본전집 5》, 61쪽 참조.
7 〈얼마 안되는 변해〉, 《원본전집 3》, 294쪽.
8 〈추구〉, 《원본전집 1》, 77쪽.

와 여자이며 그것은 이상 기호가 상징하는 바와 같다. 여기서 "비눗내를 투시하는 사람"은 이상적 자아인 남자이며 그의 시선으로 이야기하고 있다.

지구를 모형으로 만들어진 지구의를 모형으로 만들어진 지구

이 대목에서 결국 지구의와 지구는 동일해진다. 이상의 기법인 축소가 나타난 것이다. 그리고 이 구절에는 위의 '사각과 원의 동일함'이 적용된다. 즉 지구 ○은 이상이 이 시의 첫 행에서 말한 □과 동일해지는 것이다. 자신의 이름인 '□' 사각형(상자, 육면체)은 확장을 반복하면서 지구가 되고 우주가 되기도 한다. 그리고 그것은 가로 10, 세로 10, 높이 10의 정육면체이고 무한을 상징한다. 이상의 축소에 따른 지구의, 곧 현실에 대한 언급은 다른 글에서도 자주 반복되는데 특히 「건축무한육면각체」 안의 다른 시 〈且 8氏의 出發〉에서도 '지구의'가 반복되고 있다.

전개된지구의를앞에두고서의설문일제(設問一題).
곤봉은사람에게지면을떠나는아크로바티를가리키는데사람은 해득하는것은불가능인가.[9]

악성(樂聲)은 한 대의 지구의를 그에게 보이었다. 그것은 그가 일상, 완구점의 이층에서 애상하여 마지 않는 것이었다.
「君의 애드레스를 찾아 보게」 하는 말을 듣고 그는 조용히 그 지구의를 조사하기

---

9 〈且 8氏의 出發〉, 《원본전집 1》, 178쪽.

시작하였다.[10]

> 지구의 위에 곤두를 섰다는 이유로 나는 제3인터내슈날당원들한태서몰매를 맞았다.
> 그래선 조종사 없는 비행기에 태워진 채로 공중에 내던져졌다. 혹형을 비웃었다.
> 나는 지구의에 접근하는 지구의 재정이면(財政裏面)을 이때 엄밀자세히 검산하
> 는 기회를 얻었다.[11]

이는 이상이 지구의를 통해 지구(현실)를 조망하는 것으로 보아야 할
것이다. 이상은 지구와 동일시되는 지구의를 바라보면서 그 지구의(지
구) 속에 있는 자신을 본다.[12] 그리고 그 속으로 들어간다. 이것은 이상
의 축소와 확대에 바탕을 둔 관념적이고 상징적인 '의식의 흐름'이다.
이 시의 전체적인 흐름을 살펴보면 작중 화자가 현실을 벗어난 상태(지
구의를 바라보는 시적자아)에서 현실(지구를 축소한 지구의)을 보며 그곳에
서 자신으로부터 분리된 또 하나의 자신(지구의 속의 현실적 자아)을 본
다. 그리고 그 지구의[現實] 속으로 들어가며 그 속에서 둘은 만난다.
그들은 헤어짐과 만남을 반복하고 다시 헤어지는 것으로 진행된다.

거세된 양말(그 여인의 이름은 워어즈였다)

여자의 발(양말)이 능력을 상실함, 쓸모없음을 상징하는 부분이다.
그리고 그 여인의 이름은 과거(was)라고 말하고 있다. 이 대목은 이상

---

10 〈무제〉, 《원본전집 3》, 297쪽.

11 〈1931년(작품 제1번)〉, 《원본전집 1》, 237~238쪽.

12 현실을 벗어난 관찰자와 그 현실 속에 있는 자아의 마주보기로 이것은 이상의 거울 보기와
   동일하다.

아내의 이름, 도형과 연결된다.

> △ 나의아내의이름 (이미 오래된과거에있어서나의 AMOUREUSE는이와같이도총
> 명하리라)[13]

'양말'은 이상의 다른 글에 드러나는 '버선'과 연결하여 생각할 수 있다. 이상은 한글 '버선'을 외래어 '양말'로 바꾸어 사용했다. 양말은 서양식 버선으로 그 쓰임은 둘 다 같다. 이상은 자신의 글에서 단어의 변형과 여기서 유추되는 다른 연결을 자주 사용하였는데 양말은 버선과 동일하다. 또 그의 글 속에서 '버선' 곧 양말은 아내를 상징한다. 여기서 거세된 양말의 주인은 이상의 분리된 현실적 자아, 곧 여자인 것이다.

> 이방에는 문비(門裨)가없다. 개는이번에는 저쪽을 향하여짖는다 조소와같이 안해
> 의벗어놓은 버선이 나같은공복을 표정하면서 곧걸어갈것같다 나는 이방을 첩첩
> 이닫치고 출타한다[14]

> 빈혈면포, 당신의얼굴빛깔도참새다리같습네다

여기서는 여자의 빈혈면사포를 이야기한다. 이 대목은 이상의 시 〈I WED A TOY BRIDE〉와 연결하여 생각할 수 있다. 장난감 신부, 즉 생명력이 없는 인형이 면사포를 쓴 모습으로 이해할 수 있다. 여자

---

13 〈선에관한각서 7〉, 《원본전집 1》, 164쪽.
14 〈지비〉, 《원본전집 1》, 199쪽.

의 발이 거세되어 쓸모없게 되었기 때문이다. 이 여자는 이상의 현실
적 자아이다. 이 시의 두 주인공인 남자와 여자는 결혼한 사이로 볼
수 있다. 여자의 얼굴 빛깔과 새다리(가는 다리, 불안정)가 동일하다고
서술하는데, 이는 분리된 두 자아 가운데 이상적 자아인 남자의 시선
에 따른 현실적 자아, 여자에 대한 부정적 진술이다.

　　　평행사변형의 대각선 방향을 추구하는 막대한 중량

　이 구절은 이상의 공식에서 숨겨진 도형이 그의 글에서 실질적으로
처음 등장하는 대목이다. 소설과 수필에서 간단히 평행사변형에 대해
언급하고 있지만 △, ▽, □와 같이 이상이 자신의 시 속에 도형(그림)
으로 표시하지 않고 숨겨 놓은 기호이다. 평행사변형은 마주보는 두
변이 평행하다. 그러나 이상의 평행사변형은 정삼각형과 정역삼각형
이 결합한 다이아몬드형 평행사변형이다.

$$陰\,\triangle\ +\ 陽\,\triangledown\ =\ \diamondsuit$$
$$\text{여자}\qquad\quad\text{남자}$$

　즉 이상의 공식은 △(여자, 現實) + ▽(남자, 理想) = ◇(부부, 전체)
= □ = ○이다. 남자와 여자는 결혼(결합)한 사이이며, 이를 그 상징
적 도형의 결합인 마름모로 표현하고 있다. 여기서 대각선은 두 개의
삼각형이 겹쳐지는 선을 가리키며 위는 현실적 세계·부정을 의미하
고, 아래는 이상적 세계·긍정을 의미한다. 결국 평면에서 위아래를
주었을 때, △은 현실적 무게를 상징하며 그것은 이상의 분리된 현실
적 자아의 무게이자 1930년대의 시대 상황, 현실의 무게감을 뜻한다.

174

'평행사변형'을 반복 사용하며 강조한 글은 다음과 같다.

> 죽음은평행사변형의법칙으로 보이르샤아르의법칙으로 그는앞으로 앞으로걸어나
> 가는데도왔다 떼밀어준다.[15]

여기서의 '평행사변형' 또한 정삼각형과 정역삼각형이 결합된 다이아몬드형의 평행사변형을 말한다. 그리고 '보이르샤아르의 법칙'이란 기체의 부피는 압력에 반비례하고 절대온도에 정비례한다는 법칙으로, 다이아몬드형의 평행사변형에서 위아래에 압력을 주었을 때, 위의 무게 즉 정삼각형의 무게는 현실의 무게로서 역삼각형의 이상적 자아에 압력을 행사하는 것이 된다. 그리고 이 기호(도형)는 이상의 다른 글에서도 변형되어 반복적으로 설명되고 있다.

> 창밖은 깊은 안개다. 아무것도 안보인다. 능형(菱形)으로 움직이는 차창의 거꾸
> 로 비친 그림자에 풀 같은 것들의 존재가 간신히 인정된다.[16]

'능형으로 움직이는 차창의 거꾸로 비친 그림자'란 창유리에 비친 좌우가 뒤바뀐 이상 자신의 모습을 말한다. 즉 자신이 '능형'으로 움직이고 있음을 이야기하고 있다. 여기서 능형이란 네 변의 길이가 같고 대각선의 길이가 다른 사각형, 곧 마름모꼴을 말한다. 능형으로 움직이는 그림자는 실제적인 어떤 운동이 아닌 이상 기호의 관념적·상징적 움직임이다. 다시 말해 이상의 현실적 자아와 이상적 자아의 사

---

15 〈지도의 암실〉, 《원본전집 2》, 170쪽.
16 〈첫 번째 방랑〉, 《원본전집 3》, 160쪽.

고의 움직임을 말한다. 이러한 도형을 통한 관념적 상징의 표현은 이
상의 글에서 반복하면서 지속적으로 노출시켜 강조하였다.

> 나의 안면(顔面)에 풀이 돋다. 이는 불요불굴(不撓不屈)의 미덕을 상징한다.
>
> 나는 내 자신이 더할 나위 없이 싫어져서 등변형 코오스의 산보를 매일 같이 계
> 속했다. 피로가 왔다.[17]

위의 '나' 이상이 매일같이 계속하는 '등변형 코오스의 산보'는 앞에
서 말한 '능형으로 움직이는 그림자'와 동일한 이상의 관념적 상징이
다. 그리고 그 등변형 또한 삼각형(현실)과 역삼각형이 결합된 마름모
(평행사변형)를 말하는 것이다. 이것은 李箱 스스로 어느 한쪽에 머무를
수 없는 상태, 現實과 理想의 갈등과 번민의 반복이라고 할 것이다.

결국 이상의 도형은 **사각형(삼각형＋역삼각형) ⊃ 평행사변형 ⊃ 마
름모**의 진행 과정을 거친다. 이러한 상징적 표현은 이상의 다른 글에
서도 보인다.

> 복화술이란 결국 언어의 저장창고의 경영일 것이다
>
> ……
>
> 나의 배의 발언은 마침내 삼각형의 어느 정점을 정직하게 출발하였다[18]

여기서 삼각형은 이상의 기호인 평행사변형(다이아몬드형)의 정삼
각형[現實]과 정역삼각형[理想] 가운데 하나를 의미하는 상징적인 진

---

17 〈1931년(작품 제1번)〉, 《원본전집 1》, 236쪽.
18 〈황의기(작품제2번)〉, 《원본전집 3》, 318쪽.

술이다. '나의 배의 발언'은 이상의 글쓰기 작품을 말하며 그것이 정 직하게 출발한 '삼각형의 어느 정점'은 이상과 현실의 정점 두 가지로 해석이 가능하다. 이렇듯 이상은 자신만의 기호를 반복하여 스스로를 설명하고 있다. 그리고 이는 그의 지속적인 강조라 할 것이다. 따라서 이렇게 반복해서 강조된 난해하고 모호한 진술은 이상의 기호를 이해 하지 않고서는 해독할 수 없다.

  마루세이유의봄을해람한코티의향수의마지한동양의가을

'마르세이유'에서는 세계사적·역사적 의미를 잡아내야 한다. 그리 스·로마 시대에 마르세이유는 지중해 지역 세력이 서부 유럽으로 진 출하는 해안 교두보의 구실을 했고, 산업혁명 이래 서구 제국주의 국 가들의 식민지 개척을 위한 전진기지가 되었다. 해람(解纜)은 배의 출 범을 말하는데, 그 배는 마르세이유이고 봄에 출발한다. 그리고 코티 의 향수를 맞이한 동양은 가을이다. 1930년대의 역사적 상황을 상징 적으로 표현하고 있다. 동양의 가을은 앞으로 겨울이 다가올 것을 뜻 한다.[19] 전쟁과 억압의 암울함을 암시하는 것이다.

  쾌청의공중에붕유하는Z백호. 회충양약이라고쓰여져있다.

Z백호는 제트기 전쟁을 말하며 1930년대의 시대 상황을 이야기한다.

  옥상정원. 원후를흉내내이고있는마드무아젤.

---

19 이상의 시에서 겨울은 고난, 시련, 고통으로 표현된다.

이상의 시에서 여자는 부정적인 뜻을 지닌다. 마드무아젤이 원숭이를 흉내 내는 것은 동물적 본능, 욕망을 흉내 내는 것이며 그 행위는 가치가 없다. 이는 이상의 현실적 자아의 모습으로 이해해야 한다. 여자는 건물의 옥상정원, 즉 건축무한육면각체의 맨 꼭대기에서 전체를 조망하고 있는 것이 된다. 그리고 그것은 원(圓)인 지구와 동일시되는 정육면체이며 지구의로 연결된다.

만곡된직선을직선으로질주하는낙체공식

이 대목은 이 시에서 중요한 의미를 지닌다. 이 대목은 단순히 낙체 공식이나 만곡된 직선을 언급하고 있는 것이 아니다. 이상이 치밀하게 계획한 의도이며, 이 시 전체에 반복되는 이상의 설명으로 보아야 한다. 낙체 공식은 지구의 중력에 따라 땅에 떨어지는 물체의 법칙을 말한다. 공기 저항을 무시하면 모든 물체는 동일한 가속도의 직선으로 떨어진다. 그런데 여기서 이상은 '만곡된 직선'이라고 표현하고 있다. '만곡된 직선'은 곧 휘어진 직선인데 그런 것은 존재하지 않는다. 직선과 곡선은 전혀 다르다. 그런데도 이상은 그렇게 표현했다. 그 까닭은 이상의 사고에서 찾아야 한다. 직선과 곡선은 이상의 시에서 동일하다. 그러나 그 동일함은 이상의 주관적이고 억지스러운 주장이 아니다. 작중 화자의 위치에서 이에 대한 해답을 찾아낼 수 있다.

지구의를 바라보는 시적자아 관찰자(남자)는 축소된 지구를 바라보는 관찰자와 같은 시점에 있다. 지구에 낙체하는 모든 물체는 지구에 있는 사람에게는 직선으로 떨어진다. 그러나 그것을 바라보는 지구의 (지구) 밖의 외부 관찰자에게는 곡선이다. 지구가 자전(회전: 원운동)을 하고 있기 때문이다. 이상이 자신의 앞에서 돌아가는 지구의를 보며

178

그 지구의 안으로 축소된 지구 속에 이입된 현실적 자아, 현실에 대한 사고, 감상을 표현한 것이다.

움직이는 기차 안에서 사과를 떨어뜨리면 직선으로 떨어진다. 그러나 기차 밖의 고정된 위치에 있는 외부 관찰자에게는 곡선으로 보인다. 사과가 떨어지는 위치와 떨어진 위치 사이에는 기차의 속도에 비례해 수평적 거리만큼 이동하기 때문이다. 결국 떨어지는 사과의 운동은 휘어진 직선이 된다. 즉 지구의 중력에 따라 떨어지는 모든 물체는 직선인 동시에 곡선인 것이다. 그러나 지구의(지구) 안에 위치한 사람들은 이것을 직선으로 인식한다.

이것이 '만곡된 직선을 직선으로 질주하는 낙체 공식'의 뜻이며, 이 대목으로 작중 화자의 위치(시선)가 지구의(지구) 밖에 있음을 드러내고 있다. 이것은 낙체 공식이 '직선'으로 적용되는 지구의(지구)를 벗어난 위치에서 상대적 시선인 '곡선'의 차이와 그 동일함을 보여준다. 결국 현실(지구의)과 이상(지구 밖의 위치)의 관점에 따른 상대성이라고 할 수 있다. 직선은 곡선이며 곡선은 직선인 것이다. 그러나 그 만곡된 직선을 지구의(지구) 안에서는 직선으로만 인식한다. 이 대목은 앞 행의 '원후를 흉내내이고 있는 마드무아젤'과 연결된다. 그것은 이상적 자아가 현실(지구의, 현실적 자아)을 볼 때 생기는 괴리감 등으로 이해할 수 있다. 그리고 이 대목에서 낙체 공식의 '궤적'은 이 시의 후반부에 다시 반복되는 형태로 사용된다. 이것은 이상의 글쓰기 특징인 대칭·반복·강조로 보아야 할 것이다.

시계문자판에 XII에 내리워진 이개의 침수된 황혼

여기서 12시는 다양하게 해석될 수 있으나 일단 '침수된 황혼'이라는 암울한 뜻과 연결되는 전쟁의 암시로 이해해야 한다. 그리고 이 행까지를 이 시의 전반부로 나눌 수 있는데, 전반부와 후반부는 대칭 관계를 형성한다. 이상의 독특한 기법 가운데 하나인 데칼코마니 기법이 적용되었다고 볼 수 있다.[20]

도아-의 내부의 도아-의 내부의 조롱의 내부의 카나리아의 내부의 감살문호[21]의 내부의 인사

여기서 또다시 이상의 정육면체가 등장한다. 이 공간 또한 가로·세로·높이가 10×10×10인 입체로 평면화된 공간이다. 그러나 위와는 다르게 구체적으로 공간의 모습을 보여준다. '도어'(door), 출입구를 통해서 내부로 진입하여 공간 안에 조롱과 카나리아가 실재하는 모습을 보여주고 있다. '도어'는 역동성을 부여한다. 들어오고 나갈 수 있는 움직임의 가능성을 상징한다. 그러나 감살문호(window)는 고정성을 지닌다. 그 내부로 들어오고 나갈 수 없기에 바라볼 수밖에 없는 수동성·확정성을 상징한다. 이는 그 내부와 외부에 있는 양자(兩者) 모두에게 동일하게 적용된다. 이것은 이상의 〈선에관한각서 1〉에 나오는 전자와 양자의 핵으로 인식함이 적당하다. 더 이상 진입

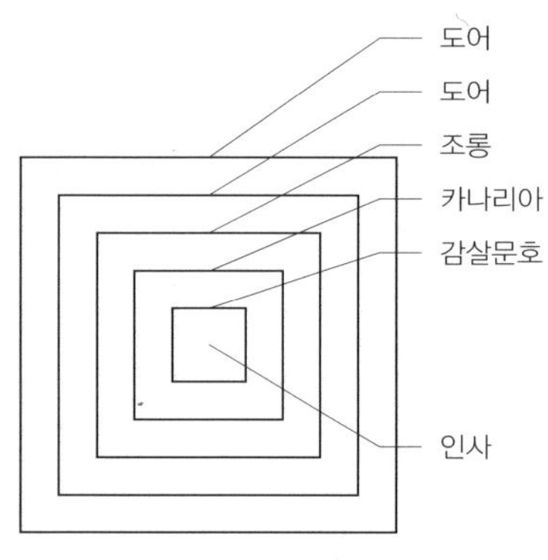

---

20 조수호, 〈도형에서 바라본 이상 시의 해독〉, 《원본전집 5》, 67쪽 참조.
21 '감살문호'란 빛만 받아들이고 여닫지 못하는 창문을 뜻한다.

180

할 수 없으며 더 이상 깨뜨릴 수 없는 존재, 바로 이상 자의식의 본질
이자 핵심으로 이해해야 한다.

후반부의 육면체는 전반부의 육면체와는 전혀 다른 의미를 지닌다.
전반부에서 제시된 □ 공간은 당시의 세계정세로 이해할 수 있다. 그
리고 그 표현 또한 전반적인 스케치 형식이라고 이해해도 무방하다.
일반적 서술이라고 할 것이다. 그러나 후반부의 정육면체는 '도아'로
시작하고 있다. 이는 건축무한육면각체의 공간 속으로 들어감을 상징
하며, 위의 공간보다는 더 작은 공간을 상징한다. 즉 전체적인 시선과
움직임의 흐름이 지구 → 서양 → 동양 → 한반도로 축소되고 자신 내
부로 이동하는 것으로 이해해야 한다. 그것은 1930년대의 우리나라
와 그 속의 이상(李箱) 자신을 상징한다.

식당의 문깐에 방금 도달한 자웅과 같은 붕우가 헤어진다.

구체적인 건축무한육면각체에 들어온 '자웅과 같은 붕우'는 현실
로 돌아온 이상의 분리된 두 자아인 남자(이상적 자아)와 여자(현실적
자아)를 말한다. 식당의 문간에서 만나자마자 그들은 헤어진다. 다시
분리다. 여기서 '식당'이 상징하는 바는 1931년 8월에 발표한 시 〈LE
URINE〉에서 유추할 수 있다. 식당은 이상의 글에 등장하는 '식욕',
'요리인'(〈獚의 記〉), '음식'과 연결하여 생각할 때 '문학', '글쓰기' 정
도로 이해할 수 있다. 그리고 현실에서 생존의 필수조건인 음식이 있
는 '식당'으로 볼 수도 있다.

그평화로운식당또어에는백색투명한MENSTRUATION이라 문비가붙어서한정없는
전화를피로하여LIT위에놓고다시백색여송연을 그냥물고있는데. 마리아여, 마리아

여, 피부는새까만마리아여 어디로갔느냐.[22]

끋 빠이. 그대는 이따금 그대가 제일 싫어하는 음식을 탐식하는 아이러니를 실천해 보는 것도 좋을 것 같소. 위트와 파라독스와…….[23]

箱은 사실은 이토록 후회하고 있단 말이다. 그의 머리는——이성은, 참으로 그가 고대하고 있는 것은 물론 후회 같은 씁스레한 서툰 요리는 아니다. 후회하지 아니하고 되는 일.

그래 이번만은 후회하지 않고 되는 첩경을 찾아내리라.

아니 이거 무슨 물건이 바로 이 내 몸에 달라붙어서 떨어지지 않기 때문이겠지. 요놈을 떼쳐버려야지——

그러나 그건 대체 무슨 놈일까.

그는 이성은 멀쩡했었다. 그것이 보였을 만큼——그러나 그가 피로를 회복하기가 무섭게 이내 그의 그러한 이성은 다시 무디어지고 마는 것이었다.[24]

누군가 밥을 먹고 있다. 몹시 더러운 꼴이다.

그렇다. 분명히 밥을 먹는다는 것은 더러운 일임에 틀림없다.

그런데

그 누군가가 라고 하는 작자가 바로 내 자신이라면 이걸 어쩐다?[25]

검은 잉크가 엎질러진 각설당이 삼륜차에 적하된다.

22 〈LE URINE〉, 《원본전집 1》, 124쪽.
23 〈날개〉, 《원본전집 2》, 318쪽.
24 〈불행한 계승〉, 《원본전집 2》, 209쪽.
25 〈무제(나)〉, 《원본전집 3》, 349쪽.

각설당은 정육면체이고 평면화하면 '□'이다. 〈선에관한각서 4〉에서 반복되는 '정육설당'(각설당을 가리킴)과 동일하다. 이것을 이상은 자기 자신의 이름(□ 나의이름 –〈선에관한각서 7〉)이라고 강조했다. 각설당은 사람을 뜻한다. 이상은 자기 자신의 세계관에서 □ 사각형(정육면체, 상자)을 사람인 자신으로 형상화하며 이것을 바탕으로 무한히 확장시키고 있기 때문이다. 따라서 이 구절은 사람(남자)들이 화물처럼 차에 실리는 모습으로 이해할 수 있다. 전쟁이 한창이던 1930년대를 표현하고 있다.

명함을 짓밟는 군용장화

이 또한 전쟁이라는 시대 상황과 억압으로, 위의 구절과 호응하고 있다. 그리고 다음의 구절과 그 상징이 연결된다.

확실한내꿈에나는결석하였고의족을담은군용장화가내꿈의백지를더럽혀놓았다.[26]

이날 저녁에 내 부질없는 향수를 꾸짖는 것처럼 C양은 나에게 백국 한 송이를 주었느니라. 그러나 오전 일시 신숙역 폼에서 비칠거리는 이상의 옷깃에 백국은 간데 없다. 어느 장화가 짓밟았을까. 그러나—검정 외투에 조화를 단, 땐서 한 사람. 나는 이국종 강아지올씨다. 그러면 당신께서는 또 무슨 방석과 걸상의 비밀을 그 농화장 그늘에 지니고 계시나이까?[27]

가구를 질구하는 조 화 금 련

---

26 〈오감도 시제15호〉, 《원본전집 1》, 49쪽. (강조 인용자)
27 〈실화〉, 《원본전집 2》, 370쪽. (강조 인용자)

여기서 금련(金蓮)은 금련화를 말한다. 불전에 공양하는 황금색으로 만든 연꽃이다. 조화, 가짜 연꽃이다. 이것을 앞 구절의 거리를 빠르게 달린다는 '질구'에 연결시킬 때 사람의 상징으로 볼 수 있다. '지구의' 속에 모조(관념적 분리에 따른 생성)된 李箱의 이상적 자아 또는 현실적 자아나 앞 구절과 함께 전쟁의 긴박감에 연결되는 1930년대 현실의 사람들로 이해할 수 있다.

위에서 내려오고 밑에서 올라가고 위에서 내려오고 밑에서 올라간사람
은 밑에서올라가지아니한 위에서내려오지아니한 밑에서올라가지아니한
위에서내려오지아니한사람

이 구절은 이상의 '위트'로 봐야 한다. 언뜻 보면 시각적인 단순서술로 의미가 없는 것 같지만, 이 시의 흐름에 상당히 중요한 역할을 하는 대목이다. 여기서 '사람'의 정체를 밝혀내야 한다. 이 사람은 어떤 사람인가? 아무런 의미 없이 오르락내리락하는 실재하는 사람은 아닐 것이다. 일단 이 사람의 움직임(운동)의 궤적[28]을 평면에 위아래를 두고 연속적으로 표시해 보면 다음과 같다.

'위에서 내려오고 밑에서 올라가고 위에서 내려오고 밑에서 올라간 사람'

이것은 이상 기호의 또 다른 이름으로 이해해야 한다. 'W' 곧 여자(Woman)를 말한다. △이다. 그렇다면 그 밑은 이상의 기호공식에서 남자가 되어야 한다. 왜냐하면 운동의 두 사람은 같은 사람이라고 말하고 있기 때문이다. 글에 나온

---

28 시 전반부에서 사용되었던 '만곡된 직선', '궤적'의 반복 사용이다.

184

방식대로 사람의 움직임을 따라가 보면 왼쪽그림과 같다.

'밑에서 올라가지 아니한 위에서 내려오지 아니한 밑에서 올라가지
아니한 위에서 내려오지 아니한 사람.'

이것은 단절되어서 약간의 부족함이 있다. 위의 W가 여자 △이 되
면 아래는 M, 남자(Man), ▽이 되어야 한다. 두 도형
은 반대이며 대칭되어야 한다.

이 점을 바탕으로 아래에서 운동하는 사람을 여자의 읽기 방식과
반대로 읽으면서 거꾸로 움직임을 추적하면 다음과 같다.

'위에서 내려오지아니한 밑에서올라가지아니한 위에서내려오지아
니한 밑에서올라가지아니한사람', 즉 밑에서 올라가고 위에서 내려오
고 밑에서 올라가고 위에서 내려오는 것이 된다.

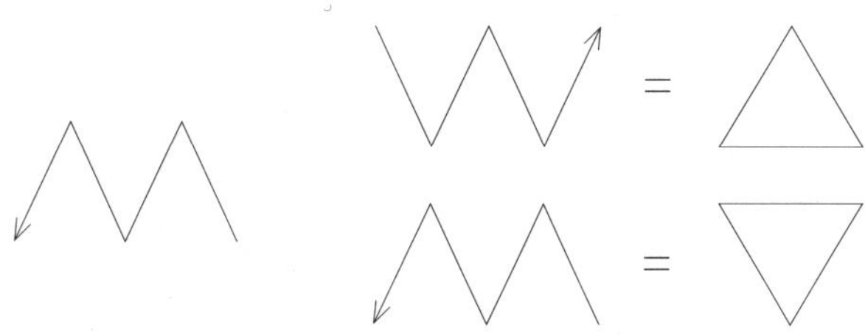

결국 이 운동의 궤적은 M이 된다. 그리고 위의 W, △과 M, ▽는
대칭 관계로 180도 회전하면 포개진다.

M= Man , W= Woman

이상의 기호공식에 나오는 도형의 남과 여를 영어의 약자로 표현
하고 있다. 이것이 이상이 숨겨 둔 기호의 변형이다. 이상이 W와 M
을 먼저 염두에 두고 그것을 운동으로 변환하여 숨겨 둔 조각인 것
이다.[29]

그리고 사람의 움직임을 수학적 논리식으로 표현하면 다음과 같이

말할 수 있다.

(위에서 내려온다+밑에서 올라간다+위에서 내려온다+밑에서 올라간다)

=NOT(밑에서 올라간다+위에서 내려온다+밑에서 올라간다+위에서 내려온다)

이 또한 연속운동의 궤적은 이상의 기호 W = not M이며 not W = M
이 된다. 결국 이것은 이상의 기호 W와 M의 반대되는 상태, 즉 180도
회전된 형태상·의미상의 대칭에 반복되는 설명으로 봐야 한다. 그리
고 이것을 〈선에관한각서 2〉에서 사용한 데칼코마니의 펼치기 기법을
적용하여 이해할 수 있다.[30]

---

29 이에 대해 이상은 '모노그램'(Monogram)이란 단어를 그의 소설 속에 언급하여 제시하고 있
다. 즉 어떠한 두 개 이상의 단어를 하나로 단순화시켜 상징화된 하나의 기호로 나타내는 것
을 말한다. "농후한 지방색 사색에 결코 접근시켜선 안된다. 하나의 백금선의 정체를 마침
내 백일하에 폭로하고 만 조롱받아야 할 밤이 아니면 아니된다. 단 한 줄기의 백금선―(나
기양, 당신만 해도 모노그램과 같은 백금선의 바둑무늬란 말이오)……피하지 아니하면 아니
되는 것, 피해서 안전한 것을 어째서 피하지 아니하였느냐 말이다. 한 줄기이 백금선을 백일
에 드러냈던 때의 후회―아니다―그래 그것은 나중이냐, 아니면 정녕 먼저냐? 예감이라니
정말이냐. 허나 분명 얻은 것은 아니다. 무엇인가 송두리째 잃은 것만은 사실이다. 속일 순
없다. 이건 또 치명적인 결석이었다."(〈불행한 계승〉, 《원본전집 2》, 211 및 216쪽)

30 이 방식은 〈오감도 시제1호〉에서 축에 의한 회전으로 반복되어 사용된다.

위의 도식에서 글쓰기의 방향성(왼쪽→오른쪽)에 따른 도식화 W에서 그것을 왼쪽으로 펼친(Y축에 의해 좌측으로 넘긴 그림) 글은 오른쪽에서 왼쪽으로 방향성이 바뀐다. 그리고 그 펼친 그림을 X축을 중심으로 내용상 반대되는 진술로 대칭시키면 M이 된다. W와 M은 원점을 중심으로 완전한 대칭을 이루며 수학적으로 상쇄된다. 따라서 이것은 평면상의 단순한 회전이 아닌 X축과 Y축의 입체적인 움직임에 따른 도식이 된다. 그리고 위의 도식화에서 드러나는 움직임은 평면상 전후좌우의 운동이 되며, 이상의 숫자 '4'(전후좌우를 대하는 유일의 흔적→방위표시→4)가 된다. W, △와 M, ▽의 합 □이다.

저 여자의 하반은 저 남자의 상반에 흡사하다

이 대목에서 '저 여자'와 '저 남자'는 위 구절의 움직이는 사람들을 가리킨다. 그 움직임의 궤적이 만들어 놓은 기호를 반복하는 설명이다. 그리고 그것을 '여자'와 '남자'라고 다시 한 번 부연·강조하고 있다. 움직임의 궤적으로 상징된 이상의 두 자아, 즉 현실적 자아인 '여자'와 이상적 자아인 '남자'를 뜻한다. 남자와 여자는 다르다. 그러나 이상의 기호공식에서 남자와 여자는 같다. 형태적·기호적으로는 다르지만 결국 자신에서 분리된 동일한 상징이다. 즉 W와 M의 글자 형태의 유사성을 드러낸 것이며, 이상의 도형 △·▽과 동일한 형태적 표현이다. 이것이 이상의 패러독스, 아이러니 가운데 하나이다. 또한 이상은 이것에 대한 근거도 치밀하게 반복해서 그의 그림으로 분산시켜 이야기하고 있다. 이상의 수필 〈슬픈 이야기〉에는 삽화가 있다.

여인의 가슴을 M자 형으로 파고 그 속에 있는 몇 사람의 군인들을 찍은 사진을
몽타주해 넣었다.[31]

여자(W) 속에 남자(M)가 공존하고 있다. 이는 이상의 사고 속의 現
實과 理想, 여자와 남자를 말하며, 李箱은 그 둘의 결합인 '의식적인
자웅동체'로 봐야 한다. 이 시에서도 '자웅과 같은 붕우가 헤어진다'
고 반복하고 있다. 李箱 자신에게서 분리된 현실적 자아와 이상적 자
아, 이것은 여자이며 남자이다. 동시에 그 둘은 부부이며 연인이다.
이 점이 이상을 이해하는 또 하나의 열쇠이다.

(나는 애련한 해후에 애련해하는 나)

위에서 자웅과 같은 붕우가 헤어진 다음 다시 만남을 이야기한다. 이
것은 이상 자신의 개별적 자아가 분리되고 결합됨을 의미한다. 그 만남
을 이상은 '가엾고 애처로운 만남'이라고 표현하고 있다. 자신에서 분리
된 두 자아 'W와 M'에 대한 연민을 말하는데, 그것은 △(現實)과 ▽(理
想)의 결합과 분리를 반복하는 상태에서 비롯된 사고와 감상을 뜻한다.

사각이난 케—스가 걷기 시작이다. (소름끼치는일이다)

사각이 난 케이스는 '箱',[32] '사각'(Box) 즉 두 자아가 결합한 李箱
자신(자신의 이름)을 상징한다. 사각 난 케이스가 걷는 것을 '소름 끼

---

31 오광수, 〈화가로서의 이상〉, 《원본전집 4》, 251쪽.
32 이 시의 원문 일어 시에서 이상은 '箱'이라고 썼다.

치는 일'이라고 표현하였는데, '소름 끼치는 일'은 이상의 분리된 자아의 결합과 그에 따른 갈등·대립 등을 상징하며 이상의 시에서 자주 반복되는 혼란을 의미한다. 여기서 '사각난 케이스'를 자동차나 백화점의 엘리베이터로 해석하면 안 된다. 대부분 이 구절을 다음 행의 '라지에타'와 연결시켜 자동차로 이해하는데, 이것은 이 시를 백화점이나 상점의 풍경을 진술한 것으로 결론 내고 거기에 맞춰 무리하게 전혀 어울리지 않는 해석을 하는 데서 오는 오류다. '사각난 케이스' 이 대목을 사각 케이스 형태의 사물로 이해하면 안 된다. 왜냐하면 이것은 '건축무한육면각체'와 동일하게 이상의 관념적 상징이기 때문이다. 그런데 여기서 '사각난 케이스'를 '자동차'로 읽어도 해석이 된다. 하지만 그것은 실재하는 자동차가 아닌 이상이 스스로 연결시켜 놓은 상징적인, 의식적인 자동차이다. 이것에 대한 흔적을 이상은 소설 〈동해〉에서 반복하고 있다.

> 스크린에서는 죽어야 할 사람들은 안 죽으려 들고 죽지 않아도 좋은 사람들이 죽으려 야단인데 수염난 사람이 수염을 혀로 핥듯이 만지적 만지적 하면서 이쪽을 향하더니 하는 소리다.
> 「우리 의사는 죽으려 드는 사람을 부득부득 살려가면서도 살기 어려운 세상을 부득부득 살아가니 거 익살맞지 않소?」
> 말하자면 굽달린 자동차를 연구하는 사람들이 거기서 이리 뛰고 저리 뛰고 하고들 있다.[33]

'굽달린 자동차'란 의사들의 대상인 환자를 말한다.

---

33 〈동해〉, 《원본전집 2》, 282쪽.

이 시에서 '소름끼치는 일이다'라는 표현은 이상의 다른 시에서 반복되는 단어와 감상이기도 하다. 그 연관성을 바탕에 두고 해석해야 하며 전체적 연결을 고려해야 한다. 이상의 다른 시에서는 다음과 같이 이야기하고 있다.

슬립퍼어가땅에서떨어지지아니하는것은너무소름끼치는일이다[34]

여기서 '슬립퍼어'란 현실, 즉 땅에 발붙이고 살아가는 자신, 현실적 자아를 상징하며 그것을 '소름끼친다'는 감정으로 표현하고 있다.

자신 역(亦) 지상에 살 자격이 그리 없다는 것을 가끔 느끼는 까닭이다. 그러나 다음 순간 「나를 먹여 살리는 내 바로 상부구조가 또 이렇게 만족해하겠지」하고 소름이 연(聯) 쫙 끼쳤다.[35]

'지상에 살 자격이 없다'고 느끼는 심리는 이상적 자아의 감상이며 현실에 대해 '소름이 쫙 끼쳤다'고 표현하고 있다. 그리고 이러한 이상의 심리 상태와 변이는 다음의 행에서 지속적으로 설명된다.

라지에타의 근방에서 승천하는 꾿빠이

여기서 승천하는 자아는 사각이 난 상자[箱] □으로 해후한 남자와 여자, 이상적 자아와 현실적 자아 가운데서 이상적 자아를 말한다. 이

---

34 〈▽의 유희〉, 《원본전집 1》, 103쪽.
35 〈조춘점묘〉, 《원본전집 3》, 42쪽.

상적 자아에게 지구의(현실)는 소름 끼치는 공간이기 때문이다.[36] 즉 해후한 남녀에서 이상적 자아는 현실을 견디지 못하고 승천하며 결국 현실적 자아인 여자만 남는 것이다. 그것은 이상의 기호에서 △이다. 그리고 '라디에이타'란 방열기·냉각기로서 냉정·이성 등으로 이해할 수 있다.

앞 행의 사각 난 케이스를 자동차로 보고 그것을 사람에 비유한다면, 자동차의 핵심인 엔진은 사람의 사고(두뇌)로 이해할 수 있다. 엔진이 열을 제대로 발산하지 못하면 그 역할을 더 이상 수행하지 못하고 터져버린다. 그렇다면 李箱과 같이 현실과 이상(초현실)의 상징인 여자와 남자로 자신의 분리와 결합을 반복하는 상태에서, 냉정·이성 조절(Self Control)은 자신의 사고를 지탱하는 자동차의 방열기, 라디에이터와 같이 생각할 수 있다.

그런데 이러한 이해뿐만 아니라 이 해석의 추적에 더욱 알맞은 근거가 있다. 그것은 '라디에이타'라는 단어로, 이 낱말에서 이상과 접목되는 하나의 연결 고리를 찾을 수 있다. 이상이 소설 〈종생기〉에서도 언급하고[37] 그의 일화에서 드러났던 서른여섯에 자살한 일본의 천재 작가 아쿠타가와 류노스케(芥川龍之介)이다.[38]

삼십분쯤 지난 후, 나는 이층 방에 누워서 눈을 감은 채 격렬하게 찾아온 두통

---

36 이상의 시에서 하늘을 향한 자아는 이상적 자아, ▽이기 때문이다.

37 "열세벌의 유서가 거의 완성해 가는 것이었다. 그러나 그 어느 것을 집어 내 보아도 다같이 서른 여섯살에 자살한 어느 「천재」가 머리맡에 놓고 간 개세의 일품의 아류에서 일보를 나서지 못했다. 내게 요만 재주 밖에는 없느냐는 것이 다시 없이 분하고 억울한 사정이었고 또 초조의 근원이었다."(〈종생기〉, 《원본전집 2》, 380쪽 참조)

38 "이것은 참 제도할 수 없는 비극이오! 芥川이나 **牧野** 같은 사람들이 맛보았을 성싶은 최후 한 찰나의 심경은 나 역 어느 순간 전광같이 짧게 그러나 참 똑똑하게 맛보는 것이 이즈음 한두 번이 아니오."(〈사신(7)〉, 《원본전집 3》, 236쪽 참조)

을 견뎌내고 있었다. 그러자 나의 눈꺼풀 속에는 은빛 깃털을 비늘처럼 접은 날개 하나가 보이기 시작했다. 그것은 내 망막 위로 확실하게 비치고 있었다. 나는 눈을 뜨고 천장을 쳐다보았다. 물론 천장에는 지금 내 망막에 비치는 게 존재 하지 않았다. 나는 그 사실을 확인한 다음 다시 한 번 더 눈을 감기로 했다. 그러나 은빛 날개는 여전히 비치고 있었다. 나는 문득 지난번 탔던 자동차의 라디에이터 캡에도 날개가 달려 있었던 것이 생각났다.[39]

위의 글에서 아쿠타가와가 의식한 날개가 '라디에이터'의 날개(상표 또는 마크)로 연상되고 있다. 아쿠타가와의 글쓰기에서 '날개'는 중요한 모티프이며 여러 상징으로 연상되어 반복되는데, 이것은 이상에게도 동일한 형태로 나타난다.

그 순간 어느 가게의 처마에 걸린 희고 작은 간판이 갑자기 나를 불안하게 했다. 그 간판은 자동차 타이어에 날개가 달린 상표를 그려놓은 것이었다. 나는 이 상표에서 인공의 날개를 믿었던 고대의 그리스인을 생각해냈다. 그는 공중을 날아올라 태양에 근접했다가 날개가 태양빛에 녹아 바다에 떨어져 죽었다. 마드리드나 리오 사마르칸트로…… 나는 이런 나의 꿈을 비웃을 수밖에 없었다. 동시에 복수의 신에게 쫓긴 오레스테스(Orestes)를 생각해야만 했다.[40]

스물아홉인 그의 인생에는 조금도 희망이 보이지 않았다. 하지만 볼테르는 이런 그에게 인공의 날개를 제공했다. 그는 이 인공의 날개를 펴고 쉽사리 하늘로 날아올랐다. 그와 동시에 이지(理智)의 빛을 받은 인생의 기쁨이나 슬픔은 모두 그

---

39 아쿠타가와 류노스케 지음, 노재명 옮김, 〈톱니바퀴〉, 《월식》, 하늘연못, 2005, 396쪽. (강조 인용자)
40 〈톱니바퀴〉, 위의 책, 386쪽. (강조 인용자)

아래로 잠겨 버렸다.

그는 보잘것없는 마을들 위로 반어(反語)와 해학을 떨어뜨려가면서 막힘 없는 공중을 통과하여 태양을 향해 올라갔다. 인공의 날개를 달고 하늘로 올라가다가 태양빛 때문에 불에 타 바다로 떨어져죽은 그 옛날 그리스인도 알지 못하는 것처럼……[41]

이처럼 라디에이타의 근방에서 승천하는 것은 가능하다. 이상이 아쿠타가와의 글에서 연상된 '라디에이터'를 날개의 상징으로 사용한 것이다. 그리고 그것은 소설 〈날개〉의 마지막에서 주인공이 간절히 희구하는 상징적·의식적인 '날개'의 비상이다.

나는 불현듯이 겨드랑이 가렵다. 아하, 그것은 내 인공의 날개가 돋았던 자국이다. 오늘은 없는 이 날개, 머릿속에서는 희망과 야심의 말소된 페이지가 딕셔내리 넘어가듯 번뜩였다.

나는 걷던 걸음을 멈추고 그리고 어디 한 번 이렇게 외쳐보고 싶었다.

날개야 다시 돋아라.

날자. 날자. 날자. 한번만 더 날자꾸나.

한번만 더 날아 보잤꾸나.[42]

위의 아쿠타가와의 글에서 인공의 날개를 달고 태양을 향해 올라가는 '그'는 마을 위로 '반어'와 '해학'을 떨어뜨린다고 말하고 있다. 이것은 〈날개〉의 앞부분에서 이야기하고 있는 '위트'와 '패러독스'이다. 따라서 소설 〈날개〉는 전체적인 하나의 상징체로 읽어야 할 것이다.

---

41 〈어느 바보의 일생〉, 위의 책, 320쪽. (강조 인용자)
42 〈날개〉, 《원본전집 2》, 344쪽. (강조 인용자)

소설의 시작과 마지막이 아쿠타가와의 상징과 동일하게 연결된다.

> 육신이 흐느적흐느적하도록 피로했을 때만 정신이 은화처럼 맑소. 니코틴이 내 회ㅅ배 앓는 뱃속으로 스미면 머리 속에 으레히 백지가 준비되는 법이오. 그 위에다 나는 위트와 파라독스를 바둑포석처럼 늘어 놓소. 가증할 상식의 병이오. ……
>
> 꾿 빠이. 그대는 이따금 그대가 제일 싫어하는 음식을 탐식하는 아이러니를 실천해 보는 것도 좋을 것 같소. 위트와 파라독스와……[43]

바깥은 우중. 발광어류의 군집이동.

이 시의 후반 부분은 초반부의 공간에 견주어 적은 공간이라고 했다. 이 행에서 바깥은 1930년대 우리나라의 바깥을 의미한다. 이상의 시에서 비, 물은 파괴의 부정적 이미지를 갖는다. 그리고 동음이의어의 사용은 이상의 숨기면서 드러내기가 변형된 의도적인 사용이다. 또한 이상은 자신의 글에서 사람을 물고기로 비유했는데 시의 흐름으로 봤을 때 발광(發光)의 '광'은 미친 광(狂)으로 읽는 편이 옳을 듯싶다. '미친 사람들의 군집이동'은 전쟁을 상징하며, '동양의 가을', '침수된 황혼', '군용장화'와 호응한다. 전쟁과 파괴는 이상의 글에서 자주 반복되는 형태다.

> 상장(喪章)을붙인암호인가 전류위에올라앉아서 사멸의 「가나안」을 지시한다
> 도시의 붕락은 아—풍설보다 빠르다[44]

---

[43] 〈날개〉, 《원본전집 2》, 318쪽.
[44] 〈파첩〉, 《원본전집 1》, 207쪽.

일소대의군인이동서의방향으로전진하였다고하는것은

무의미한일이아니면아니된다

운동장이파열하고균열한따름이니까[45]

　위 대목에서 '바깥'은 이 시의 전반부에 나왔던 '마르세이유'가 묘
사된 공간과 같다. 왜냐하면 시적화자의 시점이 시 전반부에는 사각
공간(지구의)의 조망에서 후반부에는 도아를 통한 사각 내부로 옮겨지
기 때문이다. 그리고 그것은 건물이나 어떤 구조물처럼 실재하는 공
간으로 들어가는 것이 아니라, 이상의 가로10×세로10×높이10의
점으로 이루어진 사고의 관념에 따라 규정된 '상징적인 정육면체'의
공간 속으로 진입하는 것이다. 그 공간은 이상의 시 속에서 무한히 확
장되고 축소된다.

전반부: □에서는 1930년대의 세계 정세에 대한 이야기
　　　　　('지구의'로 상징되는 건축무한육면각체의 전체적 조망)
후반부: □에서는 1930년대의 국내 모습과 그 속의 자신의 이야기
　　　　　(건축무한육면각체의 내부로 진입하여 구체적으로 서술)

　이처럼 이 시는 일반적 진술에서 특정적 진술로 변하는 것으로 이해
함이 타당하다. 이 시에서 △과 ▽만을 고려한다면 △, ▽은 결합(결
혼)한 상태이며, 처음의 공간에서 남자는 지구의(지구) 밖에서 지구를
조망하고 있고, 여자는 발이 쓸모없게(거세된 양말) 되어버린다. 그리고
여자는 건축무한육면각체의 옥상(지구의)으로 자리를 이동하는데, 여

---

45 〈수염〉, 《원본전집 1》, 106～107쪽.

기서 여자는 1930년대의 현실을 현실적 자아로서 진술(조망)하고 있다. 남자는 지구의(지구)를 벗어난 공중(날개)에, 여자는 지구(양말)에 있어 서로 떨어져있는 상태이다. 이상적 자아인 남자는 '문'[46]을 통해 '건축무한육면각체'의 '창고'(Magasin) 내부—현실 세계—로 들어온다. 그리고 식당 문 앞에서 두 남녀는 만난다. 이것은 〈선에관한각서 1〉의 "고요하게 나를 전자의 양자로 하라"와 호응한다. 즉 원자구조에서 외부의 전자[陰]와 내부의 양자[陽]의 결합과 같은 것이다. 이상적 자아인 남자와 현실적 자아인 여자의 만남이다. 이들은 곧 헤어지고 다시 해후한다. 이상 자신의 반복되는 심리의 변화와 갈등을 표현한 것이다. 그러다가 라디에이타(날개) 근방에서 남자는 다시 승천(날개)하고 여자(양말)만 남으며 둘은 다시 헤어진다. 만남과 헤어짐의 반복이며 심리(시선)의 이동을 상징적으로 표현한 것이다. 현실의 조망에서 현실 내부로 들어온 이상의 분리된 두 자아의 만남과 헤어짐을 설명하고 있다. 곧 '의식의 흐름'이다. 이는 이상의 현실 인식과 자기 스스로 분열된 두 자아와 그 현실 속에서 겪는 혼란과 갈등, 변화 등을 이야기하고 있다. 이렇듯 이 시는 이상 시에서 상당한 의미를 갖는다고 할 수 있다.

이 시는 이상 자신의 의도에 따라 철저하게 '복화술'로 표현되었다고 할 수 있다. 따라서 절대로 백화점이나 상점의 풍경을 그린 것이 아니다. 굳이 이 시의 제목을 '백화점'으로 읽는다면 말 그대로 모든 온갖 것이 그 안에 존재하고 있는 '하나의 건물', 이상의 '건축무한육면각체'의 상징—가시적 세계, 현실—인 '백화점'(百貨店)으로 이해해야 할 것이다. 다시 말해 상품을 진열해 놓고 판매하는 백화점이 아닌 1930년대 그 당시의 현실이며 이상 자신의 이야기이다.

---

46 상징적 의미의 문을 말한다. 구체적 공간으로 진입함을 뜻한다.

2. 건축무한육면각체의 실체

이 시의 표제어 '건축무한육면각체'는 현실에 존재하지 않는 형태이다. 이에 대해 결국 이상의 자의적 상징이라는 쪽으로 이해되지만 그것이 상징하는 바는 정확히 파악되지 않았다. 그러나 이상의 글은 매우 자의적면서도 상당한 규칙성과 조직성을 지니고 있다. 따라서 이것을 이해함으로써 그의 사고를 추정할 수 있고 그의 의도를 읽어낼 수 있다. 이 시의 표제어 '건축무한육면각체'는 여기에 속한 일곱 편의 시들에 연결되는 제목으로 상징적 의미가 있다. 이것을 어떻게 이해해야 하는가?

앞서 설명했듯이 건축무한육면각체는 어떠한 건축이나 외형적인 실제의 모습을 말하는 것이 아니다. 그것은 '지구의'를 통한 '지구'·'현실' 보기, 이상 기호의 상징적 대상물이다. 그러므로 이 제목에서 실재하는 건축의 형상이나 어떤 구조물을 찾으려 한다면 이상을 제대로 이해하기 힘들다. 일단 〈선에관한각서 2〉와 이 시 자체의 움직이는 사람의 표현에서 수학적인 통합과 분리, 배분을 엿볼 수 있다.

건축무한 육(면+각)체 = 건축무한 육면체 + 건축무한 육각체

여기서 '건축'이란 실제의 건물이 아닌 이상의 관념적 상징의 건축을 말한다. 그리고 '무한'이란 축소와 확대에 따른 관념적·상징적인 무한대(우주)와 무한소(원자)로의 변형을 말한다. 그리고 그것은 삼각형과 역삼각형이 결합된 사각형으로 표현된 정육면체(상자, BOX, 사각 케이스)를 말한다. 그런데 이상은 여기에 '각체'라는 표현을 덧붙였

다. 이상은 자신의 글에서 '상자', '각설당', '상자정원', '방' 등 정육면체를 여러 방식으로 언급하였다. 그러나 육각체에 대한 언급은 없었다. 육각체는 이상의 삼각형과 역삼각형이 결합된 마름모꼴이 입체화된 형태를 가리킨다. 즉 밑면은 정사각형이고 네 면은 정삼각형인 피라미드 형태이다. 그 피라미드 형태의 사각뿔(정삼각형)과 180도 회전된 역사각뿔(역정삼각형)의 결합은 '육각체'이다. 이것 또한 이상의 삼각형과 역삼각형의 결합이며, 그것을 평면으로 표현하면 평행사변형이 되고 능형(마름모)이 된다. 결국 이상의 기호공식과 마찬가지로 사각형과 마름모(평행사변형, 능형)는 같은 상징인 것이다.

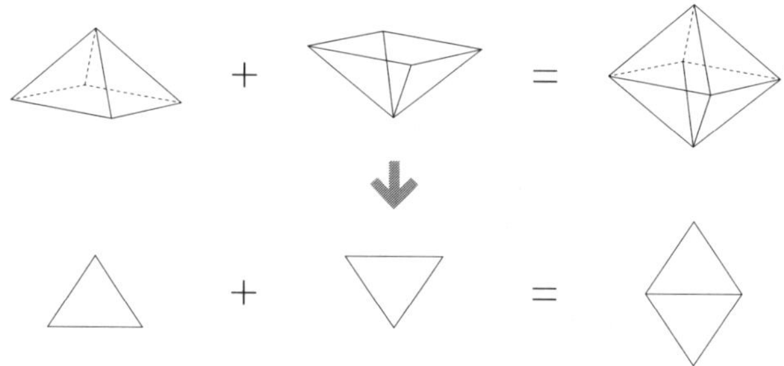

이는 평면을 입체화한 이상의 상징으로 이해해야 한다. 이 시에서 정삼각형과 정역삼각형의 결합인 '마름모'를 이 시의 전반부와 후반부에서 '평행사변형'과 '움직임의 궤적'으로 변형하며 반복한 것은, 결국 이상의 강조이며 동시에 숨기기의 하나이다. 이것은 이상의 기호공식 □=◇과 동일하다. 결국 육면체와 육각체는 형태상으로는 다르지만 이상 기호로는 같은 것이다.

이상 기호에서 삼각형과 사각형이 결합된 형태는 평면의 진행과 입체의 진행 두 가지로 나타나고 있다. 평면에서 직각이등변삼각형[47]과

___

47 〈오감도 시제4호〉의 정사각형이 분할된 삼각형.

그것이 회전된 직각이등변삼각형이 결합된 정사각형을 입체화하면 정육면체가 된다. 그리고 입체의 정삼각형(사각뿔)과 회전된 정역삼각형(역사각뿔)이 결합된 정육각체는 평면화하면 마름모(평행사변형)가 된다. 사각형 형태의 육면체는 여섯 개의 사각면과 여덟 개의 꼭짓점(각)을 가지고 있다. 사각뿔과 역사각뿔이 결합된 마름모(평행사변형) 형태의 육각체는 여덟 개의 삼각면과 여섯 개의 꼭짓점(각)을 가지고 있다. 이 둘은 숫자에서 서로 대칭된다. 이것이 이상의 건축무한육면각체의 실체다. 이상은 자신의 기호(상징)를 변형하면서 반복적으로 이야기하고 있다. 이것은 이상의 글쓰기 특징 가운데 하나로, 난해하고 무의미하게 서술해 놓고 그것을 지속적으로 연결시켜 강조하고 있는 것이다.

이상이 이 시에 앞서 발표하였던 〈선에관한각서〉 일곱 편이 수록된 '삼차각설계도'는 이상 기호를 규정하는 초기작이며 시발점이다. 그리고 그 일곱 편의 시들 또한 결국은 '삼차각' 즉 이상의 도형에 대한 반복되는 설명으로 이루어져 있다. 이것은 이상 글쓰기의 설계도이다. 그러므로 그 의미를 파악하는 것은 이상을 이해하는 데 중요하다고 하겠다. '삼차각'도 이상의 조어(造語)로 이해된다. 이 단어는 이상의 기호에서 드러난 변형과 형태 등을 고려해볼 때 그 정체를 파악할 수 있다.

'삼차각'의 '삼차'란 3차원의 입체를 의미한다. 그럴 때 '삼차각'이란 '삼차원각'으로 보아야 할 것이다. '각'이란 두 직선의 끝이 만나거나 교차했을 때 생성되는 두 선분 사이의 범위를 말한다. 그렇다면 '삼차각'은 어떻게 이해해야 하는가? 삼차각이란 이상이 평면으로 표현한 이상의 도형 □, △, ▽이 입체화된 상태의 각을 이야기하는 것으로 봐야할 것이다. 각은 평면 2차원에서 생성된다. 2차원의 연속은 3차원이다. 그렇다면 '3차각'은 2차원에서 생성된 '각' 곧 평면의 각이 꼭짓점(모서리)에 모여 형성하는 3차원, 입체의 각으로 이해해야 한다. 이상의 사각형이 입체화된 '정육면체'를 각각 한 면만 본다면, 설계에서 평면화 작업과 동일하게 평면도·입면도·측면도·배면도는 모두 '정사각형'을 이루며, 결국 그것이 입체화된 정육면체의 하나의 꼭짓점에서 만들어지는 각을 의미한다고 봐야 한다. 그리고 그 모든 각들은 90도이다. 이것이 이상의 삼차각이다.

이상 기호의 원형 '삼각형'이 입체화된 피라미드 형태의 사각뿔과 역사각뿔의 결합인 마름모꼴의 육각체 또한 동일하다. 밑면은 정사각형이고 네 면이 정삼각형인 정사각뿔과 역정사각뿔이 결합된 '정육각체' 역시 한 점(꼭짓점)에서 만들어지는 평면들은 '정삼각형'이고 그 각은 모두 60도를 이룬다. 이것은 이상의 기호공식과 일치한다.

90도 = 60도 → 9 = 6 → 양 = 음

결국 이상의 도형인 사각형과 마름모(평행사변형)가 동일하듯이 이상의 정육면체와 정육각체는 동일한 이상의 상징이며 그의 기호인 것이다. 이상의 '건축무한육면각체'와 '삼차각'은 이렇게 이해해야 한다.

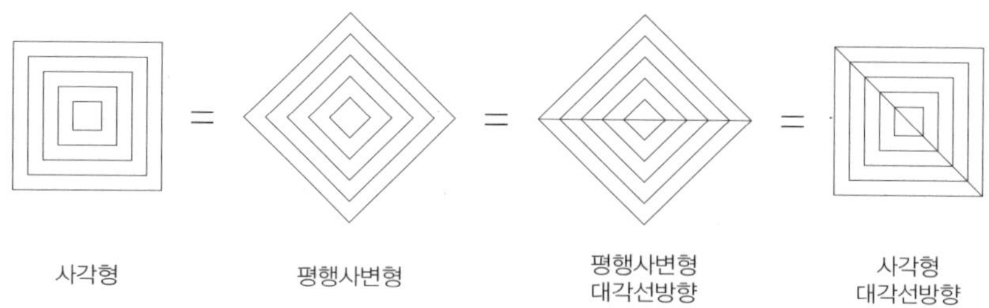

삼차각에 대한 언급은 지속적으로 반복되는데 다음의 구절에서 다시 한 번 삼차각을 파악할 수 있다.

이상의 삼차각은 입체인 정육각체, 정육면체의 꼭짓점이 만드는 각이다. 이 모든 면을 평면화하면 거기엔 정삼각형과 정사각형만 남는다. 이 두 가지로 위의 대목을 이해할 수 있다. 이상의 삼차각 가운데 하나인 '정삼각형'의 모든 내각은 60도이며 그 여각은 30도이다. 그리고 그 화(和)는 삼차각과 보각이 된다고 이야기하고 있다. 삼차각(삼각형)과 그 여각의 화 90(60+30)도는 이상의 또 '다른' 삼차각인 '사각형'의 내각 90도와 보각(180도)이 된다. 이 구절 또한 이상의 도형 정육면체와 정육각체, 정사각형과 정삼각형에 대한 반복되는 강조인 것이다.

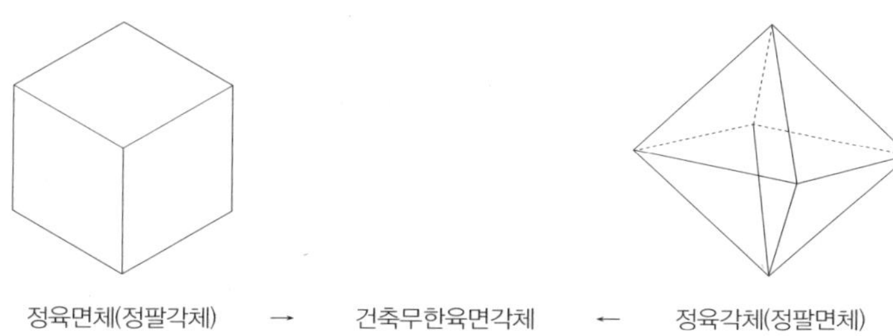

정육면체(정팔각체)   →   건축무한육면각체   ←   정육각체(정팔면체)

앞부분에서 이상 공식의 의미를 밝혔듯이 이상의 글은 그의 기호공식을 기반으로 시작하고 있으며, 그 공식이 다양하게 변형(운동)되면서 그의 글들이 진행된다. 그리고 그것들은 결국 그의 기호, 도형에 대한 설명으로 작용한다. 이상 공식은 〈선에관한각서 1〉에서 제시하고 있듯이 원자구조의 무한소에서 시작한다. 그 당시 물질의 최소 단위인 원자의 전자(−)와 양자(+)에 의한 분리와, 원운동에서 이상의 관

---

48 〈1931년(작품 제1번)〉, 《원본전집 1》, 239쪽.

념적인 기호의 상징이 규정된 것이다. 그리고 자신에서부터 그 공간을 확장하며 우주와 무한대에까지 이른다. 그리고 그것은 존재하는 모든 것을 설명하는 음양(陰陽)으로 이해할 수 있다.

이상의 기호공식에 등장하는 삼각형·역삼각형·사각형·마름모·원은 실제로 다르지만, 그것이 이상의 관념적 기호의 상징일 때 결국 같은 도형이 되는 것이다. 이상의 사고는 점(Point)에서 시작된다. 하나의 점은 스스로 운동하여 양극단을 달리는 선으로 대립·진행되고 평행과 조우를 반복하며 결국 두 개의 점에 수렴된다. 그것은 삼각형, 역삼각형의 면이 된다.[49] 그리고 그 둘의 결합인 사각형, 마름모는 입체의 정육면체, 정육각체의 건축무한육면각체가 된다. 이것이 이상 기호(사고)의 변형(운동)인 **점 → 선 → 면 → 입체** 과정이다. 하나의 '점'(원) 원자구조의 분리와 결합, 원운동에서 유추되고 정의된 이상의 도형은 다음과 같이 도식화할 수 있다.

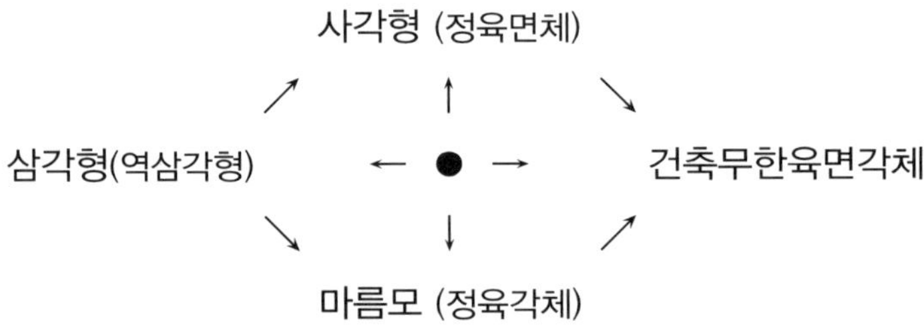

결국 이것은 '이상의 기호공식 2'와 동일하다. △＝▽＝◇＝□＝○[50]
지금까지 이상의 시는 이상 스스로의 치밀한 계획과 그의 관념적

---

49 조수호, 〈도형에서 바라본 이상 시의 해독〉, 《원본전집 5》, 78쪽 참조.
50 조수호, 위의 글, 위의 책, 86쪽.

상징에 따른 것임을 밝혔다. 이러한 사고와 형태의 시는 1930년대 당시에도 낯설었지만, 지금도 여전히 낯설고 과연 충격적이라고 말할 수 있다. 왜냐하면 이러한 조직 구성과 사고, 형태 그리고 그 특이성 등은 다양한 형태로 확장·변형되는 현대시에서도 찾아볼 수가 없기 때문이다. '이상의 창조'라 할 것이다. 이런 이유들로 '이상은 다른 작가들과 비교할 수 없는 커다란 차별성을 갖는다'고 하겠다. 결국 李箱, 그는 시대를 초월한 한국 문학의 독보적인 존재라고 말할 수밖에 없다. 그리고 그것이 세계 문학이라 해도 그 의의는 변함없다고 하겠다. 李箱 그는 시대를 앞섰으며 지금도 여전하다.

창조……………

한 면으로는 직관을 요하며………………

다른 면으로는 직관을 배양(培養)하는 것의

과학적 기초를 요한다.

그것이 예술인가 비예술인가는 문제가 아니다.

일을 해가고 있는 자에게는……

창조하는 것만으로 족하다.………………R[51]

나는 믿는다.

箱은 갔지만 그가 남긴 예술은 오늘도 내일도 새 시대와 함께 동행하리라고.[52]

---

51 〈권두언 8〉, 《정본전집 03》, 268쪽.
52 김기림, 〈故 李箱의 추억〉, 《그리운 그 이름, 이상》, 지식산업사, 2004, 30쪽.

4장

최초 발표작 여섯 편
해독의 재구성

이상은 1931년 《조선과 건축》에 처음으로 〈이상한가역반응〉, 〈파편의 경치〉, 〈▽의 유희〉, 〈수염〉, 〈BOITEUX·BOITEUSE〉, 〈공복〉 여섯 편의 시를 발표하였다. 그가 공개적으로 시작(詩作)을 알리는 신호탄이다. 이상 시의 초기 형태이며 이 시들에서 그의 사고와 경향을 읽어낼 수 있다.

이 여섯 편이 최초로 발표되었지만 날짜가 확정된 시 가운데 가장 빠른 것은 〈신경질적으로 비만한 삼각형〉이다. 이상의 도형은 이 시에서 처음으로 등장하기 시작한다. 따라서 그 시작을 염두에 두고 이상 시의 전편에 드러난 도형과 그 변형을 통합한 뒤, 그것을 역으로 추적하여 초기 이상 시의 형태와 의도를 파악할 수 있다. 일단 이 시에서 단순한 남녀의 육체적·성적 은유와 상징의 이해는 접어두어야 할 것이다. 왜냐하면 그것은 이상의 변형된 기호이며 상징이기 때문이다. 단순히 기호로 표기된 남자와 여자로 이해할 수 있지만 그것은 이상 기호에서 음양의 변형된 형태이므로 하나의 고정된 기표나 기의로 이해하면 이상의 사고와 그의 기호를 이해할 수가 없다. 따라서 이 시에 드러나는 도형인 삼각형과 역삼각형의 상징적 의미를 이해해야만 이상을 파악할 수 있다. 그리고 이상 도형의 상징들을 이해했을 때 또다시 드러나는 문제는 이 시들 사이에 연결된 상징성이다. 이 시에 사용된 단어는 어렵거나 난해하지 않다. 그러나 그것은 단절되지 않고 여섯 편의 시 모두에 영향성을 이어가기 때문에 의미를 파악하는 것은 상당히 난해하고 어렵다. 바로 상징의 조직적인 구성 때문인데 그 상징을 추적하려면 이상 기호공식을 토대로 기존 문학에 사용된 상징을 연상·유추하여 최초 발표 시들을 해석해 볼 수 있다.[1]

1. 〈異常한可逆反應〉

任意의半徑의圓 (過去分詞의 時勢)

圓內의一點과圓外의一點을結付한直線

二種類의存在의時間的影響性
(우리들은이것에관하여무관심하다)

直線은圓을殺害하였는가

顯微鏡
그밑에있어서는人工도自然과다름없이現象되었다.
　　　　　　×
같은날의午後
勿論太陽이存在하여있지아니하면아니될處所에存在하여있었을뿐만아니라그렇
게하지아니하면아니될步調를美化하는일까지도하지아니하고있었다.

發達하지도아니하고發展하지도아니하고
이것은 憤怒이다.

鐵柵밖의白大理石建築物이雄壯하게서있던
眞眞5"의角바아의羅列에서
肉體에對한處分法을센티멘탈리즘하였다.

目的이있지아니하였더니만큼 冷靜하였다.

太陽이땀에젖은잔등을내려쪼였을때
그림자는잔등前方에있었다

---

1 첫 발표작 여섯 편 가운데 마지막 시 〈공복〉은 '6장 이상의 숫자 그 상징성과 의미 해독'에
서 설명한다.

사람은말하였다.
「저便秘症患者는富者ㅅ집으로食鹽을얻으러들어가고자希望하고있는것이다」
라고
·················

1931. 6. 5[2]

〈이상한가역반응〉은 이상이 처음 발표한 시이다. 그만큼 의미가 있다고 할 것이다. 이 시가 상징하는 의미를 찾아내야 한다. 이 시는 시각적 형태의 시가 아니다. 관념적 사고와 상징에 바탕을 둔다.

이 시의 제목에 '가역반응'이라는 생소한 단어가 등장한다. 가역반응이란 어떠한 물질로부터 새로운 물질을 생성하는 화학반응이 상황을 달리하는 경우 새로운 물질로부터 원물질들로 환원하는 것으로, 역으로 진행할 수 있는 반응을 말한다.[3] 그런데 '가역반응'이라는 낱말이 이상하다. 이 시의 제목은 시의 내용을 바탕으로 한 논리적 해석이 불가능하다. 제목에는 의미가 있기 마련인데, 이 시에서는 제목을 해석하지 못하는 일이 발생하고 시 자체도 이해하기 어렵다.

이 시의 제목에 대해서는 이상의 시들을 통해서 드러난 형태를 바탕으로 추적을 시도해 볼 필요가 있다. 가역반응이라는 단어와 현상에서 얻을 수 있는 것은 두 가지의 결합에 따른 하나의 '생성'과 그 생성의 '환원' 즉 분해된 두 개체를 말한다. 그리고 이것은 시간상으로 순방향과 역방향이다. 그 왕복된 현상을 이야기하고 있는 것이다. 이상의 글은 순방향성과 역방향성이 자주 반복되어 드러난다. 그리고 이것에 대하여 이상의 글쓰기 형태에 따른 상징적인 의미로 또 하나

---

2 〈이상한가역반응〉, 《정본전집 01》, 31~32쪽.

3 암모니아와 염화수소를 혼합하면 염화암모늄이 생기는데, 이것을 가열하면 다시 암모니아와 염화수소로 분해된다. 이와 같은 것을 가역반응이라 한다.

연상·유추해 볼 수 있다. 이 시의 제목 '이상한가역반응'이란 사람들이 일반적으로 생각하는 과학적·화학적 가역반응이 아닌 다른 가역반응을 말한다. 사전적 의미와는 다른 언어(기호상징)인 것이다.

가역반응은 화학적 반응이다. 그리고 화학적 실험은 화학자가 담당한다. 그러나 이 시 자체에서 화학반응의 요소는 찾을 수 없다. 굳이 찾더라도 '소금'(염화나트륨), '금'(金)[4] 외에 가역반응에 적용되는 단어는 없다. 따라서 말 그대로 이것을 화학적 작용에 관한 것으로 이해해서는 안 된다. 이상의 상징적 언어 선택인 이중(다중) 언어의 사용으로 보아야 한다. 실제적인 화학반응에서 벗어나 생각할 때 이상과 연결되는 '화학자'가 보들레르의 글 전반에서 두드러지게 나타나는데, 그는 다음과 같이 말했다.

*trismegiste,
그리스의 헤르메스에 붙인 이름

악의 베갯머리엔 「사탄 트리스메지스트*」
홀린 우리 넋을 슬슬 흔들어 재우니,
의지라는 우리의 귀금속도
이 능숙한 <u>화학자</u> 손엔 모조리 증발한다.[5]

나를 보살피면서 늘 나를 위압하는
알 수 없는 「헤르메스」여.
그대는 나를 세상에서 제일 슬픈
<u>연금술사</u> 마이더스 같은 사람으로 만들어;

그대로 인해 나는

---

4 일어(日語) 시 원문에 사용되었으나 번역 과정에서 사라진 상징이다.
5 보들레르 지음, 윤영애 옮김, 〈독자에게〉, 《악의 꽃》, 문학과지성사, 2003, 35쪽. (강조 인용자)

수의 같은 구름 속에서

금을 쇠로, 천국을 지옥으로 바꾼다;[6]

오 너희들은 내가, 완전무결한 화학자처럼 또 거룩한 넋처럼,

내 의무를 다했음을 증언해 다오.

왜냐면 나는 무엇에서이든 그 정수를 끌어냈으니,

너는 내게 진흙을 주었으되, 난 그것으로 금을 만들어냈으니.[7]

　보들레르는 화학자가 새로운 물질을 생성·추출해 내듯이 모든 것에서(무엇에서이든) 정수를 끌어냈다. 그리고 정수는 '금'으로 상징되고 있다. 이상은 이것을 순방향과 역방향으로 다시 반응시키고 있는 것이다. 보들레르는 진흙 속에서 '금'을 추출하고 또 그 금을 다시

----

6 보들레르는 연금술에 의한 '금'을 역으로 반응시키고 있다. 금 → 쇠, 천국 → 지옥 이러한 연금술 역반응의 결과물 '쇠', '철'은 이상의 진술에서 그 상징성을 읽어낼 수 있다. 글·문학·예술의 상징이다. 철은 펜이다. 의지이며 강인함을 상징한다[〈고통의 연금술〉, 위의 책, 168쪽. (강조 인용자)]
"鐵──이것은 내 새길의 암시요 앞으로 제 아무에게도 굴하지 않겠지만 호령하여도 에코──가 없는 무인지경은 딱하다."(〈오감도 작자의 말〉, 《원본전집 3》, 353쪽)
"오직 가령 字典을 맨들어냈다거나 一生을 鐵 硏究에 바쳤다거나 하는 사람들만이 훌륭한 사람인가 싶소, 가끔 眞짜 藝術家들이 더러 있는 모양인데 이 生活去勢氏들은 당장에 시궁창의 쥐가 되어서 한 二三年만에 老死하는 모양입디다."(〈사신7〉, 《원본전집 3》, 236쪽)
"마약 같은 애무─열풍은 鐵을 머금고 비굴한 기획을 위협하였다."(〈구두〉, 《원본전집 3》, 304쪽)
"잔등 심지를 돋우고 불을 켠 다음 비망록에 鐵筆로 군청빛 '모'를 심어갑니다. 불행한 인구가 그 위에 하나하나 탄생합니다. 조밀한 인구가─"(〈산촌여정〉, 《원본전집 3》, 105쪽)
"철필 달린 펜촉이 하나. 잉크병. 글자가 적혀 있는 지편 (모두가 한 사람 치)─"(〈면경〉, 《원본전집 3》, 192쪽)
7 보들레르 지음, 윤영애 옮김, 〈2판을 위한 에필로그의 초고〉, 《악의 꽃》, 문학과지성사, 2003, 396쪽. (강조 인용자)

'쇠'로 환원시켰다. '가역반응'이다.[8] 화학적·물질적 반응이 아닌 관념적·문학적·기호적 가역반응인 것이다. 이 같은 보들레르의 상징적 언어기호를 이상이 다루고 있는 것이다. 보들레르의 화학반응, 그 순반응과 역반응의 상징 의미로 봐야 한다. 따라서 이 시는 일반적인 언어로 이해하기 힘들고 낯선 '이상한' 가역반응의 시가 된다. 그것이 곧 이 시의 제목이다. 그리고 그 가역반응의 핵심은 연금술로 말미암은 '금'이 된다.

이 시를 이해하려면 이상의 시 쓰기 경향을 파악해야 한다. 이상 시의 특징 가운데 하나는 초반부에 도식화된 상징적 표현을, 그리고 후반부에 그에 대한 서술적 진술로 이분화하여 시를 쓰는 경향이 자주 드러난다는 것이다. 이것은 시 〈BOITEUX · BOITEUSE〉, 〈공복〉, 〈AU MAGASIN DE NOUVEAUTES〉, 〈선에관한각서 1·2·3·6〉에 반복해서 드러나고 있다. 이 시도 그러한 형태로 조직·구성되어 있다.

이 시는 ×를 기준으로 크게 두 부분으로 나누어 생각해보아야 할 것이다. 전반부는 도식적 상징으로, 후반부는 그에 따른 언어적 표현으로 보아야 할 것이다.

임의의반경의원 (과거분사의 시세)

원내의일점과원외의일점을결부한직선

이종류(二種類)의존재의시간적영향성
(우리들은이것에관하여무관심하다)

---

8 현상계의 모든 반응은 가역반응이다. 결합·생성과 분리·환원의 형태를 이룬다.

위의 진술을 도식화하면 다음과 같다.

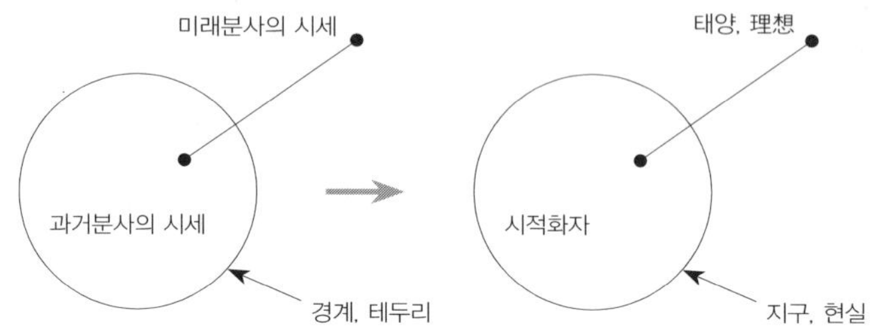

이상의 사고는 크게 대립되는 이원성으로 드러난다. 그것은 현실과 이상이며, 이상 기호의 상징과 동일하다. 위와 같이 하나의 원은 이상의 사고에서 지구와 동일시되는 현실이 된다.

그리고 내부의 한 점과 연결되는 외부의 한 점은 현실적 자아의 대칭점으로 이해할 수 있다. 이때 원내(지구)의 한 점은 시적자아이며 원외의 한 점은 태양(이상적 자아)으로 대립된다. 그것은 대립되는 이원성의 서로 다른 종류의 존재이며 시간적으로 서로 영향을 주고 있음을 말하고 있다. 이는 시적화자가 현실과 이상을 시각적으로 드러나는 지구와 태양으로 나타내고, 지구 내의 시적자아와의 의식적 연결을 상징적으로 표현하고 있는 것이다(이 형태는 〈AU MAGASIN DE NOUVEAUTES〉에서도 반복된다). 원은 하나의 세계를 이룬다. 그것은 '임의의 반경의 원'이 '과거분사의 시세'라고 말하고 있기 때문이다. 이상의 기호공식에서 과거는 현재 현실적 자아의 시간을 상징한다.

△ 나의아내의이름 (이미오래된과거에있어서나의 AMOUREUSE는이와같이도총명하리라)[9]

---

9 〈선에관한각서 7〉, 《원본전집 1》, 164쪽.

거세된 양말. (그여인의이름은 워어즈였다)[10]

　임의의 반경의 원은 현실적 자아가 위치한 현실·지구와 동일시된다. 그곳은 '과거'가 된다. 그리고 그 외부는 현실을 벗어난 이상이며 '미래'(지향)이다. 이원적 분류에 따른 대응 구도다.

　이상의 사고는 점과 그 연결선으로 만들어지는 도식화—점 → 선 → 면 → 입체—에 있다. 원외의 한 점이 확대될 때 점은 원이 되고, 원내의 한 점과 동일한 상징이 된다. 그것은 축소와 확대 거리의 신축이며, 심리적 원근법에 따른 상대적인 표현이다. 따라서 원내의 한 점 또한 원인 한 점이 되며, 원외의 한 점 또한 하나의 원으로 원 속의 한 점과 동일하다(원=점←○=●). 그 연결은 지구[現實]와 태양[理想]의 교감·소통·상승·하강의 상징성을 띤다.

직선은 원을 살해하였는가

　이 구절은 활자 자체를 강조해 묻고 있다. 앞의 도식에서 원내의 한 점인 현실과 원외의 한 점인 이상을 결부한 직선은 실제로 그려지는 선이 아닌 관념적 상징의 연결선을 말한다. 이상의 초기 시 여섯 편에서 반복되는 '눈'에 근거하여 현실적 자아가 지향하는 '시선'으로 보아야 할 것이다(직'선'과 시'선'의 언어유희, 이상의 위트로 볼 수 있다). 따라서 직선은 원을 살해하는 것이 아니며 실제로 보이지 않는 관념적인 선이다. 과거(답보하는 현실)와 미래(이상 추구)의 연결이며, 시간성으로 볼 때 시에서 말한 현실적 자아와 이상적 자아 '이(二)종류의 존

---

10 〈AU MAGASIN DE NOUVEAUTES〉, 《원본전집 1》, 167쪽.

재의 시간적 영향성'으로 진행되는 상태가 된다.

현미경
그밑에있어서는인공도자연과다름없이현상되었다

이 대목에서 인공과 자연은 대립되며 동일시되고 있다. 이는 현미경에 의한 것이라고 이야기하고 있는데, 이상의 확대와 축소에 따른 관념적 원근법 사고에서 기인한다. 현미경의 확대에 따른 인공의 자연화는 이상이 자신의 상징에 따라 만들어낸 '인공적 도식화', '임의의 반경의 원'과, 그 안에 위치하는 하나의 '점', 그리고 '원외의 점'을 상징한다. 곧 자연을 축소하여 인공적으로 평면에 형상화한 '그림', 그의 도식화된 상징적 언어이다. 이것을 '자연'으로 확대하면 '지구'와 그 속의 '현실적 자아' 그리고 원외의 '점'은 '태양'이며 태양 속의 '초현실적 자아'가 된다. 이것이 이상의 축소와 확대에 따른 관념적·도식적 상징이다. 이러한 도식적 상징에 따른 표현은 그의 시와 여러 글에서 반복되고 있다. 이 시에 드러난 원과 점에 따른 상징적 음양의 연결은 이상의 다음 글에서도 발견할 수 있다. 《조선과 건축》에 'R'이란 이니셜로 발표한 〈권두언〉이 있다.

◇ 타원형의 스탠드에 충만해 있는 관중은 그것들의 전체가 형성해가고 있는 타원형에 대하여 의식하고 있는 경우는 드물다.

◇ 개개의 관중은, 개개의 존재를 의식하고 있을 뿐이다.

◇ 전체를 보기 위해서는 관중으로서의 입장을 내던지지 않으면 안된다.

◇ 거기에서 이상아를 찾아내는 천재의 출현이 있다. 이 이상아여, 이미 관중은 아니다.

◇ 우리들은 그것에 유의하지 않으면 안된다.[11]

　위의 권두언은 〈이상한가역반응〉을 쓰고(1931년 6월 5일) 1년 뒤에 발표된 글이다(1932년 6월). 위 글을 〈이상한가역반응〉의 형태로 도식화하면 다음과 같이 지구 내(원내)에서 태양(원외의 한 점)을 향한 시선의 연결과 같다.

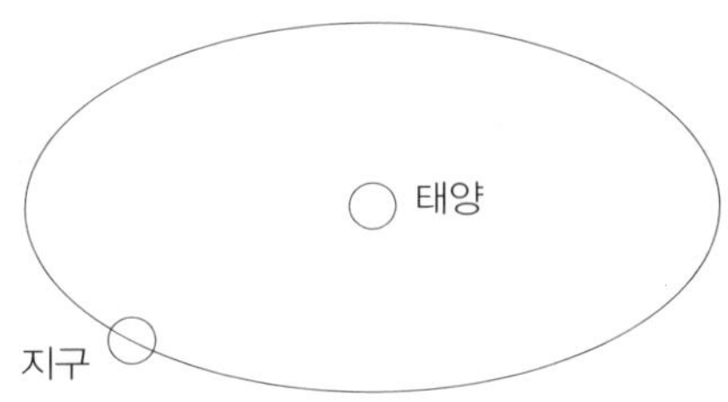

　타원형의 스탠드[12]는 태양을 중심으로 한 지구의 공전 궤적을 뜻한다. 그리고 지구 자체는 태양을 향하고 있는 다양한 위치와 다양한 모습의 군중이 된다. 그것은 이 시의 앞부분에 도식화된 원(지구)내의 한 점인 현실적 자아와 같으며 태양을 바라보는 군중이다. 지구는 자전과 공전을 하며 태양 주위를 돈다. 지구는 태양 없이 존재할 수 없다. 이것은 물리적 현상이며, 이상의 사고에서 지구[現實]의 사람 또한 태양[理想] 없이 존재할 수 없다. 그러나 지구 안에서 지구의 전체를 볼 수 없듯이 스스로 자신의 전체 모습을 볼 수 없다. 그 시점에서 순간의 존재를 의식하고 있을 뿐이다. 그러므로 "전체를 보기 위해서는 관중으로서의 입장을 내던지지 않으면 안된다"고 말하고 있다. 이는 지구를 벗어남을 뜻하며 스탠드의 중심인 태양으로 자리를 옮기는

---

11 〈권두언 1〉, 《정본전집 03》, 260쪽.
12 여기서 스탠드는 경기장의 관람석이기도 하지만 고정된 전등, 탁상등(desk lamp)의 상징을 동시에 내포한다. 이상의 이중 언어 사용이다.

것을 이야기한다. 태양의 시선으로 보면 중심에서 타원형의 스탠드를 움직이는 지구의 전체 모습을 바라볼 수 있다. 따라서 그것은 관중의 위치(현실)에서 벗어난 시각이다.

이미 위의 글에서 드러나듯이 이상은 태양을 향해 출발했다(이것은 李箱의 날개—태양을 향한 이카루스 비행—가 상징하는 것과 동일하다). 이로써 그는 관중의 위치를 벗어난 것이다. 태양 빛을 동경하던 위치에서 빛의 주체로 이동했으며, 이상의 기호로 ▽이 되었다. 이것은 이상의 「건축무한육면각체」〈AU MAGASIN DE NOUVEAUTES〉의 '지구의'를 통한 지구 조망하기와 동일하다.[13] 그때 시적자아는 지구 밖의 '날개'에 위치하고 있는데, 그 위치를 태양과 동일시하여 이해할 수 있다. 이 형태로 이상 사고의 흐름을 파악할 수 있다. 그리고 위 글에서 "우리들은 그것에 유의하지 않으면 안된다"고 말하고 있는데, 이것은 다음의 구절과 연결된다. 무관심에서 유의하여야 함을 설명하고 있다.

이종류의존재의시간적영향성
(우리들은이것에관하여무관심하다)

이상의 사고에서 두 가지 존재란 현실과 이상 그 이원성으로 대립되고 전이하며 교차·왕복한다. 현실(원내의 한 점: 지구)은 과거로, 理想(원외의 한 점: 태양)은 미래로 서로 영향을 주고받음을 상징한다. 〈이상한가역반응〉에서 시적화자의 시선은 태양을 향하고 있다. 위의 도식에서 '이상아'(異狀兒)는 지구를 벗어나 태양으로 자리를 옮김으로써

---

13 조수호, 〈이상의 건축무한육면각체 해독〉, 《이상소설작품론》, 296~297쪽 참조.

시적화자의 시선이 지구를 향한 시선으로 역방향성이 드러난다. 따라서 태양을 바라보는 타원형의 스탠드 안의 관중의 입장에서 탈피한 상태를 상징한다. 이것은 현실적 자아(지구)에서 벗어난 이상적 자아(태양)의 사고이며 이상 기호로 보면 '▽'이다. 이러한 순방향·역방향과 이상 스스로가 상징적으로 노출한 설명은 그의 글쓰기가 지닌 특징이다. 이것 또한 이상의 축소와 확대에 따른 사고에 바탕을 둔다.

이상의 최초 발표작 시 여섯 편은 그가 하루 만에 쓴 것이지만 즉흥적이거나 우연성에 근거하지 않고, 다른 작품들과 연관되는 조직 구성을 보이고 있다. 이상은 자신의 우주를 방으로 축소해서 이야기하곤 했는데, 그 흐름을 살펴보면 다음과 같다.

> 제가 저의 신세를 이 모양으로 만든 것도, 이처럼 세상을 집삼아 표랑(漂浪)의 삶을 영위(營爲)하게 된 것도 전부 다—그 기인(起因)은 오해—우리 어리석은 인간들의 무지로부터 출발된 오해때문이 아니었으면 무엇이었던가 합니다. (어폐를 관대히 보아주세요)(中略)[14]

> 사람은 방 안으로 이렇게 세계를 축소시키고 있었다.[15]

> 암흑은 암흑인 이상 이 좁은 방 것이나 우주에 꽉 찬 것이나 분량상 차이가 없으리다.[16]

위의 글의 흐름에서 세상·세계는 집이 되고 집은 방으로, 방은 우

---

14 〈12월 12일〉, 《원본전집 2》, 123쪽.
15 〈12월 12일〉, 《원본전집 2》, 137쪽.
16 〈권태〉, 《원본전집 3》, 153쪽.

주로 확대된다. 이것은 이상 사고의 초기 과정에서 설정된 이상의 자의적 규정이다. 즉 심리적·관념적 원근법으로 이 같은 확대와 축소에 따른 다양한 의미의 유추가 가능해진다.

(지구는빈집일경우봉건시대는눈물이나리만큼그리워진다)[17]

위 구절에서 지구가 집으로 표현되는데, 이 또한 소설 〈공포의 기록〉과 〈지주회시〉에 나오는 방의 상징성과 동일하다. 그리고 이것은 이상의 '건축무한육면각체'의 상징으로 축소와 확대를 반복하면서 자신, 箱, □에서 지구로, 우주로 확대되며 그의 글에 계속 반복된다. 그것은 사각형(평방)과 육면체(입방)라는 공간의 설정에서 비롯된 것이다. 그리고 지구 ○과 방 □은 입체인 건축무한육면각체의 평면화이며, 그 동일성이다. '○ = □' 그리고 그 흐름은 다음과 같다.

세상 → 집 → 방 → 자신 → 箱(상자, 육면체) → □ (□ 나의 이름[18])
→ ○(원자구조의 원운동과 그 형태)[19] → 점 → 원 → ○ → 지구 →
달 → 태양
지구 → ○ → 빈집 → 방 → □

인공은 도식화된 이상 기호로, 이상이 설정한 임의의 반경의 원을 말한다. 이것은 점이고 원자이며 확대되어 자신의 방, 지구, 우주가 된다. 결국 동일해진다. 또한 이상의 '건축무한육면각체'의 상징 □

---

17 〈선에관한각서 1〉, 《정본전집 01》, 56쪽.
18 〈선에관한각서 7〉, 《원본전집 1》, 164쪽.
19 〈선에관한각서 1〉, 《원본전집 1》, 147쪽.

과 동일하다. □은 존재하는 모든 것인 자연이 되기 때문이다. 그리고 시적화자 자신이 위치하고 있는 방 속의 인공 '전등'은 자연과 같이 현상되어 '태양'으로 확대되기 때문이다. 이러한 해석은 이 시 여섯 편의 진행에서 시에 사용된 언어들이 서로 긴밀하게 영향성을 주고받으며 반복—전등, 슬리퍼어, △, ▽, 3—되고 있기 때문에 가능하다. 이것은 이상의 상징화된 언어에 대한 스스로의 설명이기도 하다.

×

같은날의오후
물론태양이존재하여있지아니하면아니될처소에존재하여있었을뿐만아니라그렇게하지아니하면아니될보조를미화하는일까지도하지아니하고있었다.

×로 구분된 후반부의 시작에 '태양'이 등장한다. 이 후반부는 전반부의 도식화된 상징적 표현에 대한 구체적 서술의 형태로 볼 수 있다. '태양'은 이 시에서 핵심적인 상징이다(태양도 달과 함께 이상의 핵심 기호 가운데 하나이다). '태양'이 존재하나 '그것에 대한 보조를 미화하는 일까지도 하지 아니하고 있었다'고 말하고 있다.

이 시에서 가장 중요한 모티프는 '태양과 소금'이다. 이것은 이 시를 비롯한 여섯 편의 초기작은 물론이고 이상의 글 전편(全篇)에서 두드러지는 이상의 상징이다. 태양과 소금은 理想, 이상적 자아의 사고의 지향점이며, 이상 기호 '▽'이다. '태양에 대한 보조를 美化하지 아니함'은 현실과 이상의 괴리 또는 시적화자의 방관적 태도로 볼 수 있다. 그리고 다음과 같이 말한다.

발달하지도아니하고발전하지도아니하고

이것은 분노이다.

이것은 '발전'과 '발달'에 대한 시적화자의 감정의 표현인데, 현실
에 대한 시적화자의 사고이며 다음의 진술과 동일하다.

> 무수한과거를경청하는현재를과거로하는것은불원간이다. 자꾸만반복되는과거, 무
> 수한과거를경청하는무수한과거, 현재는오직과거만을인쇄하고과거는현재와일치
> 하는것은그것들의복수의경우에있어서도구별될수없는것이다.[20]

> 사람은달아난다, 빠르게달아나서영원에살고과거를애무하고과거로부터다시그과
> 거에산다, 동심이여, 동심이여, 충족될수야없는영원의동심이여.[21]

임의의 반경의 원내(지구)에는 과거(과거분사의시세)만이 존재하고
있다. 발전하지 않고 되풀이되는 답보 상태인 과거를 나타내고 있다.
이것은 이상 자신의 사고와 문학에 대한 진술 또는 현실적 상황에 대
한 인식으로 보아야 한다. 태양의 보조는 이상(理想)·미래·발전·발
달에 대한 이상의 사고와 자신의 글에 대한 스스로의 언급으로 읽을
수 있다. 이 시를 비롯한 여섯 편의 시에는 이상의 관념적이며 개인적
인 내면의 성향이 많이 드러나기 때문이다.

철책밖의백대리석건축물이웅장하게서있던

20 〈선예관한각서 5〉, 《정본전집 01》, 61쪽.
21 〈선예관한각서 5〉, 《정본전집 01》, 62쪽.

진진(眞眞)5"의각바아의나열에서
육체에대한처분법을센티멘탈리즘하였다

여기서 '철책'은 이 시의 첫 행 '임의의 반경의 원'과 동일한 경계로 반복·변형된 상징이다. 넘어서고 벗어나기가 힘든 경계의 강조로 보인다. 시 전반부의 '안'과 '밖'이 다시 반복된다. 그럴 때 백대리석 건축물은 원외의 '태양'과 동일한 상징으로 위치한다. '백대리석 건축물'은 이상(理想)이다. 이것은 앞부분에서 '지구'(현실)가 집(인간의 거주지)으로, 원으로 상징되듯이 태양 또한 건축(집)으로 언급되고 있는데 이상 기호의 '신의 집', '신전'이며 이상(理想)이 된다(태양 ○이 □이 되는 것은 전혀 타당하지 않는 파격이다. 이러한 변형에 대해서는 소설 〈12월 12일〉에서 이미 복선을 깔아두고 있다).**22**

　○, 지구, 세상, 집, 방, □, 인간 　→ 　'집'
　○, 태양, 理想, 집, 방, □, 신 　→ 　'신전'

따라서 이상적(理想的) 사고에 따른 관념에서 육체(현실적 자아)에 대한 처분법은 슬픔·동정·연민을 발생시키며 감상적인 것이 된다. 이러한 이원적 사고 인식은 이상의 글 전반에 반복되어 드러나는 이상 공식과 동일하다.

　철책은 넘어서기(벗어나기) 힘든 하나의 경계(boundary)를 상징하며, 시 전반부에서 하나의 규정된 테두리로 원 또는 경계이다. 백대리

---

22 "다만 무엇인가 변형된(혹은 사각형의) 태양적갈색의 광선을 방사하며 붕괴되어 가는 역사의 때아닌 여명을 고하는 것을 그는 볼 수 있는 것도 같았다 ──."(〈12월 12일〉, 《원본전집 2》, 111쪽 참조)

석(견고함·고귀함을 상징한다. 이상은 자신의 글을 '대리석 모조인 종자 모형'으로 상징하기도 했다[23]) 건축물의 "바아"(bar)는 이상의 다른 글에서 그 흔적을 찾아낼 수 있다.

거대한 샤프트의 기념비 서다. 백색의 소년, 그 전면에서 협심증으로 쓰러지다.[24]

여기서 샤프트(shaft)와 바아(bar)는 기표가 외형적으로 변형되었으나 동일한 상징인 '기둥'을 말한다. 신전의 '기둥'으로 시각화, 문학예술의 원형적 상징성으로 이해해야 한다(이것은 이상의 동음이의어의 역방향인 이음동의어의 사용이다).

'백대리석 건축물이 웅장하게 서 있던 원형 기둥의 나열'이라는 대목을 이 시의 제목 '가역반응'에서 유추되는 '화학자', '연금술사'인 보들레르와 위 글에 드러난 사고를 유추해 '이미지'로 읽을 때, 이것은 보들레르의 '신전'으로 볼 수 있다. 백대리석 기둥이 나열된 신전은 인간에게 웅장함과 경외감을 준다. 한편 현실에 대한 왜소함이기도 하다. 따라서 이 구절은 이원적으로 대응되는 두 사고에 대한 감상으로 보아야 할 것이다. 그리고 신전은 이상의 다른 글들과 연결하여 생각할 때 '파르테논 신전'으로 이해하는 것이 타당하다 하겠다. 이상은 건축을 전공했다.[25] 건축은 단순히 거주의 기능만이 고려되는 것이 아니다. 거기에 따른 미려함이 추구된다. 이 신전에 대한 이상의 건축

---

23 "허나 황의 후각에 합격된 것이 꼭 하나 있었다　그것은 대리석 모조인 종자 모형이었다. /나는 황의 후각을 믿고 이를 마당귀에 묻었다　물론 또 하나의 불량품도 함께 시험적 태도로……"(〈황의기(작품제2번)〉, 《원본전집 3》, 317쪽 참조)

24 〈1931년(작품 제1번)〉, 《원본전집 1》, 236쪽.

25 이 시는 《조선과 건축》이라는 건축 잡지에 발표되었다. 최소한 이상은 그 '건축'이라는 잡지의 필요조건을 충족했다고 할 수 있다.

적 지식이 문학과 연결되었을 것으로 추정된다.[26] 이러한 상징적 관념
은 이상의 초기 시 여섯 편에서 지속적으로 그 경향이 나타난다. 여기
서 '바아가 나열된 백대리석 건축물', '신전', '기둥'은 보들레르에서
도 연결된 흔적을 찾을 수 있다.

> 「자연」은 하나의 신전, 거기 살아 있는 기둥들에서
>
> 이따금씩 어렴풋한 말소리 새어나오고;
>
> 인간이 그곳 상징의 숲을 지나가면,
>
> 숲은 정다운 시선으로 그를 지켜본다.[27]

이상의 시작(詩作)에서 보들레르와 프랑스 상징주의 경향이 많이 드
러나는데 무엇보다 초기작에서는 그 연관성이 긴밀하게 나타난다. 그
가 사용한 단어와 이미지 그리고 그 사고에서 유사성이 많이 발견되기
때문이다. 위에서와 같이 기둥은 '자연'이라는 '신전의 기둥'이며, 서
구 상징주의 문학예술에서 표현된 '신전'으로 이해할 수 있다. 이상의
사고에서 자연이란 현실(지구)을 포함한 더 넓은 범위의 공간으로 설정
되며 건축무한육면각체의 우주를 향한 확장으로 이해할 수 있다. 그리

---

26 파르테논 신전은 건축적으로 '황금비'에 따라 축조되었다. 그 황금비는 미의 전형 지고미
(至高美)가 된다. 파르테논 신전은 그리스 신화의 아테네 여신을 모시는 곳인데, 이 아테네
는 지혜의 여신이며 로마 신화에서 나오는 미네르바와 동일하다.

27 보들레르 지음, 윤영애 옮김, 〈교감〉, 《악의 꽃》, 문학과지성사, 2003, 50쪽. 보들레르의 이
시는 이상의 글 속에서 그 연결을 생각해볼 수 있다. ; "실로 나는 울창한 森林 속을 진종일
헤메고 끝끝내 한 나무의 印象을 훔쳐 오지 못한 幻覺의 人이다. 무수한 표정의 말뚝이 공
동묘지처럼 내게는 똑같아 보이기만 하니 멀리 이 분주한 초조를 어떻게 점잔을 빼어서 구
하느냐."(〈동해〉, 《원본전집 2》, 271쪽) 여기서 드러나는 숲, 무수한 표정의 말뚝(기둥), 똑
같은 표정 역시 상징적 표현이다. 이 대목을 보들레르의 시와 연결하여 이해할 때 '교감'의
부재로 읽을 수 있다. 그러나 그것은 단지 표면적인 노출일 뿐 실질적인 사고는 '다양성'의
'동일성'으로 읽을 수 있다. 이것은 이상의 글 속에 지속적으로 반복되어 진행되는 사고이
며 이상 공식과 동일하다. △=▽=◇=□=○.

고 그것은 현실과 이상의 합을 말한다. 가시적 세계와 비가시적 세계의
합을 상징한다(△+▽=□). 또한 현실의 삶을 벗어난 예술을 상징한다.
따라서 '육체에 대한 처분법이 센티멘탈리즘'하는 것은 '신전'(태양)을
바라보는 시적화자의 시선에서 바라본 '현실'(육체적 자아)에 대한 시적
자아의 감상적 태도를 말한다. 현실적 삶의 의미와 가치의 상실이며 태
양을 향한 상승 의지, 현실이탈, 문학예술로의 지향을 말한다.

　　　목적이있지아니하였더니만큼 냉정하였다

　'냉정' 또한 이상의 초기 시에 반복되는 심리로, '동안'(冬眼)으로
거듭 표현된다. 목적이 없음은 '태양'을 향한 시선 추구에 대한 시적
화자 스스로의 설명으로 이해된다. 태양과 백대리석 건축물(신전)은
동일한 상징이기 때문이다.

　　　태양이땀에젖은잔등을내려쪼였을때
　　　그림자는잔등전방에있었다

　여기서 태양은 전등으로 이해하는 것이 적당하다. 왜냐하면 이 시
다음에 이어지는 연속된 두 편의 시에서 '전등'이 이어져 진술되기 때
문이다. 시선은 방 안으로 축소되었다. 시적화자가 엎드려 시를 쓰는
모습을 진술한 것으로 보인다. 그리고 여기서 '그림자'가 발생하고 있
다. '전등'(인공), '태양'(자연)이 방 안에 있기 때문이다. 태양과 대조
되는 시적자아의 엎드린 모습이 상징적으로 그려지고 있다. 여기에
서 태양은 〈파편의 경치〉에서 등장하는 '전등'과 동일하다. 빛이라는
등가물이며 그 상징성은 같다. 이 여섯 편의 시는 1931년 6월 5일 하

224

루에 창작되었는데 여기에서 '땀에 젖은 잔등'의 의미를 유추할 수 있
다. 바로 시를 쓰는 행위가 힘듦을 표현한 것으로 보인다. 이상의 이
러한 형태적 묘사는 그의 다른 글에서도 반복되는데, 다음의 글에서
는 '태양' → '달'로 이동하는 역방향성이 드러난다.

> 달이 둥그래지는 내 잔등을 흡사 묘경을 비추듯 하는 것이다
>
> 이것이 내가 참살 당한 현장의 광경이었다.[28]

위 글에서는 태양(이상, 陽)과 반대되는 달(현실, 陰)이 잔등을 비추
고 있다. 그리고 이는 묘지가 되며 그 형상이 '내가 참살당한 현장의
광경'이라고 말하고 있다. 이는 달[陰]이 상징하는 현실에 의한 이상
적 자아의 죽음을 말하며, 이 시의 '육체에 대한 처분법'과 연결지어
이해할 수 있다. 이것은 이상의 사고, 그의 기호공식에 따라 음양으로
자신을 드러내는 것이다.[29] 따라서 위의 대목과 이 시의 대목을 비교
하여 대칭되는 상징성을 잡아낼 수 있다. 그리고 이러한 이상의 상징
은 그의 수필에서 실제적인 장면으로 자세히 묘사하고 있다.

> 그는 그대로 배를 방바닥에 대인 채 엎드리었다. 그는 아픈 몸과 함께 그의 마음
> 도 차츰차츰 아파 들어왔다. 그는 더 참을 수는 없었다. 원고지 틈에 끼기어 있는
> 3030용지를 꺼내어 한두 자 쓰기를 시작하였다.[30]

---

28 〈월원등일랑〉, 《원본전집 1》, 1996, 247쪽. (강조 인용자) ; "잔등이 무거워들어온다 죽음이그
   에게왔다고 그는놀라지않아본다."(〈지도의 암실〉, 《원본전집 2》, 170쪽 참조)

29 시적화자가 태양[理想]과 대립할 때 '나'는 현실적 자아가 되며, 시적화자가 달[現實]과 대
   립할 때 '나'는 이상적 자아가 된다. 즉 시적자아는 이상적 자아인 동시에 현실적 자아이며,
   이상의 공식 현실=이상이 된다.

30 〈병상이후〉, 《원본전집 3》, 58쪽.

위 글은 "의주통공사장에서"라고 명기되었는데, 1930년 전후로 이상 초기 발표작 시작(詩作) 시간—1931년 6월 5일—과 영향성이 있다고 볼 수 있다. 그리고 '땀'에 젖은 '잔등'의 의미를 다음에서 읽을 수 있다. 이상의 의도된 반복 진술이다.

> 조광 이월호의 〈동해〉라는 졸작 보았오? 보았다면 게서 더 큰 불행이 없겠오. 등에서 땀이 펑펑 쏟아질 열작(劣作)이오.[31]

> 사람은말하였다.
> 「저변비증환자는부자ㅅ집으로식염을얻으러들어가고자희망하고있는것이다」
> 라고
> …………

이 시를 비롯한 여섯 편의 시에서 보들레르와 니체의 영향이 많이 발견되는데, 그 연관성을 파악하는 것이 이상을 이해하는 핵심 요소이다. 시의 마지막에서 변비증 환자가 들어가고자 희망하는 부잣집이 표상하는 것은 물질적 부자가 아닌 '소금'을 소유하고 있는 상징적이고 정신적인 부자이며, 기독교에서 말하는 '빛과 소금'과 동일한 상징성을 지닌다. 다시 말해 밝음을 지향하는 변하지 않는 영원성의 예술, 문학 등으로 이해할 수 있다.

님은 소금기 배어든 공기처럼

---

31 〈사신8〉, 《원본전집 3》, 239쪽. (강조 인용자)

내 생명 속에 퍼지고,

채워지지 않는 내 넋에

<u>영원의 맛</u>을 퍼붓는다.[32]

여기서 보들레르가 사용한 '소금기' 또한 '빛과 소금'과 같이 '영원성'을 뜻하는데, 이 맥락에서 소금의 상징성을 이해해야 한다. 이상의 글에 등장하는 '요리인', '음식', '맛'에 연결되는 상징이다. 이상은 요리사로 봐야할 것이다. 이것은 보들레르의 상징 '요리사'와 동일하다.

나는, 아! 조롱하는 「신」의 강요로

어둠의 화포 위에 그림 그리는 화가라고나 할까;

거기서 나는 음산한 식욕 가진 <u>요리사</u>,

내가 내 심장을 끓여 먹는다.[33]

이상의 첫 소설 〈12월 12일〉에서도 주인공은 요리사로 등장하며 의사로 변이한다.[34] 그리고 요리사는 이상의 여러 글 속에서 반복되며 소설 〈날개〉의 도입 부분에까지 이어지는데, 이것은 이상의 초기 설정이 일관됨을 보여준다.

「십여 년을 별짓을 다하고 돌아다니다가 …… 참 그 동안에는 죽으려고 약까지 타 논 일도 몇 번인지 모르지요. 세상이 다 우스꽝스러워서 술 노름으로 세월을

---

32 보들레르 지음, 윤영애 옮김, 〈찬가〉, 《악의 꽃》, 문학과지성사, 2003, 374쪽. (강조 인용자)

33 보들레르, 〈환영〉, 위의 책, 98쪽. (강조 인용자)

34 첫 소설 〈12월 12일〉에는 특이하게도 유난히 '신'에 대한 언급이 반복되고 있다. 그러나 그 구체성은 드러나지 않고 반복되는데 보들레르의 상징—요리사, 의사, 메스—과 사고의 연결을 생각해볼 수 있다.

보낸 일도 있고 식당 「쿡」노릇을 안 해 보았나 이래 보여도 양요리(洋料理)는 그
래도 못 만드는 것 없이 능란하답니다. 일등「쿡」이었으니까 ……」[35]

나의 식욕은 일차방정식같이 간단하였다

나는 곧잘 색채를 삼키곤 한다

투명한 광선 앞에서 나의 미각은 거리낌없이 표정한다

나의 공복은 음향에 공명한다―예컨대 나이프를 떨군다―

여자는 빈 접시 한 장을 내 앞에 내어놓는다―(접시가 나오기 전에 나의 미각
은 이미 요리를 다 먹어치웠기 때문이다)

여자의 구토는 여자의 술을 뱉어낸다―

그리고 나에게 대한 체면마저 함께 뱉어내고 만다(오오 나는 웃어야 하는가 울
어야 하는가)

요리인의 단추는 오리온좌의 약도다[36]

이상이 설정한 '서양요리에 능란한 요리사'의 '요리'는 단순히 육
체적으로 먹을 수 있는 음식으로 보면 안 될 것이다. 그리고 '요리'란
'어떤 대상을 능숙하게 처리함'을 말하는데, 그것이 양요리라는 점과
이상의 초기 시작 형태로 봤을 때 서구 문학(프랑스 상징주의)과 그 사
상에 바탕을 둔 표현으로 보인다. 서구 문학에 대한 이해와 감상이다.
따라서 이상의 음식은 정신적·관념적 음식이다. 이상 자신에 대한 상
징적 노출로 보아야 할 것이다. 이상이 요리해 독자들에게 내놓은 음

---

35 〈12월 12일〉, 《원본전집 2》, 75쪽.
36 〈황의기(작품제2번)〉, 《원본전집 3》, 319쪽.

식은 낯설고 난해한 것이다. 그러나 그는 독자들에게 낯선, 쉽게 그
맛을 알 수 있는 음식이 아니라고 서술하고 있다.

> 箱은 사실은 이토록 후회하고 있단 말이다. 그의 머리는—이성은, 참으로 그가
> 고대하고 있는 것은 물론 후회 같은 씁스레한 서툰 요리는 아니다.[37]

> 「가령 자기가 제일 싫어하는 음식물을 상 찌푸리지 않고 먹어보는 거 그래서 거기
> 두 있는 『맛』인 『맛』을 찾아내구야 마는 거, 이게 말하자면 『파라독스』지. ……」[38]

> 끝 빠이. 그대는 이따금 그대가 제일 싫어하는 음식을 탐식하는 아이러니를 실천
> 해 보는 것도 좋을 것 같소. 위트와 파라독스와…….[39]

이 시에서 시적화자가 들어가려고 하는 곳은 '부잣집'이며 그곳에서
'소금'을 얻기를 희망하고 있다. 이것은 영원성의 문학·예술·지고미
(至高美) 등으로 이해할 수 있다. 여기서 '변비증 환자'는 쉽게 배설하
지 못하는 시적자아의 모습을 상징적으로 표현한다. 이상의 글에서 '배
설'과 '발화'는 동일한 상징으로 봐야 한다.[40] 순방향과 역방향이다. 변
비증 또한 위에서 살펴본 '음식'에 연관된 상징적 표현이다. 자신이 소
화시킨 음식을 배설하지 못한다는 것은 곧 쉽게 표현하지 못함, 말하지

---

37 〈불행한 계승〉, 《원본전집 2》, 209쪽.

38 〈단발〉, 《원본전집 2》, 250쪽.

39 〈날개〉, 《원본전집 2》, 318쪽.

40 '소변' 또한 같은 상징적 기호이다. 이상은 오줌을 뜻하는 〈LE URINE〉이라는 시를 발표했
   으며, 또한 '소변'을 반복해 그 연상을 설명하고 있다. "폐속에 펭키칠한 십자가가 날이날마
   다 발돋움을 한다", "폐속엔 요리사 천사가 있어서 때때로 소변을 본단 말이다"(〈객혈의 아
   침〉, 《원본전집 3》, 327쪽) 여기서 요리사 천사의 소변·오줌은 객혈, 곧 피이며, 동시에 이
   상의 글을 상징한다.

못함을 상징하며 이는 곧 시적화자의 땀에 젖은 잔등과 연결된다. 이상의 식욕은 Input, 배설은 Output으로, 그것은 소화에 따른다. 변비증은 순환(feedback)이 제대로 작동되지 않음을 말한다. 다음의 글들은 제대로 발화(發話)되지 않음, 힘듦과 그 표현의 변형을 진술하고 있다.

> 나는 내 언어가 이미 이 황막한 지상에서 탕진된 것을 느끼지 않을 수 없을 만치 정신은 공동이요, 사상은 당장 빈곤하였다. 그러나 나는 이 유구한 세월을 무사히 수면하기 위하여, 내가 몽상하는 정경을 합리화하기 위하여, 입을 다물고 꿀 항아리처럼 잠자코 있을 수는 없는 일이다.[41]

> 복화술이란 결국 언어의 저장창고의 경영일 것이다.[42]

> 다물은입안에그득찬서언이캄캄하다.[43]

따라서 이 시에 드러나는 원·직선·기둥을 단순히 남녀의 성적 상징으로 읽어버린다면, 이상을 이해하기 힘들다. 그의 상징에 따라 의도적으로 변형하였기 때문이다. 그리고 이 시의 시적자아가 들어가고자 하는 마지막 '부잣집'의 표상은 이상의 다른 글에서 그 의미를 찾아볼 수 있다.

> 비밀
>
> 비밀이 없다는 것은 재산 없는 것처럼 가난할 뿐만 아니라 더 불쌍하다. 정치세

---

41 〈동해〉, 《원본전집 2》, 279~280쪽.
42 〈황의기(작품제2번)〉, 《원본전집 3》, 318쪽.
43 〈내부〉, 《원본전집 1》, 90쪽.

계(情痴世界)의 비밀―내가 남에게 간음한 비밀, 남을 내게 간음시킨 비밀, 즉 불의의 양면―이것을 나는 만금(萬金)과 오히려 바꾸리라. 주머니에 푼전이 없을망정 나는 천하를 놀려먹을 수 있는 실력을 가진 큰 부자일 수 있다.[44]

　　부자와 가난에 결부된 '비밀'은 이상의 글에서 반복해서 강조되어 나타나는 단어다. 이상의 비밀, 그 간음한 치정 세계의 비밀은 현실적 간음이 아닌 보들레르의 '매음'(prostitution)에 접목되는 상징이다.[45] 보들레르는 예술·사랑·신을 '매음'이라고 했다. 따라서 이러한 상징을 제대로 읽지 못하면 李箱의 함정에서 헤어 나올 수 없다.

　　사랑. 그것은 매음에의 취향이다. 매음으로 귀결될 수 없는 고상한 쾌락은 존재조차 하지 않는다.

　　예술이란 무엇인가? 매음[46]

　　사랑이란 무엇인가?

---

44 〈19세기식〉, 《원본전집 3》, 182쪽. (강조 인용자)

45 기실 보들레르는 사랑을 "탈아(脫我)의 욕구" 혹은 "매음(賣淫)의 맛"이라 했고 "신은 각 개인에게는 최상의 친구이며 아무리 퍼내도 마를 줄 모르는 사랑의 공동 우물이기 때문에, 최고의 매음자야말로 더할 나위 없는 자, 즉 신이다"라는 경악할 만한 선언을 한 다음, 예술의 본질을 성찰하면서도 "예술이란 무엇인가? 매음"이라고 하는 얼핏보면 역설 같기도 하고 음담패설 같기도 한 예술의 매음론(賣淫論)을 피력하였다. 그러나 보들레르의 이와 같은 추론에는 그 참뜻을 읽어내기만 하면 하등의 모순도 경악도 없다. 우리는 우선 보들레르가 일컫는 '매음'(prostitution)의 의미를 단순히 육체를 사고 팔거나 흥정이 선행되는 성행위로 해석할 게 아니라, 그와 같은 매매행위의 합목적성이 완전히 배제된 이를테면 자아의 순전한 타자에로의 잠입, 혹은 타자의 전적인 자아에로의 흡입, 또는 자아와 타자의 순수한 넘나듦, 즉 자아와 타자가 순수한 상태에서 혼연일체가 되는 교정(交情)의 개념으로 이해해야 한다. 그럴 경우 우리는 보들레르가 주장하는 사랑의, 신의, 예술의 매음론 즉 교정론에 오히려 숭엄한·심미적 철학적 내용이 들어 있음을 시인하게 된다(김기봉, 《프랑스 상징주의와 시인들》, 소나무, 2000, 160~161쪽).

46 보들레르 지음, 이건수 옮김, 《벌거벗은 내마음》, 문학과지성사, 2001, 15쪽.

자신으로부터 탈피하려는 욕구

인간은 무엇인가를 숭배하는 동물이다.

숭배한다는 것은 자신을 희생하고 자신을 파는 것이다.

그러므로 모든 사랑은 매음이다.[47]

인간의 가슴 속에 어쩔 수 없는 프로스티튀숑의 취미, 거기서 고독에 대한 혐오가 생긴다. (……) 인간이 고상하게 〈사랑하려는 욕구〉라고 부르는 것, 그것은 그 고독의 혐오, 외부의 육체속에 그의 자아를 잊고 싶은 욕구를 말한다.

가장 프로스티튀에된 존재, 최고도로 프로스티튀에된 것, 그것은 神이다. 그는 각 개인에게 최고의 친구이니까, 그는 사랑의 무진장하며 공동의 저수지이니까.

그 이루 형용할 수 없는 대향연에 비하면, 그 영혼의 성스런 프로스티튀숑에 비하면, 사람들이 사랑이라고 부르는 것도 아주 외소하고, 몹시 제한되어 있으며, 아주 초라하다. 자기 앞에 나타나는 뜻밖의 사람에게, 지나가는 낯모를 사람에게 시와 자애를 저 자신을 송두리째 내주는 그 영혼의 성스런 프로스티튀숑 말이다.[48]

즉 현실과 이상, △ ▽, 인간과 신, 예술에 대한 李箱의 이야기인 것이다. 그리고 그 비밀로 '천하를 놀려먹을 수 있는 실력을 가진 큰 부자일 수 있다'고 말하고 있다. 실력은 그의 문학이며, 이상의 예술 창조인 것이다. 따라서 이상이 희망한 부잣집은 현실의 물질적 부자

---

47 보들레르, 위의 책, 120쪽.
48 김봉구 지음, 《보들레에르》, 문학과지성사, 2003, 396쪽.

와는 무관하다.

> 나는 비 많이 내리는 나라의 왕같아,
>
> 부자이지만 무력하고 아직 젊지만 늙어버려,[49]

보들레르가 이야기하는 부자 역시 물질적 부자와는 전혀 상관없는 정신적·예술적 부자를 말한다. 이상 또한 자신을 부자로, 가난한 자로, 그리고 노옹으로 표현하곤 했다.

> 주머니에 푼전이 없을망정 나는 천하를 놀려먹을 수 있는 실력을 가진 큰 부자일 수 있다.[50]

> 그때에 나는 과연 한때의 참혹한 걸인이었다. 그러나 오늘까지의 거짓을 버리고 참에서 살아갈 수 있는 '인간'이 되었다 —— [51]

> 나는, 지금 이런 불쌍한 생각도 한다. 그럼 ——
> —— 만이십육세와 삼십개월을 맞이하는 이상선생님이여! 허수아비여!
> 자네는 노옹일세. 무릎이 귀를 넘는 해골일세. 아니, 아니.
> 자네는 자네의 먼 조상일세. 以 上[52]

이 시에서 '가난한' 시적화자는 부잣집으로 '식염'을 얻으러 들어가

---

49 보들레르 지음, 윤영애 옮김, 〈우울〉, 《악의 꽃》, 문학과지성사, 2003, 162쪽.
50 〈19세기식〉, 《원본전집 3》, 182쪽.
51 〈병상이후〉, 《원본전집 3》, 58쪽.
52 〈종생기〉, 《원본전집 2》, 397쪽.

고자 '희망'하고 있다.

> 그것은 「신들」의 영광, 그것은 신비한 곳간,
>
> 그것은 가난한 자의 지갑, 그리고 옛 고향,
>
> 그것은 가보지 못한 「천국」을 향해 열린 회랑![53]

> 그들의 희망은 오직 하나, 기이하고 어두운 「신전」이여!
>
> 그것은 「죽음」이 새로운 태양처럼 떠올라,
>
> 그들 두뇌의 꽃을 활짝 피우게 하리라는 것이다![54]

위 글의 '신전' 또한 이 시의 '백대리석 건축물', '부잣집'이 상징하는 바와 동일하다. 위의 보들레르의 '태양', '두뇌의 꽃'에 대한 상징과 감상은 이상의 글에서 '뇌수에 피는 꽃', '태양의 모형'이 되며, 그것을 사랑하기 위해 가지고 있다고 말한다.

> 그는 생물적 이등차급수(二等差級數)를 운명당하고 있었다. 뇌수에 피는 꽃 그것은 가령 아름답지는 않을 것이라고 하더라도 그에게 있어서 태양의 모형처럼 그는 사랑하기 위해서 그는 가지고 있는 것이었다.[55]

이상은 자신의 사고와 삶을 좌표 위의 직선에 위치하는 운동으로 자주 표현했다. '그'의 '생물적 이등차급수의 운명' 또한 두 개의 등차급수로 상징화된 삶인 두 가지 존재 현실과 이상을 상징하며, 이것은

---

53 보들레르 지음, 윤영애 옮김, 〈가난한자의 죽음〉, 《악의 꽃》, 문학과지성사, 2003, 320쪽.
54 〈예술가의 죽음〉, 위의 책, 321쪽. (강조 인용자)
55 〈얼마 안되는 변해〉, 《원본전집 3》, 292쪽. (강조 인용자)

시 〈공복〉에서 드러난 '+(양)·오른쪽·이상적 삶'으로 향하는 등차급
수와 '-(음)·왼쪽·현실적 삶'으로 향하는 등차급수로 이해할 수 있
다. 그리고 이상은 등차급수에 대하여 다음과 같이 반복한다. 좌표에
서 오른쪽·이상(理想)으로 향하는 진행이다.

> 그것은 마이너스에서 0으로 도달하는 급수운동의 시간적 현상이었다.[56]

현실적 삶 속에서 관념적으로 소유하고 있는 '뇌수에 피는 꽃',
이상적(문학예술) 삶의 사고는 '태양'과 동등한 상징으로 표현되고
있다.

이 시의 마지막에 등장하는 '말하는 사람'과 '변비증 환자'는 동일
인으로 시적화자가 분리된 것으로 이해해야 한다. 이상은 자신에게서
분리된 개체를 만들어 글을 진행시키는 형태를 자주 드러냈는데, 같
은 맥락으로 봐야 할 것이다. "사람은말하였다"의 '사람'은 "저 변비
증환자"에 상대되는 '다른' 사람, 타인이 아닌 위 행의 시적화자에서
분리된 '그림자'로 이해해야 한다. 시적화자 스스로(자신의 분리에 따
른 상대성) 자신을 설명한 것이다. '그림자'는 어둠에서는 발생하지 않
는다. 빛, 태양이 있을 때 비로소 발생한다. 그림자는 빛(태양)을 통해
단일성의 자아가 분리된 것으로 상징된다. 그런데 여기서 그림자는
잔등 전방에 놓여 있다. 그림자는 태양을 향하고 있고 시적화자는 태
양을 등지고 있는 형상으로 그려지고 있다. 이것은 상징적 분리로 보
인다. '그림자'에 대한 설명은 소설 〈불행한 계승〉에 집중적으로 반복
되어 강조되고 있다. 이것은 그가 의도한 암시·노출로 보인다.

---

56 〈무제(2)〉, 《원본전집 3》, 299쪽.

혼자서 못된 짓 하고 싶다. 난 이제 끝내 살아나지 못할 것 같다. 필경 살아나지 못할 테지.

허나 언제나 箱과 꼬옥 같은 모양을 한, 바로 箱 자신이 아니면 아니된다. 그림자보다도 불투명한 한 사나이가 그의 앞에 막아서면서 어정버정하는 것이었다.

그는 그 빛바랜 세피어색 그림자 앞에선 고개를 들지 못한다.

어차피 살아날 수 없는 것이라면, 혼자서 한껏 잔인한 짓을 해보고 싶구나.

……

아니 이거 무슨 물건이 바로 이 내 몸에 달라붙어서 떨어지지 않기 때문이겠지. 요놈을 떼쳐버려야지 ──

그러나 그건 대체 무슨 놈일까.[57]

오늘 밤은 둘이 함께 해야 하나 보다. 그 언짢은 그림자의 사나이와 箱은 한 의자 위에 걸터앉고 이젠 요리(料理)도 아주 한 사람 몫이다.[58]

차라리 이렇게 하자. 저 언짢은 그림자의 사나이가 나중에 무엇이라고 나무라든 아랑곳할 것이 뭐냐.[59]

언짢은 그림자의 사나이는 경악했다. 처음으로, 정녕 처음으로 그의 성난 꼴이 무서웠던 것이다. 위험햇, 뭘하고 있나?[60]

---

57 〈불행한 계승〉, 《원본전집 2》, 208~209쪽. (강조 인용자)
58 〈불행한 계승〉, 《원본전집 2》, 210쪽. (강조 인용자)
59 〈불행한 계승〉, 《원본전집 2》, 212쪽. (강조 인용자)
60 〈불행한 계승〉, 《원본전집 2》, 215쪽. (강조 인용자)

이상의 '그림자'는 니체가 사용한 '그림자'와 동일하게 파악된다. 현실적 자아와 대립적 위치에 있으며, 삶과 대립되는 죽음에 존재하는 자아다. 따라서 이상의 소설 속 '그림자 사나이'는 차라투스트라의 '그림자'로 파악해야 할 것이다.

> 그리고 저 고매한 자가 자신에게 등을 돌릴 때, 그때가 되서야 그는 그 자신의 그림자를 뛰어넘게 될 것이다. 그리고 진정! **자신의** 태양 속으로 뛰어들게 될 것이다.[61]

니체의 글에서 '그'는 자신의 '그림자'를 뛰어넘어 '태양' 속으로 뛰어드는 것으로 설정되는데, 이상의 글에서 '나'는 자신의 '그림자'를 추격하여 앞서지만('뛰어넘다'와 '추격하여' '따라잡아' '앞서다'는 같은 상징이다. 극복 도약으로 읽을 수 있다), 그의 앞에는 달이 있다. 결국 '태양'을 향해 뛰어들 수 없게 된다. 그것은 '태양은 단념한 지상 최후의 비극', 곧 理想(태양)의 단절(상실)로 말미암은 지상의 비극이다. 이는 현실의 삶을 상징한다(현실=달=악). 이것은 앞서 〈이상한가역반응〉의 땀에 젖은 잔등을 비추는 '태양'과 〈월원등일랑〉의 잔등을 비추는 '달'에서 시적화자가 처한 정반대의 상황적 진술에 연동되는 사고이다. 시적화자에게 태양과 달은 동시에 드러나지 않는다. 태양과 달이 동시에 드러날 때 시적화자는 중간적 자아가 된다(태양 理想 陽 善 ← 시적자아 → 달 現實 陰 惡). 따라서 태양과 달에 따른 시적화자의 대응을 생각하여야 한다.

---

61 니체 지음, 정동호 옮김, 〈고매하다는 자에 대하여〉, 《차라투스트라는 이렇게 말했다》, 니체전집 13, 책세상, 197쪽.

$$\begin{array}{ccc} \text{태양} & \leftrightarrow & \text{시적화자} \\ \text{理想} & \leftrightarrow & \text{현실} \\ \text{양} & \leftrightarrow & \text{음} \\ \text{선} & \leftrightarrow & \text{악} \end{array} \qquad \begin{array}{ccc} \text{달} & \leftrightarrow & \text{시적화자} \\ \text{현실} & \leftrightarrow & \text{理想} \\ \text{음} & \leftrightarrow & \text{양} \\ \text{악} & \leftrightarrow & \text{선} \end{array}$$

위와 같이 시적화자는 태양과 대응할 때 현실적 자아가 되며, 달과 대응할 때는 이상적 자아가 된다. 따라서 태양과 달로 말미암아 발생하는 '그림자' 또한 중간적 자아가 된다(실제 그림자는 빛과 물체, 그림자 순으로 생겨난다. 그러나 이상의 진술에서 그림자는 잔등의 전방에 있다. 따라서 이 그림자는 실재와 다른 관념의 그림자이며, 빛과 자신 사이의 객체로 위치가 설정된다. 태양과 달이 비추고 있는 자신과 그림자가 실제와 다른 역방향 배치를 보여준다). 그 그림자를 추격하여 앞선다는 것은 그림자를 뛰어넘어 그림자 발생의 근원인 한쪽 방향—理想(태양) 또는 현실(달)—으로 진행함을 의미한다.

이상한 귀기가 침입하여 들어오는가 싶다. 태양은 단념한 지상 최후의 비극을 나만이 예감할 수가 있을 것 같다.
드디어 나는 내 전방에 질주하는 내 그림자를 추격하여 앞설 수 있었다.
내 앞에 달이 있다. 새로운— 새로운—
불과 같은— 혹은 화려한 홍수 같은—[62]

"나 그 일을 어떻게 생각해야 하나!" 차라투스트라가 말했다. "내가 유령이라도 된다는 말인가?

---

[62] 〈월상〉, 《원본전집 3》, 194쪽. (강조 인용자)

그러나 그것은 나의 그림자였을 것이다. 너희는 분명 나그네와 그 그림자에 대하여 뭔가 들은 것이 있지 않은가?

아무튼 이것만은 확실하니, 나 그 그림자를 단단히 잡아두어야 한다는 것이다. 그렇게 하지 않으면 그가 나의 명성에 흠집을 내고 말 터이니."[63]

제 발로 거렁뱅이가 된 자가 달아나버리고 차라투스트라가 다시 혼자 있게 되자마자 등 뒤에서 "게 섰거라! 차라투스트라여! 기다려라! 오, 차라투스트라여, 나야, 나 그대의 그림자야! 라고 외쳐대는 새로운 목소리가 들렸다.

……

내게 아직 무엇이 남아 있지? 지쳐 있는 그러면서도 뻔뻔스러운 마음, 갈피를 잡지 못하고 있는 의지, 푸드덕거리는 날개, 부러진 척추 정도가 아닌가.

내 고향을 찾아내려는 이 같은 탐색. 오. 차라투스트라여. 그대는 알고 있지 않은가. 이같은 탐색이 **내게는** 재앙이었다는 것과 그것이 지금 나를 탈진시키고 있다는 것을.

'나의 고향은 어디지?' 나 그것을 묻고 있고 찾고 있고, 일찍이 그것을 찾아보기도 했지만 찾아내지는 못했다. 오. 영원히 어디에나 있는, 오, 영원히 그 어디에도 없는, 오, 영원한 허사여!"

그림자는 이렇게 말했고, 그 말에 차라투스트라의 표정은 어두워졌다. 그는 마침내 슬픈 어조로 말했다. "그대는 나의 그림자구나!"[64]

니체가 글에 등장시킨 '그림자'를 이상의 '그림자'와 접목하여 이해

---

63 니체 지음, 정동호 옮김, 〈크나큰 사건에 대하여〉, 《차라투스트라는 이렇게 말했다》, 니체전집 13, 책세상, 224쪽.

64 니체, 〈그림자〉, 위의 책, 450~451쪽.

할 수 있다. 위 글에서 보이듯이 '태양'과 찾고자 하는 '고향'은 이상의 사고로 볼 때 ▽이다. 암흑[現實, △] 속에서 그림자는 존재하지 않는다. 태양[理想, ▽]을 만났을 때 비로소 태어나기 때문이다. 그림자는 현실에 의한 존재이기도 하지만, 빛과 태양에 의한 현실의 투영(반영)이기도 하다. 이 시에서는 현실적이기도 하지만 이상적이기도 하고, 그 양면성을 지닌 중간적·경계적 자아이며, 현실과 이상에 무관심한 관조적·관찰적인 제3자이기도 하다.

앞서 살펴본 바와 같이 이 시는 이상의 상징과 관념, 그리고 기존 문학에 드러나는 상징의 언어 차용을 이루고 있다. 그리고 그것은 이상 사고의 지향점과 글쓰기의 방향을 제시하고 있다. 한편 이 시는 이상이 발표한 최초의 시이다. 시적자아의 지향점은 '태양'('소금', ▽)이 된다. 그러나 이 또한 현실 △에 존재한다. 이러한 이원성을 바탕으로 한 이상 사고의 진행과 변형이 발생된다. 그리고 이상의 초기 형태는 다양하게 변화하지만 기본 형태인 이상 기호공식은 그의 글 마지막까지 이어진다.

+ 부자ㅅ집의 상징성

이상의 시는 일어로 씌어진 작품이 많다. 이 작품 또한 일어로 씌어졌다. 그런데 이상의 시를 해독하는 과정에서 번역의 문제점이 발견된다. 이것은 직역과 의역의 문제이며 또한 이상 시에 대한 번역자의 이해와 감상에 달려 있을 것이다. 이 시에서 번역의 아쉬움이 다소 발견된다.

「저변비증환자는부자ㅅ집으로식염을얻으러들어가고자희망하고있는것이다」

이 대목은 특이하게 기호 ‘「 」’로 강조하고 있다. 여기에서 ‘부잣집’이 부잣집인 까닭은 ‘식염’을 지니고 있기 때문이다. 식염은 현실적·물질적인 부의 가치와는 다른 상징과 가치성을 지닌다. 그런데 이 대목의 번역은 ‘기호’가 강조하는 바를 충분히 드러내지 못했고, 따라서 이 시를 다르게 읽을 가능성을 많이 담고 있다. ‘부자ㅅ집’은 원문으로 ‘金持の家’이다. ‘金’은 이 시의 핵심어이다. 따라서 이 기호는 그대로 살려야 한다. 이것은 시의 흐름상 ‘황금의 집’(금을 가지고 있는 집)으로 번역하는 것이 적절할 듯하다. 이상이 ‘집’이라는 공간 속에 가축이 있으면 축사로 표현한 것처럼,[65] 금을 가지고 있는 집은 ‘황금의 집’이라고 하겠다. 이는 모든 것에서 ‘금’을 추출해내는 연금술사이며 화학자인 보들레르의 집 ‘신전’이며 이상 기호의 상징 ▽, 理想이 된다. 그리고 그것은 소금과 같은 상징이다(식염은 소금으로 번역하는 것이 독자에게 상징의 인지 속도와 기호의 강도 면에서 효과적일 수 있다).

　　황금을 가지고 있는 집 = 소금을 가지고 있는 집

　　빛과 소금, 그리고 금은 태양·신성·영원성·고귀함(Holy)·영광(Glory)을 상징하는 다양한 변형기호이기 때문이다. 이상은 이 상징언어들을 현실 △에 대응되는 理想 ▽으로 규정하고 있다. 이것은 이상이 창조한 그의 언어이다. 상징의 다의성과 모호성 그리고 그 운동(변형)의 진행에서 비롯된 언어 규정성의 부재로 말미암아 통합된 기호화라고 할 것이다.

---

65 “장부라는것은침수된축사와구별될수잇슬는가”(〈오감도 시제5호〉, 《정본전집 01》, 86쪽)

빛	소금	태양	신성	정신	영원	고귀함	영광	신전	→	▽	理想	神	善	陽
↕	↕	↕	↕	↕	↕	↕	↕	↕			↕	↕	↕	↕
어둠	설탕	달	인간성	육체	순간	천함	치욕	축사	→	△	現實	人間	惡	陰

위에서 드러나는 분류 또한 이상 공식과 같다. '소금'은 이상의 기호 ▽과 동일한 상징이며, 소금과 대립하는 '설탕', △, 현실도 이상의 글에 반복되는 상징 언어이다. 이 점을 이해할 때 이상의 사고를 파악할 수 있다. 활동적·동력학적 리듬이다.

검은잉크가 엎질러진 각설탕[66]

설탕과같이청렴한이국정조[67]

정육설탕(각설탕을칭함)[68]

여자의머리는소금으로닦은것이나다름없는것이다.[69]

혈홍(血紅)으로염색된암염(岩鹽)의분쇄[70]

위의 구절처럼 이상의 시에 반복되는 '설탕'과 '소금'(암염)이 상징

---

66 〈AU MAGASIN DE NOUVEAUTES〉, 《정본전집 01》, 68쪽.

67 〈LE URINE〉, 《정본전집 01》, 46쪽.

68 〈선에관한각서 4〉, 《원본전집 1》, 155쪽.

69 〈광녀의 고백〉, 《정본전집 01》, 51쪽.

70 〈오감도 시제7호〉, 《원본전집 1》, 33쪽.

하는 바를 현실과 이상, 삶과 예술, 일시성과 영원성으로 읽을 때 위 시들의 전체적인 해석을 유추할 수 있다. 이 기호들을 단순하게 읽거나 성적 기호로 잘못 해석하면 이상의 함정에 빠지는 결과를 낳는다. 이상이 자신의 기호에 내면과 외면이 확연히 다른 이중적 의미를 부여하고 있기 때문이다.[71] 이것이 이상이 창조한 언어 △, ▽인 것이다. 그리고 이 시의 제목인 '가역반응'에 연결되는 작가가 한 명 더 있다. 김기림이 이상과 같은 선상에서 이야기했던 천재 시인 랭보이다.[72]

> 낡은 시론이 내 언어의 연금술에서 상당 부분을 차지했다.
> 나는 소박한 환각에 익숙해졌다.[73]

이 또한 보들레르의 '화학자'의 '금'으로 이어지는 사고의 흐름과 동일하다. 그가 모든 것에서 추출한 정수도 '금'으로 상징되고 있다.[74] 김기림이 이상을 랭보와 같이 이야기한 까닭이다.

---

71 이상의 기호를 심리학적 상징으로 이해하는 경우가 있는데 이것은 오류이다. 이상은 스스로 심리학을 포기했다고 자신의 글에서 밝히고 있기 때문이다. "심리학을 포기한 나는 기꺼이—나는 종족의 번식을 위해 이 나머지 세포를 써버리고 싶다."(〈황의기(작품제2번)〉, 《원본전집 3》, 320쪽.)

72 김기봉 지음, 〈랭보의 시적 인식〉, 《프랑스 상징주의와 시인들》, 소나무, 2000, 268쪽. 이와 같은 창조적 시어(詩語)의 탁마에 대해 랭보는 '언어의 연금술(alchimie du verbe) — 「착란II」'이라는 용어를 썼다. 주지하다시피 연금술이란 잡석에서 진수(眞髓)로서의 금을 추출해 내는 고도한 신비의 기술로, 이는 물리·화학적인 지식만이 아니라 정신적인 정련(精鍊)까지도 요구하는 일종의 비의술(秘義術)이다. 그러므로 언어를 연금한다는 말은 일상적·산문적이며 전통 인습에 절어 온 잡석—언어를 고도한 지적·정신적 술력(術力)으로 거르고 다듬어 닦아서 독창적·시적이며 전혀 새로운 진정성을 지닌 금—언어로 제련해냄을 뜻한다. 이때의 언어는 이른바 본질로 환원된 의미체라고 할 수 있어서 스스로가 하나의 자율적인 우주를 이루면서 독창적이고 진미(眞味)한 의미체가 된다.

73 랭보 지음, 김현 옮김, 〈헛소리2〉, 《지옥에서 보낸 한 철》, 민음사, 2002, 96쪽. (강조 인용자)

74 주5) 참조.

+ 이상의 설탕

이상은 자신의 글에 강조를 위한 반복을 자주 사용하였는데, 그 의미를 제대로 추적해야 이상의 사고를 파악할 수 있다. 이상이 자신의 글에서 반복하여 언급한 작가 장 콕토의 시 〈희망봉〉의 구절은 이상 사고의 '소금'에 연상되어 작용된 것으로 보인다. 그리고 소금은 보들레르의 '달콤 가득한 과자'와 같은 기호 흐름이다. 이상은 소설에서 '나'는 입을 다물고 꿀항아리처럼 잠자코 있을 수는 없다고 말하며, '날개', '비행기'에 관한 단락을 소설 속에 단독 삽입하고 그것에 대하여 설명하고 있다.

> 나는 내 언어가 이미 이 황막한 지상에서 탕진된 것을 느끼지 않을 수 없을 만치 정신은 공동이요, 사상은 당장 빈곤하였다. 그러나 나는 이 유구한 세월을 무사히 수면하기 위하여, 내가 몽상하는 정경을 합리화하기 위하여, 입을 다물고 꿀항아리처럼 잠자코 있을 수는 없는 일이다.
>
> 「몽고르퓌에 형제가 발명한 경기구가 결과로 보아 공기보다 무거운 비행기의 발달을 훼방놀 것이다. 그와 같이 또 공기보다 무거운 비행기 발명의 힌트의 출발점인 날개가 도리어 현재의 형태를 갖춘 비행기의 발달을 훼방 놓았다고 할 수도 있다. 즉 날개를 펄럭거려서 비행기를 날으게 하려는 노력이야말로 차륜을 발명하는 대신에 말의 보행을 본떠서 자동차를 만들 궁리로 바퀴 대신 기계장치의 네 발이 달린 자동차를 발명했다는 것이나 다름없다」
>
> 억양도 아무 것도 없는 사어(死語)다. 그럴밖에. 이것은 즈앙·꼭또우의 말인 것도. 나는 그러나 내 말로는 그래도 내가 죽을 때까지의 단 하나의 절망 아니 희망을 아마 텐스를 고쳐서 지껄여 버린 기색이 있다.[75]

---

75 〈동해〉, 《원본전집 2》, 279~280쪽.

이상은 위의 글에서 자신은 말하지 않고 가만히 있을 수는 없다고 말한 뒤「」속에 글을 단독 삽입하고 있다. 여기에서는 논리성도 그렇다고 어떤 의미를 찾을 수도 없다. 단지 이 대목을 읽어서 해석할 수 있는 것은 단어의 상징과 연상의 흐름, 즉 그 반복 강조된 '기호'일 뿐이다. (비행기 → 날개 → 비행기 → 날개 → 비행기 → 차륜 → 말 → 자동차 → 자동차) 그리고 그것을 '죽은 언어'[死語]라고 말한다. 위 글은 표면적으로 읽으면 전혀 의미가 없기 때문이다. 이것이 "즈앙·꼭또우"(장 콕토)의 말이고, 희망을 시제(과거, 현재, 미래)를 고쳐서 지껄여버린 기색이 있다고 말하고 있다. 위의 말은 죽은 언어이다. 시제를 고쳐서 지껄여버렸기 때문이다. 죽은 언어에서 살아있는 언어로의 '희망', 이것이 바로 이상이 시제를 바꾸어 지껄여버린 상징이다. 그 내부를 추적하면 비행기·날개·자동차는 이상 기호 ▽을 변형한 것이다. 이것은 아쿠타가와와 연동되기도 하는데(비행기·날개·자동차의 라디에이터 캡의 날개) 여기서 장 콕토를 결부시킬 때 그것은 콕토의 비행 서사시집 〈희망봉〉과 기호의 상징이 이어진다. 이 시집은 콕토가 '비행기'를 타고 곡예비행을 하고 나서 남긴 것으로, 이 시에서 '설탕'을 사용했다. 설탕에 대한 이상 사고 기호의 흐름이 엿보인다. 이상의 숨기기(텐스—시제—를 고쳐 사용함), 연상을 통한 변형이다.

그대는
설탕으로 만든 뭔가 되겠지[76]

이상의 글에서 비행기·날개·하늘은 ▽이다. 그리고 지상, 현실은

---

76 이진성 지음, 〈희망봉〉, 《프랑스 현대시》, 아카넷, 2008, 92 및 94쪽 재인용.

△이다. 콕토가 비행기를 타고 내려다본 세상은 '설탕', 보들레르의 '달콤 가득한' 과자, 현실이 된다.[77] 그 지상—설탕—은 이상의 시에서 이상(理想)·바다—소금—와 대립하는 곳에 위치하고 있다. 그리고 이 바다는 발레리의 〈바다의 묘지〉에서 '철책'[78] 밖의 바다—'철책' 밖의 백대리석 건축물—와 동일한 상징성을 지닌다.

발레리는 그 '바다'(소금)를 '부동의 보물, 미네르바의 조촐한 신전'이라고 말하며 '황금' 지붕을 언급한다.[79] 따라서 이상의 첫 발표작 〈이상한가역반응〉의 백대리석 건축물·소금·황금의 상징은 보들레르, 발레리의 시와 긴밀하게 연상되어 운동하고 있다. 이상이 초기에 설정한 문학적 지향성이다. 이상의 시에 나타난 '바다'(파도) '소금'(땀)은 발레리와 보들레르의 시를 통해서 이해할 수 있다. 예술·이상(理想)·지고미(至高美) 정신의 ▽이다.

> 아니다, 아니다! …… 서라! 연이은 시대 속에서!
> 부숴라, 나의 육체여, 이 생각에 잠긴 형태를!
> 마셔라, 나의 가슴아, 바람의 탄생으로!
> 바다가 뿜어내는 신선한 기운이
> 내게 내 혼을 돌려준다 …… 오, 짭짤한 힘!
> 파도로 달려가자, 거기서 힘차게 용솟음 치러![80]

---

77 보들레르 지음, 윤영애 옮김, 〈목소리〉, 《악의 꽃》, 문학과 지성사, 2003, 376쪽. "두 목소리가 내게 말하고 있었다. 하나는 엉큼하고 확고하게/말하기를, '이 「세상」은 달콤함 가득한 과자 같단다;/나는 변함없는 엄청난 식욕을 네게 줄 수 있다.'"
78 폴 발레리 지음, 박은수 옮김, 〈바다의 묘지〉, 《발레리 선집》, 을유문화사, 1999, 240쪽.
79 폴 발레리, 위의 글, 위의 책, 239쪽.
80 폴 발레리, 위의 글, 위의 책, 244쪽. (강조 인용자)

내 정신, 그대 민첩하게 움직여,

파도 속에서 황홀한 능숙한 헤엄꾼처럼,

말로 다할 수 없이 힘찬 쾌락을 맛보며

깊고깊은 무한을 즐겁게 누비누나[81]

2. 〈破片의景致〉
△은나의AMOUREUSE이다

나는하는수없이울었다

電燈이담배를피웠다
▽은I/W이다
　　×
▽이여! 나는괴롭다

나는遊戱한다
▽의슬립퍼어는菓子와같지아니하다
어떠하게나는울어야할것인가
　　×
쓸쓸한들판을생각하고
쓸쓸한눈나리는날을생각하고
나의皮膚를생각하지아니한다

記憶에對하여나는剛體이다

정말로
「같이노래부르세요」

하면서나의무릎을때렸을터인일에對하여
▽은나의꿈이다

• • •
스틱크! 자네는쓸쓸하며有名하다

어찌할것인가
            ×
마침내▽을埋葬한雪景이었다

1931. 6. 5[82]

(1) 분석

이 시의 제목인 '파편의 경치'는 무엇인가 부서진 조각들의 모습인
데 이 시에서 파편은 이상의 시, 사고를 말한다. 이상은 이 시를 발표
하고 3개월 뒤에 선보인 시에서 다음과 같이 말한다.

> 사고의파편을반추하라. 불연(不然)이라면새로운것은불완전이다, 연상을죽이라,
> 하나를아는자는셋을하는것을하나를아는것의다음으로하는것을그만두어라, 하나
> 를아는것은다음의하나의것을아는것을하는것을있게하라.[83]

위의 시에서 '연상을 죽이라'고 말하고 있다. 이는 연상의 단절을
뜻한다. 그리고 이상의 기호공식으로 볼 때 자신 □(箱)에서 분리된
파편 △과 ▽의 상징적 사고로 이해할 수 있다. 다시 말해 이 시에
서는 초현실과 현실 사이에 놓인 이상의 사고와 감상을 조각내서 분

---

82 〈파편의 경치〉, 《정본전집 01》, 33~34쪽.
83 〈선에관한각서 5〉, 《원본전집 1》, 158쪽. (강조 인용자)

산하였다. 〈오감도 시제11호〉에 나오는 산산이 깨뜨려진 사기컵의
파편과 동일하며, 촉루, 두개골 등으로 이해된다. 부서진(분리, 해
체, 해부, 단절) 상태의 이상의 기호 또는 이상의 시로 봐야 한다. 그
리고 "△은나의AMOUREUSE[84]이다"라고 말하고 있다. 이 시에
서는 △이 연인이다. 그런데 이 시보다 시작(詩作) 시기상 앞선 〈신
경질적으로 비만한 삼각형〉에서는 '▽'이 '나의 연인'이다. 따라서
이상 기호의 △ 여자와 ▽ 남자는 연인 관계이며, 그것은 이상 기호
공식 1의 다른 이름들을 포괄한다. 이 시는 △ 現實과 그의 연인인
▽ 理想의 중간에 위치한 경계적(중간적) 자아의 성향과 진술로 파
악할 수 있다.

　　나는하는수없이울었다

　　전등이담배를피웠다
　　▽은I/W이다

　시의 첫 행에서 시적화자는 운다. 전등과 우는 시적화자는 대립한
다. 전등은 태양, 빛의 대용물이며 전등 = 태양 = 신 = 초현실 = ▽이
된다. 전등과 타는 담배가 동일시되고 있다. 이것을 빛이라는 등가성
에 비추어 볼 때 점점 타들어가며 줄어드는 담배는 빛을 잃어감을 상
징한다. 여기서 이상의 시 가운데 중요한 기호가 '동시'에 두 개 등장
한다. '△' 삼각형과 '▽' 역삼각형은 이상의 시를 이해하는 데 하나
의 열쇠를 제공해 준다. 이상의 시에서 △은 현실, 눈에 보이는 세상

---

84 AMOUREUSE는 연인, 애인, 열애자를 뜻하는 프랑스어이다.

등으로 해석되고 ▽은 초현실, 눈에 보이지 않는 세상, 이상(理想) 등
으로 이해된다.

   ▽이여! 나는괴롭다

나는유희한다
▽의슬립퍼어는과자와같지아니하다
어떠하게나는울어야할것인가

시적화자는 여전히 괴로워하고 있다. 그런데 그가 대화하는 상대
는 '▽'이다. '▽'은 이상의 기호에서 '신'(神)으로 읽는 것이 시의 어
조상 가장 어울린다. 이상의 신은 종교의 대상으로 국한된 고정된 의
미의 신이 아닌 이상 기호의 이상, 선(善) 추구, 예술, 문학, 지고미(至
高美)를 상징한다. 그리고 시적화자는 '유희'한다. 여기서 유희를 '단
순히' 즐겁게 놀며 장난하는 행위로 볼 수도 있지만, 그렇게 해석하면
위의 시적화자가 겪는 괴로움과 다음 행들의 진술이 어울리지 않는
다. 이 대목을 역설로 처리할 수 없는 이유다.
그렇다면 유희를 어떻게 해석해야 하는가? 운동 움직임의 유희[85]
로 보아야 할 것이다. 그리고 이것은 '실내'와 '실외' '유희'로 나누어
지는데, 이상의 사고 현실과 이상의 왕복으로 지구(집, 실내)와 지구
를 이탈한(실외, 날개) 관념적 사고의 이분화를 암시하고 있다. 〈이상
한가역반응〉에서 원내와 원외, 철책 안과 철책 밖으로 구분한 것과
같다. 바로 다음 행의 "슬립퍼어"(실내화)가 실내 유희에 대한 설명을

---

85 유치원이나 초등학교에서 일정한 방법에 따라 행하는 흥미있는 운동으로, 실내 유희와 옥
  외 유희로 나누어진다.

하고 있는 것이다. 그리고 '슬립퍼어와 과자'가 대립하고 있는데, 이에 대한 규정을 통해 이 연과 여기에 연결되는 다른 시들을 이해할 수 있다.

'▽의 슬립퍼어'는 현실에서 벗어날 수 없음을 뜻한다. 신발(슬립퍼어)은 선택이 불가능한 현실의 절대적인 구속이기 때문이다. 곧 발붙이고 사는 현실·지구·땅을 상징한다. 그런데 신발이라는 단어를 쓰지 않고 실내용 신발인 '슬립퍼어'라는 단어를 선택하고 있다.[86] 이상이 현실을 하나의 육면체의 공간, 즉 집과 방으로 축소해서 인식하고 있기 때문이며 〈이상한가역반응〉의 원으로 상징된 원내(실내, 지구)와 연결된다. 앞서 설명한 운동의 '유희'에서 실내유희가 된다. 슬립퍼어를 벗어버리고 실외, 집 밖으로 향하게 되는데 이것은 현실을 벗어남, 이상을 상징한다[이상의 글에서 슬립퍼어를 벗어버리고 신발·구두를 신고 외부 보행을 시작하는 것은 수필 〈구두〉에서 다시 한 번 반복 강조되고 있다. 그리고 보행하는 시적자아는 앞서 살펴본 타원형의 스탠드에서 태양을 향해 출발한 이상아(異狀兒)이며, 태양군의 틈바구니를 쏘다니는 시인[87]으로 반복·강조되고 있다]. 원 내부(현실, 지구)와 원 외부(理想, 태양)로 이원화하는 '슬립퍼어'는 이 시 다음에 이어지는 〈▽의 유희〉에서 다시 한 번 반복·강조되고 있다. 그리고 신발의 상징은 이상의 다른 글에서 동일한 의미를 지닌다.[88]

---

86 슬립퍼어, 즉 실내화는 다다이즘 선언에서 사용되고 있는 단어 상징이다. ; "다다는 실내화도 없고 등위도선(等緯度線)도 없는 삶이다. 그것은 통일성에 대해 찬성도 하고 반대도 하며, 미래에 대해서는 확실히 반대한다."(이진성, 《프랑스 현대시》, 아카넷, 2008, 126쪽) 이상은 작품은 다다이즘의 경향성을 보이고 있다. 그러나 위와 같이 이상은 슬립퍼어를 벗어버리지 못하고 있다. 따라서 다다이즘의 경향을 지니지만 차별성을 드러내고 있다고 볼 수 있다.

87 〈대낮〉, 《정본전집 01》, 75쪽.

88 "脱身. 신발을벗어버린발이虛天에서失足한다."(〈매춘〉, 《원본전집 1》, 87쪽 참조)

　슬립퍼어와 대립하는 '과자'는 현실의 상징물로, 이 시와 함께 발표된 초기작 〈공복〉의 '과자'와 동일하다. 즉 현실적 삶의 욕구, 추구의 상징이다. 슬립퍼어를 벗어버리면 실내에서 벗어나야 하는 것과 달리, 과자가 없어도 아이들은 살 수 있다는 점에서 선택할 수 있는 상징물이다.

　시적화자는 "슬립퍼어는 과자와 같지아니하다"고 이야기하고 있다. 현실(집, 지구, 실내)에서 '과자'—현실의 욕구—를 던져버릴 수 있지만, 슬립퍼어는 벗어버릴 수 없다는 뜻이다. 한마디로 발붙이고 사는 현실을 벗어날 수 없음을 상징적으로 표현하고 있다. 이러한 집(지구) 밖을 향한 현실이탈·초월의 욕구에서 시적화자는 "어떠하게나는울어야할것인가"라고 질문하고 있다.

　이 시의 첫 행에서 "나는하는수없이울었다"고 말하고 있다. 그리고 다시 "어떠하게나는울어야할것인가"라며 반문하고 있다. 이것은 우는 방법조차도 생각할 수 없는 시적자아의 절망과 혼란을 드러내는데 이는 첫 행에서 언급한 울음의 실체에 대한 스스로의 질문인 것이다. 이것은 사람들이 겪는 일반적인 슬픔이나 고통의 울음이 아닌, 이상의 개인적이고 특이한 내면 현실과 이상의 이분화된 사고의 왕복에서 비롯된 울음을 상징한다.

　　▽의슬립퍼어는과자와같지아니하다
　　어떠하게나는울어야할것인가

　이 대목은 이 시의 핵심적 정서라고 해야 할 것이다. 이상의 관념적 '상승'의 추구에서 현실을 벗어날 수 없는 심리적 '전락' 정도로 이해된다. 또한 현실적 삶과 예술적 삶, 현실과 이상의 대립으로도 생각해 볼 수 있다. 이상의 소설 〈12월 12일〉에서 심리상태를 유추할 수 있다.

> 인간 낙선자(落選者)의 힘은 오히려 클 때도 있다. 봄을 보았을 때, 지상에 엉키는 생(生)을 보았을 때, 증대되는 자아 이외(自我以外)의 열락을 보았을 때 찾아오는 자살적 절망에 충돌당하였을 때 그래도 그는 의연히 차라리 더한층 생에 대한 살인적 집착과 살신성인적(殺身成仁的) 애(愛)를 지불키 용감하였다. 봄을 아니 볼 수 없이 볼 수밖에 없었을 때 그는 자신을 혜성(彗星)이라 생각하여도 보았다. 그러나 그가 혜성이기에는 너무나 광채가 없었고 너무나 무능하였다. 다시 한번 자신을 일평범 이하의 인간에 내려뜨려 보았을 때 그가 그렇기에는 너무나 열락과 안정이 없었다. 이 중간적(실로 아무것도 아닌) 불만은 더우기나 그를 광란에 가깝게 심술 내이도록 하는 것이었다.[89]

> 쓸쓸한들판을생각하고
> 쓸쓸한눈나리는날을생각하고
> 나의피부를생각하지아니한다

'쓸쓸한 들판', '쓸쓸한 눈나리는 날'은 시 〈공복〉의 추위와 고독의 관념이며 1930년대 시대성의 상징으로 읽을 수 있다. 그리고 '나의 피부'는 자신의 육체, 곧 현실적 자아를 상징한다. 〈이상한가역반응〉에서 나온 육체의 처분법과 연결되는 감상이다. 따라서 시적화자는 현실을 벗어나 이상을 지향하고 있음을 알 수 있다.

---

89 〈12월 12일〉, 《원본전집 2》, 100쪽.

기억에대하여나는강체이다

정말로
「같이노래부르세요」
하면서나의무릎을때렸을터인일에대하여
▽은나의꿈이다

. . .
스틱크! 자네는쓸쓸하며유명하다

어찌할것인가

　기억이 강체(어떠한 힘을 받아도 체적과 모양이 변하지 않는다고 가상한 물체, 영원한 절대적인 물체)라고 말한다. 그것은 기억의 반추로 이어지며, 이상이 자아를 이원적으로 분리하여 인식한 사고의 시발점에 대한 상징적 회상으로 보인다. 그리고 그것은 '노래'를 목적으로 한 ▽과의 만남으로 상징화하고 있다. 이 만남은 실제로 존재하는 외형적 대상을 지시하는 것이 아니다. 내면의 분할(자각)에 따른 상징적 표현이다. 즉 이상적 자아 ▽과 그 연인인 현실적 자아 △의 만남을 뜻한다. 그리고 현실과 이상의 만남이며 현실적 삶에서 문학예술과의 만남으로 이해할 수 있다. 그 만남을 '노래'라고 하면서 '▽'은 '나의 꿈'이라고 이야기하고 있다. 여기서 ▽은 현실을 벗어난 문학예술로 이해된다. 또 시적화자의 시선이 지향하는 곳이기도 하다.
　"스틱크"는 ▽과 동일시되는데, 쓸쓸하며 유명하다고 진술하고 있다. 스틱크(지팡이)는 현실의 사람을 지탱해 주는 지지대다. 즉 불완전한 사람을 설 수 있고 걸을 수 있게 해 준다. '스틱크는 쓸쓸하며 유명하다'는 진술은 모순이며 그것에 대하여 "어찌할것인가"라고 스스로 자문하고 있는데 그것은 시적화자의 꿈, '▽', 문학, 이상, 초현실, 예술에 대한 스스로의 갈등이자 상념이라 생각한다.

마침내▽을매장한설경이었다

'▽을 매장한 설경'이 드러난다. '눈'은 시대적 상황이며 이로 말미암아 ▽은 매장된다. 시적화자의 문학과 예술에 대한 상징적 진술로 보아야 할 것이다. 이 구절은 시적화자의 꿈, '▽', 이상, 선(善), 문학, 예술이 세상에 드러나지 못하고 매장당함을 상징하고 있다. 여기서 매장은 이상의 글, 시(노래)를 땅속에 묻음을 뜻한다. 이상이 자신의 글과 사고를 숨겼다는 뜻이다. 그리고 이 단어는 '어떤 사람'을 사회적으로 활동하지 못하게 하거나 용납하지 못하게 함을 비유적으로 이르기도 한다. 현실의 제약이다. 이 두 가지로 이해하는 것 모두 이상의 글과 그의 삶과 시대에 적용할 수 있다. 이상의 글은 시대적 상황이 척박하지 않았다면 변형을 반복하며 그렇게까지 난해함으로만 무장하지는 않았을 것이며 이상이 끝까지 침묵으로 일관하지는 않았을 것이다. 이것이 이상의 울음이며 그의 괴로움 가운데 하나로 보인다.

(2) 설명

이 시에서 가장 주목할 만한 것은 '△' 삼각형과 '▽' 역삼각형, 그리고 '나'가 동시에 등장한다는 점이다. 이상의 역삼각형은 〈이상한 가역반응〉, 〈파편의 경치〉, 〈▽의 유희〉 등을 통해 이해할 수 있다. 이 시를 이해하는 데에는 여러 방법이 있겠으나 ▽을 초현실의 이상

(李箱), 초현실의 세계, 신(神), 문학, 예술 등으로 이해함이 타당하다. △은 현실적 자아, 일반적 삶으로 대응된다. 그리고 '나'는 △, ▽ 그리고 그 중간적 존재로 이해해야 한다. 이러한 표현은 이상의 시에서 자주 등장하는데, 이 시도 이상의 기호 △, ▽을 기본으로 한다.[90]

△   +   ▽   =   □

현실	理想	전체
인간	신	
악	선	
이탈	동경	
추락	상승	

시는—활자 기호의 시각적 효과를 드러낸 구체시 형태가 있기는 하지만—그림이 아니다. 시는 낭송될 수 있어야 한다. 시는 격정을 드러내며 운율과 호흡한다. 시는 노래다. 그리고 사고·감상으로 전달될 수 있어야 한다. 그러나 이 시는 쉽게 낭송할 수 없다. 왜냐하면 기호가 등장하기 때문이며 그 기호를 언어로 규정하기 난해하기 때문이다. 그렇다고 기호 자체를 '삼각형', '역삼각형'이라고 읽게 되면 상당한 거리감을 갖게 되며 기호가 상징하는 바에서 완전히 벗어나게 된다. 따라서 이 기호는 '신'(神)으로 읽어야 할 것이다.

이상의 사고는 이원성의 대립을 기본으로 하고 있다. 이상의 신은

---

90 이상의 시에서 도형이 처음으로 등장하는 것은 시간상으로 1931년 6월 1일에 쓴 〈신경질적으로 비만한 삼각형〉의 '▽'이다. 그리고 〈이상한가역반응〉과 그 밖의 다섯 편은 시작(詩作) 날짜가 1931년 6월 5일로 되어 있다. 따라서 이것으로 이상의 도형에 관한 상징의 규정은 〈신경질적으로 비만한 삼각형〉에서 이미 시작되어 그것이 진행되었다는 것을 알 수 있다. 그리고 그 형태는 〈선에관한각서〉에서 확정적으로 규정을 한다.

종교적 대상이 아니며 예술, 理想, 순수, 선, 동경, 영원, 절대의 대표어로 이해되어야 한다. 그리고 이 시의 화자는 현실과 이상 사이에 갈등하는 중간적 자아 또는 연인 △ 현실과 결합된 ▽ 이상적 자아로 이해할 수 있다. 이상은 자신 箱, □을 분리하여 △과 ▽을 이야기하고 있는데, 이것 또한 자신에서 이원화된 現實과 理想의 자신이기 때문이다. 따라서 □이 분리된 △, ▽을 '파편의 경치'로 이해할 수 있다. 이것은 이상의 시에 등장하는 기독교적 내용의 인용[91]과 그 상징인 '빛', '태양'과 이 '전등'이 뒤에 이어지는 시 〈▽의 유희〉의 '삼등태양'과 의미상으로 관련되기 때문이다.[92]

> 가브리엘 천사균   (내가 가장 불세출의 그리스도라 치고)
> 이 살균제는 마침내 폐결핵의 혈담이었다(고?)
>
> 폐속 펭키칠한 십자가가 날이날마다 발돋움을 한다
> 폐속엔 요리사 천사가 있어서 때때로 소변을 본단 말이다
> 나에 대해 달력의 숫자는 차츰차츰 줄어든다[93]
>
> 힌뻥끼로칠한십자가에서내가점점키가커진다. 성피―타―군이나에게세번씩이나알
> 지못한다고그린다 순간 닭이활개를친다……[94]

---

91 "나기양은 웃었다. 그건 箱의 수다에 언제나 번쩍이는, 더럽게 기독교 냄새만 나는 사고방식을 슬쩍 조소한 것일까. 어떻든 그는 벼란간 아연해지고 말았다."(〈불행한 계승〉, 《원본 전집 2》, 210~211쪽 참조)
92 전등의 상징성은 초기 시 여섯 편의 설정으로 보아야 한다. 그것은 방 안의 태양이고 理想이며 시 여섯 편에 그 연결성이 지속된다.
93 〈객혈의 아침〉, 《정본전집 01》, 194쪽.
94 〈내과〉, 《정본전집 01》, 145쪽.

이상은 시에서 자신을 그리스도에 비유하곤 했는데 이것은 앞에서 말했듯이 이상의 현실과 대응되는 이상적 세계의 상징으로 이해해야 한다. W는 「건축무한육면각체」에서 드러나듯이 이상의 기호에서 △, 陰이며 현실적 세계를 상징한다. "1/W"를 분수로 이해하면 현실 속에 존재하는 '하나'가 된다. 즉 기독교의 유일신 하나님을 이상의 기호로 독특하게 표현한 것으로 보인다. '과자'는 아이들이 좋아하는 것, 즉 현실적 삶의 추구물이자 기호물이다. 이것은 또 다시 시 〈공복〉에서 반복되는 이상의 상징이다. 그 의미는 보들레르의 시에서 연결의 흔적을 찾을 수 있다.

> 두 목소리가 내게 말하고 있었다. 하나는 엉큼하고 확고하게
>
> 말하기를, "이 「세상」은 달콤함 가득한 과자 같단다;
>
> 나는 변함없는 엄청난 식욕을 네게 줄 수 있다.
>
> (그러면 네 쾌락은 끝이 없겠지!)"
>
> 또 하나는 "오너라! 오! 꿈속으로 여행하러 오너라,
>
> 가능한 것을 넘어서, 알려진 것을 넘어서!"[95]

위의 시에서도 현실적 삶의 욕망, 쾌락을 상징하는 '과자'와, 그것과 대립되는 '꿈'이 두 목소리로 대표되고 있는데 이 또한 이상의 시에 등장하는 이원성이며, 이 시에서도 '과자'(△)와 '꿈'(▽)—"▽은 나의꿈이다"—이 現實과 理想으로 대응하며 드러난다('과자'는 보들레르의 상징적 언어이며 달콤한 설탕과 동일하다). 이 시의 주된 정서는

---

[95] 보들레르 지음, 윤영애 옮김, 〈목소리〉, 《악의 꽃》, 문학과지성사, 2003, 376쪽. 이상의 '과자'는 다른 시 〈광녀의 고백〉, 〈흥행물천사〉와 수필 〈슬픈 이야기〉에서 여자(현실적 자아)가 좋아하는 '초콜레이트'로 변형되어 반복된다.

슬픔과 절망이다. 시적화자의 괴로움과 고통, 우는 방법조차 모르는 슬픔은 현실의 욕구 '과자'는 포기할 수 있지만 땅을 디디고 있는 삶의 현실(지구 → 집 → 방 → 실내 유희 – 실내화)인 슬립퍼어는 결코 벗어버릴 수 없음을 이야기하고 있다. 슬립퍼어를 벗어버리는 것은 상승이며 날개의 비상이지만 현실적 자아의 죽음이기도 하기 때문이다. 이러한 심리 상태의 갈등과 모순의 사고를 "어떻게나는울어야할것인가"라고 진술·강조하고 있다. 이 대목은 소설 〈12월 12일〉의 "죽지 못하는 실망과 살지 못하는 복수"라는 심리로 이해된다.

「나의 지난 날의 일은 말갛게 잊어 주어야 하겠다. 나조차도 그것을 잊으려 하는 것이니 자살(自殺)은 몇 번이나 나를 찾아왔다. 그러나 나는 죽을 수 없었다.

나는 얼마 동안 자그마한 광명을 다시금 볼 수 있었다. 그러나 그것도 전연 얼마 동안에 지나지 아니하였다. 그러나 또 한번 나에게 자살이 찾아왔을 때에 나는 내가 여전히 죽을 수 없는 것을 잘 알면서도 참으로 죽을 것을 몇 번이나 생각하였다. 그만큼 이번에 나를 찾아온 자살은 나에게 있어 본질적(本質的)이요, 치명적(致命的)이었기 때문이다.　　　　*줄타기하는 광대

나는 전연 실망 가운데 있다. 지금에 나의 이 무서운 생활이 노[繩] 위에 선 도승사(渡繩師)*의 모양과 같이 나를 지지하고 있다.

모든 것이 다 하나도 무섭지 아니한 것이 없다. 그 가운데에도 이 「죽을 수도 없는 실망」은 가장 큰 좌표에 있을 것이다.

나에게, 나의 일생에 다시 없는 행운이 돌아올 수만 있다 하면 내가 자살할 수 있을 때도 있을 것이다. 그 순간까지는 나는 죽지 못하는 실망과 살지 못하는 복수(復讐)—이 속에서 호흡을 계속할 것이다.

나는 지금 희망한다. 그것은 살겠다는 희망도 죽겠다는 희망도 아무것도 아니다.

다만 이 무서운 기록을 다써서 마치기 전에는 나의 그 최후에 내가 차지할 행운

은 찾아와 주지 말았으면 하는 것이다. 무서운 기록이다.

펜은 나의 최후의 칼이다. 一九三〇.四.二十六 於 義州通工事場

(李　〇)」[96]

이 시의 첫 행에서 시적화자는 '하는 수 없이 울었다'고 진술한다. 그 울음이 현실적 고통이나 슬픔의 울음이라면, 두 번째의 '울음'은 첫 행의 그것과는 전혀 다른 의미를 지닌다. 단순히 표현할 수 없고 규정할 수 없는, 현실을 벗어나 더욱더 심화되고 철저하게 내면화된 울음이라고 할 것이다. 그러한 상태에서 그가 지향한 것은 理想이며 꿈, ▽이다. 그러나 그는 현실 △에 존재하고 있는 것이다.

스틱크는 지팡이며 ▽으로 이해할 수 있다. 그것은 시적화자의 꿈이다.

　　▽은나의꿈이다

스틱크는 불완전한 절름발이가 의지할 수 있는 산책(산보)의 도구를 상징한다. 스틱크는 理想·▽이며 펜(Pen, 문학)이다(stick: 막대기, 지팡이, 연필, 만년필). 위에서 살펴본 이상의 첫 소설 〈12월 12일〉에서 그 연상의 흐름을 추적할 수 있다.

　　펜은 나의 최후의 칼이다.[97]

이상은 자신의 펜이 최후의 칼이라고 이야기한다. 칼의 운동성은

---

96 〈12월 12일〉, 《원본전집 2》, 68쪽. (강조 인용자)
97 〈12월 12일〉, 《원본전집 2》, 68쪽.

아쿠타가와의 상징 흐름과 동일하다.

> 그는 펜을 잡은 손을 떨기 시작했다. 그뿐만 아니라 침도 흘렸다. 그의 머리는 수면제를 복용하고 깨어난 순간말고는 한번도 맑았던 적이 없었다. 더욱이 그 때에도 머리가 맑았던 순간은 반시간이나 한 시간에 불과했다. 그는 단지 암흑 속에서 하루살이처럼 생활하고 있었다. 이가 빠진 무딘 칼을 지팡이로 삼고서.(1927)[98]

위의 글에서 아쿠타가와의 펜은 칼이 되며 그 무뎌진 칼(글)이 자신을 지탱해 주는 지팡이가 된다. (펜 → 칼 → 지팡이) 이러한 연상의 움직임은 펜[文]은 칼[武]보다 강하다(The pen is mightier than the sword)는 경구로 이어진다. 이것이 아쿠타가와의 '패배'에 대한 사고이다. 이가 빠진 무딘 칼은 날카로움이 사라진 펜과 글, 곧 작가적 회의·매너리즘·문학적 한계에 대한 스스로의 자조적 사고로 보인다. 이러한 상징적 움직임은 이상에게도 그대로 적용되는데, 지팡이의 상징성은 이상의 글에 등장하는 절름발이의 상징성과 결합하여 하나가 된다. 그것은 현실적 삶의 부적응과 이를 지탱해 주는 예술로 이상(理想)의 합이자 전체이다. 그리고 이것은 보들레르의 상징 기호 '바쿠스의 지팡이'로 읽을 수 있다. 보들레르의 지팡이 또한 지면을 산책하는 펜이며 그의 사고가 '꽃'[金] 피우는 글, 언어기호의 주체로 볼 수 있다.

---

98 아쿠타가와 류노스케 지음, 노재명 옮김, 〈어느 바보의 일생〉, 《월식》, 하늘연못, 2005, 338쪽. (강조 인용자)

지팡이, 그것은 그대의 곧고 단단한 흔들리지 않는 의지요, 꽃들, 그것은 그대의
의지 주위를 감고 움직이는 그대의 환상의 산책이다[99]

그리고 이 시에서 '▽'은 '스틱크'인데 이 시에 이어지는 〈▽의 유
희〉에서는 '▽'을 '뱀'이라고 반복한다. 이것이 이상 기호의 운동성
(연상)을 증명한다. 결국 ▽은 스틱크이면서 뱀이 된다. [▽ → 스틱크
(펜, 칼, 글) → 뱀]
이러한 비유와 상징의 경향성은 발레리의 시에서도 찾아볼 수 있다.

가라! 천진한 너의 떨거지는 이제 내겐 소용없다.
정든 뱀아 …… 나는 나를 얼싸안는다, 눈에 어지러운 존재여!
……

탐욕스러운 혼은 반쯤 열려, 불의 문턱에서
몸을 비꼬는 괴물에 감동되고 ……
그러나 네가 아무리 변덕스럽고 날쌔어 보이더라도,
파충류, 오, 애무가 온몸을 감도는 살아 있는 굴곡이여,
이토록 다급한 초조와 이토록 육중한 지겨움이여,
영원한 길이의 내 밤 곁에서, 너는 도대체 무엇이냐?
너는 내 아름다운 게으름이 잠자는 것을 지켜보고 있었고……
그러나 오, 바커스의 지팡이여, 나는 위험들을 지니고도,
그 위험들보다 더욱 변덕 많고 부실한 나는 지성,
나를 피해 가라! 어둠의 귀로의 끈적끈적한 줄을 다시 끌고 가라!
네 미련스런 춤들을 위해 감은 눈들을 찾으러 가라.[100]

99 보들레르 지음, 윤영애 옮김, 〈바쿠스의 지팡이〉, 《파리의 우울》, 민음사, 2008, 203쪽.
100 발레리 지음, 박은수 옮김, 〈젊은 파르크〉, 《발레리 선집》, 을유문화사, 1999, 203~204
쪽. (강조 인용자)

위 시에서도 바커스의 지팡이(보들레르의 '바쿠스의 지팡이')가 뱀으로 비유되고 있다.[101]

지팡이와 뱀은 동일시되는데 이것은 성경에서 모세와 신의 만남에 등장하는 지팡이가 뱀이 되고, 뱀이 지팡이가 되는 데서 유추한 것으로 보인다. 여기에 기독교적 경향이 보이는데 이로써 인간적 사고와 삶에 대립되는 신의 상대적인 영원성·절대성과 그 연결성이 나타난다. 따라서 ▽ → 지팡이 → 뱀의 흐름에서 '▽'은 神·理想이 된다. 그리고 위 발레리의 시에서 등장하는 '춤'은 〈▽의 유희〉에서 '▽'이 '뱀'이 되어 '춤'을 추는 것과 연결된다. 펜이 지면을 '산책'하며 흔들리면서 만들어내는 기호 문자들이 '뱀의 춤'이 된다. 그리고 그것이 발레리의 '뱀의 끈적끈적한 줄'이며 스스로 자조하는 '미련스런 춤들', 곧 '글'이 된다.

"▽을매장한설경"은 현실에 대한 절망의 표현이다. 이 시는 이상의 기호에 근거했으며, 시적화자는 ▽에 대하여 괴로움과 고통을 호소하며 현실에 대한 불안과 절망을 진술하고 있다. 그것은 시적화자의 '꿈'이다. 그리고 '▽은 1/W이다'는 현실 속의 유일함, 즉 신으로 읽을 수 있다.

---

101 뱀을 남성의 상징적 의미로 단순하게 읽는다면 이 시를 제대로 이해하기는 힘들다.
102 보들레르 지음, 윤영애 옮김, 〈바쿠스의 지팡이〉, 《파리의 우울》, 민음사, 2008, 202쪽.

이와 같이 이상의 도형 언어는 하나의 고정된 기표나 기의로 고정되지 않는다. 그것은 계속 움직이며 변화하기 때문이다. 따라서 사전적 또는 일반적 상징에 따른 고착된 해석과 단순화된 연상은 이상을 이해하기 힘들게 만든다. 이 시는 이상 스스로의 대화이며, 그 대화는 자신의 분리된 관념적 상징 △ ▽에 따르고 있다. 이 시에는 이상의 감정이 상당히 많이 노출되어 그의 심리와 관념을 엿볼 수 있다. 그리고 그러한 사고는 그의 시에 지속적으로 이어진다. 따라서 이 시의 의의는 크다고 할 수 있다.

3. 〈▽의 遊戱〉

△은나의AMOUREUSE이다

종이로만든배암을종이로만든배암이라고하면
▽은배암이다

▽은춤을추었다

▽의웃음을웃는것은破格이어서우스웠다

슬립퍼어가땅에서떨어지지아니하는것은너무나소름끼치는일이다
▽의눈은冬眼이다
▽은電燈을三等太陽인줄안다
　　　　×
▽은어디로갔느냐

여기는굴뚝꼭대기냐

나의呼吸은平常的이다
그러한데탕그스텐은무엇이냐
(그무엇도아니다)
屈曲한直線
그것은白金과反射係數가相互同等하다

▽은테이블밑에숨었느냐
        ×

1

2

3

3은公倍數의征伐로向하였다
電報는아직오지아니하였다

1931. 6. 5[103]

(1) 분석

이 시에서도 현실 △은 amoureuse(애인, 연인)이다. 분리된 두 자아
와 그 세계관을 보여준다. 이 시의 제목 '▽의 유희'는 초현실의 이상
의 유희, '신(神)의 유희'로 읽을 수 있다. 그리고 이 시는 앞의 시 〈파
편의 경치〉의 영향을 그대로 이어가고 있다. 〈파편의 경치〉에서 "나
는유희한다"가 시적화자의 집 내부이자 현실 △의 실내 유희를 뜻한
다면, 이 시에서 '▽의 유희'는 집 밖인 초현실의 유희로 대응된다. 왜
냐하면 〈파편의 경치〉에서 '나'는 ▽에 대하여 진술하면서 유희가 '슬
립퍼어'에 의한 것임을 밝히고 있기 때문이다. 즉 시적자아는 현실에

---

103 〈▽의 유희〉,《정본전집 01》, 35~36쪽.

구속된 자아인 것이다. 그것으로 말미암아 '▽을 매장한다.'

　　종이로만든배암을종이로만든배암이라고하면
　　▽은배암이다

　여기서 종이는 평면으로, 이상이 입체(현실)를 평면화하는 작업공
간이다(이것은 미술의 캔버스와 동일하며 결국 그림=글이 된다). ▽과 배
암이 동일시된다. 이상의 시에 등장하는 뱀 또한 실제의 뱀이 아닌 이
상이 자신의 지면, 평면 위에서 기호(문자)로 만들어낸 상징으로 이해
해야 한다. 이 시는 ×를 기준으로 세 부분으로 나눌 수 있는데 그것
에 맞추어 이해해야 할 것이다.

　　▽은춤을추었다

　　▽의웃음을웃는것은파격이어서우스웠다

　▽이 춤을 추고 ▽의 웃음을 웃는 것은 뱀(신)의 춤[104]과 웃음을 뜻
한다. 그것은 현실에 존재하지 않는 '춤'과 '웃음'을 상징하며 현실의
삶을 벗어난 이상적 자아의 사고와 감상이다. 이상의 초현실적 세계
관·예술·문학으로 이해할 수 있다.

　　슬립퍼어가땅에서떨어지지아니하는것은너무나소름끼치는일이다
　　▽의눈은동안(冬眼)이다

104　원문 '踊' —뛰다, 도약하다, 춤추다—은 이상의 이중 언어로 읽을 수 있다.

▽은전등을삼등태양인줄안다

　여기에 〈파편의 경치〉에서 등장했던 '슬립퍼어'가 다시 반복 강조
되면서 이에 대한 구체적 설명을 드러내고 있다. 의식과 사고는 현실
(집)을 벗어나 집 밖에서 유희하고 있지만, 자신의 발(육체)은 현실에
서 벗어날 수 없음을 '슬립퍼어가 땅에서 떨어지지 아니하는 것은 너
무 소름끼치는 일이다'라고 빗대어 설명하고 있다. 이상적 자아가 절
대로 현실을 벗어날 수 없음을 의미한다. 현실적 자아, 육체적 자아가
존재함으로써 초현실의 자아가 존재하기 때문이다.

　슬립퍼어가 땅에서 떨어지지 않는다. 그러나 밖으로 나가려면 슬
립퍼어가 땅에서 떨어져야 한다. 왜냐하면 외부에서는 '발'은 필요
없고 '날개'가 필요하기 때문이다. 결국 외부로 나가는 행위는 '발'
이 아닌 '날개'에 의지한다는 상징적 의미를 내포한다. 이는 시 〈AU
MAGASIN DE NOUVEAUTES〉와 〈매춘〉에서도 반복·강조되고
있다. 승천(▽, 理想)의 의지와 실행, 그리고 추락(△, 현실)을 상징하
고 있다.

　"冬眼"은 겨울 눈, 차가운 눈, 냉정한 눈, 냉소적인 눈 곧 초현실적
자아의 시선과 사고를 의미하는데 전등(〈파편의 경치〉의 담배와 동일시
되는 전등을 말한다) 또한 소멸되어 가는 삼등태양으로 이야기하고 있
다. 이상적 세계에 대한 소진·소멸을 상징한다고 볼 수 있다.

▽은어디로갔느냐

여기는굴뚝꼭대기냐

전등과 태양이 소멸되어 사라져간다. 그리고 시적화자는 ▽을 찾고 있다. 그리고 굴뚝 꼭대기로 자리를 옮기는데 굴뚝 꼭대기는 집이다. 이것은 외부(집 밖)를 향한 유희임을 다시 한 번 밝히고 있다. 굴뚝 꼭대기는 집 내부도 아니고 집 외부도 아닌 내부와 외부의 경계에서 벗어나기 힘든 '철책'이기도 하다. 이것은 집(지구)에서 가장 높은 곳으로 〈AU MAGASIN DE NOUVEAUTES〉의 '옥상정원'과 동일한 상징성을 갖는다. 또한 태양과 가장 가까운 거리라는 의미를 갖는다.[105]

　　나의호흡은평상적이다
　　그러한데탕그스텐은무엇이냐
　　(그무엇도아니다)

이 구절에서는 굴뚝 꼭대기에서 시적화자가 현실을 이탈할 때 느끼는 평상적 심리 안정을 이야기하고 있다. 굴뚝 꼭대기에서 태양을 향한 시선은 태양이 축소된 '전등'에서 연상된 그 근원·핵심으로, 탕그스텐을 전등의 필라멘트로 이해할 수 있다. 사고의 흐름이며 연상의 자동기술법으로 이해할 수 있다.

　　굴곡한직선
　　그것은백금과반사계수가상호동등하다

　　▽은테이블밑에숨었느냐

---

105 초기 이상의 시에서 시적화자는 집(현실)을 이탈하지 못하고 있다. 시적화자가 집―지구― 을 실질적으로 이탈하는 것은 「건축무한육면각체」에서 지구의를 통해 지구를 조망하는 시적화자로 상징화되고 있다.

⟨AU MAGASIN DE NOUVEAUTES⟩에서도 반복되듯이 이상의 사고에서 곡선과 직선은 동일하다. '굴곡한 직선'은 두 가지로 연상이 가능하다. 하나는 전등의 필라멘트에 대한 직선과 곡선이 동일함으로 볼 수 있다.[106] 다른 하나는 ⟨파편의 경치⟩의 지팡이(직선 기둥과 곡선 손잡이가 혼합된 형태)로 이해 가능하다.[107] 따라서 전등의 필라멘트와 지팡이, 펜은 백금 · ▽과 반사계수가 동등해진다. 동일한 상징성을 띠기 때문이다. '백금'은 집의 가장 높은 곳에서 바라본 태양[108]을 상징하며 '빛'이라는 동일성에 대한 사고이다. 또한 굴뚝 꼭대기에서 태양을 향한 시선과 사고이다. 여기서 '백색'은 ⟨이상한가역반응⟩의 "백대리석건축물"과 같은 색감으로 동일한 상징성을 지닌다. 그리고 "▽이테이블밑에숨었느냐"고 묻고 있다. 시적화자는 ▽(신)이 어디로 갔는지 찾지만 집 안에서는 찾지 못하고 집 밖으로 나가 굴뚝 꼭대기로 자리를 옮긴다. 그곳은 태양을 가장 가까이 볼 수 있는 장소다. 그러나 여전히 ▽이 보이지 않고 시적화자는 다시 ▽을 찾는다.[109]

이 시의 시적자아는 유희하고 있다. 현실(실내)과 초현실(실외)을 오가며 움직이고 있는 것이다. 이것은 ⟨AU MAGASIN DE NOUVEAUTES⟩의 시적자아가 지구 밖과 지구 내부를 왕복하는 것과 같은 형태이다. 이것이 가능한 이유는 ▽이 현실을 벗어난 지구 밖 태양의 위치와 동일하기 때문이다.

---

106 필라멘트는 나선형으로 감겨있는 선의 형태인데 그것은 직선으로 보이지만 실상은 곡선이다. 그 동일성으로 말한다.

107 초기 시 여섯 편의 기호는 상호 교차한다.

108 하얀 태양: 이상의 사고에서 하얀색은 ▽이다. 음양의 흑백에서 백이다. 이 시에서 시적화자의 실외 유희는 태양을 향한 시선이기 때문이다.

109 이것은 집안(현실)에서 ▽을 찾고 있음을 상징한다.

1

2

3

3은공배수의정벌로향하였다.

전보는아직오지아니하였다.

숫자 1·2·3이 등장하는데 이러한 숫자의 진행은 이상의 시에서 반복된다.[110] 이것은 다음과 같이 이해할 수 있다.

1 = 1　　일차원　점

2 = 1+1　　이차원　선　　　　　　＝　△

3 = 1+1+1　　삼차원　면

숫자 1·2·3은 이상의 〈선에관한각서〉 일곱 편에서 드러난 형태로 볼 때 위처럼 이해해도 무리가 없다고 생각한다. 이상 글의 특징 가운데 하나는 도식화이다. 이상은 하나의 세계·현실·지구를 원으로, 사각형으로 규정했다. 그렇지만 다양한 도형 형태라고 해도 무방하다. 왜냐하면 직선과 곡선은 이상의 사고에서 동일하기 때문이다. 원에서 수천 개의 변을 가진 다각형까지 모두 이상의 사고에서 동일하다. 그리고 그 모든 도형은 삼각형으로 분할된다. 따라서 다양한 도

---

110 〈이인……1……〉, 〈이인 ……2……〉, 〈신경질적으로비만한3각형〉에서 1 → 2 → 3의 형태가 보인다.

형으로 상징화된 현실의 모든 것은 삼각형이라는 기본 도형으로 분할된다. 결국 모든 도형은 삼각형을 포함하고 있는 것이다. 이 삼각형이 이상의 기호 △과 동일하며, 곧 현실을 상징한다. 그리고 음(陰)이며 악(惡)이다. 따라서 3의 공배수의 정벌은 전쟁,[111] 곧 현실의 정벌을 상징한다. ▽이 어디로 갔는지 모르는 상태이기 때문이다. 다시 말해 ▽이 상실되고 현실만이 존재하기 때문이다(▽은 이상의 기호에서 문학, 예술, 신, 선, 평화로 확장된다). 전보는 정벌에 대한 빠른 소식·결과를 뜻한다. 1930년대의 세계정세는 서양의 침략·수탈과 일본의 침략으로 말미암아 혼란한 시대였다. 이 글은 〈AU MAGASIN DE NOUVEAUTES〉의 지구의를 통한 지구 조망하기와 유사하다. 시대성에 대한 시적화자의 언급이 드러나고 있기 때문이다. 따라서 이상의 시는 조직적으로 구성되어 변형하며 지속적으로 반복하고 있는 것이다. 이것이 이상의 설계에 따른 건축학적 구조이며 그의 비밀이라 할 것이다.

(2) 설명

이 시의 제목 '▽의 유희'는 시 〈파편의 경치〉의 한 대목인 "나는유희한다"에서 받은 영향성이 이어지고 있다. 이 시는 초현실의 이상(理想) ▽을 이야기하고 있는 것이다. 자신, 즉 이상적 자아가 신의 흉내를 내는 것을 자기 자신이 동시에 비웃고 있다. 이것은 관념적으로 현실을 이탈한 비상이며 초현실적 자아의 운동을 말한다. 이 시 또한 △과 ▽을 기본으로 하고 있다. 여기서 ▽은 앞에서와 같이 신, 이상적

---

111 이 전쟁을 현실적·물리적 전쟁으로 볼 수도 있지만 이상의 초기 발표작의 전체적인 성향과 이상의 다른 글에 드러나는 칼·무기와 연상하여 생각할 때 문학적·기호적 정벌에 대한 상징으로 읽을 수 있다.

자아, 초현실적 자아로 읽어야 한다. 뱀은 이상의 시에서 자신을 비유하는 대상이다. 이 시를 이해하는 데서 발생하는 가장 큰 오류가 뱀에 대한 것이다. 뱀을 단순히 성적 상징인 '남성'으로 읽어도 된다. 그것 또한 이상 기호의 ▽·남편과 같다. 그러나 그렇게 단순하게 읽어서는 이상 시가 상징하는 의미와 그 깊이를 제대로 알기 어렵다. 그리고 단순히 하나의 단어로 뱀을 규정하기는 어렵다. 이것이 상징의 모호함과 다양성인데 이에 대하여 의미를 어느 정도 확대한 상태에서 다시 압축하여 다의적(多義的) 일어(一語)로 통합된 기호 '▽'으로 이해해야 할 것이다. 이상의 글에는 '뱀'이 자주 등장하는데 이것은 프랑스 상징주의(보들레르, 발레리) 문학에서 그 이해의 근거를 찾을 수 있다.

아! 이른바 내 고통과 불운이 시작된 것은

이때부터다. 끝없는 삶의 배경 뒤에서,

심연의 가장 캄캄한 곳에서,

나는 또렷이 야릇한 세계를 보고,

내 혜안의 황홀한 희생물이 되어,

내 신발을 깨무는 뱀들을 끌고 다닌다.[112]

나는 방금 전에 나를 문 뱀을 거기서 뒤따르고 있었다.

그 독, 나의 독이, 나를 일깨우며 자신을 인식케 한다.[113]

---

112 보들레르 지음, 윤영애 옮김, 〈목소리〉, 《악의 꽃》, 문학과지성사, 2003, 376쪽.

113 김기봉, 〈발레리의 시와 사유체계〉, 《프랑스 상징주의와 시인들》, 소나무, 2000, 313~314쪽 재인용.

> 인간이라는 이름을 가질 자격 있는 자는 누구나
>
> 가슴속에 한 마리의 노란 「뱀」을 가지고 있어,
>
> 그것은 옥좌에나 앉은 듯 자리잡고,
>
> "하고 싶다!"하며, "안 돼!" 하고 대답한다.[114]

뱀은 '지혜', '눈뜸', '각성'의 매개체를 상징한다. 위의 보들레르의 시 〈목소리〉에서 신발을 깨무는 뱀은 현실의 삶과 걸음(산책)을 방해하는 이상(理想)의 매개체라는 상징성을 지닌다. 동시에 지면을 산책하는 펜의 흔적, 글이 된다. 한편 뱀은 독(악)을 지니고 있어서 치명적 위험과 고통의 존재를 상징하기도 한다. 기쁨이면서 동시에 고통이다. 이끌림(유혹)이면서 동시에 경계(배척)의 대상이기도 하다. 이상 기호의 ▽, 理想, 추구의 지향점이다. 앞서 살펴본 바와 같이 이상의 기호 ▽은 신이면서 뱀이 된다(▽ → 신 → 뱀).

뱀의 이러한 '각성', '지혜'의 상징적 근원은 앞서 '지팡이와 뱀'의 동일성에서도 언급했듯이 성경에서 찾을 수 있다.

> 뱀처럼 지혜롭고 비둘기처럼 순결하여라[115]

니체도 뱀과 신에 대하여 다음과 같이 말했다. '인식의 나무'를 '펜'으로, '뱀'을 '글'로 읽을 수 있다. 그리고 그것은 각성에 의해 씌어진 글이 된다. 이상 기호의 ▽·신·理想·지팡이·칼·펜·글·뱀과 동일한 위치에 자리한다. 그리고 그 뱀(글)이 말하는 것과 추구하는 것은

---

114 보들레르 지음, 윤영애 옮김, 〈경고자〉, 《악의 꽃》, 문학과지성사, 2003, 373쪽.
115 마태복음 10장 16절.

▽이며 순수·절대·영원·지고미의 신이자 理想이다.

"인식의 나무가 있는 곳에는 항상 낙원이 있다"; 태고의 뱀도 가장 최근의 뱀도 이렇게 말한다.[116]

자기일의 끝에 인식의 나무 아래 뱀으로서 누워 있던 것은 바로 신 자신이다; 신은 이런 식으로 신적 존재로부터의 휴양을 취했던 것이다.[117]

보들레르는 시 〈경고자〉에서 '뱀'에게 '노란'색을 입혔다. 그 색감은 태양을 상징하며 고갱의 〈노란 예수상〉과 고흐의 〈해바라기〉, 〈씨 뿌리는 사람〉의 노란색과 나란히 이어진다. 그리고 〈이상한가역반응〉에서 '황금의 집'의 노란색과 같다. 이러한 그림의 색감을 통한 사고의 연결은 이상의 그림과 글에서도 자주 드러난다. 이상은 고흐와 같이 자화상을 많이 그린 것으로 알려졌다.[118] 그 또한 노란색을 사용했다.

그가 그린 풍경화와 정물화가 몇 장, 인물화로는 그의 누이동생 옥희를 모델로 한 소녀좌상 두어 점, 모두 합쳐 보았자 10여 점에 불과할 것 같다. 그 외에는 전부가 자화상이다.[119]

---

116 니체 지음, 김정현 옮김, 〈잠언과 간주곡〉, 《선악의 저편·도덕의 계보》, 니체전집 14, 책세상, 2007, 152쪽.
117 니체 지음, 백승영 옮김, 〈도덕의 계보〉, 《바그너의 경우 외》, 니체전집 15, 책세상, 2002, 440쪽.
118 이상의 자화상 그 상징성과 의미는 〈자화상의 가시성〉(휴J. 실버만 지음, 윤호병 옮김, 《텍스트성·철학·예술》, 소명출판, 2009)을 참조할 것.
119 김유중·김주현 엮음, 《그리운 그 이름, 이상》, 지식산업사, 2004, 117쪽.

이상의 자화상은 조선총독부 주최의 미술전람회, 그때 선전(鮮展)이라고 부르던 그 전람회에 출품된 그림이었는데, 특선에는 못 들었지만 대단히 색다른 그림으로 화젯거리가 되었었다. 탁한 노란 색깔만으로 그린 것인데, 이 그림을 보고 서양화가 이승만이가,

"이상, 이 그림도 단단히 황달에 걸렸구려……"

하고 농담을 하니까, 이상은 자신의 얼굴이 창백한 것을 놀리는 줄 알고,

"내 눈엔 온 세상이 노랗게 보이는 것을 어쩌오."

하고 정색을 하더라는 것이다.[120]

고갱과 고흐의 그림 또한 현실의 모사나 인상이 아닌 자신의 관념을 표현하기 위한 것이며, 그것은 자신 내부의 상징성을 띤다. 고흐의 문학적 소양과 상징이 그의 색과 형체로 표현된 것이다. 고흐의 〈씨 뿌리는 사람〉은 관념적·상징적인 그림이다. 태양과 대지가 대립된 화면 속에 사람이 있다. 이것은 그의 내면의 표현이며 그의 심리를 대변한다고 볼 수 있다. 노란색의 태양도 같은 상징적 의미를 지닌다. 노란색으로 떠오르는 강렬한 태양 빛을 받으며 한 사람이 씨를 뿌리고 있다. 이러한 상징의 연결을 이상과 접목하여 생각할 수 있다. 이상도 그림을 그렸으며 자신의 글에서 고흐를 다음과 같이 언급했기 때문이다.

그리고어느틈엔가남으로고개를돌리는듯한일편단심의해바라기—

이런꽃으로꾸며졌다는고호의무덤은참얼마나美로우리까.[121]

---

120 김유중·김주현 엮음, 위의 책, 309쪽.
121 〈청령〉, 《원본전집 1》, 215쪽.

고흐의 〈씨 뿌리는 사람〉은 예술·문학의 진행을 상징하는 것으로 읽을 수 있는데, 그 흐름은 밭 갈기→씨 뿌리기→발아→생장→추수로 이어진다.[122] 이상은 자신의 글을 '땅에 묻는다'고 표현했다. 그리고 그것이 발아하는 '봄'을 기다렸다. 그가 경영한 카페 이름 '제비' 또한 그러한 상징의 연결선 위에 놓여 있다.

허나 황의 후각에 합격된 것이 꼭 하나 있었다   그것은 대리석 모조인 종자 모형이었다
나는 황의 후각을 믿고 이를 마당귀에 묻었다   물론 또 하나의 불량품도 함께 시험적 태도로 —[123]

나는 나의 모든 것을 묻어버리지 아니하면 아니된다 나는 흙을 판다.

흙속에는 봄의 식자(植字)가 있다

지상에 봄이 만재(滿載)될 때   내가 묻은 것은 광맥(鑛脈)이 되는 것이다[124]

고흐가 강렬하게 노란 빛을 발산하는 태양을 배경으로 그린 씨 뿌리는 사람의 상징과, 이상이 발아를 기다리며 땅에 묻은 그의 글자 종자의 상징 의미와 이미지는 보들레르의 시에서 연결성을 찾아볼 수 있다. 보들레르는 〈술의 넋〉에서 '씨 뿌리는 자'라는 표현을 썼다. 그

---

122 보들레르, 고흐의 예술과 정신은 여러 시대를 거치면서 이 과정을 다 경험했다고 말할 수 있을 것이다. 그에 반해 이상 문학은 아직도 초기 진행 중에 있다고 하겠다.
123 〈황의기(작품제2번)〉, 《원본전집 3》, 317쪽.
124 〈작품 제3번〉, 324쪽.

276

리고 '하느님' 또한 고흐 그림의 '태양'과 동일한 상징으로 읽을 수 있
으며 이것은 이상 기호로 '▽'이다.

나는 식물성의 신들의 양식, 영원한 「씨 뿌리는 자」가

던져준 귀중한 씨앗, 나는 그대 속에 떨어지리,

우리의 사랑이 시를 낳아

진기한 꽃처럼 「하느님」을 향해 피어오르도록![125]

사람에겐 몸값을 치르기 위해,

깊고 기름진 응회암의 밭 두 뙈기가 있어,

이성의 삽으로

갈아엎고 개간해야 한다;

하찮은 장미꽃을 얻기 위해,

몇 줌 안 되는 이삭을 얻어내기 위해,

잿빛 이마에 짭짤한 눈물을 흘리며,

쉴새없이 그 밭에 물을 대야만 한다.

하나는 「예술」이고, 다른 하나는 「사랑」,

— 엄격한 심판의 무서운 날이

닥쳐왔을 때,

자비로운 심판을 받으려면,[126]

---

125 보들레르 지음, 윤영애 옮김, 〈술의 넋〉, 《악의 꽃》, 문학과지성사, 2003, 268쪽.
126 보들레르, 〈몸값〉, 위의 책, 383쪽.

아! 우리는 어쩌면 영원히

어느 미지의 나라에서
딱딱한 땅 껍질을 벗겨야 하고,
우리 피투성이의 맨발 아래
무거운 가래를 밀어야 한다는 것을?[127]

위 시에서는 씨 뿌리기의 상징 의미와 같은 밭 갈기를 이야기하고 있다. '씨 뿌리기'는 '현재'와 '미래'(시간성)에 대한 의지와 희망을 드러내는데, 그것은 현실의 제약과 억압, 부조리 등을 바탕으로 한다. 한국 문학에서도 반복되는 시인 이육사의 '씨 뿌리기'와 동일하다.

지금 눈 내리고
매화 향기 홀로 아득하니,
내 여기 가난한 노래의 씨를 뿌려라.[128]

그리고 위 보들레르의 시에서 드러나는 해골, 시체, 피투성이의 맨발은 이상의 글 속에도 동일하게 등장한다.

이윽고 증오에 핏줄 선 내 눈은 한켤레의 구두를 본다.
구두! 오래도록 내 사념의 저편에 있으면서 뼈처럼 녹쓴 한켤레 구두인 것이다.

*가시나무

내부로 향한 그 콧뿌리엔 형극(荊棘)*을 밟고 지나 온 난마(亂魔)의 자취마저 임

---

127 〈밭가는 해골〉, 위의 책, 233~234쪽.
128 이육사 지음, 〈광야〉, 《한국의 명시》, 김희보 엮음, 종로서적, 1984, 263쪽.

리(淋漓)**하다.

......   └── **피 또는 땀 같은 것이 줄줄 흐르다

실내의 모든 Member여, 자, 저 구두는 내가(이제부터) 신습니다. 모든 원망의 언어는 다(이제부터) 내 발에 기록해 주십시오―전표(傳票)다.

......

그렇다, 발이 아픈 것이다. 발이 헐어서, 몹시 아픈 것마저 잊었던 것이다.

......

구두! 구두의 애달픈 연모지정―천후보다도 더욱 어두운 기압이, 그러나 도피처럼 숨어 버리듯 구두 속에 있었다. 그리고 홀로 하늘에 사무치도록 아팠다.

......

―속히 할 것이다. 당신 쪽에서 명령한대로 속히 할 것이다―

운반된 수목(樹木)처럼 빙결(氷結)한 타액이 역풍을 끊으며 보행을 다시 시작하였다.[129]

위의 글에서 '헐어버린 발'의 상징성 또한 보들레르의 '피투성이의 발'과 동일한 형태로 이해된다. 위 글의 제목은 '구두'인데 그것은 '思念의 저편에 있었다'고 말하고 있다. 여기서 말하는 구두는 눈에 보이는 구두가 아니라 바로 상징적인 구두이다. 고흐는 '구두'를 여러 번 그렸는데 의도적으로 새 구두를 험하게 다루어 낡게 만든 뒤 그렸다고 한다. 그 헐어 낡은 구두의 고단함에 지친 표정과 이상의 사고를 위 글 〈구두〉와 연결하여 이해할 수 있다. 발이 헐고 피가 배어 나와도 다시 보행(산책)을 시작하는 이상의 '구두'는 고흐의 '낡아버린 구두'로 연상하여 이해할 수 있다. 그리고 그것은 이상이 추구하는 예술

---

129 〈구두〉, 《원본전집 3》, 302~304쪽.

의 길에서 태양을 향한 동반자적인 상징 기호이다. 슬립퍼어가 실내
(지구)에 대응된다면 구두는 실외(태양)를 향함을 의미한다.

그리고 '▽은 배암'이며 "▽은춤을추었다"고 이야기한다. 이것은
뱀(▽)이 춤추며 웃는 것을 말하는데 보들레르의 시에서 동일한 형태
적 상징을 발견할 수 있다.

> 물결치는 진줏빛 옷을 입고,
> 걸을 때도 그녀는 춤을 추는 듯,
> 신성한 요술쟁이의 막대기 끝에서
> 박자에 맞추어 몸을 흔드는 기다란 뱀처럼.[130]
>
> 거기 아침 바람에 잠깬
>   한 척의 배처럼,
> 내 꿈꾸는 넋은 떠날 준비를 한다,
>   어느 먼 하늘을 향해.
>
> 달콤함도 쓰라림도 아무것도 보이지 않는
>   그대의 두 눈은
> 금과 쇳가루 섞인
>   차가운 두 알의 보석.
>
> 박자 맞추어 걸어가는 그대를 보면,
>   초연한 미인이여,

---

130 보들레르 지음, 윤영애 옮김, 〈물결치는 진줏빛 옷을 입고〉, 《악의 꽃》, 문학과지성사,
2003, 82쪽.

막대기 끝에서 춤추는

한 마리 뱀 같아.[131]

위의 시는 어느 먼 하늘을 향해 떠남을 그리고 있다. 그것은 현실에서 벗어남을 상징하며 슬리퍼를 벗는 하늘·태양을 향한 비상·승천과 동일하다. 두 눈을 '차가운 두 알의 보석'으로 이야기하는데[132] '▽의 눈은 冬眼이다'와 동일하다.[133] 그리고 뱀이 춤추는 '막대기'는 '스틱크'로 〈파편의 경치〉에서 반복되고 있다. 글쓰기를 장면화한 것이다.

이러한 경향은 이상의 작품에서 자주 발견되는데, 이상이 기존의 문학을 자신의 사고와 감정에 접목시켜 '요리'(상징의 차용·변형·창조)했다고 말할 수 있다. 이것을 단순히 모방으로 볼 수는 없다. 왜냐하면 이상 스스로가 보들레르, 발레리, 니체, 고흐를 전체적으로 규정하고 이해하지 못하면 모호하고 다의적인 상징성을 잡아낼 수가 없으며, 또한 그러한 이해는 그들의 상징을 차용할 수밖에 없기 때문이다. 상징 기호들은 일시에 창조된 상징이 아닌 문학예술의 역사에서 전승·누적된 상징이기도 하기 때문이다.

이 상징은 여러 작가들에게 꾸준히 반복된다. 따라서 이럴 때 이러한 상징들은 문학에서 어느 정도 일반성을 지닌다고 할 수 있다. 그리고 이상은 추적의 실마리를 지속적으로 변형(운동)하여 반복·강조하면서 글을 진행시켜 나가고 있다. 그것들을 자신의 사고에 접목시켜 다양하게 조합·변형·창조했다고 할 수 있다.

---

131 보들레르, 〈춤추는 뱀〉, 위의 책, 83~84쪽.

132 금과 쇳가루 섞인 눈은 보들레르의 연금술에 의한 '금'과 그 환원, '쇠'의 복합성을 드러낸다. (주 6, 7 참조)

133 '눈'은 이 시의 핵심어인데 이것 또한 다음의 시 〈수염〉 첫 행에서 반복된다.

기본적인 형체, 혹은 색채는 절대로 우리들의 창조로는 태어나지 않는다.
기천기만년부터 전 인류의 원경험의 퇴적이다.

그렇지만 그것들이 조합되는 곳에, 우리들은 창조의 경지를 찾아낸다.
감상의 범위와 스스로 결정된 것, 만약 건축 속에서 감상적 태도가 허용된다
면······.[134]

위의 글에 드러나는 기본적 형체·색채 또한 사전적 의미가 아닌 관
념적·의식적 형체와 색채를 말한다. 그것은 흰색·회색·검정색과 적
색·황색·청색, 이상의 기호 도형인 삼각형(현실)·역삼각형(理想)·사
각형(전체)·마름모·원·육면체·육각체·구(球)를 말하며 그것의 조합
이다. 이는 현실과 이상, 그리고 그 경계를 포함한 전체에 대한 이야
기이며, 이상의 건축무한육면각체인 것이다.

나는 나의 기억을 소중히 하지 않으면 안된다. 나의 정신에선 이상한 향기가 나
기 시작했으니 말이다.
이 뼈만 남은 몸을 赤土 있는 곳으로 운반하지 않으면 안되겠다. 나의 투명한 피
에 이제 바야흐로 赤土色을 물들여야 할 시기가 왔기 때문이다.
赤土 언덕 기슭에서 한 마리의 뱀처럼 말라 죽을지도 모르지만, 나는 아름다운
―꺾으면 피가 묻는 古代스러운 꽃을 피울 것이다.
이제 모든 사정이 나를 두렵게 하고 있다. 사람들이 평화롭다는 그것이, 승천하
려는 상념 그것이, 그리고 사람들의 치매증 그것마저가.
그러한 온갖 위협을 나는 참고 견디지 않으면 안 된다. 그러한 것들의 침범으로

---

134 〈권두언 6〉, 《원본전집 3》, 199쪽.

282

정신의 입구를 공허하게 해서는 안된다.

끝없는 어둠에 나의 쇠약한 건강은 견디어내지 못하는가 보다. 나는 이 먼데 공
포로부터 자진 도피하지 않으면 안된다.[135]

　여기서 이상의 상징(노란색)의 변형이 드러난다. 보들레르·랭보
의 연금술에 의해 금, 고갱의 노란 예수상, 고흐의 해바라기와 태양
의 '노란색'은 이상의 적갈색·적다색과 동일하며, 그것은 이상 기호
의 陽·▽이고 태양을 상징한다. 금과 신, 태양은 같은 ▽이기 때문이
다. 그리고 태양의 빛을 분광하면[136] 무지개의 일곱 가지 색으로 분할
된다. 그것은 태양 빛의 내부·실체이다. 그런데 이상은 태양 빛을 적
갈색이라고 말한 것이다.

다만 무엇인가 변형된 (혹은 사각형의) 태양적갈색의 광선을 방사하며 붕괴되어
가는 역사의 때아닌 여명을 고하는 것을 그는 볼 수 있는 것도 같았다——.[137]

구두는 웃듯이 우선 피를 빨아서 적다색(赤茶色)으로 화해 있었다. 위무같은 보
호색이 아니냐.[138]

　'적토', '적토색', '적토 언덕 기슭의 한 마리의 뱀', '꺾으면 피가 묻
는 고대스러운 꽃', '승천하려는 상념'은 이상 사고의 지향점과 그의
예술관을 말한다. 이상이 피우고자 한 古代스러운 '꽃'은 과거에서 치

---

135 〈첫 번째 방랑〉, 《원본전집 3》, 166쪽. (강조 인용자)
136 〈선에관한각서 1〉에서 '스펙톨'(spectrum)을 언급하고 있다.
137 〈12월 12일〉, 《원본전집 2》, 111쪽.
138 〈구두〉, 《원본전집 3》, 304쪽.

열하게 이어지는 예술의 근원적 사고로 이해된다. 그리고 이상이 2천 점 가운데서 골랐다는 「오감도」와 그 전에 발표한 〈흥행물천사〉에서도 뱀이 반복된다.

나는탑배하는독사와같이지평에식수되어다시는기동할수없었더라[139]

천사의배암과같은회초리로천사를때린다.[140]

이 시에는 〈파편의 경치〉에서 나타난 상징이 계속 이어진다. 종이로 만든 뱀은 지면의 글이며, 뱀이 춤을 추는 것은 펜의 움직임을 시각적으로 표현한 것이다. 따라서 굴뚝은 형태미(이상은 이 방법을 자주 사용했다)에 따라 기둥, 바아(bar)가 되고 펜이 되며 지팡이·칼이 된다. 자신의 글쓰기와 그 심리에 대하여 이야기하고 있다. 따라서 이 시를 장면화하면 테이블(대지, 현실) 위의 사각 지면과 하나의 펜으로 그릴 수 있다. 그리고 이러한 상징과 의미는 자신의 글에 대한 설명으로, 다른 시에도 계속 이어진다.

두 목소리가 내게 말하고 있었다. 하나는 엉큼하고 확고하게

말하기를, "이 「세상」은 달콤함 가득한 과자 같단다;

나는 변함없는 엄청난 식욕을 네게 줄 수 있다.

(그러면 네 쾌락은 끝이 없겠지!)"

또 하나는 "오너라! 오! 꿈속으로 여행하러 오너라,

---

139 〈오감도 시제7호〉, 《원본전집 1》, 33쪽.
140 〈흥행물천사〉, 《원본전집 1》, 142쪽.

가능한 것을 넘어서, 알려진 것을 넘어서!"[141]

위의 보들레르의 시에서와 같이 현실은 '달콤함'이 가득한 과자가 된다. 이상의 과자와 동일한 상징이다. 그 상징이 대응·변형하는 운동성을 살펴보면 다음과 같다.

잔내비와같이웃는여자의얼굴에는하룻밤사이에참아름답고빤드르르한적갈색 초콜레이트가무수히열매맺혀버렸기때문에여자는마구대고초콜레이트를방사 하였다.[142]

「담배를 다섯 갑만 주십시오. 그리고 오십전짜리 초콜레이트도 하나 주십시오.」
……
여보 그동안에 당신을랑 초콜레이트나 잡수시오.
……
하늘은 차고 땅은 젖었읍니다. 과자보다도 가벼운 여인의 체중이었읍니다. 나는 돌아서서 간신히 담배를 붙여 물고 겸사겸사한 숨을 쉬었읍니다.[143]

일력(日曆)은초콜레이트를 늘인(增)다.
여자는초콜레이트로화장하는것이다.[144]

---

141 보들레르 지음, 윤영애 옮김, 〈목소리〉, 《악의 꽃》, 문학과지성사, 2003, 376쪽. 이상의 '과자'는 다른 시(〈광녀의 고백〉, 〈흥행물천사〉)와 수필 〈슬픈 이야기〉에서는 여자(현실적 자아)가 좋아하는 '초콜레이트'로 변형되어 반복된다.
142 〈광녀의 고백〉, 《원본전집 1》, 135쪽. (강조 인용자)
143 〈슬픈 이야기〉, 《원본전집 3》, 66~67쪽.
144 〈흥행물천사〉, 《원본전집 1》, 143쪽.

현실 △   달콤한 가득한 과자   →   설탕   →   초콜레이트

　↕   ↕   ↕

理想 ▽   맵고 쓴 담배   →   소금   →   고결한 가루 (POUDER VERTUEUSE)[145]

　　이상이 자신의 글에서 여러 번 반복한 '초콜레이트'는 달콤함이 가득한 서양식 과자이다. 이것은 실재이고 현실적 삶이며 그 욕구인 것이다. 이것을 한국식 달콤 가득한 과자로 변환하면 '엿'이 된다. 갱엿이다.[146] 아주 딱딱해서 먹기 힘든 엿이 된다. 초콜레이트와 엿의 상징성(달콤함)과 색감(적갈색)이 동일하다. 李箱이 여자 곧 현실적 자아에게 먹인 것(현실적 자아가 먹은 것)은 '엿'이다. 엿이 초콜레이트로 변형된 것이다.[147] '엿을 먹다', '엿을 먹이다'라는 표현은 여러 가지 의미를 갖는다. 이러한 기호를 추적하는 과정에서 이상의 시니컬한 표정이 그려진다. 여자가 먹은 초콜레이트와 대응되는 남자가 피우는 담배(연기)는 보들레르의 구름(자유, 하늘, 이상)으로 이어진다. 이상 기호의 연상 변형이다. 이상의 위트로 보인다. 이상에게 '현실'은 '엿'이었다. 그리고 이상의 초기 문학적 경향인 다다이즘의 〈다다의 노래〉에서 사용된 초콜레이트는 다음과 같다. 이상 기호의 상징과 동일한 연관성이 드러난다.

　　초콜릿을 먹으시오

　　당신의 뇌를 닦아내시오

---

145 〈광녀의 고백〉, 《원본전집 1》, 136쪽.

146 "여자는돌과같이딱딱한초콜레이트가먹고싶었던것이다."(〈광녀의 고백〉, 《원본전집 1》, 135쪽 참조)

147 "웃음이마침내'엿' 과같이걸쭉하게찐덕거려서'초콜레이트' 를다삼켜버리고"(〈광녀의 고백〉, 《원본전집 1》, 135쪽 참조. (강조 인용자))

다다

다다

물을 마시시오[148]

　이상의 시에서 종이는 글쓰기를 뜻하는데, 이는 입체(현실)를 평면화(문자화)시키는 李箱 표현의 특징이다. (역방향으로 지면을 입체화하여 사용하기도 한다) 그리고 그것은 이상의 '아내'와 동등한 의미를 지닌다. 이상의 아내, 즉 현실적 자아의 가벼움을 상징적으로 표현하는 하나의 도구이며, 동시에 '지면'에 글로 표현된 눈에 보이지 않는 이상의 설정된 상징으로 볼 수도 있다. 뱀은 이상의 시에서 자신을 비유하는 대상이 된다. 그것은 남자이며 ▽이다. 그리고 그 눈이 冬眼이라는 것은 보들레르의 '달콤함도 쓰라림도 아무것도 보이지 않는 차가운 눈',[149] 냉정의 눈을 상징한다. 그리고 시 〈수염〉의 눈과 비교할 때 웃음이 없는 눈이다.

　전등은 〈파편의 경치〉와 동일하게 이어진다. 3등 태양이란 빛이라는 성질은 같지만 미약한 존재임을 상징하며 이상의 분리된 자아 ▽을 뜻한다. 이상의 기호는 여자와 남자, 즉 음과 양을 말하며, 그것은 달과 태양으로 연결된다고 앞에서 설명한 것과 같다. 절대적 理想의 상태를 신, 태양이라고 할 때 현실에 존재하는 전등은 빛을 잃어가는 3등태양 정도라고 이해할 수 있다.따라서 전등은 태양을 지향, 모방하는 인공이며 결국 도달할 수 없는 이상, 신, 예술에 대한 사고로 이해할 수 있다. 〈파편의 경치〉에서 연결되는 전등(태양)·유희·스틱크

---

148 이진성, 《프랑스 현대시》, 아카넷, 2008, 129쪽 재인용.
149 보들레르 지음, 윤영애 옮김, 〈춤추는뱀〉, 《악의꽃》, 문학과지성사, 2003, 83쪽.

(지팡이)·뱀·▽은 니체의 글에서 연결된 사고를 찾아볼 수 있다.

> 차라투스트라는 그들에게 앞으로는 혼자 가고 싶다고 말했다. 그는 혼자서 가는
> 것을 좋아하는 사람이기 때문이었다. 그러자 그의 제자들은 이별의 표시로 그에
> 게 지팡이를 주었다. 지팡이의 황금 손잡이에는 뱀이 태양을 감고 있는 그림이
> 있었다.[150]

> 그대들의 덕은 권력이다. 이 새로운 덕은 그대들의 덕은 지배하는 사상이고 이
> 사상을 현명한 영혼이 둘러싸고 있다. 그것은 황금의 태양이고 이 태양을 인식의
> 뱀이 둘러싸고 있다.[151]

니체의 '뱀' 역시 보들레르의 '뱀'과 동일하다. 그것은 태양이고, 황금의 노란색으로 표현된다. 그리고 이 시의 "▽은춤을추었다"에서 '춤'의 상징적 의미 또한 보들레르의 '춤추는 뱀', 니체의 '춤추는 자'에 연결되는 것으로 이해된다. 그리고 "▽의웃음을웃는것은파격이어서우스웠다"고 진술한다. '파격'은 격식에 맞지 않음을 말한다. 그것은 니체의 '웃음'과 동일하다.

> 목구멍 속으로 뱀이 기어든 그 양치기는 **누구지?** 더없이 묵직하고 시커먼 온갖
> 것이 그 목구멍 속으로 기어 들어가게 될 그 사람은 **누구인가?**
> **양치기는** 내가 고함을 쳐 분부한 대로 물어뜯었다. 단숨에 물어뜯었다! 뱀 대가
> 리를 멀리 뱉어내고는 벌떡 일어났다.

---

150 니체 지음, 황문수 옮김, 〈증여하는 덕에 대하여〉, 《차라투스트라는 이렇게 말했다》, 문예
출판사, 2005, 139쪽.
151 니체, 〈증여하는 덕에 대하여〉, 위의 책, 142쪽.

그는 이제 더이상 양치기나 여느 사람이 아닌, 변화한 자, 빛으로 감싸인 자가 되어 **웃고 있었다!** 지금까지 이 땅에 **그와 같이** 웃어본 자는 없었으리라!

오, 형제들이여, 나 사람의 웃음소리가 아닌 그 어떤 웃음소리를 들었던 것이다.

이제 어떤 갈증이, 결코 잠재울 수 없는 어떤 동경이 나를 사로잡고 있구나.

그와 같은 웃음에 대한 동경이 나를 사로잡고 있는 것이다. 아, 어떻게 나 나의 삶을 견뎌낼 것인가! 지금 죽는다면, 나 그것을 어떻게 견뎌낼 것인가![152]

위 글에서 '뱀'의 환영이 등장한다. 그리고 그 뱀과 싸운 뒤 '웃음'이 등장한다. 이 글로 시적화자의 '파격의 웃음'을 이해할 수 있다. 그것은 ▽의 웃음, 현실에 존재하지 않는 웃음이다. 이상 사고의 현실과 대응된 이상적 자아의 웃음이며 현실을 초월한 ▽의 웃음이다.

〈이상한가역반응〉, 〈파편의 경치〉, 〈▽의 유희〉에 이어지는 감정의 흐름은 니체의 《차라투스트라는 이렇게 말했다》를 통해 연상 추적하면 다음과 같다.

분노 → 슬픔, 울음, 꿈(희망) → 춤, 웃음, 유희(어린아이)

이것은 니체가 언급한 사고의 진행 요소와 동일하다.

나 이제 너희에게 정신의 세 변화에 대해 이야기하련다. 정신이 어떻게 낙타가 되고, 낙타가 사자가 되며, 사자가 마침내 어린 아이가 되는가를[153]

---

152 니체 지음, 정동호 옮김, 〈곡두와 수수께끼에 대하여〉, 《차라투스트라는 이렇게 말했다》, 니체전집 13, 책세상, 265쪽.

153 니체, 〈세 변화에 대하여〉, 위의 책, 38쪽. (강조 인용자)

차라투스트라가 말하고 있는 정신의 '낙타 → 사자 → 어린아이'
는 이상의 글에서 반복·강조되고 있다. 이상의 시 가운데 시작(詩作)
시간이 가장 앞선 〈신경질적으로 비만한 삼각형〉(1931년 6월 1일)에서
캐라반이 등장한다. 캐라반은 낙타를 타고 사막을 여행하는 상인, 순
례자이다. 그런데 자신을 캐라반이라고 '두 번' 반복해 강조하고 있
다. 시적화자는 신과 대결을 요구하고 있는 것이다. 척박한 현실의 대
결적 위치에 자리하며 캐라반은 낙타와 사막을 동시에 연상시킨다.
캐라반의 삶은 낙타가 짐을 지고 걷는 삶을 상징한다. 그리고 그의 소
설 속에서도 반복되고 있다. 아내는 낙타인데 그것은 현실적 자아이
다. '낙타'와 '사자'의 반복은 다음과 같다.

안해낙타를닮아서편지를삼킨채로죽어가나보다. 벌써나는그것을읽어버리고있다.[154]

그의의미는 대체어디서나오는가 머언것같아서불러오기어려울것같다 혼자사아는
것이 가장혼자사아는것이 되리라하는마음은 낙타를타고싶어하게하면 사막넘어
를생각하면 그곳에좋은곳이 친구처럼있으리라생각하게한다 낙타를타면그는간다
그는낙타를죽이리라 시간은그곳에아니오리라왔다가도 도로가리라 그는생각한다
그는트렁크와같은낙타를좋아하였다[155]

여자의눈은대단히 성질이달라지면 마음은사자와같이사나와져가는것을 그가가
만히지키고 앉아있노라면 여자는그에게 별짓을다하여도 그는변하려는얼굴의표
정의면살을꽉붙들고다시는 놓지않으니까 여자는성이나서이빨로 입술을꽉깨물
어서 피를내이고 죽음기와같은국어로그에게향하여 가느다랗고길게막퍼부어도

---

154 〈아침〉, 《원본전집 1》, 232쪽. (강조 인용자)
155 〈지도의 암실〉, 《원본전집 2》, 169쪽. (강조 인용자)

위의 글에서 여자는 '낙타'이며 '사자'가 된다. 외면이 아니라 '마음이 사자와 같이 사나워져 간다.' 이것은 니체가 이야기하는 정신의 변화 속 '사자'와 동일하게 이해된다.

—속히 할 것이다. 당신 쪽에서 명령한대로 속히 할 것이다—
운반된 수목처럼 빙결한 타액이 역풍을 끊으며 보행을 다시 시작하였다.[157]

위의 글 〈구두〉에서 '명령'이라는 단어가 등장한다. 이 명령은 헐어빠진 발로 '구두'를 신고 다시 보행을 시작하라는 것이며, 그에 따라 실행하는 '보행'(산보)인 것이다. 이는 타자가 내린 명령이 결코 아니다. 분리된 자기 자신 내부의 명령이며 그것은 현실적 삶에 대한 명령으로 ▽(이상적 자아)의 명령이다. 결국 명령을 하는 자와 그 명령을 수행하는 자는 동일하다. 이것은 니체의 언어로 '나에게 명령하기 위한 사자의 소리'[158]로 이해해야 한다.[159]

그리고 〈이상한가역반응〉(1931년 6월 5일. 캐라반 등장 4일 뒤 詩作됨)에서 '분노'가 등장하는데, 이는 이상의 초기 작품인 〈12월 12일〉에서 자주 반복되는 표현이다. 그것은 니체의 '사자'가 된다. 그리고 〈파편의 경치〉에서 '울음'이 등장하고 어린아이의 '유희'가 시작된다. 그리

---

156 〈지도의 암실〉, 《원본전집 2》, 174쪽. (강조 인용자)

157 〈구두〉, 《원본전집 3》, 304쪽. (강조 인용자)

158 니체 지음, 황문수 옮김, 《차라투스트라는 이렇게 말했다》, 문예출판, 2005, 247쪽.

159 니체의 《차라투스트라는 이렇게 말했다》에서 가장 많이 반복되는 단어 가운데 하나는 '노래'다. 사자의 명령은 '노래'하라는 명령이다. 이상의 명령 또한 〈파편의 경치〉의 '노래'—시, 글—와 동일하다. 보들레르의 산책, 이상의 산보 보행과 상징적 의미가 동일하다.

고 〈▽의 유희〉에서 '▽은 춤을 추고' 시적화자는 '▽의 웃음을 웃는다'. ▽은 초현실이며 ▽의 춤과 웃음은 (지구–현실의) '중력'을 벗어남을 상징한다. 이것은 니체의 유희하는 '어린아이'가 된다.[160]

동심이여, 동심이여, 충족될수없는영원의동심이여.[161]

▽의 유희는 새로운 시작이자 동심의 놀이·유희이며 창조의 놀이인 것이다.[162] 이상의 다른 글에 등장하는 장난감 신부·돋보기 놀이·장난감 개·모형종자도 이러한 어린아이의 상징에 연결되는 사고의 연장이다. 이상의 반복되는 기호 놀이와 그 변형인 숫자 놀이 또한 '어린아이' 같은 행위이며 유희이다. 그의 상징적 기호인 것이다. 그리고 그러한 근간을 이루는 이상 공식도 어린아이의 장난이다. 그러나 그것은 단순한 어린아이 장난이 아닌 중력을 벗어난 놀이·사고이다. 현실의 사고와 논리에서 벗어나기 때문이다. 이와 같이 보들레르의 장난과 니체 사고의 진행의 상징성을 접목시켜 이해할 수 있다. 여기서 '춤'은 니체의 '춤추는 자'라는 상징성을 지니며 그것은 '▽의 유희'인 것이다.

---

160 이 중력은 「건축무한육면각체」에서 낙체 공식으로 반복 암시되며 ▽에서 하강, 추락하는 것을 뜻하고, 그것으로부터 벗어남은 승천—날개—으로 대변된다. 그리고 시 〈매춘〉에서는 중력이 실족의 원인이 된다. '중력을 벗어남'은 단순한 물리적 현상이 아닌 의식적인 상징의 의미를 지닌다. 그것은 자연·현실에 반하는 거부·전도된 의식이며 ▽이다. 그것은 △에서 ▽으로 전도된 세상이며 가치의 전도를 내포하고 있다. 결국 그것은 이상의 기호공식의 상징 의미와 동일하다. 전도된 세상에 대해 악성(樂聖)과의 대화에서 이미 밝히고 있다. "생활을 거절하는 의미에서 그는 축음기의 레코오드를 거꾸로 틀었다./악보가 거꾸로 연주되었다./……「거꾸로 기록된 악보의 세계」라고 씌어져 있을 뿐이었다."(〈무제〉, 《원본전집 3》, 297쪽 참조)

161 〈선에관한각서 5〉, 《원본전집 1》, 158쪽.

162 니체 지음, 정동호 옮김, 〈세 변화에 대하여〉, 《차라투스트라는 이렇게 말했다》, 니체전집 13, 책세상, 39~40쪽.

292

저들 경쾌하고 어리숙하며 사랑스러운 그리고 발랄한 작은 영혼들이 날개를 푸드
덕거리며 날아다니는 것을 보노라면 차라투스트라는 눈물을 흘리며 노래부르게
된다.

나는 춤을 출 줄 아는 신만을 믿으리라

……

나는 걷는 법을 배웠다. 그 후 나는 줄곧 달렸다. 나는 나는 법을 배웠다. 그 후
나는 다른 사람의 도움 없이도 움직일 수가 있었다.

이제 나는 가볍다. 나 날고 있으며 나 자신을 내려다보고 있다. 이제야 어떤 신이
나로 인해 춤을 추고 있구나[163]

"▽은 테이블밑에숨었느냐"라는 구절에서 테이블에 대하여 생각
해 보아야 한다. 이상은 단어의 변형과 유추를 다양하게 사용하면
서 번역된 단어를 이용하기도 했는데, 이것은 일반적 추적을 따돌리
기 위한 그의 방법 가운데 하나로 보인다. 여기서 테이블은 지면이
펼쳐진 책상이다. 그러나 그냥 탁자가 아니다. 이 테이블을 다음 시
〈BOITEUX · BOITEUSE〉에 이어지는 메스, 의사에 연결할 때 '수
술대'로 읽을 수 있다. 앞서 보들레르와의 연관성을 이야기했듯이 이
또한 보들레르의 영향으로 보아야 한다.

무사한세상이병원이고꼭치료를기다리는무병이끝끝내있다.[164]

거기에 나의 목장으로부터 호송돼 가지곤 해부대의 이슬로 사라진 숱한 개들의

---

163 〈읽기와 쓰기에 대하여〉, 위의 책, 65쪽.
164 〈지비〉, 《원본전집 1》, 197쪽.

한많은 혼백이 뽐게 하는 살기를 나는 느끼지 않을 수가 없었다.[165]

이곳의 삶은 병원, 여기서 환자들은 제가끔 잠자리를 바꾸고 싶은 욕망에 빠져 있다.[166]

이상은 글에서 '병원',[167] '의과대학',[168] '사나토리움'(요양소),[169] '수술대'[170]를 반복하였다. 이 단어들은 현실을 뜻하며 '병원'이 축소되어 수술대(table)로 상징화했다. 슬립퍼어를 벗어버리는 理想, 하늘과 대응되는 현실·대지가 된다. 여기서 테이블은 '현실'이며 수술이 필요한 환자가 누워 있는 곳이다. 시대성의 상징으로 이해할 수 있다. 이것은 같이 발표된 〈BOITEUX·BOITEUSE〉의 '메쓰를 갖지 아니하였다고 의사일 수는 없을 것일까. 천체를 잡아 찢는다면 소리쯤은 나겠지'와 연결된다. 따라서 3의 공배수의 정벌은 △의 정벌이며 그것은 테이블—수술대, 현실—위에서 행해지는 전쟁[171]으로 읽을 수 있다. 이상의 시에서 숫자는 점을 이야기한다고 말했다. 〈선에관한각서〉에서 숫자의 순차적 진행 1, 2, 3은 도형이라고 했다. 이것은 삼각형이다. 삼각형은 현실을 상징한다. 그리고 그 결과는 알 수 없음을 설명하고 있다. 이것은 〈파편의 경치〉의 '▽을 매장한 설경'과 같은 의미를 지닌다. 그리고 이 테이블을 이상의 글에 반복되는 '해부대'로 이해하

---

165 〈황의기(작품제2번)〉, 《원본전집 3》, 317쪽.
166 보들레르 지음, 윤영애 옮김, 〈이 세상 밖이라면 어느 곳이라도〉, 《파리의 우울》, 민음사, 2008, 265쪽.
167 〈지비〉, 《원본전집 1》, 197쪽.
168 〈금제〉, 《원본전집 1》, 75쪽.
169 〈작품 제3번〉, 《원본전집 3》, 323쪽.
170 〈오감도 시제8호 해부〉, 《원본전집 1》, 35쪽.
171 이상은 글쓰기, 여자와의 대화·대결을 전쟁으로 표현했다.

면 '▽'은 연결이 절단되어 그 형태와 의미를 알 수 없는 상태로 남게
된다.

이상의 '개'는 이상의 글을 상징한다. 이상은 그것을 해부해 버린
다. 건, 곧 '힘줄'을 자른다는 것은 글이 진행되는 사고의 흐름을 단절
시킴을 뜻한다. 왜냐하면 이상의 글은 해체·분산되어 다양하게 반복
되기 때문이다. 이상의 글은 단편으로는 절대로 이해가 되지 않는다.
단어 상징의 의미망이 수없이 변형되어 운동하기에 글 전체로 확대해
서 흩어진 연결과 조직구성을 파악해야만 이상을 이해할 수 있다. 이
상의 시를 '해체시'라고 하는데, 바로 이 형태로 이해해야 할 것이다.
단순히 사고·형태·내용을 해체·분해한 것이 아닌, 그 파편들의 조
합과 결합을 염두에 두고 철저히 의도된 설계에 따라 조직적으로 해
체한 것이기 때문이다.[173] 앞서 살펴본 이상의 기호공식과 같이, 이상
은 사고의 단절을 진행시키면서 모순되게 순차적으로 그 연결성을 변
형해 이어가고 있다. 테이블을 니체의 '탁자'로 이해할 수도 있는데,
이것이 상징하고 있는 의미는 같다.

---

172 〈황의기(작품제2번)〉, 《원본전집 3》, 317쪽.
173 이것은 소설 〈날개〉에서 밝힌 '이상의 포석'으로 이해된다.

내 일찍이 이 대지, 신들의 탁자에 앉아 대지가 요동치고 터져 불길을 토하도록

신들과 주사위놀이를 벌여보았다면,

이 대지가 신들의 탁자이고, 창조의 힘을 지닌 새로운 말과 신들의 주사위놀이로

인해 떨고 있기 때문이다.[174]

보다 지체가 높은 인간들이여, 도약에서 실패한 호랑이처럼 겁을 먹고 부끄러워

어쩔 줄 몰라 하며 서투르게 옆길로 달아나는 그대들을 나 자주 보았다. 그대들

은 **주사위를 잘못 던졌던 것이다.**

그러나, 주사위 노름꾼들이여, 무슨 상관이랴! 어떻게 그렇게 된 것이니! 아무렴

우리는 언제나 희롱을 하고 노름을 하도록 되어 있는 거대한 테이블에 앉아 있지

않은가?[175]

위 글들에서 테이블·식탁·탁자 또한 대지이며 현실이다. 그 상징

의미는 수술대와 동일하다. 시적화자는 '▽은 어디로 갔느냐'며 ▽을

찾고 있다. 그리고 굴뚝 꼭대기와 테이블이 등장한다. 그것은 이상 공

식의 神·理想·예술·선 등과 동등하다. '굴뚝 꼭대기'[176]는 집(지구)

에서 태양과 가장 가까운 밝고 높은 곳으로, '테이블 밑'은 가장 낮고

어두운 곳으로 대비되고 있다. 그러나 그 어디에도 '▽'은 없다. 이것

은 〈파편의 경치〉에서 반복되는 "마침내▽을매장한설경이었다" 와

동일하며 니체의 '신은 죽었다'와 연결된 상징적 사고의 형태로 이해

할 수 있다. (신 → 理想 → 예술)

---

174 니체 지음, 정동호 옮김, 〈일곱 개의 봉인〉, 《차라투스트라는 이렇게 말했다》, 니체전집
    13, 책세상, 382쪽.
175 〈보다 지체가 높은 인간에 대하여〉, 위의 책, 480쪽.
176 굴뚝은 〈이상한가역반응〉의 바아—bar, shaft—의 원형 기둥으로, 동일한 형태적 상징으로
    이해할 수 있다.

지금까지 진행된 李箱 연구에서는 '신'에 대해 거의 다루지 않고 있는데, 이것은 이상을 이해하는 데 결코 지나쳐서는 안 되는 이상 사고의 핵심이다. 그리고 그 사고는 이상의 첫 소설 〈12월 12일〉에서도 지속적으로 반복해 강조되고 있다. 이 점에 대하여 유의하여야 한다. 다음을 통해 이상의 現實과 理想, 삶과 예술, 인간과 신에 대한 사고와 경향성을 생각해볼 수 있다.

> 그들의 메마른 인후(咽喉)를 통과하는 격렬한 공기의 진동은 모두가 창조의 신에 대한 최후적 마멸(磨滅)의 절규(絕叫)인 것일세. 그 음울한 소리를 들을 수 있는 사람은 누구나 다—싫다는 것을 억지로 매질을 받아가며 강제되는 「삶」에 대하여 필사적 항의를 드리지 않을 사람이 어디 있겠나.[177]

> 「신에게 대한 최후의 복수는 내 몸을 사바로부터 사라뜨리는 데 있다」고. 그러나 나는
> 「신에게 대한 최후의 복수는 부정되려는 생을 줄기차게 살아가는 데 있다.」이렇게…….[178]

> 「내」가 악마—신이 아니라—에게 무수히 매맞는 것을 보았네. 그리고 나는 「나」에게 욕하였고 경멸하였네. 그리고 나는 좀더 건실하게 살지 않았던 「쿡」생활 이후의 「내」가 또한 악마에게 매맞는 것을 보았네 그리고 나는 나에게 욕하였고 경멸하였네. 그리고 생에 새로운 참다운 의의(意義)와 신에 대한 최후적 복수의 결심을 마음 속으로 깊이 암송하였네.[179]

---

177 〈12월 12일〉, 《원본전집 2》, 41쪽.
178 〈12월 12일〉, 《원본전집 2》, 43쪽.
179 〈12월 12일〉, 《원본전집 2》, 45쪽.

「여자에 관련된 남에게 말 못할 무슨 비밀의 과거가 있소?」

「있소! 있되 깊소!」

「내게 들려 줄 수 없소?」

「그것은 남에게 이야기할 필요도 이유도 전혀 없는 것이오. 오직 신(神)이 그것을 알고 있을 따름이어야만 할 것이오. 그것은 내가 눈을 감고 내 그림자가 지상에서 사라지는 동시에 사라져야만 할 따름이오」[180]

그는 업의 붉게 익은 두 뺨부터 코 밑에 인중을 한참이나 훔쳐 보았다. 그 곳은 그를 만든 신(神)이 마지막 새끼 손가락을 떼인 자리인 것만 같았다.[181]

인간은 실로 인간 외에는 아무것도 아니었다. 그들은 얼마나 애를 썼나 하늘도 쌓아 보고 지옥도 파 보았다. 그리고 신(紳)도 조각(彫刻)하여 보았다. 그러나 그들은 땅 이외에 그들의 발 하나를 세울 만한 곳을 찾아내이지 못하였고 사람 이외에 그들의 반려(伴侶)도 찾아내일 수 없었다. ―그들은 땅 위와 그리 사람들의 얼굴들을 번갈아 바라다보았다. 그리고는 결국 길게 한숨 쉬었다.[182]

「선생님! 선생님! 저도 한때는 신이라는 것을 믿었던 일이 있답니다!」

「…………」

「선생님! 신은 있는 것입니까? 있을 수 있는 것입니까? 있어도 관계치 않는 것입니까?」

「……흥……C씨!…… 소설에 그런 말이 있읍니까?」

「여기서도! 그들은 신을 믿으려고 애를 쓰고 있읍니다 그려! 한때의 저와 같이!」

---

180 〈12월 12일〉, 《원본전집 2》, 63쪽.

181 〈12월 12일〉, 《원본전집 2》, 63쪽.

182 〈12월 12일〉, 《원본전집 2》, 98쪽.

「…………」[183]

「만인의 신은 없다. 그러나 자기의 신은 있다」

그는 늘 이러한 대답을 하여 왔었다.

「지금이라도 내가 그 대야를 가지고 그 주인 앞에 엎드리어 울며 사죄한다면 그 주인은 나를 용서할 것인가? 신까지도 나를 용서할 것인가」[184]

「선생님! A씨나 오라버님이나—그들을 위하여서라도 저는 죽을 힘을 다하여 신을 믿어 보려고 하였읍니다. 그러나 지금은 신의 존재커녕은 신의 존재의 가능성까지도 의심합니다」

「만인을 위한 신은 없읍니다. 그러나 자기 한 사람의 신은 누구나 있읍니다」

창밖의 길 먼지 속에서는 구세군 행려도의 복음과 찬미의 소리가 가장 저음으로 들려왔다.[185]

「오냐 만인을 위한 신이야 없을망정 자기 하나를 위한 신이 왜—없겠느냐?」

그의 손은 책상 위의 신문을 집었다. 그리고 그의 눈은 무의식적으로 지면 위의 활자를 읽어 내려가고 있는 것이었다.

「교회당에 방화! 범인은 진실한 신자!」

그의 가슴에서는 맺히었던 화산이 소리없이 분화하기 시작하였다.[186]

「신은 이제 나를 징벌하여 드는 것인가.」

---

183 〈12월 12일〉, 《원본전집 2》, 106쪽.

184 〈12월 12일〉, 《원본전집 2》, 107쪽.

185 〈12월 12일〉, 《원본전집 2》, 109쪽.

186 〈12월 12일〉, 《원본전집 2》, 111쪽.

「나는 죄가 없다—자—내가 무슨 죄가 있는가 좀 보아라—나는 죄가 없다!」

그는 자기의 선인임을 나아가 역설하기에는 너무나 약한 인간이었다. 자기의 오직 죄 없음을 죽어가며 변명하는 데 그칠 줄밖에 몰랐다.

「만인의 신! 나의 신! 아! 무죄!」

모든 것은 걷어잡을 수 없이 뒤죽박죽이었다. 자동차의 「헤드라이트」 빗속에서 번개와 어울어져서 번쩍이었다.[187]

「창조의 신(創造神)은 나로부터 그 조종(操縱)의 실줄[絲線]을 이미 거두었는가?」

눈썹 밑에는 굵다란 눈물방울이 맺혀 있었다. 그러나 그 자신도 그것을 감각할 수 없었다.[188]

업의 시체를 이 모양으로 갖다 파묻고 터덜터덜 가던 그 길을 돌아 들어오는 그들의 모양은 창조주에게 가장 저주받은 것과도 같았고 도주하던 「카인」의 일행들의 모양과도 같았다.[189]

과연 이 한 몸은 광대한 우주에 비하면 티끌만한 가치도 없다. 그런데도 이 야망은 어떻게 된 것인가. 이 불안은 뭔가. 이 악에의 충동은 또 뭔가. 신은 이 순간에 있어서 건강체인 나의 앞에선 단연 무력하다. 그러나 그렇다고 해도 나는 그 신을 이길 수는 없지만. 그러나 나는 신에 대해 저주의 마음 같은 것은 추호도 갖고 있지 않다. 신을 이기겠다는 의욕도 갖고 있지 않다. 왜냐하면 나의 이 불안감은 끝없는 환희 속에서 신의 의지, 신의 제재를 인정하지 않기 때문이다.

그럼에도 불구하고 나의 이 바윗덩이 같은 우울의 근거는 어디서 오는 것인지 전

---

187 〈12월 12일〉, 《원본전집 2》, 114쪽.
188 〈12월 12일〉, 《원본전집 2》, 131쪽.
189 〈12월 12일〉, 《원본전집 2》, 132쪽.

혀 불명이다. 그 원천이 내 자신의 내부에 있다면 나는 무엇 때문에 나 자신에 의해 고통을 받는 것일까? 그건 우스운 이야기다.

인간 세상이 온통 제멋대로인 것처럼 자꾸만 생각된다. 그것은 사실 신이 관여하는 바가 아니기 때문이다. 그래서 인간은 자기 한 몸을 마음대로 처리할 수 있고 간섭받지 않는 완전한 자유를 지녔다. 자살이 바로 그것이다.

나는 자살에 대해 생각해 본다. 수단, 시기. 유서에 대한 것 등 세세히 냉정하게 생각하는 일에 몰두한다. 그러나 자살하려고 마음 먹었다가 자살하지 않고 있는 것도 역시 자유다. 모든 곤란과 치욕을 견뎌내며 아랫배에 힘을 주고 살아가면 되는 것이다.

세상의 많은 자살자들은 모두 자살하는 것의 자유에 대해 분명히 알고 있는 사람들이며 더 큰 고난과 치욕에도 불구하고 뻔뻔스럽게 살아가고 있는 더 많은 사람들은 자살하지 않는 것도 또한 자유라는데 대한 인식을 얻은 사람들이다.[190]

소설을 쓰겠오. 「우리들의 행복을 신에게 과시할거야」 그런 해괴망측한 소설을 쓰겠다는 이야기요. 흉계지오? 가만있자! 철학 공부도 좋구려! 따분하고 따분해서 못견딜 그따위 일생도 또한 死보다는 그래도 좀 자미가 있지 않겠소?[191]

나는 커다랗게 기지개를 한번 펴 보고 아내 베개를 내려 베이고 벌떡 자빠져서는 이렇게도 편안하고 즐거운 세월을 하느님께 흠씬 자랑하여 주고 싶었다. 나는 참 세상의 아무것과도 교섭을 가지지 않는다. 하느님도 아마 나를 칭찬할 수도 처벌할 수도 없는 것 같다.[192]

---

190 〈야색〉,《원본전집 3》, 339~341쪽.
191 〈사신2〉,《정본전집 03》, 240~241쪽.
192 〈날개〉,《원본전집 2》, 339쪽.

나같은, 즉 건전한 신으로부터 버림받은 인간에게 있어 오전 7시의 기상은 오로지 비위생이며 불섭생(不攝生)이리라[193]

+ 이상의 색채

이상의 글에 드러나는 색감은 크게 무채색일 때 흰색·회색·검은색, 유채색일 때 적색·황색·청색이다. 이것은 삼원색으로, 이 색의 조합으로 수만 가지의 색을 표현할 수 있다. 그 색의 상징성은 태극의 적색과 청색(음양의 흑색, 백색)이며 삼태극의 적색·황색·청색(흑색·회색·백색)이다. 이상 기호의 이원성인 陰陽을 포함한 삼원성(▽·경계·△, 右·中·左)의 세 가지 분류와 통하기도 한다. 존재하는 모든 색은 크게 세 가지 색으로 분리되며 삼원색의 조합으로 모든 색을 표현할 수 있다. 이와 같이 이상의 기호공식 또한 존재하는 모든 것의 분리와 조합을 상징한다.

그런데 특이하게도 이상은 '갈색'을 수없이 반복하고 있다. 이상은 왜 '갈색'을 계속 반복한 것일까. 그의 단순한 선택이나 우연이 아닌 그의 '상징에 따른 색'으로 봐야 할 것이다. 따라서 이 색감 또한 단순하게 읽어서는 안 된다.

이상 기호, 음양을 상징하는 색감인 적색과 청색을 혼합하면 보라색이 된다. 이상 기호의 이원화와 단일화다. 그 혼합된 음양에 삼원성의 중간적 색감인 황색을 첨가하면 '갈색'이 된다. 결국 갈색은 삼원색 빨강, 노랑, 파랑을 모두 혼합한 색이다. 이상의 글에 드러나는 紅

---

193 〈어리석은 석반〉, 《원본전집 3》, 125쪽.

색·赤색·赤土색·적갈색·赤茶색·암갈색·세피아 빛은 모두 적색(갈색)의 변형이다. 따라서 태양 빛(가시광선) 내부는 일곱 가지 색이지만, 그것 또한 음과 양 그리고 그 중간인 삼원색의 혼합이며, 이상은 이 상징으로 '갈색'을 반복하고 있는 것이다.[194] 그리고 갈색을 붉은색의 진행 단계로 표현하면 붉은색에서 적토색·적다색·적갈색·암갈색(세피아) 정도로 배열할 수 있다. 이것은 적색의 상징 陽·▽에 따른 표현으로 봐야 할 것이다. 그것은 理想·중간·現實의 삼원성이 결합(혼합)된 하나의 개체성인데 그 혼합에서 적색의 농도와 양이 증가함을 의미한다. 그것은 단일성 안에 존재하는 삼원성의 적색을 말하며 ▽의 색이다. 이 상징성으로 이상의 적갈색을 이해해야 할 것이다. 이러한 경향은 초기 설정으로 보인다.

> 다만 무엇인가 변형된 (혹은 사각형의) <u>태양적갈색</u>의 광선을 방사하며 붕괴되어 가는 역사의 때아닌 여명을 고하는 것을 그는 볼 수 있는 것도 같았다——.[195]

위 글에서 태양은 적갈색이다. 이것은 적색·황색·청색이 혼합된 삼원성의 단일성인 갈색 가운데 적색 계통을 말한다. 따라서 이상의 '갈색'은 '적'갈색, '황'갈색, '청'갈색이 가능해진다. 적색·황색·청색의 삼원성이 혼합된 하나의 단일성 속에서 드러나는 저마다의 색이 지닌 의미가 강조되어 상징적 의미를 지닌다.

---

194 이상의 소설과 수필에 등장하는 맛을 잊어버린 커피와 여자에게 권하는 초콜릿 역시 갈색의 상징성으로 읽을 수 있다. "향기로운 MJB(커피 제품명)의 미각을 잊어버린 지도 이십여일이나 됩니다."(〈산촌여정〉, 《원본전집 3》, 103쪽) ; "한 편의 작품을 못쓰는 한이 있더라도, 아니, 말라비틀어져서 아사하는 한이 있더라도 저는 지금의 자세를 포기하지 않겠읍니다. 도저히 '커피' 한 잔으로 해결 될 문제가 아닌 것입니다."(〈사신9〉, 《원본전집 3》, 141~142쪽)

195 〈12월 12일〉, 《원본전집 2》, 111쪽. (강조 인용자)

> 멀리 소년의 날, 린시이드유의 냄새에 매혹되면서 한 사람의 화인은, 곧잘 흰 시
> 이트 위에 <u>황갈색</u> 피를 토하곤 했었다.[196]

*검은 빛이 도는 짙은 청색. 감파랑·청갈색

> <u>감벽(紺碧)</u>*의 하늘, 종일 자기 체온으로 작열하는 태양, 햇볕은 황금색으로 반
> 짝이고 있다.[197]

이상의 '갈색'은 음과 양 그리고 그 중간의 혼합이기 때문에 고정된 상징에서 벗어나 다양하게 이해할 수 있다. 이것은 이상 기호의 운동성으로, 그의 글에 등장하는 색감은 저마다 상징적 의미를 지니고 있지만 결과적으로는 '갈색'이라는 동일성을 지니며, 갈색의 적·청·황은 동일하다. 태양의 적갈색은 금의 황금색과 동일하기 때문이다. 다의적인 하나의 기호에서 주관적으로 선택한 의미를 추출해 사용는 것은 이상 글쓰기의 특징인 기호의 운동성이다.

> 분주한 발걸음소리가 나고 창들의 장막은 내려졌다. 자색 광선이 요염하게 반짝
> 거렸다. 허지만 그것은 온통 황색이었다.[198]

위 글에서는 자색과 황색이 동일시된다. 그런데 자색(적색+청색)+황색='갈색'이 된다. 이러한 상징적 색감의 운동은 이상이 〈파편의 경치〉에서 등장시킨 과자에서도 연동되어 작동한다.

---

196 〈첫 번째 방랑〉, 《원본전집 3》, 158쪽. (강조 인용자)
197 〈어리석은 석반〉, 《원본전집 3》, 128쪽. (강조 인용자)
198 〈哀夜〉, 《원본전집 3》, 306~307쪽.

304

4. 〈鬚·髥〉

(鬚·髥·그밖에수염일수있는것들·모두를이름)

1

눈이存在하여있지아니하면아니될處所는森林인웃음이存在하여있었다

2

人參[199]

3

아메리카의幽靈은水族館이지만大端히流麗하다
그것은陰鬱하기도한것이다

4

溪流에서—
乾燥한植物性이다
가을

5

一小隊의軍人이東西의方向으로前進하였다고하는것은
無意味한일이아니면아니된다
運動場이破裂하고龜裂할다름이니까

6

三心圓

7

조(粟)를그득넣은밀가루布袋
簡單한須臾의月夜이었다

8

언제나도둑질할것만을計劃하고있었다
그렇지는아니하였다고한다면적어도求乞이기는하였다

9

疎한것은密한것의相對이며또한
平凡한것은非凡한것의相對이었다

---

199 《정본전집 01》, 211쪽. (번역본 대신 원문을 사용함)

나의神經은娼女보다도더욱貞淑한處女를願하고있었다
        10
말(馬)-
땀(汗)-
  ×
余, 事務로써散步라하여도無妨하도다
余, 하늘의푸르름에지쳤노라이같이閉鎖主義로다

1931. 6. 5[200]

이 시의 제목은 '수염'이다. 그런데 수염 수(鬚)자를 두 번 반복하면
서 '그밖에 수염일 수 있는 모두를 이름'이라고 덧붙이고 있다. 수염
을 확장한 것이다. 따라서 이 기호는 시각과 관념 두 가지의 상징으로
읽을 수 있다. 시적화자가 암시하고 있는 '수염'의 상징 의미망을 확
장하여야 한다.

우선 수염을 단순히 '얼굴의 털'이라는 시각적 상징으로 볼 수 있
다. 이상은 자신의 글에서 자신을 지구로 규정하였고, 자신의 털을 개
별적 자아로, 나무로, 사람으로 상징화하기도 하였다.

나 같은 불모지를 지구로 삼은 나의 모발을 나는 측은해 한다.

나의 살갗에 발라진 향기 높은 향수 나의 태양욕

용수처럼 나는 끈기 있게 지구에 뿌리를 박고 싶다 사나토리움의 한 그루 팔손이

나무보다도 나는 가난하다.

나의 살갗이 나의 모발에 이러 함과 같이 지구는 나에게 불모지라곤 나는 생각지

않는다

---

200 〈수염〉, 《정본전집 01》, 37~38쪽.

잘려진 모발을 나는 언제나 땅 속에 매장한다―아니다 식목한다[201]

난인간만은식물이라고생각커든요.[202]

　여기에서는 수염을 사람이 처한 현실을 그린 이야기로 보는 것이 타당하다. 이 시는 10개의 부분으로 구성되어 있는데 전반부 5개 연을 이 형태로 읽을 수 있다.

1

눈이존재하여있지아니하면아니될처소는삼림인웃음이존재하여있었다

　'눈'이 있어야 할 곳에 웃음이 있다고 표현하고 있다. 제대로 바라보지 못함을 말한다. 여기서 '눈'은 〈▽의 유희〉의 "▽의눈은冬眼이다"와 대립하는 상황적 진술이다. 따라서 이 상태는 △ 현실이다. 그리고 〈이상한가역반응〉의 '이 종류의 존재의 시간적 영향성'(현실과 理想의 상호작용)에 대한 무관심으로 이해할 수 있다.

2

인삼

　인삼(人參)은 사람으로, 앞서 이야기했듯이 '모발', '수염'은 털로 사람이 된다. 인삼은 이상의 축소와 형태미, 동음이의어에 따른 언어

---

201 〈작품 제3번〉, 《정본전집 01》, 185쪽.
202 〈골편에 관한 무제〉, 《원본전집 1》, 228쪽.

유희로 볼 수 있다. '사람 3'은 6연의 '3심원'과 함께 '3'이 연결·반복
되는데, 이것은 〈▽의유희〉의 1-2-3의 연결선 위에 있는 삼각형으
로 연결된다(이상의 숫자는 점의 개수=선의 개수→도형으로 변형운동한
다). 그리고 그것은 △ 또는 ▽이 된다. 이상의 숫자는 도형과 동일한
상징으로 ▽, △ = 3이 된다.

3

아메리카의유령은수족관이지만대단히유려하다
그것은음울하기도한것이다

'아메리카의 유령'은 과학을 상징한다. 그리고 수족관으로 축소된
물은 파괴·부정의 이미지며 과학을 바탕으로 한 물질문명의 현실을
뜻한다. 이 현실은 전쟁을 동반한다. 그것이 '음울하다'고 이야기하
고 있다. 이상 글쓰기의 특징 가운데 하나는 변형되어 강조되는 반복
에 있다. 이상의 글에 '아메리카'는 또 다시 반복된다.

ELEVATER FOR AMERICA[203]

이 '아메리카를 향한 상승' 역시 시에서 말하고 있는 아메리카의 상
징인 과학과 물질문명으로 봐야 한다. 그것은 이상의 시에서 반복되
는 '유클리드의 기하학', '뉴턴의 물리학'과 동일한 상징이다. 그리고
아메리카가 수족관이라고 말하고 있는데, 수족관의 물은 현실의 축소
이며 그렇게 되면 사람들은 어류·금붕어가 된다. 따라서 이것은 〈선

---

203 〈대낮〉, 《원본전집 1》, 181쪽.

에관한각서 2〉에서 이야기하고 있는 유클리드의 초점, 과학 물질문명
의 위험성·파괴성으로 읽을 수 있다.

4

계류에서—

건조한식물성이다

가을

계류는 산골에서 흐르는 시냇물을 말하는데 수족관과 동일하게
'물'을 통한 상징이다. 그 당시 현실의 축소로 보인다. 건조한 식물성
또한 말라감·죽어감이며 그것은 겨울을 앞둔 가을로 전쟁을 뜻한다.
이 대목은 '동양의 가을'[204]과 같다. 따라서 계류는 동양 정도로 읽을
수 있다.

5

일 소대의군인이동서의방향으로전진하였다고하는것은

무의미한일이아니면아니된다

운동장이파열하고균열할다름이니까

이 대목 역시 현실의 축소이고 군인이 동서방향으로 전진하는 것은
전쟁을 말하며, 그것의 무의미함을 이야기하고 있다. 이 대목은 '발광
어류의 군집이동'[205]과 같다. '운동장'은 '자연의 대지'이며 이것은 다

---

204 〈AU MAGASIN DE NOUVEAUTES〉, 《원본전집 1》, 167쪽.

205 〈AU MAGASIN DE NOUVEAUTES〉, 《원본전집 1》, 168쪽. 이 대목의 발광어류(發光魚類)
의 광은 미칠 광(狂)으로 읽어야 한다. 물고기는 사람의 상징으로 사용된다.

음의 사고에서 축소된 현실의 상징으로 유추할 수 있다.

> 타원형의 스탠드에 충만해 있는 관중은 그것들의 전체가 형성해가고 있는 타원형
> 에 대하여 의식하고 있는 경우는 드물다.[206]
>
> 스포츠가 단지 패배를 목표로 할 때 그것은 인류에 아무런 기여도 하지 않는다.
>
> ◇
>
> 그러나 전 생물의 진화의 요인으로서 생존경쟁을 든다. …… 그것은 뒤에 그것의
> 결과로서의 도태에 개서를 한데 지나지 않는 것이지만.
>
> ◇
>
> 그것 뿐이라면 우리들은 다만 이기기만 하면 된다.
>
> ◇
>
> 그렇다면 패자는 생존권을 잃고 마는가.
> 결코 잃지 않는다. …… 하등한 생물들 사이에서라도 ……[207]

이상은 태양계 전체를 운동장으로 보고 있다. 스포츠 그 승패의 경쟁을 삶에 적용하고 있다. 따라서 스포츠가 벌어지는 운동장의 타원형의 스탠드는 현실이 된다. 앞에서 말했듯이 수염을 '사람'의 상징으로 읽을 수 있다. 6연부터는 좀 더 확장된 아쿠타가와[208]적 '수염'으로 관념적 상징으로 읽을 수 있다.

---

206 〈권두언〉, 《원본전집 3》, 198쪽.
207 〈권두언 3〉, 《정본전집 03》, 262쪽.
208 아쿠타가와 류노스케(芥川龍之介). 일본의 천재 작가로 이상의 기호는 이 작가와 많은 부문 연관되어 있다.

예수의 일생

물론 예수의 일생은 모든 천재의 경우처럼 정열에 불탔던 생애였다.

……

우리가 괴테를 사랑하는 이유는 다만 그가 성령의 아이였기 때문이다. 우리는 우리의 일생에서 언젠가 예수와 함께 있으리라. 괴테도 또한 그의 시(詩)에서 때때로 예수의 <u>수염</u>을 뽑아내고 있다. 예수의 일생은 비참했다. 그러나 그보다 나중에 태어난 성령의 아이들의 일생을 상징한다.(괴테마저도 사실 이 예에서 벗어나지 않는다.)[209]

아쿠타가와는 예수를 천재, 저널리스트, 보헤미안, 시인으로 보았다. 여기서 그리스도의 수염[髯]은 어른의 상징이며 예수의 상징이다.[210] 아이들이 자신에게 없는 예수[이상(理想)·신성·지고미·위엄]의 수염(은유, 상징)을 자신의 시 속에서 드러냄을 말한다. 따라서 '수염'은 예수의 예술·사상·사고라는 상징성을 지닌다. 그것은 이상의 사고에서 理想이며 ▽이다. 따라서 이상도 자신의 시 속에서 예수의 수염을 동경·추구하고 있는 것이다. 이것이 이상의 글에 드러나는 기독교적 색채의 진실이다. 단순히 종교의 대상이 아닌 정신과 예술, 그리고 순수·理想을 지향하는 지고미(至高美) 등으로 이야기할 수 있다.

---

209 아쿠타가와 류노스케 지음, 양희진 옮김, 〈예수의 일생〉, 《쓸쓸함보다 더 큰 힘이 어디 있으랴》, 문파랑, 2007, 190~191쪽. (강조 인용자)

210 아쿠타가와의 이러한 '수염' 기호의 사용은 일반적 사고로 이해하기가 어렵다. 이것은 보들레르의 콧수염에서 연동된 것으로 보인다. "프랑스인들이 군사적 은유를 선호하고 좋아하는 데 관하여./여기에서는 모든 은유가 콧수염을 달고 있다."(보들레르 지음, 이건수 옮김, 《벌거벗은 내마음》, 문학과지성사, 2005, 114쪽) '모든 은유가 콧수염을 달고 있다'는 '은유'가 오랜 시간이 걸려 형성된 정형화된 콧수염과 연관됨인데 이것은 과거로부터 이어진 원형의 반복, 형식적 일반성으로 읽을 수 있다. 프랑스 군인들 사이에서는 한때 콧수염을 기르는 것이 유행하기도 했다. 은유의 정형성·획일성·비창조성을 말한다.

그리고 그러한 경향은 연관되어 진행된다. 위의 글에서 '성령의 아이들'은 단순히 종교적 의미가 아닌 문학, 예술의 복합적인 상징으로 아쿠타가와의 다른 글에서 그 의미를 읽을 수 있다.

> 그리스도는 고대의 저널리스트가 되었다. 동시에 고대의 보헤미안이 되었다. 그의 천재성은 발전을 계속해서 그의 생활 자체가 한 시대의 사회적 약속이 되었다. 그를 이해하지 못하는 제자들에게 정신병을 불러일으키며. 그러나 그것은 그리스도 자신에게는 환희에 가득 찬 것이었다. <u>그리스도는 자신이 만든 시(詩) 속에서 얼마나 정열을 느꼈던 것일까?</u>[211]

위의 글에서 그리스도의 시는 괴테가 예수의 수염을 뽑은 시(詩)와 연결된다. 이것은 괴테가 성령의 자식이었기 때문이라고 설명하는데 그것은 천재 시인, 보헤미안, 저널리스트로서 예수의 상징과 같다. 이상은 자신의 시에서 스스로를 예수로 표현하기도 했는데 그것은 아쿠타가와의 관점에 따른 예수의 상징성이며 '성령의 아이들' 가운데 한 명으로서 추구하는 자신이다. 또한 가족 속으로 들어가고자 하는— '황금'을 가지고 있는 집으로 '소금'을 얻으러 들어가고자 하는 〈이상한가역반응〉의 시적화자— 희망이다.

> 乃乃 실락원을 구련(驅練)*하는 <u>수염난 호령이로소이다.</u>[212]
> ───────────────── *말 달리며(채찍질 하며) 익히는
>
> 가브리엘천사균 (내가 가장 불체출의 그리스도라 치고)

---

211 아쿠타가와 류노스케 지음, 노재명 옮김, 〈성령의 아들〉, 《월식》, 하늘연못, 2005, 123쪽. (강조 인용자)
212 〈최저낙원〉, 《원본전집 3》, 185쪽. (강조 인용자)

이 살균제는 마침내 폐결핵의 혈담이었다(고?)

폐속 펭키칠한 십자가가 날이날마다 발돋움을 한다
폐속엔 요리사 천사가 있어서 때때로 소변을 본단 말이다.
나에 대해 달력의 숫자는 차츰차츰 줄어든다[213]

힌뻥끼로칠한십자가에서내가점점키가커진다. 성피−타−군이나에게세번식이나아
알지못한다고그린다 순간 닭이활개를친다……

어억 크 더운물을 엎질러서야 큰일날노릇—[214]

　이상은 위와 같이 자신을 예수에 비유하고 있으며 '수염'은 위의 아쿠타가와의 상징적 관점인 '은유', '상징'으로 이해할 수 있다. 그럴 때 이 시의 후반부 6~10연은 문학예술에 대한 시(글)의 상징성으로 읽을 수 있다.

6

　삼심원

　'삼심원'은 외형적인 도형을 말하는 것이 절대 아니다.[215] 세 개의 중심을 가진 원은 존재하지 않는다. 이상을 파악하는 데서 이러한 오류가 많이 발생하는데 이것은 이상의 변형된 상징이며 기호이다. 이것은 세 가지로 분할된 원을 말하며, 사각형이 세 부분으로 분할된

---

213 〈객혈의 아침〉, 《정본전집 01》, 194쪽. '소변' 역시 글쓰기를 말한다.
214 〈내과〉, 《정본전집 01》, 145쪽.
215 원은 하나의 중심을 가지고 타원은 두 개의 중심을 지닌다.

'진단 0:1'과 같은 형태적인 상징이다. 사각형과 원은 동일하다. 그것은 세 부분으로 분할되는데 이는 곧 이상 자기 자신인 동시에 존재하는 모든 것의 존재 규정이다. (음과 양 그리고 그 경계의 태극, 현실과 이상 그리고 그 경계) 따라서 자신의 분할된 '세 가지의 마음을 가진 원'을 일컫는 것이다. 곧 이상 스스로가 진단한 상징화된 자기 자신인 것이다. 2연의 인삼(人蔘)과 3심원은 같은 상징적 기호이다. 외형과 내면의 상징으로 볼 수 있다. 따라서 6연부터는 이상 자신의 이야기로 전환되며 그 내면적 사고의 흐름으로 진행된다.

7

조(粟)를그득넣은밀가루포대
간단한수유(須臾)의월야이었다

밀가루 포대에 밀가루가 들어있지 않고 '조'가 가득 들어있다. 여기서 속(粟)은 조, 벼, 오곡으로 밀가루에 대응되는 '빻지 아니한 곡식'을 말한다. 이것은 겉과 속이 다른 상태로 허위, 가식을 뜻한다. 그리고 그것은 간단한 잠시 동안의 달밤이었다고 하는데 달과 밤은 이상의 기호에서 △·음이며 현실이다. 따라서 이 부분은 이상이 스스로 자신의 처지를 나타낸 것으로 봐야 한다. 스스로 속임을 이야기하고 있다.

이상의 글에 사용된 단어는 사전적·일반적 의미로 읽을 때 해독이 안 된다. 상징이기 때문에 다의성과 모호성을 지니고 있다. 그러한 상징은 이상이 보들레르와 니체, 아쿠타가와 등의 영향을 받았음이 드러난다.

거리에 서서 지나가는 사람들을 우두커니 바라보고 있는 자들처럼 이렇게 학자들도 기다리면서 남들이 생각해 낸 사상들을 우두커니 바라보고 있다.

사람들이 손으로 학자들을 잡으면 마치 가루 부대처럼 그 둘레에는 반사적으로 먼지가 일어난다. 그러나 그들의 먼지가 곡물로부터, 여름 들녘의 황금빛 환희로부터 생긴 것임을 그 누가 아는가?

……

제분기처럼, 절굿공이처럼 그들은 일한다. 사람들은 그들에게 곡물을 던져 넣기만 하면 된다! 그들은 곡물을 잘게 빻아 흰 가루로 만드는 법을 이미 알고 있다. 그들은 서로 감시하고 상대방을 그다지 믿지 않는다. 보잘것 없는 책략에는 재주가 있어서 그들은 절름발이 지식을 가진 사람들을 기다리고 있다. 그들은 거미처럼 기다리고 있다.[216]

'곡물'이 '여름 들녘의 황금빛 환희로부터 생긴 것'이라고 서술하고 있다. 따라서 '곡물'은 앞서 이야기한 씨 뿌리는 사람, 태양과 연결된다. 곧 이상 기호의 ▽이 된다. 그 본래의 형체를 알 수 없는 밀가루(가공·변형·동일성·일반성)가 들어 있는 포대같이 보이지만, 그 안에는 곡물(근원·본성)들이 원형 그대로 들어 있다. 이것은 이상 스스로가 외형과 내면의 다름, 곧 자신의 글·기호(상징)의 이중성에 대해 설명한 것으로 보인다. 일반성·동일성 속의 차별성·특이성이다.

이상은 여러 곡식 가운데서 '조'를 선택했는데 조(좁쌀)는 '노란색'으로 태양·황금과 동일한 내재적 상징이다.[217] 그리고 앞서 이상의 현

---

216 니체 지음, 황문수 옮김, 〈학자들에 대하여〉, 《차라투스트라는 이렇게 말했다》, 문예출판사, 2005, 221~222쪽. (강조 인용자)

217 앞서 이상이 '그림자 사나이'를 소설 속에서 반복한 것과 같이 이상은 '조'를 수필 〈산촌여정〉과 〈첫 번째 방랑〉에서 반복하여 드러내고 있다. 이것은 이상 기호의 지속된 노출이며 강조이다.

실 "초콜레이트"에 대응되는 상징으로 '고결한 분(粉)'[218]을 이야기했
는데, 그 고결한 가루는 다음 대목에 연결되는 상징성을 지닌다.

여자는마침내낙태한것이다. 트렁크속에는천갈래만갈래로찢어진POUDRE
VERTUEUS*가복제된것과함께가득채워져있다.[219]
　　　　　— *고결한 가루

　여자의 트렁크에 있는 것은 '여름 들녘의 황금빛 환희로부터 생긴
곡물'을 빻은 '고귀한 가루'이며 이것이 상징하는 바는 ▽(소금)과 동
등하다.[220] 그리고 복제된 것이란 그것을 모방한 이상의 가루, 곧 그의
문학과 글이며 그의 사고이다. 이것이 '트렁크' 속에 가득 채워져 있
는 것이다. 이러한 해독은 이상이 지속적으로 운동시킨 단어의 연결
성에서 파악할 수 있다. 앞서 설명한 이상의 글에 반복되는 니체적 낙
타(사막)의 상징이며, 아내인 '낙타' → '트렁크'에 이어지는 광녀(狂
女)의 상징성이다.

안해낙타를닮아서편지를삼킨채로죽어가나보다. 벌써나는그것을읽어버리고있다.[221]

그의의미는 대체어디서나오는가 머언것같아서불러오기어려울것같다 혼자사아는
것이 가장혼자사아는것이 되리라하는마음은 낙타를타고싶어하게하면 사막넘어
를생각하면 그곳에좋은곳이 친구처럼있으리라생각하게한다. 낙타를타면그는간
다 그는낙타를죽이리라 시간은그곳에아니오리라왔다가도 도로가리라 그는생각

---

218 〈광녀의 고백〉, 《원본전집 1》, 135쪽.
219 〈광녀의 고백〉, 《원본전집 1》, 136쪽.
220 이것을 광녀의 화장품 분으로 해석하면 시 전체가 엉뚱하게 해석된다. 그만큼 이상의 언
　　어는 상징의 이중·다중적 의미를 숨기고 있다.
221 〈아침〉, 《원본전집 1》, 232쪽. (강조 인용자)

316

한다 그는트렁크와같은낙타를좋아하였다 백지를먹는다 지폐를먹는다[222]

위에서 낙타와 트렁크는 동일시된다. 그리고 '그'는 낙타를 좋아한다고 말하고 있다. '트렁크와 같은 낙타' 여기에서 트렁크와 낙타의 동일성은 일반적 관점과 사고에 따를 때 전혀 가능하지 않은 파격이며 비유조차도 불가능하다. 그저 '짐'을 운반하는 '도구'라는 측면에서 동일한 정도다. 이것은 이상의 의도적 접목으로, 이상 기호로 치환하면 그 타당성이 증명된다.[223] 트렁크는 여행용 가방이며 형태로 보면 사각 Case[224]·Box·箱·□이다. 그리고 낙타는 현실적 자아인 아내 △이다. 이상 공식의 □＝△로 위 소설의 언급과 같이 트렁크와 낙타는 동일해진다.[225]

箱 □ ＝ △ 여자 ＝ ▽ 남자 (이상 제2공식)

따라서 낙타·안해는 이상의 문학과 글을 짐 지고 부담하는 대상이며 도구화된 현실적 자아이다. 이같이 캐라반을 시작으로 반복되는 '아내', '낙타', '사막'의 상징성은 아쿠타가와의 글에서도 반복된다.

예술가의 어느 한 부류는 환멸의 세계에서 산다. 그들은 사랑을 믿지 않는다. 양심도 믿지 않는다. 다만 옛날의 고행자처럼 불모의 사막을 집으로 삼는다. 그런

---

222 〈지도의 암실〉, 《원본전집 2》, 169쪽. (강조 인용자)
223 이상의 글은 외형적으로는 자동기술적 형태로 연상 진술되기도 한다. 그러나 그 내부적으로는 철저하게 의도된 조직성이 드러난다. 따라서 그 내부적 파악에 따른 구분이 중요하다.
224 "사각이난케-스가걷기시작이다"(《정본전집 01》, 68쪽 참조)
225 이상은 여자로 남자로 변형하여 그의 글 속에 드러난다. '2장 도형으로 바라 본 이상 시의 해독' 참조.

점은 정말 불쌍할지도 모른다. 그러나 아름다운 신기루는 사막의 하늘에만 생긴다. 온갖 세상사에 환멸을 느낀 그들도 거의가 예술엔 환멸을 느끼지 않는다. 아니 예술을 말하기만 하면 보통 사람은 알지 못하는 황금빛 꿈이 순식간 공중에 나타난다. 그들도 실은 뜻밖에 행복한 순간을 갖는다.[226]

이상은 또한 다른 글에서 자신을 '자루'(포대)로 표현하기도 했다.[227] 이것은 트렁크와 그 상징성이 같다.

어스름 속을 헤치고 공복을 운반한다. 나의 안 자루(袋)는 무겁다

…… 나는 어떻게 하면 좋을까 …… 내일과 내일과 다시 또 내일을 위해 나는 깊은 잠속에 빠져들었다.[228]

위의 글은 날짜가 1931년 11월 3일로 명시되어 있는데 이것은 초기 시 여섯 편을 발표한 때(1931년 7월)와 근접하다. 위에서 보이듯이 "공복"(이상의 핵심어)과 "자루[袋]"의 반복은 그 상징적 사고의 연결을 뜻한다. 그리고 위의 화자는 '내일'을 기다리며 '잠' 속에 빠져드는데 〈수염〉에서는 '쉬운 잠시 동안의 월야'라고 서술하고 있다. 그것은 위 글에서 화자가 '잠에 빠지는 상태'이기 때문이다. 거짓, 속임(자신의 속을 드러내지 않음)의 일시성으로 읽을 수 있다. 서로 연결된다.

---

226 아쿠타가와 류노스케 지음, 양희진 옮김, 〈환멸의 예술가〉, 《쓸쓸함보다 더 큰 힘이 어디 있으랴》, 문파랑, 2007, 35쪽.
227 원문 '袋'의 동일 반복이다.
228 〈황〉, 《원본전집 3》, 311쪽.

8

언제나도둑질할것만을계획하고있었다

그렇지는아니하였다고한다면적어도구걸이기는하였다

'도둑질'과 '구걸'은 이상이 자신의 문학적 경향을 자조해서 표현한 것으로 보아야 할 것이다. 이상의 초기 여섯 편의 시는 보들레르와 니체가 사용한 '단어'의 '상징과 이미지'를 많이 차용하고 있는데, 앞에서 살펴본 7의 '곡물'에 대한 이상의 사고로 보인다. 〈이상한가역반응〉에서 황금의 집(부자ㅅ집)으로 소금을 얻으러 가고자 희망하는 시적자아의 행동을 '구걸'로 상징한 것과 동일하게 파악된다. 여기서 '구걸'은 굶주림, '공복'에서 비롯된 거지적 행위인데 이상은 '거지적 존재'라는 표현을 소설에서도 반복했다.

> 자신 역 지상에 살 자격이 그리 없다는 것을 가끔 느끼는 까닭이다. 그러나 다음 순간 「나를 먹여 살리는 내 바로 상부구조가 또 이렇게 만족해하겠지」하고 소름이 연 쫙 끼쳤다. 그때의 나는 틀림없이 어떤 점잖은 분들의 허영심과 생활원동력을 제공하기 위하여 꾸멀 꾸멀 하는 '거지적 존재'구나, 눈의 불이 번쩍 나지 않을 수 없었다.[229]

여기서 '거지적 존재'는 이중적 의미로 해석할 수 있다. 물질적인 거지(결핍)와 정신적인 거지(결핍)이다. 〈이상한가역반응〉에서 소금을 소유하고 있는 부잣집과 대비되는 시적자아의 빈곤함과 동일하다. 따라서 이상을 먹여 살리는 상부구조는 예술문학이 된다. 이러한 '거

---

229 〈조춘점묘〉, 《원본전집 3》, 42쪽.

지' '가난'에 대한 상징적 표현 또한 보들레르의 글에서 드러난다.

> 너는 시인에게 부어준다. 희망과 젊음과 생명을,
>
> ─그리고 긍지를, 이것이야말로 온갖 거지 근성의 보배,
>
> 그것은 우리를 승자로 만들고 「신」과 닮게 만든다![230]

> 그것은 「신들」의 영광, 그것은 신비한 곳간,
>
> 그것은 가난한 자의 지갑, 그리고 옛 고향,
>
> 그것은 가보지 못한 「천국」을 향해 열린 회랑![231]

그리고 위의 7이 니체의 글에서 유추된 것과 같이 거지의 '가난, 굶주림'과 '도둑질'도 니체의 글에서 추적의 근거가 드러난다.

> 정녕 이와 같이 증여하는 사랑은 모든 가치를 강탈하는 자가 되어야 한다. 그러나 나는 이러한 이기심을 건전하고 거룩하다고 말한다.
>
> 또 하나의 다른 이기심이 있다. 너무나 가난하고 굶주렸기 때문에 언제나 훔칠 틈을 엿보는 이기심, 저 병든 자들의 이기심, 병든 이기심이 있다.
>
> 도둑의 눈으로 이 이기심은 빛나는 모든 것을 바라본다. 굶주린 자의 탐욕으로서 이 이기심은 풍부하게 먹는 자들을 곁눈질한다. 그리고 이 이기심은 언제나 증여하는 자들의 식탁 둘레를 배회하고 있다.[232]

---

230 보들레르 지음, 윤영애 옮김, 〈외로운 자의 술〉, 《악의 꽃》, 문학과지성사, 2003, 274쪽. (강조 인용자)

231 보들레르, 〈가난한 자의 죽음〉, 위의 책, 320쪽. (강조 인용자)

232 니체 지음, 황문수 옮김, 〈증여하는 덕에 대하여〉, 《차라투스트라는 이렇게 말했다》, 문예출판사, 2005, 140쪽.

위 글의 '빛나는 것'은 물질적인 것이 아닌 정신적인 것을 말한다. 이것은 보들레르의 선, 예술, 지고미와 같다. 그리고 너무나 가난하고 굶주렸기 때문에 언제나 '훔칠' 틈을 엿보는 이기심, '도둑'의 눈으로 바라보는 '굶주린 자'는 〈수염〉과 함께 발표된 시 〈공복〉의 상징과 동일하게 연결된다. '공복'은 이상의 시·수필·소설 전반에서 계속 반복·강조되는 핵심 단어로, 정신적·예술적 결핍, 공허함, 허무주의, 현실 이탈 등으로 이해할 수 있다. 그리고 '도둑질'은 아쿠타가와의 글에서도 그 상징의 근거를 찾아볼 수 있는데, 이 또한 니체의 《차라투스트라는 이렇게 말했다》에서 상징하는 '도둑질'과 동일하다. 어떠한 '물질'을 훔치는 행위가 아닌 '정신', '관념', '기호', '상징'에 관련된 문학적·사상적 훔침이다. 그리고 이것은 '모방'(복제)과 같은 단어로 대체할 수 있다. 다음 글의 '독창적', '원형', '훔쳤다', '차라투스트라'는 7연과 8연에 이어지는 니체의 상징이 연결되어 작동한다.

어떤 목소리 : 네가 쓴 작품들은 독창적이다.

　　나　　 : 아니다. 결코 독창적이지 못하다. 먼저 과연 독창적인 것이 존재하는가가 문제다. 동서고금의 천재들이 쓴 작품조차도 프로토 타입(proto-type, 원형)이 존재한다. 나는 그 중에서 많은 것을 훔쳤다.

어떤 목소리 : 그러나 너는 다른 사람들을 가르치기도 했다.

　　나　　 : 내가 가르친 것은 불가능하다는 것뿐이다. 내가 가르칠 수 있는 것은 난 가르치지 말았어야 한다는 것뿐이다.

어떤 목소리 : 너는 초인(超人)이라고 확신한다!

　　나　　 : 아니다. 나는 초인이 아니다. 우리들은 모두 초인이 아니다. 초인은 단지 차라투스트라가 유일하다. 더욱이 그런 차라투스트라가 어떤 죽음을 맞이했는

지는 니체 자신도 알지 못한다.[233]

이것은 앞서 아쿠타가와의 글에서 언급한 '자신의 시에서 여러 번 예수의 수염을 뽑고 있는 괴테'와 연결되는데, 동서고금의 천재들조차도 작품의 원형을 벗어나지 못하는 모방에 대한 사고를 말한다. 결국 원형을 벗어나지 못한 독창성은 '도둑질'과 훔침이며, 그것이 아니라면 적어도 '구걸'이 되는 것이다. 이는 예술적 이상·지고미를 향한 작가적 고뇌와 탄식이며, 이상의 기호에서 '▽'의 추구에 따른 작가의 감상이다. 그것은 결국 시적화자가 추구하는 신·지고미·예술·이상이 되며 아쿠타가와적 사고와 동일하다.

                    9
소한것은밀한것의상대이며또한
평범한것은비범한것의상대이었다
나의신경은창녀보다도더욱정숙한처녀를원하고있었다

여기서 소(疎 = 疏)는 소통(疏通)으로, 밀(密)은 소통하지 않음, 즉 이상의 글에서 지속적으로 반복되는 '비밀'로 읽을 수 있다. 이것은 결국 일반적인 '평범한 것'(글, 사고)과 독창적인 '평범하지 아니한 것'(글, 사고)으로 또다시 대응된다. 이것은 7의 밀가루와 곡물로 대응된다.

소한 것 = 평범한 것 = 일반성 = 밀가루
        ↕
밀한 것 = 평범하지 아니한 것 = 독창성 = 곡물[234]

233 아쿠타가와 류노스케 지음, 노재명 옮김, 〈암중문답〉, 《월식》, 하늘연못, 2005, 408쪽.

322

이것은 위의 7과 8에서 이어지는 상징의 연결성을 갖는다. 그 이원성의 대립이 드러난다. 그리고 '창녀'와 '처녀'가 대립하고 있다. 이상의 사고에서 이원성의 대립은 결국 동일하지만, 여기서 창녀와 처녀는 일반적[平凡] 인식으로 대립된 순결하지 못함과 순결함의 상징이 아닌(일반적인 인식이 아닌 非凡), 동일하지만 다른 상징으로 봐야 한다. 왜냐하면 "창녀보다도더욱정숙한처녀를원하고있었다"고 말하고 있기 때문이다. 여기서 창녀는 '이미' 정숙한 존재이다. 따라서 창녀는 성적인 상징이 아니라 보들레르의 상징인 '매음'에 이어지는 표현으로 보아야 할 것이다.[235] 그것은 예술, 정신, 신 등으로 이해할 수 있다.

그런데 시적화자는 '창녀'보다도 '더욱' 정숙한 '처녀'를 원하고 있다.[236] 이것은 기존의 예술을 벗어난 '새로운 창조'에 대한 시적화자의 바람으로 보아야 할 것이다. 따라서 '나의 신경이 원하는' '처녀'는 '창녀'와 같지만 다른 '보다 더욱 정숙한' 시적자아의 상징이다. 같은 예술, 같은 문학을 동경하지만 기존[237]의 것과는 다른 '새로운'(최초의, 처음으로 하는, 人跡未踏) 자신의 것을 원하고 있다. 그것은 독창성이며 창조를 향한 의지다.

---

234 疎를 '성기다'로 읽으면 일반적인 언어 사용으로, 密을 '빽빽하다'로 읽으면 응집된─다의적─상징의 언어로 읽을 수 있다. 그리고 그것은 평범·일반성과 비범·독창성으로 대립된다.

235 이상의 〈이상한가역반응〉, 보들레르의 〈매음론〉 참조.

236 7연의 밀가루 포대: POUDER VERTUEUSE(고결한 가루)는 동시에 '정숙한(정조를 지키는) 가루'이다. VERTUEUSE는 '정숙한'이라는 의미도 지니기 때문이다. 따라서 이 기호의 흐름은 지속적으로 연동된다.

237 아쿠타가와적 표현에 따르면 '원형'을 벗어난 동서고금의 천재들을 뛰어넘는 독창적인 예술 작품 정도로 이해된다.

창조······

한 면으로는 직관을 요하며······

다른 면으로는 직관을 배양하는 것의 과학적 기초를 요한다.

그것이 예술인가 비예술인가는 문제가 아니다. 일을 해가고 있는 자에게는······

창조하는 것만으로 족하다.[238]

그리고 시어(詩語) '처녀'는 3개월 뒤에 발표된 〈선에관한각서 5〉에
서 다시 반복되고 있다.

현재는오직과거만을인쇄하고과거는현재와일치하는것은그것들의복수의경우에있

어서도구별될수없는것이다.

연상은처녀로하라, 과거를현재로알라, 사람은옛것을새것으로아는도다, 건망이

여, 영원한망각은망각을모두求한다.[239]

여기서 '처녀'는 '새것'을 의미하며 예술적 추구의 상징으로 보인
다. 기존과는 전혀 다른 '독창성'을 강조하고 있다. 그것은 창조를 말
한다. 사람들이 옛것을 새것으로 아는 까닭은 원형을 통한 반복[240]이
기 때문이다. 이러한 문학·글에 대한 이상의 사고를 다음 글에서 읽
을 수 있다. 시간을 헛되이 보내지 않고 지혜를 끊임없이 쥐어짜며 끙
끙거리는 이상은 〈이상한가역반응〉의 변비증 환자와 성경에 등장하
는 지혜의 뱀으로 연상된다.

---

238 〈권두언〉,《원본전집 3》, 204쪽.
239 〈선에관한각서 5〉,《원본전집 1》, 157쪽.
240 과거만을 인쇄하는 아쿠타가와의 훔침, 니체의 병든 이기심의 도둑질.

열세벌의 유서가 거의 완성해 가는 것이었다. 그러나 그 어느 것을 집어 내 보아도 다같이 서른 여섯살에 자살한 어느 「천재」가 머리맡에 놓고 간 개세의 일품의 아류에서 일보를 나서지 못했다. 내게 요만 재주 밖에는 없느냐는 것이 다시 없이 분하고 억울한 사정이었고 또 초조의 근원이었다. 미간을 찌푸리되 가장 고매한 얼굴을 유지해야 할 것을 잊어버리지 않고 그리고 계속하여 끙 끙 앓고 있노라니까(나는 일시 일각을 허송하지는 않는다. 나는 없는 지혜를 끊지지 않고 쥐어 짠다)[241]

그리고 이 '새로움'은 「삼차각설계도」 다음에 발표한 「건축무한육면각체」에서 'NOUVEAUTES'(새로운)의 번역된 단어로 등장하는데 이러한 변형·운동은 이상의 글쓰기 형태 가운데 하나이다.

「건축무한육면각체」라는 표제어를 달고 처음 발표한 시의 제목은 'AU MAGASIN DE NOUVEAUTES'이다. '새로운 창고'란 보들레르의 창고[242]에 이어지는, 그와 같지만 다른 이상의 창고이다. 이상은 보들레르의 상징과 사고를 많은 부분 이어가고 있으나, 한편으로 보들레르와는 확연하게 다른 성격을 갖고 있다. 이상의 '새로운 창고'는 그가 규정한 현실이고, 그의 글이며, 그의 예술, 그의 사고이다(가시성과 비가시성을 포함한 전체를 의미한다). 따라서 '처녀'는 보들레르의 매음론에 드러나는 '창녀'의 변형이다. '창녀보다도 더 정숙한 처녀'란 기존의 예술(동서고금의 천재—보들레르—들의 예술)을 벗어나고 뛰어넘는 '새로운 창조'를 말한다. 이는 기존에 존재하지 않던 새로움이며 그 독창성으로 말미암아 색다르며 신기한 것이다. 이상 시의 형태

---

241 〈종생기〉, 《원본전집 2》, 380쪽. 서른여섯에 자살한 천재는 아쿠타가와를 말한다.
242 조수호, 〈이상의 건축무한육면각체 해독〉, 《이상소설작품론》, 역락, 2007, 271~272쪽.

성과 그 조직 구성, 기호 숫자의 연상·변형 운동에서 두드러진다. [243]

10

말(馬)-

땀(汗)-

×

余, 사무로써산보라하여도무방하도다

余, 하늘의푸르름에지쳤노라이같이폐쇄주의로다

'말'과 '땀' 역시 성적인 상징 표현이 아니라 이상의 글에서 반복된
변형으로 보아야 할 것이다. 이상은 소설 〈12월 12일〉과 동경에서 보
낸 그의 편지에서 다음과 같이 말하고 있다.

> 운명의 악희가 내게 끼칠 「프로그램」은 아직도 다하지 아니하였던지 나는 그 죽
> 음의 출입구까지 다녀온 병석으로부터 다시 일어났네. 생각하면 그 동안에 내가
> 흘린 「땀」만 해도 말(斗)로 계산할 듯하니 다시금 푹 젖은 욧바닥을 내려다 보며
> 이 몸의 하잘것 없는 것을 탄식하며 마지 않았으며 피비린 냄새 나는 눈방울을
> 달음박질 시켜 가며 불려 놓았던 나의 「포켓」은 이번 병으로 말미암아 많이 줄어
> 들었네. 그러나 병석에서도 나의 먹을 것의 걱정으로 말미암아 나의 그 「포켓」을
> 건드리게 되기는 주인의 동정이 너무나 컸던 것일세. [244]

---

243 "이태백을 닮기도 해야 하지만, 절대로 닮아서는 안 되는 것, 그것이 보이는 바둑판의 방법
　　론이다. 닮고 싶은 힘과 한 자쯤 일부러 「실수」를 범해서 닮지 않게 하는 것, 거기에 생긴
　　긴장력이 이상 바둑판의 의미이다."(김윤식, 《이상연구》, 문학사상사, 1997, 374쪽 참조)
244 〈12월 12일〉, 《원본전집 2》, 50쪽.

조광 이월호의 〈동해〉라는 졸작을 보았오? 보았다면 게서 더 큰 불행은 없겠오.
등에서 땀이 펑펑 쏟아질 열작이오.[245]

*차가운 땀 30말

조광 이월호의 〈동해〉는 작년 육,칠월경에 쓴 냉한삼곡(冷汗三斛)*의 열작입니
다. 그 작품을 가지고 지금의 李箱을 '촌탁'(忖度)하지 말아 주시기 바랍니다.[246]

위 글에서 반복되는 땀은 말[斗]의 변형으로 이상이 자주 사용한 동
음이의어를 변형한 위트로 볼 수 있다. 자신이 글을 쓰면서 흘린 땀
을 '말'[斗]로 계산하고 있다. 그리고 '馬'는 낱말 그대로 빨리 달리면
서(의식적 속도, 질주, 노력의 운동성) 흘리는 땀으로 이해할 수 있다. 그
리고 〈이상한가역반응〉에서 '땀에 젖은 잔등'의 '땀'에 이어지는 글쓰
기의 말(言)로 이해할 수 있으며 변비증 환자가 상징하는 제대로 발화
하지 못함으로 읽을 수 있다. 왜냐하면 이상의 초기작 여섯 편의 시는
서로 긴밀하게 연결되어 있기 때문이다.[247] 시작(詩作)의 힘듦을 말한
다. 이것은 9에서 시적화자가 '창녀보다도 더욱 정숙한 처녀' 곧 새로
운 것을 원했기 때문이다. 따라서 이 시는 성적 형태로 보아서는 하나
의 흐름을 잡기가 불가능하다.

그리고 마지막 행의 자신의 '사무', '산보', '폐쇄주의' 또한 소설
〈12월 12일〉에서 반복되는 이상의 중요한 상징이다. 이상이 선택한
산보는 문학예술, 理想을 향한 걸음(여정) 정도로 이해할 수 있을 것
이다. 보들레르, 랭보의 산보와 상징의 유사성이 있다. 이것은 이상

---

245 〈사신8〉, 《원본전집 3》, 239쪽.
246 〈사신9〉, 《원본전집 3》, 242쪽.
247 여섯 편의 시는 개별적이지만 단편으로는 이해가 불가능하다. 전체가 유기적으로 연결되
　　어 있기 때문이다. 따라서 전체 하나의 덩어리로 이해해야 할 것이다.

의 사고를 이해할 때 간단히 규정될 수 없다.

어디로 가나?

사람은 다 길을 걷고 있다. 그러므로 그들은 어디로인지 가고 있다. 어디로 가나?

광맥(鑛脈)을 찾으려는 것 같은 사람이 있는가 하면 산보하는 사람도 있다.

세상은 어둡고 험준하다. 그러므로 그들은 헤매인다. 탐험가(探險家)나 산보자
(散步者)나 다 같이—

사람은 다 길을 걷는다. 간다. 그러나 가는 데는 없다. 인생은 암야의 장단 없는
산보이다.

그들은 오랫동안의 적응(適應)으로 하여 올빼미와 같은 눈을 얻었다.

다 똑같다.

그들은 끝없이 목마르다. 그들은 끝없이 구(求)한다. 그리고 그들은 끝없이 고른
(擇)다.[248]

위의 구절은 이상이 소설 속에 의도적으로 삽입하였다. 위 글에서
'올빼미의 눈'은 헤겔의 '미네르바의 올빼미', 보들레르의 시 〈올빼
미〉에 연결되는 지혜·각성을 상징한다. 앞서 〈이상한가역반응〉의 백
대리석 건축물인 '파르테논' 신전, 지혜의 여신이자 '처녀' 신인 아테
네(미네르바)의 상징과 동일하다. '목마름'도 현실적·정신적·예술적
인 갈증이며, 그것으로 말미암은 구함과 선택을 서술하고 있다. 이러
한 사고의 연상은 이상과 교류가 많았던 문인 김기림이 이상을 추도
하며 쓴 시 〈쥬피터의 추방〉에서도 엿볼 수 있다.

---

[248] 〈12월 12일〉, 《원본전집 2》, 69쪽. (강조 인용자)

쥬피타는 어느 날 아침 초라한 걸레쪼각처럼 때묻고 해여진

수놓는 비단 형이상학과 체면과 거짓을 쓰레기통에 벗어 팽개쳤다.

실수 많은 인생을 탐내는 썩은 체중을 풀어 버리고

파르테논으로 파르테논으로 날아갔다. [249]

이상과 각별한 사이였으며 그를 가장 가까운 곳에서 보아왔던 문우의 언급이다. 이상을 주피터로 설정하고 그가 '파르테논'으로 날아갔다고 말한다. 이것은 이상을 설명하는 데 의미있는 상징적 기호가 된다. '파르테논'의 상징성은 보들레르의 처녀신인 아테네의 신전, 발레리의 미네르바의 신전과도 이어진다.

부동의 보물, 미네르바의 조촐한 신전,

고요의 산더미며, 눈에 보이는 축적,

우뚝 솟는 물, 네 속에 불꽃의 베일 속에

그렇듯 많은 잠을 간직한 **눈**,

오, 나의 침묵! …… 넋 안의 전당,

그러나 천(千)의 기왓장에 넘쳐흐르는 황금 **지붕**이여! [250]

위의 시에서 '미네르바의 신전'과 '황금' 지붕이 접목되는데, 이는 〈이상한가역반응〉의 '백대리석 건축물'과 '황금을 가지고 있는 집'에 연결된다. 그리고 지혜의 여신 미네르바의 올빼미와 신의 연결을 보들레르는 다음과 같이 말한다. [251]

---

249 김기림, 〈쥬피타 추방 – 이상영전에 바침〉, 《그리운 그 이름, 이상》, 지식산업사, 2004, 360쪽.
250 폴 발레리 지음. 박은수 옮김, 〈바다의 묘지〉, 《발레리 선집》, 을유문화사, 1999, 238쪽.
251 보들레르는 올빼미와 철학자를 동일시했다.

검은 주목나무 아래 몸을 숨기고,

올빼미들이 줄지어 앉아서,

이방의 신들처럼 붉은 눈으로

쏘아보며, 명상에 잠겨 있다.[252]

　위 시에서 올빼미의 눈은 〈▽의 유희〉에서 나온 '▽의 눈은 冬眼이
다'와 동일하게 이해된다. 따라서 올빼미와 뱀은 동일하며, 앞서 설명
한 것과 같이 신화 속 지혜의 여신인 아테네의 올빼미와 성경 속의 뱀
은 '지혜'를 상징한다. 어둠(현실) 속에서도 바라볼 수 있는 '눈'을 말
하고 있다.

사람에게는 고통이 없다. 그는 지구(地球)권 외에서도 그대로 학대받았다. 그의
고기를 전부 졸여서 애(愛)라는 공물(供物)을 만들어 사람들 앞에 눈물 흘리며도
보았다. 그러나 모든 것은 더 한층 그를 학대하고 쫓아내었을 뿐이었다.
「가자! 잊어버리고 가자!」
그는 몇 번이나 자살을 꾀하여 보았던가, 그러나 그는 이 나날이 진[濃]하여만 가
는 복수의 불길을 가슴에 품은 채 싱겁게 가 버릴 수는 없었다.
「내 뼈 끝까지 다 갈려 없어지는 한이 있더라도―그때에는 내 정령(精靈) 혼자
서라도―」
그의 갈리는 이빨[齒] 사이에서는 뇌장(腦漿)을 갈아 마실 듯한 쇳소리와 피육
(皮肉)을 말아 올릴 듯한 회오리바람이 일어났다.
그의 반생을 두고 (아마) 하여 내려 오던 무위한 애(愛)의 산보는 끝났다.
그는 그의 몽롱한 과거를 회고하여 보며 그 눈멀은 산보를 조소하였다. 그리고

252 보들레르 지음, 윤영애 옮김, 〈올빼미들〉, 《악의 꽃》, 문학과지성사, 2003, 151쪽.

그의 앞에 일직선으로 뻗쳐 있는 목표 가진 길을 바라보며 득의(得意)의 웃음을 완이(莞爾)히 웃었다.[253]

(모든 사건이라는 이름 붙을 만한 것들은 다—끝났다. 오직 이제 남은 것은 「그」라는 인간의 갈 길을 그리하여 갈 곳을 선택하며 지정하여 주는 일뿐이다. 「그」라는 한 인간은 이제 인간의 인간에서 넘어야만 할 고개의 최후의 첨편에 저립하고 있다. 이제 그는 그 자신을 완성하기 위하여 그리하여 인간의 한 단편으로서의 종식(終熄)을 위하여 어느 길이고 걷지 아니하면 아니될 단말마(斷末魔)다.[254]

그의 눈앞에는 이제 한 새로운 우주가 전개되고 있었다. 그곳은 여지껏 그가 싸여 있던 그 검은 빛의 분위기를 대신하여 밝은 빛의 정화된 공기가 있었다. 차디찬 무관심을 대신하여 동정이 있었고 사랑이 있었다. 그는 지금 일보 일보 그 세계를 향하여 전진을 계속하고 있는 것이었다.[255]

영양(令孃)은 지금 하루 중의 가장 아름다운 시간을 소화하시려 나오신 모양인데 나의 이 건조무미한 '프로므나—드'*는 일종 반추에 지나지 않는다.[256]

　　　　　　　　　*promenade: 산보, 산책

이상의 이러한 산보, 걷기 그리고 그 걷기의 방향성과 지향점은 소설 〈날개〉에서도 상징으로 이어진다.

우리 부부는 숙명적으로 발이 맞지 않는 절름발이인 것이다. 내가 아내나 제 거

253　〈12월 12일〉,《원본전집 2》, 69~70쪽.
254　〈12월 12일〉,《원본전집 2》, 136쪽.
255　〈12월 12일〉,《원본전집 2》, 138쪽.
256　〈동경〉,《원본전집 3》, 97쪽.

동에 로직을 붙일 필요는 없다. 변해할 필요도 없다. 사실은 사실대로 오해는 오해대로 그저 끝없이 발을 절뚝거리면서 세상을 걸어가면 되는 것이다. 그렇지 않을까?

그러나 나는 이 발길을 아내에게로 돌아가야 옳은가 이것만은 분간하기가 좀 어려웠다. 가야하나? 그럼 어디로 가나?[257]

여기서 아내 또한 현실적 삶·생활·△으로 이상적 자아의 예술·▽과의 관계로 읽을 수 있다. 그리고 '나 하늘의 푸르름에 지쳤노라 이같이 폐쇄주의로다'는 관념적 회의·자조 또는 ▽(하늘·神·理想)에 대한 △(현실)의 심리적 반동·체념으로 볼 수 있다. '푸른 하늘'에 대한 시적화자의 시선과 심리적 표현은 그의 수필과 보들레르의 시 구절과 연결하여 이해할 수 있다.

이 하늘을 향하여 두팔을 뻗치고 그리고 소리를 지르면서 뛰는 그들의 유희가 내 눈에는 암만해도 유희같이 생각되지 않는다. 하늘은 왜 저렇게 어제도 오늘도 내일도 푸르냐, 산은 벌판은 왜 저렇게 어제도 오늘도 내일도 푸르냐는 조물주에 대한 저주의 비명이 아니고 무엇이랴.[258]

이따금 오비드[259]처럼 하늘을 향해

잔인하게도 파랗기만한 빈정대는 하늘을 향해

마치 신을 향해 비난을 퍼붓듯,

---

257 〈날개〉, 《원본전집 2》, 343쪽.

258 〈권태〉, 《원본전집 3》, 151쪽.

259 보들레르 지음, 윤영애 옮김, 〈백조〉, 《악의 꽃》, 문학과지성사, 2003, 257쪽. 로마의 시인 오비듀스(Ovidus)는 〈Metamorphoses〉에서 "하느님이 인간의 머리를 들어올리고 그에게 명하기를 하늘을 바라볼 것이며 시선을 별에 두라 하셨다"고 쓴다.

경련된 목 위에 굶주린 머리를 쳐들고 있었다!²⁶⁰

그리고 이상이 강조하고 많은 부분을 할애한 걷기, 산책, '산보'는 보들레르의 상징적 언어이기도 하며²⁶¹ 또 다른 연결고리를 유추할 수 있다. 이상은 '甫山'이란 필명으로 소설 〈휴업과 사정〉을 발표하였다. 보산을 한자 그대로 읽어 '큰 산'으로 보아도 무리는 없지만 이것을 거꾸로 읽으면 '산보'가 된다. 앞서 살펴본 '구두'를 신고 '하늘', '태양'을 향해 보행을 계속하는, 곧 '산보'하는 이상인 것이다. 이상의 동음이의어에서 역으로 변형된 위트·상징으로 보인다. 이러한 변형·역방향의 형태는 이상의 글에서 자주 반복된다. 위에서 살펴본 경향으로 시를 이해할 때 이 시는 크게 두 부분으로 분리할 수 있다.

전반부 1~5 외부 현실 (조망, 관조)	후반부 6~10 내부 심리 (비애, 자조)

외부와 내부로 이원화된 형태와 시각적 관념적 상징에 따른 글쓰기 진행에서 「건축무한육면각체」의 〈AU MAGASIN DE NOUVEAUTES〉와 유사성을 보이고 있다. 따라서 시의 연결성을 생각해볼 수 있다.

+ 이상의 해골과 자루

이상의 글에는 해골·두개골·골편(骨片)에 관한 반복이 자주 드러

---

260 보들레르 지음. 윤영애 옮김. 〈백조〉. 《악의 꽃》. 문학과지성사, 2003, 219쪽.
261 보들레르, 랭보 역시 '보행자'. '산책자'라는 '걷기'에 대한 표현을 자주 사용했다.

난다. 그 상징 의미를 유추해볼 수 있다. 우선 이 시에 드러나는 '자루'와 위의 글 〈황〉에서 '어스름 속을 헤치고 공복을 운반한다. 나의 안 자루는 무겁다'는 영어 표현에서 연상·변형된 것으로 보인다. 영어에서 굶주림, '공복'의 지속된 상태, 비쩍 마른 사람, 해골을 가리켜 뼈 자루[bag of bones (skin and bones)]라고 표현하는데 이상의 해골(뼈)과 '운반'과 '자루'라는 변형의 운동이 적용된다.

bag 자루 → 자루에 넣다.

「슬퍼? 응— 슬플밖에— 이십세기를 생활하는 데 십구세기의 도덕성 밖에는 없으니 나는 영원한 절름발이로다. 슬퍼야지— 만일 슬프지 않다면— 나는 억지로라도 슬퍼해야지— 슬픈 포우즈라도 해 보여야지— 왜 안 죽느냐고? 헤헹! 내게는 남에게 자살을 권유하는 버릇밖에 없다. 나는 안 죽지. 이따가 죽을 것만 같이 그렇게 중속을 속여 주기만 하는 거야— 그러나 인제는 다 틀렸다. 봐라. 내 팔. <u>피골이 상접</u> 아야아야. 웃어야 할 터인데 근육이 없다. <u>울려야 근육이 없다.</u> 나는 형해(形骸: 해골)다. 나— 라는 정체는 누가 잉크 짓는 약으로 지워 버렸다 나는 오직 내— 흔적일 따름이다. ……」[262]

이상은 위의 '피골이 상접'한 '근육이 없는 해골'을 그의 시에 다시 반복·강조하고 있다.

웃을수있는시간을가진<u>표본두개골</u>에<u>근육</u>이없다.[263]

---

262 〈실화〉, 《원본전집 2》, 368~369쪽. (강조 인용자)
263 〈정식〉, 《원본전집 1》, 193쪽. (강조 인용자)

334

　이러한 표현은 현실적 삶의 이탈, 정신적 소진, 핵심·근원적 사고의 상징으로 볼 수 있다. 그리고 앞서 이상은 〈파편의 경치〉에서 '나의 피부를 생각하지 아니한다'고 말하였다. 이것은 위의 영어 표현에서 피부, bag(자루), skin(외형, 현실)을 배제하면 '뼈' bones(내부, 정신, 뼈대, 근간)만 남는다. 따라서 이상의 글에 반복되는 '해골'은 이 표현에서 연결·연상·변형되었다고 볼 수 있다. 현실(껍질)을 벗어낸 내부·본질·실체를 상징한다. 그리고 이상의 사고와 글의 상징으로도 읽을 수 있다. 이상의 글은 활자로 고정화되어 현실적 가치를 상실하고 단절·정지(정력학적 리듬)된 해골같이 보이지만, 내부적으로는 그 연상이 서로 긴밀하게 소통하며 운동성(동력학적·활동적 리듬)을 드러내고 있기 때문이다. 이상의 글은 표면으로 읽으면 그 내용을 파악하기 힘들다. 그러므로 그 표면을 헤치고 뼈에까지 도달해야만 이상의 기호와 사고를 읽을 수 있다.

여보오　산사람골편을보신일있수?　수술실에서—그건죽은거야요살아있는골편을보신일있수?[264]

*해골, 두개골

논문에출석한억울한촉루(髑髏)*에는천고에씨명이없는법이다.[265]

남자의 수염이 자수처럼 아름답다

얼굴이 수염 투성이가 되었을 때 모근은 뼈에까지 다달아 있었다[266]

---

264 〈골편에 관한 무제〉, 《원본전집 1》, 228쪽.
265 〈금제〉, 《원본전집 1》, 75쪽.
266 〈작품 제3번〉, 《원본전집 3》, 324쪽.

위 시에서 두개골은 성과 이름이 없다고 이야기하고 있다. 이것은 앞에서 말했던 소설 〈실화〉의 "나는 형해다. 나— 라는 정체는 누가 잉크 짓는 약으로 지워 버렸다 나는 오직 내— 흔적일 따름이다"와 상징과 감정이 연동되고 있다. 따라서 이상의 해골은 '글'의 본질이라는 의미를 지닌다. 껍데기나 표면이 아닌 상징과 핵심을 내포한다.

5. 〈BOITEUX·BOITEUSE〉

긴것

짧은것

열十字
　　　　×
그러나CROSS에는기름이묻어있었다

墜落

不得已한平行

物理的으로아펐었다
　　　(以上平面幾何學)
　　　　×
∴∴∴
오렌지

大砲

匍匐

萬若자네가重傷을입었다할지라도피를흘리었다고한다면참멋적은일이다

오—

沈默을打撲하여주었으면좋겠다
沈默을如何히打撲하여나는洪水와같이騷亂할것인가
沈默은沈默이냐

메쓰를갖지아니하였다고하여醫師일수없을것일까
天體를잡아찢는다면소리쯤은나겠지

나의步調는繼續된다
언제까지도나는屍體이고저하면서屍體이지아니할것인가

1931. 6. 5[267]

이 시의 제목 'BOITEUX · BOITEUSE'는 프랑스어로 절름발이 남자와 여자를 뜻한다. 그것은 이상의 상징에서 부부이자 자기 자신이다. 그리고 현실과 理想으로 기호화되는데 시 〈지비〉와 동일한 상징이다. 이 시는 〈이상한가역반응〉과 마찬가지로 전반부는 도식화, 후반부는 서술로 이루어져 있으며, 여기에 '평면기하학'이란 말로 설명을 강조하고 있다. 평면 지면에 도식화를 말한다.

이 시 또한 이상 기호의 관념적 상징인 음과 양, 현실과 이상 그 대립되는 두 가지로 이해해야 한다. 이상의 기호에서 '긴 것'은 ▽, '짧은 것'은 △이 된다. 긴 것+짧은 것 = 열십자, 이것은 이상의 기호에서 현실과 理想의 결합이며 인간[現實]과 신[理想]의 결합이다. 실제로 존재하는 형태가 아니라 이상 기호인 삼각형과 역삼각형의 긴 것

---

267 〈BOITEUX · BOITEUES〉, 《정본전집 01》, 39〜40쪽.

과 짧은 것의 관념적 상징을 말한다. 그리고 그 둘은 서로 결합한다. '그러나 CROSS에는 기름이 묻어있었다'는 표면적인 남녀의 성적인 은유에 따른 단순한 육체적 결합을 뜻하는 것이 아니다. 보들레르의 매음론에 이어지는 사고로, 즉 현실과 理想의 교합을 말한다. 이 기름은 유성 잉크·등사 잉크 정도로, 지면(평면)에 활자로 도식화된 이상 공식 속의 △과 ▽의 표현·발화 자체를 이야기하고 있는 것으로 보인다. 그리고 '추락'함으로써 결합에서 분리가 발생하고[268] '부득이한 평행으로 물리적으로 아팠었다'고 말하고 있다. '추락'한 곳은 현실, 지구이며 이것은 시 〈二十二年〉에 나오는 '신의 안전에 내가 낙상한 고사가 있다'와 연결된다. 결합에서 분리이며 그 대립된 관념적 상징이다. 이것을 이상은 '以上평면기하학'이라고 밝히고 있다. 이것은 이상의 상징인 '종이로 만든' 뱀, 학동체 등의 표현과 동일한 형태로 보인다. 앞에서 말한 테이블의 지면을 일컫는다.

오렌지 또한 평면에서 원이며 하나의 세계이다. 이상의 사고에서 원(구, 지구)과 사각형(평면, 지면)은 같은 상징이다. 따라서 원을 지면과 동일시할 때 대포는 기둥·굴뚝·지팡이와 동일한 상징으로 위치한다. 이때 포복은 지면의 글이며, 앞의 시에 드러나는 지면을 기는(포복) 뱀·글에 대한 설명이 된다. 그리고 오렌지를 서구 물질문명과 과학으로 보면 시 〈수염〉의 "아메리카의유령"으로 이해할 수 있다. 이때 대포는 전쟁으로, "일소대의군인이동서의방향으로전진하였다고하는것은무의미한일이아니면아니된다"와 동일하다. 포복은 억압받는 시대적 중압감으로 볼 수 있다. 따라서 이것은 상징의 관념적 진술일 뿐 남녀의 성적 행위나 사물이 결부된 시각화된 진술이 아니다. 이와 같이

---

[268] 현실과 理想의 결합과 분리·교차는 이상 사고의 핵심이다.

338

이상의 글은 다중적 의미를 내포하여 다양한 해석의 여지가 많은데 전체적인 흐름을 고려해 볼 때 전자 쪽이 좀 더 타당하다. 이러한 상징의 연결을 시의 후반부에서 더욱 구체적으로 설명하고 있다.

이 시에서 가장 두드러지게 '4'[269]번씩이나 강조·반복되는 '침묵'은 시대성으로 읽을 수 있다. '침묵'도 〈이상한가역반응〉의 '변비증 환자'의 상징에 연결되어 제대로 발화되지 못함을 말한다. 시적자아는 그러한 침묵을 깨뜨리고(타박) 싶다고 말하고 있다.

시적자아는 의사가 되고 싶다고 말하며 '천체를 잡아 찢겠다'는 표현을 한다. '천체'는 우주에 존재하는 모든 물체를 말한다. 〈수염〉의 '푸르른 하늘'과 같다. 푸른 하늘에 지쳐서 폐쇄주의가 된 시적자아는 이 시에서 침묵하는 시체가 된다. 이상은 겉으로 이야기하고 있지만, 이야기하고 있지 않은 것과 같다. 왜냐하면 그만의 상징과 연상·변형을 통해 사고의 추적이 난해하고 힘들어 이해하기 힘든 발화(글)가 되기 때문이다. 앞 구절에서도 '침묵은 침묵이냐'며 반문한다. 이것은 현실에 대한 사고를 보여준다. 그리고 전쟁과 결부되어 파괴되고 억압받는 '현실'을 뜻한다. '메쓰' 또한 〈▽의 유희〉에 등장하는 "테이블"에 이어지는 단어이다. 따라서 이 시에 테이블은 드러나있지 않지만, 시 전반부에서 '추락'한 곳이 테이블·수술대·현실이다. 이 구절은 1930년대 시대적 상황에 대한 시적자아의 무력함과 동시에 자신의 의지를 이야기한 것으로 이해할 수 있다. 시적화자는 "메쓰를갖지아니하였다하여의사일수없을것일까"라고 말하고 있다. '메스'는 의사의 수술도구인 칼인데 시적화자는 메스가 없다. 그러나 그것은 표면적인 진술일 뿐 이미 시적화자는 칼을 가지고 있다. 앞서 살

---

269 이상의 가장 강력한 기호이며 강조이다.

펴보았듯이 칼(메스)은 지팡이·펜과 동일하기 때문이다. 아쿠타가와의 펜·지팡이와 동일하다. 단절된 듯 보이지만 서로 교차·왕복하며 연동한다.

　이 '메스'와 '의사'는 이상의 상징적 의미를 지니고 있는 기호로, 의사는 소설 〈12월 12일〉과 시 〈오감도 시제4호〉 등 이상의 초기작에 반복된다. 그리고 보들레르의 '병원'과 이상의 '병원'이 연결되듯이 메스는 수술용 칼로 보들레르의 '수술', '외과 의사', '칼'과 상징이 연결된다.[270]

　　나의보조는계속된다
　　언제까지도나는시체이고저하면서시체이지아니할것인가

　이 대목의 '보조'는 앞서 살펴본 〈이상한가역반응〉의 '태양에 대한 보조'이다. 그것은 ▽이며 理想·예술·문학·신이다. 이것은 보들레르의 '태양'의 상징이며 시인으로 비유되기도 한다.

　　시인처럼 그가 거리에 내려갈 때면,
　　아무리 천한 것들의 운명도 귀하게 하고
　　시종도 없이 사뿐사뿐 왕자처럼 들어가신다.
　　그 어느 병원에도, 어느 궁궐에도[271]

　태양에 대한 시적화자의 보조를 진술하고 있다. 그러나 〈BOITEUX

---

270 보들레르 지음, 윤영애 옮김, 〈메스(刀) 아가씨〉, 《파리의 우울》, 민음사, 2008, 256~261
　　쪽 참조.
271 보들레르 지음, 윤영애 옮김, 〈태양〉, 《악의 꽃》, 문학과지성사, 2003, 213~214쪽.

340

·BOITEUSE〉의 시적화자는 변비증 환자이기에 제대로 배설·발화하지 못함[272]을 침묵 아닌 침묵, 시체 아닌 시체로 표현하고 있다. 시적화자는 시체이지만 시체가 아닌 것이다. 결국 이상(글)은 해부대(현실) 위에 누운 시체(현실적 삶의 상실)이며, 이를 해부하는 의사(이상적 삶)도 자신이 된다. 이것이 이상 스스로 자신—환자—의 책임 의사가 되는 이유이다. 이상은 자신의 처지를 자조적으로 말하고 있으면서 동시에 자신의 사고와 느낌을 제대로 말하지 못한다. 그것은 시대적 상황에 의한 또는 분열된 자아 스스로의 고통·억압으로 볼 수 있다. 이것은 이상의 '복화술', '말하지 않으면서(침묵) 말하기'이며, 그의 '언어의 저장창고의 경영'이다. 이상의 언어는 외형상 일반적인 언어와 같지만 그 내부는 상당히 다르다. 스스로의 상징과 기호 형태·관념에 근거하기 때문이다. 그의 시 같지 않은 시, 말 같지 않은 말은 도무지 그 속을 알 수 없는 기호이지만 분명히 그의 언어로 표현된 시이며 그의 이야기이다. 그리고 그는 그것을 지속적으로 설명하며 자신의 글에 연결시키고 있다. 이상이 죽기 전에 일본에서 발표한 마지막 소설인 〈종생기〉에서도 이상은 자신의 죽음에 대해 이야기하며 '시체'를 반복하였다. 그만큼 이 기호는 그의 글 전반을 관통한다.

> 즉 나는 시체다. 시체는 생존하여 계신 만물의 영장을 향하여 질투할 자격도 능력도 없는 것이라는 것을 나는 깨닫는다.[273]

이상은 살아있으면서 죽은 시체이며, 죽은 시체이면서 살아있는 모

---

272 내면적 자의성과 현실의 제약으로 볼 수 있다.
273 〈종생기〉, 《원본전집 2》, 397쪽.

순을 이룬다. 그것은 자신과 글이 동일함을 뜻한다. 그에게 글은 자신이며 자신의 삶 전부였던 것이다. 이것이 이상 문학의 치열함이다.

6. 이상의 변형 도형

이상이 처음 발표한 〈이상한가역반응〉을 비롯한 총 여섯 편의 시에서 전체적으로 하나의 경향을 발견할 수 있는데, 이는 이상이 의도한 조직 구성으로 보인다. 그것은 보들레르의 경향이며 프랑스 상징주의의 영향성이다. 그리고 그 상징은 니체와 아쿠타가와로 이어지며 이상의 글 전편에서 다양하게 변형되어 나타난다.

이상의 상징에 따른 글쓰기는 기호와 숫자를 중심으로 변형되어 운동하고 있다. 이것은 이상 문학에서 핵심이며 그의 사고와 지향점을 보여준다. 그러므로 앞서 살펴보았듯이 이상의 기호에 대한 이해 없이는 그 내부를 파악할 수 없다. 그리고 이상의 기호는 이상 스스로의 철저한 설계에 따른 진행과 구조를 보여준다.

이상의 도형은 앞서 말했듯이 〈신경질적으로 비만한 삼각형〉(1931년 6월 1일)에서 이미 나타나기 시작하였다. 시에서 나타나는 최초의 도형은 ▽(역삼각형)이다. (△은 드러나지 않는다) 그리고 「이상한가역반응」의 여섯 편은 1931년 6월 5일 하루에 시작된 것으로 표기되어 있다. 이상의 기호는 삼각형 또는 역삼각형의 규정에서 대립되는 이원성에 바탕을 둔 대칭(대립)을 규정하고 진행된 것으로 보인다. 그리고 삼각형과 역삼각형의 결합인 마름모는 〈선에관한각서〉 일곱 편(1931년 9월 11일~12일 詩作)에서 사각형으로 변형되고 다시 원으로 변형된다.

$$\triangle \rightarrow \triangledown \rightarrow \diamond \rightarrow \square \rightarrow \bigcirc$$

이상은 이러한 도형의 진행 과정을 자신의 시를 발표할 때 의도하여 순차적으로 드러내면서 제시하였다. 그 과정을 살펴보면 다음과 같다.

李箱 기호(도형)의 진행 흐름	
▽ ↓	〈신경질적으로 비만한 삼각형〉에서 최초로 도형 ▽[274] 등장 (1931년 6월 1일)
△ ↓	〈파편의 경치〉·〈▽의 유희〉에서 처음으로 △과 ▽[275]이 동시에 등장 (1931년 6월 5일)
◇ ↓ ◇ ◇	「조감도」 여덟 편의 시 제목 앞에 이중 마름모 '◇'[276]가 등장하고, 마지막 시 〈흥행물천사〉에서 '◇ ◇'[277]가 시 중간에 등장 (1931년 8월 발표)[278]
□ ↓	「삼차각설계도」 일곱 편의 제목 앞에 이중 마름모 '◇'가 등장하고, 마지막 시 〈선에관한각서 7〉에 '자신의 이름'으로 '□'[279]이 등장(1931년 9월 12일)
○	「건축무한육면각체」 일곱 편의 시 제목 앞에 이중 마름모 '◇'가 등장하며 마지막 시 〈대낮〉에서 '○'[280]이 등장(1932년 7월 발표)

---

274 《정본전집 01》, 44쪽.

275 《정본전집 01》, 207~209쪽.

276 《정본전집 01》, 217쪽.

277 《정본전집 01》, 224쪽.

278 마름모가 2개인 '◇ ◇'는 〈선에관한각서〉에 반복되는 4+4 구조와 동일하다. 이상의 겹친 마름모 '◇'의 펼치기로 볼 수 있다.

279 《정본전집 01》, 233쪽.

280 〈◇眞晝〉《정본전집 01》, 240쪽.

이 흐름으로 이상의 도형은 그 구조와 형태를 완성하고 있다. 그리고 특이한 점은 연작시의 제목 앞에 '◇'를 사용하고 있으며(「조감도」, 「삼차각설계도」, 「건축무한육면각체」) 마지막 시에 새로운 기호를 하나씩 사용하며— ◇◇ → □ → ○ —그 연결성을 진행시키고 있다는 것이다. 이것은 이상이 기호를 설명하려는 의도로 보인다.

「조감도」 → 「삼차각설계도」 → 「건축무한육면각체」로 이어지는 이러한 진행은 이상의 의도와 계산 아래 조직 구성된 도형의 구조이며 그의 사고가 진행되는 형태인 것이다. 따라서 이상의 상징화된 기호는 ▽ + △ = ◇ = □ = ○의 순차적 진행 과정을 지닌다. 따라서 사각형·원의 원형은 삼각형과 역삼각형이 결합된 마름모(평행사변형, 마름모형 사각형)가 된다. 그런데 시에서 삼각형과 역삼각형의 합 '◇'은 나타나지 않는다. 기호의 단절이다. 그러나 '◇'(△+▽)는 《조선과 건축》의 '권두언'에서 3개월에 걸쳐(1932년 6월·7월·8월) 집중적으로 반복된다.[281] 이상이 숨기기(단절) 위해 의도적으로 설정한 것으로 보인다.

「삼차각설계도」에 따른 건축무한육면각체가 상징하는 건축물은 실제로 보이는 어떤 구조물이나 건축이 아닌 관념적인 건축이다. 그것은 정육면체의 입체(입방)이고 평면일 때 사각형 '□'(평방)이며 '李箱 자신의 이름'이다. 그리고 축소하면 운동하지 않으면서 운동하는 원자이고, 확대하면 자전과 공전을 반복하며 태양 ▽을 중심으로 한 타원형 궤적을 지속적으로 움직이는 지구 △를 포함한 태양계(우주) □이다. 그것은 ○ 원이며 축소되어 ● 점(point)이 된다. 따라서 □ 箱은 원자에서 우주까지 왕복한다. 그것은 이상의 축소와 확대에 따른 사고의 신축이다. 결국 □ 안에 모든 것이 들어있는 것이다.

---

281 〈이상한가역반응〉 '◇' 참조.

시각의이름을가지는것은계획의효시이다. 시각의이름을발표하라

□ 나의이름

△ 나의안해의이름(이미오래된과거에있어서나의AMOUREUSE는이와같이도총명

하니라)[282]

위와 같이 이상은 시각의 이름 □을 가지는 것이 '계획의 효시이다'
라고 말한다. 자신의 기호 시각의 이름을 통한 설계(계획)의 조직 구성
을 암시 강조하고 있는 것이다. 그것은 앞서 살펴본 바와 같이 건축적
구조에 따른다. (조감도 → 설계도 → 건축)

이상은 자신과 존재하는 모든 것을 「건축무한육면각체」의 정육면
체·정육각체의 '건축'으로 규정하였다.[283] 이러한 사고는 기독교적인
사고에서 그 흔적을 생각해볼 수 있다. 성경에서는 '집을 반석 위에
지은 지혜로운 사람, 집을 모래 위에 지은 어리석은 사람'과 같이 사
람의 삶과 행동을 집짓기에 비유하기도 하였는데 여기서 '건축'이라
는 형태의 기원을 생각해볼 수 있다. 보들레르도 그것에 대하여 다음
과 같이 언급하고 있다.

사람들 마음 위에 집을 세우는 것은 어리석은 짓;
사랑도 아름다움도 모두 부서져버린다.[284]

282 〈선에관한각서 7〉, 《정본전집 01》, 65쪽.
283 축소와 확대의 왕복된 사고이다.
284 보들레르 지음, 윤영애 옮김, 〈고백〉, 《악의 꽃》, 문학과지성사, 2003, 111쪽.

나는 해마다 지켜보리라, 봄과 여름, 가을을;

그리고 단조로운 눈 내리는 겨울이 오면,

사방 덧문을 닫고 휘장을 내려,

밤 속에 꿈의 궁전을 세우리.[285]

이 선경의 나라의 건축사

나는 내 마음에 따라

보석으로 된 터널 아래로

길들인 대양을 펼쳐놓는다.[286]

보들레르는 '자연'이라는 하나의 신전(건축물)에서 출발하고 있으며 자신의 시집 《악의 꽃》에 건축적 구조를 부여하고 있다.[287] 그의 시에 드러나는 건축과 건축하고자 하는 집·궁전은 가시적 건축물이 아니다. 위의 보들레르의 시 〈고백〉에서 이야기하고 있듯이 '사람들 마음 위에 세우는 집'이다. 그의 예술이며 그의 사상이다.

이상은 건축을 전공한 건축가였다. 그는 이 분야의 전문가였다. 그리고 그는 건축을 했다. 그러나 눈에 보이는 건축이 아니었다. 이상이 건축에 대해 언급한 구절은 여러 번 반복되는데 다음의 글도 보들레르의 건축과 동일하다. 실재하는 건물이나 구조물이 아닌, 정신적으로 형성된 자기 자신의 마음속에서 건설되어 보이지 않는 형이상학적 건축, 그의 문학예술이며 사상이다.

---

285 〈풍경〉, 위의 책, 211쪽.

286 〈파리의 꿈〉, 위의 책, 251쪽.

287 김봉구, 《보들레에르》, 문학과지성사, 2003, 413쪽 참조.

최초의 불분명한 원경험으로부터 계속적 증가로 생활전체가 생기고 …………
기초경험이 발전하고 변형하여 정신적으로 되고 다른 여러 경험과 관련하
여………… 건축에까지 도달한다.[288]

미문에 견줄 만큼 위태위태한 것이 절승에 흡사한 풍경이다. 절승에 흡사한 풍
경을 미문으로 번안 모사해 놓았다면 자칫 실족 익사하기 쉬운 웅덩이나 다름
없는 것이니 첨위는 아예 가까이 다가서서는 안된다. 도스토예프스키—나 고
리키—는 미문을 쓰는 버릇이 없는 체했고 또 황량, 아담한 경치를「취급」하지
않았으되 이 의뭉스러운 어른들은 오직 미문을 쓸듯 쓸듯, 절승경계는 나올듯
나올듯, 해만 보이고 끝끝내 아주 활짝 꼬랑지를 내보이지는 않고 그만둔 구렁
이 같은 분들이기 때문에 그 기만술은 한층 더 진보된 것이며, 그런 만큼 효과
가 또 절대하여 천년을 두고 만년을 두고 내리 내리 부질없는 의무를 바라는 중
속들을 잘 속일 수 있는 것이다. 그러나—왜 나는 미끈하게 솟아 있는 근대건
축의 위용을 보면서 먼저 철근철골, 시멘트와 세사, 이것부터 선뜻하니 감응하
느냐는 말이다.
씻어 버릴 수 없는 숙명의 호곡, 몽고레안푸렉게(蒙古痣) 오뚝이처럼 쓰러져도
일어나고 쓰러져도 일어나고 하니 쓰러지나 섰으나 마찬가지 의지할 얄팍한 벽
한조각도 없는 고독(孤獨), 고고(枯槁), 초초(楚楚).
나는 오늘 대오한 바 있어 미문을 피하고 절승의 풍광을 격(隔)하여 소조(소조)
하게 왕생하는 것이며 숙명의 슬픈 투시벽은 깨끗이 벗어 놓고 온아종용(溫雅慫
慂), 외로우나마 따뜻한 그늘 안에서 실명(失命)하는 것이다.[289]

---

288 〈권두언 4〉, 《정본전집 03》, 263쪽.
289 〈종생기〉, 《원본전집 2》, 393쪽.

위 글의 '근대 건축' 또한 대작가들이 구축한 작품과 그 세계를 말하며, 이상이 근대 건축(작품) 속에서 '먼저' 감흥한 것은 작품의 전체적인 구성, 내용, 흐름보다 작품에 사용된 세부적인 기호, 상징언어로 이해된다. 그 기호언어들의 상징이 여러 작가들에게서 연동되기 때문이다. 이상의 '숙명의 슬픈 투시벽'은 그 건축의 외면에 드러나지 않는 근원적인 내부의 구성요소와 작가들의 사고와 그 원형적 움직임에 대한 이상의 인식과 이해를 말한다.

+ 이상의 성

모두 알다시피 이상은 건축을 전공했고 건축을 설계했다. 그러나 그가 건축한 건물은 보이지 않고 오직 그가 한 것은 고정되지 않는 건축—움직이는 城—이라고 할 수 있다. 그는 자신만의 집인 성을 세운 것이다. 이상은 수필 〈공포의 성채〉에서 자신의 성에 대해 밝힌 바 있다.

이것은 이런 연유로 해서 성(城)이었다.

아직도 그것은 굳게 봉쇄된 이름뿐인 성이었다. 그들은 결코 서로 자신의 직분 혈액형을 바꾸지 않는다.

해가 지면 그들은 원경의 조망조차 그치고 깊숙이 농성하여 낮은 목소리로 음모한다.

멸망할 것을 악취가 날 것을 두통이 나야 할 것을 죄 많을 것을 구토할 것을 졸도할 것을.

등불은 꺼졌다. 꺼진 것 같으나 단지 촉수를 낮추어 놓은 것뿐이다.

......

348

성은 움직이고 있다. 못쓰게 된 전차처럼, 아무도 그 몸뚱이에 달라붙은 때자국
을 지울 수는 없다.

스스로 부패에 몸을 맡긴다.[290]

이상의 城은 공포의 성이며 소설 〈공포의 기록〉과 동일한 의미를
지닌다. 가로·세로·높이가 10×10×10인 정육면체(건축무한육면
각체)이다. 그것은 우주·세상·집이고 방이며 자신의 이름 箱(□)이
다. 또한 진흙(현실)을 빚어 구워 만든 '벽돌'로 하나하나 쌓아 올린
그의 성이다. 그의 기호·언어·숫자·도형이며, 그의 사고, 그의 글
이었다.

하늘에부어놓는내억울한술잔네발자국이진흙밭을헤매이며헤뜨려놓음이냐

……

너는내벽돌을씹어삼킨원통하게배고파이지러진헝겊심장을들여다보면서魚항이라

하느냐[291]

이상의 언어 사용은 단절되고 분산(사고의 파편화)되어 있다. 그러
나 그 속에는 연상의 흐름이 지속적으로 연결되어 진행된다. 일반적
글쓰기의 문맥에서 전혀 어울리지 않은 비유·상징이지만 그 속에는
그의 사고가 녹아 있다. 이것이 이상의 이중·다중 언어 사용이다. 보
들레르는 '진흙'에서 '금'을 추출하는 연금술을 실행했지만 이상은 그
진흙에서 벽돌을 빚어 구워 자신의 성을 쌓은 것이다. 이상의 벽돌은

---

290 〈공포의 성채〉, 《원본전집 3》, 337쪽.
291 〈소영위제〉, 《원본전집 1》, 191쪽. (강조 인용자) "배고파 이지러진"은 이상의 핵심 상징어
'공복'의 반복이다.

다른 작가들의 진지하고 무거운(?) 벽돌에 견주어 가볍고 경편해 보이지만—의미 없는 일시적인 장난·놀이 같은 언어기호의 산발적인 나열·조합으로 보이지만—실상 그 내구성은 다른 어느 벽돌들에 비길 수 없을 정도로 강하다고 할 것이다. 그것은 벽돌(진흙)이 연금술과 같은 불 맛을 보았기 때문일 것이다. 이상의 벽돌은 보들레르의 금과 랭보의 벽돌과 동일한 상징이다.

금빛 새벽과 떨리는 초저녁이 우리 <u>벽돌</u>을 발견한다.[292]

이상의 '벽돌'은 궁전과 성을 만드는 건축의 재료인 것이다. 이것이 김기림이 말한 이상 문학의 내구성이 영원한 이유라 하겠다.[293]

+ 이상의 벽돌

시 〈소영위제〉에 드러난 이상의 사고는 이해하기 어렵다. 이것이 이상 시가 지닌 난해함인데 일단 위의 시에서 이상은 "魚항"이라는 단어를 특화시키고 있다. 한자로 쓴 것도 아니고 한글로 쓴 것도 아니다. 이 형태는 한자(魚)와 한글(항) 각각에 특별한 의미를 부여하고 있다고 생각할 수 있다. 이 기호가 지니는 상징의미를 파악해야 한다. 헝겊심장과 魚항이 동일화되는데 이것은 낯선 사유이다.[294]

---

292 랭보 지음, 함유선 옮김, 〈곶〉, 《나쁜혈통》, 밝은세상, 2005, 131쪽. (강조 인용자)
293 "나는 믿는다./箱은 갔지만 그가 남긴 예술은 오늘도 내일도 새시대와 함께 동행하리라고" (김기림, 〈故 李箱의 추억〉, 《그리운 그 이름, 이상》, 지식산업사, 2004, 30쪽 참조)
294 이상은 이러한 파격을 자주 사용했다.

내 벽돌을 씹어 삼킨 원통하게 배고파 이지러진 헝겊심장 = 魚항

    이러한 표현과 사고에 대한 개연성을 찾기는 거의 불가능하다. 이를 찾으려면 이상의 글에 드러나는 기호언어를 그의 글쓰기 경향을 통해 변형·운동시켜야 한다.

魚항　　→　　어缸　　→　　어항(語缸)

(한자+한글)　　　(한글+한자)　　　(변형+조합)

    魚, 곧 물고기는 이상의 글에서 사람으로 표현되기도 하는데, 이 물고기는 동음이의어에 의해 어(魚)→ 어·語·말·문구·어구가 된다. 이상은 이것을 수필 속에서 노출하고 있다.

> 냉동하는 두개(頭蓋)에 선어(鮮魚)들의 지느러미를 느낀다. 마약 같은 애무—열풍은 철을 머금고 비굴한 기획을 위협하였다.[295]

    냉동하는 두개(뇌수)는 냉정이며, 그 속의 '선어의 지느러미'는 '새로운 신선한 언어(기호)의 움직임'이다. 그것은 이상이 만들어낸 변형된 언어기호를 말한다. 그리고 '철'(鐵)은 앞서 이상의 글쓰기·펜·문학을 상징하는 기호라고 밝혔듯이 이상의 연동된 글쓰기 방법 가운데 하나이다. 동음이의어의 다중 변형 위트(유희·장난)이다. '벽돌의 헝겊심장'이 '어항'과 서로 교차·연동된다. '벽돌'은 건축(문학예술)의 재료이자 기호언어이며 '심장'과 이상의 초기 설정인 '요리

---

295 〈구두〉, 《원본전집 3》, 304쪽. (강조 인용자)

사'는 보들레르의 '자신의 심장을 끓여 먹는 요리사'에 연결된다. 따라서 심장은 이상 자신의 요리이며 '헝겊'은 그의 다른 글에서 드러나는 '쉬트'(Sheet)[296]와 같다. (헝겊 → 화포 → 종이)

'벽돌'을 집어삼킨, 원통하게 배고파 이지러진 '헝겊심장'은 왜곡·변형·생략된 그의 요리, 글(지면)이 된다. 그리고 그것은 언어기호가 들어 있는(무질서하고 임의성으로 이루어져 읽어 내기 힘든) 그 속을 알 수 없는 항아리와 동등해진다.

語缸 — 언어의 항아리, 질그릇

이상은 소설 속에 '항아리'를 반복했다. 그리고 이상의 글에 거듭 드러나는 도기의 파편인 사금파리 또한 자신의 해체·분해·단절된 글의 변형이다. (입다문 꿀항아리 = 감상의 꿀방구리 = 꿀먹은 벙어리)

내가 몽상하는 정경을 합리화하기 위하여, 입을 다물고 꿀항아리처럼 잠자코 있을 수는 없는 일이다.[297]

나는 내 감상의 꿀방구리 속에 청산 가던 나비처럼 마취혼사(痲醉昏死)하기 자칫 쉬운 것이다. 조심 조심 나는 내 맵시를 고쳐야 할 것을 안다[298]

---

296 "쉬—트위에내희미한윤곽이찍혔다   이런두개골에는해부도가첨가하지않는다."(〈파첩〉, 《원본전집 1》, 206쪽 참조) 여기서 쉬-트(Sheet) 역시 화폭·천이나 종이를 말한다. 이 시의 제목 '파첩'은 자신의 깨진(파편, 골편, 사금파리) 글을 상징한다. ; "멀리 少年의 날, 린시이드油의 냄새에 매혹되면서 한 사람의 畵人은, 곧잘 흰 시이트 위에 황갈색의 피를 토하곤 했었다."(〈첫 번째 방랑〉, 《원본전집 3》, 158쪽.) 여기서 린시이드유는 아마기름으로 도료·인주·인쇄잉크 등을 만드는 데 쓰인다. 자신의 그림(글)에 대한 상징적 표현이다.

297 〈동해〉, 《원본전집 2》, 280쪽.

298 〈종생기〉, 《원본전집 2》, 379쪽.

하지만 나의 이 같은 우습지도 않은 혼잣말은 귀뚜리의 귀에는 가닿지 않은가 보다. 어쩌면 귀뚜리는 내심 나를 몹시 조소하면서도, 외관만은 모르는 척하고 꿀먹은 벙어리로 있는 것이나 아닐지. 나는 저윽이 불안하다.[299]

이상 스스로 숨김 속의 노출, 노출 속의 숨김을 서술하고 있다. 이 '언어의 항아리'는 이상의 '언어의 저장창고'의 경영인 '복화술'(말하지 않으며 말하기)[300]이며, 황(해부대에서 절단된 황)과 동일한 연상의 흐름에 위치한다. 단절·해체·연상·변형·운동하면서 자신의 모습을 잃어버려 도무지 무엇을 말하는지 모를 자신의 글에 대한 스스로의 설명이다. 이상이 자신의 시와 글에서 반복한 도기·자기·사기 컵·사금파리 파편은 진흙으로 만든다. 그것은 보들레르의 현실이며 금을 추출한 원재료인 것이다.

그대 자신을 위조하는 것도 할 만한 일이오. 그대의 작품은 한번도 본 일이 없는 기성품에 의하여 차라리 경편하고 고매하리다.[301]

결국 이상은 자신의 성을 허문(해체·단절) 벽돌(기호언어)을 삼켜(소화·변형) 요리를 해 독자들에게 내어 놓은 것이다. 그것은 무질서하고 전혀 개연성 없는 기호언어의 조합으로 표현된다. 그래서 난해하고 황당하며 낯설고 기이한, 말도 안 되는 음식이 되는 것이다.

꾿 빠이. 그대는 이따금 그대가 제일 싫어하는 음식을 탐식하는 아이러니를 실천

---

299 〈첫 번째 방랑〉, 《원본전집 3》, 173쪽.
300 〈황의기(작품제2번)〉, 《원본전집 3》, 318쪽.
301 〈날개〉, 《원본전집 2》, 318쪽.

해 보는 것도 좋을 것 같소. 위트와 파라독스와 ⋯⋯.[302]

이상의 글은 위와 같이 이중·다중의 변형과 운동성이 심하게 드러난다. 따라서 그 연상의 추적이 쉽지 않다. 그래서 표면적으로 읽으려고 하면 이상의 함정에 빠지게 되어 이해가 힘들다. 이상 글쓰기의 특징 가운데 하나이다. 이상은 이러한 형태를 그의 글 전반에 파편화하여 뿌려 놓았다.

7. 초기 발표작 여섯 편 기호 분석

이상의 시에 드러나는 '건축'과 다양한 상징에 의한 조직 구성은 최초 발표작에서 이미 그 형태를 드러내고 있다. 이상의 초기작 여섯 편은 단절된 시로 봐서는 결코 안 된다. 여섯 편의 상징과 사고가 지속적으로 연결되어 진행되는 독특한 형태를 보이기 때문이다. 이러한 단어 상징의 변형·운동이 이어지는 연결성을 살펴보면 오른쪽 표와 같다.[303]

결국 초기 시 여섯 편은 현실과 理想, 삶과 문학예술에 대한 이상 스스로의 이야기이다. 그리고 그것은 이상 기호 △ ▽이며 그 합인 □이다.

태양·신전·황금·소금·전등·뱀·스틱크·메스(칼)·처녀는　일반

---

302 〈날개〉, 《원본전집 2》, 318쪽.
303 《정본전집 01》 원문(일어)시 205~216쪽 참조.

⟨ 이상한 가역반응 ⟩	⟨ 파편의 경치 ⟩	⟨▽의 유희⟩	⟨수염⟩	⟨ BOITEUX· BOITEUSE ⟩	⟨공복⟩
太陽 ▽	電燈 ▽	電燈 ▽	粟(태양의 곡식)		
	과자 △				과자봉지 △
冷情		冬眼			
보조				보조	
땀			땀		
希(바람)	夢(꿈)		願(원함)		希望
貰(얻으려함)			구걸		공복
변비증환자				의사	
	스틱	뱀			
	놀이(游)	유희			
	슬리퍼어	슬리퍼어			
	눈(雪)				눈(雪)
		눈(目)	눈(目)		눈(目)
		테이블(수술대)		메스	
			하늘	천체	
			月夜		月夜
			시체	시체	시체
					左右
					▽△

적으로 이질적인 단어들이지만 모두 이상 기호의 理想·오른손·▽이며 現實·왼손·△과 대립·대응한다. 이와 같이 여섯 편의 시는 단어(상징)의 연결을 이어나가는 특이한 구조를 보여주고 있다. 저마다 단절된 시가 결코 아니다. 이는 이상이 의도한 구성이거나 전혀 의도하지 않은 구성일 것이다. 그러나 이러한 사고와 상징이 그의 의식(무의식)에 팽배해 있던 것만큼은 분명하다 하겠다. 따라서 이러한 형태가 결코 우연일 수는 없다. 이상이 시적 구조를 계산한 것으로 봐야 한다. 그리고 이러한 조직구성에 따른 지속적인 누적은 하부구조가 상

부구조를 지지하며 적층되어 완성되는 '건축'으로 설정되는데 이상이 초기 시 다음에 발표한 시들에서도 반복된다.

- 「조감도」〈이인 ……1……〉, 〈이인 ……2……〉, 〈신경질적으로 비만한 3각형〉에서 드러나는 숫자의 진행과 그 상징성 (1→ 2→ 3, △ → ▽ → ◇)
- 「삼차각설계도」〈선에관한각서〉 일곱 편에서 다시 반복되는 숫자에 의한 진행
- 「건축무한육면각체」의 연결성(조감도 → 설계도 → 건축의 완성)과 진행에 드러나는 조직 구성

어떠한 구조물에 대한 전체적인 형태적·기능적 구상의 밑그림인 '조감도'가 형상화된다. 그리고 그에 따른 '설계도'에는 그 건물의 내부와 외부에 대한 구성요소들의 세부적인 기호 설명과 계획이 첨부된다. 그리고 이를 바탕으로 한 '건축'의 시공과 완성, 이것이 이상의 '건축'이며 그의 문학예술이다. 따라서 이 여섯 편의 시는 하나의 덩어리로 읽어야 한다. 시의 제목과 표면만 보면 그다지 연관성이 없는 여섯 편의 시가 서로 연결되어 보완·설명되는 긴밀감을 형성하고 있다. 이것이 이상의 시 창작의 특징이다. 그리고 위의 분석에서 보이듯이 여섯 편의 시(원문)에서 가장 많이 반복되는 심리 상징의 의미는 바람[希], 꿈[夢], 원함[願], 희망(希望)이며 태양을 향한 시선과 추구하는 대상 '소금, ▽, 처녀'(빛·황금·스틱크—펜·칼 —뱀) 또한 동일한 상징이라 하겠다. 그것은 영원·순수·예술·문학·理想으로 이상 기호 △(현실)과 대응되는 ▽의 상징이다. 그리고 그 둘의 결합은 現實과 理想의 합이며 전체인 '하나'를 의미한다.

초기 여섯 편의 시는 이상의 시작에서 하나의 경향과 지향점을 제시하고 있는데 상징·기호화되어 거의 이해하기가 어렵다.[304] 이 시들은 하루 만에 창작된 것으로 날짜가 적혀 있지만 이러한 형태의 사고는 결코 하루 만에 이루어질 수가 없다. 시 내부의 기호와 그 연결성, 조직 구성이 드러난다. 그리고 이 시에서 시적화자의 감정이 폭발하며 요동치고 있다. 이러한 형태의 사고 진행은 적지 않은 시간을 요구한다. 시의 발화와 폭발은 흡입·압축·응집이 견고화된 뒤에 방사되기 때문이다. 따라서 이것을 구체화하기 전에 많은 시간과 습작이 필요했을 것으로 보인다. 그리고 이 시 또한 이상의 기호를 토대로 그 규정성과 사고를 바탕으로 하여 연쇄 진행되고 있다. 그것은 그의 글 끝까지 이어져 있다. 결국 이상의 초기 발표작 여섯 편은 이상의 문학에 대한 스스로의 설명과 감정이며 이후에 발표된 글들을 규정하고 그 방향성을 제시하고 있다.

+ 이상의 사고

이상의 사고는 크게 이분법으로 분리된다. 대립·대칭의 이원화, 그것은 인간 사고의 가장 원초적이며 근원적인 본성이다. 아(我)와 비아(非我), 아군과 적군, 내 편과 네 편, 현실과 理想, 인간과 신. 그 이분법적 사고에 따라 李箱은 아내와 남편, 크게 음양의 상징성으로 분리·대립된다. 그런데 이상의 분리된 아내와 남편은 혼재되며 동일시된다.

---

304 이상이 글에 분산하여 반복되어 드러난 형태를 파악한 뒤에 역으로 추적해야 한다.

李箱은 현실에서 理想을 꿈꾸었다. 그것은 현실의 부정이며 현실에서 벗어나고 싶은 상승·승천을 향한 꿈이었다. 그러나 이는 현실적으로 불가능하며 이상은 현실에 있을 수밖에 없는 상태를 자주 언급하였다. 그는 신의 눈앞에서 추락하였고[305] 하늘에서 실족하였다.[306] 李箱은 현실 속에 있다. 그곳은 자신이 혐오하는 곳이며 그곳에서 자신의 理想과 예술을 꿈꾼다. 이것은 보들레르의 형태와 동일하다. 악(현실) 속에서 그것을 느끼며 극복하려 노력하고 선(예술)을 끊임없이 동경하고 몸부림치는 것은 이상의 글에도 상징적으로 드러나 있다.

이상을 초현실주의자, 이상주의자라고 말한다. 그러나 그는 철저히 현실주의자이기도 했다. 현실에 대한 인식 없이 理想이라는 것은 존재할 수 없기 때문이다. 현실과 理想은 결국 하나의 덩어리이다. 부조리한 현실의 억압·제약, 그 괴리감 속에서 현실을 직시하고 현실을 제대로 느낄 때 理想이 생성된다고 할 수 있다. 따라서 철저하고 진지한 현실 인식에서 理想이 만들어지고 그 理想으로 현실을 다시 바라본다. 그리고 현실과 理想을 넘나들며 교차하는 자신의 사고를 설명하고 있는 것이다. 이 기본적인 사고가 이상의 예술을 지탱하고 있다. 이상의 분리된 남편과 아내 또한 각각 理想과 현실로 나뉘지만, 그 현실도 좌우를 소유하며 理想 역시 그 내부에 좌우를 소유한다. 이것은 태극 음양의 분할에 따른 두 가지 속성의 본성이다. 그리고 이상의 기호에서 선과 악, 현실과 理想은 동일해진다. 이것은 음양의 상대성과 동일성으로 같다.

사람의 관념과 실재에 존재하는 것은 현실과 理想 두 가지로 나뉜

---

305 〈二十二年〉, 《정본전집 01》, 70쪽.
306 〈매춘〉, 《정본전집 01》, 113~114쪽.

다. 그러나 그것은 +, -의 산수 계산과 같이 절대적으로 고정된 것이 아니라 바라보는 관점의 상대성 앞에 놓이게 된다. 하나의 자신 또한 현실적 자아(좌, 우)와 이상적 자아(좌, 우)로 분리되어 마주보게 된다. 이것은 이상의 숫자 4의 상징적 의미로 전체의 구성 형태와 그 의미가 같다. 하나의 자신에서 분리된 두 자아 가운데 현실적 자아에게 현실은 선이다. 그가 추구해야 할 삶의 가치이다. 그리고 理想은 악이 되어버린다. 현실적 삶에서 필요 없는 군더더기, 쓸데없는 것이다. 반대로 이상적 자아의 시선에서 현실은 악이고 자신이 추구하는 理想은 선이다. 이것이 이상의 기호공식에 드러나는 선과 악, 현실과 理想의 동질성이다. 그것은 사고의 상대성이며 관점과 운동의 시간성에 놓이게 된다. 시 〈거울〉에서 보이듯이 거울 속 자신과 마주볼 때 좌우가 교차됨(오른손 = 왼손)과 동일한 상징이다.

이것은 〈공복〉에서와 같이 5리의 길을 좌우 둘로 나누어 왼쪽 또는 오른쪽의 반을 제거했을 때 남은 것은 오른쪽이나 왼쪽의 길이 아니라, 다시 오른쪽과 왼쪽을 소유한 하나의 길이 되는 것과 같다. 저마다 그것을 무한히 절단·분할해도 좌우를 소유하는 하나의 길이 되는데 그 본질은 태극 음양의 무한 분할과 동일하다. 이것이 이상 기호공식 속에 나타나는 음양의 상징적 의미이다.

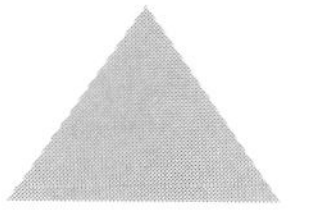

5장

〈오감도 시제1호〉
해독

이상의 대표작 「오감도」는 원래 30회 예정이었으나 독자들의 빗발치는 항의로 결국 15회로 끝을 맺었다. 시의 내용과 형식은 당시 한국 문단에서 접할 수 없었던 파격과 특이성을 드러내고 있다. 한국 문학에 이상을 각인시킨 계기가 되었으며, 지금까지도 이상을 이야기할 때 가장 먼저 떠오르는 작품으로 자리매김하고 있다. 그 가운데 〈오감도 시제1호〉는 지금까지도 수많은 연구와 분석의 집중포화를 받고 있다. 그러나 그 성은 아직도 난공불락으로 그 위치를 굳건히 고수하고 있다. 그리고 지금도 그 성을 향한 도전은 그치지 않고 있다. 이것은 이상의 「오감도」가 아직도 해결되지 않았음을 반증하며, 또한 이로써 「오감도」는 한국 문학에서 스스로의 위치와 힘을 지금까지도 유지하고 있다고 할 수 있다.

그러나 이상은 「오감도」와 〈날개〉가 자신이 하고 싶었던 문학이 아니라고 했다. 이상의 모순 속에 존재하는 작품이다. 하고 싶지 않았던 문학이었지만 했으며, 파악되지 않은 작품이지만 그것으로 말미암아 지금까지도 독자들의 시선을 계속 잡아두고 있다. 그렇다면 과연 이상의 시는 '용대가리'의 힘과 자질을 가지고 있는지 그 실체를 살펴보아야 할 것이다.

왜 미쳤다고들 그러는지 대체 우리는 남보다 수십년씩 떨어져도 마음 놓고 지낼 작정이냐. 모르는 것은 내 재주도 모자랐겠지만 게을러빠지게 놀고만 지내던 일도 좀 뉘우쳐 보아야 아니하느냐. 여남은 개쯤 써보고서 詩 만들 줄 안다고 잔뜩 믿고 굴러 다니는 패들과는 물건이 다르다. 이천점에서 삼십점을 고르는데 땀을 흘렸다. 三一年 三二年 일에서 龍대가리를 떡 꺼내어 놓고 하도들 야단에 배암

꼬랑지커녕 쥐꼬랑지도 못 달고 그만두니 서운하다.[1]

　이상은 「오감도」 발표가 중단된 뒤 위와 같이 이야기했다. 이 글에서 주의해 볼 것은 시를 '만든다'고 표현하고 있다는 사실이다. '만드는' 작업은 '설계도'를 필요로 한다. 그것이 형태적이든 관념적이든, 다다(dada)적 경향을 띤, 자의적이고 단발적인 유희와 확연히 구분된다. 그리고 이상은 '31년 32년 일에서 龍대가리를 꺼내어 놓았다'고 말하고 있다. 1934년에 발표된 「오감도」를 말하는 것으로, 이것이 1931년, 1932년에 발표된 〈이상한가역반응〉을 비롯한 「조감도」→「삼차각설계도」→「건축무한육면각체」에 연결됨을 뜻한다. 이상의 이러한 언급에서 드러나듯이 〈오감도 시제1호〉는 이 시 하나만 가지고는 해석하기 어렵다. 아니 거의 불가능하다. 왜냐하면 이상의 시들 가운데는 하나의 규칙성과 흐름으로 서로 연결된 시들이 많은데, 이 시는 이상이 이전에 발표했던 시들에서 사용했던 기호의 상징 기법들이 적용되고 변형되었기 때문이다.[2] 이상이 순차적으로 발표한 시들은 형태와 구조의 기법과 상징을 암시하면서 진행되는데, 이것은 그가 자신의 '시작'과 '발표'에서 설계에 따른 수학적 계산과 건축적 구조를 부여하고 있기 때문이다.[3] 그

---

1 〈오감도 작자의 말〉, 《원본전집 3》, 353쪽.

2 「오감도」 15편에서 〈오감도 시제4호〉와 〈오감도 시제5호〉는 1932년에 발표된 「건축무한육면각체」의 〈진단 0:1〉과 〈二十二年〉이 다소 변형되어 반복되고 있다. 이것은 이상의 강조다. 그런데 이상의 「건축무한육면각체」의 구조와 형태는 1931년에 발표한 초기 시들과 「삼차각설계도」의 기법과 상징 기호를 토대로 이루어져 있다. 따라서 1931년, 1932년의 시작 형태와 그 연결성을 파악해야만 「오감도」를 이해할 수 있다.

3 이러한 구조를 사용한 작가로는 보들레르를 들 수 있다. "보들레르는 《악의 꽃》이라는 총제로 18편의 시를 발표할 때, 편집자에게 보낸 편지에서 다음과 같이 말한다. '귀하에게 다음과 같은 점을 말하고 싶습니다. ─ 귀하가 선택할 시편들이 어떤 것이든 간에, 그것들이 서로 연계를 이루도록 귀하와 함께 배열하기를 강력히 집착한다는 점을 ─ 첫 부분에 대해서 우리가 했듯이 말입니다.' 여기에는 비밀의 건축학 (구조architecture secrete), 명상적이며 의지적인 시인에 의하여 계산된 구도가 있다."(김봉구, 《보들레에르》, 문학과지성사, 2003, 413쪽 재인용)

러나 그 조직과 연결 구성이 유기적으로 얽혀 있어서 전체적인 구조와 흐름을 읽지 못하면 개별적으로 단절된 단편들로는 전체를 파악할 수 없다. 결국 흐름을 상실한 단편들은 다양한 산발성에서 헤어날 수 없게 된다. 이것이 이상 시의 난해함이다. 읽을 수는 있지만 읽히지 않는 시가 되어 버린다.

시제1호

1 十三人의兒孩가道路로疾走하오.
2 (길은막달은골목이適當하오.)

3 第一의兒孩가무섭다고그리오.
4 第二의兒孩도무섭다고그리오.
5 第三의兒孩도무섭다고그리오.
6 第四의兒孩도무섭다고그리오.
7 第五의兒孩도무섭다고그리오.
8 第六의兒孩도무섭다고그리오.
9 第七의兒孩도무섭다고그리오.
10 第八의兒孩도무섭다고그리오.
11 第九의兒孩도무섭다고그리오.
12 第十의兒孩도무섭다고그리오.

13 第十一의兒孩가무섭다고그리오.
14 第十二의兒孩도무섭다고그리오.
15 第十三의兒孩도무섭다고그리오.
16 十三人의兒孩는무서운兒孩와무서워하는兒孩와그러케뿐이모혓소.
17 (다른事情은업는것이차라리나앗소.)

18 그中에一人의兒孩가무서운兒孩라도좃소.
19 그中에二人의兒孩가무서운兒孩라도좃소.
20 그中에二人의兒孩가무서워하는兒孩라도좃소.

21 그中에一人의兒孩가무서워하는兒孩라도좃소.

22 (길은뚫닌골목이라도適當하오.)
23 十三人의兒孩가道路로疾走하지아니하야도좃소.[4]

〈오감도 시제1호〉는 총 23행으로 구성되었으며 사용된 단어도 몇 개 되지 않는다. 또한 사용된 단어는 어렵거나 난해하지도 않다. 반복되는 제1의 아해부터 제13의 아해의 진술을 '13인의 아해가 전부 무섭다고 그리오'로 처리한다면 실질적으로 시의 분량은 더욱 줄어들고 단순해진다. 과연 이상은 이 시에서 무엇을 나타내고자 했는가?

이 시는 반복되는 행이 시의 상당 부분을 차지하고 있으며 띄어쓰기를 무시하고, 시작과 끝에 모순되는 진술이 대칭되어 드러나 있다. 이 시를 읽은 대부분의 독자는 어떠한 이해나 감상을 얻기 힘들 것이다. 단지 처음 보는 형태와 낯선 형식이 눈에 띌 뿐, 그저 천재 이상의 작품이라 하니 의미가 있겠거니 하는 그런 정도의 느낌이 아닐까 싶다.

이 시가 독특하고 새롭기는 하지만 오히려 이상이 이전에 발표한 「삼차각설계도」의 〈선에관한각서〉 일곱 편이나 「건축무한육면각체」의 〈AU MAGASIN DE NOUVEAUTES〉의 시들이 더욱 새롭고 충격적이라고 말할 수 있다. 그러나 「삼차각설계도」〈선에관한각서〉 일곱 편이나 「건축무한육면각체」의 〈AU MAGASIN DE NOUVEAUTES〉의 시들은 이상의 기호와 숫자, 도형을 수반하고 있어서 독자들이 그 시들 자체를 읽어내는 것조차 당황스럽고 부담스럽다. 그러한 시들은 기본적

---

4 〈오감도 시제1호〉, 《정본전집 01》, 82~83쪽.

으로 '읽기'가 안 된다. 이것이 이상 시의 난해함이다. 읽기를 통해 어떤 개념이나 지식이 어느 정도 인지되지 않은 상태에서 독자에게 감상은 요원한 것이다. 그러나 이 시는 독자들이 읽어 내리는 데 어려움이 없다. 그리고 표면적인 내용을 인지하는 데에도 전혀 장애가 없다. 그렇지만 이 시의 감상이나 이해는 독자들에게 쉽게 다가가지 않는다.

시의 전체 내용은 '13인의 아해가 도로를 질주하며 무섭다'고 하는 것이다. 그러나 그 공포가 무엇이며, 아해들이 왜 달리는지에 대한 아무런 설명도 없기 때문에 독자들은 시를 이해하는 데 어려움을 느낀다. 그리고 무섭다고 하는 아해들 가운데 무서운 아해가 있는 모순을 드러내고 있다. 따라서 이에 대한 독자들의 감상은 자의적이 될 수밖에 없고, 그러한 해석은 이상의 의도와 목적에서 벗어날 수 있다. 이 시는 이상의 난해한 기호와 숫자, 도형을 표면적으로 드러낸 시들보다는 난해하지 않지만, 그렇다고 그렇게 쉽게 다가갈 수 있는 시도 아니다. 시를 문자로 읽어 내는 것은 쉽지만 그 이해와 감상이 난해하다는 모순이 있다. 이 시 이전에 발표한 「삼차각설계도」와 「건축무한육면각체」에 대한 해석을 바탕으로 이 시를 분석한 결과 이 시는 이상의 기호 숫자와 도형이 결합된, 이른바 '난해한 시'들에 사용된 이상의 기법과 사고가 변형되어, 그의 '설계'에 따라 의도된 '제작시'라는 결론에 다다랐다. 그것이 어떻게 드러나는가를 거쳐 시의 의미와 이상의 의도를 파악할 수 있다.

이 시의 분석을 내용과 형태(구조) 두 가지 방법으로 시도해 볼 수 있는데, 이 두 가지는 저마다 개별적이지만 단절되지 않고 서로 혼용한다. 독특하고 새로운 형태로 드러나고 있다.

1. 내용에 따른 해석

이 시에서 진술을 확정적(객관적) 진술과 선택적(주관적) 진술로 나누어 생각해보아야 한다.

1_ 확정적(객관적) 진술

A. 13인의 아해가 도로로 질주한다.

B. 제1의 아해부터 13의 아해까지 모두 무섭다고 한다.

C. 13인의 아해는 무서운 아해와 무서워 하는 아해와 그렇게뿐이 모였다.

2_ 선택적(주관적)진술

① 길은 막다른 골목이 적당하다.

② 다른 사정은 없는 것이 차라리 나았다.

③ 그중 1인의 아해가 무서운 아해라도 좋다.

④ 그중 2인의 아해가 무서운 아해라도 좋다.

⑤ 그중 2인의 아해가 무서워하는 아해라도 좋다.

⑥ 그중 1인의 아해가 무서워하는 아해라도 좋다.

⑦ 길은 뚫린 골목이라도 적당하다.

⑧ 13인의 아해가 도로로 질주하지 아니하여도 좋다.

확정적 진술 A·B에 따르면 도로를 질주하는 13인의 아해는 모두 무섭다고 한다. 그런데 C에서 13인의 아해는 무서운 아해와 무서워하는 아해와 그렇게뿐이 모였다고 진술한다. 이것은 모순이다. 아해들은 다들 '무섭다'고 하는데 과연 무서운 아해는 몇 명이며 몇 번째로 달리는 아해인가? 여기에 이상의 '아이러니, 위트와 패러독스'를 염두에 두고 선택적 진술을 접목시켜 보자. ③과 ④에서 그 가운데 1인이나 2인이 무서운 아해라도 좋다고 진술하고 있다. 그렇다면 1인의 아해가 무서운 아해라면 C에 의해 나머지 12인의 아해는 무서워하는 아해다. 또한 2인의 아해가 무서운 아해라면 나머지 11인의 아해는 무서워하는 아해가 된다. 그리고 ⑤·⑥에 따르면 13인의 아해들 가운데 나머지 12인, 11인의 아해는 전부 무서운 아해가 되어 버린다. 결국 확정적 진술 A, B, C에서 B, C의 모순을 해결함과 동시에 ③, ④, ⑤, ⑥을 접목시키려면 13인의 아해에게 이중적 지위를 부여해야 한다. 13인의 아해는 '무서운 아해이면서 동시에 무서워하는 아해'인 것이다.

선택적 진술 ③, ④, ⑤, ⑥은 아해의 이중적 위치를 설명하는 시적 화자의 계획적인 진술이다(이 진술들은 이 시의 구조를 분석하는 데 열쇠를 제공해준다). 확정적 진술 A, B, C 외에 '13인의 아해가 모두 무서운 아해오'가 '생략'되었다고 보아야 할 것이다. 그렇다면 확정적 진술에 따를 때 서로 상충하는 13인의 무서운 아해와 13인의 무서워하는 아해는 어떻게 이해해야 하나? 그것에 대한 해답은 '질주'에서 찾을 수 있다. 이 시에서 13인의 아해들은 천천히, 그냥, 대충, 적당히 달리는 것이 아니다. 말 그대로 아주 긴박하게, 빠르게, 최선을 다해 달리는 것이다. 그 질주는 달리는 자체에도 위험성을 내포하고 있다.

아해들이 달리는 곳은 바로 '도로'이다. 아해들이 질주하는 '도로'라는 무대는 속도감과 위험성을 더욱 증대시킨다. 여기서 도로는 오랜 시간에 걸쳐 형성된 자연발생적인 길이 아닌 인간의 힘이 가해진 인공의 도로로, 이상의 시에서 보이는 유클리드의 기하학, 뉴턴의 물리학을 바탕으로 한 문명의 도로를 일컫는다.[5] 그리고 그것은 파괴와 정복, 억압이라는 부정적 의미를 내포한다. 인류의 역사에서 사람의 힘이 가해진 문명의 도로는 항상 정복과 파괴, 억압이라는 목적이 우선시되어 왔다. 이것이 도로의 위험성인데, 이 도로가 인류가 달리고 있는 길이며 개인도 피할 수 없는 '길'이다. 13인의 아이들은 바로 그 도로를 빨리 달리고 있는 것이다. 아해들은 무서워하면서 무서운 아해이다. 13인의 아해는 모두 다 공포와 불안의 대상이며 동시에 주체이다. 도로의 질주가 아해들로 하여금 무서워하면서 무서운 아해로 만들어 놓은 것이다. 그 질주의 내부를 살펴보면 다음과 같다.

> 도로를 13인의 아이가 질주한다. (방향성은 우에서 좌로 설정)
> ←1 ←2 ←3 ←4 ←5 ←6 ←7 ←8 ←9 ←10 ←11 ←12 ←13
>
> 제1의 아이는 맨 앞에서 가장 빠르게 달린다. ─ 다른 아이들에게 위협적 존재·무서운 아이다.
> 제1의 아이는 제2의 아이의 추월을 두려워한다. ─ 무서워하는 아이다.
>
> 제2의 아이는 제1의 아이를 추월하려는 제1의 아이에게 무서운 아이다.
> 제2의 아이는 제3의 아이의 추월을 두려워한다. - 무서워하는 아이다.
> ……

---

5 "유우크리트는사망해버린오늘유우크리트의초점은도처에있어서인문의뇌수를마른풀과같이 소각하는수렴작용을나열하는것에의하여최대의수렴작용을재촉하는위험을재촉한다."(《정본전집 01》, 58쪽 참조) ; "시가에 전화가닐어나기전/역시나는『뉴―톤』이 갈으치는 물리학에는 퍽무지하얏다."(《정본전집 01》, 80쪽 참조)

제13의 아이는 제12의 아이를 추월하려는 제12의 아이에게 무서운 아이다.

제13의 아이는 가장 맨 뒤에 달린다. ─마지막이라는 낙오에 무서워하는 아이다.

이처럼 도로를 질주하는 아해들은 이중적 지위를 가지고 있다. 아해들은 자신이 추월해야 함과 추월당함이라는 이중적 위치에서 무서워하며 또한 무서운 아해들인 것이다. 시의 첫 행에서 아해들이 질주하는 도로는 "막달은 골목이 적당하다"고 이야기하며, 시 마지막 행에서는 "막힌 골목"이 '뚫린 골목이라도 적당하다'고 말한다. 그리고 그보다 더 선택적인 진술을 한다. "13인의 아해는 도로로 질주하지 아니하여도 좋다." 이것은 확정적 진술의 현상(사실)이면서, 그 모순된 '도로' 질주의 공포와 위험성의 해소를 이야기하고 있는 것이다.

이 시의 제목 「오감도」(조감도)는 위에서 바라보는 그림을 뜻한다. 그리고 시적화자가 바라보는 시선의 한계는 13인의 아해들이 도로로 질주하는 하나의 장면일 뿐 질주하는 도로의 시작과 끝은 바라보는 시선의 범위에서 벗어나 있다. 따라서 질주하는 아해들이 13인이라는 것은 시적화자의 시야에 한정된 관념적 숫자에 지나지 않는다. 이 13인의 아해라는 외면적인 숫자가 갖는 의미는 그리 중요하지 않다. 그 숫자는 무한대로 확장이 가능하다. 이것이 이상의 시작에 드러나는 축소와 확대에 따른 무한 개념이다. 그리고 아해들이 질주하는 도로를 시간성에 접목시킬 때 그것은 시간의 흐름에서(좌표 위에서 진행되는 직선으로 표현할 때) 시작과 끝을 알 수 없는 도로의 전체 가운데 일부분에 지나지 않으며 이상의 사고에서 그것은 하나의 점(Point)이다.[6]

---

[6] "永劫인 流轉 가운데 終始를 구할 수 있겠는가. / 그러나 어떤 말(齒句)은 하나를 잡아보아도 그것은 확실히 역사이긴하다. / 그러기 때문에 인생 가운데, 억지로 「포인트」를 찾자면 / 어느 순간도 확실한 「포인트」가 된다."(《정본전집 03》, 274~275쪽 참조)

그리고 '현재성'이다. 1930년대 당시의 아해들이 도로를 질주하는 모습인 것이다. 위험한 도로를 질주하는 데서 도로의 끝은 '막다른 골목이 적당하다'는 대목은 시적화자의 선택적 진술로 도로의 한계 설정이다. 동시에 도로를 골목으로 축소하고 있다. 이는 도로의 의미와 가치를 축소한 것으로 이해할 수 있다.

'질주'는 앞서고자 하는 아해들의 '자발적 본성'이다. 그러나 여기서는 '도로'로 질주하지 않음을 서술하고 있는데, 그것은 물질문명의 '인문의 뇌수를 소각시키는 유크리트의 도로'[7]를 말한다. 확정적 진술에 따르면 아해들은 도로를 질주한다. 서로 불안과 공포를 공유하면서, 서로를 위협하고 위협받으며……. 바로 질주의 핵심인 경쟁이 작용하기 때문이다. 그리고 경쟁은 과학 물질문명을 바탕으로 한 현대성의 파괴와 억압, 불안, 전쟁 등으로 볼 수 있다. 시적화자는 '도로'로 질주하지 아니하여도 좋다고 말하고 있다. 이 시의 첫 행 "13인의 아해가 도로로 질주하오"에서 '도로'는 아해들의 질주에 부속되는(선택 가능한) 상황이며, "도로'로' 질주하지 아니하여도 좋다"는 마지막 진술은 아해들이 도로가 아닌 다른 길(왕래 통행)로 질주하는 것도 열려 있고 가능함을 암시하고 있다. 그렇다면 도로는 아해들이 질주할 수 있는 수많은 길 가운데 한 형태이다. 여기서 도로를 다음과 같이 생각해 볼 수 있다.

길 ⊃	도로, 오솔길, 논길, 산길, 평짓길, 갓길, 골목길, 원형길, 직선길, 곡선길……

---

7 〈선에관한각서 2〉, 《원본전집 1》, 151쪽.

　수많은 길을 크게 이분법[8]으로 분리하면 다음과 같이 분리할 수 있다.

인공 도로	물질, 과학, 문명, 기계성, 파괴, 억압, 상살(相殺), 전쟁……

자연 길	정신, 인문, 문화, 인간성, 복구, 공존, 상생(相生), 평화……

　시 마지막 행의 선택적 진술인 "13인의아해가도로로질주하지아니하야도좃소"는 시 첫 행의 확정적(사실적) 진술 "13인의아해가도로로질주하오"에 대한 시적화자의 바람이며, 또한 도로 질주에 대해 방관적인 태도를 드러내는 것이기도 하다. 이 시는 1930년대를 이상이 관찰자의 시점에서 현실을 관조하며 서술한 상징시, 관념시로 보아야 할 것이다. 그렇다면 이 시의 13인의 아해는 무엇을 의미하는가? 아해들은 일단 국가로 볼 수 있다. 그리고 가장 큰 공포로 전쟁을 떠올릴 수 있다. 1930년대 우리나라를 비롯한 세계적인 전쟁과 억압이라는 시대적 배경에서 이 시를 이해할 수 있다.

　이상의 축소와 확대는 시적 구조 안에서 자유롭게 진행되는데, 그것을 적용하면 국가, 사회집단, 지역집단, 개인으로 설정할 수 있다. 이러한 상징에 따른 축소와 확대의 글쓰기는 이상의 특징 가운데 하나이기 때문이다. 그리고 현재 시점에 그대로 적용된다고 해도 전혀 무리가 없다. 과학과 물질문명을 바탕으로 한 빠른 변화 속에서 경쟁·추월과 추격의 치열함, 선점의 압력과 도태의 공포, 앞섬과 뒤쳐짐, 선

---

8 이원성은 이상의 사고에서 기본 형태이다.

두의 유지와 위치의 불안 등 물질문명 속 인간의 근원적 본성과 불안, 위협, 그 모순된 공포로 이해할 수 있다. 이것이 〈선에관한각서 2〉에서 언급하고 있는 유클리드 기하학의 위험이다. 과학 물질문명 속 인간의 삶을 표현하고 있는 것이다.

과학 물질문명의 발달은 인류의 무한한 번영과 발전을 가져다줄 것으로 믿었지만, 세계대전을 겪으면서 사람들은 회의를 품기 시작했다. 그의 문학에서 드러나는 경향인 다다이즘 또한 1차 세계대전이라는 시대적 분위기에서 지역성과 민족성을 초월해 동시다발적으로 탄생한 예술 사조이기도 하다. 1930년대 또한 지속되는 전쟁과 2차 세계대전을 앞둔 제국주의가 전 세계를 광풍으로 휩쓸던 시기였다. 이상 문학은 이러한 시대적 상황을 드러내고 있는 것이다. 이상이 2행에서 설정한 "막달은 골목"은 그러한 진행의 끝, 즉 파국의 의미로 이해할 수 있다. 더 이상 진행하지 않는 도로, 그것은 인류 도로의 시간성에서 끝을 의미한다. 그런데 시 후반부에서 그 길은 뚫린 골목으로 다시 상쇄된다. 그리고 시의 마지막 행에서 도로 '로' 질주하지 아니하여도 좋다고 말한다. 이 구절은 다른 길로 질주할 것을 암시하는데, 그 길은 '자연의 길'이며 '인간성의 길'이다. 이상은 일본으로 가기 전에 "휴머니즘은 승리한다!"고 외쳤다고 한다. 그리고 인류라는 명제를 되풀이했다고 한다.[9] 이러한 주위의 진술로 볼 때 마지막 행의 진술은 휴머니즘의 승리를 위한 길로 이해할 수 있다. 그것은 과학 물질문명의 길이 아닌 자연과 인간 정신의 길이며, 상실의 공포가 해소된 상생의 길을 뜻한다.

어느 시대, 어느 장소에서나 인류는 문명을 이루며 역사를 진행시켜 왔다. 그리고 그 시대를 언제나 분수령으로 인식한다. 현실(현재)은 항

---

9 김유중·김주현 엮음, 《그리운 그 이름, 이상》, 지식산업사, 2004, 133쪽.

상 위기이며 그 시대, 그 장소의 사람들에게는 위협(공포)과 불안을 안겨 준다. 이러한 불안은 내부와 외부에서 동시에 발생한다. 그리고 시대와 장소가 변하고 바뀌어 흘러가도 그것은 계속 분수령으로 이어진다. 이것이 도로를 질주하는 아해들이 느끼는 끊임없는 공포이며 두려움이다. 시적자아가 보고 있는 아해들이 질주하는 장면은 '현재성'이 드러난 그림 한 장의 '일부'이지만, 이는 결국 시종(始終)을 알 수 없는 도로를 질주하는 아해들 '전체'의 그림이기도 한 것이다. 그 양적 크기와 시간의 정도에 관계없이 도로의 질주는 항상 이 시에서 드러나는 공포와 동일한 양상을 발생시키기 때문이다. 이것이 이상 사고의 보편성이며, 인류 현실의 일반성이다.

이상의 시는 독특하고 낯선 형태이지만 그 속에는 당시 지식인으로서 가질 수 있는 현실에 대한 일반적이고 보편적인 이야기를 담고 있다. 이상의 「오감도」가 항일시라는 주장도 있었지만, 이상은 인류, 세계에 관심을 두었다는 주위의 진술이 있다. 그리고 그러한 현실에 대한 사고는 아해들이 도로를 질주하는 것으로 축소하였다. 결국 이 시는 시간과 공간을 뛰어넘어서 인류가 땅에 발붙이고 살아가는 동안에는 그 의미를 잃지 않을 것이다.

2. 구조에 따른 분석

이 시는 이상의 이전 시에서나, 오늘날까지 이르는 현대시에서 전혀 볼 수 없는 구조를 가지고 있다. 이상은 「오감도」 이전에 발표한 숫자와 기호, 도형이 결합된 난해한 시들에 사용된 기법을 변형하고 숫자와 기호, 도형이 독자들에게 주는 낯설음과 난해함을 문자 형태로 순화시켜 독자들이 읽을 수 있는 형태로 표현하였다. 그래서 읽어내기는 쉽지만 읽히지는 않는다. 직관을 배제한 일반적인 문자 해독에서는 읽기를 통해 지시적 내용을 인지하고 파악할 때, 이를 바탕으로 한 이해와 감상이 따른다. 그러나 이 시는 그러한 흐름으로 진행되지 않는다. 이것은 그 과정이 단절되었음을 뜻하는데, 이상의 기법에 따라서 변형과 생략이 시의 구조 속에 존재하기 때문이다.

> 「세상이란 그런 것이야. 네가 생각하는 바와 다른 것, 때로는 정반대 되는 것, 그것이 세상이라는 것이야!」
> 이러한 결정적 해답이 오직 질풍신뢰적으로 나의 아무 청산도 주관도 없는 사랑을 일약 점령하여 버리고 말았다. 그 후에 나는 네가 세상에 그 어떠한 것을 알고자 할 때에는 우선 네가 먼저 「그것에 대하여 생각해 보아라. 그런 다음에 너는 그 첫번 해답의 대칭점을 구한다면 그것은 최후의 그것의 정확한 해답일 것이니」하는 이러한 참혹한 비결까지 얻어 놓았다.[10]

그동안의 여러 연구에서 거론되었듯이, 대칭점을 빼놓고 이상을 이야기할 수 없다. 이 시에서도 이상의 대칭점을 찾아낼 수 있다. 그러나 그것은 쉽사리 드러나지 않는다. 이 대칭점은 〈선에관한각서 2〉, 〈AU MAGASIN DE NOUVEAUTES〉 등에서 나타난 기호와 숫자, 도형의 상징적 표현이 문자 형태로 새롭게 변형된 것이다. 우선 이 시의 구조를 알기 위해서는 일단 대칭선을 찾아내야 한다. 그것은 선택적 진술의 ③, ④와 ⑤, ⑥ 사이(19행과 20행 사이)로 보아야 한다.

---

10 〈12월 12일〉,《원본전집 2》, 21~23쪽.

18 그中에一인의兒孩가무서운兒孩라도좃소.

19 그中에二인의兒孩가무서운兒孩라도좃소.

------------------ 대 칭 선 ------------------

20 그中에二인의兒孩가무서워하는兒孩라도좃소.

21 그中에一인의兒孩가무서워하는兒孩라도좃소.

　선택적 진술 ③, ④와 ⑤, ⑥은 서로 대칭되고 반대의 내용을 이루며, 대칭선을 기준으로 포개었을 때[11] 결국 무서운 아해와 무서워하는 아해는 서로 상쇄되어 버린다. 이 시의 구조는 대칭선을 바탕으로 이상의 전작(前作) 시에 사용되었던 기법을 통해 이해할 수 있다.

　이 시는 이상이 최초로 진술한 시를 거듭 변형하여 완성되었다. 이 시의 최초의 '원형'(原形)은 19행까지의 진술이다. '13인의 아해들이 무서워하며 도로를 질주한다.' 이것이 시적화자가 바라보는 13인의 아해가 도로를 질주하는 모습에 대한 확정적 진술이다. 그리고 원형(1행~19행)을 이상의 기법에 따라 내용상 대칭(대조)시킨다. 그러면 다음과 같이 변형이 이루어진다.

十三人의兒孩가道路로疾走하지않소.

(길은뚫닌골목이適當하오.)

第一의兒孩가무서운아해오.

第二의兒孩도무서운아해오.

第三의兒孩도무서운아해오.

11 조수호, 〈도형에서 바라본 이상 시의 해독〉, 《원본전집 5》, 66~67쪽 참조.

　　第四의兒孩도무서운아해요.

　　第五의兒孩도무서운아해요.

　　第六의兒孩도무서운아해요.

　　第七의兒孩도무서운아해요.

　　第八의兒孩도무서운아해요.

　　第九의兒孩도무서운아해요.

　　第十의兒孩도무서운아해요.

　　第十一의兒孩가무서운아해요.

　　第十二의兒孩도무서운아해요.

　　第十三의兒孩도무서운아해요.

　　十三人의兒孩는무서워하는兒孩와무서운兒孩와그러케뿐이모혓소.

　　(다른事情은있는것이차라리나앗소.)

　　그中에一人의兒孩가무서워하는兒孩라도좃소.

　　그中에二人의兒孩가무서워하는兒孩라도좃소.

　내용이 대칭되면 '질주하오 → 질주하지 않소, 막다른 골목→ 뚫린 골목, 무서워하는 아해 → 무서운 아해, 사정이 없는 것 → 사정이 있는 것'으로 형성된다. 대칭된 진술은 이 시 최초의 원형인 19행까지의 진술과 내용상 서로 반대되며 서로 포개었을 때 상쇄된다.[12] '무서워하는 아해가 무서운 아해가 된다.' 이것이 이 시에서 나타난

---

12 이상의 이러한 대칭적 진술과 그에 의한 수학적 상쇄는 소설 속에서도 반복된다. "기인동안 잠자고 짧은동안누웠던것이 짧은동안 잠자고 기인동안누웠던그이다."(〈지도의 암실〉, 《원본전집 2》, 164쪽 참조)

1차 대칭이다.

　이것을 다시 2차로 대칭시킨다. 시의 내용은 그대로 두면서 형태를 대칭시켜야 한다. 그렇게 하면 1차 대칭에 따라 이루어진 시의 형태를 거꾸로 진술한 것이 된다.

그中에二人의兒孩가무서워하는兒孩라도좃소.

그中에一人의兒孩가무서워하는兒孩라도좃소.

(다른事情은있는것이차라리나앗소.)

十三人의兒孩는무서워하는兒孩와무서운兒孩와그러케뿐이모혓소.

第十三의兒孩도무서운아해요.

第十二의兒孩도무서운아해요.

第十一의兒孩가무서운아해요.

第十의兒孩도무서운아해요.

第九의兒孩도무서운아해요.

第八의兒孩도무서운아해요.

第七의兒孩도무서운아해요.

第六의兒孩도무서운아해요.

第五의兒孩도무서운아해요.

第四의兒孩도무서운아해요.

第三의兒孩도무서운아해요.

第二의兒孩도무서운아해요.

第一의兒孩가무서운아해요.

(길은뚫닌골목이適當하오.)

十三人의兒孩가道路로疾走하지않소.

2차 대칭으로 형성된 위의 형태와 내용을 최초 원형과 결합시키면
다음과 같다.

1 十三人의兒孩가道路로疾走하오.

2 (길은막달은골목이適當하오.)

3 第一의兒孩가무섭다고그리오.

4 第二의兒孩도무섭다고그리오.

5 第三의兒孩도무섭다고그리오.

6 第四의兒孩도무섭다고그리오.

7 第五의兒孩도무섭다고그리오.

8 第六의兒孩도무섭다고그리오.

9 第七의兒孩도무섭다고그리오.

10 第八의兒孩도무섭다고그리오.

11 第九의兒孩도무섭다고그리오.

12 第十의兒孩도무섭다고그리오.

13 第十一의兒孩가무섭다고그리오.

14 第十二의兒孩도무섭다고그리오.

15 第十三의兒孩도무섭다고그리오.

16 十三人의兒孩는무서운兒孩와무서워하는兒孩와그러케뿐이모혓소.

17 (다른事情은업는것이차라리나앗소.)

18 그中에一人의兒孩가무서운兒孩라도좃소.

19 그中에二人의兒孩가무서운兒孩라도좃소.

――――――――――――――――――――

20 그中에二人의兒孩가무서워하는兒孩라도좃소.

21 그中에一人의兒孩가무서워하는兒孩라도좃소.

22 (다른事情은있는것이차라리나앗소.)

23 十三人의兒孩는무서워하는兒孩와무서운兒孩와그러케뿐이모혓소.

24 第十三의兒孩도무서운아해오.

25 第十二의兒孩도무서운아해오.

26 第十一의兒孩가무서운아해오.

27 第十의兒孩도무서운아해오.

28 第九의兒孩도무서운아해오.

29 第八의兒孩도무서운아해오.

30 第七의兒孩도무서운아해오.

31 第六의兒孩도무서운아해오.

32 第五의兒孩도무서운아해오.

33 第四의兒孩도무서운아해오.

34 第三의兒孩도무서운아해오.

35 第二의兒孩도무서운아해오.

36 第一의兒孩가무서운아해오.

37 (길은뚫닌골목이適當하오.)

38 十三人의兒孩가道路로疾走하지않소.

이것을 바로 〈오감도 시제1호〉의 '발표 전 완성된 형태'로 봐야 한다. 이 시를 대칭선을 중심으로 포개어 버리면 서로 상쇄되어 무화(無化)된다. 이것이 이상의 대칭점 0(대칭선)에 의한 이원성과 그 동일성이다. 이는 이상의 기법 가운데 하나인 분리하기·포개기 형태이다. 이 형태는 한 편의 시로 읽어 내리기에는 지루하고 따분하다. 너무 단순하기도 하며, 지속적으로 반복되어 매력을 이끌어내기에는 역부족이다. 독자에게 시적 상상의 여지가 하나도 주어지지 않는다. 이상의 기법이 완전히 노출되기 때문이다.

이상의 글은 상당히 숨겨진 글이며, 자신 스스로도 그것에 대해 '암호'라고까지 언급하였다.[13] 이에 이상의 분리와 결합의 글쓰기 형태에 따라 완성된 위의 〈오감도 시제1호〉의 원형 38행 가운데 22행의 "(다른사정은있는것이차라리나았소)"에서부터 36행의 "제1인의아해가무서운아해요"까지가 '생략'된다.

37 (길은뚫닌골목이適當하오.)　　　→　(길은뚫닌골목이라도適當하오.)
38 十三人의兒孩가道路로疾走하지않소.　→　十三人의兒孩가道路로疾走하지
　　　　　　　　　　　　　　　　　　　　아니하야도좃소

그리고 37행에서 선택적 조사 "라도"가 첨가되고, 38행이 확정적 진술 "질주하지않소"에서 "질주하지아니하야도좃소"라는 선택적 진

---

13 "혹 지나치지나 않았나 천하에 형안이 없지 않으니까 너무 금칠을 아니했다가는 서툴리 들킬 염려가 있다."(〈종생기〉, 《원본전집 2》, 378쪽 참조) ; "너는 어찌하여 네 소행을 지도에 없는 지리에 두고 화판 떨어진 줄거리 모양으로 향료와 암호만을 휴대하고 돌아왔음이냐." (〈무제〉, 《원본전집 1》, 213쪽 참조) ; "받아 써서 통념해야 할 암호 쓸쓸한 초롱불과 우체통 사람들이 수명을 거느리고 멀어져 가는 것이 보인다. 그리고 나의 뱃속엔 통신이 잠겨있다."(〈객혈의 아침〉, 《정본전집 01》, 193쪽 참조)

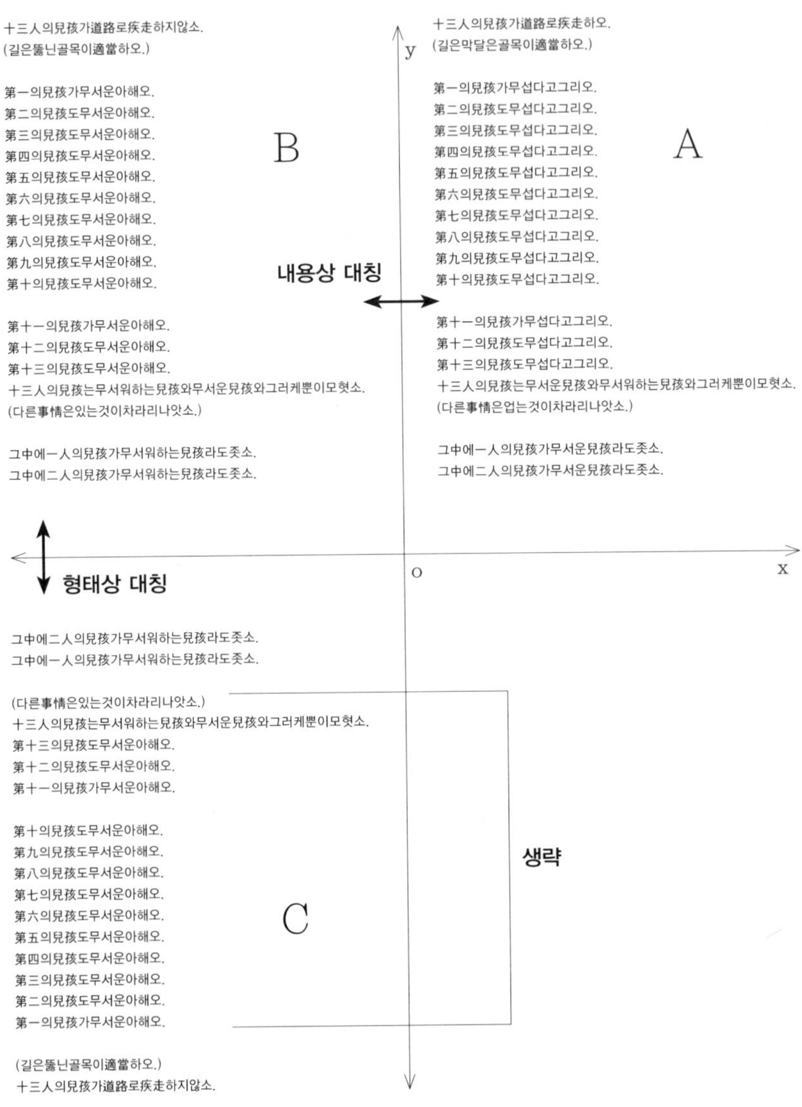

술로 약간 변형되었다. 이것이 바로 신문에 발표된 〈오감도 시제1호〉인 것이다. 이상만의 독특하고 개성적인 시작(詩作) 형태이며, 이것은 「삼차각설계도」와 「건축무한육면각체」에 이어지는 구조를 지니고 있다. 그리고 그것은 단순히 일회성에 그치는 기호나 숫자, 도형의 유희가 아닌 현실에 대한 고찰과, 의식적인 사고와 상징을 바탕으로 수학적으로 조직·구성하여 만들어진 새로운 형태의 시이다. 이것이 바로 이상이 말한 창조이다.

왼쪽의 도식에서 드러나듯이 최초 원형 A에서 '내용'에 따른 대조인 1차 대칭 B, 그리고 '형태'에 따른 역진술인 2차 대칭 C의 과정에서, A와 C의 결합된 형태와 내용에서 22~36행이 생략되고 시의 끝부분이 약간 변형되었다.

글이란 것은 평면이라는 지면에 '기호'로써 작가의 사상과 감정을 표현하는 객체이면서 동시에 주체이다. 수천수만 년 동안 인류가 무엇인가를 표현(그림, 유희, 기록)하기 시작하면서부터 씌어지는 대상면(동굴의 벽면, 돌판, 나무판, 종이……)은 기록을 위한 그림이나 기호가 표현되는 하나의 부수적인 대상일 뿐, 그 자체는 오로지 하나의 평면으로써 수동적인 역할에서 벗어나지 못했다. 그리고 2차원적인 지면의 활용성과 다양성을 말한 작가는 없었다.

그러나 이상은 단지 글을 적을 수만 있는 수동적이고 2차원적인 지면의 한계에서 벗어난 것이다. 이상은 지면을 3차원적으로 자유자재로 변형하여 자신의 사상과 감정을 표현했다.[14] 2차원의 면에 형식과 내용을 실어 사각형의 좌표 위에서 입체적으로 운동시킨 것이다. 여기에는 그가 건축(설계)을 전공했고 미술에 어느 정도의 자질과 관심을 갖고 있었다는 사실이 작용했으며, 기존의 고정된 틀에서 벗어나

---

14 건축설계에서 평면에 입체를 구현하는 작업과 모티프를 연결시켜 생각할 수 있다. 이상은 자신의 설계로 〈건축무한육면각체〉를 지속적으로 이야기하고 있기 때문이다. 그 설계 역시 사고 기호의 설계이며, 그것에 따른 〈건축무한육면각체〉 또한 건축물이나 구조물이 아닌 이상의 사고—기호·도형·숫자—가 형상화된 건축—현실(現實)과 이상(理想)의 합인 전체—인 것이다.

고픈 새로움에 대한 갈증을 해소하기 위한 돌파구이기도 했을 것이다.[15] 그러므로 이 시를 읽을 때는 시에 드러난 입체감과 시의 구성을 염두에 두고 읽어야 한다.

이상을 설명할 때 자주 언급되는 말 가운데 '기하학'이 있다. 이상이 건축을 전공하였고, 그의 글에 숫자와 도형을 상징화한 도식 형태가 나타나기 때문인데, 사실 기하학이라고 거창하게 말할 것은 안 된다. 이상은 사람들이 파악하기 힘든 복잡하고 고차원적인 기하학적 원리나 수학적 원리를 전혀 사용하지 않았다. 그러한 해석과 이해의 시도는 결국 이상의 함정에 빠지는 결과를 낳는다. 이것이 이상이 사람들의 사고를 거꾸로 의도하는 글쓰기 방식인 '따돌리기·숨기기·복화술'이다. 이상은 자신의 사상과 느낌을 표현할 수 있는 단순한 형태의 상징적 도형의 대칭(포개기, 펼치기)과 운동의 다양한 변형을 사용하고 있을 뿐이다. 그것이 이상의 글이 지닌 역동성인데, 다양한 사고의 단편들이 유기적으로 얽혀 하나의 원리로 통합되기 때문에 실체(내용)를 파악하는 것이 쉽지 않지만 기본 형태는 단순함을 드러낸다. 따라서 이상을 이해하려면 그 단편들의 다양한 연결성에 주의하여 파악해야 한다. 위의 〈오감도 시제1호〉에 사용된 기법을 도형과 대칭으로 표현한다면 왼쪽과 같다.

왼쪽의 그림에서 A의 도형(사각형과 원)을 내용이라고 하고

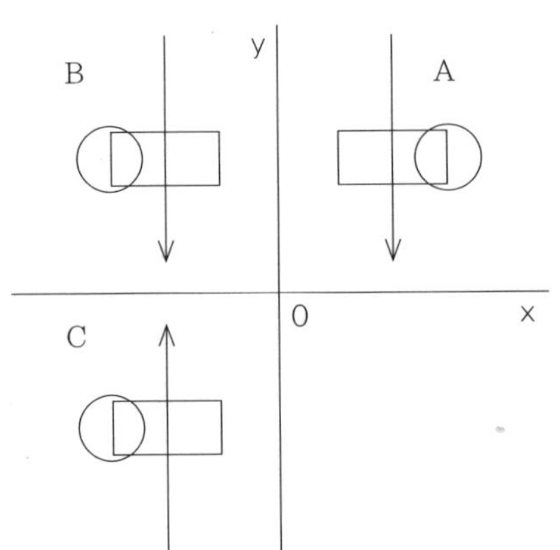

---

15 미술에서 평면의 이탈·해방을 꾀한 콜라주와 데칼코마니 기법으로 이해할 수 있다.

화살표를 그 진술 형태라고 규정한다면, B의 도형은 우측 도형을 Y축에 대하여 180도 회전·대칭시킨 (오른쪽에서 왼쪽으로 넘긴) 그림이다.[16] 형태는 우측과 같으나 내용(사각형과 원의 좌우)은 반대다. 이것은 1차 대칭으로, 〈오감도 시제1호〉의 원형에서 내용상 대칭시킨, 반대되는 진술 B가 생성된다. 그리고 이것의 형태는 〈오감도 시제1호〉의 원형과 포개었을 때(이는 이상이 자주 사용하는 데칼코마니 기법에 따른 분리와 결합으로 봐야 한다) 서로 상쇄된다. 이렇게 해서 생성된 B의 그림을 평면에서 X축을 기준삼아 입체적으로 180도 회전한다. 그러면 2차 대칭에 따라 C와 같이 그림 즉 내용은 그대로이지만 형태는 B와 대칭의 형태를 띤다. 진술이 역방향으로 바뀐다. 결론적으로 A의 그림과 형태는 원점 0에 대하여 C와 완벽한 대칭을 형성한다. 이것이 이상이 〈오감도 시제1호〉에서 사용한 지면의 입체적 사용 기법이다. 도형의 축에 대한 대칭과 축에 의한 회전, 그리고 원점에 대한 대칭을 활자로서 변용하여 내용과 형태에 사용한 이상의 기법인 것이다.

위의 도식에서 보이는 형태는 x·y축의 사각 평면이지만 이것은 x·y·z축의 입체로 봐야 한다. 이 도식은 z축 위에서 아래로 내려다본 그림이다. 따라서 평면에서 180도 회전한 상태가 아닌 입체상의 축에 의한 회전인 것이다. 이 기법에 따라 우측 상단 A와 좌측 하단 C의 내용과 형태를 결합한 상태에서 앞서 설명한 부분을 생략하였다. 이 점이 이 시에 명확하게 드러나지는 않으면서 어떤 조형감을 조성하는 까닭이라고 말할 수 있다.

시에서 '생략'이라는 방법을 사용한 것 또한 기존의 작품에 견주어 파격적이라고 하겠다. 글에서 생략은 강조의 역할이나 부분적인 형태

---

16 《원본전집 5》, 64~68쪽 참조.

로 또는 글의 전개상 예측 가능한 범위 안에서 제한되어 사용된다. 그러나 이상은 위와 같이 38행 가운데 15행을 생략했다. 시의 3분의 1 이상을 생략한 것이다. 만일 어떠한 시의 3분의 1 이상을 생략했다면 그 시는 파악되지 않을 것이며, 또 생략 부분을 복원한다는 것은 불가능하다. 복원의 다양한 가능성으로 말미암아 형태가 없는 모호한 미완성으로 간주될 것이다. 따라서 그 내용은 독자에게 이해되지도 않고, 굳이 이해를 시도한다고 해도 자의적이 되어 버린다. 그러한 형태 자체와 효과를 시인이 의도하지 아니한 이상 그 시는 시인의 의도와 목적(내용)에서 완전히 벗어나게 된다.

그러나 이상의 시는 위에서 보았듯이 생략된 부분의 유추 추적이 가능하다. 이상의 설계와 수학적 계산으로 조직·구성한 구조 속에 존재하기 때문이다. 따라서 이 시를 읽을 때는 대칭선을 염두에 두고 읽어야 할 것이다. 이 시는 최초 원형을 첫 번째 면으로, 내용에 의한 1차 대칭을 두 번째 면으로, 형태에 의한 2차 대칭을 세 번째 면으로 읽어야 할 것이다. 지면의 움직임, y축에 의한 대칭(펼치기 대조)과 x축에 의한 회전(진술의 역방향) 그리고 원점 0에 의한 형태와 내용의 대칭(상쇄)을 생각하면서 읽는다면 아해들의 무서워함과 무서움, 그 공포의 실체와 질주에 증대되는 역동성을 부여할 것이다.

이처럼 시가 좌표 위에서 움직이는 방식은 〈선에관한각서 6〉, 〈AU MAGASIN DE NOUVEAUTES〉에서도 사용되었다.

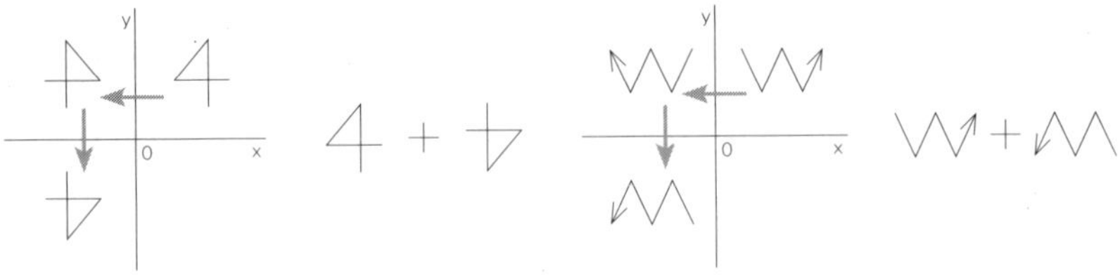

위 그림에서 숫자 4의 운동은 180도 회전된 상태이지만 이것은 평면상에서 드러나는 형태일 뿐, 실상 입체의 x·y·z축 위에서 y축을 기준으로 입체적으로 180도 회전한 상태에서 x축을 기준으로 다시 한번 180도 회전한 것이다. 즉, 숫자 4와 W를 평면상에서 왼쪽으로 넘긴 상태에서 다시 아래로 넘긴 것이다. 그리고 위의 구조와 같이 원형과 그 변형된 숫자가 '+'된 상태로 0(원점)에 대하여 완전한 대칭을 이루며, 수학적으로 계산할 때 상쇄되어 0이 된다. 입체적인 움직임이다. 따라서 이상의 시 〈진단 0:1〉과 〈오감도 시제4호〉의 전도된 숫자판 역시 '분리하기'와 '입체적 펼치기'인 것이다. 또한 〈AU MAGASIN DE NOUVEAUTES〉에 사용된 이상의 모노그램 'W'와 'M'도 같은 입체적 운동 형태이다.[17] 이것이 이상의 동력학·활동적 리듬이라고 할 수 있다.

3. 시의 이해

이 시의 해석에서 가장 자주 거론되었던 것은 과연 '13'이라는 숫자가 무엇을 의미하는가 하는 문제였다. 그동안 수많은 이야기가 있었지만 논란만 가중시켰을 뿐 명확한 의미는 밝히지 못한 채 의견만 분분할 뿐이다. 이상은 「오감도」와 〈날개〉가 자신이 하고 싶었던 문학이 아니라고 말했다. 그런데 「오감도」 첫 편인 〈오감도 시제1호〉와 〈날개〉에서 연관성이 발견된다. 소설 〈날개〉의 삽화에서 한 사람이

---

17 조수호, 〈이상의 건축무한육면각체 해독〉, 《이상소설작품론》, 역락, 2007, 288~291쪽.

누워 있고 그 옆으로 '13'권의 책이 세워져 있다.[18] 이것은 이상의 반복 강조이다. '13'이라는 숫자를 통한 사고의 유출이다. 이상이 사용한 '13'은 서양 사고의 불길함·부정의 의미가 아닌 이상이 만들어낸 상징으로 핵심적 의미를 지닌다.

이상의 '13'은 그의 전작 시에 드러난 기호와 도형, 숫자의 사용에서 그 해답을 찾을 수 있다. 이상은 도형을 숫자로 치환하였다. 이 13이라는 숫자는 一十三=1+3=4로 이해해야 한다. 이것은 〈선에관한각서 2〉에서 사용된 방식이며[19] 〈二十二年〉에서도 반복되었다. 이렇게 숫자로 계산하면 이상의 시에서 가장 많이 반복 사용된 숫자 4가 되며, 이는 곧 사각형(□)을 의미한다.[20] 그리고 평면 위의 사각형은 입체화한 정육면체를 뜻한다. 李箱의 이름인 箱[상자, Box(case)]을 상징한다.

정육면체를 평면화한 □ 사각형은 이상 자신[21]이며, 그것은 무한히 확장되어 이상의 시에 거론되는 우주를 포함한다. 사각형은 확대와 축소를 반복하며 무한으로 진행하기 때문이다. 이상은 4, 즉 사각형에 자신과 존재하는 모든 것을 가두어 버렸다. 이것이 이상의 시에 드러나는 동서남북과 상하로 무한히 진행하는 좌표이며, 평면일 때 x축 y축에 의한 평방 사각형이고 입체일 때 x축 y축 z축에 의한 입방 건축 무한육면각체인 것이다. 이상의 이러한 사고 형태를 '몰딩(Moulding) 기법'이라고 이름 붙일 수 있는데, 그 사각형은 무한소 원자에서 무한대의 우주로 확장되는 존재하는 모든 것의 총칭이라고 하겠다.[22]

---

18 《정본전집 01》, 15쪽.

19 이 형태는 〈선에관한각서 2〉에서 12번 반복되며, 그 역인 '3+1'도 12번 반복하며 쌍을 이룬다.

20 조수호, 〈도형에서 바라본 이상 시의 해독〉, 《원본전집 5》, 77쪽.

21 "□ 나의 이름"(〈선에관한각서 7〉, 《원본전집 1》, 164쪽 참조)

22 조수호, 〈이상의 건축무한육면각체 해독〉, 《이상소설작품론》, 역락, 2007, 273~275쪽.

숫자 4의 운동은 다양하게 변형되어 그의 시에 드러난다. 숫자 4는 사각형이며 그 변형을 이상의 초기 발표 시 〈공복〉과 연관하여 설명할 수 있다. 그의 난해한 작품들과 상징에 의한 글들은 다른 작품과 지속적으로 연동한다. 따라서 그 연관된 움직임을 파악해야 한다.

바른손에과자봉지가없다고해서

왼손에쥐어져있는과자봉지를찾으려지금막온길을오리나되돌아갔다.[23]

〈공복〉에서 시적화자는 오른손에 과자봉지가 없어 방금 온 길 5리를 돌아 왼손으로 간다.[24] 여기서 과자봉지는 아해의 기호품으로 물질을 상징하며 이 시와 같이 발표된 〈파편의 경치〉에도 과자가 반복된다.[25] 따라서 아해 또한 축소된 형태의 상징이다. 위에서 시적화자(아해)가 운동한 거리는 왕복 10리가 된다. 10리는 4킬로미터이다. '숫자의 어미의 활용에 의한 숫자의 소멸'에 따르면 10=4가 되며 이상의 □ 사각형의 상징이 된다. 그것이 이상의 기호공식에서 좌+우=전체, △+▽=□과 동일하다.[26] 그 거리 10리가 전체이며 사각형인 것이다. 따라서 13인의 아해 또한 1+3=4로 사각형을 상징하고 있음을 암시하고 있다.

〈공복〉에서 좌우 5리, 왕복 10리를 운동하는 아해는 이상의 상징에

---

23 〈공복〉, 《정본전집 01》, 41쪽.

24 이상은 여러 글에서 "숫자의 소멸", "수학차압", "사람들은 숫자를 버리라"고 반복해서 숫자에서 벗어남과 그 무용(無用)함을 이야기했지만, 그의 글에서 드러난 숫자는 이상의 철저한 계산과 조직구성에 의해 드러난다. 따라서 그러한 숫자를 파악하지 못하면 이상은 결코 이해하기가 어렵다.

25 "▽의슬립퍼어는과자와같지아니하다"(〈파편의 경치〉, 《정본전집 01》, 33쪽 참조)

26 조수호, 〈이상의 건축무한육면각체 해독〉, 《이상소설작품론》, 역락, 2007, 268쪽.

따른 설정이다. 실제의 운동은 존재하지 않는다. 마찬가지로 13인 아
해의 질주 역시 시각적인 움직임이 아닌 관념적·상징적인 사고의 진
술이다. 〈공복〉에서 10리를 움직이는 아해의 운동을 자신의 심리 현
실과 이상(理想)의 전체로 보며, 변이하는 각각을 개별적 자아로 인식
하고 있다. 또한 스스로의 싸움을 전쟁이라고 표현하고 있는데, 시적
화자는 전쟁 안에 있으면서 또한 전쟁에서 이탈한 상태의 관찰자의
시점에 위치한다. 이것은 시점의 혼용이며 이중 구조로 이해할 수 있
다. 시적화자가 운동하는 10리의 거리에 존재하지만 동시에 이탈한
것이기도 하다. 이상의 분리된 두 자아인 현실적 자아와 이상적 자아
의 위치와 시선, 이것은 그 거리의 안이면서 밖인 결과로 시에서는 내
면과 외면으로 반복 설명하고 있다.

나의내면과외면과
이건(件)의계통인모든중간들은지독히춥다[27]

10리 거리의 운동은 내면의 움직임이다. 그리고 그것을 관찰하는
눈은 외면(현실)의 육체적 자아이다(이것은 역으로 생각하여 운동은 현실
로, 시선은 관념으로 볼 수 있다). 따라서 〈오감도 시제1호〉 역시 〈공복〉
의 경우와 같이 이해할 수 있다. 그리고 〈공복〉이 이상 개인의 관념
적 상징에 따른 설정이었다면 〈오감도 시제1호〉는 여기서 확대되어
전체로 이해할 수 있다. 축소와 확대는 이상의 기본 형태이기 때문이
다. 그리고 〈공복〉에서 아해의 움직임에 관해서는 설명이 없었다. 그
런데 〈오감도 시제1호〉에서는 '질주'한다. 이것은 시대성의 반영으로

---

27 〈공복〉, 《정본전집 01》, 41쪽.

봐야 할 것이다.

　이것이 이상 사고의 형태이며 이상의 글에서 드러나는 이상 기호의 의미이다. '13', '4', '□'은 하나의 이름으로 고정되는 상징이 결코 아니다. 시적 의도와 내용에서 무한한 확대와 축소가 가능한, 유동적으로 살아 움직이는 자의적인(기호 스스로 전체에서 부분으로 범위 선택이 가능한) 상징인 것이다. 따라서 '□'은 전체(everything)이면서 어느 일부분(anything)이다. 이것은 하나의 기호 상징이 하나의 의미로 1:1 대응되는, 또는 그와 유사한 몇 개의 개념으로 사용되는 일의성(一意性)이라는 기존의 글쓰기 방식에서 탈피한, 기호의 고정성에 갇히지 않고 완전하게 개방된 이상의 기호이다. 따라서 □ 상자(건축무한육면각체)라는 하나의 '의식적 사물(기호·상징)'과 존재하는 모든 것의 1:1 치환을 가능하게 한다. 이 또한 수학적으로 무한의 개념이고 그 무한을 이상은 자신 箱(육면체)인 □으로, 4로, 1+3으로, 3+1로 규정하였으며 그것은 음양의 형태로 대표된다.[28] 전체의 태극(하나) 음양(이원성)에서 무한 분할에 의한 무한소에 이르기까지 발생하는 모든 개체(집합) 또한 그 구성원리는 음양과 동일함에 근거한다.

　'이상'은 무한히 확대와 축소를 반복하는 '건축무한육면각체' '정육면체'의 '사각형'에 '자신'을 가두어 버렸으며, 동시에 '원자'에 '우주'를 담아 버렸다.[29] 무한의 존재와 개념을 다자(多者)이면서 일자(一者)인 진무한(眞無限) '□'이라는 기호 틀로 형상화한 것이다. 그러므로 이 시의 시적화자는 관찰자의 시점에서 진술하고 있지만, 그 또한 13인의 아해 가운데 한 명인 것이다. 거울 속에서 자신의 다양한 모

---

28 조수호, 〈도형에서 바라본 이상 시의 해독〉, 《원본전집 5》, 80쪽.
29 조수호, 〈이상의 건축무한육면각체 해독〉, 《이상소설작품론》, 역락, 2007, 274~275쪽 참조.

습을 관찰하는 거울 밖의 자아의 관계와 동일하게 볼 수 있다. 안이지만 밖이고 같지만 다르다. 이 시에서 시적자아의 시점을 규정하기가 모호한 까닭이 여기에 있다.[30] 〈공복〉에서도 좌우 5리를 왕복하는 시적자아의 내부에 무수히 분할되는 분리된 자아를 이야기하는데, 그 시적자아도 운동 속에 존재하면서 동시에 이탈하여 관찰자의 시점에서 진술하고 있기 때문이다. 즉 시점의 혼용이다.

이것은 시 〈건축무한육면각체〉에서 지구의로 축소된 지구를 관조하는 시적자아가 건축무한육면각체의 사각형의 내부인 지구에 존재하는 것과 같은 형태로 이해할 수 있다. 도로를 질주하는 아해들 밖에 있지만 한편 아해들 속에 있다. 관찰자의 시선으로 진술하지만 결국 시적자아도 그 안에 자리하고 있는 것이다.[31] 13(인)의 상징($\nabla + \triangle = \square$) 1+3, 4, □은 더 이상 확장될 수 없는 전체의 '한계'이자 '틀'이며, 모든 것은 그 '□' 안에 '존재해야만 하기' 때문이다. 그리고 13(1+3)인은 음과 양, 양과 음이며 전체가 된다.[32] 이상의 무한소와 무한대, 그 의미를 형성하는 근원은 바로 이러한 진무한 '□'의 몰딩 기법에 따른 축소와 확대의 사고에서 비롯된다.

이 시에서 13인의 아해들이 느끼는 공포와 불안은 두 가지로 이해될 수 있다. 제1의 아해부터 제13인의 아해까지 전부 무섭다고 한다. 제1의 아해부터 2, 3, 4, 5, 6, 7, 8, 9, 10, 11, 12, 13의 아해들의 숫자의 증가에 따른 반복적인 '무섭다'는 진술은 공포와 불안을 극대화한다.

그러나 증가하는 숫자의 순차성을 염두에 두지 않고 한 아해 한 아해의 개별적인 진술의 '반복'으로 읽는다면, 기계적으로 반복되는 '무

<hr>

30 이승훈, 〈〈오감도 시제1호〉의 분석〉, 《원본전집 4》, 330~301쪽 참조.
31 조수호, 〈이상의 건축무한육면각체 해독〉, 《이상소설작품론》, 역락, 2007, 276 및 278쪽 참조.
32 조수호, 〈도형에서 바라본 이상 시의 해독〉, 《원본전집 5》, 66~69쪽 참조.

섭다'는 더 이상 공포가 되지 못하고 '일상'이 되어 버린다. 공포에 무
감각해지며 길들여지고 단지 질주만 있을 뿐이다. 결국 이 시의 전면
에 드러난 아해들의 공포는 증대되지만 또한 그것은 존재하지 않는
것이기도 하다. 이것은 무서운 아해와 무서워하는 아해의 모순과 동
일하다. 공포는 있지만 없는 것이기도 하다. 아해들 스스로가 공포의
대상이면서 공포의 주체이지만, 그것이 기계적으로 지속되어 일상이
되어버렸을 때 자신이 공포의 능동과 수동의 주체임을 인식하지 못한
다. 그저 맹목적인 질주만이 있을 뿐이다. 따라서 무서움과 무서워함
은 있으면서 없는 것이기도 하다. 그러므로 동일인인 무서운 아해와
무서워하는 아해의 구분도 별다른 의미를 갖지 못하게 된다. 시적화
자는 무서워하는 아해들을 반복해 진술하지만 결국에는 아해들에 대
한 진술과 행동이 내용과 구조에서 무의미하게 나타난다.

또한 시적화자와 독자 사이의 관계도 무의미하게 만들어 버린다.
시적자아도 13인의 질주하는 아해 속에 존재하며, 동시에 이 시를 읽
는 독자들 또한 그 안으로 끌어들여 위치시키기 때문이다. 그것은
13(1+3=4)인의 아해가 '□'이고 더 이상 확장할 수 없는 진무한 전체
이며 현실과 이상의 합이기 때문이다.

그리고 이 시에 사용된 도형의 대칭기법에서 x축, y축에 의한 좌표
상의 1사분면과 3사분면의 결합은 숫자상으로 1+3=4가 된다. 1+3은
13이며 13인의 아해와 숫자상 동일하고 그 아해들의 위치와 연결된다.
1사분면은 좌표상 x, y축이 양을 이루고 3사분면은 좌표상 x, y축이 음
을 이룬다. 결국 이것은 이상 기호의 양과 음의 결합이며 '하나'로 이
해할 수 있다.

그리고 △과 ▽의 합 □은 또한 존재하지 않는 것이다. 왜냐하면 마
지막 2행이 다소 수정된 것을 허용하면 이 시의 내용과 형태가 원점을

중심으로 포개어 수학적으로 계산하면 상쇄되어 0이 되기 때문이다. (□=0 → △+▽=□=0) 결국 이 시는 시로써 지면에 표현되고 있지만 없는 것이기도 하다. 이 시 자체도 무화되어 버린다. 분리(펼치기)와 회전 그리고 결합(포개기)을 통한 수학적 계산의 있음과 없음, 피동과 능동의 동질성, 이것은 모순이며 미로 같은 상태다. 이것은 이 시가 대칭과 회전을 거듭하면서 한 점에 의한 대칭적 구조에서 오는 형태적 특이성과 그 수학적 작용으로 생각해 볼 수 있다.

그리고 이 시는 전체적으로 통일성을 지니고 있다. 시 전체의 23행은 각운이 모음 'O'(오)로 일관되고 있다. 이것은 이상의 의도로 파악된다. 어투의 설정 자체에서 의도한 것으로 보인다. 이상은 동음이의어와 형태에 따른 변형적 사고의 유추를 자주 사용하였는데[33] 이 각운 'O'는 숫자 '0'과 동일한 형태이다. 이것은 이 시 전체가 대칭점 0을 중심으로 한 수학적 구조 계산에 따라 0으로 수렴되어 무화됨을 암시하고 있다고 생각해 볼 수 있다.

이 시 '오감도'는 '조감도'의 변형된 제목이다. 조감도란 높은 곳에서 아래를 내려다본 그림을 말하는데, 이 시를 한 장의 그림으로 연상을 해볼 수 있을 것이다.[34] "13인의 아해가 도로로 질주한다"에서 '질주'는 아해들의 본성이고 질주의 속성은 경쟁이며 추월이다. 질주는 순서대로, 차례로 질서를 지켜 일정 거리를 유지하며 달리는 것이 아니다. 추월하지 않으면 추월당하는 위치에 놓이기 때문이다. 그 긴장

---

33 이상의 이러한 형태는 그의 글 전편에 반복되고 있다. 기호와 도형의 의미를 통해 이상 사고의 흐름을 파악할 수 있다. 1+3(〈선에관한각서 2〉) = 13 = 1+3(〈오감도〉) = 4 = □ = △+▽, 十二月十二日 = 1+2음 1+2양 = 3음3양 = 3월3일(〈종생기〉) = 三十三번지(〈날개〉) = (△+▽= □) = (69 = ☯), (W = M) = (△ = ▽), 4+4(〈선에관한각서 6〉) = 8 = ∞ = '□' 무한 전체

34 이상의 여러 글에서 그림적 요소를 읽어낼 수 있는데, 그가 그린 삽화를 통해 그 형태를 유추해 볼 수 있다.

감 속에서 아해들은 스스로 불안, 공포를 느끼며 동시에 타인에 대한 위협과 억압·공포의 주체가 된다.

여기서 중요한 것은 아해들이 달리는 곳이 '도로'라는 사실이다. 하나의 물질문명인 도로가 있고 그 도로를 13명의 아해들이 사력을 다해 달릴 것이다. 그 아해들 개개인은 다음과 같이 그릴 수 있다. 추월을 두려워하며 뒤를 뒤돌아보며 달리는 아해, 숨을 헐떡거리며 거의 지쳐버린 표정의 아해, 바로 앞에 달리고 있는 아해에게 도움의 손을 뻗으며 달리는 애처로운 아해, 그 손에서 벗어나려고 죽을힘을 다하는 아해, 고꾸라지기 직전 위태로운 모습의 아해, 힘에 부쳐 질주를 포기하려는 체념한 아해, 도태의 불안과 공포에 얼굴이 하얗게 질린 마지막 아해, 자신들의 모순에 씁쓸한 표정을 지으며 달리는 아해…….

그리고 13인의 아해의 무서워하는 표정 속에서 스스로 무서움의 주체인 13인의 아해들의 공포와 억압, 위협의 모습을 볼 수 있을 것이다. 그 아해들의 표정과 모습은 자기 자신이며 확대되어 동료, 지역사회, 그리고 가장 큰 집단인 국가로 파악할 수 있다. 이것은 〈AU MAGASIN DE NOUVEAUTES〉의 사각형의 축소·확대와 동일하다. 그리고 그 공포는 가장 근원적인 생존, 삶에 대한 공포이며 경쟁, 대립, 대결, 전쟁 등 여러 가지로 이해할 수 있다. 결국 이 시에서 드러나는 아해들의 질주는 시간과 공간을 초월하는 일반성, 인류 보편성을 지닌다. 따라서 '13인의 아해는 지금도 계속 도로로 질주하고 있다'고 하겠다.

+ 이상·보들레르·포

"근대를 생활하고 있는 작가라면, 자기 주위의 현실을 묘사하면서, 그곳에 있는

영구적인 것을 암시하는 요소를 그리는 작가를 말한다."

〈과거와 단절된 새로운 근대적인 미〉에 대한 보들레르의 선언[35]

위의 보들레르의 사고는 이상에 대한 주위의 진술에서 찾아볼 수 있다.

그는 "혁!" "혁!"하고 혁을 연발한다. 예술을 이야기한다. 그리고 예술가는 시대를 초월하고 태고로부터 영겁으로 인류의 벗이 되는 위대한 예술가가 되어야 한다는 것이다.[36]

이상은 입버릇같이 자기의 〈오감도〉가 보들레르의 〈악의 꽃〉만 못지않은 획기적인 작품이고, 자기의 정신력도 보들레르에 못지않게 강인하다고 자랑하였다.[37]

그리고 이상은 「오감도」 발표가 중단되었을 때 다음과 같이 말했다.

"그렇지만 두 친구 그 시는 아무나 쓸 수 있는 그런 시하구는 물건이 다르다는 것만은 알아주셔야 해요"[38]

이상은 왜 자신의 「오감도」가 보들레르의 《악의 꽃》에 필적할 만한 '획기적인 작품'이라고 이야기했는가? 앞서 살펴본 바와 같이 이상의 〈오감도 시제1호〉는 '획기적인' 작품이라고 말하기에 손색이 없

---

35 임영방, 〈보는 눈과 생각하는 눈〉, 《현대미술의 이해》, 서울대학교 출판부, 1993, 90쪽 재인용.
36 김유중 · 김주현 엮음, 《그리운 그 이름, 이상》, 지식산업사, 2004, 122쪽.
37 김유중 · 김주현 엮음, 위의 책, 315쪽.
38 김유중 · 김주현 엮음, 위의 책, 302쪽.

다. 허풍이 아닌 것이다. 그리고 그 의의를 한마디로 설명하기는 힘들다. 표면적으로 진술한 내용은 단순하지만 그 내부는 그리 간단하지 않다. 이것은 이상의 철저한 수학적 사고의 설계에 바탕을 두기 때문이다. 그리고 시에서 드러나는 운동성 기교와 새로운 형태적 조형미는 그 유래를 찾아볼 수 없다.

그런데 「오감도」와 연결될 만한 작가가 있다. 바로 시 〈에너벨 리〉와 소설 〈검은고양이〉로 잘 알려진 '에드거 앨런 포'(Edgar Allan Poe)이다. 그는 〈작시의 철학〉(The Philosophy of composition)에서 자신의 작품 〈갈까마귀〉(Raven)를 예로 들어 시작(詩作) 과정을 설명하고 있다. 여기서 이상의 〈오감도 시제1호〉와의 유사성을 발견할 수 있다.

어떤 플롯도, 플롯이라는 이름을 가지려면 펜을 들기 전에 결말까지 상세하게 구성해야만 한다는 것은 틀림없다. 결말을 지속적으로 염두에 두고 있을 때만, 사건과 정조를 의도대로 발전시키면서 플롯에 귀결이나 인과관계가 불가피하다는 느낌을 줄 수 있다.

……

나는 잘 알려진 〈갈까마귀(The Raven)〉를 골랐다. 글을 쓰는 데에 한순간도 우연이나 직관이라고 할 수 있는 때가 없었다는 것, 즉 작품이 수학문제의 정확성과 엄밀한 귀결로 결말을 향해 한 단계 한 단계 나아갔다는 것을 명확하게 밝히는 것이 나의 목표다.

……

이러한 한계 내에서 시의 길이는 그 우수성, 다른 말로 하면 격정과 고양, 다시 말하면 그것이 끌어낼 수 있는 진정한 시적 효과의 정도와 수학적 관계를 가지도록 만들어져야 한다. 간결함은 원하는 효과의 강렬함과 정확히 비례한다. 즉 길이의 정도는 어떤 효과를 내는 데 중요하다.

······

이렇게 길이와 분야, 정조가 정해졌으므로 시를 구성하는 데 있어서 기조—전 구조가 회전하는 축—가 되는 예술적 자극을 얻기 위해서 일반적인 과정으로 나아갔다. 일반적인 예술적 효과들—정확히는 극적인 인상의 핵심들—을 살펴보니 **반복구**만큼 널리 사용된 것이 없다는 것을 알게 되었다.[39]

위에서 포가 언급하고 있는 것은 시의 '수학적 계산', '건축적인 구성', 시를 구성하는 데 기조가 되는 '전 구조가 회전하는 축'이다. 이것은 〈오감도 시제1호〉의 형태와 동일한 양상이다. 그리고 첫 번째 고려 대상으로 '길이'를 꼽고, 그 다음에 '정조'를 이야기하며 '반복구'와 반복구에 쓰일 말의 성격에서 가장 울림이 좋은 모음 'O'를 선택하였다.[40] 이것은 이상의 〈오감도 시제1호〉에 보이는 각운 'O'와 동일하며 통일된 음악적 효과를 준다.[41] 그리고 시가 전개되는 '장소'는 고립된 사건의 효과를 내려면 닫힌 공간이 필수적이라고 말하고 있다.[42] 이것은 〈오감도 시제1호〉의 막다른 골목과 닫힌 공간으로 동일하다. 도로의 시간성에서 시적화자의 시선 안의 닫힌 공간이며 도로의 연속에서 일부인 닫힌 공간에서 질주의 고립된 사건으로 진행된다.

앞에서 〈오감도 시제1호〉가 '제작시'라는 결론을 내렸는데, 이것은 포의 시론과 오감도를 비교하여 볼 때 많은 유사성이 발견된다. 그리고 수학적 계산에 따른 엄밀성과 건축학적 구조, 이것은 보들레르

39 에드거 앨런 포 지음, 송원경 옮김, 〈강렬한 독창성〉, 《생각의 즐거움 – 에드거 앨런 포 에세이》, 하늘연못, 2004, 8~13쪽.
40 에드거 앨런 포, 위의 책, 14쪽.
41 이승훈, 〈〈오감도 시제1호〉의 분석〉, 《원본전집 4》, 336~338쪽 참조.
42 에드거 앨런 포 지음, 송원경 옮김, 〈강렬한 독창성〉, 《생각의 즐거움 – 에드거 앨런 포 에세이》, 하늘연못, 2004, 19쪽.

를 비롯한 프랑스 상징주의 시들의 경향이기도 하다.[43] 이상의 작품,
특히 시에서 이러한 경향성은 자주 드러나고 있으며, 이는 철저하게
계획한 이상의 의도로 파악된다. 그리고 이상은 자신의 글을 암호라
고 표현하며 자신의 글을 다양하게 변형하여 숨겨 놓았다. 그런데 이
러한 '암호', '상형문자'의 해독은 포가 자신의 소설에 즐겨 사용한
방법이며,[44] 그것에 대해 보들레르와 포, 이상은 각각 다음과 같이 말
했다.

일체는 상형문자다.

그러니까,

번역자, 암호 해독자가 아니라면 대체 시인이란 무엇인가?

《現代作家論》 중 빅토르 위고論[45]

힘센 사람이 자기의 근육을 활동시키는 운동을 즐기면서 육체적 활동에 우쭐해
하듯이, 분석가는 뒤엉킨 것을 풀어내는 정신활동을 영광으로 여긴다. 그는 자기
의 재능을 발휘하는 것이라면 아무리 사소한 일에서라도 기쁨을 찾아낸다. 그는
수수께끼라든가 난해한 문제라든가 상형문자 같은 것을 좋아하는데, 그 각각의
것을 풀 때 평범한 이해력을 가진 사람들에게는 초자연적으로 보이는 대단한 예
리함을 나타낸다.[46]

받아써서 통념해야할 암호 쓸쓸한 초롱불과 우체통 사람들이 수명을 거느리고

43 김기봉, 〈발레리의 시와 사유체계〉, 《프랑스 상징주의와 시인들》, 소나무, 2000, 310쪽.

44 홍일출, 《에드거 앨런 포우》, 건국대학교출판부, 1996, 86~87쪽.

45 김봉구, 《보들레에르》, 문학과지성사, 2003, 434쪽. (강조 인용자)

46 에드거 앨런 포 지음, 홍일출 옮김, 《모르그가의 살인사건》, 건국대학교출판부, 1996, 85쪽.
　　(강조 인용자)

멀어져가는 것이 보인다. 그리고 나의 뱃속엔 통신이 잠겨있다.[47]

창부가 분만한 사아(死兒)의 피부전면에 문신이 들어 있었다. 나는 그 암호를 해제하였다.[48]

별보, 상형문자에 의한 사도발굴탐험대 그의 기관지를 가지고 성명서를 발표하다.[49]

보들레르와 포, 그리고 이상은 하나의 연결선 위에서 이해가 가능하다. 그것은 이들이 모두 시인, 상형문자의 암호 해독자인 동시에 제작자였기 때문이다. 이상은 스스로 상형문자와 암호, 수수께끼를 해독해 그것을 바탕으로 새로운 것을 창조·조직·구성해 놓았다. 이것이 이상의 비밀 가운데 하나이다.

왜 미쳤다고들 그러는지 대체 우리는 남보다 수십년씩 떨어져도 마음 놓고 지낼 작정이냐. 모르는 것은 내 재주도 모자랐겠지만 게을러빠지게 놀고만 지내던 일도 좀 뉘우쳐 보아야 아니 하느냐.

〈오감도 작자의 말〉에서 이야기하듯이 李箱은 보들레르에서 포로 이어지는 세계 문학의 상징과 경향성을 자기 자신 안에서 소화했다고 말할 수 있다. 그 결과물로 대표되는 것이 〈오감도 시제1호〉이다. 따라서 이 시는 정통적인 감정과 사고의 작품이 아닌 지식과 설계에 따

---

47 〈무제〉, 《원본전집 3》, 326쪽.
48 〈1931년(작품 제1번)〉, 《원본전집 1》, 238쪽.
49 〈1931년(작품 제1번)〉, 《정본전집 01》, 177쪽. (강조 인용자)

른 제작시의 경향을 드러낸다. 그것은 수학적 기계성으로 '좌표'에 구현된 현실성·보편성·인간성이라고 할 것이다. 이 점이 이상이 「오감도」와 〈날개〉가 자신이 하고 싶지 않았던 문학이라고 말한 이유라 생각한다.[50]

> 아름다운 시(詩)를 상기한다. 또는 범할 수 없는 슬픈 시(詩)를 상기한다.
> 그리곤 고개를 수그리면서 외워본다. 공포의 해소(海嘯)는 얼마쯤 멀어진다. 그러나 아무것도 보이지는 않는다.[51]

---

50 "이상이 동경으로 떠나기 전에 정인택에게 하였다는 말을 들어보면 그는 이제는 다시 〈오감도〉나 〈날개〉를 쓰는 일 없이 오로지 정통적인 시, 정통적인 소설을 제작하리라 하였다지만, 만약 그것이 그의 참말 마음의 고백이라면 ……"(박태원, 〈이상의 편모(片貌)〉, 《그리운 그 이름, 이상》, 지식산업사, 2004, 21쪽 참조) ; 〈오감도〉와 〈날개〉가 이상의 진정한 생활과 예술이 아니라고 그렇게 호어(豪語)하며 죽기를 기약하고 도동(渡東)한 이상이었으나 반년도 더 못 살고 정말 죽을 줄은 꿈에도 몰랐다."(정인택, 〈불쌍한 이상〉, 같은 책, 40쪽 참조)
51 〈첫 번째 방랑〉, 《원본전집 3》, 165쪽.

6장

이상의 숫자,
그 상징성과 의미 해독

1. 이상의 절대 형식

이상은 한국 문학사에서 다른 어느 작가와도 비교할 수 없는 차별성을 갖고 있다. 지금까지도 그는 전체적으로 파악되지 않고 있다. 그것은 그의 문학 형태의 특이성에서 기인하지만 결국 난해함 때문이라고 말할 수 있을 것이다. 이로 말미암아 지금까지도 많은 부분이 독자와 연구자의 황무지로 남아서 굳건히 버티고 있다. 이상 문학을 파악할 수 없는 까닭은 이상 스스로가 자신의 이야기를 철저하게 숨겼기 때문이다. 반면에 그는 자신의 언어를 지속적으로 변형하면서 노출시켰다. 그 이율배반적인 모순 속에 있는 이상의 언어를 찾아내지 못하는 한 이상은 결코 모습을 드러내지 않을 것이다.

이상 문학의 파격성·특이성·새로움은 그 형태에서 매우 심하게 두드러진다. 그러나 그것은 단순히 일회성으로 그치는 표면적인 파격과 변화가 아니라 이상 스스로의 '설계'에 따른 사고에서 형성된 내면과 외면에 대한 표현 방법의 채택이다. 따라서 난해함 속에 숨어 있는 이상의 의도를 읽어내야만 할 것이다.

이상의 형태적인 파격 가운데 하나는 숫자라고 말할 수 있다. 이상만큼 자신의 글에 숫자를 지속적으로 사용한 작가는 없다. 그러나 숫자가 이상을 이해하는 데 핵심임에도 이에 대한 전체적인 이해와 해석은 미진했다. 과연 숫자는 무엇을 상징하며 어떤 의미를 지니고 있는지 알아봐야 한다. 그러기 위해서는 이상의 글 특히 시 속에 표현된 이상의 '기호', '도형'에 대한 이해가 '반드시' 선결되어야 한다.[1] 그것

---

1 이상의 글은 파편화되어 서로 긴밀하게 연결되어 있다. 따라서 글의 흐름에 맞춰 부득이하게 아래 논문의 내용이 일부 반복됨을 밝힌다.

은 이상 숫자의 변형이자 이상 문학의 전반을 아우르는 이상 사고의
'절대 형식'이기 때문이다.

이상의 제1공식

$$\triangle \ + \ \triangledown \ = \ \diamond \ = \ \square \ = \ \bigcirc$$

현실　　　이상
인간　　　신
악　　　　선
여자　　　남자
좌　　　　우
부정　　　긍정
음　　　　양

이상의 제2공식

$$\triangle \ = \ \triangledown \ = \ \diamond \ = \ \square \ = \ \bigcirc$$

이상은 초기작 〈선에관한각서 1〉에서 '사람들은 숫자를 버리라'
고 숫자에 대한 선언을 한다. 그리고 다양한 숫자와 그 결합—1+2,
2+2, 1+3, 3+1, 3+3, 4+4, 5+5, 6+9, 9+6—을 반복하면서 여러
글에 분산하여 '숫자'에 대하여 확정적으로 규정해 놓았다.

숫자를대수적인것으로하는것에서숫자를숫자적인것으로하는것에서숫자를숫자인

것으로하는것에서숫자를 숫자인것으로하는것에 (1 2 3 4 5 6 7 8 9 0의질환의구

명과시적인정서의기각처)

(숫자의일체의성태 숫자의일체의성질 이런것들에의한숫자의어미의활용에의한숫

자의소멸)[2]

---

2 〈선에관한각서 6〉, 《정본전집 01》, 63쪽.

이상의 초기 시들에서 가장 두드러진 특징 가운데 하나인 도형과 숫자는 그의 작품에서 지속적으로 변형·반복된다. 이상의 글에 드러나는 숫자는 이상 도형의 변형이며, 이상의 숫자는 숫자와 어미가 결합된 형태로 나타나는데 그것은 '숫자의 어미의 활용'에 지나지 않는다. 숫자와 결합된 단위, 즉 어미는 단지 이상의 숫자를 표현하기 위한 하나의 보조적 장치일 뿐이다. 그리고 숫자는 소멸된다. 과연 '숫자의 소멸'이 어떻게 이루어지는가를 파악하는 것이 이상을 해독하는 데 핵심이라고 말할 수 있다.

> 벗이여! 이것은 그라는 풋내기의 최후의 연기(演技)이다. 얼마간의 가소로운 소역(小驛)에 벗은 눈물지어 주기를!
>
> 양처럼 유순한 악마의 가면의 습득인(拾得人)인 그를 벗이여 기념해야 할 것이다. 그리고 그것은 한순간 후에는 무리한 수학차압이 되어 벗의 속도를 방해하지는 않는다. 다시 말하면 「지상에는 일찍이 아무 일도 없었다」고.
>
> ……
>
> 그는 후회하지 않으면 아니되었다. 그러나 여전히도 그 풍경이 없는 세계의 풍경을 요구하지 않는 불멸의 법률은 그에게 혹종(或種)의 종교적 체념을 가지고 왔다. 영원히 연락된 전면의 방향을 그는 오히려 기뻐하였다.
>
> 하나의 수학, 퍽이나 짧은 숫자가 그를 번민케 하는 일은 없을까?
>
> 그는 한장의 거울을 설계하였다. 그리고 물리적생리수술을 그는 무사히 완료하였다. 기억이 관계하지 않는 그리고 의지가 음향하지 않는 그 무한으로 통하는 방장의 제삼축에 그는 그의 안주(安住)를 발견하였다.
>
> 「左」라는 공평이 이미 그로 하여금 「부처」와도 절연시켰다.[3]

---

3 〈얼마 안되는 변해〉, 《정본전집 03》, 142 및 146쪽.

이상은 '수학 차압'을 말하였다. 이는 〈선에관한각서 6〉에서 말한 '숫자의 소멸'과 같다. 즉 기존의 사고에 따른 일반적인 수학이 의미 없음을 진술하고 있다. 그리고 "하나의 수학, 퍽이나 짧은 숫자가 그를 번민케 하는 일은 없을까?"라고 말하고 있다. 이치에 맞지 않는 수학 차압이 되어 수학은 이미 그 의미를 상실한 상태이다. 그런데 하나의 수학, 짧은 숫자가 그를 번민케 하고 있다. 하나의 숫자가 사람을 번민케 할 수 있는 것인가? 숫자는 그저 숫자일 뿐, 더구나 수학 차압으로 그 가치를 상실한 마당에 '숫자의 번민'은 무엇인가? 모순이다. 그러나 이것은 이상 스스로 규정한 숫자의 상징성에 기초한 '자신만의 숫자의 번민'을 말한다.

그리고 그는 '무한으로 통하는 방장의 제삼축에 그의 안주를 발견한다'고 이야기하고 있다. 이것은 이상의 숫자가 '무한'과 관계됨을 말한다. 여기서 '방장'이란 가로 세로가 1장인 넓이 또는 그 '방', 즉 사방 '10'자의 넓이 또는 부피를 말한다. 그 방에서 자신의 안주를 발견한다고 말하고 있다. 이것은 「삼차각설계도」, 「건축무한육면각체」에서 반복한 이상의 정육면체 가로10×세로10×높이10과 같다. 〈선에관한각서 1〉의 x축 y축 z축에 의한 원자구조에서 우주를 향한 무한을 말한다. 그것은 정육면체의 건축 무한이 된다. 그것이 이상의 '방'이며, 축소하면 자신의 이름 箱, 평면화하면 □(정사각형)이다. '방'에 대한 언급은 이상의 글 전편에 반복되고 있다.

암흑은 암흑인 이상(以上) 이 좁은 방 것이나 우주에 꽉 찬 것이나 분량상 차이가 없으리다.[4]

---

4 〈권태〉, 《원본전집 3》, 153쪽.

책상 다리를 하고 앉은 채 그냥 앉아 있기만 하는 것으로 어떻게 이렇게 힘이 드
는지 모른다. 벽은 육중한데 외풍은 되이고 천정은 여름 모자처럼 이 방의 감춘
것을 뚜껑 젖히고 고자질 하겠다는 듯이 선뜻하다.
……

혼자서 나쁜 짓을 해보고 싶다. 이렇게 어둠컴컴한 방 안에 표본과 같이 혼자 단
좌(端坐)하여 창백한 얼굴로 나는 후회를 기다리고 있다.[5]

　위 글에서 이상은 '방' 안에 표본과 같이 혼자 단좌하여 있다. 이것
은 〈얼마 안되는 변해〉의 '방장'과 같은 상징 의미—사방 열자 부피
의 '방'—이지만 동시에 스님들의 처소인 방장으로 입정(入定)하는
것과 상징 의미가 연결된다. 위 글에서 이상은 방 안에 단좌하여 '후
회'를 기다리고 있다. '후회', '어둠컴컴한 방', '단좌'는 〈얼마 안되는
변해〉의 '후회', '세계의 풍경을 요구하지 않는 불멸의 법률', '종교적
체념'의 불교적 방장의 상징과 그 심리가 동일하게 반복된다. 이상의
반복된 강조이며 변형이다.

그는 후회하지 않으면 아니되었다. 그러나 여전히도 그 풍경이 없는 세계의 풍경
을 요구하지 않는 불멸의 법률은 그에게 혹종의 종교적 체념을 가지고 왔다.
영원히 연락된 전면의 방향을 그는 오히려 기뻐하였다.

내 근육과 골편과 또 약소한 입방의 혈청과의 원가상환을 강청하는 모양이다. 그
러나—[6]

5 〈공포의 기록〉, 《원본전집 2》, 201~203쪽.
6 〈실락원〉, 《원본전집 3》, 190쪽. (강조 인용자)

위 글에서 반복되는 '입방' 또한 이상의 정사각형·정육면체의 상징이다. 이는 자기 자신이며 이상의 이름 '箱'이다. 그리고 그것을 자신의 혈청으로 이야기하는데, '정육면체'의 '피'는 그의 본질, 근원, 현실과 이상의 합, 전체를 뜻한다. 이상 기호의 연속이며 그의 숫자에 대한 반복 설명이다. 이상은 소설 속에서 이것을 또 한 번 암시한다.

남아있는박명의영혼 고독한저고리의 폐허를위한완전한보상그의영적산술 그는저고리를입고 길을길로나섰다.[7]

'영적산술'이란 물질적·현실적 산술이 아닌 다른 형태의 산술을 뜻한다. 이것이 어떠한 의미로 그의 글 속에 드러나 있는지를 파악해야 한다. 그를 번민케 하는 숫자와 수학은 이 영적산술과 연결되어 있기 때문이다. 그것은 일반적인 산술이 아닌 정신적인 산술이며 형이상학을 의미한다.

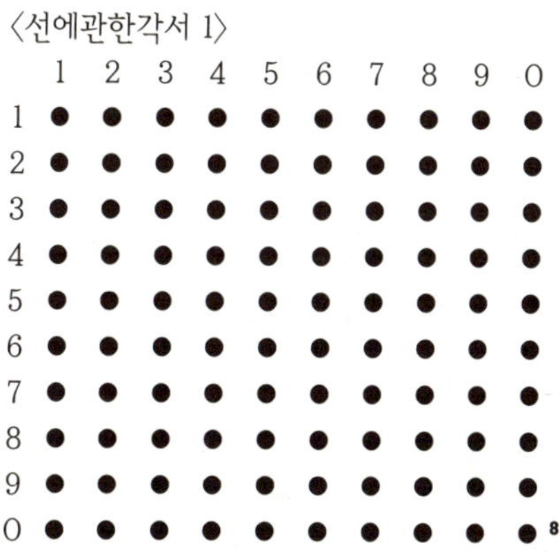
〈선에관한각서 1〉

---

7 〈지도의 암실〉, 《원본전집 2》, 172쪽. (강조 인용자)
8 〈선에관한각서 1〉, 《정본전집 01》, 55쪽.

〈진단 0 : 1〉
어떤환자의용태에관한문제
1　2　3　4　5　6　7　8　9　0　●
1　2　3　4　5　6　7　8　9　●　0
1　2　3　4　5　6　7　8　●　9　0
1　2　3　4　5　6　7　●　8　9　0
1　2　3　4　5　6　●　7　8　9　0
1　2　3　4　5　●　6　7　8　9　0
1　2　3　4　●　5　6　7　8　9　0
1　2　3　●　4　5　6　7　8　9　0
1　2　●　3　4　5　6　7　8　9　0
1　●　2　3　4　5　6　7　8　9　0
●　1　2　3　4　5　6　7　8　9　0

진단 0 : 1

26. 10. 1931

以上 책임의사 李箱[9]

　　이상은 초기작 「삼차각설계도」의 〈선에관한각서 1〉에서, 그리고 「건축무한육면각체」의 〈진단 0:1〉에서 위와 같이 숫자를 사용했다. 그리고 〈진단 0:1〉은 이상이 신문을 통해 발표한 「오감도」에 숫자판을 뒤집어서 다시 한 번 반복한 시이다. 이상에게 반복 노출은 강조의 의미이다. 이상은 위와 같이 숫자 '1 2 3 4 5 6 7 8 9 0'을 '반복'하고 있다. 과연 이 시는 무엇을 이야기하는가? 숫자의 의미는 무엇이고 형태는 무엇을 상징하는 것인가? 바로 이상의 삼차각설계도와 건축무한육면각체의 상징을 뜻한다. 이것은 어떠한 건물이나 구조물이 아닌 이상의 사고 내의 관념으로 형성된 현실과 이상, 이상 기호 △과 ▽의 합인 존재하는 모든 것을 상징하는 이상의 표현이다. 그것은 점→선

---

9 〈진단 0:1〉, 《정본전집 01》, 69쪽.

→면→입체로의 진행과 동일하며 이것이 숫자로 표현되는 경우 점일 때는 1, 선일 때는 10, 면일 때는 10×10, 입체일 때는 10×10×10이다. 즉 10과 100 그리고 1000은 이상의 동일한 상징이다.[10] 그리고 〈진단 1:0〉에서 '어떤 환자의 용태에 관한 문제'라고 설명하며 숫자판과 책임의사 이상이 등장한다. 숫자판은 가로 10 세로 10의 숫자판에서 그것을 둘로 나눈 형태와 그 경계를 상징하고 있다. 이것은 결국 숫자판을 셋으로 분할함을 상징한다. 그것은 이상 자신 箱과 존재하는 모든 것을 3으로 분리함과 동일하다. 이상의 이러한 글쓰기는 다양하게 변형하며 반복되는데, 이상의 최초 발표작인 시 〈공복〉을 통해 그 과정을 살펴봄으로써 사고의 흐름을 추적할 수 있다.

2. 〈空腹〉

바른손에菓子封紙가없다 고해서
왼손에쥐어져있는菓子封紙를찾으려只今막온길을五里나되돌아갔다
      ×
이손은化石하였다

이손은이제는이미아무것도所有하고싶지도않다所有된물건의所有된것을
느끼기조차하지아니한다
      ×
지금떨어지고있는것이눈(雪)이라고한다면只今떨어진내눈물은눈(雪)이어
야할것이다.

---

10 조수호, 〈이상의 건축무한육면각체 해독〉, 《이상소설 작품론》, 역락, 2007, 273〜274쪽 참조.

나의內面과外面과
이件의系統인모든中間들은지독히춥다

左　右
이兩側의손들이相對方의義理를저바리고두번다시握手하는일은없이
困難한勞動만이가로놓여있는이整頓하여가지아니하면아니될길에있어서
獨立을固執하는것이기는하나

추우리로다
추우리로다
　　　　×
누구는나를가리켜孤獨하다고하느냐
이群雄割據를보라
이戰爭을보라
　　　　×
나는그들의軋轢의發熱의한복판에서昏睡한다
심심한歲月이흐르고나는눈을떠본즉
屍體도蒸發한다음의고요한月夜를나는想像한다.

天眞한村落의畜犬들아 짖지말게나
내體溫은適當스럽거니와
내希望은甘美로웁다.

1931. 6. 5[11]

　이 시는 시간상 「삼차각설계도」에 앞선 초기작(최초 발표작)으로 결코
가볍게 읽어서는 안 된다. 이상 스스로 숫자를 사용하는 것을 설명하고
있기 때문이다. 제목은 '공복'[12]이지만 이상 기호 좌우에 대한 이상의 관
념적·상징적 사고를 표현하고 있다. 또한 그 숫자는 그의 글 속에 지속

---

11 〈공복〉, 《정본전집 01》, 41~42쪽.
12 '공복'은 이상의 다른 글에서 지속적으로 반복되는 중요한 의미를 지닌다.

해서 변형되어 나타나는 형태 가운데 하나다. 이것을 제대로 파악하지 않고 지나쳐 버리면 이상의 숫자에 대한 이해는 힘들다고 할 수 있다.

바른손에과자봉지가없다고해서
왼손에쥐어져있는과자봉지를찾으려지금막온길을오리나되돌아갔다.

이 대목은 이상의 기호공식 1을 접목해서 해석할 수 있다. 바른손은 이상의 기호로 ▽이며 왼손은 △이다. 바른손은 이상적 자아의 이상적 삶을 상징하며, 왼손은 현실적 자아의 현실적 삶을 상징한다. 시적화자는 5리를 걸어 바른손에 도착했으나 그곳에 과자봉지는 없었다. 여기서 과자봉지는 현실적 삶의 충족물, 욕구의 대상물, 아해들(현실적 삶)이 추구(기호)하는 대상을 상징한다. '이상', 그곳에는 현실을 살아가기 위한 먹을거리가 없는 것이다. 그래서 시적화자는 과자봉지를 찾으려 왼손으로 자신이 왔던 5리를 되돌아간다. 이 시에서 이상의 기호 삼각형과 역삼각형의 합인 사각형의 면을 직선인 '5(리)'로 상징하여 표현하고 있다. 이것은 이상의 기호 좌우에 연결되는 상징적 진술이다. 오른손(쪽)으로의 움직임 5리는 역삼각형·理想이 되고, 왼손(쪽)으로의 움직임 5리는 삼각형·現實이 된다. 따라서 시적화자가 움직인 거리는 총 '10'리이고 그것은 '전체'이며 이상 기호 '사각형'(□)을 상징한다.

오른쪽으로 움직인 거리 5리는 李箱의 이상적 세계, 선, 동경이며, 왼쪽으로 움직인 거리 5리는 李箱의 현실적 세계, 악, 부정이다.

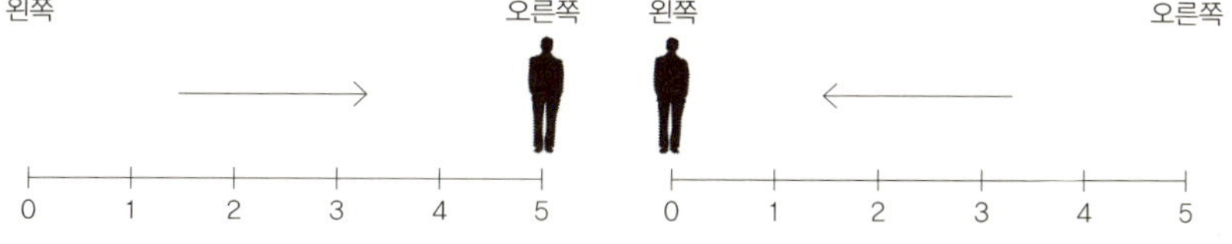

여기서 5리는 실제적인 거리가 아니라 이상의 상징에서 10의 반, 전체의 반을 말한다. 그리고 이상의 숫자 10은 사각형이고 입체화했을 때 정육면체이며, 이상의 이름 箱(상자)이다. 이상 자신도 10이다. 자신이 왕복한 두 팔의 거리가 10이며, 양팔 끝의 손을 통한 의식적이고 상징적인 사고의 움직임(왕복)으로 이해해야 한다. 그리고 이 움직임을 이상이 〈선에관한각서 2〉에서 사용한 데칼코마니 기법[13]을 좌표에 적용시키면 다음과 같다.

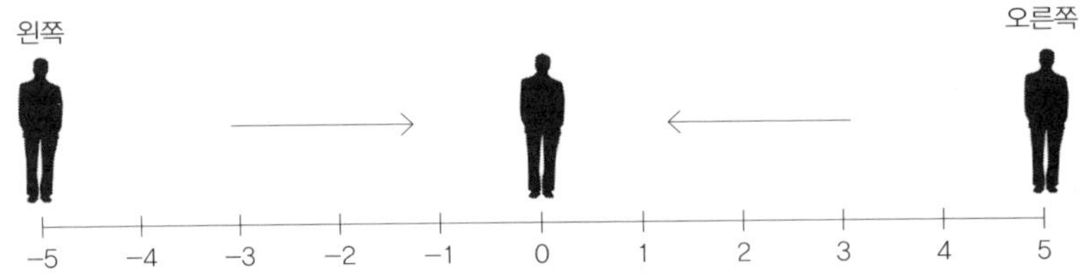

5리의 거리를 좌우 왕복한 자아는 펼치면 결국 오른손에 위치한 자아와 왼손에 위치한 자아, 그리고 중간적 자아로 나뉘며, 시적자아는 대칭점 '원점'에 놓인다. 즉 중간적 자아가 왼쪽에서 오른쪽으로, 오른쪽에서 왼쪽으로 운동한 것이 된다. 이상의 이러한 손의 좌우를 통한 삼분신(三分身)의 분리는 그의 시에서 지속적으로 반복된다.

내팔이면도칼을든채로끊어져떨어졌다. 자세히보면무엇에몹시위협당하는것처럼새파랗다. 이렇게하여잃어버린내두개팔을나는촛대세움으로내방안에장식하여놓았다[14]

양팔을 자르고 나의 직무를 회피한다

---

13 《원본전집 5》, 67쪽.
14 〈오감도 시제13호〉, 《원본전집 1》, 46쪽.

414

이제는 나에게 일을 하라는 자는 없다

내가 무서워하는 지배는 어디서도 찾아 볼 수 없다

역사는 무거운 짐이다

세상에 대한 사표 쓰기란 더욱 무거운 짐이다

나는 나의 문자들을 가둬버렸다

도서관에서 온 소환장을 이제 난 읽지 못한다[15]

　여기서 오른팔과 왼팔은 이상 기호에서 관념적 상징이다. 〈오감도 시제13호〉에서는 좌우의 양팔을 자르고 중간적 자아가 양팔을 관조하고 있다. 그리고 〈회한의 장〉에서도 양팔을 자름으로써 일을 하라는 자도, 무서워하는 지배도 없다고 이야기하고 있다. 이것은 현실적 자아(△ 왼손)와 이상적 자아(▽ 오른손)의 감정(대립, 충돌, 긴장)이 배제되었음을 뜻하며, 그럼으로써 방관자의 입장을 취하는 시적자아(중간적 자아)의 심리 상태가 드러나고 있다. 셋으로 분리된 이상의 개별적 자아 가운데 중간적 자아는 대칭점·원점으로 이해할 수 있다. 이 원점·대칭점은 소설 〈12월 12일〉에서 다음과 같이 서술되고 있다.

예상 못한 세상에서 부질없이 살아가는 동안에 어느덧 나라는 사람은 구태여 이 대칭점을 구하지 아니하고도 세상일을 대할 수 있는 가련한 「비틀어진」 인간성의 사람이 되고 말았다. 그리하여 인간을 바라볼 때에 일상에 그 이면(裏面)을 보고 그러므로 말미암아 「기쁨」도 「슬픔」도 「웃음」도 「광명」도 이러한 모든 인간으로서의 당연히 가져야 할 감정의 권위를 초월한 그야말로 아무 자극도 감격도

---

15 〈회한의 장〉, 《원본전집 1》, 244쪽.

없는 영점(零點)에 가까운 인간으로 화하고 말았다.[16]

이러한 '아무 자극도 감격도 없는 영점에 가까운 인간'은 〈공복〉에서는 '돌로 변한 손', '아무것도 소유하고 싶지도 않고 소유된 물건의 소유된 것을 느끼기조차 하지 않는 손'으로 상징적으로 표현되고 있다. 왼손에 쥐어져 있는 과자봉지를 찾아 왼손에 온 시적자아는 과자봉지를 소유하지만 그곳은 자신이 부정하는 '현실'이다. 그리고 자신이 되돌아온 오른손을 동경한다. 그 모순된 반복된 사고의 흐름 속에서 양손은 돌로 굳어버린다(역할·기능 상실). 그리고 '소유'라는 생각에 대한 감상을 설명하고 있다. 그러면서 자신의 관념적 사고의 갈등과 혼란, 고통을 '눈물'과 '추위'로 표현한 것이다. 따라서 이 시에서 좌우 5리를 왕복하는 시적자아의 움직임은 이상 마음의 도해(圖解)로 봐야 할 것이다. 위 그림 −5에서 0으로의 심리적 움직임은 다음의 글에서 이상의 사고 형태를 이해할 수 있게 한다. 변화하는 심리를 좌표상에서 단계적으로 움직이는 급수운동으로 나타내고 있는 것이다.

그것은 마이나스에서 0으로 도달하는 급수운동의 시간적 현상이었다[17]

이 시의 후반부에서 양손 좌우와 그 심리의 갈등을 '군웅할거'라고 말하고 있다. 군웅할거란 좌우의 거리 5리로 분리된 자신의 심리 내부에 무수히 존재하는 개별적 자아에 대한 번민과 갈등, 충돌에 대한 상징적 표현이다. 이는 5리의 거리를 왕복하며 변이하는 자신의 분리

---

16 〈12월 12일〉, 《원본전집 2》, 23쪽.
17 〈무제(2)〉, 《원본전집 3》, 299쪽.

된 개별적 자아에 대한 이야기다. 그 심리적 자아들이 저마다 자기의 위치에서 세력을 떨치면서 '전쟁'을 하고 있는 것이다. 이것은 이상이 수필 〈슬픈 이야기〉의 삽화에 여인의 가슴을 M자 형으로 파고 그 속에 몇 명의 군인을 찍은 사진을 몽타주해 넣은 것과 동일한 심리다.[18] 자신 내부에서 일어나는 현실과 이상의 공존·대립을 상징한다. 이것은 이상이 고독하지만 고독하지 않은 이유이고 홀로 있지만 결코 혼자가 아닌 상태가 되는 까닭이다. 이것을 위 글의 급수운동과 연결시켜 심리의 그라다시옹(gradation)으로 이해할 수 있다.

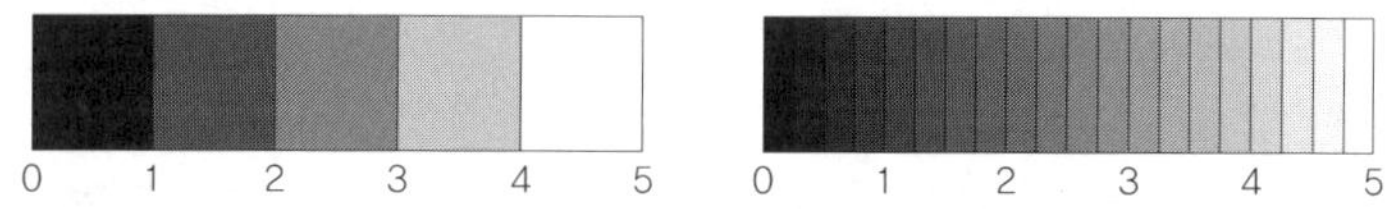

李箱 심리의 거리인 5리에 음양의 색을 입히면 0에서 5까지 검은색(陰, 左)에서 흰색(陽, 右)으로 변화한다. 그리고 역방향인 흰색에서 검은색으로 변해 가는 과정 그 중간중간에 변이되는 무수한 개별적 심리의 혼란 상태를 이상은 '군웅할거', '전쟁'이라고 표현하였다. 흰색에서 검은색으로 변화되어 가는 과정과 흐름을 확연히 분리·구분할 수는 없다. 그러나 위의 그림과 같이 이상은 5라는 숫자상 거리 속의 수많은 점, 부분을 자신의 개별적 자아로 인식하고 있다. 이것은 위 글에서 단계별로 증가·감소하는 숫자의 급수운동의 점과 같다. 이상에게 점(Point)은 그의 사고의 시작인 동시에 자신의 '좌표', 삶이 되기 때문이다. 그리고 그것에서 드러나는 색깔은 검은색, 회색, 흰색[19]

---

18 조수호, 〈이상의 건축무한육면각체 해독〉, 《이상소설작품론》, 역락, 2007, 291쪽.

19 음양의 검은색과 흰색은 시 〈흥행물천사〉에서 언급한 '홍도깨비 청도깨비'에서 陽의 빨간색, 陰의 파란색과 동일하다. 그리고 중간색으로 이상이 자신의 '자화상'에서 사용하였던 노란색을 첨가할 수 있다. 이 삼원색의 조합으로 모든 색을 표현할 수 있다. 따라서 삼원색은 전체의 대표성을 지닌다.

이다. 이것이 '삼색고양이 꼴을 하고서 태양군의 틈사구니를 걷는 시인',[20] '야옹의 천재' 이상의 정체성이다. 이상의 이러한 심리 분할은 소설 속에서도 반복되고 있다.

> 거울을 향하여 면도질을 한다. 잘못해서 나는 상채기를 내인다. 나는 골을 벌컥 내인다.
>
> 그러나 와글와글 들끓는 여러「나」와 나는 정면으로 충돌하기 때문에 그들은 제각기 베스트를 다하여 제 자신만을 변호하는 때문에 나는 좀처럼 범인을 찾아 내이기는 어렵다는 것이다.[21]

　이러한 표현은 자신의 내면을 분할하여 변이(숫자로 계량화)되는 심리 저마다에 개체성을 인정하는 〈공복〉의 진술과 같은 형태이다. '와글와글 들끓는 여러 나와의 충돌(전쟁)'은 시 〈공복〉의 군웅할거와 동일한 상황적 진술이다. 이것은 아래와 같이 자신의 외형을 분할(분해)하여 개별적 자아로서 인격을 부여하고 있는 것과 같다고 할 수 있다.

> 이십여년이나 하나를 믿고 다소곳이 따라 지내온 그네들이 여간 가엽고 또 끔찍한 것이 아닙니다. 이런 그윽한 충성을 지금 그냥 없이 하고 모체(母體) 나는 망하려 드는 것입니다.
>
> 일신의 식구들이—손, 코, 귀, 발, 허리, 종아리, 목 등—주인의 심사(心思)를 무던히 짐작하나 봅니다. 이리 비켜서고 저리 비켜서고 서로서로 쳐다보기도 하고 불안스러워 하기도하고 하는 중에도 서로서로 의지하고 여전히 다소곳이 닥쳐

---

20 김주현, 〈이상 문학의 텍스트 확정을 위한 고찰〉, 《원본전집 5》, 21쪽 참조.
21 〈종생기〉, 《원본전집 2》, 375~376쪽.

올 일을 기다리고만 있는 것 같습니다.[22]

　심리의 전이를 거리로 분할한 '도식적 상징화', '숫자에 의한 관념적 상징'은 이상의 글쓰기 특징 가운데 하나이다. 그리고 이상의 이러한 사고의 분할은 그의 소설에서 또 다시 반복된다.

　　그의사고력을 그는도막도막내어놓고난 다음에는그사고력은 그가도막도막내인것인 아니게되어버린다음에 그는슬그머니없어지고 단편들이춤을한개씩만추고 그 가물러가있음직이생각키는데로 차례로차례아니로물러버리니까그의지껄이는것은 점점깊이를잃어버려지게되니　무미건조한그의한가지씩의곡예에경청하는하나도 물론없을것이었지만있었으나[23]

　이상의 사각형은 여자와 남자의 결합이라고 말했다. 달리 말하면 '남자 5 + 여자 5 = 전체 10'이다. 즉 이상의 글 속에서 남자와 여자가 서로의 반을 소유한 것과 동일하며, 수필 〈행복〉과 〈슬픈 이야기〉에서 반복적으로 드러나고 있는 이상의 담배 '50개', '닷새'의 상징 의미와 같다. 그리고 이상의 숫자판(〈선에관한각서 1〉, 〈오감도 시제4호〉)에서 전체 10×10=100의 반인 △이나 ▽이다.

　　「자 인제 일어나요」

　　마흔아홉 개 꽁초가 내 앞에 무슨 푸성귀싹처럼 헤어져 있다. 나머지 담배가 한 대 탄다. 요것이 다 타는 동안에 내가 최후의 결심을 할 수 있어야 한단다.

　　……

---

22 〈슬픈 이야기〉, 《원본전집 3》, 62쪽.
23 〈지도의 암실〉, 《원본전집 2》, 173~174쪽.

입술이 뜨겁다. 쉰 개째 담배가 다 탄 까닭이다. 인제는 아무리 하여도 피할 도리
가 없다.[24]

「담배를 다섯 갑만 주십시오. 그리고 오십전짜리 초콜레이트도 하나 주십시오」

……

담배를 피워 물었습니다. 한 개 피우고 두 개 피우고 잇대서 세 개 피우고 네 개
다섯 개 이렇게 해서 쉰 개를 피우는 동안에 결심을 하면 됩니다.

……

나는 얄으막한 여인의 어깨를 어루만지면서 그 장미처럼 생긴 귀에다 대이고 부
드러운 발음을 하였습니다. 집이 갑시다. 「싫여요— 저는 오늘 아주 나왔세요」
닷새만 더 참아요. 「참찌요— 그러나 그렇게 해서라도 꼭 죽어야 되나요」「그러
믄요. 죽은세음 치고 그 영혼을 제게 빌려주실 수는 없나요」 안됩니다. 「언제든
지 죽어드리겠다는 저당을 붙여도」 네.[25]

이상의 숫자는 직선일 때 10, 평면일 때 100(10×10), 입체일 때
1000(10×10×10)이며, 이것을 분할(포개기)하면 5, 50, 500으로 결국
동일한 상징이다. 위의 글에서는 자살(죽음)을 앞둔 주인공 남녀에게
주어진 최종적 삶이 숫자로 상징되어 나타난다. 담배 5갑, 닷새와 남자
가 피는 담배 50개비, 여자의 50전짜리 초콜릿이 반복·강조되고 있다.
입체일 때 1000의 반인 500은 시 〈광녀의 고백〉 속에서 '500'개의 사찰
로 다시 반복되고 있다. 이때 광녀가 향하는 500개의 사찰은 현실(지구,
지도)을 떠난 이상적 삶, 오른쪽(▽)을 향한 움직임을 상징한다.

24 〈행복〉, 《원본전집 3》, 71쪽.
25 〈슬픈 이야기〉, 《원본전집 3》, 66~68쪽.

여자는콧 노래와같은ADIEU를지도의에레베에슌에다고하고 NO.1~500의어느사
찰인지향하여걸음을재촉하는것이다.**26**

  이렇듯 이상의 숫자는 먼저 이상의 기호 '삼각형과 역삼각형의 합'
인 '사각형'과 '10'을 규정하고 출발해야 한다. '10'은 자신이며 사고
의 전체이자 하나이다. '10'은 동서양 문학과 철학에서 공통적으로 자
주 언급되는 숫자이다. 이러한 숫자 100의 분리와 상징적 사용은 니
체의 글에서도 그 흔적을 찾아 볼 수 있다.

> 얼굴과 사지에 쉰 개나 되는 얼룩을 칠하고 거기 그렇게 앉아 나를 놀라게 했으
> 니, 오늘을 살고 있는 자들이여!
> 너희가 연출한 색채의 놀이에 교태를 부리며 흉내를 내는, 쉰 개나 되는 거울을
> 주변에 두고 말이다!**27**

  니체의 위 글은 이상의 〈이십이년〉과도 연관성이 보인다. 50개의
얼룩과 50개의 거울은 理想의 신과 그것을 모방한 플라톤의 이데아
론의 현실로 이원화할 수 있다. 그리고 그 합은 '100'이며 이것은 전
체의 '10'과 동일한 상징을 갖는다. 니체의 글에 반복되는 '1000'개
의 의미 또한 현실과 이상의 합인 '전체'라는 상징성을 지닌다. 그리
고 그 내부의 이원성은 결국 단일성을 지니는 '하나'가 된다. 이것은
이상의 사고가 진행되는 형태와 동일하다. 이상의 글에 드러난 점(1),
선(10), 면(10×10), 입체(10×10×10)의 진행 숫자와 같다. 따라서 개

---

26 〈광녀의 고백〉, 《원본전집 1》, 136쪽.
27 니체 지음, 정동호 옮김, 〈교양의 나라에 대하여〉, 《차라투스트라는 이렇게 말했다》, 니체
   전집 13, 책세상, 2007, 201쪽.

별적 숫자의 상징성은 동일하다. 숫자상 나타나는 양적인 팽창일 뿐
이다. (1 = 10 = 100 = 1000)

그 대신 나는 내가 낮 동안에 한 일과 생각했던 것들을 돌이켜 본다. 되새김질하
는 참을성 많은 암소처럼 나는 묻는다. 네가 극복한 열 개는 무엇 무엇이었지?
그리고 내 마음을 흡족하게 한 열 차례의 화해와 열 개의 진리 그리고 열 번의 웃
음은 무엇 무엇이었지?
이러저러한 것들을 헤아려보고 마흔 개나 되는 생각에 뒤흔들린다보면 잠이, 부
르지도 않은 덕의 주인이 한 순간에 나를 덮친다.[28]

나에게서 더없이 좋은 것은 달이 달이 이 대지를 사랑하듯 이대지를 사랑하고 눈길
로써만 그 아름다움을 더듬는 것이리라." 유혹당한 자는 이렇게 자신을 유혹한다.
"그리고 백 개의 눈을 지닌 거울처럼 사물 앞에 드러누울 뿐 그 사물들로부터 아
무것도 바라지 않을 때 그런 것을 나는 온갖 사물에 대한 때묻지 않은 깨침이라
고 부른다."[29]

지금까지 천 개나 되는 목표가 있었다. 천 개나 되는 민족이 있었기 때문이다. 다
만 천 개의 목에 채울 족쇄가 없을 뿐이다. 즉 하나의 목표가 없는 것이다. 인류
가 아직 목표를 갖고 있지 못한 것이다.[30]

위 니체의 글에서도 10, 100, 1000이 반복된다. 그리고 1000=1이
된다. 니체의 '1000'은 무한 영원의 진무한적 상징이라는 의미를 지

---

28 니체, 〈덕의 강좌에 대하여〉, 위의 책, 44쪽.
29 니체, 〈때묻지 않은 깨침에 대하여〉, 위의 책, 207쪽.
30 니체, 〈천 개 그리고 하나의 목표에 대하여〉, 위의 책, 99쪽.

니며, 그의 글에 지속적으로 반복되는 기호이다. 그리고 이 또한 1 또는 100으로, 그리고 그 분할로 표현된다.

> 모든 좋은 사물의 근원은 천겹이다.[31]

> 천개의 오솔길, 천개의 건강, 천개의 숨겨진 삶의 섬들[32]

이상의 글 속에서 자신의 숫자에 대해 반복되는 설명은 다음과 같다.

> 그는왜버려야할것을 버리는것을 버리지않고서버리지못하느냐 어디까지라도 괴로움이었음에변동은 없었구나그는그의행렬의마지막의 한사람의위치가 끝난다음에 지긋지긋이 생각하여보는것을 할줄모르는 그는그가아닌 그이지 그는생각한다 그는피곤한다리를이끌어불이던지는불을밟아가며불로가까이가보려고불을자꾸만 밟았다.
>
> 我是二雖說沒給得三也我是三[33]

이 구절에서는 '버려야 할 것을 버리지 못하는 괴로움'을 이야기하고 있다. 모순이다. 그것은 이상의 숫자를 뜻한다. 그리고 한문 글귀는 이상의 사고를 강조하고 있다. 이것을 이상의 기호와 다른 글들을 통해서 드러난 사고의 진행에 맞춰 대략적으로 다음과 같이 해석할 수 있다.

---

31 니체 지음, 황문수 옮김, 《차라투스트라는 이렇게 말했다》, 문예출판사, 2005, 351쪽.
32 니체, 위의 책, 170쪽.
33 〈지도의 암실〉, 《원본전집 2》, 172쪽.

我是二 雖說沒給 得三也 我是三

‘나는 2이다. 비록 없애고(숨기고) 더하여(보태어) 말할지라도 3을
깨닫는다(얻는다). 나는 3이다.’

‘나’는 ‘2’이고 ‘나’는 ‘3’이라고 말하고 있다. 이상은 자신을 하나
(1)가 아닌 2로 시작하고 있다. 자신은 하나지만 2라고 표현하고 있
다. 이것은 이상의 기호인 음양의 부부와 동일하다. 그런데 ‘나’에서
하나를 숨기면 1이고 하나를 더하면 3이다. 이것은 이상 자신이 부부
로 형상화한 ‘2’에서 숫자에서 더하고 빼는 것을 뜻하는 것으로 봐야
한다. 그럴 때 이상 자신은 2이면서 또한 1이고 3이 된다. 결국 자신
이 ‘3’가지로 표현됨을 나타낸 것이다. 이상은 자신을 분할한 아내와
남편을 도형 △ ▽으로 표현했다. 그리고 그 합을 □이라고 했다. 그
런데 그 사각형은 실상 아내와 남편의 합인 2가 아니라 3이다. 아내와
남편이 결합할 때 그 접선(경계)이 발생하기 때문이다. 이것이 숫자판
의 경계선이고 〈AU MAGASIN DE NOUVEAUTES〉의 평행사변
형(다이아몬드형 마름모)의 대각선이다. 결국 이 대목에서 설명하는 것
은 1·2·3이다. 하나의 자신을 부부로, 3분신(分身)으로 분리한 상태
를 말한다. 이것은 앞서 시 〈공복〉에서 언급한 수많은 자아로 분리된
자신을 이상 기호의 △좌(현실적 자아), ▽우(이상적 자아)와 중간적(관
조적, 방관적, 방기적) 자아로 이야기하고 있는 것과 같다. 그리고 이것
은 다른 소설에서 다시 반복·강조되고 있다.

> 억지로, 오기(傲氣)로도—(혹은 있고 싶지는 않단 말이다. 혼자 있는 건 무서워)
> 혼자서? 혼자서 있는 것일까 그것이? 그리고 그런 내용을 가지고서의 혼자서 있
> 는 것, 그것이 허용될 수 있는 일일까.

424

숫자는 3이다. 二와 一이라는 짝맞춤 밖에는 전혀 방법은 없는 것이다.

그리하여 이미 결정된 것이나 다름 없지 않은가. 그런데도 무엇을 그렇게 우물쭈물하고 있는 것이냐? 얌전하게 단념해야지—

그러고 싶어. 사실은 그래도 좋다곤 생각해. 허나 그저 가만히 있지는 못하겠다 그런 소리일 따름이야. 이걸 달래주는 법은 없을까.

……

절망의 새끼줄을 붙잡고—이 무슨 멋꼬라지 없는 하룻밤이었던가. 이미 분리된 것을 끌어당긴다는 것은 적어도 비굴한 일이 아닐 수 없다.[34]

여기서 등장하는 숫자 3, 2와 1의 짝맞춤은 이상의 분리된 자아인 좌우(2)와 그 중간(1)의 결합된 상태로 〈지도의 암실〉의 '3'과 같다. 하나인 자신(존재)은 둘이 되고 셋이 된다. 이상의 개별적 자아의 상징적인 분할이다. 〈오감도 시제4호〉의 분리된 2개의 숫자판과 그 경계로 분리된 정사각형의 숫자판이며, 이상의 이름 '箱'을 평면화한 '△+▽=□'인 것이다. 그리고 '사각형'은 이상의 숫자 '4'로 치환된다.

곁에서 자던 S는 벌써 담배로 꽁다리 네개를 만들어 놓고 어디로 나갔는지 없고 내가 늘 흉보는 S의 인생관을 꾸려넣어가지고 다니는 것 같은 참 궁상스러운 가방이 쭈굴쭈굴하게 놓여 있고 그 속에는 S의 저서가 들어 있을 것이 분명합니다.[35]

넷—하나둘셋넷이렇게 그거추장스러이 굴지말고산뜻이넷만쳤으면 여북좋을까 생각하여도시계는 그러지않으니 아무리하여도 하나둘셋은 내어버릴것이니까 인생도 이럭저럭하다가 그만일것인데낯모를여인에게 웃음까지산저고리의지저분한

---

34 〈불행한 계승〉,《원본전집 2》, 217~218쪽.
35 〈지팽이의 역사〉,《원본전집 2》, 180쪽.

경력도 흐지부지다스러질것을 이렇게마음조릴것이아니라 암뿌으르에봉투씌우고
옷벗고몸덩이는 침구에떼어어맡기면 얼마나모든것을 다잊을수있어 편할까하고
그는잔다. 1932,2,13[36]

오후네시. 옮겨앉은아침—여기가아침이냐 날마다다. 그러나물론그는한번씩한번
씩이다. (어떤거대한모체가나를여기다갖다버렸나)—그저한없이게이른   것—사
람노릇을하는체대체어디얼마나기껏게으를수있나좀해보자—게으르자—그저한
없이게으르자—시끄러워도그저모른체하고게으르기만하면다된다. 살고게으르고
죽고—가로대사는것이라면떡먹기다. 오후네시. 다른시간은다어디갔나. 대수냐.
하루가한시간도없는것이라기로서니무슨성화가생기나.[37]

　　이상의 시와 수필, 소설에서 가장 많이 반복되고 강조된 숫자는 '4'
이다. 이것은 이상의 핵심 기호이다. 기존의 연구에서 이것을 죽음
[死]과 연결시키는 경우가 많은데, 그러면 이상을 이해하기는 거의 불
가능하다. '4'는 이상의 도형이다. 이상의 기호 '□'는 4로 치환된다.
그리고 이상이 시에 수없이 반복하는 1+3, 3+1, 4+4가 수필과 소설
속에서도 변형되어 반복되고 있다. 그렇다면 이상의 다른 숫자들은
어떤 의미를 지니는가? 그것들은 어떤 관계가 있는 것인가? 이상은
왜 그렇게 많은 숫자를 반복하여 사용하였는가? 먼저 이상의 글쓰기
가 일반적이고 평범한 것이 아니라는 사실을 염두에 두고 다음의 사
고에 대하여 생각해 보아야 한다.

　　처음으로 먹는 따뜻한 저녁 밥상을 낯설은 네 조각의 벽이 에워쌌다. 6원——

---

36 〈지도의 암실〉,《원본전집 2》, 176쪽.
37 〈지주회시〉,《원본전집 2》, 297쪽.

6원어치를 완전히 다 살기 위하여 나는 방바닥에서 섣불리 일어서거나 하지는 않았다. 언제든지 가구와 같이 주저앉았거나 서까래처럼 드러누웠거나 하였다. 식을까봐 연거푸 군불을 때었고, 구들을 어디 흠씬 얼궈 보려고 중양이 지난 철에 사날식 검부레기 하나 아궁지에 안 넣었다.

나는 나의 친구들의 머리에서 나의 번지수를 지워 버렸다. 아니 나의 복장까지도 말갛게 지워 버렸다. 은근히 먹는 나의 조석이 게으르게 나은 육신에 만연하였다. 나의 영양의 찌꺼기가 나의 피부에 지저분한 수염을 낳았다. 나는 나의 독서를 뾰죽하게 접어서 종이비행기를 만든 다음 어린아이와 같이 나의 자기(自棄)를 태워서 죄다 날려 버렸다.

아무도 오지 말아 안 드릴 터이다. 내 이름을 부르지 말라. 칠면조처럼 심술을 내이기 쉽다. 나는 이 속에서 전부를 살라 버릴 작정이다.[38]

앞서 시 〈선에관한각서 1〉과 〈공복〉 등을 통해 이상의 숫자 10과 100에 대해 이야기했다. 여기서는 그 숫자들의 분할이 다른 형태로 나타난다. 위의 글에서 드러나는 숫자는 "네 조각의 벽"의 4와 "6원 어치의 삶" 즉 6이다.[39] 이상의 숫자 4는 기호 '□'라고 이야기했다. 그것은 입체화하면 육면체의 상자, 箱(Box)이다. 이는 시 「건축무한육면각체」의 제목과 동일하다. 그리고 자신의 '방' 육면체의 공간과 같다. 앞서 설명했듯이 이상의 사각형이 입체화된 육면체는 축소와 확대가 무한으로 진행된다고 했다. 그리고 그것은 이상의 소설 초기작에서 이에 대한 복선을 깔아 놓고 소설 〈날개〉에서도 반복을 하고 있다.

황막한 벌판에는 흰눈이 일면으로 덮이어 있었다. 곳곳에 떨면서 있는 왜소한 마

---

38 〈공포의 기록〉, 《원본전집 2》, 202쪽. (강조 인용자)
39 '6'이라는 숫자가 두 번 반복되는데 이것은 이상의 특징인 강조적 표현이다.

른 나무는 대지의 동면을 수호(守護)하는 가련한 패잔병(敗殘兵)과도 같았다. 그 위를 하늘은 쉬일 사이도 없이 함박눈을 떨구고 있었다. 소와 말은 오직 외양간에서 울었다. 사람은 방 안으로 이렇게 세계를 축소시키고 있었다.

길을 걷는 사람이 있다. 다른 사람들이 걷기를 그친 황막한 이 벌판 길을 걷는 사람이 있다.

그는 지금 어디로 가는지, 어디로부터 왔는지 알 길이 없었다.[40]

암흑은 암흑인 이상, 이 좁은 방 것이나 우주에 꽉 찬 것이나 분량상 차이가 없으리다. 나는 이 大小 없는 암흑 가운데 누워서 숨 쉴 것도 어루만질 것도 또 욕심나는 것도 아무것도 없다. 다만 어디까지 가야 끝이 날지 모르는 내일 그것이 또 창밖에 登待하고 있는 것을 느끼면서 오들 오들 떨고 있을 뿐이다.[41]

내 방은 나 하나를 위하여 요만한 정도를 꾸준히 지키는 것 같아 늘 내 방에 감사하였고 나는 또 이런 방을 위하여 이세상에 태어난 것만 같아서 즐거웠다.

그러나 이것은 행복이라든가 불행이라든가 하는 것을 계산하는 것은 아니었다. 말하자면 나는 내가 행복되다고도 생각할 필요가 없었고 그렇다고 불행하다고도 생각할 필요가 없었다. 그냥 그날 그날을 그저 까닭없이 펀둥펀둥 게을르고만 있으면 만사는 그만이었던 것이다.

내 몸과 마음에 옷처럼 잘 맞는 방 속에서 뒹굴면서 축 쳐져 있는 것은 행복이니 불행이니 하는 그런 세속적인 계산을 떠난 가장 편리하고 안일한 말하자면 절대적인 상태인 것이다. 나는 이런 상태가 좋았다.[42]

---

40 〈12월 12일〉, 《원본전집 2》, 136~137쪽.
41 〈권태〉, 《원본전집 3》, 153쪽.
42 〈날개〉, 《원본전집 2》, 321쪽.

그렇다면 '6원 어치의 삶'은 무엇인가? 시 〈선에관한각서〉와 그의 카페에 등장하는 '69', 즉 陰陽 가운데 '陰'에 해당한다.[43] 자신이 부정하는 삶, 그것은 현실적인 삶을 상징한다. 陰의 현실적 삶을 다 살기 위해서 그는 무기력해지면 되는 것이다. 이상의 방인 사각형은 이상의 기호공식 1 '□ = △ + ▽'이다. 〈공포의 기록〉에서 '나'는 '방바닥에서 섣불리 일어서려 하지 않고 주저앉거나 드러누웠다'고 말하고 있다. '나'는 방바닥을 벗어나지 않는다. '6'원 어치를 다 살기 위함이다. 그리고 그런 '나'와 대립되는 또 다른 '나'는 종이비행기에 실린 '자기'(自棄)로, 둘은 이상 공식의 삼각형·역삼각형과 동일하다. 이때 '종이비행기에 실린 자기'는 陽 '9'(理想)가 된다. 지면(방바닥)을 벗어난 이상적 자아인 것이다. 이 종이비행기는 아쿠타가와의 글에서 '인공의 날개'(〈날개〉에서 반복됨), '비행기병'과 연결지어 생각할 수 있다. 〈AU MAGASIN DE NOUVEAUTES〉의 '라디에이타의 근방에서 승천하는 굳빠이'와 동일하다.

인생은 스물아홉 살인 그에게는 이미 조금도 밝지가 않았다. 하지만 볼테르는 이러한 그에게 인공(人工)의 날개를 공급했다.

그는 이 인공의 날개를 펴고, 수월하게 하늘로 날아올랐다. 동시에 이지의 빛을 받은 인생의 기쁨이나 슬픔은 그의 눈 아래로 가라앉아 버렸다.

그는 초라한 도시들 위로 반어(反語)나 미소를 떨어뜨리면서, 막힘 없는 공중을 곧장 태양을 향해 올라갔다. 마치 이러한 인공의 날개를 태양의 빛으로 불태워 버렸기 때문에 드디어 바다로 떨어져 죽은 옛 그리스인의 이야기도 잃어버린 것처럼……[44]

---

43 조수호, 〈도형에서 바라본 이상 시의 해독〉, 《원본전집 5》, 69쪽.
44 아쿠타가와 류노스케, 진웅기·김진욱 옮김, 〈어느바보의 일생〉, 《아쿠타가와 작품선》, 범우사, 2000, 262~263쪽.

이때 우리를 깜짝 놀라게 한 것은, 우렁찬 비행기의 음향이었다. 나는 나도 모르게 하늘을 쳐다보고, 소나무의 가지끝에 닿을락 말락하게 날아가는 비행기를 발견했다. 이는 날개를 노란색으로 칠한, 보기 드문 단엽(單葉) 비행기였다. 닭이랑 개는, 이 요란한 소리에 놀라, 각기 사방으로 달아났다. 특히 개는 짖어 대면서, 꼬리를 오그리고 툇마루 밑으로 들어가 버렸다.

"저 비행기는 떨어지지 않을까?"

"괜찮아요. …… 매형은 비행기병이라는 병(病)을 알고 있어요?"

나는 담배에 불을 붙이면서, "모른다"고 대답하는 대신, 고개를 저었다.

"저런 비행기를 타고 있는 사람은 고공(高空)의 공기만 호흡하고 있기 때문에, 점점 이 지면(地面) 위의 공기에는 견딜 수 없게 되어 버린답니다 ……"[45]

위의 글에서 아쿠타가와는 '비행기병'에 대한 이야기를 들은 뒤 우울과 의식적인 위협 속에서 공포를 느끼며 자신의 삶에 대한 고통으로 죽음을 생각한다. 그것은 인공의 날개로 상징되는 이카루스의 추락, 하늘·태양·理想에 대한 감상인 것이다. 따라서 '6원어치의 삶'은 현실이며, 자포자기의 심정으로 '전부를 종이비행기에 실어 날려 보내는 자기'는 현실[地面]을 벗어난 이상적 자아로 대칭된다. 위의 숫자 '6' 또한 이상이 반복해 설정해 놓은, 하나의 연결된 조직 구성을 이루고 있다. 〈공포의 기록〉 속에 등장하는 '방'은 이상의 글에서 중요한 위치를 차지하고 있는데, 네 조각의 벽[46] '4'는 '방'의 상징성 즉 정육면체의 Box, 箱이 되어버린다. 자신과 전체를 상징한다. 그리고

---

45 아쿠타가와 류노스케, 〈톱니바퀴〉, 위의 책, 193쪽.

46 이상의 방 벽면이 고정되어 있지만 무한히 확장된다. "영원히 연락된 전면의 방향을 그는 오히려 기뻐하였다."(〈얼마 안되는 변해〉, 《정본전집 03》, 146쪽 참조) ; "벽은 육중한데 외풍은 되이고"[〈공포의 기록〉, 《원본전집 2》, 201쪽 참조. (강조 인용자)]

그 방 안에는 방바닥에 붙어 있는 '나'와 방바닥을 벗어난 종이비행기에 실린 '자기'(自棄)로 이원화되어 존재하고 있다. 이상의 '방'과 '6'원은 그의 글에서 또다시 반복·강조되는데 이상을 추적하는 데 연결고리를 제공한다.

> 문을닫자. 생명에뚜껑을덮었고 사람과사람이사귀는버릇을 닫았고 그 자신을닫았다.   온갖벗에서—온갖관계에서—온갖희망에서—온갖慾에서—그리고온갖욕에서—다만방안에서만그는활발하게발광할수있었다. 미역앐듯앐을수도있었다. 전등은그런숨결때문에곧잘꺼졌다. 밤마다이방은고달팠고 뒤집어엎었고 방안은기어병들어가면서도빠득빠득버티고있다. 방안은쓰러진다. 밖에와있는세상—암만기다려도그는나가지않는다.   손바닥만한유리를통하여꼿꼿이걸어가는세월을볼수있을따름이었다. 그러나밤이그유리조각마저도얼른얼른닫아주었다. 안된다고.
> 그러자뭇는그의무색해하는것을볼수없다는듯이들창셔터를내렸다.   자나가세.   그는여기서나가지않고그냥그의방으로돌아가고싶었다.   (6원짜리셋방) (방밖에없는방) (편안방) 그럴수는없다.⁴⁷

〈공포의 기록〉의 '방'과 위 글의 '방'은 동일한 심리를 묘사하고 있다. 그리고 앞서 이상이 소설 속에서 '6'을 두 번 반복하여 강조한 것과 같이 괄호 속에서 '방'을 세 번이나 연속 반복하고 있다. 이상이 의도적으로 상징화한 '방'(□, 건축무한육면체)의 강조이다. 그것 또한 '6'원짜리 셋방이며 현실적 삶을 상징한다.

---

47 〈지주회시〉, 《원본전집 2》, 301~302쪽. (강조 인용자)

3. 이상의 숫자 해독

이상의 시에 등장하는 숫자로 1, 2, 3, 4, 5, 6, 7, 8, 9, 0, 그리고 12와 13이 있다. 이상의 숫자를 이해하려면 이상의 숫자를 1234567890(여기서 0은 10을 말한다)의 10개로 인식해야 한다. 이상의 12는 10과 동일하게 마지막으로 인식해도 무리가 없다. 13은 기독교의 불길함 등 다양한 상징으로 인식해도 되나, 시 〈선에관한각서 2〉에서 여러 번 반복되었듯이 1+3, 3+1, 4의 형태로 이해해야 한다.

이상의 숫자에 연관된 단위는 〈선에관한각서 6〉에서 드러나듯 '숫자의 어미의 활용에 의한 숫자의 소멸'과 동일하다. 시 〈二十二年〉에서 어미 '年'을 무시하고 '二十二'에서 '十'을 덧셈 기호로 읽어버리면 2+2로 '4'가 되고, 이상의 글에 등장하는 '13' 또한 '一十三'과 같으며 마찬가지로 1+3='4'가 된다. 이것은 결국 이상의 기호 □ 사각형이 되고, 이상 자신의 이름 '箱'이며 자기 자신에서 확대되어 전체를 포함하는 이상의 기호가 된다.

그렇다면 이상의 다른 숫자들은 어떻게 이해해야 하는가? 이상의 숫자 사용은 기존의 수학적 사고와는 전혀 상관없다. 이상만의 수학적 계산이다. 그리고 그의 글에서 줄기차게 반복되는 '위트와 패러독스, 아이러니'를 드러낸다. 따라서 이상의 숫자를 이해하려면 기존 숫자에 대한 인식을 버려야만 가능할 것이다.

이상의 숫자 각각에 대하여 알아보면 다음과 같다.

1. 1은 하나의 존재, 즉 Being이다. 그것은 이상의 표현에서 점(Point)이다. 그리고 이상의 확대된 사고에 따르면 1은 전체인 10과 동

일하다. 본질적인 의미의 동질성이다. 이상은 1234567890을 전체로 인식하고 있다. 그리고 그것은 선일 때는 10(〈공복〉), 평면일 때는 10×10의 정사각형의 넓이(〈오감도 시제4호〉), 입체일 때는 10×10×10의 정육면체의 입체(〈선에관한각서 1〉)로 규정한다. 이상의 이러한 사고는 다음의 글에서 유추할 수 있다.

> 인간일 것. (의 사이) 이것은 한정된 정수의 수학의 헐어빠진 습관을 0의 정수배의 역할로 중복하는 일이 아닐까?[48]

유클리드 기하학과 서구의 과학으로 상징되는 수학과 현실에 사용되는 숫자에서, 십진법으로 표현되는 모든 숫자는 결국 한정된 1234567890의 반복에 지나지 않는다는 사고에 기초한 것으로 보인다. 쓰이는 모든 숫자는 결국 '0'(10)이라는 숫자의 자릿수 표현에 따른 중복에 지나지 않는 것으로 인식하고 있기 때문이다. 그러므로 0의 정수배로 중복하여 무한으로 향하는 모든 숫자는 한정된 1234567890으로 수렴되고, 10을 넘어 무한으로 향하는 숫자가 표현하는 크기나 많고 적음은 의미를 잃게 되는 것이다. 이러한 이상의 사고 형태는 무한대로 진행하는 숫자에 대한 할러(Haller)의 시와 헤겔의 진술이 잘 설명해주고 있다.

> 「나는 헤아릴 수 없이 많은 수를 가지고 수백만의 산이 될 때까지 이것을 쌓아올린다.
>
> 나는 또 시간 위에 다시 시간을, 그리고 세계 위에 다시 세계를 더미로 쌓아올린다.

---

48 〈무제(2)〉, 《원본전집 3》, 299쪽.

그리고 나서 내가 소스라칠 정도로 높은 곳에 올라가 현기증마저 느끼면서 또다
시 너를 향해 내려다보면
참으로 수가 간직하는 모든 위력은
기천배(幾千倍)로까지 증대됐으면서도 그러나
아직도 여기에는 너는 단 한 귀퉁이조차 드러나 있지 않다.」

**「결국 내가 그 數의 한없이 큰 위력을 떨쳐 버릴 때, 바로 이때 너의 모습은
생생하게 나의 前面에 떠오를 것이다.」**

여기서 만약 이렇듯 數나 세계가 겹겹이 더해지면서 한없이 쌓여져가는 것을 **영
원에 대한 묘사**라고 하여 떠받든다면 실로 이것은 바로 그 詩人 스스로가 이른
바 소름이 끼칠 정도로까지 초탈, 초월을 거듭해 나가는 것을 헛된 짓으로 언명
함으로써 결국 이 공허한 무한누진을 **포기, 단념함으로써만** 참다운 무한자, 진
무한(眞無限) 그 자체가 **자기의 면전으로 현재화**되리라고 한 결론의 뜻을 바로
새겨보지 못한 것을 의미한다.**⁴⁹**

무한히 커지는 수는 계속 반복을 해도 무한에 도달할 수 없고 결국
무한의 공허함에서 벗어날 수 없다. 그 악무한(惡無限)을 극복하는 방
법은 무한을 인식할 수 있는 규정(형식) 속에 가두어 버리는 것이다.
그것을 진무한(眞無限)이라고 할 수 있는데 이상의 사고가 여기에서
비롯된다.

(우주는멱에의하는멱에의한다)

---

49 헤겔 지음, 임석진 옮김, 《대논리학(I)》, 도서출판 벽호, 1997, 253~254쪽.

(사람은숫자를버리라)

(고요하게나를전자의양자로하라)[50]

　위의 〈선에관한각서 1〉에서 이야기하듯이, 숫자를 버릴 때 무한히 큰 수에 의하는 우주(무한대)와 가장 작은 원자(무한소)에 대한 이상의 사고를 드러내고 있다. 하나와 전체, 즉 무한소와 무한대의 연결이며 이는 본질적으로 같다는 것이다. 그것에 기반하여 이상의 글 속에서 축소와 확대의 사고로 이어진다.

　2. 하나의 개인은 크게 둘로 나눌 수 있다. 선과 악, 현실과 이상, 곧 현실적 자아와 이상적 자아로 나누어진다. 모든 물질은 음과 양으로 나뉜다. 이것은 시 〈공복〉에서 표현된 것과 같이 하나의 점에서 양 극단으로 진행·왕복되는 두 점의 직선(Line)이다.

　3. 3은 하나의 존재에서 둘로 분리되었을 때 생성된 갈등의 중재자·매개자 또는 이를 관조하는 제3의 객체·방관자이다. 이것은 이상의 글 속에서 자신을 둘로 분리한 뒤 셋으로 나뉘어 등장한다. 陰과 陽 그리고 그 경계. 이 셋은 결국 이상에게 도형으로의 치환을 단행한다. 가장 원시적이며 근본적이고 근원적인 언어 이전의 형태로의 변환이다. 점(Point), 선(Line)에서 면(Area)을 갖추며 하나의 '영역'을 형성한다. 하나에서 생성된 셋은 △(▽)으로 치환되는데 이 또한 결국은 하나이다. 이것이 시 〈二十二年〉에서 표현된 삼각형의 심리분할이다.

---

50 〈선에관한각서 1〉, 《원본전집 1》, 147쪽.

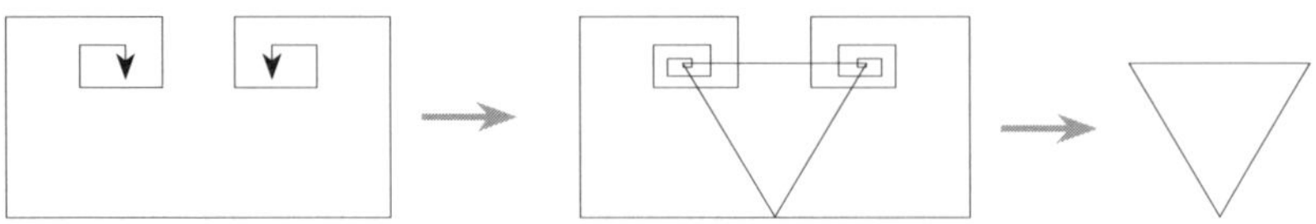

　한 점에서 출발한 두 선(이상의 두 개의 자아로 이해해도 무방하다)은 서로 다른 반대방향으로의 대립을 이룬다. 그리고 다시 평행, 긴장 그 뒤에 다시 조우(마주보기) 다시 평행, 다시 대립……. 이것은 심리상태의 변화를 상징한다. 즉 이상 마음의 도해(圖解)라고 할 것이다. 그리고 이것을 수학적으로 무한히 진행하였을 때 한 점에서 출발한 두 직선은 각각 한 점에 수렴된다. 즉 한 점, 하나의 자아에서 출발한 심리의 분리는 두 개의 개별적 자아를 형성한다. 그리고 이 세 점을 연결하면 역삼각형(삼각형)이 된다. 이상의 시에서 점은 숫자와 동일하게 취급되며 점의 개수에 따라 도형으로 상징되는 이상의 방식이다.[51]

　4. 자아의 분리와 결합에서 생성된 기호 '△'은 다시 한 번 타자(他者)와의 대립을 형성하는데 그것이 '▽'이다. 그리고 완벽하게 분리된 둘이 다시 결합하며 결국 '□' 사각형이 된다. 이상의 숫자 '4'인 것이다. 그러나 사각형은 음과 양 그리고 그 중간인 '3'이기도 하다. 정사각형은 입체를 형성한다. 이상의 시에서 자주 반복되는 '정육면체'이며 이상의 이름 '箱'이다.

　즉 점(Point) → 선(Line) → 면(Area) → 입체(Cubic)의 진행이다.

　이는 현실과 이상의 대립·결합·균형이다. 구체화된, 실재된 現實과 理想 전체를 상징한다. 이상의 기호 △과 ▽의 대립과 결합은 무한

---

51 조수호, 〈도형에서 바라본 이상 시의 해독〉, 《원본전집 5》, 78쪽.

누진을 계속한다.[52] 그것은 무한 대립이며 무한 결합이다. 자신과 대립하는 타자와 결합하여 하나가 되고 그 하나는 또 다른 타자와 대립한다. 그리고 그것이 결합할 때 다시 하나가 되고, 그것은 또 다른 타자와 대립하고 결합하며 무한으로 향하는 과정을 반복한다. 그것은 결국 사각형이다.[53] 이것은 한 개인과 타인 그리고 가족 집단, 사회, 국가, 세계, 우주 등으로 무한히 확장하여 이해할 수 있다. 한 개인의 본질이 음과 양 그리고 그 중간인 '3'으로 규정되듯이 존재하는 모든 것 또한 두 가지의 대립과 그 중간의 세 가지 형태로 규정된다. 이것은 '하나' 속에 무수히 존재하는 수많은 개체[多者]의 이질성과 다양성을 대립되는 음양과 그 중간 '3'으로 상징화·일반화한 것이라고 할 수 있다. 이는 〈공복〉에서와 같이 하나[一者]인 '나'에서 무수히 변이하는 개별화된 자신[多者]의 심리를 좌우와 중간으로 일반화[三分身化]한 것과 동일하게 파악된다. 동양사상의 음양을 기반으로 한 물질의 확장(증폭)에서도 동일하게 적용된다.

5. 5는 시 〈공복〉에서 나온 '5리'와 소설 〈실화〉에서 나온 담배 '50개', 수필 〈슬픈 이야기〉의 '50전짜리 초콜릿' 등에서 자주 반복하며 등장한다. 이상의 숫자 10(전체)의 반인 5는 자신의 반과 동일하다. '여인의 반', '모든 것의 반'은 '전체의 반'인 이상의 '5'를 상징한다.

---

52 헤겔 지음, 임석진 옮김, 《대논리학 I》, 도서출판 벽호, 1997, 248~251쪽 참조.

53 이상의 도형 삼각형과 역삼각형의 결합은 사각형이다. 그런데 이 사각형이 다시 타자와 대립할 때 이것은 삼각형 또는 역삼각형이 된다. 이것이 이원성에 따른 상대성이며 동일성으로 이상의 기호공식과 동일하다. '△+▽=□' '△=▽=□' 태극은 대립되는 음과 양으로 분리된다. 그런데 분리된 음과 양은 저마다 그 속에 음과 양을 각각 소유하고 있다. 이것을 무한 분할해도 그 분리된 '하나'의 개체는 음과 양 그리고 그 경계를 소유하고 있는 것과 같은 형태이다. 음과 양의 분할을 상징화한 팔괘가 태극에서 무한 분할 무한소로의 진행이라면, 이상의 도형은 그 역방향의 무한 누진 무한대로의 진행이다.

결국 전체의 반은 음 또는 양이 된다. □(10) = △(5) + ▽(5)

6. 6은 이상의 전반적인 사고를 관통하는 69 즉 ☯ 태극의 음양에서 음을 상징한다. 그리고 이상에서 분리된 두 자아는 저마다 개별적인 사람인 남편과 아내로 형상화되는데, 음양의 분리 형태와 같이 분리된 자아 '1(남편)+1(아내)'도 결국은 '3(▽)+3(△)'=6이다. 그리고 삼각형과 역삼각형이 결합된 사각형, 마름모가 입체화된 육면체와 육각체 또한 '숫자'상으로 '6'이다. 따라서 소설 〈날개〉에서 주인공이 집을 나와 씹어먹는 '6' 알의 아달린과 소설 〈종생기〉에서 정희의 '근시육도'의 '6'도 현실적 삶의 수용과 현실적 자아의 상징으로 읽어낼 수 있다.

> 나는 주머니에서 가지고 온 아달린을 꺼내 남은 <u>여섯</u> 개를 한꺼번에 질겅질겅 씹어먹어 버렸다. 맛이 익살맞다. 그리고 나서 나는 그 벤취 위에 가로 기다랗게 누웠다. 무슨 생각으로 내가 그 따위 짓을 했나? 알 수가 없다. 그저 그러고 싶었다. 나는 게서 그냥 깊이 잠이 들었다.[54]

> 정희는 사팔뜨기다. 이것은 무엇으로도 대항하기 어렵다. 정희는 <u>근시6도</u>다. 이것은 무엇으로도 대항할 수 없는 선천적 훈장이다. <u>좌난시우색맹</u> 아—이는 실로 완벽이 아니면 무엇이냐.[55]

〈종생기〉의 '좌난시우색맹' 또한 좌 현실과 우 이상의 대립, 그리고 명확하지 않은 시선과 색감을 상징적으로 드러내고 있다. 이 표현은

---

54 〈날개〉, 《원본전집 2》, 340쪽. (강조 인용자)
55 〈종생기〉, 《원본전집 2》, 393쪽. (강조 인용자)

438

이상 자신의 좌우의 상징과 숫자에 따른 의도된 설정으로 파악된다.

7. 7은 이상의 숫자 가운데 가장 '균형을 잃은 숫자'이다. 이상은 7을 가장 좋아한다고 소설 〈날개〉에서 말하고 있다.

> 이 절대적인 내 방은 대문깐에서 세어서 똑—일곱째 칸이다. 럭키세븐의 뜻이 없지 않다. 나는 이 일곱이라는 숫자를 훈장처럼 사랑하였다. 이런 이 방이 가운데 장지로 말미암아 두 칸으로 나뉘어 있었다는 그것이 내 운명의 상징이었던 것을 누가 알랴?[56]

또 소설 〈동해〉에서는 다음과 같이 말하고 있다.

> 「四十三錢인데」
>
> 「어이쿠」
>
> 「어이쿠는 뭐이 어이쿠예요」
>
> 「고눔이 아무 수루두 제해지질 않는군 그래」
>
> 「소수?」
>
> 옳다.
>
> 신통하다.
>
> 「신통해라!」[57]

43이 소수라는 사실은 따로 지면을 할애해 설명할 만큼 대단한 것도 아니며 신통할 것도 없다. 이상의 숫자에 대한 기본적인 사고는 숫

---

56 〈날개〉,《원본전집 2》, 321쪽.
57 〈동해〉,《원본전집 2》, 268쪽.

자의 소멸이며 수학 차압이기 때문이다. 이것은 이상의 숫자 사용의
한 형태로 '이상 기호'의 상징이다. 따라서 이상이 의도적으로 맞추어
놓은 설정된 숫자로 보아야 한다. 이 글의 43도 시 〈二十二年〉과 마
찬가지로 4十3='7'로 계산된다. 이상의 숫자 가운데 유일하게 균형을
잃은 숫자이다. 이상의 숫자는 단일성(1)에서 이원성(2)의 대립 그리
고 삼원성(3)을 기본으로 하며 나머지 숫자들은 동등하게 분리된다.
즉 균형과 대립의 구조를 형성하고 있다. 그러나 '7'은 이러한 균형적
분할에서 벗어난다. 이에 대한 흔적을 〈날개〉에서 찾을 수 있다.

> 나는 또 여인과 생활을 설계하오. 연애기법에마저 서먹서먹해진, 지성의 극치를
> 흘깃 좀 들여다 본 일이 있는 말하자면 일종의 정신분일자 말이오. 이런 여인의
> 반―그것은 온갖 것의 반이오―만을 영수(領收)하는 생활을 설계한다는 말이
> 오. 그런 생활 속에 한 발만 들여놓고 흡사 두 개의 태양처럼 마주 쳐다보면서 낄
> 낄거리는 것이오. 나는 아마 어지간히 인생의 제행(諸行)이 싱거워서 견딜 수가
> 없게끔 되고 그만둔 모양이오. 꾿 빠이.[58]

위의 글에서 화자 '나'[李箱]는 왜 낄낄거리는 것인가? '나'는 여인
과의 생활을 '설계'한다고 말하고 있다. '여인', '여자'는 이상의 사고
에서 '음'의 현실을 상징한다. 그리고 그 여인과 남자인 '나'의 생활은
이상의 상징 기호인 △+▽=□이 된다. 그런데 '여인의 반'만 받아들
이는 생활을 '설계'한다고 이야기한다. 그리고 그 '여인의 반'이 '온갖
것의 반'이라고 말한다. '여인의 반'만을 '영수'한다는 것은 이미 여
인이 둘로 분리된 상태임을 뜻한다. 이것은 시 〈지비〉에 등장하는 부

---

58 〈날개〉, 《원본전집 2》, 318쪽.

부의 분할과 동일하게 이해할 수 있다. 〈지비〉에서는 陽과 陰의 최종적 대결·대립·대칭·균형이었다면, 여기서의 분할은 다르다. 남편과 아내에서 아내의 음양 가운데 '반', 즉 陽만 '받아들인다'는 뜻이다. 그것은 결국 분할되기 전 남편의 전체인 陽(태양)과 분할된 아내의 陽(태양)의 결합이며, 이상이 스스로 반복해서 드러내고 있듯이 '두 개의 태양'처럼 마주보게 된다.[59] 이것은 이상의 글에서 보이는 대칭·대립·균형의 패턴에서 벗어나는 상황이다. 이를 이상의 숫자로 표현한다면 이 상태는 '4+3=7'이 된다. 이상의 시에서 반복된 '4+4' 구조, 음(아내)과 양(남편)의 대립·긴장의 균형 잡힌 상태와는 또 다른 분할이자 조합인 것이다.

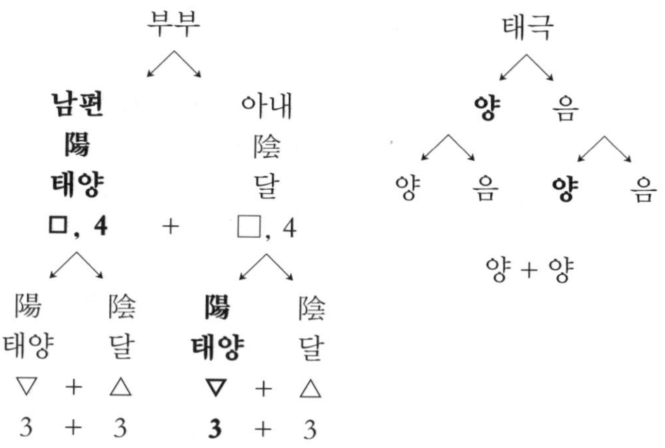

남편의 전체 양·'4'·□과 아내의 음에서 분할된 음과 양의 일부인 양·'3', 즉 '▽'의 결합은 **陽과 陽**이 되며, **두 개의 태양**이 된다. 〈날

---

59 〈지비〉에서는 부부의 걸음걸이가 남자의 오른다리와 여자의 왼다리로 양과 음 1:1 균형을 이루는데, 여기서는 양과 양의 결합으로 불균형을 이룬다. 남자 1과 여자의 절반 1/2의 결합이다.

개〉 앞부분의 이러한 설정은 이상의 다른 작품에서 '역'으로 반복되기도 하는데, 이 또한 이상의 글쓰기 특징이다.

> 일상생활의 중압이 나에게 교양의 도태(淘汰)를 부득이하게 하고 있으니 또한 부득이 나의 빈약한 이중성격을 '지킬박사'와 '하이드 씨'에서 '하이드 씨'와 '하이드 씨'로 이렇게 진화시키고 있습니다.[60]

이상 자신의 분리된 자아인 지킬 박사와 하이드. 그리고 지킬 박사와 하이드의 내부에도 저마다 음양과 같이 지킬 박사와 하이드를 가지고 있다. 이 또한 〈지비〉에서 드러난 부부의 분리와 동일하다. 위 글에서 분리·결합된 방식은 〈날개〉와 역방향이다. 그것을 〈날개〉에서 표현된 방식으로 변환하면 '하이드 씨와 하이드 씨로 진화'하는 것이 되는데, 〈날개〉에서 남자와 여자의 반이 '두 개의 태양'이 되듯이, 여기서는 반대로 하이드와 지킬 박사의 반인 하이드는 '두 개의 달'이 된다. 〈날개〉의 분할방식과 동일하지만 결합 형태는 아래와 같이 3+4=7로 〈날개〉의 역방향 형태이다.

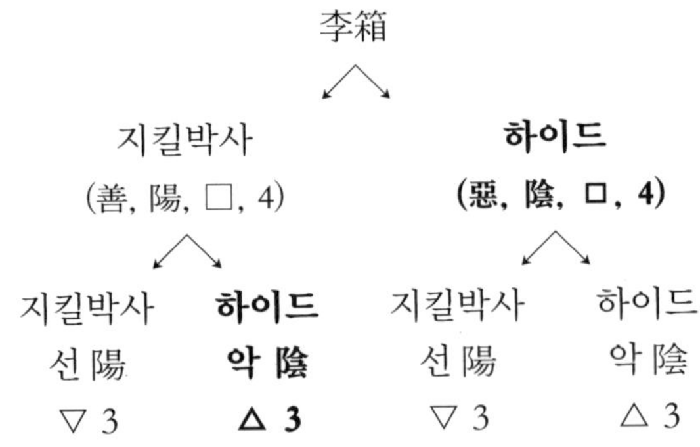

---

60 〈혈서삼태〉, 《원본전집 3》, 24쪽.

이러한 숫자를 통한 심리 표현은 시 〈매춘〉에도 나타난다.

기억을맡아보는기관이염천(炎天)아래생선처럼상해들어가기시작이다. 조삼모사
(朝三暮四)의싸이폰작용. 감정의망쇄(忙殺).
나를넘어뜨릴피로는오는족족피해야겠지만이런때는대담하게나서서혼자서도넉넉
히자웅(雌雄)보다별것이어야겠다.
탈신(脫身). 신발을벗어버린발이허천에서실족한다.[61]

이 시를 제목 그대로 남녀의 성적 상징으로 읽는다면, 이상을 이해
하기 어렵다. 이 시 또한 이상의 기호에 연결되기 때문이다. 이 시는
이상의 기호가 숫자로 치환된 '李箱의 數字'로 이해해야 한다. 여기
서 매춘은 '봄을 산다'는 일반적인 단어의 사용이 아닌 이상의 상징이
다. 이 시에서 드러나는 '조삼모사' 고사에서 아침에 3, 저녁에 4와 아
침에 4, 저녁에 3의 합은 '7'로 같은 결과이다.[62] 아침에는 3(△, 現實
的 또는 ▽, 理想的), 저녁에는 4(□ 균형과 대립, 공존)의 변화에 따른 현
실과 이상의 갈등·변화와, 그 상태의 역전(아침에는 4, 저녁에는 3)으
로 감정이 혼란한 상황을 말한다. 이것이 싸이폰 작용이고 '감정의 망
쇄', 즉 감정이 바쁘다고 이야기하고 있다. 아침저녁으로 변화하는 이
상의 심리를 숫자(도형)를 빌려 상징적으로 표현한 것이다.
　싸이폰 작용은 '긴' 관과 '짧은' 관으로 이루어진 U자관의 압력 차
이로 물을 다른 곳으로 옮기는 것을 말한다.[63] 이것은 이상 기호에서
'긴 것'과 '짧은 것'으로, △ ▽과 동일하다. 이는 대립·대결·균형·

---

61 〈매춘〉,《원본전집 1》, 87쪽.
62 〈날개〉와 〈혈서삼태〉에서 살펴본 분할인 4+3=7, 3+4=7과 동일한 숫자적 상징이다.
63 싸이폰 작용은 물의 움직임이며 이것은 사고의 흐름, 잉크의 분출, 글쓰기로 연동된다.

조화를 상징하며 둘로 대립된 자신에서 한쪽으로의 질주와 실패(왕복)를 이야기한다. 반복되는 정신적 혼란을 표현한 것이다. 그런 감정의 변화와 혼란에서 오는 피로로부터 시적자아는 '자웅보다도 별것이 되어야겠다'고 말하며 신발을 벗어버리고 승천하려 하지만 허천에서 실족한다. 이 구절은 자웅보다 별것인 자웅동체 또는 현실을 초월한 이상적 자아의 실족으로 볼 수 있다. 현실에서 탈출을 시도하나 결국은 다시 현실이다. 원점으로의 회기다. 이상의 글 속에서 현실은 겨울을 코앞에 둔 '가을'로 상징되는데, 이와 달리 이상이 추구하는 理想은 '봄'으로 대응시킬 수 있다. 시적자아는 봄으로 가고 싶으나 가지 못하는 상황에서 좌절을 맛본다.

'탈신', '신발을 벗어버린 발'은 △ 현실(지상)을 벗어나는 ▽ 理想, 즉 하늘[神]을 향한 비상이다. 이 시에 등장하는 탈신(몸을 벗어버림), 벗어버린 신발 그리고 허천에서 실족은 〈오감도 시제5호〉의 '신의 안전에서 내가 전에 낙상한 고사가 있다'는 구절과 〈▽의 유희〉에서의 '슬리퍼가 땅에서 떨어지지 아니하는 것은 너무 소름끼치는 일이다', 〈AU MAGASIN DE NOUVEAUTES〉의 '승천하는 굿빠이'와 동일한 심리적 행위다. '승천', 하늘을 향한 상승 의지는 이상의 사고에서 지속적으로 변형·반복된다. 보들레르의 시 〈상승〉과 같다.[64]

> 적토 언덕 기슭에서 한 마리의 뱀처럼 말라 죽을지도 모르지만, 나는 아름다운 —꺾으면 피가 묻는 고대스러운 꽃을 피울 것이다.
>
> 이제 모든 사정이 나를 두렵게 하고 있다. 사람들이 평화롭다는 그것이, 승천하려는 상념 그것이, 그리고 사람들의 치매증 그것마저가.[65]

---

64 보들레르 지음, 윤영애 옮김, 〈상승〉, 《악의 꽃》, 문학과지성사, 2004 48~49쪽 참조.
65 〈첫 번째 방랑〉, 《원본전집 3》, 166쪽. (강조 인용자)

8. 8은 〈선에관한각서 2·6〉에서 반복되는 '4+4'의 구조로 음양의 결합인 태극을 상징한다. 음양으로 대표되는 '태양과 달'은 이상의 글에서 사각형으로 이미 제시하고 있다.[66] 즉 음양인 태양(4)과 달(4)의 합 8이며 이것은 이상의 기법 가운데 하나인 숫자 '4' □(△+▽) 사각형의 펼치기(데칼코마니)에 따른 4+4이다. 그리고 4+4의 합인 '8'의 회전으로 발생하는 '∞' '무한대'가 된다. 그리고 그것은 결국 존재하는 모든 것인 '10'과 동일하다.

9. 9는 이상의 숫자 69의 태극의 陽을 상징한다. 그리고 6과 같이 李箱의 분리된 삼분신(좌, 우, 중간) 역시 저마다 개별적으로 인격을 형성하며 그의 글을 진행시켜 나간다. 그 각각의 개체 또한 음양의 분리와 같이 내부에 세 가지 속성을 지닌다. 결국 '1+1+1'은 또한 '3+3+3'이다.

10. 10은 하나의 존재 그리고 무한히 확대되어 더 이상 확대될 수 없는 전체로서 진무한(眞無限) '10'을 상징한다. 음과 양의 합인 태극이다. 그리고 그것은 사각형·육면체·육각체이며 1과 같은데, 본질과 구성원리에 의한 동질성이다. 그리고 축소와 확대에 따른 동일성이다. 이상에게 크기는 아무런 가치가 없다. 본질과 근원에 관한 문제이고 관점에 따라 상대적 크기는 극복되기 때문이다. 이럴 때 '무한대=무한소'가 된다. 이것이 李箱이 자신의 글 속에 정의한 상징화·관념화된 숫자들이다.

---

66 "다만 무엇인가 변형된(혹은 사각형의) 태양적갈색의 광선"(〈12월 12일〉, 《원본전집 2》, 111 쪽 참조) ; "그는 조용히 사각진 달의 채광을 줏어서, 그리고는 지식과 법률의 창문을 내렸다."(〈얼마 안되는 변해〉, 《원본전집 3》, 294쪽 참조)

'이상의 숫자'를 산수로 계산하면 다음과 같다.

1	1=1	하나의 개체, 점, 선, 면(삼각형, 사각형, 원, 마름모 등), 입체(육면체, 육각체 등) 존재하는 모든 것이며 그 개별적 존재다.
2	2=1+1. 2=1	존재하는 하나 속의 두 가지 대립·균형·조화·분할인 음양을 말한다.
3	3=1+1+1, 2+1. 3=1	하나 속에 존재하는 이원성과 그 경계·중간을 포함한 삼원성의 단일성을 말한다. 삼각형으로 형상화된다.
4	4=1+3, 3+1, 2+2. 4=1	하나이고 삼각형과 역삼각형의 결합인 사각형이며 음양의 태극이다.
5	5=10/2. 5=1 (4+1, 3+2)	전체 10의 반이며 음 또는 양이 된다. 그것 역시 하나이다.
6	6=1. 3+3 (5+1, 4+2)	형태미 음양의 음이며, 숫자상 분할하면 3(△)+3(▽)=6(□)으로 1이다.
7	7=3+4, 4+3. 7=1 (6+1, 5+2)	균형과 조화가 깨진 상태의 숫자로 삼각형과 사각형으로 분할된다.
8	8=4+4. 8=1 (7+1, 6+2, 5+3)	4(사각형) + 4(사각형) = 8이며 음양의 태극 1이다.
9	9=1. 3+3+3 (8+1, 7+2, 6+3, 5+4)	형태미 음양의 양이며 그 분할된 양 속에도 음과 양, 중간이 존재한다.
10	10=1 (9+1, 8+2, 7+3, 6+4, 5+5)	전체이며 1이다. 또한 개별적 하나이다.

∴ 1=2=3=4=5=6=7=8=9=10 — 이상의 기호공식 3

이것이 李箱의 숫자이다. 이상이 자신의 글에서 변형하여 반복하고

강조한 숫자에 대한 결론이다. '李箱의 異常한 理想'이다. 이상의 '수
학 차압', '숫자의 소멸'이며, '사람은 숫자를 버리라'는 이상의 선언
이다.[67]

> 숫자를대수적인것으로하는것에서숫자를숫자적인것으로하는것에서숫자를숫자인
> 것으로하는것에서숫자를숫자인것으로하는것에 (1 2 3 4 5 6 7 8 9 0의질환의구
> 명과시적인정서의기각처)
> (숫자의일체의성태 숫자의일체의성질 이런것들에의한숫자의어미의활용에의한숫
> 자의소멸)[68]

李箱을 수학적으로 해석하려는 여러 시도가 있었다. 그러나 '수학
차압', '숫자의 소멸', '사람은 숫자를 버리라'고 반복되는 이상의 말
앞에서 이러한 시도는 철저하게 무기력해질 수밖에 없었다. '이상의
숫자'는 '숫자를 숫자인 것으로 하는 것'에서 '벗어난' '숫자'이며, 이
상은 글쓰기에서 일반적인 수학을 사용하지 않고 있기 때문이다. 이
것은 당시 최고 학부를 나온 이상이 뉴턴의 만유인력과 과학(물리학)
에 무지하다고 역설적으로 말한 것과 일맥상통한다고 하겠다. 이것은
현실적·일반적인 수학이 아닌 현실을 벗어난(?) 이상만의 수학을 뜻
하며 관념적·상징적 수학이다. 이것은 형이상학으로 이해해야 한다.
〈AU MAGASIN DE NOUVEAUTES〉에서 지구(지구의)를 벗어난
시적자아의 시선에 따른 사고인 것이다.[69] 이럴 때 현실 숫자(수학)는

---

67 이러한 숫자의 반복 강조된 사용과 그것에 대해 언급한 글들의 시간성을 추적해 보면, 이상
의 이러한 숫자의 규정성은 〈선에관한각서〉 이전에 확정된 것으로 보인다. 그리고 그것에
대한 스스로 설명과 언급을 반복하고 있다.

68 〈선에관한각서 6〉, 《정본전집 01》, 63쪽.

69 니체의 표현에 따를 때 그것은 '중력의 힘'을 벗어난 사고가 된다.

생명력을 상실하고 무화된다. 니체의 표현을 빌리면 '가치의 전도'라 말할 수 있다.

'한 개의 방정식무기론'이란 李箱의 제3공식으로 이해된다. 그것으로 말미암은 숫자의 소멸이다. 이로써 방정식은 무화된다. 이상의 숫자는 이상의 상징으로써 의미를 형성하고 있다. 그러나 현실적 숫자의 성질로 계산되었을 때 그것은 무의미하다. 이상의 숫자 하나하나가 스스로 의미와 상징을 가지지만 그것들의 산술은 결국 같은 의미를 이룬다. 결국 자신의 시에서 이야기하고 위의 결론에서 드러나듯이 '수학 차압'이 되어 버리고 '숫자는 소멸'된다. 이것이 이상이 말한 '위트와 패러독스, 아이러니'의 가장 큰 근원이며 그의 번민이다. 이것은 이상 스스로에 의해 규정되고 진행된 사고의 연속이다. 결론적으로 숫자는 무의미해지지만 동시에 이상에 의해 각각의 의미를 형성하고 있다. 이상의 의도되고 계획된 글쓰기에 따른 것임은 말할 것도 없다. 이상의 '설계'에 따라 철저하게 조직·구성된 것이다. 일반적 산술로 보았을 때 이상의 숫자는 쓸모없다. 그러나 이상은 쓸모없음을 알면서도 그것을 버리지 않는다. 이상 자신에게 쓸모 있기 때문이다. 자신의 시·수필·소설 속에서 그는 자신의 숫자에 대한 번민과 갈등을 지속적으로 노출시키며 강조·설명한 것이다.

70 〈1931년(작품 제1번)〉, 《원본전집 1》, 236쪽.
71 〈얼마 안되는 변해〉, 《원본전집 3》, 293쪽.

인류가아직만들지아니한글자가 그자리에서이랬다 저랬다하니무슨암시 이냐가무

슨까닭에 한번읽어지나가면 도무소용인글자의고정된기술방법을채용하는 흡족지

않은버릇을쓰기를버리지않을까를그는생각한다.　글자를저것처럼가지고그하나만

이 이랬다저랬다하면또 생각하는것은 사람하나 생각둘말글자 셋 넷 다섯 또다섯

또또다섯또또또다섯그는결국에시간이라는것의무서운힘을 믿지아니할수는없다한

번지나간것이 하나도쓸데없는것을알면서도하나를버리는묵은짓을그도역시거절치

않는지그는그에게물어보고싶지않다.　지금생각나는것이나 지금가지는글자가이따

가가질것하나 하나 하나 하나에서 모두씩못쓸것인줄알았는데왜지금가지느냐안

가지면 고만이지하여도 벌써가져버렸구나 벌써가져버렸구나 벌써가졌구나 버렸

구나 또가졌구나.

그는아파오는시간을입은 사람이든지길이든지 걸어버리고걷어차고 싸와대이고

싶었다. 벗겨도옷 벗겨도옷 벗겨도옷 벗겨도옷 인다음에야 걸어도길 걸어도길인

다음에야 한군데버티고서서 물러나지만않고 싸워대이기만이라도하고싶었다.[72]

　　위의 글은 이상이 단순한 숫자·기호(글자의 고정된 기술 방법)에서

자신의 '쓸모없는' 기호·숫자로 이행하는 것에 대한 언급과, 이에 대

한 번민과 감상으로 보아야 하겠다. '하나도 쓸데없는 것'을 알면서도

'하나'를 버리지 못하고 '쓸모없음을 알지만 버려야 할 것이지만 버리

지 못하고 가졌다'고 이야기하고 있다. 그 쓸모없음(무의미)이 이상에

게 쓸모 있음(의미)이기 때문이다. 이상은 이러한 심리의 표현을 또다

시 반복하고 있다.

　　남아있는박명의영혼 고독한저고리의　폐허를위한완전한보상그의영적산술　그는

---

72 〈지도의 암실〉, 《원본전집 2》, 165쪽. '하나'가 8번 반복되고 있다. 강조로 보인다. (강조 인
　용자)

저고리를입고 길을길로나섰다.

......

그는엄격히걸으며도 유기된그의기억을안고 초초히그의뒤를따르는저고리의영혼
의 소박한자태에 그는그의옷깃을여기저기적시어 건설되지도항해되지도 않는한
성질없는지도를 그려서가지고다니는줄 그도모르는 채밤은밤을밀고 밤은밤에게
밀리우고하여 그는밤의밀집부대의 속으로속으로점점깊이들어가는 모험을모험인
줄도 모르고모험하고있는것같은것은 그에게있어 <u>아무것도아닌그의방정식행동</u>은
그로말미암아집행되어나가도있었다 그렇지만.

<u>그는왜버려야할것을 버리는것을 버리지않고서버리지못하느냐</u> 어디까지라도 괴
로움이었음에변동은 없었구나그는그의행렬의마지막의 한사람의위치가 끝난다음
에 지긋지긋이 생각하여보는것을 할줄모르는 그는그가아닌 그이지 그는생각한다
그는피곤한다리를이끌어붙이던지는불을밟아가며불로가까이가보려고불을자꾸만
밟았다[73]

'인류가 아직 만들지 아니한 글자'와 '영적산술'이란 이상이 창조
해 낸 '李箱의 도형과 숫자'이다. 그 근원은 태극이며 음양이다. 이상
은 '인류가 아직 만들지 아니한 글자'와 '영적산술'을 가지고 번민하
고 있다. 전혀 쓸모없음을 알지만 결코 버리지 못하는 이상의 기호·
숫자, 이상은 인류가 아직 만들지 않은 글자를 만든 것이다. 그러나
그는 글자를 만들지 않았다. 이것이 이상의 모순이다. 그리고 그는
그것으로 영적산술을 시행했다. 이는 기호의 형태(기표)와 내용(기의)
으로 이해해야 한다. 이상은 〈날개〉에서 이것을 다시 한 번 설명하고
있다.

---

73 〈지도의 암실〉, 《원본전집 2》, 172쪽. (강조 인용자)

자신의 작품이 한 번도 본 일이 없는 '기성품'에 의한다고 서술하고 있다. 기존에 있던 것이지만 한 번도 본 일이 없는 것이다. 일반성이지만 유일성이다. 이 또한 모순이다. 형태는 기존의 것이나 내용은 기존의 의미와 전혀 다른 것을 말한다. 여기서 기성품이란 'ready-made object'를 말한다. 이상과 같은 시대 작가 채만식은 1934년 〈레디메이드(ready-made) 인생〉이란 단편소설을 발표했는데, 이 단어가 당시 국내 작가들에게 널리 인지되었다고 할 수 있다. 이 단어는 프랑스의 미술가 마르셀 뒤샹(Marcel Duchamp)이 1915년 폐물 변기를 '샘'이라는 이름으로 전시하면서 비롯되었다. '기성품'이 본연의 가치를 상실하고 다양한 해석이 가능한 예술의 목적이 된 것이다. 이를 이상이 자신의 숫자와 도형에 연결시킨 것이다. 숫자 1 2 3 4 5 6 7 8 9 0, 그리고 도형 △ ▽ ◇ □ ○은 가장 오래된 전 인류적인 기성품이다. 그러나 이상은 이를 가지고 한 번도 본 일이 없는 자신의 '작품'을 만들어냈다. 기존의 숫자와 도형의 의미와 가치는 무력화되고 이상의 예술이 되는 것이다.

앞서 살펴보았듯이 이상의 문학은 도형과 숫자의 상징으로 이야기를 풀어가고 있는데, 이것을 '경편하고 고매하다'고 표현했다. '샘'이 현대 미술에 미친 충격과 가치는 부정할 수 없을 것이다. 그러나 그것이 사고의 단발적(?) 전환이었다면 이상의 숫자와 도형은 그것에 견주어 지속적이며 논리구조와 형태를 갖추고 있다. 뒤샹에 견줄 때 그

---

74 〈날개〉, 《정본전집 02》, 253쪽.

파격성에서 이상 또한 뒤지지 않으며 창조와 사고의 깊이, 기교라는 관점에서 그 가치를 뛰어넘는다고 하겠다. 이상은 새로운 기호언어를 창조하였으며 이는 곧 언어 정신의 연금술인 것이다.

왜 이상은 자신의 작품을 경편하며 고매하다고 했는가? 이상의 작품 속에 표현된 그의 사고, 사상, 기호공식 1·2·3은 대단히 가볍고 손쉽다. 누구라도 쉽게 그 공식을 외우고 쓸 수 있다. 그런데 그렇게 단순하고 아이들 장난 같은 기호들이 왜 고매한 것인가? 이 점은 이상의 문학적·사상적 배경과 그 영향성에서 파악해야 할 것이다.

이상이 프랑스 상징주의와 다다이즘, 초현실주의의 영향을 받은 것은 널리 알려진 사실이다. 이상은 당시 서구의 최신 문예사조를 접하고 이해한 문학인이며 지식인이었다. 따라서 이상은 시대의 변화와 흐름을 인식하고 있었다. 이상이 초기에 접했던 문예사조의 '다다(dada) 선언'은 다음과 같이 설명하고 있다.

> 최고의 단순성, 즉 새로움의 충격을 예술에 부여함으로써 우리는 유희에 대해 인간적이고, 진실할 수 있으며, 권태를 십자가에 못 박기 위해 충동적일 수도 있다.
> ……
> 이 세계는 작품 속에서 명확해지거나 정의 내려지지 않는다. 이 세계는 관객에게 수많은 모습으로 바뀌어 나타난다. 창작자에게 세계는 원인도 없고 이론도 없다. **질서=무질서, 자아=비자아, 긍정=부정**이야말로 절대 예술의 찬란함이다.[75]

이상 기호공식은 단순하지만 새롭다. 그리고 이원성의 대립과 동질성 그 일원화가 다다 선언과 동일하다. 고정적으로 정의되지 않는 변

---

75 이진성, 《프랑스 현대시》, 아카넷, 2008, 127~128쪽 재인용.

452

화(운동)와 그것으로 말미암은 모순의 절대 예술을 이야기하고 있다. 이상의 사고 형태와 이상 공식 1·2·3은 그 내부 자체도 모순을 이루지만, 외형도 이론 아닌 이론이 되는 모순을 갖는다. 모순의 모순이다. 이 모순에 대해 다다이즘 이후의 초현실주의 제2선언은 다음과 같이 말하고 있다.

삶과 죽음, 현실과 상상, 과거와 미래, 소통 가능한 것과 소통 불가능한 것이 모순으로 인식되지 않는 정신의 어떤 점이 존재한다는 것을 모든 것이 믿도록 해 준다. 그런데 초현실주의 활동에서 이 점을 설정하려는 희망 이외에 다른 동기를 찾으려 한다면 그것은 헛된 일이다.[76]

위와 같이 이상은 다다와 초현실주의의 사상과 철학의 형태를 자신만의 기법인 도형과 숫자로 구현하였다. 이원성의 모순을 해소하며 하나로 융합하는, 존재하지 않을 법한 현상과 사고를 음양의 형태에서 유추해 표현한 것이다. 이것이 당시 문학 사조 속에서 그 누구도 실행하지 못하고 영원히 꿈꾸기를 멈추지 않았던 문학·예술·철학적 사고이다. 이 점이 바로 이상이 자신의 작품을 고매하다고 말한 까닭이며, 한국 문학을 벗어난 이상 문학의 세계성인 것이다. 세계 문학은 이상 문학을 인정할 수밖에 없을 것이다. 따라서 1930년대 세계 문학 예술사는 수정되어야 할 것이다. 이상이 그 속에 위치해야 한다. 이상을 그냥 지나치기에는 사고와 형태 그 존재감이 다른 작가들에 견주어 너무나도 크고 뚜렷하기 때문이다. 이것이 이상 문학의 가치다.

---

76 이진성, 위의 책, 146쪽 재인용.

4. 이상 숫자 기호의 변형

　앞에서 언급한 소설 〈지도의 암실〉에서 특이한 점은 소설의 시작부터 마지막까지 숫자가 계속 반복된다는 사실이다. 앞서 언급한 〈지도의 암실〉에서도 이상의 숫자 5(다섯)까지 계속 반복된다. 이것은 시 〈공복〉의 5리(전체 10의 반)와 같이 이해할 수 있다. 그리고 '하나'가 무려 8번이나 반복되는데 이는 '다섯'이 4번 반복되는 것보다 더 큰 의미를 지닌다. 이것은 '이상 숫자'의 강조로 볼 수 있다.[77] 이상 숫자의 결합(1+1, 1+2, 1+3, 3+1, 2+2, 3+3, 3+4, 4+4, 5+5, 6+9, 9+6)은 모두 '하나'(1)가 되어 같아지기 때문이다. 그리고 이상 기호공식 3에 의해 각각의 숫자와 그 숫자의 결합은 모두 무한이 된다.

> 이러구러숫자의COMBINATION을망각하였던약간소량의뇌장에는설당과같이청렴한이국정조(異國情調)로하여가수상태(假睡狀態)를입술위에꽃피워가지고있을즈음번화로운꽃들은모두어데로사라지고이것을목조의작은양이두다리를잃고가만히무엇엔가귀기울이고있는가[78]

　이상이 자신의 글에 사용한 숫자의 조합(combination)은 모두 '하나'가 된다. 결국 이상은 자신의 글을 통해서 '하나'를 이야기하고 있는 것이다. 그것은 음양과 같이 전체이며 부분이다. 모든 것(everything)이며 어떤 것(anything)이 된다. 축소와 확대에 따른 상대적 개념이며 그

---

77 '하나'가 8번 반복되는 것은 산수적으로 '하나×8'로 표현할 수 있다. 그리고 곱셈기호는 생략하면, '하나8'이 된다. 8=∞=무한이다.

78 〈LE URINE〉, 《원본전집 1》, 123쪽.

454

구성과 본질이 동일하기 때문이다. 그리고 이 상은 동음이의어(이음동의어)와 기호의 변형·치환(숫자 4에서 도형 □으로 그리고 형태미에 의한 기호화 ☯ → 69)을 자주 사용하였는데, 이러한 움직임의 형태를 소설 〈지도의 암실〉에서 언급한 '버려야 할 것이지만 끝까지 버리지 못하는' '하나'에 적용시켜 점 ↔ 선 ↔ 면 ↔ 입체로 상호 진행하는 기호 변형의 흐름을 유추해 보면 다음과 같다. 점(원)의 확대와 축소, 입체와 평면 형태(기표)의 변형을 이룬다.

　결국 '점 = 선 = 면 = 입체'라는 상징성을 지닌다. 무한소에서 무한대로의 진행이며 그 동일성이다. 이러한 진행 흐름은 이상의 동력학적·활동적 리듬이다. 따라서 중간이 단절되면 연상과 추론은 불가능하다. 이것이 이상의 사고를 추적하기 어려운 이유 가운데 하나이다. 그리고 ○ = □이 된다. 위의 진행에서 드러나는 '1, one, 원, circle, ○, ●, sphere, 球, □, □, 箱(육면체)'은 모두 동일한 '하나'인 것이다. 〈건축무한육면각체〉에서 지구가 지구의(地球儀) 구(球)로 축소되고, 그것이 평면화된 원 지구(○)가 사각형(□)이 되는 것과 동일하다.[79] 이것은 이상의 기호공식의 초

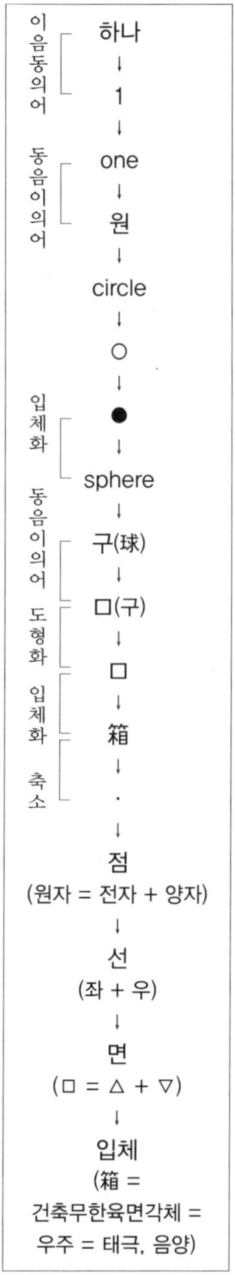

---

79 입체의 구체 지구는 지도로써 사각형의 평면에 표현된다. ○=□

이음동의어	하나 ↓ 1
동음이의어	one ↓ 원 ↓ circle
	↓ ○ ↓
입체화	● ↓ sphere
동음이의어	구(球)
도형화	□(구) ↓ □
입체화	箱
축소	↓ · ↓
	점 (원자 = 전자 + 양자)
	↓ 선 (좌 + 우)
	↓ 면 (□ = △ + ▽)
	↓ 입체 (箱 = 건축무한육면각체 = 우주 = 태극, 음양)

기 결정성이다. 결국 이것은 이상의 기호공식 1이 된다. '△+▽=◇=
□=○' 그리고 앞서 살펴보았듯이 △=▽이 되며 이것은 이상의 기호
공식 2가 된다. '△=▽=◇=□=○' 이것은 이상의 사고의 진행인 점
(원)에서 선·면·입체로의 진행과 동일한 형태의 사고다. 따라서 이상
의 숫자는 모두 동일해지며 숫자는 소멸되고 수학은 차압된다. 이것
이 이상의 기호공식 3이다.

  1 = 2 = 3 = 4 = 5 = 6 = 7 = 8 = 9 = 0

하나=둘=셋=넷=다섯=여섯=일곱=여덟=아홉=열

생사의 초월─존재한다는 것은 생사 어느 편에 속하는 것인가.

그것은 푸루톤*의 일차방정식보다도 더 유치한 운산이었다.

[상수가 붙은 함수방정식][80]　　　　　*양성자

나의 식욕은 일차방정식같이 간단하였다.

나는 곧잘 색체를 삼키곤한다.

투명한 광선 앞에서 나의 미각은 거리낌없이 표정한다.

나의 공복은 음향에 공명한다─ 예컨대 나이프를 떨군다─.[81]

　이상의 식욕, 즉 그의 사고는 간단하다. 이상의 기호공식 1·2·3은
수학적으로 가장 단순한 공식일 것이다. 그리고 이상은 이를 바탕으

---

80 〈무제〉, 《정본전집 01》, 154쪽. (강조 인용자)
81 〈황의기〉, 《원본전집 3》, 319쪽. (강조 인용자)

로 자신의 이야기를 펼쳐나갔다. 형태는 단순하지만 내용은 그렇게 단순하지 않다. 표현되는 기호, 언어, 상징의 외면은 지극히 단순하며 간편하다. 그러나 그 내면은 결코 단순하지 않다. 이것이 이상 사고의 본질이며 한 번도 본 일이 없는 기성품, 이상의 작품이다.

이상의 숫자는 도형과 혼용된 상징으로 그의 사고를 주도하고 있다. 그리고 이러한 형태는 그의 글 전편에 반복된다. 기호와 도형의 의미를 통해 이상 사고의 흐름을 파악할 수 있다.

1+3	〈12月12日〉	Woman + Man	4+4(〈선에관한각서 6〉)
(〈선에관한각서 2〉)	↓	↓	=
↓	1+2음 1+2양	W + M	4각형의 태양(〈12月 12日〉)
13	↓	↓	+
(〈오감도 시제1호〉)	3음 3양	여자 + 남자	4각진 달(〈얼마 안되는 변해〉)
↓	↓	↓	=
1+3	3월 3일(〈종생기〉)	음 + 양	8
↓	↓	↓	↓
4	三十三번지(〈날개〉)	△ + ▽	∞
↓	↓	↓	↓
2+2	3+3	□	□ (진무한 전체)
(〈二十二年〉)	↓	↓	↓
↓	△ + ▽ = □	1	1
1	↓		
	4		
	↓		
	69		
	↓		
	☯		
	↓		
	1		

지금까지 이상의 작품과 여기에서 비롯된 그의 글쓰기 규칙, 기법 그리고 그의 사고와 사상에 대하여 알아보았다. 이로써 이상에 대한

전체적인 이해를 얻을 수 있다. 더 이상 난해한 이상이 아니다. 그러나 과연 이상을 문학 하나로 설명할 수 있는가 하는 문제에 직면하게 된다. 앞서 살펴보았듯이 그의 사고의 시발점·진행·완결, 즉 텍스트 생산의 원형에 대해 철학적으로 고려하지 않을 수가 없다. 이러한 상태에서 '그를 시인, 소설가라고 한마디로 규정할 수 있는가' 하는 의문에 부딪힌다. 그리고 과연 그의 작품들이 문학이라는 이름으로 이상이라는 사람을 설명하는 데 충분한가? 이상은 이 질문에 대해 스스로 답변을 해놓았다.

> 창조……
>
> 한 면으로는 직관을 요하며……
>
> 다른 면으로는 직관을 배양하는 것의
>
> 과학적 기초를 요한다.
>
> 그것이 예술인가 비예술인가는 문제가 아니다.
>
> 일을 해가고 있는 자에게는……
>
> 창조하는 것만으로 족하다. ················ R[82]

'창조'에 대한 이상 스스로의 진술이다. 예술인가 비예술인가에 대한 번민이 엿보인다. 이상은 '설계' 조직해 놓은 자신의 글의 시작과 과정을 통해 결말을 예측하고 있었다고 말할 수 있다. 이상의 유고 가운데 다음의 글은 이상의 그러한 심리를 대변해준다고 할 것이다.

---

82 〈실락원〉, 《원본전집 3》, 192쪽.

면경

철필 달린 펜축이 하나. 잉크병. 글자가 적혀 있는 지편(紙片)(모두가 한 사람 치) 부근에는 아무도 없는 것 같다. 그리고 그것은 읽을 수 없는 학문인가 싶다. 남아 있는 체취를 유리의 '냉담한 것'이 덕하지 아니하니 그 비장한 최후의 학자는 어떤 사람이었는지 조사할 길이 없다. 이 간단한 장치의 정물은 '쓰당카아맨'처럼 적적하고 기쁨을 보이지 않는다.

피(血)만 있으면 최후의 혈구 하나가 죽지만 않았으면 생명은 어떻게라도 보존되어 있을 것이다.

피가 있을까. 혈흔을 본 사람이 있나. 그러나 그 난해한 문학의 끄트머리에 '싸인'이 없다. 그 사람은—만일—그 사람이라는 사람이 그 사람이라는 사람이라면—아마 돌아 오리라.

죽지는 않았을까—최후의 한 사람의 병사의—논공조차 행하지 않을—영예를 일신에 지고, 지리하다. 그는 필시 돌아 올 것인가 그래서는 피신에 가늘어진 손가락을 놀려서는 저 정물을 운전할 것인가.

그러면서도 결코 기뻐하는 기색을 보이지는 아니하리라. 지껄이지도 않을 것이다. 문학이 되어버리는 잉크에 냉담하리라. 그러나 지금은 한없는 정밀이다. 기뻐하는 것을 거절하는 투박한 정물이다.

정물은 부득부득 피곤하리라. 유리는 창백하다. 정물은 골편까지도 노출한다.[83]

　　이상은 위 글에서 '자신의 글이 읽을 수 없는 학문인가 싶다'라고 말한다. 그리고 '문학이 되어 버리는 잉크에 냉담하리라'고 반복한

---

83 〈실락원〉, 《원본전집 3》, 192쪽.

다. 자신의 글이 문학에 국한되지 않는다는 스스로의 해명이다. 그는
시인이지만 한편 자신을 학자라고 설명하고 있다. 이것으로 미루어
볼 때, 이상 또한 자신의 글에 대해 문학을 벗어난(?) 다른 규정을 하
고 있었음을 알 수 있다. 그것은 철학적·예술적인 부분이다. 이상은
문학 하나로 이해하기는 불가능하다. 문학과 미술·수학·철학(학문)
이 융화되어 있기 때문이다. 이것이 이상이 이야기한 '활동적 리듬의
예술'이라고 하겠다.

모호리, 나기—

정력학적 리듬만이, 예술의 요소가 될 수 있다는 에지프트* 시대로부터 생겨난

*이집트

수천년의 오류로부터, 우리들은 해방되지 않으면 안된다.

우리들은 시간감각의 근본형식으로, 예술의 가장 주요한 요소는 활동적 리듬이란

것을 선언한다.

생물적 구성은 생명의 현상상태이며, 모든 인간적 및 우주적 전개의 원칙이다.[84]

사람은정력학의현상하지아니하는것과동일하는것의영원한가설이다,　사람은사람

의객관을버리라.[85]

　정력학적 리듬이란 어느 한 부분에 국한(정지)된 예술을 말하는 것
으로 보아야 하겠다. 그러나 이상은 한정된 부분이 아닌 여러 분야를
넘나들며 자신의 글을 진행시키고 있다. 경계가 허물어졌다. 그리고

---

84 〈권두언〉, 《원본전집 3》, 207쪽.
85 〈선에관한각서 6〉, 《원본전집 1》, 160쪽.

460

기호 자체가 다양하게 운동한다. 이상은 이것을 활동적 리듬이라고 이름 붙였다. '생물적 구성'은 원자구조 전자(음)와 양자(양), 중성자(중간)를 말하며 그것이 인간적(정신) 및 우주적(물질) 전개의 원칙이라고 설명하고 있다. 그것은 이상의 숫자에서 드러난 음양 형태의 무한 분할과 무한 결합에 나타나는 3원성이다. 그리고 그것은 시간성과 동등한 운동(변화) 속에 존재한다. 현실(가시적 세계)과 이상(비가시적 세계)을 포함한 '전체의 원칙'이다. 이상은 이것을 활동적 리듬이라고 '선언'하고, 활동적 리듬을 문학 형태로 표현한 것이다.

정력학은 이상 기호 음양의 이원성이 고정된 상태, 숫자의 고정으로 이해할 수 있다. 그러나 이상의 숫자는 고정되지 않는다. 음양은 지속되는 시간(운동) 속에서 대립하지만 동일하고, 동일하지만 대립한다. 무한 분할, 무한 결합의 반복이며 숫자는 외면적 가치의 숫자로 고정되지 않고 변이한다. 이것이 동력학의 현상인 이상의 사고이다. 또한 문학과 미술·수학의 경계를 넘나들며 철학을 아우르는, 이상 스스로도 예술인지 비예술인지 규정하기조차 힘들었던 '이상의 창조'이다.

이러한 형태와 사고를 한마디로 규정하기는 힘들다. 왜냐하면 세계 문학에서도 이 같은 사고의 구조와 형태는 유래를 찾아볼 수 없기 때문이다. 단지 카프카에 빗대어 '李箱的'이라고 밖에는 말할 수 없다.[86] 이 점이 이상이 보들레르를 인정하고 자신이 그와 필적할 만하다고 말한 근거이며, 이상의 가치이다. 이상 문학은 세계로 나아가야 할 것이다.

---

[86] 이상과 카프카의 문학은 난해하고 파격적이라는 부분에서는 유사하지만, 내부적으로는 차이가 있다. 카프카가 성(城)의 미로에서 혼돈을 이야기한 이방인이었다면, 이상은 자신의 성을 완성한 성주(城主)였다.

5. 숫자와 철학 그리고 문학

'수학 차압'이 되어 '소멸된 숫자', 무의미(?)해 보이는 이상의 반복되는 숫자 쓰기, 지속적인 변형은 무엇을 이야기하려는 것인가? '사람들은 숫자를 버리라'고 말하는 이상의 사고는 그저 의미 없는 장난에 지나지 않는 것인가? 이 질문에 대한 답을 찾아내야만 한다.

인류 역사의 시작은 숫자의 인식과 동일하다고 할 수 있다. 이를 바탕으로 인류는 문명을 형성하고 성장·발전해 왔다. 현실의 모든 것 즉 정신과 물질은 숫자로 계량화되고 형상화되며 기호화되어 현실을 구축하고 있다. 숫자가 없는 인류의 삶은 상상할 수 없다(여기서 말하는 숫자는 일반적인 숫자를 말한다). 우리는 확실, 명료, 과학이라는 이름으로 숫자를 진리로 인식한다. 숫자에 대한 인류의 이 같은 믿음은 한 번도 흔들린 적이 없었다.

하지만 이상의 숫자는 이러한 인식에서 벗어나 있다. 그런데 숫자의 역사 속에서 이상과 유사하게 숫자를 이질적으로 사고한 형태가 발견된다. 이러한 일반성에서 벗어난 낯선 숫자의 다양한 사용을 살펴봄으로써 이상의 사고를 유추·추적할 수 있다.

역사적으로 보면 철학과 문학 속에서 수많은 이들이 숫자를 언급했음을 알 수 있다. 동서양 철학과 그 영향을 받은 문학에서, 그리고 종교 등에서 끊임없이 수의 반복이 발견된다. 왜 그들은 숫자에 대하여 이야기하고 있는가? 그저 숫자에 지나지 않는 것에 왜 의미를 부여하는가? 그리고 그 숫자를 어떻게 생각하는가? 이 점에 대하여 살펴봐야 할 것이다.

노자는 《도덕경》 42장에서 다음과 같이 이야기했다.

道生一 一生二 二生三 三生萬物 萬物負陰而抱陽 冲氣以爲和

도(道)는 노자 철학의 핵심이다. 이 또한 형이상학적 진술이다. 이 것을 일반적인 숫자의 의미로 이해하고자 한다면 노자 자체를 파악하기 어렵다. 이상의 글에서 드러난 숫자의 사용과 음양으로 해석하면 다음과 같다.

- '도는 하나로 태어난다. 하나는 둘로 태어난다. 둘은 셋으로 태어난다. 셋은 만물로 태어난다.'
  = 도는 하나로 산다. 하나는 둘로 산다. 둘은 셋으로 산다. 셋은 존재하는 모든 것으로 산다.

- '만물은 음을 업고 양을 안으며 하늘과 땅 사이의 잘 조화된 기운으로 어울린다.'
  = 존재하는 모든 것은 동전의 양면과 같이 음과 양의 대립·균형·긴장을 지니며, 그 보이는 면 외에 음양 사이의 중간, 즉 세 가지에 의해서 조화를 이룬다.

다시 말해 도의 태극 하나는 음양의 둘이고, 그 둘은 음과 양 그리고 그 중간으로 셋이고, 그 셋은 존재하는 모든 것이다. 존재하는 모든 것은 음과 양 그리고 중간의 대립과 긴장과 균형으로 조화를 이룬다.

∴ 1→2→3→만물→ 3→2→1, 1=2=3=만물(존재하는 모든 것)

이렇게 해석하면, 이상이 존재하는 모든 것을 10으로 규정하고 그것을 3으로 분할한 것과 같다. 그리고 숫자로 표현되고 존재하는 모든 것은 '하나'로 동일해진다. 다시 말해 존재하는 모든 것의 본질을 음과 양 그리고 그 중간(경계)으로 일반화(상징화)시킨 것이다. 이상이 자신을 원자구조(전자·양자·중성자)로 이야기하며, 자신의 심리를 좌·우 그리고 중간으로 일반화하여 표현한 것과 같다. 이상 자신은 '하나'의 개인이다. 그러나 그는 자신의 정신(내면) 속에서 부부와 연인으로 둘로 살았다. 또한 그는 오른쪽[陽]과 왼쪽[陰], 중간적 자아 셋으로 살았다. 그것은 시간의 흐름(운동) 속에 있는 무수한 자신의 실체를 상징적으로 일반화한 것이다. 하나는 둘이고 둘은 셋인 것이다. 결국 이상의 사상은 음양 사상이며 노자 사상과 궤적을 같이하면서 다양하게 변형하였다고 볼 수 있다. 그리고 이상은 자신의 글에서 장자를 여러 번 언급하였는데, 다음 '도'에 대한 반복은 노자에 대한 이상의 노출(강조)로 봐야 할 것이다.

조사부라는패가붙은방하나를독차지하고   방사벽에다가는빈틈없이방안지에그린 그림아닌그림을발라놓았다.「저런걸많이연구하면대강은짐작이나스렸다」「도통하 면돈이돈같지않아지느니」「돈같지않으면그럼방안지같은가」「방안지?」「그래도통 은?」「흐흠—나는도로그림이그리고싶어지데」

……

피곤하지않는오의몸이아마금강력과함께—필연—무슨道고도를통하였나보다.

……

아내는일상말하였다. 얼마를벌든지일원씩만갚는법이라고—따는무利子다—어째 서무이자냐—(아느냐)—돈이—같지않더냐—그야말로도통을하였느냐[87]

---

87 〈지주회시〉, 《원본전집 2》, 300·303·309쪽.

위 소설에서 집중적으로 '道', '道通'을 여러 번 반복하고 있다.[88] 이상의 의도된 강조이며 노출이다. 그리고 띄어쓰기를 하지 않음으로 써 문맥의 다중적 해석이 가능해진다.

'나는 道로 그림이 그리고 싶어지는데'
'나는 도로(다시) 그림이 그리고 싶어지는데'
'나는 도로(徒勞: 헛되이 수고함) 그림이 그리고 싶어지는데'
'나는 도로(道路) 그림이 그리고 싶어지는데'

이상의 글은 겉으로는 문자와 도형, 숫자로 표현되고 있지만 그 내면은 그림적 요소가 드러난다. 위의 다양한 해석은 이상의 글에 나타난 사고와 관념으로 이해할 수 있다. 그리고 그것은 도형·숫자가 되며 그의 글들이 그리고 있는 도식이고 그림이다. 이상의 글은 '道'의 1·2·3, 음양에 따르고 있으며, 여기에서 비롯된 사고의 진행은 결국 숫자의 동일화로 '헛된 산술'이 된다. 道에 의한 1 2 3 그리고 만물은 서로 통할 때, 道通할 때 1=2=3=만물이 된다. 이것은 이상이 갈등한 '쓸데없는 것', '헛된 수고'의 실체이기도 하다. 그리고 이상이 그린 도로(道路) 그림은 〈오감도 시제1호〉로 생각해 볼 수 있다. 그리고 그 그림들은 이상 기호공식의 △+▽=□ (전체, 음양)으로 총칭할 수 있다. 이 관점에서 이상의 의도와 심리를 '그림 그리기'로 생각해 볼 수 있다.

요거 한 대가 다 타는 동안에 마지막 결심을 하면 됩니다. 여보 섧지는 않소? 여 인은 머리를 좌우로 흔들었읍니다. 다탔소. 문을 닫아라―배를 벗어 버리는 미

---

88 이러한 경향성은 소설 〈불행한 계승〉에서 나오는 '그림자 사나이'의 집중 반복과 동일하다.

끄러운 소리—답답한 야음을 떠미는 힘든 소리—바다가 깨어지는 요란한 소리
—꿋빠이. 악마는 이 그림 한구석에 차근차근히 싸인을 하였읍니다.[89]

계산과 같은 햇살이 유리장지 문을 가로질렀다. 그리하여 일회분 표를 가진 사나
이가 하나 정조의 건널목을 바람을 헤치듯 가로질러 간다. 땀이 납덩이처럼 냉랭
한 圖面위에 침전했다.[90]

　　동서양 철학에서 무한소와 무한대가 같다는 것은 가장 큰 모순이
다. 무한하게 큰 것과 무한하게 작은 것이 같다는 것은 말도 안 되기 때
문이다. 그러나 음양의 본질이라는 관점에서 볼 때 모순이 아니다. 일
반적으로 크고 작다는 것을 숫자로 표현(규정)하는데 '이상의 숫자'에
서 보이는 숫자 사용(숫자의 소멸)에 따르면 무한대와 무한소는 같은 것
이 된다. 이상은 축소된 자신을 원자구조에서 전자(−) 양자(+) 중성자
로 분할하고 이를 다시 확대하여 현실·우주로 증폭시켰다. 이러한 이
상의 사고는 어떻게 이해해야 하는가? 이것은 '물질과 정신'에 대한 이
상의 '절대 형식'으로 봐야 할 것이다. 이상이 자신을 원자구조와 동일
시한 것은 물질적인 육체가 아닌 '정신'을 원자구조의 음과 양, 그리고
그 중간인 3의 형태에 접목시킨 것이다. 즉 '물질'과 '정신'을 같은 형
태(원리)로 규정하고 있는 것이다. 이상의 글 속에서 지속적으로 변형
되어 진행된 '음양'의 이야기가 그저 피상적인 이상만의 독백이 아님
을 알 수 있다. 이것에 대해 이상은 아래와 같이 언급하고 있다.

　　보산이얼마나음양에관한이치를잘이해하여정신수양을하고있는것인가를　다른사람

---

89 〈슬픈 이야기〉, 《원본전집 3》, 67쪽.
90 〈불행한 계승〉, 《원본전집 2》, 221쪽.

들은하나도모르는것이섭섭하기도하였으며 또는통쾌하기도하였다. 보산은보산의
정신상태가 얼마나훌륭히수양되어있는것인가 모른다는것을마음속에굳게 믿어오
고있는것이었다.

……

세상에서 땅바닥에달라붙어뜯어먹고사는 천한인간들의쓰는시와는운소로차가나
는훌륭한시를 보산은몇편이나몇편이나써놓은것이건만 그대신세상사람들은 그의
시를이해하여줄리가없는과대망상으로밖에는볼수없는것이었다.[91]

서양의 피타고라스는 숫자를 만물의 근원이라고 이야기했다. 그는
기하학으로 모든 것을 밝히려고 했다. 그리고 점, 선, 면, 입체를 숫자
1, 2, 3, 4에 대응시켰다.[92] 헤겔 또한 《대논리학》에서 숫자와 그 사고
에 대하여, 그리고 《행성궤도론》에서 점·선·면(평방)·입체(입방)의
진행에 대하여 설명하였다. 이것은 이상 사고의 진행 형태와 연결하
여 이해할 수 있다.

우리는 공간이라는 추상적 개념에 그것과 대립하는 주관성의 형식을 덧붙이지 않
으면 안 된다. 우리는 이 주관성의 형식을 이전에 라틴어로 ‘mens’(정신)라고 불
렀다. 이것을 공간과 관련시키면 ‘점’이 된다.
……　　　　＊potenz. 힘. 능력
포텐츠＊가 자신의 산출을 공간과 관계시키는 한 그것은 선을 형성한다. 그러므로
선은 주관적 형태이긴 하지만 자신을 산출해서 자신 안에서 명백해진 정신이다.
선은 자신의 대립물인 공간으로 이행해서 면을 구성함으로써 스스로에게 완전하

---

91 〈휴업과 사정〉, 《원본전집 2》, 155쪽.
92 존 스트로마이어·피터웨스트브룩 지음, 이정현 옮김, 《피타고라스를 말하다》, 퉁크, 2005,
67쪽.

고 자연적인 형태를 부여한다. 이 면에는 다른 모든 구별이 결여되어 있다. 왜냐하면 우리는 연장과 정신 자체의 구별 외에 어떤 다른 구별도 정립하지 않기 때문이다. 다른 모든 구별을 결여하고 있는 이러한 면은 평방이다.

……

우리가 이미 본 것처럼 정신이 스스로를 자신의 주관적 형태로 산출한 것은 선이고, 정신이 스스로 자신의 객관적 형태로 이행한 것은 평방이다. 그리고 만들어진 자연에 속하는 산물이 입방이다. 왜냐하면 정신을 모두 사상하고 난 다음 공간이 자기 자신을 산출한다면 3차원이 존재할 것이기 때문이다. 생성되는 물체는 평방이지만 존재하는 물체는 입방이다.[93]

헤겔의 사고는 점 → 선 → 면 → 입체의 진행으로 이상의 진행과 동일하며 기하학적 구성에 정신을 접목시켰다. 이러한 헤겔 사고의 진행은 피타고라스의 기하학적 사고에 영향을 받았다고 볼 수 있다. 그리고 소크라테스의 숫자에 대한 언급은 노자의 숫자 사용과 동일하게 파악할 수 있다. 소크라테스는 '수와 관계되는 것은 진실한 것으로 인도해 가는 것'이라고 말했다. 그리고 '감각에서 동시에 자기 자신과 반대되는 것을 수반할 경우에는 지성의 원조를 필요로 한다'고 했다. 이상의 숫자는 노자와 소크라테스의 숫자와 같은 형태의 사고 진행으로 봐야 한다.

만일 개체가 시각 또는 다른 감각에 의해 충분히 식별될 수 있는 것이라면 거기에는 실재로 인도하는 힘은 없네. 그러나 거기에 언제나 대립되는 것이 있어 하나라고도 생각할 수 있고 하나가 아니라고도 생각할 수 있다면 우리 안에서는 지성이 움직이기 시작하네. 의혹에 싸인 영혼의 결정을 요구하여 무엇이 절대적인 단일

---

93 헤겔 지음, 박병기 옮김, 〈태양계의 기초적 원리에 대한 철학적 서술〉, 《행성궤도론》, 책세상, 2003, 52~54쪽. (강조 인용자)

468

인가를 추구하기 때문이네. 이리하여 하나의 지식은 실재를 관조하게 되네.[94]

　이상의 숫자는 소크라테스가 말한 '오직 지성을 통해서만 생각할 수 있을 뿐, 다른 방법으로는 손을 댈 수 없는 그런 수'[95]이다. 이러한 숫자에 대한 사고는 설명이나 이해 자체가 쉽지 않다. 이는 형이상학의 영역이며 일반성에서 벗어난 숫자의 사용이기 때문이다. 논리적(수학적) 명확성보다는 모호함이 앞선다고 말할 수 있다. 그러나 그러한 것들을 결코 무의미하다고 말할 수는 없다. 이 문제에 대해 역사 이래로 많은 이들이 고민하고 번민하여 왔다. 이것을 어떻게 이해해야 하는가? 그리고 그 숫자는 과연 무엇인가? 그에 대한 구체적인 사고를 헤겔에게서 찾아볼 수 있다. 헤겔은 《대논리학》에서 피타고라스와 숫자에 대하여 이야기하며 '숫자'를 '순수사상'이라고 언급했다.[96] 헤겔의 진술 또한 난해함과 모호함을 지니고 있지만 전체적으로 숫자에 대한 또 다른 사고를 경험해 볼 수 있다.

　　결국 사상이 감성적 소재로부터 정화될 때 바로 이 사상에게 감성적인 것, 또는 외면적인 것은 이러한 외면성의 순수한 사상, 즉 수(數)가 됨으로써 사상이 바로 이 수를 자기 자신의 요소이며 재료로 삼는다는 것은 이 문제가 궁극적인 단계에 와 있음을 말해 주는 것이다. 그러나 사상은 아직도 또 이러한 추상적 몰사상성을 극복함으로써 자기의 규정을 자기 자신의 직접적인 형식 속에서, 말하자면 존재나 생성 등으로, 또는 본질이나 동일성 등으로 파악해야만 하는 것이다.[97]

---

94 소크라테스 지음, 최현 옮김, 〈이상국가〉, 《플라톤의 국가론》, 집문당, 1991, 305쪽.
95 소크라테스, 위의 책, 306쪽.
96 헤겔 지음, 임석진 옮김, 《대논리학 I》, 도서출판 벽호, 1997, 230쪽.
97 헤겔, 위의 책, 231~232쪽.

이러한 헤겔의 진술은 철학·역사 속에서 드러나는 숫자에 대한 언급이기도 하지만 '숫자'에 대한 자신의 설명으로 보아야 할 것이다. 헤겔은 숫자 '참된 산술'에 대하여 다음과 같이 말하였다.

> 참된 산술에서 1을 2에 더하는 것 외에 덧셈은 없고, 3에서 2를 빼는 것 외에 뺄셈은 없다. 그리고 3을 합으로 생각해서는 안 되며 1을 차이로 간주해서도 안 된다.[98]

헤겔이 말하는 '참된 산술'은 수학적으로 절대 이해할 수 없다. 그리고 논리적으로도 전혀 타당하지 않으며 말도 되지 않는다. 덧셈인데 합이 아니고 뺄셈인데 차가 아니라고 한다. 왜 헤겔은 이렇게 말했는가? 형이상학에 대한 진술이기 때문이다.[99]

하나(단일성) 속에 존재하는 두 가지의 대립(이원성)과 그 중간을 포함한 전체(하나)의 구성원리(삼원성), 음과 양 그리고 그 경계(중간). 앞서 노자의 《도덕경》에서 이야기했듯이 그것들이 숫자상으로 합과 차는 있으나 그것을 합과 차라고 결코 말할 수 없기 때문이다.

존재하는 모든 것들은 결국 '하나'이며 '둘'이고 '셋'이다. 태극에서 개별적으로 분리된 음, 양은 무한 분할 과정에서 계속 음과 양 그 경계를 발생(소유)시키기 때문에, 본질적으로 존재하는 모든 것의 존재 형식(본질)에서 더 이상 산술은 없다. 위의 헤겔의 진술에서 '2'는 음양의 이원성의 대립이며, '1'은 그 경계(중간)이다. 그 합은 '3'이지만 결국 그것은 하나이다. 그리고 그 '3'에서 '2'를 뺀 중간(경계) '1' 또한

---

98 헤겔 지음, 박병기 옮김, 《행성궤도론》, 책세상, 2003, 67쪽.

99 이것은 이상이 지속적으로 강조한 1, 2, 3으로 이해할 수 있다. "숫자는 3이다 二와 一이라는 짝맞춤 밖에는 전혀 방법은 없는 것이다."(〈불행한 계승〉, 《원본전집 2》, 217쪽) ; "我是二雖設沒給得三也我是三 / (나는 2이고 나는 3이다)"(〈지도의 암실〉, 《원본전집 2》, 172쪽)

숫자로 1이지만 그 구성 형태는 음양의 분할과 같이 '3'(음, 양, 중간)
이다. 이는 두 가지의 대립과 그 중간을 설명하는 것이다.

중간, 경계에 대하여 헤겔은 '어떤 것은 A이거나 아니면 非A일 뿐,
결코 제삼자는 있을 수 없다'는 배중률(排中律)의 명제를 언급하며,
실제에서는 이원성의 대립과 무관한 상태의 제삼자가 존재하며 '그 A
는 +A도 −A도 아니며 또한 +A이면서 동시에 −A이기도 하다'라고
말한다. 그리고 이 상호 대립 속에 지양되어 있는, 마치 죽어 있는 듯
한 어떤 형태를 띠고 있는 이 제삼자를 좀 더 깊이 따져본다면, 모름
지기 이것은 반성의 통일을 이룰뿐더러 또한 상호 대립은 다름 아닌
근원·근거로서 이러한 통일로 복귀하는 것이라고 말한다.[100]

따라서 이것은 앞서 설명한 '1=2=3' 밖에는 설명할 수 없다. 더해
도 합이 아니고 빼도 차가 아닌 것이다. 존재하는 모든 것의 존재 형
태와 실체를 다만 숫자상의 그 상태(1, 2, 3)로 인식할 수 있을 뿐이다.
모든 사물과 물질에 대한 절대적 규정이다.

> 상호대립의 규정은 또 하나의 명제를 이룸으로써 이른바 **배중률(排中律)**로도 불린다.
> 즉 **어떤 것은 A이거나 아니면 非A일 뿐, 결코 제3자는 있을 수 없다**는 것이
> 그것이다.
>
> ······
>
> 더 나아가서 배중률은 위에서 고찰한 바 있는 동일률이나 모순율, 즉 **동시에 A
> 와 非A**가 되는 어떤 것이란 존재하지 않는다는 명제와는 구별되는 것이다. 즉
> 배중률이 나타내는 것은 A도 아니면서 또한 非A도 아닌 어떤 것은 존재하지 않
> 으며, 또한 대립에 대해서 무관심할 수 있는 어떤 제3자도 존재하지 않는다는 것

---

100 헤겔 지음, 임석진 옮김, 《대논리학 Ⅱ》, 도서출판 벽호, 1997, 101쪽.

이다. 그러나 실제에 있어서 바로 이 명제 자체 내에는 대립과 무관한 상태에 있
는 제3자가 **존재**하는 가운데 모름지기 여기서는 A 자체가 그 속에 현존하게 되
는 셈이다. 이 A야말로 +A도, 그렇다고 −A도 아닐뿐더러 또한 이에 못지 않게
+A이기도 하며 동시에 −A이기도 한 셈이다. —그리하여 이제 +A이거나 아니면
−A가 되는 그 어떤 것은 모름지기 +A와 그리고 非A에도 관계되는 셈이다. 그
러나 다시금 이 어떤 것이 A에 관계된다고 할 때 결코 그것은 **非A에 관계될 수
는 없으며**, 또한 그 어떤 것이 非A에 관계될 때 결코 그것은 **A에 관계될 수는
없는 것**이다. 이럼으로써 결국 그 어떤 것 자체야말로 마땅히 배제되어야 하는
바로 그 제3자인 것이다.

이렇듯 상호대립적인 두 규정이 그 어떤 것 속에 정립되어 있다는 사실에 못지않
게 또한 그것은 이 정립과 더불어서 그 속에 지양되어 있으니, 이와 함께 마치 죽
어 있는 듯한 어떤 형태를 띠고 있는 이 제3자를 좀더 깊이 따져본다면 모름지기
이것은 반성의 통일을 이룰뿐더러 또한 상호대립은 다름 아닌 근원, 근거로서의
이러한 통일로 복귀하는 것이 된다.

−註釋 3−

이상과 같이 최초의 반성규정인 동일성, 상이성 및 상호대립은 이제 명제의 형식
으로 제시되었다. 그러나 이제 그보다도 더 바로 이 세 가지 규정이 스스로 이행
해가는 진리로서의 반성규정인 **모순은 모든 사물은 그 자체에 있어서 모순된
것이다**라는 하나의 명제로 요약되면서 동시에 그 뜻이 언표되어야만 하겠거니와
하여간에 이 명제는 그밖에 다른 어떤 명제보다도 한층 더 사물의 진리와 본질을
표현하는 것으로 받아들여질 수가 있다. —이렇듯 대립을 헤치고 나오는 모순은
이미 동일성 속에 포함된 것으로도 볼 수도 있는 전개, 개진된 無일뿐더러 또한
이 모순은 동일성의 명제는 그 어떤 것도 나타내주는 것이 없다고 하는 표현으로
서도 그의 참뜻을 나타내는 셈이었다. 그런데 이러한 부정이 여기서는 한 발 더

472

나아가서 자신을 상이성과 상호대립으로 규정하는 가운데, 마침내 이 상호대립이
정립된 모순으로 나타나기에 이른 것이다.[101]

하나의 사각형(◇)과 원(○)을 선을 그어 둘로 균등하게 나눈다. 사
각형과 원은 좌우 또는 상하로 나누어진다. 그렇다면 둘로 나눈 선은
사각형과 원 안에서 어떤 의미를 지니는가? 그 선은 좌나 우 또는 상
이나 하에도 속하지 않는다. 그러나 그 선은 좌이기도 하고 우이기도
하며, 마찬가지로 상이나 하이기도 하다. 동시에 좌와 우, 상과 하를
포함한 중간이기도 하다. 여기서 그 경계·중간인 선의 논리적 모순이
발생한다.[102]

헤겔의 이러한 모순된 사고는 존재하는 모든 것의 모순이며, '모든
사물은 그 자체에서 모순된 것이다'라고 말하고 있다. 그리고 헤겔은
《행성궤도론》에서 다음과 같이 반복하였다.

> 모순은 진리의 규칙이고 비모순은 허위의 규칙이다[103]

헤겔은 모든 사물의 '모순'이 '진리의 규칙'이라고 설명하였다. 이
상은 이것에 대하여 소설 〈12월 12일〉에서 다음과 같이 서술하였다.

> 모든 것이 모순이다. 그러나 모순된 것이 이 세상에 있는 것만큼 모순이라는 것
> 은 진리이다. 모순은 그것이 모순된 것이 아니다. 다만 모순된 모양으로 되어져

---

101 헤겔, 위의 책, 100~102쪽.

102 평면에 그린 사각형의 면적을 규정한 선(경계) 역시 사각형이지만 사각형이 아니기도 하
  며 사각형이면서 동시에 사각형이 아니라고 말할 수 있다.

103 헤겔 지음, 박병기 옮김, 《행성궤도론》, 책세상, 2003, 67쪽.

있는 진리의 한 형식이다.[104]

그리고 이상 숫자의 변형인 도형 삼각형과 사각형에 대하여 헤겔은 다음과 같이 말했다.

사각형은 자연의 법칙이며 삼각형은 정신의 원리이다.[105]

위의 진술은 이상의 글에 지속적으로 반복·강조되고 있는 삼각형·사각형과 동일한 사고로 이해할 수 있다. 이상은 하나의 점에서 양극단의 대립으로 진행되는 직선으로, 그리고 그 세 점이 형성하는 삼각형(역삼각형)으로 자신의 이상(理想)과 현실을 규정했다. 그 합은 사각형이며 자신의 이름·개체·사각형·箱이 된다. 사각형 □ 자연은 정신의 원리인 삼각형 △(현실) ▽(理想)으로 나뉜다. 그러나 분리된 삼각형과 역삼각형 또한 자연의 일부인 사각형이 된다. 이상의 삼각형에 음양을 적용할 때 존재하는 모든 것인 자연은 사각형이며, 그 내부적 원리는 삼각형과 역삼각형의 음양인 것이다. 그리고 삼각형과 역삼각형 또한 사각형이 된다. 그것은 삼각형·역삼각형의 안에 다시 삼각형과 역삼각형을 가지고 있기 때문이다. 음양의 결합·분할과 동일한 형태이다. 존재하는 모든 개체인 자연은 삼각형과 역삼각형의 두 가지 정신의 원리인 음양으로 표현된다. 대립·긴장·균형·조화·공존의 형태인 것이다.

앞서 살펴본 음양을 통한 이상의 기호인 도형과 숫자는 모순된 사

---

104 〈12월 12일〉,《원본전집 2》, 문학사상사, 1998, 88쪽.
105 헤겔 지음, 박병기 옮김,《행성궤도론》, 책세상, 2003, 67쪽.

고를 드러내고 있다. 그러나 일반적인 도형이 아니라 사고에 따른 상징 기호로서 논리가 조직·구성되어 있다. 이상의 도형과 숫자는 이상의 사고를 대표하는 '절대 형식'으로 보아야 한다. 그것은 이상의 기호, 숫자 놀이의 규칙이다. 이것은 이상이 자신(인간)의 본질, 사고를 규정지으면서 동시에 물질(자연)도 같은 형태로 규정하고 있다고 할 수 있다. 음양으로 대표되는 존재하는 모든 것은 이원성과 동일성, 무한소와 무한대의 동질성과 그 형이상학적 형태에 대한 추상적이고 관념적인 이야기이기 때문이다.

이것은 헤겔이 정신과 물질을 하나의 형태로 말하고자 했던 바와 같다. 헤겔은 유심론과 유물론을 하나로 통합하고자 하였다. 이상이 자신의 글을 통해 이야기한 것은 정신과 물질, 존재하는 모든 것에 대한 형이상학적 고찰이며 그의 규정이다. 절대 형식(Absolute Form)이다. 이것은 헤겔과 유사하다고 할 수 있다.

> 끼쳐오는 온기가 퍽 그 어린것의 피부에 쾌감을 주었던지 구름 한점 없이 맑게 개어 있는 깊이 모를 창공을 그 조고마한 눈으로 뜻있는 듯이 쳐다보며 소리없이 누워있었다. 강보(襁褓) 틈으로 새어나와 흔들리는 세상에도 조고맣고 귀여운 손은 일만년의 인류역사가 일찍이 풀지 못하고 고만둔 채의 대우주의 철리를 설명하고 있는 것인지도 모른다.
> 그러나 그 부근에는 그것을 알아 들을수 있는 「파우스트」의 노철학자도 없었거니와 이것을 조소할 범인(凡人)들도 없었다.[106]

위 글을 이상의 숫자가 상징하는 의미와 연결하여 생각해 볼 수 있

---

[106] 〈12월 12일〉, 《원본전집 2》, 143쪽.

다. 이상은 자신의 시와 글에서 노자와 장자를 여러 번 인용하였다.
그리고 이원론적 세계관을 바탕으로 서술하고 있다. 이것은 그의 사
고의 진행인 음양의 상징성과 그 변형을 통해 접목된다. 그리고 피타
고라스에서 시작된 서양 철학의 숫자와 도형의 연관성을 발견할 수
있다. 헤겔의 《행성궤도론》과 그에 앞서 발표한 '토론 테제'의 점,
선, 면, 입방, 삼각형과 사각형, 그리고 숫자 1·2·3에 대한 사고와,
그의 저서 《대논리학》에서 드러나는 양태를 이상 사고의 진행과 상징
에 연결하여 생각해 본다면 헤겔을 이해하기는 훨씬 수월할 것이다.
그리고 헤겔을 다소 이해하고 있다면 이상을 이해하는 데 별 어려움
은 없을 것이다. 이상과 헤겔의 유사성이 많은 부분에서 발견되기 때
문이다. 이러한 이상의 다양한 유사성은 무엇을 의미하는 것인가? 이
상과 헤겔의 연관성과 영향성. 이 방향으로의 사고는 이상을 이해하
는 데 도움을 줄 것이며 반대로 난해하다고 평가되는 헤겔을 더 쉽게
파악하는 데 작용할 수 있으리라 생각한다. 이로써 지금까지 보이지
않았던 새로운 이상을 만날 수 있을 것이다. 李箱의 철학적 소양에 대
한 주위의 증언은 다음과 같다.

철학이 나오면 소크라테스가 나오고 니체, 헤겔이 나온다.
이것이 그가 18,9세에서 20세 미만의 아직 학생모를 쓴 그의 입에서 나오는 이
야기들이었던 것이다.[107]

지금까지 대략적으로 살펴보았듯이 이상의 문학 그리고 그의 사고
와 사상은 이상 공식을 통해서 해석하고 이해할 수 있다. 그 구조는

---

107 김유중·김주현 엮음, 《그리운 그 이름, 이상》, 지식산업사, 2004, 97쪽.

닫힌 구조이다. 그러나 이상 공식은 현실과 소통하지 않으면서 소통하는 구조이기도 하다. 현실과 이상, 물질과 정신은 절대적 이원성으로 분리·고착된 것이 아니기 때문이다. 이들은 서로 지속적으로 왕래한다. 그 운동(관계 맺음)은 일원성이기도 하다. 따라서 닫힌 구조인 동시에 열린 구조인 것이다. 이것이 '쓸모없음'의 '쓸모 있음'이며 '쓸모 있음'의 '쓸모없음'이다(無用의 有用, 有用의 無用). 이상의 '위트와 패러독스'가 발생한 근원이며, 이상이 자신의 식욕에 맞추어 '요리'해 독자들에게 내어놓은 '음식'이다. 이상은 새롭게 다시 읽혀야 한다.

모자—나의 모자　나의 병상(病床)을 감시하고 있는 모자

나의 사상의 레텔　나의 사상의 흔적 너는 알 수 있을까?

나는 죽는 것일까　나는 이냥 죽어가는 것일까

나의 사상은 네가 내 머리 위에 있지 아니하듯 내 머리에서 사라지고 없다

모자 나의 사상을 엄호해 주려무나!

나의 데드마스크엔 모자는 필요 없게 된단 말이다!

그림달력의 장미가 봄을 준비하고 있다[108]

「가량 자기가 제일 싫여하는 음식물을 상찌푸리지않고 먹어보는거 그래서 거기

---

108 〈황의기〉, 《정본전집 03》, 레텔(letter—네덜란드어): 라벨, 꼬리표, 부전(附箋), 182~183쪽. ※레텔(letter)을 이상의 글쓰기 방식—기호의 동일성—으로 변형·운동시키면 레텔(네덜란드어) → 레터(영어) 편지(통신), 문자, 활자, 문학이 된다. 이러한 기호의 운동은 다음의 시 구절들과 연결된다. 이상은 자신의 글을 편지로 이야기하고 있다. "땅에서 빈곤이 묻어온다 받아서써 통념해야 할 암호 쓸쓸한 초롱불과 우체통 사람들이 수명을 거느리고 멀어져 가는 것이 보인다. 그리고 나의 뱃속엔 통신이 잠겨있다."(〈객혈의 아침〉, 《원본전집 3》, 326쪽 참조) ; "지형명세작업의지금도완료가되지아니한이궁벽의地에불가사의한우체교통은벌써시행되어있다. 나는불안을절망하였다."(〈출판법〉, 《원본전집 1》, 175쪽 참조) ; "이 수도의 폐허에 왜 체신이있나."(〈파첩〉, 《원본전집 1》, 206쪽 참조)

두있는 「맛」인 「맛」을 찾어내구야마는거, 이게 말하자면 「파라독스」지 요컨대
우리들은 숙명적으로 사상, 즉 중심이있는 사상생활을 할수가없도록 되먹었거든.
지성—홍 지성의 힘으로 세상을 조롱할수야 얼마든지있지, 있지만 그게 그사람
의 생활을 「리—드」할수있는 근본에있을힘이 되지않는걸 어떻거나? 그렇니까 선
(仙)이나 내나 큰소리는 말아야해 일체 맹세하지말자—허는게 즉 우리가 해야할
맹세지.」

소녀는 그만속이 발끈 뒤집혓다. 이씨름은 결코 여기서 그만둘것이않이라고 내심
분연하였다. 이따위 연막(煙幕)에대항 하기위하야는 새롭고 효과적인 엔간ㅎ지
않은무기를 작만하지 않을수없다. 생각해두었다[109]

굳 빠이. 그대는 있다금 그대가 제일실여하는 음식을탐식하는 아일로니를 실천해
보는것도 좋을것같ㅅ오. 윗트와파라독스……[110]

이상 제1공식

$$\triangle \ + \ \triangledown \ = \ \diamondsuit \ = \ \square \ = \ \bigcirc$$

現實　　理想

人間　　神

惡　　善

女子　　男子

左　　右

否定　　肯定

陰　　陽

---

109 〈단발〉, 《정본전집 02》, 286쪽.
110 〈날개〉, 《정본전집 02》, 253쪽.

478

이상 제2공식

△ = ▽ = ◇ = □ = ○

이상 제3공식

1 = 2 = 3 = 4 = 5 = 6 = 7 = 8 = 9 = 0

이상의 사고는 위의 이상 공식 1·2·3으로 대표된다. 이상의 도형 공식 그 이원성의 대립과 경계, 대립과 공존의 조화와 상대적 이질성의 동일성이다. 그리고 이상의 공식 3은 이상의 기호 '도형'의 또 다른 이름으로 동일하다. 이상의 숫자는 도형의 시발점인 점에서 선, 면의 형성과 동일하며, 숫자로 표현되는 모든 도형은 '10'각형으로 무한성을 규정하였다. 이것은 도면에서 기하의 시작과 끝을 규정한 것으로 결국 숫자의 개수 = 점의 개수 = 선의 개수가 된다.

이상이 표현한 점·선·면·입체의 진행은 하나의 점 1에서 2개로 분리되는 점 2, 그것의 상호 연결성과 그 선의 운동에서 발생되는 중간의 한 점을 포함한 점 3의 삼각형, 그리고 그 삼각형의 대립된 타자와의 결합에 의한 점 4의 사각형, 그리고 그 사각형의 영역의 입체화가 이상의 사고로 이어진다.[111]

이것이 바로 이상이 자신의 문학으로 이야기한 자신의 사상이다. 이 공식은 매우 단순하며 너무나도 황당하다. 공식이지만 공식으로서 의미가 없기 때문이다. 그러나 그의 공식은 전체에 대한 이상의 이야기이며 음양에 기반한 그의 창조적 사고이다.

---

111 이상의 사각형과 타자로 대립되는 또 다른 사각형의 겹쳐진 두 면의 연결은 육면체가 된다. 두께를 갖기 때문이다. 4+4 구조의 상징성이다. 이상의 직선 또한 하나의 선이지만, 그것은 포개진 선이다. 결국 펼치면 두 개의 선이 이어진 하나의 직선이다(2=1).

　동양 사상의 음양, 그것은 전체성의 구성원리이며 개별성의 원리이다. 그리고 그것은 이원성(삼원성)이고 상대성이며 동일성이다. 운동의 시간성 속에 진행되는 '실체의 변화 원리'인 것이다. 무한소에서 무한대까지 동일하다. 그리고 그것은 이상의 기호인 숫자로 상징화된다. 이러한 '무한'과 '숫자'에 대해 李箱과 많은 연관성을 지니고 있는 보들레르와 랭보의 글을 통해 사고의 흐름을 유추해 볼 수 있다.

그대 하늘에서 왔건, 지옥에서 왔건 무슨 상관이랴?

오「아름다움」이여! 끔찍하되 숫된 거대한 괴물이여!

그대의 눈, 미소, 그리고 그대의 발이

내가 갈망하나 만나보지 못한「무한」을 열어줄 수만 있다면.[112]

넌 전 우주를 네 규방에 끌어넣겠구나,

더러운 계집이여! 권태로 네 넋은 잔인해지는구나.

그런 괴상한 놀이에 네 이빨을 단련시키자면,

날마다 염통 하나씩 네 이빨에 넣어주어야 하겠구나.[113]

현자처럼 차분하게, 저주받은 자처럼 순순히

…… 나는 말했다:

나는 너를 사랑한다, 오 나의 그지없이 아름답고, 매혹적인 그대 ……

얼마나 여러 번 ……

112　보들레르 지음, 윤영애 옮김, 〈아름다움에 바치는 찬가〉, 《악의 꽃》, 문학과지성사, 2004, 75쪽.

113　보들레르, 〈넌 전 우주를 네 규방에 끌어넣겠구나〉, 위의 책, 80쪽.

욕구도 없는 네 방탕과 마음도 없는 네 사랑,

어디서나, 악 그 자체 속에서도 나타나는

무한에 대한 네 취미,[114]

나는 잠이 두렵다. 어렴풋한 공포로 가득 차, 어디로 갈지 모를

커다란 구멍을 누구나 두려워하듯;

내겐 모든 창문 너머로 무한만이 보여,

내 정신은 끊임없이 현기증에 시달리고,

허무의 무감각을 부러워한다.

　― 아! 「수(數)」와 「존재」에서 영영 빠져나가지 못하리![115]

모든 것은 숫자이다. 숫자는 모든 것 속에 있다. 숫자는 개인 속에 있다. 도취도 하나의 숫자이다.[116]

오! 과학이여! 모든 것이 수정되었다. 육체를 위해 그리고 영혼을 위해―영혼의 길참―의학과 철학이 있다.―민간약과 편곡된 민요들. 그리고 제후들의 오락과 그들이 금지한 놀이들! 지리학, 우주형상학, 역학, 화학! ……
과학, 새로운 위엄! 진보. 세계는 나아간다! 무엇 때문에 세계가 바뀌지 않을 것인가?
이것은 수에 관한 직관이다. 우리는 〈성령〉에게로 간다. 내가 말하고 있는 것, 이것은 매우 확실하다, 이것은 신탁이다. 나는 이해한다. 하여 나는 이교의 말없이

---

114 보들레르, 〈2판을 위한 에필로그의 초고〉, 위의 책, 395쪽.
115 보들레르, 〈심연〉, 위의 책, 386쪽.
116 보들레르 지음, 이건수 옮김, 《벌거벗은 내마음》, 문학과지성사, 2001, 16쪽.

　는 해명할 수 없으므로, 차라리 침묵하고 싶다.[117]

어느날 하늘을 보다가 아이인 내 관점이 예리해졌다. 내 얼굴 표정에 온갖 기질
들어있어 미묘하다. 현상이 생겼다. 지금, 영원한 순간의 변화와 무한한 수학의
세계가 나를 쫓는다. 이상한 소년기를 겪고 엄청난 애정으로 존경받는 내가 시민
으로서 모든 성공을 감내하는 이 세상에서, 나는 전쟁을 꿈꾼다. 권리나 힘의 전
쟁을, 미처 알지 못한 논리의 전쟁을, 음악적 문장만큼 단순하다.[118]

　보들레르가 사랑하고 두려워한 '무한'은 무엇인가? 그는 '수'와 '존
재'에서 빠져 나갔는가? 왜 모든 것이 숫자라 말했는가? 랭보의 수에
관한 직관은 무엇인가? 랭보를 쫓는 '영원한 순간의 변화와 무한한 수
학의 세계'는 무엇인가? 보들레르와 랭보의 '수'는 앞서 언급했듯이 서
양 철학의 피타고라스에서 소크라테스로, 다시 헤겔로 이어지는, 무한
을 포함하는 철학적 의미의 수를 말한다. 그리고 그것은 존재하는 모든
것, 곧 전체이다. 현실과 이상, 악과 선의 합이며 무한을 상징한다.
　이상은 '수'에서 무한의 선과 악이라는 그 존재의 이원성을 무화시
켰다. "사람들은 '숫자'를 버리라"고 말하며 '수학 차압'을 실행했다.
그것으로 '숫자는 소멸'되었다. 숫자가 소멸되어 의미를 상실하고 존
재하지 않는 상태에서 수에 대한 구속은 존재하지 않는다. 이상은 수
의 압박에서, 그리고 수로 표현되는 무한에서 해방된 것이었다. 그러
나 소멸된 숫자의 무의미성에 다시 구속되었다. 그 자신이 현실에 존
재하기 때문이다. 결국 '구속'에서 벗어날 수 없다. 이것이 이상이 영

---

117 랭보 지음, 기현 옮김, 〈나쁜혈통〉,《지옥에서 보낸 한 철》, 민음사, 2002, 30쪽.
118 랭보 지음, 함유선 옮김, 〈전쟁〉,《나쁜혈통》, 밝은세상, 2005, 128쪽.

원한 귀향살이, 탑 속에 유배된 수인(囚人)이 된 까닭이다.[119] 그러나 이러한 사고의 진행은 보들레르의 사고에서 한층 진일보하고 극복된 의미와 가치를 갖는다 하겠다. 이상에게 무한을 드러내는 숫자는 이상의 숫자와 그 논리로 해소되었기 때문이다. 무한을 왕복 실행해 그 구조의 본질 형태를 이야기한 것이다.

> 어느시대에도 그현대인은 절망한다. 절망이기교를낳고 기교때문에 또절망한다. 李箱[120]

> 꿈은 나를 체포하라 한다.
> 현실은 나를 추방하라 한다. 李箱[121]

6. 음양

음양은 이상의 기호공식에 드러난 그의 사고와 형태에 대한 대표적 형식을 띤다. 음양이라는 것은 동양 사고에서 모든 것을 설명하는 언어이다. 모든 것은 음양으로 되어 있다. 모든 것은 음이며 모든 것은 양이다. 이는 음양의 하나의 개체 안에 존재하는 이원성이며 상대성·운동성이다. 존재하는 모든 하나의 개체는 그 내부에 스스로의 다

---

119 "久遠謫居의地의一枝·一枝에피는顯花·特異한四月의花草 …… 나는塔配하는毒蛇와같이地平에植樹되어다시는起動할수없었더라·天亮이올때까지"(〈오감도 시제7호〉, 《원본전집 1》, 33쪽 참조)
120 발표지면: 《시와 소설》, 1936년 3월.
121 〈아포리즘, 낙서, 기타〉, 《정본전집 03》, 217쪽. 발표지면: 《文章》, 1939년 7월.

양성을 지니고 있으며 그것은 크게 이원화된다(그리고 그 경계가 존재한다). 음이나 양이라는 것은 상대적인 표현일 뿐 고정된 확정성을 지니지 않는다. 음양 태극의 분할에서와 같이 모든 것이 음 또는 양으로 나뉘지만 음과 양 그 안에도 다시 음양을 소유하고 있기 때문이다. 무한 누진, 무한 분할에서 드러나듯이 이것은 모순의 순환 구조를 지닌 음양의 실체이다. 무한히 확장되는 시공간 속의 음양인 것이다.

태양은 양으로, 달은 음으로 고정되지 않는다. 태양이 태양계에서는 양이지만 그 빛의 능력과 크기는 우주에 존재하는 다른 개체에 견줄 때 항상 양일 수는 없기 때문이다. 일시성이며 상대성이다. 달은 음이지만 어둠에 대비될 때 그것은 양이 되며, 달이 지구에 보여주는 달의 모습 또한 보름달 밝음[陽]에서 상현달 우, 하현달 좌, 그믐달 어둠[陰]까지 운동하며 그 자체가 다르게 변화한다. 그리고 동일한 달에 대한 서로 다른 지구 위치상의 모습은 상이성을 드러낸다. 상대성, 일시성, 위치 운동성이다. 음이 양이며, 양이 음이 된다. 서로 교차하는 동일성이다. 관점·시각·사고의 움직임이다.

물질도 시간이라는 운동성 속에 변화하며 존재하지만 관념 또한 동일하게 운동하며 변이한다. 어떠한 관념이나 가치·언어·기호도 고정되지 않고 변하는데, 그것은 한순간에 어느 시점에 도달했을 때 알람이 울리듯이 갑자기 단독된 사건으로 변화·발생되는 것이 아니다. 그것은 소리를 내기 위해 그 시간까지 순간순간 미미하게 움직인 결과이다. 단지 인간의 사고 변화와 상호 교차하는 미세한 운동을 논리·과학의 전형으로 철저하게 믿어 의심치 않는 숫자로 계량화할 수 없을 뿐[122] 그것 또한 지속적으로 변화하며 움직인다. 결국 물질이나 정

---

[122] 의식의 변화를 확대하여 생각할 때 이 또한 균질한 운동성을 갖지 않기 때문에 획일화·일반화할 수 없다.

484

신의 운동·변화는 결코 단절된 연속이 아니며, 공간을 갖지 않는 흐름이라고 말할 수 있다. 단지 그 흐름 가운데 일부를 단독으로 규정(형상화)하고 사고할 뿐이다. 이것은 음양 태극의 움직임과 동일하다. 순간 일시성에 의한 음과 양인 것이다. 그리고 모든 것은 음양에 포함되며 그 움직임의 무한 분리, 무한 결합으로 발생하는 모든 것 또한 음양에 귀결되며 지속적으로 변이하고 운동한다. 음양과 그 중간—대립의 이원성과 그 경계의 합—'태극' '하나'에서 벗어나는 것은 존재할 수 없고 존재하지 않는 것이 되기 때문이다. 따라서 모든 것은 전체(Everything)의 하나이면서 무한 다양성 속의 개체화된 그 어떤 것(Anything) 하나이다. 무한 다양성은 하나의 개체(전체)에서 분할된 내부적 타자에 의해 외형적 다양성으로 드러나지만(공시성), 동시에 그 개체 운동에서 발생되는 자아 스스로의 시간적 다양성을 갖는다(통시성). 결국 무한 다양성 속의 개체는 하나[一者]이면서 여럿[多者]인 것이다. 이것을 도식화할 때 수평선과 수직선이 되며, 그 횡과 종의 결합(Cross)에 의한 좌표 점(Point)인 하나의 개체로 그 위치가 설명된다. 따라서 그것은 시간과 공간에 위치·존재한다. 그리고 그 하나의 개체는 이상의 사각형(□)과 동일한 음양의 태극(☯)이며 횡과 종으로 무한 확장하며 축소된다. 그 형태도 사각형 ▬(횡), ▍(종), ◼(방사 수축)이며 하나의 개체 음양 태극이다.[123] 이것이 건축무한육면각체의 평면화된 사각형의 상징이고, 이상의 숫자에 드러난 1(무한소)에서 10(무한대)에 이르는 모든(전체) 숫자(것)들의 구성원리와 본질의 동일성이며, 존재하는 모든 것 전체와 그 부분 개체인 태극 음양이 상징하는 의미와 같다.

---

123 이상의 사고에서 무한은 10에 수렴된다. 따라서 10×10의 평면 사각형 □은 진무한이 된다.

음양이란 무엇인가? 음은 어둠·차가움, 양은 밝음·따뜻함이다. 그러나 음은 어둠·차가움, 양은 밝음·따뜻함이 아니다. 음양의 본질은 그 이원성의 상대성이다. 음은 밝고 따뜻하며 양은 더 밝고 더 따뜻하다. 양은 어둡고 차가우며 음은 더 어둡고 더 차가운 것이다. 암흑의 빙산 속에도 양은 존재하며 눈부신 화산의 분화 속에도 음은 존재한다. 악 속에도 선이 있고 선 속에도 악이 있는 것과 같다. 음양을 가르는 그 기준 또한 무한 다양성에 따라 움직이며 그에 따른 음양의 실체 또한 무한하다. 따라서 '음양'이란 무한 다양성 속의 무한—누진, 분할, 대립, 대응, 균형, 조화, 공존—을 상징화하는 하나의 기호인 것이다. 음양은 고정된 하나의 기호언어가 아닌 것이다. 그 자체가 하나의 '음양'으로 기표·발화·인지되지만 그것 역시 무한하게 완전히 개방되어 응집·발산하는 통합된 기호이다. 진행하는 운동 전체와 그 부분의 운동 순간을 고정(정지, Pose)시킨 상징 기호(Symbol)이다. 따라서 존재하는 모든 것은 음양이며, 그 음양의 끊임없는 운동·변화인 것이다.

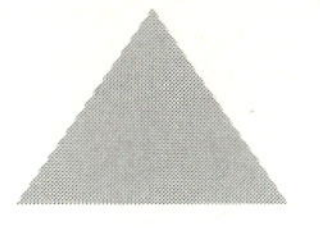

나오며

미꾸라지 李箱

오랜 옛날에 힘차게 요동치는 미꾸라지 한 마리가 있었다. 특이했다면 특이한 낯선 한 마리의 미꾸라지는 온 웅덩이를 휘젓고 흙탕물을 일으키며 사람들을 당황하게 만들었다. 그리고 그것에 대해 결코 말하거나 잡히는 법이 없었다. 그 누구도 그 미꾸라지에 대하여 잘 알지 못했다. 그렇게 그 미꾸라지는 사람들의 기억 속에서 사라져 갔다.

그 뒤로 사람들은 그 미꾸라지처럼 격렬하게 요동치며 솟구치는 미꾸라지를 본 적이 없었다.

시간이 지나고 사람들은 그 미꾸라지가 궁금해졌다. 도대체 그 미꾸라지는 왜 그렇게 요동쳤으며 그 몸짓은 무엇이었을까? 과연 무엇을 이야기하고 싶었던 것일까?

사람들은 그 미꾸리가 다시는 보기 힘든 희귀한 미꾸라지라는 것을 알아챘다.

그래서 사람들은 그 미꾸라지를 찾아 나섰다.

시내를 따라 개천을 뒤지고 강까지 찾아 헤매었지만 미꾸라지는 찾을 수 없었다.

낚싯대를 드리우고 어항을 놓고 투망을 던지고 그물을 쳐봐도 그 미꾸라지는 도무지 잡히지 않았다.

그 미꾸라지는 오래전에 이미 넓은 바다로 나아가 버렸기 때문이다.

바다의 소금기에 거품을 끓어 내이면서도

결코 시간에 잡히거나 죽지 않고 바다로 간 미꾸라지.

수원(水源)에서 태어나 바다에 사는 미꾸라지.

그가 바로 李箱이고 그의 문학이다.

찾아보기